清詩話全編

乾隆期十一

張寅彭 編纂
劉 奕 點校

上海古籍出版社

第十一册目次

杜詩雙聲叠韵譜括略

杜詩雙聲叠韵譜括略提要

《杜詩雙聲叠韵譜括略》八卷，據嘉慶刊本點校。撰者周春（一七二九—一八一五），字芚兮，號松靄，内樂村農，晚號黍谷居士。浙江海寧人。乾隆十九年進士，官廣西岑溪知縣，以憂去官。有《松靄詩鈔》、《西夏書》等。此書前後臚列乾隆二十八年癸未、四十四年己亥、四十六年辛丑、四十九年甲辰、五十四年己酉諸序跋及凡例，歷述成書過程及宗旨甚詳。大抵用力於此題凡二十餘年，先有全書十六卷，其後爲避繁蕪，删爲十二卷，復删成「括略」八卷，時在乾隆四十六年辛丑；然據甲辰、己酉二序，似至四十八年癸卯始「體例秩然」而最終定稿。清人聲調之學承明人之後，轉求精密，然仍多模糊影響之説，即漁洋、秋谷亦在所不免，端賴後人之糾補。周氏本精於小學，此書則專論雙聲叠韵一題，自可確切無移；又以杜詩爲據，兼開杜詩研究之新途，故錢大昕、王鳴盛諸序皆盛稱之，自序亦頗爲自負。其説分正格、通用格、借用格、廣通格、對變格、散句不單用格等，詳析雙聲叠韵字在杜詩中之種種運用情況，備列詩句，誠可實證老杜詩律之「細」。又旁及他家，上追《選》詩，即古體亦不外之，可謂窮盡此題之義也。然漢語中之所謂雙聲叠韵者，多爲由字自然發展而成之「詞」，如「消息」、「蒼茫」等，甚或直接爲名詞，如「琵琶」、「翡翠」等，詩人作詩，擇成詞而雙聲叠韵已在其中。此在唐前多由天籟，至宋後又漸微，殆非人力所强者，作者固已自言之矣。要之，其據雙聲叠韵駁明以來諸家如李東陽、楊升庵聲調之説，駁清初仇兆鰲、浦起龍諸家之注杜，則甚辯；而又每以此斷杜詩中之異字，言之鑿鑿，則似非定讞也。

雙聲，天籟也。童兒婦女生無石師，而矢口成音，無不暗合者。古人制物之名，制事之名，與夫形容彷彿之辭，罔或不由於是，蓋一本於自然，而非勉强也。若其聲之同部連用者謂之叠韵，則又顯而易明者矣。《虞書》曰：「詩言志，歌永言，聲依永，律和聲。」《詩序》云：「情發乎聲，聲成文謂之音。」聲者，宫商角徵羽也。鄭氏謂「宫商上下相應」，「單出爲聲，雜比爲音」。今取唐虞之詩攷之，舉未有不然者。本自抒其情志，而律自隨之耳。《三百》首篇，「窈窕」爲叠韵，「參差」爲雙聲，其他不勝枚舉。後人始以字母求之，而作詩者初未嘗勞勞於是也。唐杜少陵，固所稱細於律者，故能不失乎和聲成文之遺意。後人習其讀，而置其律之嚴於不問，烏在其深於杜也？海昌周君黍谷，於是有《杜詩雙聲叠韵譜》之作，舉非余肄業之所嘗留意也。蓋自童年就塾以來，音沿鄉俗，迨長即不能變其所習。嘗見何屺瞻先生之評李義山詩，凡句中雙聲，皆一一標舉之，并有隔一字、兩字而遥應者。友人中亦略有通曉。余雖浸淫涵濡，而卒無暇取古人之詩一一辨其離合也。今周君之爲是譜也，浣花之外，又傍及諸家，其勤勤如是。蓋欲明乎詩之本旨，由少陵而溯《三百》，以示後人之所當宗，庶乎志和音雅，而舉合於律，將見詩教之益盛也。或曰：詩以言志達情爾，如必拘拘於是，得毋舍本而專治其末乎？余曰：不然。彼不能詩而强爲詩者，即逐字以求其孰平孰側也尚難；而能詩者，初未聞其如是也。彼詩人之以雙聲與雙聲若叠韵之相爲配偶也，亦如諧平側之一出於自然而已，非强探力索而始得之也，又何害乎性情哉？蓋上古人人皆明之，故不必言。至六朝，乃始有明言雙聲者。南人若劉勰，北人若楊衒之，其書可攷也。今人苟不知此，亦爲闕事矣。周君此書，已有王光禄、錢詹事爲之序矣，余又徇其請而爲之，將使人謂余强不知以爲知也，其又奚辭。

乾隆五十七年嘉平月，姚江盧文弨譔。

杜詩雙聲叠韵譜序

予向習小學，但能識文字而已，未暇講聲音也。同榜進士海昌周松靄先生，博學嗜古，默而好深湛之思，著書等身，名重東南。近刻《杜詩雙聲叠韵譜》，予讀之，嘆爲得未曾有。夫所謂雙聲者，同母之字也。叠韵，則同韵字也。杜《何將軍山林》詩「卑枝低結子，接葉暗巢鶯」，「卑枝」、「接葉」是叠韵矣。《贈鮮于京兆》詩「奮飛超等級，容易失沈淪」，「奮飛」、「容易」是雙聲矣。至《送鄭司戶虔》云「蒼惶已就長途往，邂逅無端出餞遲」，「蒼惶」爲叠韵，「邂逅」爲雙聲，則以二者作對矣。評注杜詩者，古今亡慮數十家，曾無先覺。先生始抉其祕，故曰得未曾有。大凡摹擬情事景物，一字不能盡，則叠字以形容之，雎鳩之「關關」、葛覃之「萋萋」是也。或用叠韵，則山之「崔嵬」、馬之「虺隤」是也。或用雙聲，登高曰「高岡」、馬曰「玄黄」是也。叠字、叠韵爲摹狀之詞，人所易曉。若雙聲者，蘇子瞻口吃語詩正純用此，試取而諷咏之，佶屈可笑，成何音節。不知純用之則不成章，若于穩順聲勢中，忽羼以二字，使齒舌擊觸，因澀得平，遲其聲以媚之，此律詩妙境也。今得先生發揮而衍繹之，觀者拊掌愜心，點頭會意，豈不快哉！且漢末孫炎始爲反切，六朝神珙乃造字母，疑若出于後世之所附益者。要之，追溯其原，而已見于《毛詩》，則知此中有天籟焉，非穿鑿也。賴先生大暢其説，律體之奥窔特開，而杜老之精神愈出矣。蓋嘗論之，闡前賢之慧業，事之最善者也。指來學之迷津，功之最大者也。先生著述，有功古人，有助後人者多矣，而此亦其一也。抑予又思之，杜詩一千四百，其一千皆律也，古惟四百而已，可見杜之所以拔奇于前賢後者，尤在律，故自稱「老去漸于詩律細」。先生此譜，雖兼及古詩，而所重究在律，觀此譜而律之細乃見焉。元微之志杜墓，論詩必至沈宋律詩出，而後文體極焉。杜鋪陳終始，排比聲韵，大或千言，次猶數百，屬對律切之工，李白不能歷其藩翰。微之此論最精。而元裕之反云「少陵自有連城璧，争奈微之識碔砆」。吁！宋元人習于浮誕，故其言如此。今讀先生是譜，而識杜之律細。然則是譜也，在詩道中亦中流之一壺也與。

乾隆辛亥七月，同年弟吴中王鳴盛西莊氏譔。

自書契肇興，而聲音寓焉。同類相召，本於天籟，而人聲應之。軒轅粟陸以紀號，皋陶庬降以命名。股肱叢脞，虞廷之賡歌也。崑崙滄浪，禹貢之敷土也。童蒙盤桓，文王之演《易》也。瞻天象，則有蝃蝀、辟歷。辨土性，則有甌萋、汙邪。宣尼删詩，定爲三百五篇，而斯理彌顯。伊威、蠨蛸，町畽、熠燿，則數句相聯；崔嵬、虺隤，高岡、玄黄，則隔章遥對。倘有識古知音者，類而列之，牙、舌、脣、齒、喉，犂然各當於心矣。天下之口相似，古今之口亦相似也，豈古昔聖賢猶昧於兹，直待梵夾西來，方啓千古之長夜哉？魏世儒者，創爲翻切，六朝人士，好言雙聲、叠韵，故其詩文鏗鏘流美，異於傖楚之音。唐之杜子美，聖於詩者也。其自言曰「老去漸於詩律細」，蓋詩家皆祖述風騷，惟子美性與天合，不徒得《三百篇》之性情，并《三百篇》之聲韵而畢肖之。組織纏綿，自然成章，良工之用心，通於天籟，此之謂律細也。自宋以來，注杜者毋慮百千家，於訓詁事實討索靡遺，至以雙聲、叠韵求杜，則自吾友周松靄先生始。或謂子美詩上薄風騷，下該沈宋，貫串今古，盡工盡善，詎必區區於聲韵之末求之？予曰：否，否。黄鐘大吕之奏，可以降天神，出地示，要未有侈弇厚薄之失調，而可載諸簨虡者。《詩》三百篇，聲韵之至善者也，惟子美爲善學之。後之詩家，皆自言學杜，然自香山、東坡二公而外，精於聲韵者蓋寥寥矣。兒童學語，里巷常談，有時而闇合。學士大夫日從事於吟咏，而終身昧昧，翻謂小技不足道，何顔之厚與？讀松靄之譜，將見操觚者曉然於聲韵之非細事，由是進求之《三百篇》、群經、諸子，而知牙、舌、脣、齒、喉之别自昔已然，其於周官大行人諭書名、聽音聲之教，豈曰小補已哉。上章閹茂二月，同年生錢大昕謹序。

杜詩雙聲疊韵譜題辭

趙翼

詩以永我言，本從聲韵出。中有條縷分，古疎後漸密。隱侯辨仄平，孫炎著翻切。關鍵一以開，千載莫能易。雙聲與疊韵，六朝始梳櫛。磝碻音響連，腥瘦字母壹。北有魏伯起，南有謝希逸。「磝碻」疊韵，見《南史·謝莊傳》。「腥瘦」雙聲，見《北史·魏收傳》。此法皆講求，秘矜專門術。杜陵益精嚴，對屬百不失。侵簪月影寒，逼履江光徹。杜詩疊韵、雙聲，見《雲溪友議》。老去詩律細，此亦細之一。倘其可不拘，何以名爲律。無如讀杜者，過眼付一瞥。但誇奔絶塵，不屑駕循轍。海昌有周子，遥契得真訣。手著括略編，韵學乃盡泄。從來文字緣，每隨氣運闢。古人啓其大，後人剔其窄。即如近體詩，古人所未識。抑揚抗墜間，妙有自然節。古人縱復生，不能變此格。是知本天籟，非鑽牛角僻。玆譜雖小技，源出脣齒舌。詎畫混沌眉，乃導崐崘脉。反語田顛童，測字杭兀朮。矯揉尚稱奇，矧此諧噭繹。允作杜功臣，藝苑更繩尺。音籤韵府外，另竪一幟赤。

祝德麟

孳乳生字形體全，形聲相召天籟宣。六經節奏每調協，有音無韵出自然。漢魏而降尚翻切，周沈繼作留遺編。其時南北悉通曉，蓬萊裴或東田顛。神珙後起列字母，以縷貫珠緡穿錢。宮商清濁作紐弄，雙聲疊韵因連緜。此秘非由西域授，權輿實自《三百篇》。開卷參差窈窕見，豈待縣瓠磝碻傳。

唐去六朝猶未遠，詩人往往争討研。杜陵聖手靡不有，規矩誠設衡誠懸。屬對妃偶妙經緯，神明變化超蹄筌。由來律取師律義，前茅後勁尊中權。又如樂律貴皦繹，不和焉得聲淵淵。一千餘年孰闡發，濂溪夫子門乃專。三十六母口張歙，二百六部音蟬聯。尋章摘句各有合，浮聲切響都無偏。豈惟飯顆得知己，絶詣并導迷津船。先生嗜古薄榮利，五車四庫供漁畋。作唐一經漢三史，體大物博追前賢。《凡將》《小學》特餘緒，游心已到《風》《騷》先。齒牙喉舌我亦具，其奈謇澀多拘牽。齊梁韵譜目未睹，華嚴梵夾心徒虔。昔年烏珠國書字頭。粗學習，摇脣拄齶非清圓。吟哦但作傖楚語，讀此口角流長涎。逝將從君勉卒業，老矣難著驅羊鞭。竊喜新得誦詩訣，一掃毛傳康成箋。

《詩》三百篇不盡成於學士大夫之手，皆發於天籟，而自諧音節，初非有意比合聲韵，然其中如「蝃蝀」、「鴛鴦」、「邂逅」、「熠燿」，皆雙聲也。如「差池」、「蟋蟀」、「仳離」、「繾綣」，皆叠韵也。其餘信手拈合，難更僕數。及被之管絃堂上堂下，絕無聱牙詰曲而不能成聲者。大抵當時婦人女子，於五方之音，及半齒、半舌，盡審諦周詳，隨意抒寫，各了然於心口也。至東漢王充《論衡》有「張歙内外」之說，已與《華嚴》所譯之經、神珙所傳之教後先暗合。迨六朝風氣競尚雙聲、叠韵，即偶爾應對嘲笑，亦以此見長。沈約乃分正紐、旁紐以言詩病。夫千古詩人，推工部爲集大成。而工部謂「老去漸於詩律細」，後之讀者，多於起伏映帶、比事屬辭中求之。今得海昌周松靄先生《杜詩雙聲叠韵譜》，始見其律之細在此不在彼也。蓋聲音之道微矣。唐人論詩之優劣，以旗亭歌唱之多寡爲定，而後人之樂府，竟多不入調，得非牙、舌、脣、齒、喉之無別，而妄欲振玉貫珠，以叶宮商之譜耶？故東坡經字韵詩乃雙聲，嚴滄浪誤以爲叠韵。「卑枝」、「接葉」乃叠韵，朱鶴齡亦誤以爲雙聲。惟先生謂雙聲本於五音，叠韵本於四聲，同母爲雙聲，同韵爲叠韵，語語透宗。闡發前賢，即以嘉惠後學。倘於此而窮源竟委，又何疑於宮羽相變，低昂互節也哉？自來注杜詩者種種悉備，此獨漏而未舉，非留以遺先生歟？先生能洞悉異音相從、同聲相應之旨，於是觸緒紛披，律詩、古詩，搜括殆盡，覺杜老之精深微妙，一經指出，真有寡二而少雙者。且附録中訂《文選》李注之訛，證姚令威《西溪叢語》之非，考據精核，尤足補從前注家所未及，又不僅排比聲韵，使覽者愜心滿意已也。彊圉大荒落二月，年家眷弟劉權之謹序。

古無韵，天籟而已。有籟即有聲，有聲即有韵，他經皆有之，不獨詩也。然卜氏有言：「詩者，志之所之也。在心爲志，發言爲詩。」又曰：「情發於聲，聲成文謂之音。」蓋言者心之聲，而詩尤聲之最精者。故《詩》三百實爲風騷之祖。魏晉以降，聲韵之學益興，於是有雙聲、疊韵之目。如謝莊之答王玄謨，以「懸瓠」爲雙聲，「磝碻」爲疊韵，此見於《南史》者也。魏收之答崔巖，有「顔巖腥瘦，是誰所生，羊頤狗頰，頭團鼻平，飯房笭籠，看孔嘲玎」之語，此見於《北史》者也。梁武、沈約，其説滋繁。洎乎唐初，雅尚律詩，而少陵杜氏，尤以詩雄。少陵嘗自言「老去漸于詩律細」，蓋由其詩如陰陽開闔、神明變化，而卒歸於研練穩順。且即其少年諸作，鏗鏘盪潏，含宫咀商，律亦何嘗不細耶？嗚呼！聲韵之學，殆於少陵觀其備已。海寧周松靄先生，喜讀少陵詩，於詩家箋注外，别成一編，積數年始脱稿，曰《杜詩雙聲疊韵譜括略》。既刊行矣，問叙於余。余嘗見近人通韵學者，如顧炎武、毛奇齡、邵長蘅，皆有著述，而於杜詩雙聲、疊韵，未聞有爲之譜者。得是譜，豈非少陵之功臣歟？抑少陵生平惓惓君國，每飯不忘，詩皆合於變雅。而先生嘗令粤西之岑溪，其民有畏壘之祝，吾未知先生之詩，視少陵何如，而先生既深於聲韵，則必深於詩，庶幾如古循吏元道州之流，亦所謂聲音之道與政通者矣。先生歸田後，杜門著書，所著尚有《爾雅廣注》三十卷、《十三經音略》十卷、《讀經題跋》二卷、《類説》十五卷、《遼詩話》三卷、《悉曇奥論》三卷、《佛爾雅》八卷，俱未刻。余故序是譜，而並著之。嘉慶元年丙辰秋八月，無錫秦瀛序。

《杜詩雙聲叠韵譜括略》之成，於今六年矣。始謀付諸欹劂，復序於簡端曰：杜集之編，自樊潤州始也。杜之有注，自趙次公始也。杜之有評，自劉須溪始也。杜詩之編年，自魯冷齋始也。杜詩之分類，自陳浩然始也。杜之有年譜，自吕汲公始也。而以杜詩之雙聲、叠韵創爲一書，則自此始。蓋少陵之於詩，所謂聖而不可知之謂神。而後世之學少陵者，亦復皆有聖人之一體。由才力實能牢籠古今，無所不有。即如雙聲、叠韵，不過其詩之一斑耳，而已至巧至密若此，況進求諸章句作法之全乎？夫第以雙聲叠韵觀少陵，殆猶以四十九表觀孔子，雖河目海口，初無關於盛德之至，而識者謂其形貌容體便覺不凡，則杜詩之雙聲、叠韵，亦若是而已矣。今距少陵之没，將十有七庚戌，而一千二十年來，其詩日讀而愈新，其義日出而無盡。唐人並稱李杜，而杜詩、韓筆，宋人每並重之。竊論杜之微妙精深，有非李、韓兩家所可及。覽是譜者，當益信斯言。

乾隆五十有四年歲次屠維作噩圉涂月，周春黍谷書。

杜詩雙聲疊韵譜括略目録

此書凡五易稿，因太繁蕪，改創《括略》，復兩易稿，閲二十有五年而成書。體例秩然，釐爲八卷。

竊謂古來讀杜，無慮千百家，然從未有論及此者。余非敢自附少陵功臣，而探賾索隱，能窺見詩律之細，亦其一斑焉。乾隆甲辰七夕前三日，松靄周春記。

抄本雙聲以紅、疊韵以緑爲别。今刻雙聲改用圈，疊韵改用點。

杜詩雙聲疊韵譜括略卷之一

海寧周春松靄撰

雙聲正格

凡雙聲對，及出句雙聲者，入此。

兩字同母謂之雙聲，若依等韵字母三十有六，取同紐者用之，絲毫不爽，此雙聲正格也。雙聲、叠韵，分而言之，《三百篇》所早有。沿及兩漢魏晉，莫不皆然。但爾時音韵之學未興，並無所謂雙聲、叠韵名目，故散見而不必屬對也。自沈約創四聲切韵，有前浮聲、後切響之説，於是始尚對者。或各相對，或互相對，調高律諧，最稱精細。唐初律體盛行，而其法愈密。惟少陵尤熟於此，神明變化，遂爲用雙聲、叠韵之極則。迨宋初而漸微。北宋如宛陵、山谷，南宋如石湖、劍南諸家，皆不復留意，而舊法殆盡。然我觀齊梁以上，祕奥未開，宋元以來，幾成絶學，考其篇章，往往亦多闇合，此殆關乎天籟，非人力可强者矣。

律詩中聯，自宜相對，即律詩起結，及絶句用對體者，便須用此法。但起結及絶句，可對可不對，非若中聯之嚴也。古詩之作對體者亦然，而古詩尤寬，大抵不單用耳。

杜律詩

《寄河南韋尹》：「牢落乾坤大，周流道術空。」「流」一作「旋」，非。《贈鮮于京兆》：「奮飛超等級，容易失沈淪。」「義聲紛感激，敗績自逡巡。」《寄高書記》：「美名人不及，佳句法如何。」《上韋左相》：「感激時將晚，蒼茫興有神。」《送嚴公入朝》「感激」、「從容」對。《房兵曹馬詩》：「所向無空闊，真堪託死生。」《送蔡都尉》：「漢使黄河遠，凉州白麥枯。」《武衛將軍挽歌》：「壯夫思敢决，哀詔惜精靈。」「敢」一作「感」，同。《東樓》：「但添征戰骨，不返死生魂。」「征」一作「新」，「死生」一作「舊征」，亦通。《夕烽》：「照秦通警急，過隴自艱難。」《寄張山人》：「鼓角凌天籟，關山倚月輪。」吴曾《能改齋漫録》：「杜子美詠月，凡使關山者五：《初月》、《翫月呈漢中王》、《吹笛》、《寄張彪》、《十六夜翫月》。」案：五詩並采。《寄賈司馬嚴使君》：「他鄉饒夢寐，失侣自迍邅。」《即事》絶句：「百寶裝腰帶，真珠絡臂鞲。」《詠蜀道圖》：「日臨公館静，畫滿地圖雄。」《送路使君》：「幽燕通使者，岳牧用詞人。」《王命》：「牢落新燒棧，蒼茫舊築壇。」《傷春》「牢落」、「蕭條」對。《移居東屯》「牢落」、「參差」對。《寄司馬山人》：「望雲悲轗軻，畢景羨沖融。」《春日江村》：「迢遞來三蜀，蹉跎有六年。」《題龍興寺壁》：「空看過客淚，莫覓主人恩。」「空」一作「豈」，同。《哭嚴僕射》：「老親如夙昔，部曲異平生。」《長江》：「色借瀟湘闊，聲驅灧澦沈。」「沈」一作「深」，非。《送長孫舍人》「瀟湘」、「鄠杜」對。《上白帝城》：「江流思夏后，風至憶襄王。」《八陣圖》絶句：「功蓋三分國，名成八陣圖。」《謁先主廟》：「錦江元過楚，劍閣復通秦。」《詠蜀道圖》「劍閣」、「松州」

對。「松州」，廣通雙聲。《贈崔評事》：「千軍應供給，百姓日支離。」「千」一作「分」，非。《熱》：「歘翕炎蒸景，飄颻征戍人。」《題鄭監湖亭》：「磨滅餘篇翰，平生一釣舟。」《夔府詠懷》：「耿賈扶王室，蕭曹拱御筵。」「遠遊凌絶境，佳句染華箋。」「生涯已寥落，國步尚迍邅。」《示宗文宗武》：「幾年逢熟食，萬里逼清明。」《得舍弟觀書》：「亂離生有別，聚集病應瘳。」《泛江》、《水宿遣興》「亂離」、「飄泊」對。《向夕》：「鶴下雲汀近，雞棲草屋同。」「汀」一作「河」，非。《送王信州》：「林熱鳥開口，江渾魚掉頭。」《八月十五夜月》：「刁斗皆催曉，蟾蜍且自傾。」《送孟倉曹》：「藻鑑流連客，江山顛頓人。」《哭王彭州》：「再哭經過罷，離魂去住銷。」《白帝城放船》：「書史全傾撓，裝囊半壓濡。」「灔澦險相迫，滄浪深可逾。」「精卒身雖貴，書生道固殊。」「卒」一作「甲」，非。《荆南述懷》：「群公紛戮力，聖慮窅徘徊。」《荆南寄薛尚書》：「殿瓦鴛鴦坼，宮簾翡翠虚。」「但驚飛熠燿，不記改蟾蜍。」《發白馬潭》：「水生春纜没，日出野船開。」《哭韋大夫》：「悽愴郇瑕邑，差池弱冠年。」《寄賈司馬嚴使君》「悽愴」、「潺湲」對。「南過駭倉猝，北思悄聯綿。」《贈盧參謀》：「説詩能累夜，醉酒或連朝。」《重送劉判官》：「經過辯豐劍，意氣逐吴鉤。」《送盧侍御》：「對揚期特達，衰朽再芳菲。」「撥盃要忽罷，抱被宿何依。」《舟中伏枕書懷》：「故國悲寒望，群雲慘歲陰。」「瘞夭追潘岳，持危覓鄧林。」「納流迷浩汗，峻址得嶔崟。」《贈蕭使君》：「磊落衣冠地，蒼茫土木身。」《送二十三舅》：「郴州頗凉冷，橘井尚淒清。」《呈竇使君》：「漂泊猶杯酒，踟蹰此驛亭。」「踟」一作「躊」，同。《贈李秘書別》「漂泊」、「平生」對。《長吟》：「已撥形骸累，真爲爛漫深。」《臘日》：「縱酒欲謀良夜飲，歸家初放紫宸朝。」「歸」一作「還」，「放」一作

「散」，並非。《寄旻上人》：「碁局動隨幽澗竹，袈裟憶上泛湖船。」《獨步尋花》絶句：「流連戲蝶時時舞，自在嬌鶯恰恰啼。」「繁枝容易紛紛落，嫩蘂商量細細開。」史繩祖《學齋佔畢》：出東方朔《非有先生論》，曰：「談何容易。」及《易注疏》：「咸臨」，《正義》曰：「須商量事宜。」皆本諸經史也。《獨立》「飄飄」、「容易」對。《絶句漫興》：「即遣花開深造次，便教鶯語太丁寧。」《贈盧參謀》「造次」、「蕭條」對。《野人送朱櫻》：「數迴細寫愁仍破，萬顆圓勻訝許同。」《宿府》：「風塵荏苒音書絶，關塞蕭條行路難。」《秋興》：「信宿漁人還泛泛，清秋燕子故飛飛。」《覃山人隱居》：「予見亂離不得已，子知出處必須經。」《懷李尚書》：「大水淼茫炎海接，奇峰嵂兀火雲升。」《又送辛員外》：「細草流連侵坐久，殘花悵望向人開。」「向」一作近，非。

杜古詩

《渼陂西南臺》：「崷崒增光輝，乘陵惜俄頃。」《大雲寺贊公房》：「黃鸝度結構，紫鴿下芳菲。」「鸝」一作「鶯」，「芳菲」一作「罘罳」，並非。余家藏不全宋本，編此詩入近體五言律中。宋本雕刻極精，有元「國子監印」四字國書，又有紅字長印，上刻「國子監崇文閣官書，借讀者必須愛護，損壞闕失，典掌者不許收受」二十六字。《橋陵詩》：「轗軻辭下杜，飄飖凌濁涇。」《送長孫侍御》：「尊前失詩流，塞上得國寶。」「得」一作「多」，非。《送從弟亞》：「踴躍常人情，慘澹苦士志。」《萬丈潭》：「跼步凌垠堮，側身下烟靄。」《通泉驛》：「山色遠寂寞，江光夕滋漫。」《陳拾遺故宅》：「悠揚荒山日，崔崒故園烟。」「悠揚」一作「悠悠」，「園」一作「國」，並非。「崔崒」一作「慘澹」，亦通。《火》：「羅絡沸百浤，根源皆萬古。」「萬」一作「太」，非。《八哀詩》：「感激動四極，聯翩收二京。」《次晚洲》：「參差雲石稠，坡陁風濤壯。」《入衡州》：「重鎮如割據，輕權絶紀綱。」《憶昔行》：「元圃滄洲莽空闊，金節羽衣飄婀娜。」《岳麓山道林寺》：「一重一掩吾肺腑，山花山鳥吾友于。」《追酬高蜀州》：「瀟湘水國傍黿鼉，鄠杜秋天失鵰鶚。」「邊塞西羌最充斥，衣冠南渡多崩奔。」

以下附載唐宋諸家及《選》古詩甚繁，不能悉採，就中取其人尤著者、名句最流傳者，僅存什之二三云。

律詩

陰鏗：「迢遞翔鵾仰，聯翩賀燕來。」

駱賓王：「錦車朝促候，刁斗夜傳呼。」「海鶴聲嘹唳，城烏尾畢逋。」「寶帳垂連理，銀床轉轆轤。」

王維：「萬乘親齋祭，千官喜豫遊。」「致君光帝典，薦士滿公車。」

孟浩然：「渺瀰江樹没，合沓海潮連。」

韋應物：「別從仙客求方法，曾到僧家問苦空。」

李嘉祐：「禪心超忍辱，梵語問多羅。」

韓愈：「誤雞宵呃喔，驚雀暗徘徊。」「幸自同開俱隱約，何須相倚鬭輕盈。」

柳宗元：「標牓同驚俗，精明兩照奸。」「肹蠁巫言報，精誠禮物餘。」

顧況：「晨裝凌莽渺，夜泊記招摇。」

白居易：「肺腑都無隔，形骸兩不覊。」「殘席喧譁散，歸鞍酩酊騎。」「荏苒星霜换，迴還節候催。」「簡威霜凛冽，衣彩繡葳蕤。」「造次行於是，平生志在斯。」「水闇波翻覆，山藏路險巇。」「邂逅塵中遇，殷勤馬上辭。」「林晚青蕭索，江平緑渺瀰。」《代書百韵》詩雙聲、叠韵甚多，馮評掛漏，兹先採之，後倣此。「柘枝隨畫鼓，調笑從香毬。」「鰲凝潮無信，鮫驚浪不虞。」「時遭客對點，數被鬼揶揄。」「對點」一作「答難」，一作「指點」，並非。「蓊欝三光晦，温暾四氣匀。」「偃亞長松樹，侵臨小石溪。」「近南光景熱，向北道途長。」「泥濘非游日，陰沈好睡天。」「鶯聲誘引來花下，草色勾留坐水邊。」「頭陀會裏爲逋客，供奉班中作老臣。」「小園斑駁花初發，新樂錚摐教欲成。」

元稹：「延之苦拘檢，摩詰好因緣。」「肺肝憎巧曲，蹊徑絶縈紆。」「怪鵬頻棲息，跳蛙頗混淆。」「游衍關心樂，詩書對面聾。」「三年巴養育，萬里硤回縈。」「掉蕩雲門發，蹁躚鷺羽振。」「探丸依郭解，投轄伴陳遵。」「且泛龠沿水，兼來被病僧。」「尚想舊情憐婢僕，也曾因夢送錢財。」

牛僧孺：「攙叉鋒刃簇，縷絡鈞絲縈。」

温庭筠：「荏弱樓前柳，輕空花外窗。」「百神歆髣髴，孤竹韵含糊。」「金溝故事春常在，玉軸遺圖火半焚。」

李商隱：「點對連鰲餌，搜求縛虎符。」「鮑壺冰皎潔，王佩玉丁東。」「耿賈官勳大，荀陳地望清。」「悠揚歸夢惟燈見，濩落生涯獨酒知。」

杜牧：「鳥去鳥來山色裏，人歌人哭水聲中。」

劉禹錫：「以閒爲自在，將壽補蹉跎。」

姚合：「苔黏月眼風挑剔，塵結雲頭雨磕敲。」「磕」音渴。

陸龜蒙：「大樂寧忘缶，奇工肯顧瑊。」「相歡時帖泰，獨坐歲峥嶸。」「常依净住師冥目，兼事容成學笄心。」聯句：「節奏惟聽竹，從容只話山。」

吴融：「故事諳金谷，新居近石城。」《箇人三十韵》多合格，如「邂逅」、「艱難」，「參差」、「倭僜」，「盤桓」、「宛轉」，「顧遇」、「平生」，「闌干」、「略彴」之類。

韓偓：「花應洞裏常時發，日向壺中特地長。」

陳羽：「嫋娜方臨水，低迷欲醉人。」省試詩合格甚多，其熟用者不採。

盧征：「權奇初得地，躞蹀欲行天。」

魚玄機：「紅芳滿院參差折，緑醑盈杯次第啣。」

《風騷旨格》採句：「道晦金雞伏，時來木馬鳴。」

盧延遜句：「樹上諮諏批頰鳥，窗間壁剥叩頭蟲。」

楊朴：「蒹葭影裏和烟卧，菡萏香中帶雨披。」

邵雍：「釣水誤持生殺柄，着棊閑動戰征心。」「忺時更改三兩字，醉後吟哦六七篇。」

蘇軾：「凄風瑟縮經絲柱，香霧凄迷着髻鬟。」「蔣濟謂能來阮籍，薛宣真欲吏朱雲。」「高浪隱床吹甕盎，暗風驚樹擺琳琅。」「荇帶豈能攔浪，藕花却解流連。」「解劍獨行殘月，披衣困卧清風。」

古詩

陸機：「髣髴谷水陽，婉孌崑山陰。」

謝靈運：「懷抱觀古今，寢食展戲謔。」「長林羅户穴，積石擁階基。」「遡流觸驚急，臨圻阻參錯。」「洲島驟迴合，圻岸屢崩奔。」

謝惠連：「近矚袪幽蘊，遠視盪諠囂。」

謝朓：「玲瓏結綺錢，深沈映朱網。」「曉星正寥落，晨光復泱漭。」「頳紫共彬駮，雲錦相凌亂。」聯句齊舉郎附：「弱蔓既青翠，輕莎方靃靡。鷺鷗没而遊，麕麚騰復倚。」

江淹：「青林結冥濛，丹巘被葱蒨。」「和惠頒上笏，恩渥浹下筵。」「葱蒨亘華堂，菡萏雜綺樹。」

鮑照：「嶄絶類虎牙，巑岏象熊耳。」「松磴上迷密，雲竇下争横。」「争」一作「縱」，非。「銜協曠古願，斟酌高世賢。」「征夫喜觀國，遊子遲見家。」

劉孝綽：「嗚鑣響夾谷，飛蓋倚林廬。」

王融：「金華紛苒若，瓊樹鬱青葱。」

沈約：「凄鏘笙管遒，參差舞行亂。」「清淵皎澄澈，曾山鬱葱蒨。」「澈」，直列翻。「頡頏事刀筆，紛綸遞紫素。」

温子昇：「蠮螉塞邊絶候雁，鴛鴦樓上望天狼。」

庾信：「虢檜終無寄，齊秦竟何託。」

紀少瑜：「跱崌憐拾翠，顧步惜遺簪。」

薛道衡：「烽微桔槔遠，橋峻轆轤難。」

李白：「清切紫霄迥，優游丹禁通。」「洒掃黄金臺，招邀青雲客。」「呑討破萬象，褰窺臨衆芳。」「不自嬌玉顔，方希鍊金骨。」「滌盪千古愁，流連百壺飲。」

儲光羲：「小會衣冠吕梁壑，大徵甲卒碻磝口。」

韋蟾：「暖日斜明螮蝀梁，濕烟散冪鴛鴦瓦。」顧況「蟾蜍」、「螮蝀」對。

韓愈：「詰屈避語穽，冥茫觸心兵。」「磴蘚澾拳跼，梯飈颭伶俜。」韓孟聯句：「折足去踸踔，蹙鬐怒鬉鬞。」「坱圠遊峽喧，颼飀卧江汰。」「竹兵彼皴脆，鐵刃我鎗鏚。」「廟獻繁馘級，樂聲洞椌楬。」「貐謡衆猥欸，巴語相咿嚘。」《南山詩》雙聲、疊韵甚多，兹不復採。

白居易：「間關鶯語花底滑，幽咽泉流水下灘。」

元稹：「舞榭欹傾基尚存，文窗窈窱紗猶緑。」

劉禹錫：「赤玉雕成彪炳毛，紅綃翦出玲瓏翅。」

温庭筠：「三春謝游衍，一笑牽規矩。」「日影明滅金色鯉，杏花唼喋青頭雞。」

皮日休：「龍光倏閃照，虬角搊琤觸。」「衮衣競繀繺，鼓吹争鞺鞳。」

陸龜蒙：「據石即更歌，遇泉還徙倚。」「好贈玉條脱，堪携紫綸巾。」「條」，他凋切。李賀「跳脱」對「琵琶」。孫光憲《北夢瑣言》載温飛卿以「金步摇」對「玉條脱」。「步摇」非雙聲，亦非叠韵，一時給捷，對實未工也。「溢處每淋漓，沈來還滉瀁。」

蘇軾：「端莊雜流麗，剛健含婀娜。」「樽酒樂餘春，棊局消長夏。」「東緼方熠燿，敲石俄氤氲。」「谽谺土門口，突兀太行頂。」「暮雨侵重膇，燒烟騰鬱攸。」

叠韵正格 凡叠韵對及出句叠韵者入此。

兩字同韵謂之叠韵。若就《廣韵》二百六部，或獨用，或通用，如今平水，本此爲叠韵正格。倘字音逼近，則雖律詩不通而古詩可通之韵，亦合叠韵之正也。

杜律詩

《贈汝陽王》：「寸腸堪繾綣，一諾豈驕矜。」「繾綣」，叠韵兼雙聲。《贈盧參謀》：「流年疲蟋蟀，體物幸鷦鷯。」「蟋蟀」叠韵兼隔標雙聲。〇《簡顔少府》「蟋蟀」、「蒹葭」對。《贈韋左丞》：「歲寒仍顧遇，日暮且踟蹰。」《贈鄭諫議》：「築居仙縹緲，旅食歲崢嶸。」《遊何將軍山林》：「卑枝低結子，接葉暗巢鶯。」《重過何氏》：「翡翠鳴衣桁，蜻蜓立釣絲。」「蹉跎暮容色，悵望好林泉。」《送蔡都尉》：「馬頭金匼匝，駞背錦模糊。」《對月》：「仳離放紅蘂，想像顰青娥。」「仳」一作「披」，同。《喜達行在所》：「霧樹行相引，連山望忽開。」「霧」一作「茂」，「山」一作「峰」，並非。《漢皋詩話》：「茂樹」、「連山」，字皆從一作。時歸鳳翔行在，正文「連山」作「連峰」，非也。「霧樹」亦然。案「茂」字、「峰」字乃不知者妄改。《文苑英華》本亦從之，沿誤已久。《詩話》但知「峰」字之非，而不知「霧」字之是，亦昧其爲疊韵對也。「影静千官裏，心蘇七校前。」《行次昭陵》：「直詞寧戮辱，賢路不崎嶇。」《喜聞官軍》：「路失羊腸險，雲横雉尾高。」《秦州見勑目》：「交期余潦倒，材力爾精靈。」「宫臣仍點染，柱史正零丁。」「喚人看騕褭，不嫁惜娉婷。」「仰思調玉燭，誰定握青萍。」《寄高使君岑長史》：「似爾官仍貴，前賢命可傷。」「何太龍鍾極，於今出處妨。」《寄張山人》：「大軍多處所，餘寇尚紛綸。」《寄李白》：「聲名從此大，汩没一朝伸。」《贈陳二補闕》「汩没」、「聲名」對。《贈王侍御》：「追隨不覺晚，欵曲動彌旬。」「隨」一作「陪」，亦通。《絶句》：「竹高鳴翡翠，沙僻舞鵾雞。」俞成《螢雪叢説》：「余嘗欲以『泥融飛燕子』對『地僻舞鵾雞』，並老杜絶句全句。」案，「燕子」非雙聲，亦非疊韵，與「鵾雞」雙聲不對。元德不自知其未工也。《故相房公歸葬》：「劍動親身匣，書歸故國樓。」「親」一作「新」，同。《上白帝城》：「江山城宛轉，棟宇客徘徊。」《陪晏越公堂》：「英靈如過隙，晏衎願投醪。」「醪」一作「膠」，非。《謁先主廟》：「虚檐扶鳥道，枯木半龍鱗。」「扶」一作「交」，非。《宿江邊閣》：「鸛鶴追飛盡，豺狼得食喧。」《夔府詠懷》：「紫鸞無近遠，黄雀任翩翾。」《夔府書懷》：「扈聖崆峒日，端居灔澦時。」《白帝樓》：「漠漠虚無裏，連連睥睨侵。」《月》：「魍魎移深樹，蝦蟆動半輪。」「動」一作「没」，非。《贈李秘書别》：「觸目非論故，新文尚起予。」「御鞍金騕褭，宫硯玉蟾蜍。」《社日》：「報効神如在，馨香舊不違。」《戲作俳諧體遺悶》：「於菟侵客恨，粔籹作人情。」

「於菟」一作「穀於」，一作「穀菟」，並非。《柳司馬至》：「設備邯鄲道，和親邏些城。」《白帝城放船》：「生涯臨臯兀，死地脱斯須。」「飄蕭將素髮，汨没聽洪鑪。」《水宿遺興》：「蹉跎長汎鷁，展轉屢鳴雞。」《荆南述懷》：「差池分組冕，合沓起蒿萊。」詩中「蒼茫」、「展轉」，叠韵正格。「罪戾」、「干戈」，「怨憤」、「摧頹」，並叠韵廣通格。《荆南寄薛尚書》：「風塵相澒洞，天地一丘墟。」「鈎陳摧徼道，槍壘失儲胥。」《送覃二判官》：「魂斷舵舸失，天寒沙水清。」「舵」一作「航」，非。《哭韋大夫》：「冲融標世業，磊落映時賢。」《贈盧參謀》：「鄰好艱難薄，甿心杼軸焦。」《送郭中丞》「艱難」、「容易」對。《寄張山人》「艱難」、「慘澹」對。《舟中伏枕書懷》：「生涯常汨没，時物自蕭森。」「蹉跎翻學步，感激在知音。」《同豆盧峰知字韵》：「爛漫通經術，光芒刷羽儀。」《哭鄭司户蘇少監》：「許與才雖薄，追隨跡未拘。」「從容詢舊學，慘澹閟陰符。」《送王少尹》：「闌干上處遠，結構坐來重。」《贈田九判官》：「宛馬總肥秦苜蓿，將軍只數霍嫖姚。」《送鄭虔貶台州》：「蒼皇已就長途往，邂逅無端出餞遲。」「蒼皇」一作「伶俜」，亦通。《曲江》：「穿花蛺蝶深深見，點水蜻蜓欵欵飛。」《至日遣興》：「無路從容陪笑語，有時顛倒着衣裳。」《暮登鐘樓》：「多病獨愁常闃寂，故人相見未從容。」《客至》：「盤飧市遠無兼味，樽酒家貧只舊醅。」《宿府》：「已忍伶俜十年事，强移棲息一枝安。」《官池春雁》絶句：「且休悵望看春水，更恐歸飛隔暮雲。」《十二月一日》：「春來準擬開懷久，老去親知見面稀。」《漫成絶句》：「沙頭宿鷺聯拳立，船尾跳魚撥剌鳴。」「撥」一作「跋」，一作「潑」，同。《詠懷古跡》：「支離東北風塵際，漂泊西南天地間。」「翠華想像空山裏，玉殿虚無野寺中。」《寒雨朝行視園樹》：「林香出實垂將盡，葉蒂辭枝不重蘇。」「辭」一作「離」，同。「枝」一作「柯」，非。《重泛鄭監前湖》：「不但習池歸酩酊，君看鄭谷去夤緣。」

杜古詩

《贈韋左丞》：「青冥却垂翅，蹭蹬無縱鱗。」詩中「觀國」、「破萬」、「佳句」、「賁公」，四句兩用。《渼陂西南臺》：「仿像識鮫人，空濛辯魚艇。」《大雲寺贊公房》：「側塞被徑花，飄飖委墀柳。」《喜晴》：「青熒陵陂麥，窈窕桃李花。」《萬丈潭》：「削成根虛無，倒影垂澹瀩。」「黑知灣澴底，清見光炯碎。」《白沙渡》：「高壁抵嶔崟，洪濤赴凌亂。」《石櫃閣》：「優游謝康樂，放浪陶彭澤。」《飛仙閣》：「棧雲闌干峻，梯石結構牢。」《贈鄭賁》：「羈離交屈宋，牢落值顔閔。」《柴門》：「長影没窈窕，餘光散谽谺。」《槐葉冷淘》：「願隨金騕褭，走置錦屠穌。」《火》：「勢欲焚崑侖，光彌焮洲渚。」《八哀詩》：「虛無馬融笛，悵望龍驤塋。」「無」一作「横」，一作「爲」，並非。「哀贈竟蕭條，恩波延揭厲。」《幽人》：「崔嵬扶桑日，照耀珊瑚枝。」《寄狄明府》：「虎之饑，下巉喦，蛟之横，出清泚。」《戲題惱郝使君》：「細馬時鳴金騕褭，佳人屢出董嬌嬈。」《古柏行》：「崔嵬枝幹郊原古，窈窕丹青户牖空。」《遺興寄蘇侍御》：「烏雀苦肥秋粟菽，蛟龍欲蟄寒沙水。」《追酬高蜀州》：「錦里春光空爛漫，瑶墀侍臣已冥寞。」

律詩

李白：「玉樓巢翡翠，金殿鎖鴛鴦。」如「翡翠」、「鴛鴦」、「蛺蝶」、「蜘蛛」、「荳蔻」、「茱萸」、「玳瑁」、「琉璃」、「鸊栗」、「琵琶」之類，唐詩中甚多，略採一二聯爲例。

盧照鄰：「城狐尾獨束，山鬼面參覃。」

王維：「抖擻辭貧里，歸依宿化城。」

楊巨源：「五色天書詞煥爛，九華春殿語從容。」

柳宗元：「蹀躞騶先駕，籠銅鼓報衙。」

韓愈：「風臺觀滉瀁，冰砌步青熒。」「狂教詩硉矹，興與酒陪鰓。」

白居易：「早光紅照耀，新溜碧逶迤。」「運啓千年聖，天成萬物宜。」「官班分内外，遊處遂參差。」「縹緲疑仙樂，嬋娟勝畫圖。」「麴苦桄榔裛，漿酸橄欖新。」「門閉深沉樹，池通淺沮溝。」「沮」，七預切。「學禪超後有，觀妙造虛無。」「銀含鑿落盞，金屑琵琶槽。」「舞鬟金翡翠，歌項玉蠐螬。」「莫問龍鍾惡官職，且聽清脆好詩篇。」此詩十七韵，起四句隔句對，以下雙聲叠韵對，凡七聯。「山鬼趫跳唯一足，峽猿哀怨過三聲。」「舊法依稀傳自杜，新方要妙得於陳。」「井泉玉相資重九，麴蘖精靈用上寅。」又「隨宜」、「取次」、「斗藪」、「摩挲」、「頻伸」、「箕踞」、「爛漫」、「頻伸」對。

元稹：「萬方來合雜，五色瑞輪囷。」「酎金光照耀，奠璧彩璘玢。」「總干形屹崒，戛敔背嶙峋。」「連陰鼃張王，瘴瘧雪治醫。」「霑黏經汗席，颭閃盡油燈。」「有時鞭欵段，盡日醉儚僜。」「欵段」二字本《後漢書・馬援傳》。李治《古今黈》：「欵段蓋連綿語，猶世俗言骨董云爾。」案「欵段」叠韵，「骨董」非叠韵，亦非雙聲，仁卿概指爲連綿，其説殊混。「豆萁才敏儁，羽獵正峥嶸。」「歛緍偷印信，傳箭作符繻。」「李多嘲蝘蜓，竇數集蜘蛛。」

「蛛懸絲繚繞，鵲報語詀諵。」「過簫資響亮，隨水漲淪漣。」「暗虹徒緻繞，濯錦莫周遮。」「虎行風捷獵，龍睡氣氛氲。」「晻澹洲烟白，籬篩日脚紅。」「一言親授希微訣，三夕同傾沆瀣杯。」「顧我小才同培塿，知君險鬪敵都盧。」

劉禹錫：「江郡謳謡誇杜母，洛陽歡會憶車公。」

牛僧儒：「嶸瘮微寒早，輪囷數片横。」

温庭筠：「朱莖殊菌蠢，丹桂欲蕭森。」「才信傾城是真語，直教塗地始甘心。」薛逢「塗地」、「洞天」對。

李商隱：「吴市蠙蛦甲，巴賨翡翠翹。」《光威裒聯句》「蝤蛦掌」對「玳瑁簪」。「色染妖韶柳，光含窈窕蘿。」「矮墮緑雲髻，欹危紅玉簪。」「疑穿花逶迤，漸近火温馨。」「鎖香金屈戌，帶酒玉崑侖。」「華蓮開菡萏，荆玉刻孱顔。」「披衣憐蕙若，展帳動烟波。」「披」一作「減」，非。「鷗鳥忘機翻浹洽，交親得路昧平生。」

賈島：「静棊功奥妙，閑作韵凄清。」

姚合：「獨宿空堂雨，閑行九陌塵。」

皮日休：「時訛輕五羖，俗淺重三緘。」「搶烟寒嶠嶭，披蔦静襹褷。」聯句：「跁跒松形矮，般跚檜樾矬。」

陸龜蒙：「戰鋒新缺齾，燒岸黑黝黤。」「峥嶸驚露鶴，趯趣閡雲螭。」「趣」，七亦切。「錦鯉銜風擲，絲禽掠浪飛。」「艫舸尋遠近，握槊鬪輸贏。」「枝壓離披瓠，簷垂礧嵬橙。」「外形堅緑殼，中味獻瓊英。」「臨風藹彩初攜籠，帶露虚疏或貯襟。」「經略彴時冠暫亞，佩笭箵後帶頻搊。」「迸出似豪當垤塊，孤生如恨倚闌干。」

崔櫓：「雲生柱礎降龍地，露洗林巒放鶴天。」

李洞：「斸竹烟嵐凍，偷湫雨雹腥。」

韋莊：「紫陌亂嘶紅叱撥，緑楊高映畫鞦韆。」

曹唐：「坐對玉山空甸線，細聽金石怕低迷。」

吴融：「百尺樓堪倚，千錢酒要追。」

韓偓：「窗裏日光飛野馬，案頭筠管長蒲盧。」「圖霸未能知盜道，餙非唯欲害仁人。」

張濯：「肅穆來東道，迴環拱北辰。」

鄭絪：「春容時未歇，摇曳夜方深。」

《炙轂子詩格》：「風吹榆莢葉，雨打木瓜花。」

林逋：「卑孜晚鳥沈幽語，歷刺烟篁露勁梢。」「刺」入聲。

邵雍：「鳳凰樓下逍遥客，郟鄏城中自在人。」

蘇軾：「翠鳳舊依山硉兀，清泉長與世窮通。」「湖光瀲灧晴方好，山色空濛雨亦奇。」「翠浪舞翻紅罷亞，白雲穿破碧玲瓏。」又「騕褭」、「玲瓏」對。「春風料峭羊角轉，河水渺綿瓜蔓流。」「顧我自爲都眊矂，憐君欲鬭小嬋娟。」「雍容已饜天厨賜，俯伏初嘗貢茗新。」又「雍容」、「骯髒」對。「本自玉肌非鵠浴，至今丹殼似猩刑。」「静看月窗盤蜥蜴，卧聞風幔落蛜蝛。」「出門便旋風吹面，走馬聯翩鵲啅人。」施注引《左傳》：

「夷射姑旋焉。」杜注：「旋，小便也。」小便入詩，殊不雅馴。施誤。案《廣雅》云：「徘徊，便旋也。」東坡正用此語。況對下句「聯翩」尤工。昌黎《石鼎聯句詩序》云：「道士起，出門若將便旋然。」此則自當作小便解也。查氏《補注》引《詩》「子之還兮」，《傳》：「便捷之貌。」《疏》云：「便捷，本作便旋。」案義亦可通。但此乃《釋文》，非《疏》也，查誤。「憂虞心謝知時雁，安穩身同挂角羊。」「可慰摧頽仍健食，此身通脱屢酡顏。」

范成大：「病憐楖栗隨身慣，老覺屠蘇到手遲。」

古詩

陸機：「婉孌居人思，鬱紆遊子情。」「山澤紛紆餘，林薄杳阡眠。」

劉琨：「白登幸曲逆，鴻門賴留侯。」「曲逆」音句遇。

謝靈運：「石淺水潺湲，日落山照曜。」「澹瀲結寒姿，團欒潤霜質。」「側逕既窈窕，環洲亦玲瓏。」

謝瞻：「綢繆結風徽，烟熅吐芳訊。」

謝朓：「阡眠起雜樹，檀欒蔭修竹。」「靃靡青莎被，潺湲石溜瀉。」王融：「潺湲石溜瀉」對「綿蠻山雨聞」。

江淹：「露彩方泛艶，月華始徘徊。」

沈約：「鬱律構丹巘，崚嶒起青障。」「緑幘文照耀，紫燕光陸離。」又「昭晢」、「陸離」對。「瀄汩背吴潮，潺湲横楚瀨。」王僧孺「瀄汩」、「參差」對。「紫茄紛爛漫，緑芋鬱參差。」

鮑照：「巃嵸高昔貌，紛純襲前名。」「純」一作「亂」，非。「孚愉鸞閣上，窈窕鳳楹前。」

何遜：「俱登巃嵸嶺，並坐逶迤閣。」

徐陵：「竹徑蒙籠巧，茅齋結構新。」

王僧孺：「雅步極嫣妍，含辭恣委靡。」

李白：「岧嶢廣成子，倜儻魯仲連。」

任華：「積翠扈遊花匼匝，披香寓直月團欒。」

儲光羲：「羃䍥疎蒿下，毶毶深麥裏。」

韋蟾：「廣殿崔嵬萬壑間，長廊詰曲千巖下。」

韓愈：「已窮佛根源，粗識事輗軏。」韓孟聯句：「春遊轢靃靡，彩伴颯𡣗媖。」「鼻偷困淑郁，眼剽强盱䁥。」「怒鬚猶鬇鬡，斷臂仍䡇䡣。」「投奅鬧硠磕，填隍倔傄僒。」「跧梁排郁縮，闖竇揳窟窡。」「印文裁斐亹，巴豔收婠妠。」聯句：「澤髮解兜牟，酡顏傾鑿落。」「兩廂鋪氍毹，五鼎調芍藥。」《石鼎聯句》：「龍頭縮菌蠢，豕腹漲彭亨。」又「卷𧅄」、「彭亨」對。

白居易：「爲感君王展轉思，遂教方士慇懃覓。」

温庭筠：「連娟眉繞山，依約腰如杵。」「水極晴搖泛灩紅，草平春染烟綿綠。」

皮日休：「洞氣黑昳眣，苔髮紅鬇鬡。」「人語散澒洞，石響高玲玎。」「襹褷風聲疣，跁跒地力痑。」「山果紅䵵䵴，水苔青髟鬆。」「青苗細膩卧，白羽悠溶静。」「堦前平泛濫，墻下深趚趚。」「一錢買粔籹，數里走病僕。」「窪處著筣笓，竅中維舳艫。」「猿眠但膃肭，梟食時啑唼。」

陸龜蒙：「曾無氍毹態，頗得連軒樣。」「感物動牢愁，憤時頻骯髒。」「愁」音曹。「上有青襏襫，下有新䑛踈。」

蘇軾：「朝槃見蜜唧，夜枕聞鵂鶹。」「糢糊半已似瘢胝，詰曲猶能辯跟肘。」「詰」音乞。「騷人未要逃競病，禪老但喜聞剥啄。」

杜詩雙聲疊韵譜括略卷之二上

海寧周春松靄撰

雙聲同音通用格

隔標雙聲，其通用不待言矣。隔標不甚逼近，亦間有不對者。外此如疑、孃，澄、床，知、照，徹、穿，禪、日之類，雖屬各母，而音實逼近，亦可通用。然須取最逼近者用之，倘神理稍遠，仍不得通也。凡脣音字，核其細則易混，舉其粗則易辨，一讀而即知其音之屬脣矣，故輕、重各自相通，非他母可比。其偶有不對者，因不甚逼近故也。凡輕、重各相通者，歸此格，輕、重互相通者，歸廣通格。

杜律詩

《贈張學士》：「此生任春草，垂老獨漂萍。」《贈哥舒開府》：「每惜河湟棄，新兼節制通。」《寄高書記》：「主將收才子，崆峒足凱歌。」《贈太常張卿》：「適越空顛躓，遊梁竟慘悽。」《行次昭陵》：「文物多師古，朝廷半老儒。」祖審言詩「文物」、「聲名」對。《秦州見勑目》：「文章開突奧，遷擢潤朝廷。」《宴南樓》「朝廷」、「鼓角」對。《觀江漲》：「孤亭凌噴薄，萬井逼春容。」《弊廬遺興寄嚴公》：「跡忝朝廷舊，情依節制尊。」《白鹽山》：「白牓千家邑，清秋萬估船。」《偶題》：「作者皆殊列，聲名豈浪垂。」《喜觀即到》：

「江閣嫌津柳，風帆數驛亭。」《樹間》：「交柯低几杖，垂實礙衣裳。」《贈李秘書別》：「清秋凋碧柳，別浦落紅蕖。」《秋野》：「掉頭紗帽仄，曝背竹書光。」《江樓夜宴》：「聽歌驚白鬢，笑舞拓秋窗。」《送十七舅》：「縹緲蒼梧帝，推遷孟母鄰。」《水宿遣興》：「童稚頻書札，盤飧詎糁藜。」《寄鄭少尹》：「形骸元土木，舟楫復江湖。」《獨坐》：「江斂洲渚出，天虛風物清。」《北風》：「滌除貪破浪，愁絶付摧枯。」《題鄭著作》：「可念此翁懷直道，也霑新國用輕刑。」《寄漢中王》絶句：「謝安舟楫風還起，梁苑池臺雪欲飛。」《奉待嚴大夫》「常怪偏裨終日待，不知旌節隔年迴。」《清明》：「虛霑焦舉爲寒食，實藉嚴遵賣卜錢。」

杜古詩

《甘林》：「青芻適馬性，好鳥知人歸。」《八哀詩》：「顏回竟短折，賈誼徒忠貞。」《渼陂行》：「鳧鷖散亂棹謳發，絲管啁啾空翠來。」《戲題惱郝使君》：「舞處重看花滿面，尊前還有錦纏頭。」

律詩

楊炯：「玉檻崑崙側，金樞地軸東。」

孟浩然：「石潭窺洞徹，沙岸歷紆餘。」「水乘舟楫去，親望老萊歸。」「已多新歲感，更餞白眉還。」

岑參：「平明端笏陪鵷列，薄暮垂鞭信馬蹄。」

韓愈：「净堪分顧兔，細得數飄萍。」「人皆譏造次，我獨賞專精。」

柳宗元：「禮容垂韠琫，戎備響鋞鍛。」

元稹：「燕巢纔點綴，鶯舌最惺憁。」

劉禹錫：「縈回謝女題詩筆，點綴陶公漉酒巾。」

白居易：「入視中樞草，歸乘内厩駒。」「大道全生棘，中丁盡執殳。」「試問池臺主，都爲將相官。」

杜牧：「盼眄迴眸遠，纖衫整鬢遲。」「畫扉扃白版，夜碓掃黄粱。」「洗了頷花翻假錦，走時蹄汗蹋真珠。」

温庭筠：「豈意觀文物，何勞琢碔砆。」「濃陰似帳紅薇晚，細雨如烟碧草春。」「春」一作「新」，非。

李商隱：「慶流歸嫡長，貽厥在名卿。」「滌濯臨清濟，巉巖倚碧嵩。」「思子臺邊風自急，玉孃湖上月應沉。」

陸龜蒙：「因吟郢岸百畝蕙，欲採商崖三秀芝。」

錢惟演：「雪意未成雲着地，秋聲不斷雁連天。」

宋祁：「落花風觀閣，睡鴨雨池塘。」

司馬光：「緑篠影侵碁局暗，黄梅花漬酒巵香。」

歐陽修：「玉顔自古爲身累，肉食何人與國謀。」

蘇軾：「五畝自栽池上竹，十年空看輞川圖。」

古詩

謝靈運：「巖峭嶺稠疊，洲縈渚連綿。」高似孫《選詩句圖》此聯下引沈約句：「山障遠重疊，竹樹近蒙蘢。」「遭物悼遷斥，存期得要妙。」「解劍竟何及，撫墳徒自傷。」

顏延年：「流連河裏遊，惻愴山陽賦。」「振楫發吴洲，秣馬陵楚山。」

謝朓：「高館臨荒途，清川帶長陌。」

庾信：「邊笳落淚曲，羌笛斷腸歌。」

盧照鄰：「峻阻埒長城，高標吞巨舫。」

李頎：「大道本無我，青春長與君。」

韓愈：「指摘兩增嫌，睢盱互猜訝。」「紫蓋連延接天柱，石廩騰擲堆祝融。」

杜牧：「主張既難測，翻覆亦其宜。」

皮日休：「枕下聞澎湃，肌上生瘮痺。」

陸龜蒙：「方當賣罾罝，盡以易紙札。」

疊韻平上去三聲通用格

平、上、去三聲可通用爲疊韻，以其字音逼近，上口便諧，雖欲不謂之疊韻不得也。至入聲則不可通矣。雙聲字多而疊韻字少，故疊韻之途，視雙聲較寬。

杜律詩

《登兗州城樓》：「浮雲連海岱，平野入青徐。」「岱」一作「嶽」，非。《贈汝陽王》：「聖情常有眷，朝退若無憑。」「招要恩屢至，崇重力難勝。」《贈哥舒開府》：「青海無傳箭，天山早掛弓。」李商隱詩「傳箭」、「合圍」對。「幾年春草歇，今日暮途窮。」《贈太常張卿》：「方丈三韓外，崑崙萬國西。」《行次昭陵》：「指揮安率土，盪滌撫洪鑪。」《喜聞官軍》：「元帥歸龍種，司空握豹韜。」《路逢楊少府》：「歸來稍暄暖，當爲斸青冥。」「暄」一作「和」，非。《秦州見敕目》：「還蜀祇無補，囚梁亦固扃。」「補」一作「益」，非。「無補」兼廣通雙聲。「侏儒應共飽，漁父忌偏醒。」《寄高使君岑長史》：「隔日搜脂髓，增寒抱雪霜。」《寄賈司馬嚴使君》：「師資謙未達，鄉黨敬何先。」《酬高使君》：「古寺僧牢落，空房客寓居。」「寓」一作「得」，非。《西城晚眺》：「旂尾蛟龍會，樓頭燕雀馴。」《觀江漲》：「霄漢愁高鳥，泥沙困老龍。」《章梓州水亭》：「近屬淮王至，高門薊子過。」《寄河南韋尹》「薊子」、「揚雄」對。《歸溪上作》：「藥許鄰人斸，書從稚子擎。」《雨》：「輕箑煩相向，纖絺恐自疑。」《宴越公堂》：「落構垂雲雨，荒堦蔓草茅。」《謁先主廟》：「雜耕心未已，歐血事酸辛。」《搖落》：「鵝費羲之墨，貂餘季子裘。」《哭嚴僕射》：「風送蛟龍匣，天長驃騎營。」《哭王彭州》：「蜀路江干窄，彭關地里遥。」「江干」一作「干戈」，亦通。《夔府詠懷》：「瓜時仍旅寓，萍跡若夤緣。」「跡」一作「泛」，「若」一作「苦」，並非。「法歌聲變轉，滿座涕潺湲。」「陰何尚清省，沈宋欻聯翩。」「霧雨銀章澀，馨香粉署妍。」《寄劉使君》：「鍊骨調情性，張兵撓棘矜。」《暝》：「正枕當星劍，收書動玉琴。」《傷秋》：「嬾慢頭時櫛，艱難帶減圍。」《續得觀書》：「天旋夔子國，春近岳陽湖。」《酬寇侍御》：「來簪御府筆，故泊洞庭船。」《哭鄭司户蘇少監》：「道消詩興發，心息酒爲徒。」《重題》：「江雨銘旌濕，湖風井陘秋。」《迴棹》：「巾拂那關眼，瓶罍易滿船。」《有客》：「豈有文章驚海内，漫勞車馬駐江干。」《黄草》：「秦中驛使無消息，蜀道兵戈有是非。」「兵」一作「干」，非。《示獠奴阿段》：「郡人入夜争餘瀝，稚子尋源獨不聞。」「稚」一作「豎」，非。《長沙送李銜》：「遠愧尚方曾賜履，竟非吾土倦登樓。」

杜古詩

《夜聽許十一誦詩》：「精微穿溟涬，飛動摧霹靂。」詩中「業白出石壁」一句，用五入聲。又「方便」、「匹敵」、「包蒙」，四句三用。「游衍」、「辟易」，二句對用。《宿贊公土室》：「要求陽岡暖，苦涉陰嶺沍。」《發秦州》：「雖傷旅寓遠，庶遂平生遊。」《通泉驛》：「登頓生層陰，傾欹出高岸。」疎寮《選詩句圖》謝靈運句：「山行窮登頓，水涉盡洄沿。」《八哀詩》：「形骸實土木，親近唯几杖。」「詩罷地有餘，篇終語清省。」《洗兵馬》：「東走無復憶鱸魚，南飛覺有安巢鳥。」「巢」一作「枝」，非。《題松樹障子歌》：「已知仙客意相親，更覺良工心獨苦。」

律詩

駱賓王：「關山暫超忽，形影歎艱虞。」

張九齡：「逸興乘高閣，雄飛在禁林。」
王維：「萬里鳴刁斗，三軍出井陘。」
崔顥：「露重寶刀濕，沙虚金甲鳴。」
孟浩然：「在山懷綺季，臨漢憶荀陳。」
崔融：「匣氣衝牛斗，山形轉轆轤。」
裴度：「鹽梅非擬議，葵藿是平生。」
韓愈：「綸綍謀猷盛，丹青步武親。」「眼穿長訝雙魚斷，耳熱何辭數爵頻。」
柳宗元：「碧樹環金谷，丹霞映上陽。」羅隱：「塵埃金谷路，樓閣上陽鐘。」對同。
元稹：「凉魄潭空洞，虚弓雁畏威。」「芋羹真暫淡，䭔炙漫塗蘇。」「稊米休言聖，醯雞益伏愚。」「把將嬌小女，嫁與冶遊兒。」「懸劫偏深猛，回征特嶮巇。」
白居易：「户大嫌甜酒，才高笑小詩。」見後。「婆娑放雞犬，嬉戲任兒童。」
温庭筠：「昔皆言爾志，今亦畏吾徒。」
李商隱：「魚因感姜出，鶴爲弔陶來。」
陸龜蒙：「仙謠珠樹曲，村餉白醅缸。」「讓王門外開帆葉，義帝城中望戟支。」
姚合：「天公與貧病，時輩復輕欺。」
梅堯臣：「膝前嬌小女，眼底寧馨兒。」

蘇軾：「鶴閑雲作氅，駝卧草埋峰。」「地偏不信容高蓋，俗儉真堪著腐儒。」「巧語屢曾遭薏苡，度詞聊復託芎藭。」「江上秋風無限浪，枕中春夢不多時。」「穿竹鳥聲驚步武，入簾花影落杯盤。」

古詩

顏延年：「德有潤身，禮不愆器。」

謝朓：「榮楯每嶙峋，林堂多碕礒。」

丘遲：「詭怪石異象，嶄絶峰殊狀。」

鮑照：「尊賢永照灼，孤賤長隱淪。」「飲齕具攢聚，翘陸欻驚迸。」

何遜：「本慚佽飛劍，寧慕澹臺璧。」

高昂：「壠種千口羊，泉連百壺酒。」

李白：「而我遺有漏，與君用無方。」

韓孟聯句：「磔毛各噤瘁，怒瘿争硠磊。」「臺圖焕丹玄，郊告儼匏稭。」「惟當騎款段，豈望覿珪玠。」

蘇軾：「連娟二華頂，空洞三茅腹。」「蒙茸出磨細珠落，眴轉繞甌飛雪輕。」

杜詩雙聲叠韵譜括略卷之二下

海寧周春松靄撰

雙聲借用格

字可兩讀，即行借用，叠韵倣此。《客堂》「力」字，《三川觀水漲》「塞」字。《南池》「色」字。《久雨期王將軍》「得」字，《天邊行》、《桃枝杖引》「得」字、「息」字，並與屋沃韵通叶。舉此一端，亦屬叠韵借用之證。

杜律詩

《遊何將軍山林》：「碾渦深没馬，藤蔓曲藏蛇。」「蛇」吴音讀如查。「藏」一作「垂」，尤佳，「蛇」仍讀如闍，正格。《陪鄭駙馬韋曲》：「美花「花」借用撮唇音。多映竹，好鳥不歸山。」《秦州雜詩》：「聞説真龍種，仍殘老驌驦。」「驦」讀如桑。《寄張山人》「蕭瑟「瑟」讀如塞。論兵地，蒼茫鬭將辰。」《贈王侍御》：「子去何瀟洒，「洒」讀如雖上聲。余藏異隱淪。」《岷山沱江圖》：「直訝松杉「松」讀思恭切，「杉」讀蘇含切。冷，兼疑菱荇香。」《旅夜書懷》：「星垂平野闊，月湧「月」讀如越。大江流。」「垂」一作「隨」，同。《西閣》：「經過凋碧柳，蕭瑟同上。倚朱樓。」「瑟」一作「索」，同。《夔府詠懷》：「局促看秋燕，蕭踈「踈」讀如蘇。聽晚蟬。」《偶題》：「蕭瑟同上。唐虞遠，聯翩楚漢危。」《天池》：「鬱紆騰秀氣，蕭瑟同上。浸寒空。」《瀼西寒望》：「年侵頻悵望，興遠一蕭疎。」同上。《懷舍弟潁觀等》：「雲天猶錯莫，花萼尚蕭疎。」同上。《荆南述懷》：「星霜「霜」讀如桑。元鳥變，身世白駒催。」《伏枕書懷》：「生涯相汩没，時物正蕭森。」「森」讀如孫。《迴棹》：「衡岳「岳」讀如鶴。江河大，蒸池疫癘偏。」《將赴成都草堂》「新松見上。恨不高千尺，惡竹應須斬萬竿。」《覽物》：「巫峽忽如瞻華岳，見上。蜀江猶似見黄河。」《題終明府水樓》：「絶壁過雲開錦繡，疎松並見上。夾水奏笙簧。」

杜古詩

《雨》：「鍼灸阻朋曹，糠籺對童孺。」「籺」讀如克。《近聞》：「渭水逶迤白日净，隴山蕭瑟同上。秋雲高。」

律詩

王維：「瀑布松杉同上。常帶雨，夕陽彩翠忽成虹。」

白居易：「寒消直城「城」讀如澄。路，春滿曲江池。」「孔竅緣底事，顔夭「顔」讀如延。有何辜。」「問望賢丞相，儀形「儀」讀如移。美丈夫。」「露簟青瑩迎夜滑，風襟瀟洒同上。先秋凉。」

劉長卿：「城池見上。百戰後，耆舊幾家存。」

韓翃：「傳看轆轤劍，醉脱驌驦同上。裘。」

陸龜蒙：「鍊藥傳丹鼎，嘗茶「嘗」讀如幢。試石甖。」

邵雍：「長具齋莊緣讀《易》，每暫疎散「散」讀如汕。爲吟詩。」

蘇軾：「兩歲頻爲山水役，一谿長照雪霜見上。侵。」「寂歷疎松同上。欹晚照，伶俜寒蝶抱秋花。」

古詩

陶潛：「望雲慚高鳥，臨水愧游魚。」「魚」讀如餘。

顔延年：「庭昏見野陰，山明望松雪。」見上。

謝惠連：「蕭瑟同上。含風蟬，寥戾度雲雁。」「雁」吴音。「蕭疎同上。野趣生，逶迤白雲起。」

王融：「烟灌共深陰，風篁兩蕭瑟。」同上。

沈約：「蕭瑟同上。負高情，耿介懷秋實。」「布綿密於寒皐，吐纖疎見上。於危石。」

李白：「試發清秋興，因爲吴會「吴」讀如壺，「會」如字。吟。」

韋應物：「簷雛已搖颺，荷露方蕭颯。」「颯」讀如塞。「窈窕雲雁「雁」讀如晏。合，蒼茫河漢横。」

柳宗元：「迴風一蕭瑟，同上。林影久參差。」

唐扶、沈傳師：「從容一衲分若有，蕭瑟同上。兩鬢吾能髠。」又「荒唐」、「細碎」，「英皇」、「屈賈」，「蹀躞」、「粲錯」對。

沈頌：「圓月見上。正當户，微風猶在林。」

蘇軾：「清詩咀嚼那得飽，瘦竹瀟洒同上。令人饑。」

疊韻借用格

杜律詩

《贈汝陽王》：「硯寒金井水，簷動玉壺『玉』讀如裕。冰。」《寄岑嘉州》「春草」、「玉除」對，與此讀同。《秦州雜詩》：「屬國「國」讀古沃切。歸何晚，樓蘭斬未還。」《空囊》：「世人共鹵莽「莽」讀漠古切。顧氏《唐韵正》：「莽」古音莫補翻。今此字兩收於廿姥、三十七蕩部中，當削去，併入姥韵。吾道屬艱難。」《寄高使君岑長史》：「天彭劍閣外，虢略「略」良入聲。鼎湖旁。」《西閣》：「豪華看古往，服食「服」讀蒲北切。寄冥搜。」《南極》：「睥睨登哀柝，蝥弧「蝥」讀如謨。照夕曛。」《陪柏中丞》：「極樂「樂」音近勒。三軍士，誰知百戰場。」《秋野》「水深」、「極樂」、「知歸」三用。《贈蕭使君》：「食恩慚鹵莽，同上。鏤骨抱酸辛。」《望岳》：「車箱入谷「谷」讀古或切。無回路，箭栝通天有一門。」

杜古詩

《呈陽中丞》：「偏裨表三上，鹵莽同上。同一貫。」

律詩

王維：「丹泉通虢略，同上。白羽抵荆岑。」

柳宗元：「食貧甘莽鹵，同上。被褐謝斕煸。」

白居易：「鹵莽同上。還鄉夢，依稀望闕歌。」「去爲投金簡，來因挈玉壺。」同上。「幸得展張今日翅，不能辜負「負」讀如務。昔時心。」

元稹：「最愛輕欺杏園客，也曾辜負同上。酒家姬。」

楊巨源：「文物京華盛，謳歌「歌」讀如鉤。國步康。」《重經昭陵》「英雄」、「謳歌」對，變格。

李郢：「天上玉書見上。傳詔夜，陣前金甲受降時。」

陸龜蒙：「爲分科斗「科」讀如彄。親鉛槧，與説蜉蝣坐竹䤴。」庾信詩「曲木几」對「科斗書」。譚用之詩「科斗」對「騶虞」。

蘇軾：「得穀「穀」讀古或切。鵝初飽，亡貓鼠益豐。」

杜詩雙聲疊韵譜括略卷之三

海寧周春松靄撰

雙聲廣通格

截然分六大部，而取其最近者廣通之。遇難於屬對時，因難見巧，參用此法。至其不甚逼近者，可不拘用對也。

杜律詩

《送張參軍》：「兩行秦樹直，萬點蜀山尖。」《贈哥舒開府》：「勳業青冥上，交親氣概中。」《贈鮮于京兆》：「途遠欲何向，天高難重陳。」「微生霑忌刻，萬事益酸辛。」《重過何氏》：「犬迎曾宿客，鴉護落巢兒。」《能改齋漫録》引顧陶本，「迎」作「憎」，「曾」作「閒」，並非。《贈太常張卿》：「建標天地闊，詣絶古今迷。」《官定後戲贈》：「老夫怕趨走，率府且逍遥。」《送許拾遺》：「賜書誇父老，壽酒樂城隍。」「賜書誇」一作「十年逢」，「壽酒樂」一作「幾日賽」，亦通。「看畫曾饑渴，追踪限淼茫。」《得家書》：「今日知消息，他鄉且舊居。」《秦州雜詩》：「一望幽燕隔，何時郡國開。」「叢篁低地碧，高柳半天青。」「簷雨亂淋幔，山雲低度牆。」《初月》：「河漢不改色，關山空自寒。」《蕃劍》：「如何有奇怪，每夜吐光芒。」《寄張山人》：「肘後符應驗，囊中藥未陳。」《落日》：「芳菲緣岸圃，樵爨倚灘舟。」《惡樹》：「枸杞因吾有，雞棲奈汝何。」此聯以「枸」對「雞」，古人謂之假對。《贈王侍御》：「恐懼行裝數，伶俜卧疾頻。」《寄漢中王》：「蜀酒濃無敵，江魚美可求。」《宗武生日》：「詩是吾家事，人傳世上情。」《玉臺觀》：「宮闕通群帝，乾坤到十洲。」音不逼近，本非雙聲，如「天地」、「乾坤」之類，廣通偶用之。至正格，則天然不逼近矣。《嚴公階下新松》：「細聲聞玉帳，疎翠近珠簾。」《送嚴公入朝》：「閣道通丹地，江潭隱白蘋。」《岷山沲江圖》：「白波吹粉壁，青嶂插雕梁。」「雪雲虛點綴，沙草得微茫。」《觀李固山水圖》：「野橋分子細，沙岸繞微茫。」《宴楊使君東樓》：「重碧拈春酒，輕紅劈荔枝。」「春」一作「筒」，非。《候嚴侍御》：「不知雲雨散，虛費短長吟。」《雲安九日》：「舊摘人頻異，輕香酒暫隨。」《峽口》：「去矣英雄事，荒哉割據心。」《垂白》：「江喧長少睡，樓迥獨移時。」《奉漢中王手札》：「剖符來蜀道，歸蓋取荆門。」「峽險通舟峻，江長注海奔。」《贈崔評事》：「暗塵生古鏡，拂匣照西施。」《夔府詠懷》：「亂離心不展，衰謝日蕭然。」《柳司馬至》「衰謝」、「蕭條」對。《送嚴侍郎》「衰謝」、「短長」對。《獨坐》「衰謝」、「平生」對。「春草何曾歇，寒花亦可憐。」「開襟驅瘴癘，明目掃雲烟。」「律比崑崙竹，音知燥濕絲。」「缺籬將棘拒，倒石賴藤纏。」「懇諫留匡鼎，諸儒引服虔。」「落帆追夙昔，衣褐向真詮。」下「豁」字作「拂」，非。「鑪峰生轉盼，橘井尚高褰。」又「顧凱」、「頭陀」對。《寄劉使君》：「宴引春壺酒，恩分夏簟冰。」《曉望鹽山》：「翠深開斷壁，紅遠結飛樓。」「紅」一作「江」，非。《過客相尋》：「掛壁移筐果，呼兒問煮魚。」「筐」一作「留」，非。《送王信州》：「解龜踰卧轍，遣騎覓扁舟。」《樹間》：「岑寂雙甘樹，婆娑一院香。」《送王判官》：「衡霍生春早，瀟湘共海浮。」《孟氏》：「承顏胝手足，坐客强盤殆。」《吾宗》：「在家常早起，憂國願年豐。」《秋野》：「風落收松子，天寒割蜜房。」《宿昔》：「落日留王母，微風倚少兒。」「日」一作「月」，非。《暝》：「牛羊歸徑險，鳥雀聚枝深。」《過孟倉曹主簿》：「秋覺追隨盡，來因孝友偏。」《題柏大兄弟山居》：「靜應連虎穴，喧已去人群。」《傷秋》：「白蔣風飈脆，殷檉曉夜稀。」《獨坐》：「峽雲常照夜，江月會兼風。」《雨》：「多病久加飯，衰容新授衣。」《賀鄧國太夫人》：「義方兼有訓，詞翰兩如神。」《敬簡王明府》：「神仙才有數，流落意無窮。」《登梓州城》：「伊昔黃花酒，如今白髮翁。」《送李長史》：「食德見從事，克家何妙年。」《荆南述懷》：「結舌防讒柄，探腸有禍胎。」《登岳陽樓》：「吴楚東南坼，乾坤日夜浮。」《野望》：「野樹浸江闊，春蒲長雪消。」《銅官渚守風》：「水耕先浸草，春火更燒山。」《酬韋韶州》：「白髮絲難理，新詩錦不如。」《重送劉十弟》：「垂翅徒衰老，先鞭不滯留。」《江邊星月》：「雞鳴還曙色，鷺浴自清川。」「曙」一作「曉」，「清」一作「晴」，並非。《簡顔少府》：「不返青絲鞚，虚燒夜燭花。」《伏枕書懷》：「書信中原闊，干戈北斗深。」「却假蘇張舌，高誇周宋鐔。」與「困窮」、「恐懼」對一例。《舟中夜雪》：「燭斜初近見，舟重竟無聞。」《送二十三舅》：「舟鷁排風影，林烏反哺聲。」《有客》：「竟日淹留佳客坐，百年粗糲腐儒餐。」《南鄰》：「慣看賓客兒童喜，得食階除鳥雀馴。」「秋水纔深四五尺，野航恰受兩三人。」「航」山谷作「艇」，非。《和裴廸登東亭》：「幸不折來傷歲暮，若爲看去亂鄉愁。」「折」音舌。《寄高常侍》：「今日朝廷須汲黯，中原將帥憶廉頗。」《戲爲六絶句》：「或看翡翠蘭苕上，未掣鯨魚碧海中。」《荆南寄薛尚書》「猰貐」、「鯨魚」對。《秋興》：「聽猿實下三聲淚，奉使虚隨八月槎。」《寄杜位》：「干戈況復塵隨眼，鬢髮還應雪滿頭。」《柏學士茅屋》：「古人已用三冬足，年少今開萬卷餘。」「今」一作「曾」，非。《送柏二別駕》：「遷轉五州防禦使，起居八座太夫人。」《呈路曹長》：「黃鸝並坐交愁濕，白鷺群飛太劇漧。」音干。

杜古詩

《送樊侍御》：「陶唐歌遺民，後漢更列帝。」上四句「牢落」、「迢遞」，「徘徊」、「局促」正對。

《九成宮》：「紛披長松倒，揭巘怪石走。」「披」一作「扶」，亦通。《鳳凰臺》：「圖以奉至尊，鳳以垂鴻猷。」《八哀詩》：「恐懼祿位高，悵望王土窄。」「陂陁青州血，蕪沒汶陽瘞。」《雨》：「明滅洲景微，隱現巘姿露。」《送重表姪王砅》：「北驅漢陽傳，南泛上瀧舠。」《醉時歌》：「德尊一代常轗軻，名垂萬古知何用。」

律詩

沈佺期：「閒花開石竹，幽葉吐薔薇。」

李白：「日落看歸鳥，潭澄羨躍魚。」「紫芝高詠罷，青史舊名傳。」

王維：「山中習靜觀朝槿，松下清齋折露葵。」

王昌齡：「下輦迴三象，題碑任六龍。」

裴度：「短長思合製，遠近貴攸同。」

韓愈：「緯繣觀朝菷，冥茫矚晚埃。」「旗穿曉日雲霞雜，山倚秋空劍戟明。」

柳宗元：「伏波故道風烟在，翁仲遺墟草樹平。」

白居易：「往往遊三省，騰騰出九逵。」「驛路緣雲際，城樓枕水湄。」「物少尤珍重，天高苦渺茫。」又「珍重」、「殷勤」對。「李酣猶短竇，庾醉更蔫迂。」「滑如鋪薤葉，冷似卧龍鱗。」「雙眸翦秋水，十指剥春葱。」「静念道經深閉目，閑迎禪客小低頭。」

元稹：「婢報樵蘇竭，妻愁院落通。」

温庭筠：「鐂惔虚訪覓，王霸竟揶揄。」「冉弱營中柳，披敷幕下蓮。」「夜琴知欲雨，曉簟覺新秋。」「獨鳥青天暮，驚麏赤燒殘。」吴融「獨鳥」、「殘蟬」對。「雪埋妃子貌，刃斷禄兒腸。」「花影幾年通博望，樹名何世號相思。」

李商隱：「錦長書鄭重，眉細恨分明。」「莊叟虚悲雁，終童漫識鼮。」

姚合：「木梢穿棧出，雨勢隔江來。」

陸龜蒙：「十畝芳菲爲舊業，一家烟雨是元功。」聯句：「爲待防風餅，須添薏苡杯。」「石耳泉能洗，垣衣雨爲裁。」

唐球：「沙上鳥猶睡，渡頭人未行。」

僧齊己：「萬木凍欲折，孤根暖獨回。」

羅隱：「難將白髮期公道，不覺丹枝屬别人。」

林逋：「疎影横斜水清淺，暗香浮動月黄昏。」

蘇軾：「農事未休侵小雪，佛燈初上報黄昏。」「北山怨鶴休驚夜，南畝巾車欲及春。」「長風送客添帆腹，積雨扶舟減石鱗。」「扶」一作「浮」，亦通。「獨步儻逢勾漏令，遠來莫恨曲江張。」「語帶烟霞從古少，氣含蔬筍到公無。」

古詩

張載：「騰雲似涌烟，密雨如散絲。」「寒花發黄采，秋草含緑滋。」

謝靈運：「披拂趨南逕，愉悦偃東扉。」

顔延年：「蓄軫豈明懋，善遊皆聖仙。」

謝朓：「威紆距遥甸，巉嵒帶遠天。」

江淹：「錬藥矚虚幌，汎瑟卧遥帷。」

王筠：「石溜正潨潺，山泉始澄汰。」

李白：「高價傾宇宙，餘輝照江湖。」「秀句滿江國，高才掞天庭。」

韓愈：「獸盾騰挐，圓壇帖妥。」韓孟聯句：「竹影金瑣碎，泉音玉淙琤。」「桑變忽蕪蔓，樟裁浪登丁。」「腷膊戰聲喧，繽翻落羽皠。」「始去杏飛蜂，及歸柳嘶蚻。」

蘇軾：「欝攸火山烈，觱沸湯泉注。」「觱沸」廣通叠韵，兼廣通雙聲。

叠韵廣通格

凡古韵可通者，如支、微、齊、佳、灰、真、文、元、寒、删、先之類，廣通皆爲叠韵，更推廣之，即通及於通用之三聲亦可。但字音亦須逼近，方爲叠韵耳。

杜律詩

《謁老君廟》：「仙李盤根大，猗蘭奕葉光。」《贈太常張卿》：「顧深慚鍛鍊，才小辱提攜。」《秦州雜詩》：「抱葉寒蟬静，歸山獨鳥遲。」「塞門風落木，客舍雨連山。」「警急烽常報，傳聞檄屢飛。」聞一作「聲」，非。《寄李白》「文彩承殊渥，流傳必絶倫。」「未負幽棲志，兼全寵辱身。」「負」一作「遂」，非。《和裴廸》：「風物悲遊子，登臨憶侍郎。」《落日》：「啅雀争枝墜，飛蟲滿院遊。」《水檻遣心》：「細雨魚兒出，微風燕子斜。」《花底》：「恐是潘安縣，堪留衛玠車。」《即事》絶句：「笑時花近眼，舞罷錦纏頭。」《奉漢中王手札》：「天雲浮絶壁，風竹在華軒。」《寄五弟豐》：「風塵淹别日，江漢失清秋。」《贈王侍御》：「由來意氣合，直取性情真。」《哭鄭司户蘇少監》：「白日中原上，清秋大海隅。」「日」一作「首」，非。「會取君臣合，寧銓品命殊。」《山館》：「路危行木杪，身遠宿雲端。」《夔府詠懷》：「峽束滄江起，巖排石樹圓。」「石」一作「古」，非。《寄劉使君》：「遠山朝白帝，深水謁彝陵。」「山」一作「天」，非。「翠虚捎魍魎，丹極上鷗鵬。」《夔府書懷》:「翠華森遠矣,白首颯淒其。」「病隔君臣議,慚紆德澤私。」「社稷經綸地,風雲際會期。」《月》:「羈棲愁裏見,二十四迴明。」《别蘇徯》:「得實翻蒼竹,棲枝把翠梧。」「實」一作「食」,非。《晨雨》:「霧交纔灑地,風折旋隨雲。」《憑孟倉曹將書》:「爲遍雲山問,無辭荆棘深。」《賀鄧國太夫人》:「遠傳冬笋味,更覺彩衣春。」「奕葉班姑史,芬芳孟母鄰。」《續得觀書》:「俗薄江山好,時危草木蘇。」《送李長史》:「赤壁浮春暮,姑蘇落海邊。」《宴王使君宅》:「逆旅招邀近,他鄉意緒寬。」「意」一作「思」,非。《湘夫人祠》:「晚泊登汀樹,微馨借渚蘋。」「借」一作「惜」,非。《重送劉十弟》:「分源豕韋派,别浦雁賓秋。」《迴棹》:「散材嬰薄俗,有跡負前賢。」《課小豎鉏斫果林》「薄俗」、「全身」對。《伏枕書懷》:「水鄉霾白屋,楓岸疊青岑。」「屋」一作「蜃」,非。《題省中壁》:「落花游絲白日静,鳴鳩乳燕青春深。」《宣政殿退朝》:「天門日射黄金榜,春殿晴曛赤羽旗。」「雲近蓬萊常五色,雪殘鳷鵲亦多時。」《有客》:「幽棲地僻經過少,老病人扶再拜難。」《返照》:「返照入江翻石壁,歸雲擁樹失山村。」《題桃樹》:「高秋總餧貧人實,來歲還舒滿眼花。」《秋興》:「一卧滄江驚歲晚,幾回青瑣點朝班。」《詠懷古跡》:「一去紫臺連朔漠,獨留青塚向黄昏。」《愁》:「盤渦鷺浴底心性,獨樹花發自分明。」《舍弟觀到江陵》:「卜築應同蔣詡徑,爲園須似邵平瓜。」《登高》:「無邊落木蕭蕭下,不盡長江滾滾來。」《别太易沙門》:「數問舟航留製作,長開篋笥擬心神。」

杜古詩

《雨》:「風吹蒼江去,雨灑石壁來。」《大雲寺贊公房》:「把臂有多日,開懷無媿辭。」《次空靈岸》：「青春猶無私，白日已遍照。」《送王砅使南海》：「或驂鸞騰天，或作鶴鳴皐。」《折檻行》：「青衿胄子困泥塗，白馬將軍若雷電。」《樂遊園歌》：「青春波浪芙蓉園，白日雷霆夾城仗。」《岳麓山道林寺》：「暮年且喜經行近，春日兼蒙暄暖扶。」

律詩

盧照鄰：「孫賓遥見待，郭解暗相通。」

王之渙：「白日依山盡，黄河入海流。」

韓愈：「水官夸傑黠，木氣怯胚胎。」「噌吰宫夜闢，嘈囐鼓晨撾。」

盧象：「書名會粹才偏逸，酒號屠蘇味更醇。」此象贈鄭虔句也。見封演《聞見記》。

賈島：「長江風送客，孤館雨留人。」張戒《歲寒堂詩話》：此佳句也。然子美「塞門風落木，客舍雨連山」，則留人送客，不待言矣。

元稹：「淺深俱隱映，前後各分葩。」

白居易：「徵伶求絶藝，迎妓選名姬。」「每列鵷鸞序，偏瞻獬豸姿。」「野秋鳴蟋蟀，沙冷聚鸕鷀。」「賜禊東城下，頒酺曲水傍。」「嫩剥青菱角，濃煎白茗芽。」「早接文場戰，曾争翰苑盟。」「精神昂老鶴，姿彩媚潛虬。」「還似去年春氣味，不宜今日病心情。」

温庭筠：「不料邯鄲蝨，俄成即墨牛。」

李商隱：「鈿轅開道入，金管隔鄰調。」「未容言語還分散，少得團圓足怨嗟。」
陸龜蒙：「格筆差猶立，階干卓未麾。」「唧嘖蛩吟壁，連軒鶴舞楹。」「名參鬼蓋須難見，材似人形不可尋。」「風憐薄媚留香與，月會深情借艷開。」
韓偓：「初似洗花難抑按，終憂沃雪不勝任。」
林逋：「草泥行郭索，雲樹叫鉤輈。」
蘇軾：「東晉巾車令，西京執戟郎。」「仰御圓蒼蓋，環觀海嶽城。」「魏風褊儉堪羞葛，楚客豪華可笑珠。」「雲散月明誰點綴，天容海色本澄清。」
陸游：「拭盤堆連展，洗鬴煮黎祁。」

古詩

謝靈運：「執戟亦以疲，耕稼豈云樂。」
沈約：「沃若動龍驂，參差凝鳳管。」謝靈運「沃若」、「叫嘯」對。○丘遲「參差」、「沃若」對，同。
李白：「君草陳琳檄，我書魯連箭。」
高適：「頓疑身世別，乃覺形神王。」
韓孟聯句：「馳門填逼仄，競墅輾砯砰。」聯句：「是日號昇平，此年名作噩。」
蘇軾：「暖足來朴朔，咒水降蜿蜒。」

杜詩雙聲疊韻譜括略卷之四

海寧周春松靄撰

雙聲對變格 凡第一用雙聲者入此。

不用正對，皆變格也。所謂變者，或二句中，或四句中，參差多寡，其變不一。讀者當細求之。疊韻倣此。

杜律詩

《得家書》：「臨老羈孤極，傷時會合疎。」《西閣夜》：「恍惚寒山暮，逶迤白霧昏。」「山」一作「江」，非。《夔府詠懷》：「煮井爲鹽速，燒畬度地偏。」「畬」，詩遮切。「晚聞多妙教，卒踐塞前愆。」《入宅》：「客居愧遷次，春酒漸多添。」「酒」一作「色」，亦通。《贈李秘書別》：「消息多旗幟，經過歎里閭。」《送卿翁還江陵》：「嘹唳吟笳發，蕭條別浦清。」《太歲日》：「愁絶鴛行斷，參差虎穴鄰。」《贈南卿兄》：「遠遊長兒子，幾地別林廬。」《陪宴南樓》：「野雲低度水，簷雨細隨風。」《贈畢四》：「同調嗟誰惜，論文笑自知。」以上四用。《秦州雜詩》：「鼓角緣邊郡，川原欲夜時。」四用之變。《寄李白》：「乞歸優詔許，遇我宿心親。」《贈太常張卿》：「謬知終畫虎，微分是醯雞。」下句「萍跡」「跡」作「泛」，非。《送蔡都尉》：「咫尺雪山外，歸飛青海隅。」一作「自至青雲外，歸飛西海隅」，亦通。《秦州雜詩》：「稠疊多幽事，喧呼閲使星。」《石鏡》：「冥寞憐香骨，提攜近玉顔。」《遊子》：「九江春草外，三峽暮帆前。」《春日江村》：「種竹交加翠，栽桃爛漫紅。」《就黄家亭子》：「野畦連蛺蝶，江檻俯鴛鴦。」《南楚》：「無名江上草，隨意嶺頭雲。」《别常徵君》：「白髪少新洗，寒衣寬總長。」《夔府詠懷》：「羽翼商山起，蓬萊漢殿連。」「殿」一作「閣」，非。「露菊斑豐鎬，秋蔬影澗瀍。」《夔府書懷》：「形容真潦倒，答效莫支持。」「大庭終返樸，京觀且僵尸。」《天池》：「直對巫山峽，兼疑夏禹功。」《題瀼西草屋》：「身世雙蓬鬢，乾坤一草亭。」《移居東屯》：「幽獨移佳境，清深隔遠關。」《贈李秘書》：「飄泊哀相見，平生意有餘。」《晚》：「朝廷問府主，耕稼學山村。」《孟倉曹酒醬見遺》：「藉糟分汁滓，甕醬落提攜。」《九日諸人集於林》：「舊采黄花賸，新梳白髪微。」《續得觀書》：「舟楫因人動，形骸用杖扶。」《遣悶》：「行雲星隱現，疊浪月光芒。」《哭韋大夫》：「老來多涕淚，情在强詩篇。」《送敬使君》：「形容吾較老，膽力爾誰過。」《歸雁》：「却過清渭影，高起洞庭雲。」《酬寇侍御》：「詩憶傷心處，春深把臂前。」以上三用。《寄李白》：「劇談憐野逸，嗜酒見天真。」《送李使君》：「火雲揮汗日，山驛醒心泉。」《遣憤》：「自從收帝里，誰復總戎機。」「戎」一作「兵」，「戎機」一作「軍麾」，並非。《宴楊使君東樓》：「座從歌妓密，樂任主人爲。」《東屯北崦》：「空村惟見鳥，落日未逢人。」「未」一作「不」，亦通。《江樓夜宴》：「峽險江驚急，樓高月迥明。」《南極》：「歲月蛇常見，風飈虎忽聞。」「忽」一作「或」，亦通。《夔府詠懷》：「乘威滅蜂蠆，戮力效鷹鸇。」「效」一作「教」，非。《十月一日》：「蒸裹如千室，焦糟幸一柈。」「糟」一作「糖」，非。《孟氏》：「負米夕葵外，讀書秋樹根。」以上三用之變。《贈太常張卿》：「友于皆挺拔，公望各端倪。」《送郭中丞》：「瘡痍親接戰，餘勇冠垂成。」「餘勇」一作「勇決」，非。《寄司馬山人》：「關内昔分袂，天邊今轉蓬。」《詠竹》：「色侵書帙晚，陰過酒樽涼。」《雨》：「鮫館如鳴杼，樵舟豈伐枚。」《荆南寄薛尚書》：「文物陪巡狩，親賢病拮据。」《贈李秘書别》：「六龍瞻漢闕，萬騎略嫣墟。」「嫣」一作「姚」，非。《千秋節有感》：「羅襪紅蕖艶，金羈白雪毛。」《岷山沱江圖》：「秋成玄圃外，景物洞庭傍。」《哭鄭少監蘇司户》：「童稚思諸子，交朋列友于。」《謁真諦寺禪師》：「問法看詩妄，觀身向酒慵。」《對雪》：「亂雲低薄暮，急雪舞迴風。」《哭王彭州》：「解龜生碧草，諫獵阻青霄。」以上兩用。《遊何將軍山林》：「鮮鯽銀絲膾，香芹碧澗羹。」《上韋左相》：「韋賢初相漢，范叔已歸秦。」《能畫》：「每蒙天一笑，復似物初春。」「初」一作「皆」，非。《柳司馬至》：「幽燕唯鳥去，商陸少人行。」《臨邑書至苦雨》：「徐關深水府，碣石小秋毫。」《送馬大卿》：「潘陸應同調，孫吴亦異時。」《送竇九》：「讀書雲閣觀，問絹錦官城。」以上兩用之變。《曲江》：「酒債尋常行處有，人生七十古來稀。」《至日遣興》：「欲知趨走傷心地，正想氤氳滿眼香。」《登樓》：「錦江春色來天地，玉壘浮雲變古今。」《吹笛》：「風飄律吕相和切，月傍關山幾處明。」《絶句》：「苗滿空山慙取譽，根居隙地怯成形。」以上四用。《九日》：「苦遭白髮不相放，羞見黄花無數新。」《至後》：「青袍白馬有何意，金谷銅駝非故鄉。」以上四用之變。《贈田舍人》：「曉漏追趨青瑣闥，晴窗檢點白雲篇。」「趨」一作「飛」，亦通。《題鄭著作》：「繾綣故人雙別淚，飄颻逐客一浮萍。」「繾綣」一作「亂後」，「飄颻」一作「春深」，亦通。《聞官軍收河南北》：「却看妻子愁何在，漫卷詩書喜欲狂。」《寄別李劍州》：「路經灩澦雙蓬鬢，天入滄浪一釣舟。」以上三用。《江村》：「老妻畫紙爲棊局，稚子敲針作釣鉤。」《狂夫》：「風含翠篠娟娟净，雨裛紅蕖冉冉香。」《晝夢》：「故鄉門巷荆棘底，中原君臣豺虎邊。」《九日》：「竹葉於人既無分，菊花從此不須開。」《玉臺觀》：「遂有馮夷來擊鼓，始知嬴女善吹簫。」《絶句》：「窗含西嶺千秋雪，門泊東吴萬里船。」以上兩用。《詠懷古跡》：「三分割據紆籌策，萬古雲霄一羽毛。」兩用之變。

杜古詩

《登慈恩寺塔》：「羲和鞭白日，少昊行清秋。」《晝鶻行》：「乾坤空峥嶸，粉墨且蕭瑟。」《佳人》：「合昏尚知時，鴛鴦不獨宿。」《種萵苣》：「終朝紆颯沓，信宿罷瀟灑。」《西閣曝日》：「流離木杪猿，翩躚山巔鶴。」「流離」一作「瀏漓」，同。《春陵行》：「色沮金印大，興含滄浪清。」「浪」一作「溟」，非。以上四用。《八哀詩》：「開口取將相，小心事友生。」「匡汲俄寵辱，衛霍竟哀榮。」《入衡州》：「參錯走洲渚，春容轉林篁。」詩中雙聲、疊韵對處甚多。以上三用。《發秦州》：「磊落星月高，蒼茫雲霧浮。」三用之變。《望嶽》：「造化鍾神秀，陰陽割昏曉。」《渼陂西南臺》：「錯磨終南翠，顛倒白閣影。」《別董頲》：「別我舟楫去，覺君衣裳單。」《鐵堂硤》：「硤形藏堂隍，壁色立積鐵。」下五字入聲。「積」一作「精」，非。《雷》：「暴尪或前聞，鞭巫非稽古。」以上兩用。《宿贊公土室》：「惆悵老大藤，沈吟曲蟠樹。」《張望補稻畦水歸》：「鷗鳥鏡裏來，關山雲邊看。」《北征》：「菊垂今秋花，石戴古車轍。」以上兩用之變。《彭衙行》：「早行石上水，三字同齒音。暮宿天邊烟。」詩中多四句兩用、三用。連用三字之變。《清明》：「渡頭翠柳艷明眉，争道朱蹄驕齧膝。」三用。《古柏行》：「落落盤踞雖得地，冥冥孤高多烈風。」《醉歌行》：「舊穿楊葉只自知，暫蹶霜蹄未爲失。」兩用。《洗兵馬》：「青春復隨冠冕入，紫禁正耐烟花繞。鶴駕通宵鳳輦備，雞鳴問寢龍樓曉。」「樓」一作「蛇」，非。四句四用。《醉時歌》：「但覺高歌感鬼神，焉知餓死填溝壑。」「感」一作「有」，非。連用五字之變。

律詩

張説：「息心觀有欲，棄智返無名。」

崔國輔：「豫游皆汗漫，齋處即崆峒。」

李白：「如何青草裏，亦有白頭翁。」「真訣自從茅氏得，恩波寧阻洞庭歸。」

孟浩然：「人事有代謝，往來成古今。江山留勝跡，我輩復登臨。」上四句。

柳宗元：「蒹葭淅瀝含秋霧，橘柚玲瓏透夕陽。」

白居易：「樹煖枝條弱，山晴彩翠奇。」「正色摧强禦，剛腸嫉喔咿。」「寡鵠摧風翮，鰥魚失水鬐。」「鵠」一作「鶴」，非。「一點秋燈滅，三聲曉角吹。」「鬢毛從幻化，心地付頭陀。」「爲我踟躕停酒盞，與君約略説杭州。」「楚思淼茫雲水冷，商聲清脆管絲秋。」「形骸老到雖堪歎，骨肉團圓亦可榮。」

元稹：「牛儂驚力直，蠶妾笑睢盱。」

温庭筠：「野岸明媚山芍藥，水田叫噪官蝦蟇。」「石麟埋没藏春草，銅雀荒凉對暮雲。」「春」一作「秋」，亦通。

李商隱：「桂花香處同高第，柿葉翻時獨悼亡。」「蝠拂簾旌終展轉，鼠翻窗網小驚猜。」「空看小垂手，忍問大刀頭。」

陸龜蒙：「乘時收句注，即日掃欃槍。」

李群玉：「正穿詰曲崎嶇路，又聽鉤輈格磔聲。」「詰」一作「屈」，亦通。

鄭谷：「雨昏青草湖邊路，花落黄陵廟裏啼。」

李昉：「一苑有花春晝永，八方無事詔書稀。」

蘇軾：「縈紆收浩渺，蹙縮作淵潭。」「聞道騎鯨遊汗漫，憶嘗捫蝨話酸辛。」《庚溪詩話》：「酸」作「悲」，非。

黄庭堅：「高麗條脱琱紅玉，邏逤琵琶撚绿絲。」

古詩

范蔚宗：「遵渚攀蒙密，隨山上嶇嶔。」

謝靈運：「池塘生春草，園柳變鳴禽。」「原隰荑绿柳，墟囿散紅桃。」「連障疊巘崿，青翠杳深沈。」「芰荷迭映蔚，蒲稗相因依。」「圖牒復磨滅，碑版誰傳聞。」

顔延年：「攢素既森藹，積翠亦蔥仟。」
鮑照：「嘈囋晨鶤思，叫嘯夜猿清。」
謝朓：「結構何迢遞，曠望極高深。」「蒼翠望寒山，峥嶸瞰平陸。」「文物共葳蕤，聲明且蔥蒨。」
江淹：「落日隱簷楹，斜月照簾櫳。」
沈約：「洞徹隨清淺，皎鏡無冬春。」
盧照鄰：「百丈游絲争繞樹，一群嬌鳥共啼花。」
李白：「興酣落筆摇五嶽，詩成笑傲凌滄洲。」
韓孟聯句：「爇堞熇歊熺，抉門呀拗闔。」《石鼎聯句》：「磨礲去圭角，浸潤着光精。」
李商隱：「竦削正稠直，婀娜旋敷峰。」「敷」一作「數」，非。「毫鷹毛崱屴，猛馬氣佶傈。」

叠韵對變格 凡第一用叠韵者入此。

杜律詩

《贈崔于二學士》：「青冥猶契闊，凌厲不飛翻。」「猶契闊」一作「連澒洞」，亦通。「冥」一作「雲」，非。《贈太常張卿》：「軒冕羅高闕，琳琅識介珪。」「高」一作「天」，非。《九日曲江》：「綴席茱萸好，浮舟菡萏衰。」
《喜達行在所》：「眼穿當落日，心死着寒灰。」《送郭中丞》：「幾時迴節鉞，戮力掃欃槍。」「人頻墜塗炭，公豈忘精誠。」詩中「艱難」、「容易」，叠韻正格。「懷惠」、「敢驚」，叠韻平去通用格。「異域」、「專征」，雙聲廣通格。○「淒涼」、「燀赫」對，「燀」一作「烜」，非。《寄高使君岑長史》：「豈異神仙宅，俱兼山水鄉。」《寄賈司馬嚴使君》：「蒼茫城七十，流落劍三千。」詩中「秦晉」、「澗瀍」，叠韻平去通用格。「恩榮」、「出入」，「咫尺」、「聯翩」，雙聲廣通格。「金匣」、「玉鞭」對，「匣」一作「甲」，非。《建都》：「窮冬客江劍，隨事有田園。」「江劍」一作「劍外」，非。《鸂鶒》：「看雲猶悵望，失水任呼號。」《南極》：「近身皆鳥道，殊俗自人群。」《夔府詠懷》：「衾枕成蕪没，池塘作棄捐。」《夔府書懷》：「總戎存大體，降將飾卑詞。」《哭王彭州》：「曠望渥洼道，霏微河漢橋。」《宴王使君宅》：「吾徒自漂泊，世事各艱難。」《贈蕭使君》：「聯翩匍匐禮，意氣死生親。」《贈李秘書》：「乞米煩佳客，鈔詩聽小胥。」「乞」音氣。以上四用。《送賈閣老》：「艱難歸故里，去住損春心。」《遣悶呈嚴公》：「束縛酬知己，蹉跎效小忠。」以上四用之變。《佐還山後寄》：「葳蕤秋葉少，隱映野雲多。」《遊何將軍山林》：「剩水滄江破，殘山碣石開。」《秦州見勅目》：「上將盈邊鄙，元勳溢鼎銘。」「上」一作「小」，亦通。《贈王侍御》：「客則掛冠至，交非傾蓋新。」「則」一作「即」，亦通。《熱》：「雷霆空霹靂，雲雨竟虛無。」《重經昭陵》：「陵寢盤空曲，熊羆守翠微。」《送王信州》：「徒倚瞻王室，從容仰廟謀。」《十六夜翫月》：「關山隨地闊，河漢近人流。」《春日江村》：「宅入先賢傳，才高處士名。」《荆南述懷》：「蒼茫步兵哭，展轉仲宣哀。」《贈衛大郎》：「平生感意氣，少小愛文辭。」《蔡侍御飲筵》：「高鳥黄雲暮，寒蟬碧樹秋。」《迴棹》：「遂性同漁父，成名異魯連。」《送覃二判官》：「蹉跎病江漢，不復謁承明。」以上三用。《望白帝城鹽山》：「日出清江望，暄和散旅愁。」《酬十一舅》：「浮舟出郡郭，別酒寄江濤。」以上三用之變。《喜聞官軍》：「前軍蘇武節，左將吕虔刀。」《題郭明府壁》：「雲散灌壇雨，春青彭澤田。」以上兩用。《佐還山後寄》：「味豈同金菊，香宜配緑葵。」「金」一作「甘」，同。一作「黄」，非。《建都》：「時危當雪恥，計大豈輕論。」《贈李秘書别》：「事殊迎代邸，喜異賞朱虚。」《贈崔評事》：「陰沉鐵鳳闕，教練羽林兒。」《月》：「爽合風襟静，高當淚臉懸。」《畏人》：「萬里清江上，三峰落日低。」《送二十三舅》：「徐庶高交友，劉牢出外甥。」以上兩用之變。《詠懷古跡》：「悵望千秋一灑淚，蕭條異代不同時。」唐人諱世爲代。《秋興》：「直北關山金鼓震，征西車馬羽書遲。」「馬」一作「騎」，非。以上五用。《聞官軍收河南北》：「白日放歌須縱酒，青春作伴好還鄉。」「日」一作「首」，三用，亦通。《玉臺觀》：「江光隱現黿鼉窟，石勢參差烏鵲橋。」「參差」一作「差池」，亦通。《清明》：「十年蹴踘將雛遠，萬里鞦韆習俗同。」以上四用。《詠懷古跡》：「伯仲之間見伊吕，指揮若定失蕭曹。」四用之變。《紫宸殿退朝》：「晝漏稀聞高閣報，天顔有喜近臣知。」《諸將》：「豈謂盡煩回紇馬，翻然遠救朔方兵。」《滕王亭子》：「清江碧石傷心麗，嫩蘂濃花滿目斑。」「碧」一作「錦」，非。《朝行視園樹》：「江上今朝寒雨歇，籬中秀色畫屏紆。」「秀」一作「新」，亦通。《冬至》：「江上形容吾獨老，天邊風俗自相親。」「邊」一作「涯」，非。以上三用。《見螢火》：「忽驚屋裏琴書冷，復亂簷前星宿稀。」「前」一作「邊」，同。兩用。

杜古詩

《次晚洲》：「羇離暫愉悦，羸老反惆悵。」《白沙渡》：「差池上舟楫，窈窕入雲漢。」「窈」諸家本俱作

「沓」，今從祝穆《方輿勝覽》。《上水遺懷》：「謳歌「歌」讀如鉤。互激越，回斡相授受。」以上四用。《橋陵詩》：「坡陀因厚地，却略羅峻屏。」「高岳前律崒，洪河左瀅瀠。」「綺繡相展轉，琳瑯愈青熒。」詩乃拗體長律，今姑依舊本，入五言古詩。《薛少保畫鶴》：「威遲白鳳態，非是倉庚鄰。」《鹿頭山》：「紆餘脂膏地，慘澹豪俠窟。」以上三用。《上後園山脚》：「曠望延駐目，飄飖散疎襟。」三用之變。《八哀詩》：「寂寞雲臺仗，飄飖沙塞旌。」「圭臬星經奥，蟲篆丹青廣。」《壯遊》：「許與必詞伯，游賞實賢王。」以上兩用。《驄馬行》：「隅目青熒夾鏡懸，肉騣碨礧連錢動。」《洗兵馬》：「已喜皇威清海岱，常思仙仗過崆峒。」《清明》：「馬援征行在眼前，葛彊親近同心事。」以上四用。《樂遊園歌》：「拂水低迴舞袖翻，緣雲清切歌聲上。」《憶昔行》：「弟子誰依白石屋，盧老獨啓青銅鎖。」「石」一作「茅」，非。《古柏行》：「君臣已與時際會，樹木猶爲人愛惜。」以上三用。《古柏行》：「雲來氣接巫峽長，日出寒通雪山白。」「日」一作「月」，非。《追酬高蜀州》：「歎我凄凄求友篇，感君鬱鬱匡時略。」以上兩用。《洗兵馬》：「三年笛裏關山月，萬國兵前草木風。」兩用之變。

律詩

駱賓王：「聯翩辭海曲，摇曳指江干。」

李白：「好鳥迎春歌後苑，飛花送酒舞前簷。」

王維：「鳥道三千里，猿啼十二時。」「龍宫連棟宇，虎穴傍簷楹。」「檀欒映空曲，青翠漾漣漪。」

李頎：「指揮如意天花落，坐卧閒房春草深。」

韓愈：「聽經神變見，説偈鳥紛紜。」

柳宗元：「高標連汗漫，向望接虚無。」「向」一作「迴」，作「迴」，並非。「梅嶺寒烟藏翡翠，桂江秋水露鰅鱅。」

元稹：「削略荒凉苑，搜求激直詞。」「嘯傲雖開口，幽憂復滿膺。」「賓親多謝絶，延薦必英豪。」

白居易：「打嫌調笑易，飲訝卷波遲。」「訝」，依嫁切。「藍衫經雨故，驄馬卧霜羸。」「老豈無談笑，貧猶有酒漿。」「侏儒飽笑東方朔，薏苡讒憂馬伏波。」「海内時無事，江南歲有秋。生民皆樂業，地主盡賢侯。」起四句。「碧毯綫頭抽早稻，青羅裙帶展新蒲。未能抛得杭州去，一半勾留是此湖。」下四句。九老會胡杲懷州司馬年八十九詩：「鬔落滿斟判酩酊，香囊高掛任氤氲。」白詩「嵬峩」、「婆娑」對。

温庭筠：「亡羊猶博簺，牧馬倦呼盧。」「委墜金釭燼，闌珊玉局棊。」

李商隱：「都無色可並，不奈此香何。瑶席乘凉設，金羈落晚過。」上四句。「蠟照半籠金翡翠，麝香微度繡芙蓉。劉郎已恨蓬山遠，更隔蓬山一萬重。」下四句。「鎖門金了鳥，展障玉鵶叉。」「聲名佳句在，身世玉琴張。」「雪中東郭履，堂上老萊衣。」「暗暗淡淡紫，融融冶冶黄。」「曾是寂寥金燼暗，斷無消息石榴紅。」偶見近時姚氏注義山詩云：雙聲、叠韵，屬對須工。或雙與雙對，或叠與叠對，或雙叠互對，方爲入格。義山詩「北土鞦韆罷，南朝祓禊歸」，鞦韆屬商，「刺字從漫滅，歸途尚阻修」，漫滅屬宫，爲雙聲。禊祓、阻修則非雙非叠矣，便不入格。雖中晚諸家大率如此，然責備賢者，正不嫌於過刻也。案此論殊謬。蓋不知祓音費，祓禊以廣通叠韵爲正對。刺字叠韵，阻修廣通雙聲，爲一聯三用，未始不入格也。義山他詩儘多不入格者，姚氏却不能舉。附辨於此。

陸龜蒙：「竹窗深窅窱，苔洞緑龕弇。」「想像珠襦鳳，追飛翠蘂鶯。」「晚樹清涼還鸍鳿，舊巢零落寄蒹葭。」「封題玉洞虚無奏，點檢霜壇沆瀣杯。」

羅隱：「鷰栗調高山閣迥，蝦蟇更促海城寒。」一作張蠙詩。

張佖：「休將薜荔爲青瑣，好與玫瑰作近鄰。」

《異苑》採句：「移椅倚桐同酩酊，剔燈登閣各朦朧。」

宋祁：「菰蒲歛鉟鍔，蓮芡熟橐韜。」

蘇軾：「宛轉同紋錦，縈盈連理花。」「十分瀲灩金樽凸，千杖敲鏗羯鼓催。」「連娟缺月黄昏後，縹緲新居紫翠間。」「喜氣到君浮白裏，豐年及我掛冠前。」

陸游：「老庖供餺飥，跣婢暵屠蘇。」

朱子：「舊學商量加邃密，新知培養轉深沈。」

古詩

謝靈運：「辛勤風波事，欵曲洲渚言。」「逶迤傍隈隩，迢遞陟陘峴。」「陘」音形，「峴」音限。「蘋萍泛沈深，菰蒲冒清淺。」

謝朓：「岧嶤蘭橑峻，駢闐石路整。」

江淹：「瑶草正翕絶，玉樹信葱青。」
沈約：「寶瑟玫瑰柱，金羈瑇瑁鞍。」「丰容好姿顔，便辟工言語。」
劉令嫺：「摛辭徒妙好，連類頓乖違。」
江總：「秋蓬迷處所，春草屢芳菲。」
李白：「蕭曹安峴屼，耿賈摧欃槍。」
韓孟聯句：「瘦頸鬧鳩鴿，蜿垣亂蛷蠑。」《城南聯句》雙聲、疊韵甚多，兹擇其非習見者，餘不悉採。「青熒文篳施，淡瀲甘瓜濯。」
盧仝：「初既猶朦朧，既久如抹漆。」
皮日休：「突兀方相脛，鱗皴夏氏胝。」
陸龜蒙：「瀲灎豈堯遭，巉嵃非禹鑿。」
蘇軾：「詩詞各璀璨，老語徒周諄。」「象胥雜沓貢狼鹿，方召聯翩賜圭卣。」「舊聞蜜唧嘗嘔吐，稍近蝦蟇緣習俗。」

杜詩雙聲叠韵譜括略卷之五

海寧周春松靄撰

散句不單用格

起結之顯屬對偶者，已散見各門内。若非對偶，則散句元在所不拘，而有時筆到天隨，亦復自然湊泊。良由少陵於此法最爲精熟，初非有意出之，而往往相合。或一句中並見，或兩句中相應，總不令其單用，所以求調之高亮，律之和諧，運用既靈，下筆遂無一字疎懈處。兹特拈出，以見少陵之無所不有，是以推詩壇集大成之聖，而非其餘大家、名家所可及也。至於古詩散句亦合此法，尤可徵熟極生巧矣。

杜律詩起結散句

《遊何將軍山林》：「幽意忽不愜，歸期無奈何。」《贈王中允》：「中允聲名久，如今契闊深。」《端午日賜衣》：「宫衣亦有名，端午被恩榮。」《秦州雜詩》：「滿目悲生事，因人作遠遊。」《天河》：「常時任顯晦，秋至輒分明。」《苦竹》：「青冥亦自守，軟弱强扶持。」《除架》：「束薪已零落，瓠葉轉蕭疎。」「蕭」一作「相」同。《贈南卿兄》：「苔竹素所好，萍蓬無定居。」《野望》：「清秋望不極，迢遞起層陰。」《佐還山後寄》：「山晚黃雲合，歸時恐路迷。」《漫成》：「江皐已仲春，花下復清晨。」《詠竹》：「緑竹半含籜，新梢纔出牆。」《峽口》：「峽口大江間，西南控百蠻。」《八月十五夜月》：「滿目飛明鏡，歸心折大刀。」《懷灞上遊》：「悵望東陵道，平生灞上遊。」《憶鄭南玭》：「鄭南伏毒寺，瀟洒到江心。」《登岳陽樓》：「昔聞洞庭水，今上岳陽樓。」《宿青草湖》：「洞庭猶在目，青草續爲名。」《送李七丈》：「斧鉞下青冥，樓船過洞庭。」《東屯月夜》：「抱病漂萍老，防邊舊穀屯。」《白小》：「白小群分命，天然二寸魚。」以上起句。《銅瓶》：「銅瓶未失水，百丈有哀音。」三四一聯因不對，故入此。《贈韋左丞》：「君能微感激，折骨効區區。」一作「亦足慰榛蕪」，當是元本，後改。《假山》：「惟南將獻壽，佳氣日氤氳。」詩序「嶔岑」、「嬋娟」，並叠韵字。《課伐木詩序》「昏黑」、「搘突」，並雙聲字。《遊何將軍山林》：「興移無灑埽，隨意坐莓苔。」《重過何氏》：「看君用幽意，白日到羲皇。」《春日憶李白》：「何時一樽酒，重與細論文。」「細論」一作「話斯」，非。《送蔡都尉》：「因君問消息，好在阮元瑜。」《喜鄭廣文同飲》：「流連春夜舞，淚落强裴回。」「流連」一作「醉留」，非。《端午日賜衣》：「意内稱長短，終身荷聖情。」《秦州雜詩》：「爲報鴛行舊，鷦鷯在一枝。」《促織》：「悲絲與急管，感激異天真。」《除架》：「寒事今牢落，人生亦有初。」《野望》：「獨鶴歸何晚，昏鴉已滿林。」《空囊》：「囊空恐羞澀，留得一錢看。」《病馬》：「物微意不淺，感動一沈吟。」《遣意》：「鄰人有美酒，稚子夜能賒。」《題新津北橋樓》：「西川供遠眼，偏愛此江郊。」「遠」一作「客」，「遠眼」一作「醉客」，並非。《艷曲贈李梓州》：「競將明媚色，偷眼艷陽天。」「使君自有婦，莫學野鴛鴦。」《寄漢中王》：「終思一酩酊，净掃雁池頭。」《送元二》：「經過自愛惜，取次莫論兵。」《閬州赴蜀山行》：「何日干戈盡，飄飄愧老妻。」「干」一作「兵」，非。《立秋雨院中作》：「主將歸調鼎，吾還訪舊丘。」《歸溪上作》：「白頭趨幕府，深覺負平生。」《奉漢中王手札》：「從容草奏罷，宿昔奉清樽。」《不離西閣》：「平生耽勝事，吁駭始初經。」「駭」一作「怪」，非。《園》：「畦蔬繞茅屋，自足媚盤餐。」《課小豎鉏斫果林》：「天涯稍曛黑，倚杖獨徘徊。」《熱》：「十年可解甲，爲爾一霑巾。」《月》：「斟酌姮娥寡，天寒奈九秋。」《雷》：「何須妬雲雨，霹靂楚王臺。」《社日》：「尚想東方朔，詼諧割肉歸。」《吾宗》：「語及君臣際，經書滿腹中。」《孟倉曹酒醬見遺》：「理生那免俗，方法報山妻。」《别蘇徯》：「贈爾秦人策，莫鞭轅下駒。」《送王信州》：「復見陶唐理，甘爲汗漫遊。」《陪柏中丞》：「幾時來翠節，特地引紅妝。」「漢朝頻選將，應拜霍嫖姚。」《寄鄭少尹》：「經過憶鄭驛，斟酌旅情孤。」《登岳陽樓》：「戎馬關山北，憑軒涕泗流。」《送韋員外》：「洞庭無過雁，書疏莫相忘。」《千秋節有感》：「桂江流向北，滿眼送波濤。」《送敬使君》：「鶱騰訪知己，淮海莫蹉跎。」以上結句。《贈田九判官》：「崆峒使節上青霄，河隴降王欵聖朝。」《贈田舍人》：「獻納司存雨露邊，地分清切任才賢。」《望岳》：「西嶽崚嶒竦處尊，諸峰羅立似兒孫。」「崚嶒」一作「危棱」，非。《江上短述》：「爲人性僻耽佳句，語不驚人死不休。」《寄别李劍州》：「使君高義驅今古，寥落三年坐劍州。」《送王判官》：「大家東征逐子回，風生洲渚錦帆開。」此詩「征」、「子」、「洲渚」同精照隔標，而「大」、「東」與「逐」，「錦」與「開」，並廣通，所以爲工。升庵欲改「逐」字爲「將」字，則「將子」雙聲單用，而「家東征將」連用四平，於律未細，況「逐」字即賦中隨字之義，亦非無出處也。《玉臺觀》：「中天積翠玉臺遥，上帝高居絳節朝。」《登樓》：「花近高樓傷客心，萬方多難此登臨。」《灧澦》：「灧澦既没孤根深，西來水多愁太陰。」《白帝城最高樓》：「城尖徑仄旌旆悠，獨立縹緲之飛樓。」《雨不絕》：「鳴雨既過漸細微，映空摇颺如絲飛。」《秋興》：「瞿唐峽口曲江頭，萬里風烟接素秋。」「昆吾御宿自逶迤，紫閣峰陰入渼陂。」《立春》：「春日春盤細生菜，忽憶兩京全盛時。」《九日》：「重陽獨酌杯中酒，抱病起登江上臺。」《柏學士茅屋》：「碧山學士焚銀魚，白馬却走身巖居。」《寄章侍御》：「淮海維揚一俊人，金章紫綬照青春。」《白鷹詩》：「雪飛玉立盡清秋，不惜奇毛恣遠遊。」《舍弟觀到江陵》：「汝迎妻子到荆州，消息真傳解我憂。」《長沙送李銜》：「與子避地西康州，洞庭相逢十二秋。」以上起句。《宣政殿退朝》：「侍臣緩步歸青瑣，退食從容出每遲。」《望岳》：「稍待西風凉冷後，高尋白帝問真源。」《九日崔氏莊》：「明年此會知誰健，醉把茱萸仔細看。」劉禹錫《嘉話》：「『茱萸』二字，經三詩人皆已道。杜公『更把茱萸仔細看』，王右丞『遍插茱萸少一人』，朱放『學他年少插茱萸』，公爲最優也。」案，「仔細」二字，通用疊韻，兼廣通雙聲，與「茱萸」連用，合格而諧。右丞單用，乃十七歲少作，宜其遜公矣。《有客》：「莫嫌野外無供給，乘興還來看藥欄。」《恨别》：「聞道河陽近乘勝，司徒急爲破幽燕。」《玉臺觀》：「更肯紅顔生羽翼，便應黄髮老漁樵。」「肯」一作「有」，「翼」一作翰，並通。《十二月一日》：「春花不愁不爛漫，楚客唯聽棹相將。」《峽中覽物》：「形勝有餘風土惡，幾時回首一高歌。」《秋興》：「請看石上藤蘿月，已映洲前蘆荻花。」「魚龍寂寞秋江冷，故國平居有所思。」《詠懷古跡》：「庾信平生最蕭瑟，暮年詩賦動江關。」「武侯祠屋常鄰近，一體君臣祭祀同。」《即事》：「飛閣卷簾圖畫裏，虚無只少對瀟湘。」《登高》：「艱難苦恨繁霜鬢，潦倒新亭濁酒盃。」《暮春》：「暮春鴛鴦立洲渚，挾子翻飛還一叢。」《雨不絕》：「眼邊江舸何匆促，未得安流逆浪歸。」「促」一作「遽」，非。《覃山人隱居》：「高車駟馬帶傾覆，悵望秋天虛翠屏。」《九日》：「弟妹蕭條各何在，干戈衰謝兩相催。」《清明》：「風水春來洞庭闊，白蘋愁殺白頭翁。」以上結句。《戲爲六絶句》：「王楊盧駱當時體，輕薄爲文哂未休。」「龍文虎脊皆君馭，歷塊過都見爾曹。」《解悶》：「李陵蘇武是吾師，孟子論文更不疑。」「即今耆舊無新語，漫釣槎頭縮項鯿。」「槎」，直加切。「憶過瀘戎摘荔支，青楓隱映石逶迤。」《喜聞賊退口號》：「勃律天西采玉河，堅昆碧盌最來多。」以上絶句。

杜古詩散句

《渼陂西南臺》：「蒹葭離披去，天水相與永。」《湯東靈湫作》：「坡陀金蝦蟇，出見蓋有由。」《三川觀水漲》：「蓊匌川氣黄，群流會空曲。」「乘陵破山門，迴斡裂地軸。交洛赴洪河，及關豈信宿。」《崔少府高齋》「信宿」、「遊衍」、「傲睨」，四句三用。《大雲寺贊公房》：「夜深殿突兀，風動金琅璫。」《奉先詠懷》：「撫跡猶酸辛，平人固騷屑。」詩中多四句兩用。《北征》：「山果多瑣細，羅生雜橡栗。或紅如丹砂，或黑如點漆。雨露之所濡，甘苦齊結實。」詩中「身世」、「坡陀」、「出没」、「平生」、「背面」、「不襪」，四句三用。「慘澹」、「回紇」、「助順」、「馳突」、「佳氣」、「金闕」、「灑掃」、「不缺」，四句四用之類。《羌村》：「鄰人滿牆頭，感歎亦歔欷。」「夜闌更秉燭，相對如夢寐。」「更」字依惠洪《冷齋夜話》讀平聲。《佳人》：「侍婢賣珠迴，牽蘿補茅屋。」《昔遊》：「暮升艮岑頂，巾几猶未却。」《憶昔行》「洪河」、「辛勤」、「艮岑」，起四句三用。《夢李白》：「君今在網羅，何以有羽翼。」「冠蓋滿京華，斯人獨顦顇。」《送李秘書》：「何時太夫人，堂上會親戚。」《壯遊》：「七齡思即壯，開口詠鳳凰。」詩中多四句兩用。《遣興》：「歸來懸兩狼，門户有旌節。」《發秦州》：「栗亭名更佳，下有良田疇。」《萬丈潭》：「青溪合冥寞，神物有顯晦。」《鐵堂峽》：「修纖無垠竹，嵌空太始雪。」《青陽峽》：「岡巒相經亘，雲水氣參錯。」「突兀猶趁人，及兹歎冥莫。」《桔柏渡》：「連笮動嫋娜，征衣颯飄颻。」《早發射洪縣》：「汀洲稍疎散，風景開怏悒。」「怏」一作「娟」，非。《太平寺泉眼》「高岡」「疎散」，起句兩用。《寄題江外草堂》：「臺亭隨高下，敞豁當清川。」《述古》：「耿賈亦宗臣，羽翼共徘徊。」《四松》：「別來忽三載，離立如人長。」《杜鵑》：「涪萬無杜鵑，雲安有杜鵑。」「萬」一作「南」，非。《織成褥段》：「逶迤羅水族，瑣細不足名。」《園人送瓜》：「傾筐蒲鴿青，滿眼顔色好。」《園官送菜》：「青青嘉蔬色，埋没在中園。」《客堂》：「舍舟復深山，窅窱一林麓。」「窱」一作「窕」，同。《上後園山脚》：「小園背高岡，挽葛上崎崯。」《驅豎子摘蒼耳》：「侵星驅之去，爛漫任遠適。放筐亭午際，洗剥相蒙羃。」《張望東渚耗稻》：「上天無偏頗，蒲稗各自長。」「北風吹蒹葭，蟋蟀近中堂。荏苒百工休，鬱紆遲暮傷。」《鄭典設施州歸》：「攀援懸根木，登頓入天石。」《送高司直》：「與子姻婭間，既親亦有故。萬里長江邊，邂逅亦相遇。」「清談慰老夫，開卷得佳句。」《贈蘇徯》：「乾坤雖寬大，所適裝囊空。」《送顧八分文學》：「御札早流傳，揄揚非造次。」《送王砯使南海》：「秦王時在坐，真氣驚户牖。」「廷評近要津，節制收英髦。」《望嶽》：「欻吸領地靈，鴻洞半炎方。」「渴日絶壁出，五入聲。漾舟清光旁。」四平聲。《别張建封》：「君臣各有分，管葛本時須。」《幽人》：「風帆倚翠蓋，暮把東皇衣。」以上五言。《八哀詩》中甚多，兹不悉採。《送孔巢父》：「南尋禹穴見李白，道甫問訊今何如。」《醉歌行》：「春光潭沲秦東亭，渚蒲牙白水荇青。」《秋雨歎》：「堂上書生空白頭，臨風三嗅馨香泣。」《劉少府山水障》：「元氣淋漓障猶濕，真宰上訴天應泣。」《蘇薛筵醉歌》：「愛客滿堂盡豪翰，開筵上日思芳草。」「翰」一作「傑」，「日」一作「月」，並通。《洗兵馬》：「攀龍附鳳勢莫當，天下盡化爲侯王。」《松樹障子歌》：「松下丈人巾屨同，偶坐似是商山翁。悵望聊歌紫芝曲，時危慘澹來悲風。」《韋偃雙松圖歌》：「韋侯韋侯數相見，我有一匹好東絹。重之不減錦繡段，已令拂拭光凌亂，請公放筆爲直幹。」《王宰畫山水圖歌》：「十日畫一水，五日畫一石。能事不受相促迫，王宰始肯留真蹟。壯哉崑崙方丈圖，挂君高堂之素壁。」《杜鵑行》：「雖同君臣有舊禮，骨肉滿眼身羈孤。」又一首「搶拌」、「瞥捩」、「憔悴」，四句三用。《花卿歌》：「子璋髑髏血模糊，手提擲還崔大夫。」子美自負此兩句可以愈瘧，見《樹萱録》。白斑《湛淵静語》：好事者謂「落月滿屋梁，猶疑照顔色」兩句，常治鄭虔妻瘧有驗，良可笑也。《冬狩行》：「東西南北百里間，髣髴蹴踏寒山空。」《天邊行》：「九度附書向洛陽，十年骨肉無消息。」《越王樓歌》：「綿州州府何磊落，顯慶年中越王作。」《海棕行》：「龍鱗犀甲相錯落，蒼稜白皮十抱文。」《曹將軍畫馬圖》：「騰驤磊落三萬匹，皆與此圖筋骨同。自從獻寶朝河宗，無復射蛟江水中。」《丹青引》：「英雄割據雖已矣，文采風流今尚存。」「詔謂將軍拂絹素，意匠慘澹經營中。斯須九重真龍出，一洗萬古凡馬空。」《瘦馬行》「慘澹」、「錯莫」對。「即今漂泊干戈際，屢貌尋常行路人。」《韋偃畫馬歌》：「一匹齕草一匹嘶，坐看千里當霜蹄。」《寄韓諫議》：「美人胡爲隔秋水，焉得置之貢玉堂。」《憶昔》：「宮中聖人奏雲門，天下朋友皆膠漆。」《茅屋爲秋風所破》：「茅飛度江灑江郊，高者罥掛長林梢，下者飄轉沈塘坳。」《舞劍器行》：「老夫不知其所往，足繭荒山轉愁疾。」《三角鷹》：「悲臺蕭颼石巃嵸，哀壑杈枒浩呼洶。中有萬里之長江，迴風陷日孤光動。」「杉雞竹兔不自惜，孩虎野羊俱辟易。」「鞲上鋒稜十二翮，將軍勇鋭與之敵。」下四句「崑崙」、「敢決」兩用，正對。《自平》：「近供生犀翡翠稀，復恐征戍干戈密。」《晚晴》：「赤日照耀從西來，六龍寒急光徘徊。」《送向卿》：「君到朝廷説老翁，漂零已是滄浪客。」《追酬高蜀州》：「自蒙蜀州人日作，不意清詩久零落。」「嗚呼壯士多慷慨，合沓高名動寥廓。」以上七言。《天育驃騎歌》：「如今豈無騕褭與驊騮，時無王良伯樂死即休。」《茅屋爲秋風所破》：「嗚呼何時眼前突兀見此屋，吾廬獨破受凍死亦足。」《短歌行贈王郎》：「王郎酒酣拔劍斫地歌莫哀，我能拔爾抑塞磊落之奇才。」「仲宣樓頭春色深，青眼高歌望吾子。」《入奏行》：「骨鯁絶代無。炯如一段清冰出萬壑，置在迎風寒露之玉壺。」「爲君酤酒滿眼酤，與奴白飯馬青芻。」以上長句。

律詩

李白：「見説蠶叢路，崎嶇不易行。」「且從康樂尋山水，何必東遊入會稽。」

王維：「慷慨倚長劍，高歌一送君。」

孟浩然：「平生一匕首，感激贈夫君。」

元稹：「小碎詩篇取次書，等閒題柱意何如。」「前日詩中高蓋字，至今脣舌遍長安。」

白居易：「錯落復崔巍，蒼然玉一堆。」「少室雲邊伊水畔，比君校老合先歸。」

温庭筠：「穆滿曾爲物外遊，六龍經此暫淹留。」「珠箔金鉤對彩橋，昔年於此見嬌嬈。」「玲瓏骰子安紅豆，入骨相思知不知。」
李商隱：「莫近彈棊局，中心最不平。」
章孝標：「鄉路繞蒹葭，縈紆出海涯。」
陸龜蒙：「高抱相逢各絶塵，水經山疏不離身。」
林逋：「衡茅林麓下，春色已微茫。」
蘇軾：「散木支離得自全，交柯蚴蟉欲相纏。」

古詩

樂府：「鴛鴦七十二，羅列自成行。」
繁欽：「何以致叩叩，香囊繫肘後。」「何以致契闊，繞腕雙條脱。」
郭璞：「翡翠戲蘭苕，容色更相鮮。」「緑蘿結高林，蒙籠蓋一山。」
陶潛：「路若經商山，爲我少躊躇。」「詩書敦夙好，林園無俗情。」
謝靈運：「宿心漸申寫，萬事俱零落。」
謝惠連：「蕭條洲渚際，氣色少和諧。」
顔延年：「聆龍睬九泉，聞鳳窺丹穴。」
沈約：「多值息心侶，結架山之足。」

江淹：「幸及風雪霽，青春滿江皐。」「晨上成皐坂，磧礫皆羊腸。」

宋之問：「更將織女支機石，還訪成都賣卜人。」

李白：「我亦澹蕩人，拂衣可同調。」「小山連綿向江開，碧峰巉巖緑水迴。」「文章彪炳光陸離，應是素娥玉女之所爲。」

王維：「長安客舍熱如煑，無箇茗糜難禦暑。」

岑參：「秋槐夾馳道，宫館何玲瓏。」

崔國輔：「紅荷楚水曲，彪炳爍晨霞。」

韓愈：「山石犖确行徑微，黄昏到寺蝙蝠飛。」「神仙有無何眇茫，桃源之説誠荒唐。」「平生千萬篇，金薤垂琳瑯。」「爬沙脚手鈍，誰使汝解緣青冥。」「於菟蹲於西，旗毛衛毵毶。」「連日挾所有，形軀頓胮肛。」

盧仝：「奴婢炷燈看，揜菼如玳瑁。」「封詞付與小心風，颰排閶闔入紫宫。」《月蝕詩》雙聲、叠韵字尚多，共採十句。

柳宗元：「烟銷日出不見人，欸乃一聲山水緑。」「欸乃」音襖靄。

李商隱：「水精眠夢是何人，欄藥日高紅髲鬈。」唐詩中如元之《連昌宫辭》、白之《長恨歌》《琵琶行》之類甚多，兹不復採。

蘇軾：「繞樓飛步高玲瓏，仙風鏗然韵流鈴。」以上並略舉爲例。

古詩四句内照應格 略舉廿條爲例。

古詩雙聲、叠韵於四句内照應，或兩見，或三、四見，總不單用。其對亦有正與參差之别，此是一法。杜古詩起結處，單用者轉少於律，蓋因用此格故也。

《贈李白》：「金閨」、「亦有」、「瑶草」。《送高書記》：「崆峒」、「主將」、「幕府」、「特達」正對。《白絲行》：「隨時」、「細意」。《三韵》：「馬毛」、「磊落」。正對。《寒硤》：「寒硤」、「况當」、「仲冬」。《元都壇歌》：「東蒙」、「今居」。《麗人行》：「逡巡」、「白蘋」。正對。《渼陂行》：「黤慘」、「琉璃」、「汗漫」、「半陂」、「裊窕」、「沖融」、「船舷」、「月出」、「驪龍」、「擊鼓」、「咫尺」、「蒼茫」、「少壯」、「幾時」。「渼陂」二字係通用雙聲，兼通用叠韵，故通首用雙聲、叠韵字較他詩尤多，因難見巧，讀者當自得之。《同谷縣作歌七首》：「展轉」、「鵜鶘」。《北征》：「八月」、「蒼茫」、「木末」、「黄桑」、「百萬」、「秦民」、「百結」、「幽咽」。正對。「舊繡」、「顛倒」。正對。「凛慄」、「羅列」。正對。「指掌」、「官軍」。《贈衛八處士》：「酒漿」、「黄粱」。正對。《玉華宫》：「松風」、「何王」、「絶壁」。《牽牛織女》：「蒙朧」、「精靈」、「公宫」、「堂殿」、「微風」、「瓜果」、「如律」、「織作」。《送顧八分文學》：「筆力」、「贔屓」。《百憂集行》：「上樹」、「倏忽」。《徐卿二子歌》：「追隨」、「麟兒」。正對。《寄韓諫議》：「奮飛」、「洞庭」、「騎麒」、「瀟湘」、「張良」、「帷幄」。《李潮八分小篆歌》：「茫昧」、「八分」、「相向」、「倔强」。正對。《大食刀歌》：「嗷嘈」、「騰逃」、「鐫錯」、「撇捩」、「釣鰲」、「賢豪」、「高歌」、「持之」、「寶刀」、「宛轉」、「光芒」。《寄裴施州》：「宿昔」、「清秋」。

杜詩雙聲疊韻譜括略卷之六

海寧周春松靄撰

諸格摘論

《夔府詠懷》：「南内開元曲，常時弟子傳。」「南内」、「常時」，以雙聲對雙聲也。杜詩寧似拙而必拘此者，如雙聲之常時，不曰當時，而曰常時，疊韻之接葉，不曰密葉，而曰接葉，是也。仇氏《詳注》從盧氏本，妄改「常」字作「當」字，大謬，可笑。以上雙聲正格。

《贈王侍御》：「錦里殘丹「丹」字上加「殘」字，同韻。竈，花溪得釣「釣」字上加「得」字，同母。綸。」「殘」字、「得」字甚工，移易一字不得。他人爲此，必用「尋」字，「下」字矣。《高枏》：「近根開藥圃，接葉製茅亭。」杜詩兩用「接葉」，一對「卑枝」。以上疊韻正格。

《屏跡》：「桑麻深雨露，燕雀半生成。」方回《瀛奎律髓》：「『雨露』二字雙重，生成二字雙輕，此輕重各對法。」案：此說如同夢囈，蓋由虚谷不知「雨露」爲通用疊韻，以疊韻對疊韻也。范晞文《對床夜話》：「老杜詩以『生成』對『雨露』，句意適然不覺其爲偏枯，然終非法也。柳下惠則可，吾則不可。」案，范氏不知少陵屬對之法，故其說如此。以上平上去三聲通用格。

《又呈吴郎》：「不爲困窮溪、群。寧有此，衹緣恐懼溪、群。轉須親。」上下二句廣通相同，此爲用法之最巧者。以上雙聲廣通格。

《贈王侍御》：「區區甘累跰，稍稍息勞筋。」「區」字與「甘」字廣通，「稍」字與「息」字隔標。李天生《杜詩評》：「唐人以殷韵部窄，多與真通，不與文通，如此詩『筋』、『勤』兩韵是也。」案：此説無關雙聲，以其論韵附採。《暮冬送蘇兵曹》：「早作諸侯客，兼工古體詩。」「諸」字與「早作」隔標，「古」字與「兼工」同母，詩律尤細。以下十七條，雙聲變格。

《冬日懷李白》：「寂寞書齋裏，終朝獨爾思。更尋嘉樹傳，不忘《角弓》詩。」此上四句連散句兩用格，下四句倣此。《人日》：「人日」、「寒花」。《送鮮于萬州》：「琳琅」、「朝廷」。五排起四句。《贈衛大郎》：「衛侯」、「清襟」。《客亭》：「秋窗猶曙色，落木更高風。日出寒山外，江流宿霧中。」上四句連用格。《宿府》：「清秋幕府井梧寒，獨宿江城蠟炬殘。永夜角聲悲自語，中天月色好誰看。」此上四句連散句四用格，下四句倣此。上四句兩用。《送韓十四》：「老萊」、「君今」。《將赴成都草堂》：「白蘋」、「雪山」。《阮隱居致薤》：「束比青芻色，圓齊玉筯頭。衰年關鬲冷，味暖并一作「復」，三用，亦通。無憂。」下四句兩用格。《邀許主簿》：「長者」、「泥濘」。《賓至》：「葛巾」、「自鋤」。《秋野》：「自鋤」、「盤飧」。《刈稻了詠懷》：「出村」、「消息」。《懷灞上遊》：「經過」、「今古」。《詠懷古跡》：「江山故宅空文藻，雲雨荒臺豈夢思。最是楚宫俱泯滅，舟人指點到今疑。」下四句三用格。下四句兩用。《野人送朱櫻》：「退朝」、「消息」。《題終明府水樓》：「傾蓋」、「雲雨」。此類甚多，略舉爲例。

《贈王承俊》：「將軍膽氣雄，臂懸兩角弓。纏結青驄馬，出入錦城中。」五律上四句。下四句「時危」、「堂上」。詩不甚諧，由拘此法。《將曉》首句「石城」與第三句「鼓角」正對，第二句第五字「關」字接下「鼓角」字，同母。《九日》第二句「傳盃不放盃」，「盃」、「不」同母，「放」字隔標。第三句「蓬鬢」通用雙聲。《所思》：「苦憶荊州醉司馬，謫官樽俎定常開。九江日落醒何處，一柱觀頭眠幾回。」「俎」一作「酒」，同。七律上四句。下四句「人盡」、「灎澦」。《崔氏東山草堂》：「愛汝玉山草堂靜，高秋爽氣相與下二字同母。鮮新。有時自發鐘磬響，落日更見漁樵人。」七律上四句。下四句「盤剥」、「谷口」、「何爲」。《送路侍御入朝》：「童稚情親四十年，中間消息兩茫然。更爲「後會」字上加「爲」字，於「後」爲同母，於「會」爲同韻。後會知何地，忽漫相逢是別筵。」七律上四句。下二句「不分」、「生憎」。《諸將》：「朝廷衮職雖多預，天下軍儲不自供。稍喜臨邊王下連「相」字，平去同韻。相國，肯銷金甲事春農。」七律下四句。《寄章侍御》：「湘西」、「歸關」、「從容」。《觀造竹橋》：「天高雲去盡，江迴月來遲。衰謝多扶病，招邀屢有期。」五律中四句。《野老》：「漁人網集澄潭下，估客船隨返照來。長路關心悲劍閣，片雲何事傍琴臺。」「片」一作「行」，「事」一作「意」，「何事」一作「幾處」，並非。《王侍御許攜酒至》：「江鸛一作「鶴」，非。巧當幽徑浴，鄰雞還過短牆來。繡衣屢許攜家醞，皂蓋能忘折野梅。」《重泛鄭監前湖》：「錦席淹留還出浦，葛巾欹側未迴船。尊當霞綺與下一字同母。輕初散，棹拂荷珠碎却圓。」並七律中四句。《與李白尋范十》：「李侯有佳句，往往以陰鏗。余亦東蒙客，憐君如弟兄。」排律起四句。《夔府書懷》：「四瀆樓船泛，中原鼓角悲。賊壕連白翟，戰瓦落丹墀。」「萬與下隔一字同音。里煩供給，孤城最怨思。緑林寧小患，雲夢欲難追。」並排律中四句。《沈東美除膳部》：「清秋」、「安慰」。《偶題》：「雲雨」、「幕府」。此條略舉爲例，叠韻變格倣此。

《石門宴集》：「能吏逢聯璧，華筵直與下一字韻通。一金。」即叠韻廣通格。「尊酒宜如此，人生復至今」，一作「本也因」，可兩通，故並存之。凡下句兼有雙聲、叠韻，或有兩雙聲、兩叠韻，則本句聲調已足，足以振起上句，而上句竟可不用矣。若上句雖兼有之，其下句仍以用爲合格。《沈東美除膳部》：「貧賤人事略，經過霖潦妨。」下句兩用格。《遊何將軍山林》：「野老與下一字同母。來看客，河魚不取錢。」《宗武生日》：「自從都邑語，已律與下一字同母。老夫名。」「律」一作「伴」，非。《舍弟觀歸藍田》：「衣裳判與下一字通用，脣音。白露，鞍馬信清秋。」《呈路曹長》：「晚節與下一字廣通同音。漸于詩律細，誰家數去酒盃寬。」「數」上聲，音朔者非。此又一格，略舉爲例。

《將赴成都草堂》：「側身天地更懷古，「更」、「古」同母。迴首風塵甘一作「且」，非。息機。」「甘」、「機」同母。《贈崔評事》：「豈但江曾决，「江」、「决」同母。還思霧一披。」「霧」、「披」廣通同音。《春歸》：「別來頻「別」、「頻」同母。甲子，倏忽一作「歸到」，非。又春華。」此類尚多，一格也。《石研》「巨璞禹鑿餘，異狀君獨見」，亦用此格。《秦州雜詩》：「士苦形骸黑，林疎鳥獸「疎」、「獸」同母。稀。」《寄杜位》：「峽中爲「峽」、「爲」同母。客久，江上憶君時。」「中」一作「筵」，非。《月圓》：「委波金不「波」、「不」同母。定，照席綺逾依。」《晚晴》：「江虹明遠飲，「遠」一作「近」，非。峽雨落餘與上「雨」字上平通韻。飛。」《瞿唐懷古》：「削成當白帝，「當」、「帝」同母。空曲隱與下一字廣通同音。陽臺。」上聯「山根」、「月窟」疊韻廣通。《陪李金吾飲》：「見輕廣通。吹鳥毳，「吹」、「毳」隔標。隨意數花鬚。」《王命》：「血埋諸將甲，骨二字隔句同母。斷使臣鞍。」《晚晴吴郎見過》：「竹杖過頭拄，二字廣通同音。「拄」字與「竹」字同母，「杖」字與「頭」字隔標，「過」字又與下句「隔徑」同母，字字有意。柴扉隔徑開。」「開」字與上二字廣通同音。「過」一作「交」，同。「隔」一作「掃」，非。此即上格而小變之。《春夜喜雨》：「好雨曉、喻廣通。知時同韻。節，「時節」二字，禪、精廣通。當春乃一作「及」，同。發生。」首句純用雙聲、疊韵，次句不用。隨風潛「潛」與「隨」，從、邪廣通。入夜，潤「潤」與「入」同母。物細無「無」與「物」同母。聲。野徑雲「雲」與「野」同母。俱「俱」與「徑」同母。黑，「黑」與「雲」，曉、喻廣通。江「江」與「俱」同母。船火「火」與「黑」同母。獨「獨」與「船」，定、澄隔標。明。曉「曉」與「火」同母。看紅「紅」與「曉」，匣、曉廣通。濕處，「處」與「濕」，穿審、廣通。花「花」與「曉」同母。重錦官二字雙聲。城。」下六句每隔一字、兩字用雙聲，此變化之極者也。此首句不可摘，故録其全。

《入宅》：「客溪居見媿見造次，雙聲。春酒隔標漸從多端添。透。花亞平去通用疊韵。欲喻移喻竹，知鳥端窺溪新捲見簾。」四句音節極佳。

《哭鄭司户蘇少監》：「得罪台州去，時危棄碩儒。移官蓬閣後，穀貴没潛夫。」出句「時危」疊韵，「碩儒」通用雙聲，對句「穀貴」雙聲，此三用格。

胡仔《漁隱叢話》：「律詩有扇對格，第一句與第三句對，第二句與第四句對。此詩『得罪台州去』四句是也。東坡《和鬱孤臺詩》：『邂逅陪車馬，尋芳謝朓洲。凄涼望鄉國，得句仲宣樓。』亦用此格。」案：少陵於扇對中雙聲疊韵仍用遥對，格愈巧則律愈細。東坡效之，而「邂逅」用「望鄉」變對，亦合格。杜《白帝城放船》：「喜近天皇寺，先披古畫圖。應經帝子渚，同泣舜蒼梧。」亦是此格。

嚴羽《滄浪詩話》：「扇對又謂之隔句對，如鄭都官『昔年共照松溪影，松折碑荒僧已無。今日還思錦城事，雪消花謝夢如何』是也。」案：即杜此格也。上二句無雙聲疊韵，下二句「錦城」、

「雪消」亦合格。

古詩：李白《粉圖山水歌》：「西峰崢嶸噴流泉，横石蹙水波潺湲。東崖合沓蔽輕霧，深林雜樹空芊綿。」喬知之《定情篇》：「贈君比芳菲，惠愛常不歇。贈君比潺湲，相思無斷絶。」趙冬曦《廬山謡》：「常欽才子義，忌鵬傷踸踔。雅尚騷人文，懷沙何迫促。」案，初唐古詩早有此格，太白詩「崢嶸」、「潺湲」，「合沓」、「芊綿」，喬詩「芳菲」、「惠愛」，「潺湲」、「相思」對，並合格。趙詩則「踸踔」雙聲，而僅以「迫促」兩入聲對，猶未爲工。又案，梅氏《續金針格》僞書引前人扇對格「去年花下流連飲，暖日夭桃鶯亂啼。今日江邊容易别，淡烟衰草馬頻嘶」詩，未詳撰人。「流連」、「容易」對，合格。「夭桃」、「衰草」，通用廣通對，亦合格。皮日休《縹緲峰》：「翠壁内有室，叩之虚硿礲。古穴下徹海，視之寒鴻濛。」「硿礲」、「鴻濛」對，合格。蘇軾《雲龍山觀燒》：「奔騰井陘口，萬馬皆朱幘。摇曳驪山陰，諸姨爛紅裙。」「奔騰」、「摇曳」對，合格。前人《元修菜》：「張騫移苜蓿，適用如葵菘。馬援載薏苡，羅生等蒿蓬。」「苜蓿」、「薏苡」對，合格。唐庚《文録》：「東坡隔句對：『著意尋彌明，長頸高結喉。無心逐定遠，燕頷飛虎頭。』」「彌明」、「高結」，「逐定」、「燕頷」，參差對，合格。

律詩：韓愈《送李員外》：「去年秋露下，羈旅逐東征。今歲春光動，驅馳别上京。」白居易《罷府歸舊居》：「屈曲閒池沼，無非手自開。青蒼好竹樹，亦是眼看栽。」李商隱《杏花》：「上國昔相值，亭亭如欲言。異鄉今暫賞，眽眽豈無恩。」羅隱《紫薇花》：「又疑神女過，猶佩七香幃。

還似星娥織，初臨五彩機。」韓偓《重遊李氏園》：「往年曾在彎橋上，見倚朱欄詠柳綿。今日獨來香徑裏，更無人跡有苔錢。」案：李效杜格，而「昔相」與「今暫」不對，因下有「亭亭」、「眽眽」兩雙字，且「異鄉」、「參差」對，杜法也。兩韓及羅四句，無雙聲、叠韵字。白用「屈曲」、「青蒼」對，並合格。

《贈崔評事》：「飄飖西極馬，來自渥洼池。颯飄定山桂，低徊風雨枝。」排律起四句。「定」一作鄧，一作寒，並通。王漁洋《杜詩評》：「起隔句對。」「飄飖」、「渥洼」、「颯飄」、「低徊」，並合格。

《上韋左相》：「聰明過與下一字同母。管輅，尺牘倒陳遵。」因下句有雙聲、叠韵字，而上句中並非連用之字亦用同母，此變格也。蓋雙聲、叠韵，連綿居多，非連綿而上下加一同母字，此亦一格。總欲求其律諧，所謂細也。

《巳上人茅齋》：「枕簟入林僻，茶瓜留客遲。」《瀛奎律髓》此首編「拗字類」，不知「入」字之拗，固因「留」字，亦因「茶瓜」二字也。第八字如此，第三字不得不用拗，以叠韵對雙聲矣。黄徹《䂬溪詩話》：「『茶瓜留客』，似非用事。竟陵王子良好士，夏月客至，爲設瓜飲甘果，詩蓋用此。」

《秋興》：「江間波浪兼與上「間」字同音。天湧，塞上風雲接地陰。叢菊兩開他日淚，孤與下「故」字同音。舟一繫音計。故二字同母。園心。」「蓬萊宮闕對南山，承露金莖霄漢間。西望瑤池降與下一字去平通韵。王母，東來紫氣滿函關。」「王侯第宅皆新主，文武衣冠異昔時。」「雲移雉尾開與下一字廣通同音。宮扇，日繞龍鱗識與下一字同母。聖顔。」凡雙聲、叠韵字，用於上句，則爲悠揚縹緲之音，用於下句，則爲戛擊鏗鏘之調。即此一聯，可以悟矣。義山《宋玉》五六一聯「落日渚宮供觀閣，開年雲夢送烟花」，乃有心學杜此等句法，而運用未能純熟，不免尚有痕迹，所以遜於少陵也。「波漂菰米沈雲黑，露冷蓮房墜粉紅。」「米」字與「波漂」隔一字通用，重脣音。「蓮」字與「露冷」同母。「沈」、「墜」同母。「房」、「粉」通用，輕脣音。「雲」、「黑」、「紅」三字廣通，喉音。詩律之細如此。葉夢得《石林詩話》以此聯爲函蓋乾坤句。

《白帝》：「白帝城中雲出門，一作「雲若屯」，非。厲鶚《樊榭集》初但以此句爲造語奇特。及讀李善注《文選・蜀都賦》「指渠口以爲雲門」，引鄭氏《周禮注》曰：「黄帝樂曰《雲門》，言黄帝之德如雲之出門也。」然此惟取雲門之名，不取樂也。詳左思用雲門，蓋即《史記》《白渠歌》「舉插爲雲，决渠爲雨」之比，如詩之斷章，故善以爲不取樂。少陵直割取「雲出門」三字作景語，使人忘其使事，較太冲更爲神化。但少陵亦有實用者，「宫中聖人奏《雲門》」是也。白帝城下雨翻盆。雲、雨同母，門、盆通用，脣音，變格，甚細。高江急峽雷霆鬭，翠一作古。木蒼一作長。藤日月昏。」起四句。《閣夜》：「五更與下「鼓角」二字同母。鼓角聲悲壯，三峽星河「三」、「星」雙聲，「峽」、「河」雙聲，兩雙聲間用，尤爲變格。影動摇。下聯「幾家」、「數處」雙聲叠韵對。「幾」一作「千」，「數」一作「是」，並非。《舍弟觀到江陵》：「他鄉就我生與下「色」字同母，中隔一字。春色，廣通同音。故國移居見二字與「故國」二字同母。客與「故國」、「居見」四字廣通同音。心。」「短牆與下「在從殘」三字同母。若在從殘三字同母。草，與上三字廣通同音。喬木如存與上「牆」、「在」、「從殘」四字同母。可與下二字廣通同韵。假花。」《閬州赴蜀山行》：「棧一作「逕」，非。懸斜避石，橋斷却尋溪。」上句「斜」與「棧」廣通同音，下句「溪」與「却」雙聲。上句「石」與「棧」、「斜」廣通同音，下句「橋」與「却」、「溪」廣通同音。下句「尋」與上句「斜」同母。此變格之最細者也。

《解悶》絶句：「獨當省署懷文苑，兼泛滄浪學釣翁。」計有功《唐詩紀事》：「『省署開文苑，滄浪憶釣翁』，據之詩也。」案：薛詩杜集不附載，而僅傳一聯，蓋杜以其雙聲叠韵合格，故取之，易「開」爲「懷」，易「憶」爲「學」，仍即加雙聲叠韵字於上，以五言爲七言云。

《絶句》：「河陽縣裏雖無數，濯錦江邊未滿園。」「懶慢無堪不出村，呼兒自在掩柴門。」「自」一作「日」，非。「鳴鞭走送憐漁父，洗盞開嘗對馬軍。」「背飛鶴子遺瓊蕊，相趁鳧雛入蔣牙。」「今日翔麟馬，先宜駕鼓車。麻韵。無勞問河北，諸將覺榮華。」「馬上誰家白面一作「薄媚」，亦通。郎，臨軒一作「階」，非。下馬踏人床。不通姓氏麤疎一作「豪」，非。甚，指點銀瓶索酒嘗。」宋龔檢討《芥隱隨筆》：「王仲言得杜詩，有南唐澄心印本，與今本不同。如『豪』字作『疎』是也。」案，此首每句用雙聲叠韵字。《江畔獨步尋花》「欹危」、「料理」正對。《歡喜口號》「澶漫」、「包茅」正對。

《送段功曹》：「峽雲籠樹小，湖日落船明。」周紫芝《竹坡詩話》：「東萊蔡伯世作《杜少陵正異》，甚有功，亦時有可疑者。如以『落』爲『蕩』。余觀之，不若落字爲佳。」《漢臯詩話》：「『落日蕩船明』，『蕩』字非久遊江湖者，不知此字之工。『落』字非。」案：依格當以「落」爲是。「峽雲」、「日落」並廣通雙聲參差對。或少陵先作「蕩」，而後改也。

《遊何將軍山林》：「床上書連屋，堦前樹拂雲。將軍不好武，稚子總能文。」五律上四句。《重過何氏》：「問訊」、「吾廬」。《北鄰》：「告勞」、「江臯」。《秋清》：「肺氣」、「加減」。「氣」一作「病」，非。《一室》：「一室」、「見江」。上四句三用。《梔子》：「梔子」、「身色」、「有用」。排律起四句。《寄河南韋尹》：「孔融」、「隱逸」。《贈高式顔》：「自失論文友，空知賣酒壚。平生飛動意，見爾不能無。」五律下四句。《翫月呈漢中王》：「關山」、「淮王」。《送段功曹》：「白葛」、「錦官」。《覆舟》：「龍宫」、「篙工」。「宫」一作「居」，非。《黄魚》「筒桶」、「龍鱗」。《九月三十日》：「冷禁」、「小搖」。《奉寄高常侍》：「汶上相逢年頗多，飛騰無奈故人何。總戎楚蜀應全未，方駕曹劉不啻過。」七律上四句。《送韋少府》：「逍遥」、「念我」。《贈韋贊善》：「北走關山開雨雪，南遊花柳塞雲烟。洞庭春色悲公子，鰕菜忘歸范蠡船。」七律下四句。《卜居》：「蜻蜓」、「乘興」。《諸將》：「越裳翡翠無消息，南海明珠久寂寥。殊錫曾爲大司馬，總戎皆插侍中貂。」七律中四句。《秋興》：「關塞極天惟鳥道，江湖滿地一漁翁。」「一」、「翁」同母，以對「鳥道」，此對之變者。結句用對。《贈張學士》：「天上張公子，宫中漢客星。賦詩拾翠殿，佐酒望雲亭。」《偶題》：「前輩飛騰入，餘波綺麗爲。後賢兼舊制，一作「列」，非。歷代各清規。」排律中四句。《寄張山人》：「高廟」、「商山」。《白帝城放船》：「雨露」、「驪龍」。以下四條。疊韵變格。

《送崔都水》：「白狗黄牛峽，朝雲暮雨祠。」疊韵雙聲，各隔一字。

《聞斛斯六未歸》：「故人南郡去，去索與下一字同韵。作碑錢。本賣文爲活，翻令室倒懸。」五律上四句。《寄常徵君》：「萬事糾紛猶絶粒，一官與下一字同母。羈絆實藏身。開州入夏知凉冷，不似雲安毒熱新。」七律下四句。皮日休《即事》下四句：「暫聽松風生意足，偶看溪月世情疎。如鉤得貴非吾事，合向烟波爲玉魚。」亦是此格。《江村》：「白去自來梁上燕，相親相近水中鷗。」七律中聯。《題鄭著作》：「賈生對鵬傷王傅，蘇武看羊陷賊庭。」七排中聯。《絶句》：「筍根稚子無人見，沙上鳧雛傍母眠。」《漫叟詩話》、《桐江詩話》並云「稚」當爲野雉之雉，此説得之。《冷齋夜話》引唐人食筍詩，非也。「雉子」、「鳧雛」，疊韵正對，此屬對之最工者。富沙雲衢俞成元德《蔡氏草堂詩箋跋》：「稚子非雉雛，乃宗文之名字。」此説亦非。

《遊何將軍山林》：「棘樹二字疑當作荊棘，雙聲也，與下「茵蔯」疊韵對。「棘」一作「棟」，亦非。寒雲色，茵蔯春藕香。」以下辨正門十六條。

《武衛將軍挽詞》：「赤羽「赤羽」，注家或以爲雁，或以爲旗，或以爲箭，義並未安。疑「羽」字乃「壁」字之誤。按《三國志》注引《吴録》，曹操赤壁之敗，留曹仁等守江陵城，徑自北歸。劉備使張飛將千人，隨周瑜追之。正合千夫二字之義。意當時必有實事，而今不可考矣。非但赤壁、黄河屬對既工，且以叠韵對雙聲，尤爲合格。千夫膳，黄河十月冰。」

《收京》：「賞應歌杕杜，「杕杜」雙聲，不應以「櫻桃」爲對。當是因李林甫不識「杕杜」，一時傳爲笑柄，故戲用之。則杕當从丈作杖，从大作杕者，非。歸及薦櫻桃。」

《題鄭縣亭子》：「雲斷岳蓮臨大路，天晴宫柳暗長春。」《漢皐詩話》：「大路，陝華間地名也。《晉書》檀道濟從劉裕伐姚秦，至潼關，姚鸞臨大路以絶道濟糧。而蜀本正作大道，誤矣。」案：大道二字雙聲，與長春不對，作路爲是。

《臘日》：「侵陵雪色還「萱」字上加「還」字，廣通同音，與下句加有字對。萱草，漏泄春光有柳條。」「有」一作是，非。

《田舍》：「櫸柳枝枝弱，枇杷樹樹香。」「櫸柳」顧陶本作「楊柳」，非。王觀國《學林新編》：「此詩以『櫸柳』對『枇杷』。或謂『櫸柳』者，柳之一種，其名爲櫸柳，非雙聲字也，『枇杷』乃雙聲字，於對未工。」案，柳與縷字音最近，故吴氏《韵補》柳字收入八語，此其證也。柳讀如縷，與櫸爲叠韵，恰對枇杷雙聲，何得云未工？至《覓松苗子詩》以「櫸柳」對「楊梅」，不妨仍讀本音矣。

《暮登鐘樓》：「孤城返照紅將案，下「翠且」二字係雙聲，此與「翠且」不對，疑「紅」字爲「黄」字之誤。黄將叠韵，况將斂，則其色昏黄，於義尤長。斂，近市浮烟翠且重。」

《獨酌》：「仰蜂黏落蘂，一作「絮」。行蟻上枯梨。」范公偁《過庭録》：「杜子美詩『仰蜂黏落蘂，行蟻上枯梨』，『行』字世本皆然。忠宣於蔣氏彦回家見别本，乃作『倒蟻』。倒之義與行迥異。或以爲忠宣得之於太平藏經中，蓋好奇之過也。」案：行蟻、倒蟻並非雙聲，故無不可，但義則倒字較行字差長。行讀如字，或云户郎翻，非。元釋良震詩「枯槎行蟻過無數，晴空好鳥飛一雙」，楊鐵崖極稱其工。案「行蟻」二字本此，以對「好鳥」叠韵，殊未工也。

《軍城早秋》絶句：「已收滴博雲間戍，次取蓬婆雪外城。」「次取蓬婆」四字雙聲連用，此雙聲變格也。況上文「滴博」二字並屬入聲，則音律已諧矣。「次取」，一作「更奪」。當本作「更奪」，而後改定，所謂詩律細也。偶見評點杜詩者，以「滴博」、「蓬婆」爲雙聲對，誤矣。

《秋興》：「朱簾繡柱圍黄鵠，音谷，一作鶴，非。錦纜牙檣起白鷗。」《寄張山人》：「索居尤寂寞，相遇益愁一作「酸」，非。辛。」

《驪山》：「地下無朝燭，人間有賜金。」趙次公注：「『朝燭』當讀如朝覲之朝。」案：趙説極合，若讀如字，則爲知照隔標之雙聲，下句「賜金」不對也。

《蒹葭》：「體弱春苗早，叢長夜露多。」何義門杜詩評：「古人入聲字收入平上去三聲，如甲字自可作平聲讀也。道昇先生之論如此。然亦有上去作平者。」案：此「苗」字一作「甲」，其誤顯然。義門何必曲爲之説？「苗」一作「風」，亦非。

《從人覓小胡孫許寄》：「舉家聞若駭，爲寄小如拳。」三四一聯。「許求聰慧者，童稚捧應顛。」七八結句。劉昌詩《蘆浦筆記》：「趙傁謂合移『童稚』句作第四句，移『爲寄』句作結，則一篇意義渾全，亦成對偶。」案：劉氏此説，漁洋采之，以爲有理。況「舉家」雙聲，「童稚」隔標雙聲，於法方合，不獨泛成對偶而已。

《橋陵詩》：「石門霧露白，玉殿莓苔青。」「霧」字今本俱作「霜」，或作「霜霧」。初疑爲「霧露」二字之誤，然未敢遽改也。後觀《舊唐書·鄭顥傳》及王厚齋《困學紀聞》，並作「霧露」，乃知以叠韵對叠韵，此少陵一定之法，非但始釋向時之疑，且信平日之立論不謬。杜詩中如此類者，被後人妄竄，何可勝道。幸此詩尚賴五代舊本，不致失真。安得舉杜詩而盡依舊本耶？觀鄭顥續此二句爲五言十韵，則此詩之爲拗體長律，而非古詩無疑。

白《代書詩寄微之》：「雙聲同母。聯律同母。句，與下「宫」字同母。八面廣通雙聲。對宫棊。」廣通雙聲。白詩亦最精於此，採此聯爲例。《代書百韵詩》中，雙聲、叠韵字極多，近馮氏《才調集》評本掛漏可笑，故備載前各格云。

《蔡寬夫詩話》舉樂天「户大嫌甜酒，才高笑小詩」爲叠韵，不知此乃三聲通用之叠韵，詩家每用之。即以樂天論，尚有「甌泛茶如乳，臺黏酒似餳」、「近竹開方丈，依林架桔槔」、「吾道尋知止，君恩偶未忘」、「里閭多慶賀，親戚共歡娱」、「吏人生梗一作「硬」，亦通。都如鹿，市井疎蕪只抵村」、「老眠早覺音教常殘夜，病力先衰不待年」之類甚多，不獨此聯。

《哭長孫侍御》：「道爲詩書重，名因賦頌雄。」「詩」一作「謀」，一作「諫」，並非。「唯餘舊臺柏，蕭瑟九原中。」《文苑英華辨證》以此詩爲杜誦作。誦爲少陵猶子，觀其起結合格，或經改定，否則其家學然也。

雙聲叠韵詩

蘇吃語詩、一字韵詩見第七卷，不重出。

庾信《問疾封中録雙聲詩》：「形骸違學宧，狹巷幸爲閒。虹迴或有雨，雲合又含寒。横湖韵鶴下，迥户頂切。溪挾猿還。懷賢爲榮衛，和緩惠綺紈。」案：詩以匣母字廣通喻、影二母字而成，内用「溪」、「綺」二字不合，必傳寫之誤。「溪」疑作蹊，「綺紈」舊説云疑是「何丸」，案疑作「藥丸」。

温庭筠《望僧舍寶刹因作雙聲》：「棲息消心象，「象」字廣通，或是「相」字之誤。檐楹溢艷陽。簾櫳蘭露落，鄰里柳一作「樹」，非。陰此字影母，必傳寫之誤。疑作林。凉。高閣過空廣通。谷，孤竿隔古岡。潭廬此字來母，必傳寫之誤。疑作「臺」。同澹蕩，彷彿復芬芳。」此句通用。

陸龜蒙《雙聲溪上思》：「溪空二字溪母。唯容雲，三字喻母。木密二字明母。不廣通幫母。隕雨。二字喻母。迎漁二字疑母。隱映二字影母。間，安一作「安」，非。問二字奉母。謳鴉二字影母。櫓。」「間」字、「櫓」字單出。

皮日休《奉和雙聲溪上思》：「疎杉二字審母。低廣通端母通灘，二字透母。泠鷺立亂浪。五字來母。草彩二字清母。欲夷猶，三字喻母。雲容二字喻母。空此字不合，疑作定。澹蕩。」二字定母。

姚合《洞庭蒲萄架》：「萄藤洞庭地，一作「頭」。引葉様盈摇。皎潔鉤高掛，玲瓏影疑誤。落寮。陰烟壓幽屋，濛密夢冥苗。清秋青且翠，冬到凍都凋。」史繩祖《學齋佔畢》：「坡公集中有一字詩，又有七言一首，四言一首，亦名喫語詩。汴家及苕溪漁隱俱以爲公出意以文爲戲。余嘗觀唐姚合集有詩云云，則此體已具矣。坡公不過才高記博，造句奇特，有來處，因前人之體而爲戲耳。若直指爲坡公，則寡見可笑矣。」案：詩除「影」字外俱合格。「影」疑作「卵」。

蘇軾《戲作切語竹詩》：「隱約安幽奥，蕭騷雪藪西。交加工結構，茂密渺冥迷。引葉油雲遠，攢叢聚族齊。奔鞭迸壁背，脱籜吐天梯。烟疑誤。篠散孫息，高竿拱桷枅。漏闌零露落，庭度獨蜩啼。掃洗修纖笱，窺看詰曲溪。玲瓏孫疑誤。醽醴，邂逅盍閒攜。」案：第九句「烟」字、第十五句「孫」字並不合，必傳寫之誤也。東坡精於等韵，故此詩每句用一母，無一字不精如此。「烟」疑作「細」，「孫」疑作「欒」。

前人《山行見月四言》：「吟哦傲兀，仰晤巖月。遇巘迎崖，銀刓玉嚙。源魚喚喁，岸雁⿰兀鳥⿰危鳥。卧玩我語，聱牙岌嶪。」案，此詩亦雙聲詩，通首用疑母字，而注家並不能言其故，由不明等韵故耳。「遇」字今本或作「邁」，非。

前人《大風留金山》：「塔上一鈴獨自語，明日顛風當斷渡。」案，下句乃鈴語也，「顛」、「當」、「斷」、「渡」四字雙聲。又集中有《西山戲題武昌王居士詩》，詳見附論，兹不重出。

附録《文海披沙》：「一友舉孝廉，惟流音念不正。一日雨中，與徐興公各賦絶句，爲吃人念不得詩贈之。余得一首，云：『緑柳龍樓老，林蘿嶺路凉。露來蓮漏冷，兩淚落劉郎。』又：『梨嶺連連路，蘭陵纍纍樓。琉璃憐冷落，郎輩懶來留。』興公得一首云：『留戀蘭陵令，淋漓兩淚流。嶺蘿弄凉瀨，路柳緑連樓。』」案謝、徐所云流音，即來字母也。謝又有《舟行戲作叠韵詩》：「船邊烟連綿，岸畔棧暗斷。沙窪葭花斜，且看綻爛漫。」

温庭筠《題賀知章故居叠韵作》：「廢砌翳薜荔，枯湖無菰蒲。老媪賓藁草，愚儒輸逋租。」

前人《雨中期垂釣相失因作叠韵》：「隔石覓屐跡，西谿迷雞嘶。小鳥擾曉沼，犁泥齊低畦。」

陸龜蒙《叠韵山中吟》：「瓊英輕明生，石脉滴瀝碧。玄鉛仙偏憐，白幘客亦惜。」

前人《叠韵吴宫詞》：「膚腴吴都姝，眷戀便殿宴。逡巡新春人，轉面見戰箭。」「紅櫳通東風，翠珥醉易墜。平明兵盈城，棄置遂至地。」

皮日休《奉和叠韵山中吟》：「穿烟泉潺湲，觸竹犢觳觫。荒篁香牆筐，熟鹿伏屋曲。」前人《奉和叠韵吴宫詞》：「侵深尋嶔岑，勢厲衛睥睨。荒王將鄉亡，細麗蔽袂逝。」「柃指替製曳，康莊傷荒凉。主旅部伍苦，嬙亡房廊香。」

高啓《叠韵吴宫詞》：「筵前憐嬋娟，醉媚睡翠被。精兵驚升城，棄避愧墜淚。」案：「綿津」、圻、釋兩韵。「鶴栖」麴、曲兩韵。並有叠韵詩，與此均沿《松陵唱和》之舊。

附録《太平廣記》：「唐竟陵劉諷遇女鬼，行急説酒令述賀若弼弄長孫鸞侍郎云：『鸞老好頭腦，好頭腦鸞老。』鸞年老口喫，又無髮，故造此令。」案：明人口吃詩「筆漆栗蜜手柳酒」亦是此類。王弇州《題錢選洪厓先生圖後》：「一人短而闊，四人大小不一，即橘朮葛拙律也。」案：此五字可作吃口令。

杜詩雙聲疊韵譜括略卷之七

海寧周春松靄撰

論各書

王充《論衡》一則

五音之家，用口調姓名及字。用姓定其名，用名正其字，口有張歙，聲有外内，以定五音宫商之實。

案：此説與字母相近。「張歙」即開合，「外」即脣舌齒，「内」即齶喉也。爾時《華嚴》之經未譯，神珙之教未傳，而東漢時即有此説，其出於天籟無疑矣。或白馬榆欓而後，其説略傳，但不如後世之備而且廣耶？抑不爲當時學者所取，如仲任輩痛加排詆，故不甚流行耶？

高誘《吕氏春秋注》一則

「歲在涒灘。」注：涒，大也。灘，循也。萬物皆大，循其情性也。涒灘，誇人舌短不能言爲涒灘也。涒，他昆翻。灘，他丹翻。

案：「涒灘」雙聲，注謂誇人舌短不能言爲涒灘者，即後人所云吃語也。又《淮南子注》：「郊禖，郊與高音相近，故或言高禖。」「闂讀近鴻，緩氣言之。」案：此三條並與字母翻切之説互相發明，可知東漢時已有此矣。

許慎《淮南子注》一則

惷讀惷然無所知之惷，籠口言乃得。涍讀涎栝曷問，急氣閉口言也。

案：此可與高氏《吕覽注》相發明。

劉熙《釋名》一則

天，豫、司、兖、冀以舌腹言之，天，顯也，在上高顯也。青、徐以舌頭言之，天，坦也，坦然高而遠也。

案：成國之論極精，亦出東漢末。又風，横口合脣言之爲氾，即音颿。踧，口開脣推氣言之爲放，即音芬。

鄭康成《禮記注》一則

嫌名謂音聲相近，若禹與雨，丘與區也。陸德明《釋文》丘、區並去求翻，一讀區，音羌虬翻，又丘于翻。

案：禹與雨聲相近，乃同韵之嫌名。丘與區音相近，乃同母之嫌名。二者皆謂之嫌名，而判然有别。故丘、區並去求翻者，非也。丘字當从羌虯翻，讀入尤韵。區字當从丘于翻，讀入虞韵爲是。又案：《釋名》云丘，區也。丘訓區，取其音近，此説亦通。

沈約《宋書・謝靈運傳論》一則

夫五色相宣，八音協暢，由乎玄黄律吕，各適物宜。欲使宫羽相變，低昂互節，若前有浮聲，則後須切響。一簡之内，音韵盡殊；兩句之中，輕重悉異。妙達斯旨，始可言文。

案：宫羽相變者，指母而言，即雙聲也。低昂互節者，指韵而言，即四聲也。若前有浮聲者，謂前有雙聲、叠韵也。則後須切響者，謂下句必再有雙聲、叠韵以配之也。一簡之内音韵盡殊者，謂雙聲、叠韵對偶變换也。兩句之中輕重悉異者，謂平上去入四聲調諧也。後人不知，轉造宜避雙聲、叠韵之説。夫雙聲、叠韵乃天籟所必有，何可避哉？

劉勰《文心雕龍》一則

凡聲有飛沉，響有雙叠。雙聲隔字而每舛，叠韵雜句而必睽。沈則響發而斷，飛則聲颺不還。並轆轤交往，逆鱗相比，迂其際會，則往蹇來連，其爲疾病，亦文家之吃也。夫吃文爲患，生於好詭，逐新趨異，故喉唇糺紛。將欲解結，務在剛斷。左礙而尋右，末滯而討前，則聲轉於吻，玲玲如振玉；辭靡於耳，纍纍如貫珠矣。是以聲畫妍媸，寄在吟詠。吟詠滋味，流於字句。字句氣力，窮於和韵。異音相從謂之和，同聲相應謂之韵。韵氣一定，故餘聲易遣；和體抑揚，故遺響難契。屬筆易巧，選和至難，綴文難精，而作韵甚易。雖纖意曲變，非可縷言，然振其大綱，不出兹論。

案：飛者，陽也。沈者，陰也。雙聲隔字而每舛者，雙聲必連二字，若上下隔斷，即非正雙聲。叠韵雜句而必睽者，叠韵亦必連二字，若雜於句中，即非正叠韵。雙叠得宜，斯陰陽調合。轆轤交往，逆鱗相比者，總指不單用也。迂其際會，謂陰陽不諧，雙叠不對，乃文字之吃，便成疾病矣。和者即雙聲也，故曰異音相從。韵者即叠韵也，故曰同聲相應。雙聲故曰難契、至難。叠韵故曰易遣、甚易。選和作韵，大綱不出乎此，蓋彦和精於音韵者，故其論如右。左礙尋右，末滯討前，可與休文前有浮聲，後須切響之説互相發明，蓋既用一雙叠字樣，必再用一雙叠字樣以配之也。元注吃，引韓非口吃，與此無涉。和引楊升庵東董是和、東中是韵，此語極混，引之費解。

楊松玠《談藪》一則

後魏中書侍郎裴敬憲字伯茂，新構山亭，與賓客集。謂邢子才曰：「山池始就，願爲一名。」子才曰：「海中有蓬萊山，仙人之所居，且名蓬萊。」蓬萊，裴聵也。敬憲患耳，故以戲之。敬憲不悟，於後始覺。

案：蓬萊之爲裴聵，乃是雙翻語。如清暑爲楚聲，東田爲顛童，同泰爲大通，叔寶爲少福，索郎爲霜落，温休爲幽婚之類。又三字翻語，常子閤爲石子岡，陶郎來爲唐來勞，鹿子開爲來子哭。

悟此即知雙聲之理矣。又案：宋俞文豹《唾玉集》云：俗語切脚字，勃籠蓬字，勃蘭盤字，突落鐸字，窟隴孔字，窟陀窠字，骨露錮字，屈攣圈字，突郎唐字，突欒團字，煎零精字，鯽溜走字，即釋典所用合字。但蓬萊以下等字可回切，勃籠以下等字不可回切。同一翻語，有可回切不可回切之別。回切謂回互出切，即雙翻也。《玉篇》所謂正紐旁紐是也。中添一字，更成三翻矣。

孫愐《唐韵序》一則

論曰：切韵者，本乎四聲，紐以雙聲叠韵，欲使文章麗則，韵調精明於古人耳。或人不達文性，便格於五音爲足。夫五音者，五行之響，八音之和，四聲間迭在其中矣。必以五音爲定則，參宫參羽，半徵半商，引字調音，各自有清濁。若細分其條目，則韵部繁碎，徒拘梏於文辭耳。

案：雙聲必本於五音，叠韵必本於四聲，乃不易之理也。此論似是而非，真模糊影響之談。

李淑《詩苑》一則

梁沈約云：詩病有八，一曰平頭，第一字、第二字不得與第六字、第七字同聲，如「今日良宴會，歡樂難具陳」，今、歡皆平聲也。二曰上尾，謂第五字不可與第十字同聲，如「青青河畔草，鬱鬱園中柳」，皆上聲也。三曰蜂腰，謂第二字不得與第五字同聲，如「聞君愛靚妝，竊欲自修飾」，君、妝皆平聲，欲、飾皆入聲也。四曰鶴膝，謂第五字不得與第九字同聲，如「客從遠方來，遺我一書札。上言長相思，下言久離別」，來、書皆平聲也。五曰大韵，如聲鳴爲韵，上九字不得用驚平等字。六曰小韵，除本韵一字外，九字中不得兩字同韵，如遥、條不同句聯。七曰旁紐，八曰正紐。謂十字内兩字雙聲爲正紐，若不共一字而有雙聲爲旁紐。如流六爲正紐，流柳爲旁紐。八種惟上尾、鶴膝最忌，餘病亦通。

案：正紐、旁紐皆指雙聲而言，觀神珙之圖自可悟入。若此注所云，則旁紐即叠韵矣，非。平頭、上尾、蜂腰、鶴膝四病，所謂同聲，當指同母字而言，非謂平上去入四聲，注似誤會。又案竹垞先生《寄查德尹編修書》云：「富平李天生之論曰：少陵自詡晚節漸於詩律細，曷言乎細？凡五七言近體，唐賢落韵共一紐者不連用，夫人而然。至於一三五七句用仄字，上去入三聲，少陵必隔别用之，莫有叠出者，他人不爾也。此所謂落韵共一紐者不連用，當即八病之所謂旁紐、正紐也。母既同紐，而韵又復同紐者，二四六八句並不連用是也。一三五七句用仄字，上去入必隔别用。」詳見《曝書亭集》，兹不具載。

沈括《夢溪筆談》一則

古人文章，自應律度，未以音韵爲主。自沈約增崇韵學，其論文則曰：「欲使宫羽相變，低昂殊節，若前有浮聲，則後須切響。一簡之内，音韵盡殊，兩句之中，輕重悉異。妙達斯旨，始可言文。」自後浮巧之語，體製漸多，如傍犯、蹉對蹉音千、過翻。假對、雙聲、叠韵《詩苑類格》引上官儀云：雙聲對，黄槐、緑柳之類，叠韵對，彷徨、放曠之類。之類。詩又有正格、偏格，類例極多。故有三十四格、十九圖、四聲、八病之類。今略舉數事。如徐陵云：「陪遊馺娑，騁纖腰於結風；長樂鴛鴦，奏新聲於度曲。」又云：「厭長樂之疎鐘，勞中宮之緩箭。」雖兩「長樂」，意義不同，不爲重複，此類爲傍犯。如《九歌》「蕙殽蒸兮蘭藉，奠桂酒兮椒漿」，當曰「蒸蕙肴」對「奠桂酒」，今倒用之，謂之蹉對。如「自朱耶之狼狽，致赤子之流離」，不唯「赤」對「朱」、「耶」對「子」，兼「狼狽」、「流離」，乃獸名對鳥名。又如「厨人具雞黍，稚子摘楊梅」，以「雞」對「楊」。如此之類，皆爲假對。如「幾家村草裏，吹唱隔江聞」，「幾家」、「村草」與「吹唱」、「隔江」皆雙聲。如「月影侵簪冷，江光逼履清」，「侵簪」、「逼履」皆叠韵。案：說本唐范攄《雲溪友議》。詩第二字側入，謂之正格。如「鳳策軒轅紀，龍飛四十春」之類。第二字平入謂之偏格，如「四更山吐月，殘夜水明樓」之類。唐名賢輩詩，多用正格，如杜甫律詩。用偏格者，十無一二。

案：逼履非叠韵，亦非雙聲，因與下句江光參差對也。江光係雙聲，兼通用叠韵，沈氏詳論切韵之學，何以尚不知此。韓偓集影一作滑，履一作屐，月滑叠韵，逼屐廣通叠韵。

米芾《畫史》一則

沈隱侯只知四聲，求其宮聲不得，乃分平聲爲二，以欺後學，幾於千年無人辨正。愚陋之人，從而祖述，作爲字母，謹守前說。陸德明亦復吴音，傳其祖說，故以東、冬爲異，中、鐘爲別，以象爲奬，以上爲賞，因其吴音，以聾後學，莫之能正。

案：字母非祖述沈隱侯而作，陸元朗《經典釋文》亦非祖述字母者，米顛可謂游談無根矣。況奬象精邪自別，賞上審禪元殊，其所謂吴音者，不知又何據也。

王銍《四六話》一則

王文恪公陶嘗言，四六如「蕭條」二字，須對「綽約」，與「據鞍矍鑠」須對「攬轡澄清」，若不協韵，則不名爲聲律矣。

案：此即叠韵對也。協韵二字，似是而非。

楊萬里《誠齋詩話》一則

或問：何謂雙聲叠韵？曰：「行穿詰曲崎嶇路，又聽鈎輈格磔聲。」上句雙聲，下句叠韵也。今傳抄本或作上句叠韵，下句雙聲，非。何謂蜂腰、鶴膝？曰：「詞源倒流三峽水，筆陣横掃千人軍。」「無邊落木蕭蕭下，不盡長江滚滚來。」前一聯蜂腰，後一聯鶴膝也。

案：蜂腰、鶴膝之説，未知所本。

蔡傳《吟窗雜録》一則

「留連千里賓，獨待一年春。」此頭雙聲句也。「我出崎嶇嶺，君行磝碻山。」此腹雙聲句也。「野外風蕭索，雲裏日朦朧。」此尾雙聲句也。《漁洋詩話》：今世所傳《吟窗雜録》最紕繆可笑。如第一詩格曰魏文帝撰，而有雙聲、叠韵、迴文之類，豈建安之代已先有沈約四聲及璿璣圖詩耶？

案：此分頭、腹、尾，專指四韵八句者而言。朦朧乃叠韵，非雙聲。

葛勝仲《丹陽集》一則 子立方《韵語陽秋》同。

皮日休《雜體詩序》曰：《詩》云「蝃蝀在東」，又曰「鴛鴦在梁」，雙聲起於此也。陸龜蒙《詩序》曰：叠韵起自梁武帝。帝云「後牖有朽柳」，當時侍從之臣皆屬和。劉孝綽云「梁皇長康强」，沈休文云「載戴每礙碌」。自後，用此體作爲小詩者多矣。如王融所謂「園蘅炫紅蘤，湖荇曄黄華」，温庭筠所謂「棲息銷心象，簷楹溢艷陽」，皆倣雙聲而爲之者也。陸龜蒙所謂「瓊英輕明生，竹石滴瀝碧」，皮日休所謂「康莊傷荒凉，主去部伍苦」，皆效叠韵而爲之者也。南北朝人士多喜作雙聲、叠韵，如謝莊、羊戎、魏收、崔巖輩，戲謔談諧之語，往往載在史册，可得而考焉。

《南史·謝莊傳》：王玄謨問：「何者爲雙聲？何者爲叠韵？」答曰：「懸瓠爲雙聲，磝碻爲叠韵。」其捷速如此。案：懸瓠、磝碻並地名，乃當時北魏戍守争戰之所，玄謨邊將，正當其地，故以此答之，而時人服其捷速也。懸瓠一作玄護，同。

《南史·羊玄保傳》：子戎語好爲雙聲。江夏王義恭嘗設齋，使戎布牀，須臾王出，以牀狹，乃自開牀。戎曰：「官家恨狹，更廣八分。」《金樓子》：戎處分曰：「官教前牀，可開八尺。」江夏曰：「開牀小狹。」戎復唱曰云云。案：八尺之尺，亦當作分。王笑曰：「卿豈唯雙聲，乃辨士也。」文帝好與玄保棊，嘗中使至，玄保曰：「今日上何召我耶？」戎曰：「金溝清泚，銅池摇颺。既《金樓子》作「極」字，誤。佳光景，當得劇棊。」

《北史·魏收傳》：收外兄博陵崔巖，嘗以雙聲嘲收曰：「愚魏衰收。」收答曰：「顏巖腥瘦，是誰所生，羊頤狗頰，頭團鼻平，飯房笭籠，看孔嘲玎。」其辯捷不拘若是。《北齊書》同。○「看」一作「著」，非。

《洛陽伽藍記》：冠軍將軍郭文遠，堂宇園林匹於邦君。時隴西李元謙樂雙聲語，常經文遠宅前過，見其門閥華美，乃曰：「是誰第宅過佳？」婢春風出曰：「郭冠軍家。」元謙曰：「凡一作「此」，非。婢雙聲。」春風曰：「獰奴慢罵。」元謙服婢之能，於是京邑翕然傳之。

《詩話》：梁武帝嘗作五字疊韵曰「後牖有朽柳」，命朝士並作。劉孝綽曰：「梁皇長康强。」沈約曰：「偏眠船舷邊。」庾肩吾云：「載戴每礙碌。」徐摛曰：「臣昨祭禹廟，殘六斛熟鹿肉。」何遜用曹瞞故事，曰：「暯蘇姑枯盧。」吴均沉思良久，竟無所言。高帝愀然不樂，俄有詔曰：「吴均不均，何遜不遜，宜付廷尉。」案：前所引較略。

蔡寬夫《詩話》一則

聲韵之興，自謝莊、沈約以來，其變日多。四聲中又別其清濁，以爲雙聲，一韵者以爲疊韵，蓋以輕重爲清濁爾，所謂「前有浮聲，則後有切響」是也。王融《雙聲詩》云：「園蘅眴紅蘤，湖荇燡黃華。迴鶴横淮翰，遠越合雲霞。」以此求之可見。自唐以來，雙聲不復用，而疊韵間有。杜子美「卑枝低結子，接葉暗巢鶯」，白樂天「户大嫌甜酒，才高笑小詩」寄韓退之詩。之類，皆因其語意所到，輒就成之，要不以是爲工也。陸龜蒙輩遂以皆用一音，引「後牖有朽柳」、「梁皇長康强」爲始於梁武帝，不知復何所據。所謂蜂腰、鶴膝者，蓋又出於雙聲之變。若五字首尾皆濁音，而中一字清，即爲蜂腰。首尾皆清音，而中一字濁，即爲鶴膝。尤可笑也。

案：唐人多守此法，而初盛尤嚴。乃云「自唐以來，雙聲不復用」，殆如癡人説夢也。僅舉少陵「卑枝」、「接葉」叠韵一聯，則疎甚矣。王融詩通首用匣母字，而間入喻母五字、曉母一字，此即廣通例也。

潘淳《詩話》一則

皮日休云：梁武帝詩「後牖有朽柳」、沈約詩「偏眠船舷邊」，叠韵興焉。《詩》曰「螮蝀在東」，又曰「鴛鴦在梁」，雙聲興焉。王玄謨問謝莊：「何者爲雙聲？何者爲叠韵？」答曰：「懸瓠爲雙聲，磝碻爲叠韵。」當時服其捷。丁晉公在朱崖作州郡名配古人姓名等詩，及雙聲叠韵，甚有源委。雙聲：「九曲流清泚，重輪抱祥光。」叠韵：「紫蠟茱萸結，紅綃荳蔻房。」林和靖有「草泥行郭索，雲木叫鉤輈。」而山谷《效徐庾慢體》云：「翡翠釵梁碧，石榴裙褶紅。」皆叠韵雙聲也。語尤工。

懸瓠，地名。一作玄護。今坊刻作互護，因宋本避諱缺筆而誤。清泚雙聲，以祥光叠韵作對，此竟指爲雙聲，混。石榴二字廣通雙聲。

王直方《歸叟詩話》一則

洪朋黄山谷甥。詩云：「琅玕嚴佛界，薜荔上僧垣。」山谷改云：「琅璫鳴佛屋。」以爲薜荔是一聲，須要一聲對，「琅璫」即一聲也。

案：一聲即所謂疊韻也。立之不明疊韻，故别創一聲之名耳。

王觀國《學林新編》一則

《南史・謝莊傳》曰：「王玄謨問莊：『何者爲雙聲？何者爲疊韻？』答曰：『懸瓠爲雙聲，磝碻爲疊韻。』」某案：古人以四聲爲切韻，紐以雙聲疊韻，必以五音爲定。蓋謂東方喉聲爲木音，西方舌聲爲金音，南方齒聲爲火音，北方唇聲爲水音，中央牙聲爲土音也。雙聲者，同音而不同韻也。疊韻者，同音而又同韻也。懸瓠同爲唇音，而二字不同韻，故謂之雙聲。磝碻同爲牙音，而二字又同韻，故謂之疊韻。若彷彿、熠燿、騏驥、慷慨、咿喔、霡霂，皆雙聲也。若侏儒、童蒙、崆峒、巃嵷、螳螂、滴瀝，皆疊韻也。《廣韻》曰：章灼良略是雙聲，灼略章良是疊韻。又曰：廳剔靈轢是雙聲，剔轢廳靈是疊韻。舉此例，則諸音皆是，此而紐之，可以定矣。沈存中論詩之用字曰：「『幾家村草裏，吹笛隔江聞。』『幾家』、『村草』、『吹笛』、『隔江』，皆雙聲也。」某案：「村」字是唇音，「草」字是齒音，「吹」字是唇音，「笛」字是齒音，此非同音字，不可謂之雙聲也。存中又曰：「『月影侵簪冷，江光逼履清。』『侵簪』、『逼履』

皆叠韵也。」某案：「侵」字是唇音，「簪」字是齒音，「逼」字是唇音，「履」字是舌音，既非同音字，而「逼履」二字又不同韵，不可謂之叠韵也。案李群玉詩曰：「方穿詰曲崎嶇路，又聽鉤輈格磔聲。」「詰曲」、「崎嶇」，乃雙聲也。「鉤輈」、「格磔」，乃叠韵也。

此書所論，紕繆百出，條辨於下。東方牙音木，西方齒音金，南方舌音火，北方唇音水，中央喉音土，西南方半舌半齒音，即樂之變商、變徵。牙音即齶音，亦即收入鼻音。此切韵初學入門之最粗淺者，尚不能知，乃敢妄筆於書，異哉。同韵亦有雙聲叠韵，何必同音？此以雙聲爲不可同韵，又以叠韵爲必同音，要之不解同音二字之義，故鑿空而撰也。設一語道破，同音即同母，同母即同紐，當爽然若失矣。「懸瓠」匣母喉音，乃云唇音，不知何從辨得。「礉碻」雖同屬牙音，然疑、溪各母音不逼近，故但可爲叠韵。况叠韵不必論音，使亦論音，則叠韵與雙聲何所區別？由於不曉同母爲雙聲，同韵爲叠韵二語，所以荒謬至此。「騏驥」乃平去通用之叠韵，雖群、見同屬牙音，而不甚逼近，不可謂之雙聲。「村」字齒音與「草」同屬穿母，此云「村」字是唇音，誤。「笛」字舌音，此云是齒音，亦誤。况元本乃「唱」字，並非「笛」字。「吹唱」二字正是穿母雙聲也。「侵」字齒音，此云是唇音，「履」字半舌半齒音，此但云是舌音，並皆繆極。

胡仔《漁隱叢話》一則

《漫叟詩話》曰：東坡作吃語詩：「江干高居堅關扃，耕犍居言翻。躬駕角掛經。孤航繫音計。舸菰茭隔，笳鼓過軍雞狗驚。解襟顧影各箕踞，擊劍賡歌幾舉觥。荆笄供膾愧攪聒，乾鍋更戛甘瓜羹。」山谷亦有戲題云：「逍遥近道邊，憩息慰憊懣。晴暉時晦明，謔語諧讜論。草萊荒蒙蘢，室屋壅塵坌。僮僕侍偪側，涇渭清濁混。」二老亦作詩戲耶？苕溪漁隱云：東坡後又有《吃語詩》一篇，謂此爲一字詩，「故居劍閣隔錦官」者是也。

東坡有《戲和正輔一字韵詩》云：「故居劍閣隔錦官，柑果薑蕨交荆菅。奇孤甘掛汲古綆，僥覬敢揭鉤金竿。已歸耕稼供稾秸，公貴幹蠱高巾冠。改更句格各謇吃，姑因狡獪加間關。」案：此體創於皮、陸，用同紐字集成，故目之爲一字韵。施注以爲未詳，查氏《補注》但云雙聲，而昧其通首同紐，可知唐以後不講音韵之學久矣。但詩用見母，而「吃」字闌入溪母，猶可廣通，「因」字闌入影母，更爲不倫，必係傳寫之誤也。東坡尚有《吃語詩》亦用見母，而雜用「航」、「影」二字，殊不合。案：「孤航」集本作「篙竿」，「影」集本作「景」，當從集。至山谷戲題，乃間用雙聲、叠韵屬對而成，又與此體異。《漫叟詩話》誤合爲一。案吃語詩即集中《西山戲題武昌王居士》詩也。其小引云：予往在武昌，西山九曲亭上有題一句「玄鴻横號黄槲峴」。九曲亭即吴王峴山，一山皆槲葉，其旁即元結陂湖也，荷花極盛，因爲對云：「皓鶴下浴紅荷湖。」一聯並匣母。座客皆笑，同請賦此詩。吃語詩者，因字盡同母，聲調相黏，讀之有類口吃而已。《蘇長公外紀》云：「古之口吃難言者，如韓非、周昌、鄧艾之徒，皆載史傳。東坡此詩，亦緣是善謔耳。」此不明口吃之即雙聲也。我鄉查初白先生注此詩云：「何苦爲此？」亦不解雙聲之故，故敢於詆諆耳。

嚴羽《滄浪詩話》一則

詩體有全篇雙聲疊韵者。東坡經字韵詩是也。

案：東坡經字韵詩乃全篇雙聲，何得牽涉疊韵？若全篇雙聲、全篇疊韵兩體，當分別引之，如《松陵集》唱和體之類方合。觀此，知嚴氏於雙聲、疊韵全無所解也。

魏慶之《詩人玉屑》一則

唐上官儀云：詩有六對。四曰雙聲對，「黄槐」、「緑柳」是也。五曰疊韵對，「彷徨」、「放曠」是也。又曰：詩有八對。三曰雙聲對，「秋露香佳菊，春風馥麗蘭」是也。四曰疊韵對，「放蕩千般意，遷延一介心」是也。本李淑《詩苑》。

案：此論頗合。又以疊韵對「解凍池塘風淅瀝，迎秋郊野月嬋娟」、「瀉鵜刷毛花蕩漾，鷺鷥拳足雪離披」爲葛藤相連體，殊爲可笑。

張表臣《珊瑚鉤詩話》一則

古今詩體不一，晉宋以降，又有回文，翻覆寓憂思輾轉之情；雙聲、疊韵，狀連駢嬉戲之態。皮日休云「疎杉低通灘」，此雙聲也；陸龜蒙云「膚愉吴都姝」，此疊韵也。

案：此論尚不至謬。

劉履《選詩補注續編》一則

朱子《齋居感興》詩首句：「昆侖大無外，旁薄下深廣。」胡炳文通云：昆，户本切，讀作崑崙之崑者非。

案：「昆侖」叠韵，「旁薄」雙聲，作對甚合。「昆」讀如混，匣母字，若「崑崙」之「崑」，則見母字矣。「侖」讀如圇，與昆爲上聲叠。若「崑崙」，亦平聲叠也。雲峰之通雖是，但不知雙聲、叠韵之對，天籟暗合耳。「昆侖」出揚子雲《太玄經》，「旁薄」出《淮南子》，揚子雲《解嘲》亦用之。

李東陽《懷麓堂詩話》一則

陳公甫論詩專取聲，最得要領。潘應昌嘗謂予詩宫聲也，予訝而問之，潘言其父受於鄉先輩曰：「詩有五聲，全備者少，惟得宫聲者爲最優，蓋可兼衆聲也。李太白、杜子美之詩爲宫，韓退之之詩爲角，以此例之，雖百家可知也。」予初欲求聲於詩，不過心口相語，然不敢以示人。聞潘言，始自信以爲先得我心，天下之理，出於自然者，固不約而同也。趙㧑謙嘗作《聲音文字通》十二卷，未有刻本。本入内閣，而亡其十一，止存總目一卷。以聲統字，字之於詩，亦一本而分者。於此觀之，尤信。門人輩有聞予言，必讓予曰莫太洩漏天機否也。

案：論詩之欺人可笑者，無過此條。潘偶獻諛，李因夢囈，皆不足辨也。更可笑者，忽借趙古則之書，含糊依託，似是而非，則不特欺人，而自欺寔甚。夫言爲心聲，而詩又在心所發者，西涯荒謬如此，宜相業之遂衰矣。恐其牽引李、杜，或致繆種流傳，故備論之。

葉盛《水東日記》一則

海昌詩人蘇秉衡嘗言：宋一代近體，彷彿唐人者，僅王禹玉《元夕》一詩耳。猶惜其「鎬京春酒沾周宴」，「沾」字音調未諧，易作「陪」可耳。

案：詩五六一聯云：「鎬京春酒沾周宴，汾水秋風陋漢才。」「沾」與「周」同母，「酒」與「沾」隔標，而對句不對，爲不合格。雪溪但云未諧，不知其所以然也。

唐寅《文集》一則

神珙以内外八攝總其聲，三十六母總其音，其於音聲括盡而無遺矣。然有字有聲者雖多，而有聲無字者亦復不少，必皆以翻切得之。翻者翻出其音，切者切出其聲，如徒都字之誤。公徒、丁顛東，丁顛謂之翻，徒東謂之切也。其他無字之音聲，如水聲、風聲之類，皆可翻切。

案：以襯字爲翻上，同母字爲切，其説固非。而水聲、風聲説尤荒誕。可知六如居士亦不知其所以然也。

楊慎《文集》四則

《上林賦》連綿字如垂條、扶疎、落英、幡纚、紛溶、萷蔘、猗狔、從風、瀏莅、卉歙數語，皆言草木從風之形與聲也。但用字既古，其音又與俗音不同，今略解之。紛溶，猶丰茸也。萷蔘，即蕭森。猗狔，猶猗那也，字亦作旖旎，又作猗儺。瀏莅，即流麗。卉歙，即欻吸。案：《長門賦》「列丰茸之游樹」，則紛溶、丰茸一也。杜詩「巫山巫峽氣蕭森」，則萷蔘、蕭森一也。《毛詩》「猗儺其枝」，《楚辭》「紛旖旎乎都房」，阮嗣宗詩「猗靡情歡愛」，則猗狔也、猗儺也、旖旎也、猗靡也，一也。陶通明詩「悽切嘹唳傷夜情」，趙彦昭詩「流麗鳴春鳥」，則瀏莅與嘹唳及流麗一也。杜詩「秋風欻吸吹南國」，則卉歙與欻吸一也。字有古今，音有南北，類如此，聊舉其略爾。

案：連綿字者，謂偏傍形體連綿而相類也。其中未必無雙聲、疊韵，但儘有連綿而非雙聲疊韵者，如左右、江河之屬，難悉數矣。升庵不明其源，糢糊説去，所舉者雙聲、疊韵，而概指爲連綿，似是而非，殊不知雙聲、疊韵固亦有連綿，如所舉旖旎，即屬二者相兼，而連綿之名，究不可以槩雙聲、疊韵也。紛溶非雙聲，非疊韵，并非連綿字，何得與丰茸爲一？倘以紛音類丰，因之而誤耶？又案：《丹鉛録》以《古文尚書》「七始詠」爲即切韵之七音，且混於《漢志》郊祀歌之「七始華」，陳耀文《正楊》已辨之矣。

皮日休云：《毛詩》「鴛鴦在梁」，又「蝃蝀在東」，即後人疊韵之始。余謂此偶合之妙，詩人初無意也。若《文選》宋玉《風賦》「炫煥燦爛」、張衡《西京賦》「睚眦蠆芥」、司馬相如《上林賦》「玢豳文鱗」、左思《吴都賦》「檀欒嬋娟」，則詞人好奇之始耳。《南史》有「積日失適」，亦叠韵。

案：此皆屬偶合，不知升庵何所見而爲之區别？況鴛鴦、蝃蝀皆雙聲字，襲美並無叠韵之説，「在梁」、「在東」不過於一句内兩用韵，亦未可以槩叠韵也。《文選》賦中雙聲、叠韵字以千百計，不可勝數，兹何其固陋耶。

左太沖《招隱詩》「峭蒨青葱間，竹栢得其真」，五言詩用四連綿字，前無古，後無今。

案：「峭蒨青葱」皆雙聲字，非連綿字也，誤與前第一條同。五言詩連用四雙聲、叠韵字，乃最多而無奇者，謂之前無古後無今，未免少見多怪矣。

首二句並平聲，爲平頭。一第五字與第十字同聲，爲上尾。二下句第二字、第五字同聲，爲蜂腰。三第五字與第十五字同聲，爲鶴膝。四第四字與第十字同聲，爲大韵。五十字中犯同韵二字爲小韵。六十字中有家字，又用嫁字，爲正紐。七十字中有田字，又用寅延字，爲旁紐。八休文八病甚爲拘滯，正與古體相反，惟近律差有關，未免商君之酷，不足道也。

案：此所云八病，與《詩苑》又相互異。如以嫁字爲正紐，寅、延字爲旁紐，是不知寅、延之爲母，而且以爲韵矣。何謬如之。

王世貞《藝苑巵言》一則

楊用修謂「七始」即今切韻宫、商、角、徵、羽之外，又有半商、半徵，蓋牙、齒、舌、喉、脣之外，有淺、深二音故也。

案：升庵之説固非，弇州深、淺二音尤混。弇州又論八病，謂沈休文拘滯，正與古體相反，唯近律差相關，然亦不免商君之酷。此襲升庵，而其誤尤甚者。如以蜂腰謂第二字不得與第五字同上去入聲，如老杜「望盡似猶見」之類。鶴膝謂第五字不得與第十五字同，如老杜「水色含群動，湖光接太虚。年侵頻悵望」之類是也。至云傍紐，七字中已有田字，不得着寅延字，正紐，十字中已有壬字，不得着衽任字，不知寅延乃喻母翻切之添字，而非謂先、仙韻也。弇州昧於字母，亦與升庵同耳。

王圻《續通考》二則

雙聲、叠韵者，韵之子、母正切、回切也。如龍字乃盧容切，翻云盧零連。龍、盧字爲韵之子，容字爲韵之母，零連字爲韵之祖。雙聲者，乃子正切得母，母回切得子，而且同祖，是謂之雙聲。叠韵者乃子正切得子，母回切得母，而不同祖，是謂之叠韵。唐人吟詠，深以此爲親切。劉禹錫詩云：「出谷嬌鶯新睍睆，營巢乳燕舊呢喃。」睍睆與呢喃，乃雙聲也。正切睍睆，睍興掀睆；回切睆睍，睆興掀睍。

正切呢喃，呢寧年喃；回切喃呢，喃寧年呢。此則雙聲之説明矣。又杜甫詩云：「卑枝低結子，接葉暗巢鶯。」「卑枝」與「接葉」乃疊韵也。正切卑枝，卑賓邊卑；回切枝卑，枝真氈枝。正切接葉，接精箋接；回切葉接，葉寅延葉。此疊韵之説明矣。

案：此條論翻切尚可，若論雙聲、疊韵，其説終隔數塵。夫既云雙聲，自然可以回切，但云子正切得母，母回切得子，則子母二字，未免誤會矣。至於疊韵，非但不可回切，并且不可正切。即偶可正切、回切，借用以爲翻切，則雖同一韵，别歸一母。疊韵正切、回切，令人捧腹也。雙聲尚且有可正切不可回切者，以切出有聲無字之故，而况於疊韵乎？疊韵而亦以正切、回切言之，與雙聲何異？總之，不明雙聲、疊韵二者，以致立説舛謬如此，兼之不明子、母，妄創祖字，尤爲可笑。

平上去入謂之疊韵，連綿謂之雙聲。

案：平上去三聲可以通用，至入聲，則必讀如《中原音韵》，方可通用，然究非正格也。雙聲、疊韵，均可謂之連綿，而指定雙聲，其説亦非。又偏傍同者，亦可稱連綿字，不必雙聲、疊韵也。

葉秉敬《韵表》一則

東風通同，此疊韵也。高歌根甘，此雙聲也。古人所以標雙聲、疊韵之説者，正爲雙聲、疊韵，詩家所忌，偶犯之猶或不覺，多用之則不堪聽，類乎摩訶波羅矣。

案：雙聲、疊韵，只須屬對，並非詩家所忌，葉氏之説非也。

郎瑛《七修類稿》一則

綸巾韻同音近，詩法所忌，故讀曰關。

案：綸巾之綸，古音本自作關，並非以同爲真韻之故。若同韻之字爲叠韻，乃正詩法所尚，何云忌耶？綸讀關，綸巾雙聲。

王驥德《曲律》一則

論曲禁叠用雙聲、字母相同，如瓓瓏、皎潔類，止許用二字，不許連用至四字。叠用叠韻。二字連用，如逍遥、燦爛類，亦止許用二字，不許連用至四字。

案：填詞亦以雙聲、叠韻字相諧爲主，禁用之説非也。如《琵琶記》之「娉婷叮嚀」，《西廂記》之「顛倒鴛鴦」，何嘗禁四字連用？其餘一調中□兩用、三四用者不勝枚舉，音節之妙，全在乎此，詞曲與詩同耳。

王士禛《古夫于亭詩問》二則

平中清濁，如通同，清情四字，通、清爲清，同、情爲濁。仄中如入聲，有近平、近上、近去等字，須相間用之，乃有抑揚抗墜之妙。古人所謂一片宫商也。說本張蕭亭。又《問》引蕭亭先生云：以音節爲頓挫者，此爲第三句、第五句而言耳。蓋字有抑揚，如平聲爲揚，入聲爲抑，去聲爲揚，上聲爲抑。凡單句住脚字，必錯綜用之，方有音節。如以入聲爲韵，第三句或用平聲，第五句或用上聲，第七句或用去聲，大約用平聲者多，然亦不可泥，須相其音節變换用之，但不可於入聲韵單句中再用入聲住脚耳。

蜂腰、鶴膝、雙聲、叠韵之類，一時記不能全，須檢書乃可條答。

案：《詩問》一卷，漁洋全集中從未言及，疑是門弟子輩依託爲之。據其説本於蕭亭，所云清濁，未免模糊。如以一音中較清濁，則溪固濁於見，而群不濁於溪，疑不又濁於群乎？曉固清於匣，而匣不清於影，影不又清於喻乎？此所謂掛一漏萬者也。至抑揚之説，非但太拘，而以四聲强爲分别，亦復失之穿鑿。若一時記不能全，須檢全書，乃可條答，雖屬古人不知爲不知之義，恐漁洋不如是之陋矣。

朱彝尊《曝書亭集》二則

契丹僧行均撰《龍龕手鑑》三卷，本之華嚴三十六字母。而鄭樵《六書略》以爲聲經音緯，韵學始備。由是韓道昭之《五音集韵》、案：金皇統時，汶川荆璞字彦寶善達音韵，博覽群書，將三十六字母添入韵中，隨母取切，見韓道昇《序》。則此亦有所本，非創始於伯煇也。黄公紹之《韵會舉要》，東冠以公洽冠以夾群，變而入浮屠氏之學，可乎？不可乎？若必專心四聲七音之微妙，然後可以言詩，此六一居士所云儒釋不兩能者已。《海篇直音》分部亦以字母爲序，雖非説文之舊，然似勝於宣城。

案：竹垞不講音韻之學，故立論如此，其實音韻不可偏廢，後人不得執此藉口也。此論疑爲稼堂而發。

自平水劉淵淳祐中始并二百六韻爲一百七韻，於是合殷於文，合隱於吻，合焮於問，盡乖唐人之官韻。好異者又惑於婆羅門書，取華嚴字母三十有六，顛倒倫次。案：東韻以見母字爲首，依三十六字母次序，始於宋吴棫《韻補》，而黄公紹《韻會》因之。以公字爲東韻之首，凡舊文一切更置，不始于韓、黄二家也。

案：依母編韻，誠失古人之意，大爲不可。然以此議華嚴字母之學，則又近於因噎廢食矣。

毛奇齡《古今通韻》一則

古有雙聲，即翻切也，如蝃蝀、鴛鴦之類。然前人不以之注書，但曰某讀作某，故高貴鄉公不解翻語。至三國六朝，則多有翻音。

案：雙聲之與翻切，雖其理相通，然謂雙聲即翻切則不可。試問蝃蝀、鴛鴦之類，何以注書耶？魏氏《詩經元本》引《毛詩》「經之營之」、「宜民宜人」爲後世雙聲體，此誤以疊韻爲雙聲。

費經虞《雅倫》一則

雙聲：「我出崎嶇嶺，君行磩碯山。」「秋露香佳菊，春風馥麗蘭。」「幾家春草裏，吹唱隔江聞。」「出谷嬌鶯新晛睆，營巢乳燕舊呢喃。」疊韻：「君赴燕然戍，妾守逍遥樓。」「踈雲雨淅瀝，薄霧樹朦朧。」

「卑枝低結子，接葉暗巢鶯。」「方穿詰曲崎嶇路，又聽鉤輈格磔聲。」「佳氣徘徊籠細網，殘雲淅瀝染輕塵。」

案：以上所引雙聲、叠韵尚混，未能詳晰言之。

馮班《鈍吟雜録》二則

阮逸注《文中子》，不解八病，知宋時聲韵之學已微。有一惡書名曰《金鍼詩格》，托之梅堯臣，言八病絶可笑，王弇州《巵言》不能知其謬也。古書多亡，余所見書又少，沈休文《謝靈運傳贊》、劉彦和《文心雕龍》統論梗概，牽於文勢，不得分别詳言，諸書所言，時有可徵，今略記於此，後有博學之士，爲吾詳之。郭忠恕《佩觿》云：雕弓之爲敦弓，則又依乎旁紐。按：徵音四字，端、透、定、泥。敦字屬元韵端母，雕字屬蕭韵端母，則是旁紐者，雙聲字也。《九經字樣》云：紐以四聲。是正紐者，四聲相紐，東、董、凍、督是也。劉知幾《史通》言：梁武云「得既自我，失亦自我」爲犯上尾，兩「我」字相犯也。平頭未詳。蜂腰、鶴膝見宋人一詩話，偶忘其書，乃雙聲之變也。上下二字俱清，中一字濁，爲鶴膝。上下二字俱濁，中一字清，爲蜂腰。大韵、小韵，似論取韵之病。大小之義，所未詳也。沈侯云：「一簡之内，音韵盡殊；兩韵之中，輕重各異。」詳此則八病俱去，亦不在曲折分其名目也。

案：馮氏此論未詳是否，但所云正紐、旁紐者非也。三十六字母有正紐、旁紐，平上去入四聲亦有正紐、旁紐。字母之正紐、旁紐，如隆閭爲正，宫居爲旁是也。四聲之正紐、旁紐，如真軫震質爲正，之止至質爲旁是也。凡字母同紐者爲雙聲，凡四聲同紐者爲叠韵。今以旁紐分屬字母，正紐分屬四聲，誤矣。

今本《玉篇》前有紐弄之圖，列旁紐、正紐甚明。《序》引《聲譜》，恐是沈隱侯《四聲譜》。聞世間尚有是書，應論八病事，恨求之不得耳。今人律詩但作偶對，於此處全不詳，何以稱律。

案：馮氏既見神珙之圖，而仍不解正紐、旁紐，由未悟華嚴字母之源故也。即使見隱侯《四聲譜》，終何益哉？聞世間尚有此書，求之不得，亦是欺人語。如果以爲有，將各代史志以及諸家著録尚未寓目耶？又案：鈍吟評點《才調集》，於樂天《代書百韵寄微之》一詩，其注雙聲、叠韵極多掛漏，知其略有所得而已。

朱鶴齡《杜詩輯注》一則

「卑枝」、「接葉」一聯，古人所謂雙聲詩也。

案：此誤以叠韵爲雙聲，朱氏於此事極疎也。

仇兆鰲《杜詩詳注》二則

《蔡寬夫詩話》云：蜂腰、鶴膝，蓋出於雙聲之變。若五字首尾皆濁音，中一字獨清，則兩頭大而中間小，即爲蜂腰。若五字首尾皆清音，中一字獨濁，則兩頭細而中間粗，即爲鶴膝矣。今案：張衡詩「邂逅承際會」，是以濁夾清，爲蜂腰也。如傅玄詩「徽音冠青雲」，是以清夾濁，爲鶴膝也。舊注以「客從遠方來」、「上言長相思」爲鶴膝，意不分明。

案：蔡氏之説本非，而仇氏引張、傅二詩以證之，俱未的確。「邂逅」雙聲，與「會」同屬匣母。「徽音」曉影廣通，「雲」復通喻。此首尾三字皆濁，而中間「承際」、「冠青」兩字皆清，與蔡氏所云亦不合也。

所謂正紐者，如溪、起、憩三字爲一紐，上句用溪字，下句再用憩字。庾闡詩「朝濟清溪岸，夕憩五龍泉」是正紐也。所謂旁紐者，如長、梁同韵，長上聲爲「丈」，上句首用「丈」字，下句首用「梁」字，是亦相犯。詩云：「丈夫且安坐，梁塵將欲起。」此旁紐也。在七律，如杜詩「遠開山嶽散江湖」，「山」、「散」爲正紐。如「丈人才力猶强健」，「丈」、「强」爲旁紐矣。

案：仇氏但知韵之有正紐、旁紐，不知母之亦有正紐、旁紐，是但知叠韵，不知雙聲也。《詩苑》所云「流六」正紐，「流柳」旁紐，雖未詳晰，然尚知母之亦有正紐、旁紐，彼善於此耳。

成德《淥水亭雜識》二則

口吃詩即翻也，叠韵詩即切也。「古今貴經教」，口吃也。「屋北鹿獨宿」，叠韵也。口吃亦名雙聲。

案：吃語詩即雙聲是也，以爲即翻，非也，但其理可通於翻耳。以疊韻爲即切，則尤非。疊韵於切何涉？蓋不明字母翻切，故其論如此。要之，雙聲、疊韵詩通可謂之吃語詩也。

休文八病，宋人已不能辨。大約有聲病、守粘綴、無疊韵、不口吃者，八病俱離。

案：休文八病，誠不能詳。然疊韵、口吃，則詩中豈能免此？只須屬對而已，必以無疊韵、不口吃爲離八病者，立論殊誤。

倪璠《庾開府集注》一則

《封中録》二詩：「貴館居金谷，關扃隔藁街。冀君見果顧，郊間光景佳。」「高階既激澗，廣閣更交柯。葛巾久乖角，菊徑簡經過。」吃語詩。

案：倪魯玉庾集注，以《問疾封中録》詩爲雙聲，以此二首爲吃語詩。同一雙聲，而分爲二，不知雙聲之即吃語，亦屬隔壁猜也。

杜詩雙聲疊韵譜括略卷之八上

海寧周春松靄撰

附録 廿二條

杜集新添詩，宋人以爲真，元人辨其僞，若以雙聲、疊韵法求之，則真僞立見矣。《長吟》、《瞿唐懷古》、《呈竇使君》、《滹南詩話》誤以爲僞。《遣憂》、同上。《送竇九》、《題終明府壁》、《哭鄭蘇》、《送王少尹》、《又送》，並見各門。此可信其真者也。《舟泛洞庭》、「青草」、「白沙」不對。《竹坡詩話》誤以爲真。《收京》、「衣冠」、「車駕」不對。《陪鄭公北池》、「獨鶴」、「衰荷」，「關山」、「戰伐」，「未掩」、「知終」，不對。《去蜀》、「關塞」、「瀟湘」不對。《避地》，「詩書」、「奴僕」不對。《滄浪詩話》誤以爲真。此可決其僞者也。

《爾雅》：髦，顛蕀。《本草》云：天門冬，一名顛勒，一名顛棘，或曰天棘，顛天音近故也。案：杜詩有「天棘蔓青絲」之句，舊説釋惠洪《冷齋夜話》、王觀國《學林新編》並同。以爲天門冬者本此。

杜少陵詩題《宇文晁尚書之甥崔彧司業之孫尚書之子》，宇文晁即石首令，乃李尚書之芳《舊唐書》：蔣王惲子煌，蔡國公煌孫之芳，幼有令譽，頗善五言詩，宗室推之。案：之芳，蔣王曾孫，鶴注蔣王孫，誤。甥也，注家皆知之。至崔彧，則未有能詳考者。或以爲同遊當是三人，尚書之子上脱一姓名，或以爲司業之孫四字重出，或以爲尚書之子四字重出，當删去其一，其説皆非。案《新唐書・宰相世系表》，彧官太子少詹事，其父翹，禮部尚書，清河成公，其祖融，字文成，清河文公。又案融本傳，官至國子司業，李綽《尚書故實》：崔司業融舊第有題壁處，尚在。則司業之孫、尚書之子，指或一人而言，詩題正與表傳相合。從來注家，未經詳考本傳，又云杜審言爲融所奬引，其卒也，爲服緦麻，是杜崔世交，故上及其祖耳，所謂尚書者，一指李，一指崔，注家每因同官而誤。黄生謂宇文晁以下十七字，本《夏夜李尚書筵送宇文石首赴縣聯句》詩自注之語，誤混此題之上，此説亦非也。宇文晁七字尚云可混，崔彧十字將何着耶？

杜集《送重表姪王砅評事使南海》詩云：「我之曾祖姑，爾之高祖母。」注家以高、曾輩行相距止一世，疑王爲杜之表姪，因謂其有兩重中表之親，故稱重其説，非也。不知重表姪猶今俗所謂再表姪。案《唐宰相世系表》，王珪元孫無砅，元孫以下雖不復載，但砅非元孫，而爲五世孫，明矣。高祖以上亦得稱高，今俗猶呼五世祖爲高高祖。《左傳》郯子以始祖爲高祖，蓋高者最尊之稱，不得執定以爲曾祖王父之考也。

昔人議陶公《閒情》一賦爲白璧微瑕，非篤論也。若杜工部文中有《進封西嶽賦表》云：「維岳授陛下元弼，克生司空。」司空指楊國忠，未免一言以爲不智矣。記漁洋已有此説。

韋鶠，《新唐書・藝文志》、張彦遠《名畫記》並作鶠。黄長睿《東觀餘論》以杜詩作偃爲傳寫之誤。但《宣和畫譜》亦作偃，米芾《畫史》、郭若虛《圖畫見聞志》同。與杜詩同，未詳孰是。案《宰相世系表》，韋氏彭城公房，銑三子，次鑒，著作郎。次鑾，潁王府司馬。逍遥公房，待價相武后。子令儀，令儀五子，亦長鑒，次鑾。鑾子應物。鶠爲鑾子。表雖不載，當是彭城公房，而非逍遥公房，蘇州昆弟也。

杜少陵爲征南十三世孫，據《祭遠祖當陽君文》及元微之《墓誌》。集中詩題所稱，與《唐表》或不合。案《表》，亞爲延年二十四世孫，當是從孫，今稱從弟。濟爲預十四世孫，當是從姪，今稱從孫，恐《表》誤也。合者姪佐、《唐表》，淹相太宗。五世孫佐，大理正。子元穎，相穆宗。《舊書·元穎傳》：父佐，官卑。佐爲預十四世孫。正合。朱注誤引佐殿中侍御史暐子。案：暐子繼，非佐也，世次亦不合。從弟位。《唐表》：位，預十三世孫。從孫崇簡，《表》無考。朱注誤引崇簡襄陽房，益州司馬參軍。案《表》有崇憲，無崇簡。崇憲爲少陵從父行，且官衛倉曹，非益州司馬參軍也。鄉弟韶亦無考。杜氏有襄陽、京兆、洹水、濮陽四派，鄉弟當是襄陽。陳文貞《杜律詩話》云：題稱從弟，詩稱惠連，《送柏二別駕》未可因《表》疑詩也。表合。「令弟雄軍佐」，《乘雨入行軍六弟宅》。位自是弟，非姪。或以「守歲阿戎家」指位爲姪，然阿戎非王戎，是王晏從弟王思遠，小字阿戎，胡氏《通鑑注》：晉宋間人多謂從弟爲阿戎，至唐猶然。前人已辨之矣。謝靈運呼惠連爲阿連，見《宋書》及《南史》，仇注以爲呼阿戎，誤。唐十五誠，案《表》，誠祖防，工部員外郎。父貞休，鄜州刺史。子次，字文編，中書舍人。次子扶，字雲翔。持，字德守。持生彦謙，字茂業，號鹿門先生。誠乃莒公之族也。唐氏瑶、偕、諮號三祖，儉爲瑶七世孫，誠爲諮八世孫，誠乃儉族姪。《舊書·文苑傳》誤以次爲國初功臣禮部尚書儉之後，或因此以彦謙爲莒公後者，並誤。《新書》次竟附儉傳，亦以爲儉裔孫，與《表》自相矛盾矣。彦謙即陶穀之祖，避晉祖諱改姓。又黄門從叔，杜鴻漸，濮陽杜氏。李常侍嶧，吴王恪曾孫。弟峴，相肅宗。兄峘，《舊書》有傳。嶧，官至户部侍郎、銀青光禄大夫，終蜀州刺史。楊五侍御、楊五桂州譚、楊五長史，觀王房，官廣州都督。張員外十五兄之緒，魏郡張氏，世居繁水。襄州都督、鄭襄公公謹第三子大安，相高宗。大安子洽，左金吾將軍。洽子之緒，都官郎中。薛三郎中據，西祖後，大房，官禮部侍郎。韋中丞、韋大夫、韋尚書之晉，東眷閬公房，官湖南觀察使。梓州李使君，蜀王湛五世孫季貞，初名栝。裴二端公、裴道州虬，洗馬，裴官諫議大夫，與虬同房族兄弟。韋員外、韋韶州迢，龍門公房，官嶺南節度行軍司馬。王信州崟，烏桓王氏，官懷州刺史，爲珪族姪孫。韋少府班，逍遥公房，官衡州刺史，爲應物同房族姪。畢四曜，世居東平，官侍御史。其姪孫諴，相懿宗。鄭鍊，北祖後，官萬年尉。劉顥，彭城公房。父晸，給事中。弟禹，殿中侍御史。狄明府博濟，仁傑曾孫，《表》有博通而無博濟。成都竇少尹，元魏紇豆陵氏之後，有崇宗、思貞，並官成都尉，未知孰是。薛十二丈判官，秦府學士、汾陰獻公收五世孫正則，長春宮判官，當即其人。案：同州朝邑縣有長春宮，見《地理志》。長春宮使以同州刺史充，吕元膺亦嘗辟判官。又魏謩辟巡官，並見本傳。鄭十八賁，北祖後，官許州刺史。此皆注家未采也。裴虬，贈工部尚書，韋迢，贈同州刺史，並見韓文。

《渼陂西南臺》詩「外物慕張邴」，「張邴」二字，本謝靈運詩。《文選》李注以爲張良、邴曼容，後來注杜者多因之。邵二泉始疑其説，以爲張仲蔚。然仲蔚隱居不仕，又非也。何義門以爲張長公，釋之子，名摯，附見《漢書・張釋之傳》。庶幾得之。案：陶公《扇上畫贊》八人，張長公與邴曼容並列，兩人行事正復相同，可無疑矣。注家或以邴爲邴漢者，亦非。邴姓唐後無聞，當是避唐諱而改。

杜詩云：「庾信哀雖久，何顒好不忘。」又云：「久爲謝客尋幽慣，細學何顒免興孤。」蔡夢弼注本葉石林《避暑録話》。以爲何顒疑是周顒，此説恐非。杜處天寶亂離之際，每以何顒自況，蓋其由賊中奔赴行在，及棄官依嚴武、高適幕中，正與何顒亡匿汝南，交表入洛之事相類，故曰「好不忘」、「免興孤」也。改爲周顒，失之遠矣。顒有知人鑒。識曹操、荀彧，事詳本傳。《太平御覽》採《何顒別傳》，識張機于總角，後爲名醫。今《别傳》不傳，少陵時此書尚存，或用事别有所指，斷非周顒之訛。

《送孔巢父兼呈李白》詩云：「幾歲寄我空中書。」當是參用殷浩終日書空，及竟達空函事。姚寬《西溪叢語》謂用史宗引小兒騰空，覺脚下有波濤寄書事，出梁《高僧傳》附會可笑。

《夔府詠懷》三鱣字叶入先韵，不依《後漢書·楊震傳》注音。善自屬一時誤用，黄朝英《緗素雜記》辨之是也。吴曾《能改齋漫録》曲爲之解，不必從。但自杜叶之後，多作平聲用矣。白詩：「祥鱣降伴趨庭鯉，賀燕飛和出谷鶯。」

《次晚洲》云：「棹經垂猿把，身在度鳥上。」形容水漲船高，猶「春水船如天上坐」之意也。「擺浪散帙妨」，言波浪擺簸，有妨於書帙而散亂也。「危沙折花當」，言沙危則岸欹，故折花近而易當也。案其文義了然，本無深奥。舊注以孔德紹詩「逆浪取花難」爲反證，最妙。俞氏插花沙上以當標識之説，及愚庵謂即玉卮無當之當，初白引《埤雅》瓜蒂謂之當，並非。

《贈峽州劉使君》云：「妙取筌蹄棄，高宜百萬層。」注家但引《莊子》，似也。案《梁書·侯景傳》：「牀上常設筌蹄。」《南史·侯景傳》：「簡文索筌蹄，曰：『我爲公講。』命景離席，使之唱經。」觀此，則筌蹄似是一物，六朝人執以講經者，今其製不可考。少陵所云取棄，正指此耳。

《出瞿唐峽》詩：「五雲高太甲。」自有王厚齋《困學紀聞》引段柯古《酉陽雜俎》之説，後人當安於闕疑，不必强爲穿鑿矣。王子安《益州夫子廟碑》亦必有本，燕公、一公皆不能悉，少陵讀書破萬卷，或能悉之，所謂無一字無出處也。參觀對句「六月曠摶扶」，則五雲者，五色雲氣，太甲爲星宿次舍無疑。嚴滄浪《詩話》欲改甲爲乙，亦非。董遐周《吹景集解》穿鑿中稍爲近理。

趙明誠《金石録》云：「《王四娘塔銘》，裴銑詞，張少悌行書，天寶六載六月。」案：杜詩「黄四娘家花滿蹊」，黄、王音近，乃一人也。又云：「黄師塔前江水東。」黄師塔當即王四娘塔，四娘豈老於空門者乎？觀「桃花一簇開無主」，及「不是愛花即欲死」之句，可知四娘已死成塔，而其家花圃尚存，故三首之中，寓無限感慨耳。

俞成元德云：「杜詩惟『驊騮開道路』一句對以『鷹隼出風塵』，與『鵾鶚離風塵』相類，自是之外無聞焉。」案：千四百餘篇，止此二句重複，以視《劍南集》句法犯複，令人生憎，不得不推爲集大成也。

《贈李白》詩：「李侯有佳句，往往似陰鏗。」宋人或以爲兩人才名相軋，故作輕辭，非也。王氏《學林新編》云：「《夔府詠懷寄鄭監李賓客》詩：『陰何尚清省，沈宋欻聯翩。』四人皆能詩文，乃深美之，非鄙薄也。」此説良是。何謂何遜，沈謂沈佺期，宋謂宋之問，王氏以沈、宋爲沈約、宋玉者非。《陳書》、附阮卓傳。《南史》附父子春傳。並有鏗傳，集三卷，隋時已亡其二。《隋・經籍志》陳鎮南府司馬陰鏗集一卷。晁氏《讀書志》稱僅存數十詩。今案《藝文類聚》、《初學記》尚存三十三首。

張丑《清河書畫舫》云：「傳聞王右丞『花遠重重樹，雲深今本杜集作「輕」。處處山』，楊升庵云：兩句可作畫本。小幀在文徵仲太史家。紙本淺絳色，布景極異，落筆精微。」案：右丞與少陵同時，而畫其佳句，可謂傾倒之至者矣。潭州道林寺有唐裴休書杜詩，以杉版略薄，布粉不蓋紋，故歲久不脱。米襄陽爲杜版行以紀事。方虚谷自言幼時學書，有古印本杜少陵《江漢》詩爲式，云杜牧之書也。宋潛溪集有《韓魏公書杜義鶻行跋》。蘇東坡畫《杜少陵驃騎圖》并詩，後有潁濱跋、山谷二絶句。王晉卿《長江遠岫着色山水》，題杜詩「門泊東吴萬里船」之句。程雪樓有跋趙千里畫《義鶻行圖》。趙松雪寫《天育驃騎歌》，上小篆杜詩。錢曲江有《題杜甫麻鞋見天子圖》。杜詩古今珍重，其見於書畫者如此。

杜詩注解甚多，病在穿鑿附會，僞造固實，荒誕不經，大抵二曲李歜之流也。其最可哂者，莫如元林坤《誠齋雜記》云：「秘書郎喬中山言，至元十年，出使延安，道由鄜州，土人傳石中有杜少陵骨，因往觀之。石在州市，色青質堅，樹於道傍，中有人骨一具，趺坐，若自生成者。」無稽之言而筆之於書，異哉！

蘇詩：「聞道華陽版籍中，至今尚有城南杜。」案：費著《氏族譜》：「杜甫來依嚴武，武卒，甫旅遊襄陽。二子宗文、宗武留蜀。宗文十世孫準家青城，皇祐五年第進士，官朝散郎，宰綿竹，卒官。妻黎攜諸孤依外氏，家成都。第二子翊世，紹聖元年第進士，官朝議大夫，通判懷德軍，靖康初死難。」此條查氏《蘇詩補注》所未引。

放翁云：「近世注杜詩數十家，無一家一義可取。蓋欲注杜詩，須去少陵地位不大遠，乃可下語。不然，則勿注可也。今諸家徒欲以口耳之學揣摩得之，可乎？」知放翁此論，方可讀杜，方可看一切杜注。近時浦氏解杜，謂讀杜須耐拙句、率句、生硬句、麄糙句。嗟乎！孰知杜之所以不拙、不率、不生硬、不麄糙者，正在雙聲、疊韵之諧乎？乃轉以爲拙、爲率、爲生硬、爲麄糙，恐少陵不平於首陽也。

僞撰杜詩，如碑本《自題畫像》見《苕溪漁隱叢話》。及阮閲《詩話總龜》引《零陵總記》、《朝陽巖歌》。蔡夢𣶜《草堂詩話》、七言律詩一首，蜀人作《瑞鷓鴣唱》。謝維新《合璧事類》、五言絶句一首，逸句兩聯。伊世珍《瑯嬛記》引謝氏《詩源》，《贈美人》詩：「笛唇揚折柳，衣髪掛流蘇」一聯。前人皆詳辨之。明楊肇祉君錫選《唐詩艷逸品》四種《名花集》杜詩二首，《十姊妹花》云：「纈屏縁屋引成行，淺白深紅别様粧。卻笑姑娘無意緒，只將紅粉鬧諸郎。」《水仙花》云：「琢盡扶桑冰作肌，冷光真與雪相宜。但從姑射皆仙種，莫道梁家是侍兒。」以此等俚俗惡劣之辭而托於少陵，殆滹南所謂小人無忌憚者耶？

杜詩雙聲叠韵譜括略卷之八下

海寧周春松靄撰

自序

余輯《杜詩雙聲叠韵譜》成，客或見而訝之，曰：「子之論詩，得無失之固？子之論杜，不幾近於鑿乎？」曰：「此非僕一人之臆見，而杜之正格也。抑非杜所獨創，乃相傳作詩之古法也。」客曰：「信如子言，詩必將若是耶？」曰：「否，不然，是何言也。千古善學杜者，無過涪皤，於此法不復墨守，而蒼古秀勁，神髓逼真浣花，要自不可磨滅。然則合者固盡美而又盡善，不合者亦豈害其爲佳詩哉？且客不觀夫畫乎？自唐以前，人物、山水、花鳥之類，咸設色尚精細。迨後世日趨簡便，古法寖微，然龍眠之白描，何遜於顧、陸、張、吴也？雲林之寫意，何遜於王、李、荆、關也？石田之水墨，何遜於徐、黄、邊、趙也？兩途者並行而不悖，蓋由時代風會爲之，倘必優此而劣彼，誠拘墟之見矣。但使龍眠議顧、陸、張、吴爲形似，雲林笑王、李、荆、關爲俗筆，石田詆徐、黄、邊、趙爲脂粉，則又不可也。畫體雖殊，同推妙繪；詩體雖異，並屬名家。余特存古法於久墜之餘，初未嘗强吟詩者而盡出乎此也。」客退，遂書以爲序。乾隆癸未冬日，松靄周春纂。

凡例五則

一、是編創始於乾隆庚辰，稿經三易，迄癸未而稍有就緒。壬辰、癸巳，重加删訂，頗費心力。然讀杜未細，挂漏良多，兼之家鮮藏書，苦乏善本較勘，所期博雅君子賜正舛訛，幸甚幸甚。

一、《三百篇》及《楚辭》，古今詩家之祖，所有雙聲、叠韵字載之，以誌權輿，非拘對偶論也。若《文選》諸詩，晉宋以前，大都闇與理合，齊梁而降，風氣尚屬初開，分附各門，以見杜所自出爾。

一、青蓮諸體亦多合者，兹附載之，可見李杜並稱，乃千古不易之論。雖李較杜少疎，然正未易優劣也。或以爲李精七音，而杜每牴牾，此則强作解事矣。

一、自來詩家林立，篇什充棟汗牛，烏能具録。兹採王、孟、韓、柳、温、李、皮、陸、白、蘇諸家稍詳外，餘特取流傳最著者，間附一二。大約唐賢守此者多，宋初尚有遺意，自江西宗派以後，雖不乏名家，然無復留心於此也。

一、杜賦亦拘雙聲、叠韵，此古法也。以《選》賦、李賦附焉。至文中駢句，亦復略存一二云。

删定凡例七則

一、此書鈔成，因太繁蕪，恐失圖譜貴簡之意，藏篋中久矣。友人勸余一片苦心，棄置可惜。姑就元本，割愛而删存之。

一、第一卷至第六卷，各附《詩經》、《楚辭》雙聲、疊韵字，並皆删去，當自單行。

一、第一卷至第十卷所載杜律詩、杜古詩及附《選》詩、古詩、李詩、唐宋詩，並删存。

一、第十一卷不合一門，所載唐宋古今體詩全删。

一、第十三卷所載杜散句及附唐宋句，第十四卷所載杜古詩及附唐宋詩，並删存，併爲一卷。

一、第十五卷所載杜賦、杜文，附《選》賦、《選》文，及李賦雙聲疊韵字，並皆删去，當自單行。

一、元書十六卷，今第十一卷、十五卷已删，第七卷、八卷併爲一卷，第十三卷、十四卷併爲一卷，共十二卷。

己亥立夏日書

乾隆辛丑仲秋，摘删定本之精粹，爲「括略」八卷。「括略」之名，本毛西河先生《古今通韵》體例也。較元書僅存什之二三，又恐失之太簡。然要旨已盡於此，則不出十二格中，而杜詩雙聲、疊韵之能事畢矣。松靄書。

耄餘詩話

耄餘詩話提要

《耄餘詩話》十卷，據國家圖書館藏道光十三年葛繼常傳鈔本點校。撰者周春，生平見《杜詩雙聲疊韵譜括略》提要。此爲晚年之作，有嘉慶十四年八十一歲自序，謂「獻歲迄今，積成十卷，過此以往，未之或知。假我數年，安敢萌奢望」云云。然卷末附《皺雲石記》一篇，署壬申八十四歲，則數年内未能有所增益也。門人張駿跋謂「是編甫成，遽歸道山，未寓目」，亦微誤。此書有多種鈔本流傳，多輾轉源自葛繼常所抄，葛氏原本今藏國家圖書館。又光緒中沈善登《豫恕堂叢書》曾據此本精校，亦未及刊刻。周氏壽耄，又受詩學於沈德潛，交涉乾嘉詩壇甚深，其思亦綿密，故此雖云晚年消遣之作，然所記六十年間之詩事掌故，實甚爲細緻詳備，多關乎乾嘉間主流人物。又周氏精於韵學，其雙聲疊韵之説騰聲四方，書中備述成説之艱，繼而開蒙答疑，樂此不疲，視同等身矣。其人性方正，故不慣趙執信之攻漁洋；然其詩學篤實，實與秋谷爲近。如重七古等見解，尤有過於漁洋之處。

耄餘詩話自叙

余有《黄髮集》，襲徐蘋村先生之名也。先生八十後所作詩文，名曰《耄餘殘瀋》。余精力衰頹，草詩話以遣日，憶往事，追舊聞，所重師資，而於貧交死友尤致意焉。獻歲迄今，積成十卷，過此以往，未之或知。假我數年，安敢萌奢望乎。

嘉慶十四年，歲在屠維大荒駱陽月朔日，内樂村叟周春書，時年八十有一。

耄餘詩話卷一

海寧周春撰

太夫子天台齊息園宗伯掌教萬松書院，余常得晉見。公自述墜馬額破腦流後，蒙古大夫治療之法甚奇而詳。世傳所讀之書不復記憶，此言過也。但精神頓衰，不能如舊耳。公爲余序《中文孝經》、《爾雅補注》二書，載文集。公筆墨酬應繁，嬾於構思，喜集古人詩文成語。嘗集蘇題余《著書齋圖》云：「『君方傍海看初日，無數雲山供點筆。清夢時時到玉堂，只恐先移北山檄。腹有詩書氣自華，一篇珠玉是生涯。給札看君賦雲夢，他年應作畫圖誇。畫工欲畫無窮意，笑人空腹談經義。若人如馬亦如班，故作明窗書小字。萬卷堆胸兀相撑，火急著書千古事。著書要自見窮愁，一庵閒地且相留。青雲豈易量他日，潮連滄海欲東遊。賴有高樓能聚遠，城堅不怕秋濤捲。應教斥鹵變桑田，斷嶺不遮西望眼。樓前便作海茫茫，富貴在天那得忙。引杯看劍坐生光，風吹海濤低復起。鯤鵬水擊三千里，印可聊須答如是。』松靄家居無事，箋經注史，旁及百家，著述甚富，先刻六種行世。今繪《著書齋圖》索題，余病無以應，偶集蘇公句爲歌，以博一粲云。戊寅仲夏天台息園居士。」

《寶綸堂文鈔》八卷，門人無錫秦凌蒼瀛所刊。余題詩云：「瓊臺鍾秀重名賢，滿篋遺文蠹字穿。賴有河汾能入室，表章欣見棗梨鐫。集爲觀察秦公選定，并撰序文、墓表。」「松嶺蓉巖負笈從，鄉音隔海每相通。台郡土語與海寧相近。菲才幸附青雲末，廖氏名標歐集中。宗伯序拙著兩種，載第四卷。」公嘗預修《經史考證》、《通鑑綱目三編》、《續文獻通考》、《大清一統志》諸書。所著《水道提綱》三十卷，浦江戴殿海所刊，戴權我州學正時早以見贈。其餘著述甚多，尚藏於家，未能悉梓。丁丑獻賦，公命改稱門人。

宗伯具異稟，目炯炯，能矚一二十里許。嘗登杭州之鳳凰山，視隔江西興渡口，歷歷可辨。又嘗於山頂指雲起處得奇石，皆似古篆籀，名曰「天然圖章」。銘之曰：「郁郁紛紛，今文古文。我安能辨，隨意所云。如切如琢，若耕若耘。不雕不飾，有骨有筋。似書似畫，非烟非雲。蟲魚鳥獸，呼類引群。山川草木，映日初昕。其有奇字，蠹簡典墳。其有異款，鐘鼎夏殷。不隸《三倉》，焉識八分。不類《史籀》，焉問右軍。符象自天，請占靈氛。岳形有真，請詢葛君。石紋作印，自昔未聞。鳳凰山麓，金牛水濆。童子拾得，我爲欣欣。縱横綺合，疑似絲棼。惟忠惟孝，辨當齗齗。豈羲能畫，豈秦能焚。結繩以前，體亦無垠。染朱成譜，元氣氤氳。象形會意，滿目錦雯。摩挲几上，聊樂我員。非我克勤，化工之勳。」

乾隆丁卯二月，余年十九，同先兄玉井先生受業於長洲沈歸愚宗伯夫子之門，公旋患噎致仕。余兄弟每歲必數次至吴，携詩文就正。過木瀆之舊第，升教忠之新堂，捧袂摳衣，二十年如一日也。己巳庚午間，公大爲延譽，令門下士締交，故余與禮堂、辛楣識面最早，在甲戌同榜之前。余鄉、會房師並公戊辰所取士，公不令稱小門生。己卯集明賢句書聯贈先君子云：「禹糧堯韭庭前葯，孔思周情案上書。」庚辰寄題余著書齋云：「虞卿著書緣窮愁，斯言感憤實謬悠。著書闡明天人理，豈因牢落方勤搜。君家結廬瀕滄海，眼界胸襟足魁壘。大廷對策旋歸來，穿穴書林仍不改。枕經葄史同飲食，中正和平鮮奇僻。更讀人間未見書，内外逸書並紬繹。一心直欲窮千秋，醞釀畋漁供擘畫。高齋竟日寂無聲，仰向屋梁神貊貊。經術經世尊所聞，他時出政康編民。不爲法吏爲循吏，真讀書人能活人。」載

《詩鈔餘集》卷四。丙戌正月，先兄計偕北上，余赴選隨行，復同晉謁。公時年九十有四，以後不復相見矣。

辛未七月，余南歸卧病，壬申五月始能强起於牀。癸酉正月至吴，公出辛未小除夜御製詩序手卷命觀，背誦如流。至「遠陶鑄乎李杜，近伯仲乎高王，及歸愚叟於近代詩家，視青丘、漁洋殆有過之無不及者，故樂爲之序」數句，歡欣舞蹈，作曠世金石聲。蓋臣下私集，蒙恩賜序，實古今所未有，宜公之感激至斯也。黄崑圃先生祝八秩詩云：「聖序新頒寵孰齊，翻憐申伏衹卑棲。文峰學海窮巔際，鶴性松身重品題。錫命三章同潞國，著書千古埒昌黎。從兹上壽稱平格，歲歲天書下紫泥。」

宗伯晚年榮遇，亘古所無。吴中播爲美譚，海内誇爲盛事。待人和藹，一出於誠。見後輩詩文或有難字及用典微僻，必詳問出處，然後細加品評，與堇浦、草廬兩先生氣象迥别也。余《論詩絶句》云：「摳衣請業憶平生，説項徒慙屣履迎。杭叟真狂諸叟狷，鱔門一老是中行。」

錢文端太夫子，庚午初見於京邸，己丑再見於禾城。書來有云：「去歲孫女許字令兄次息，廿年通家友誼重以婚姻矣。」紙尾絶句云：「爆竹聲中景物殊，老人最後飲屠蘇。遥知獻歲多如意，爲寄竹根如意圖。」公位望尊崇而風致瀟灑如此，信乎壽登文潞國而詩壓陸劍南也。

新建裘文達公，庚午座主也。余受知最深，感恩最摯，有筆墨所不能罄者。甲戌榜下，同蘭泉歸

班，公大爲搤腕。丁丑南巡獻賦，蘭泉得中書，而余以韵誤「田」字爲「由」不録。閱卷蔣文恪公、秦文恭公皆深惋惜。公時扈駕，不至杭州，貽書寄慰。迨丙戌筮仕粤西，得以徑行己意，稱爲廉吏，修《梧郡志》，方能勉治歸裝，皆公賜也。壬辰公卒後，檢篋中，得公遺墨，感賦云：「自我與師别，歲陽忽七更。客到傳遠訃，夢裏魂頻驚。俄聞此言信，懷疑尚屏營。篋中見遺墨，公慮粤西道遠，手札令至南昌里第，商附便舟。不覺泪縱横。且憶臨行訓，公臨别訓諭諄諄，且云：「贈子無他語，『努力加餐飯，慎保千金軀』而已。」悲感良交并。人生非木石，能無哭失聲。吾師事聖主，侍從登公卿。三十餘年來，四海仰耄英。文章與政事，已垂千秋名。不朽復何憾，死哀由生榮。所痛泰山頽，心喪遍門生。吟望空嗚咽，聊以抒寸情。」

余在文達公門下，凡江右名士如彭參知雲楣、蔣太史心餘、盧宫詹端臣輩皆識之，尤與超然世兄麟契厚，故知公家事最悉。嘗見袁子才枚集中有公墓誌銘，乃其所自作。戴東原震集中亦有公墓誌銘，注云「代」，未知代何人作。袁但言政績，戴止叙官揩，其於内行之淳備、才學之淵深，並未能詳，殊嫌疏略也。公字叔度，號諾皋，一號漫士。給諫公幼子，行五。早歲而孤，事生母王太夫人純孝。時諸兄嫡出，各分門户，太夫人茹荼集蓼，撫育成立。公穎異絶世，早負盛名，年未弱冠，連舉優行、宏詞兩科，江右咸重太夫人之母教焉。公既貴，友愛諸兄，不以前事介意。兄姪亦皆感動，雍睦無間言。太夫人顧而樂之，以爲克承先志也。太夫人禀性畏熱，冬月不用熏鑪，見北方煤炕，輒頭目眴暈。故每遇天寒，凡衣被等物，公與熊夫人以手熨暖以進，日以爲常，其孝養大率如此。公博覽群書，下筆千言立就。文疏古條暢，參秦、漢、韓、歐；詩典麗高秀，兼少陵、蘇、黄；制藝醇雅簡勁，具陳、艾、章、羅之長；書法豐腴圓潤，出入東坡、南宫間，嘗奉旨續張即之所書經，幾無以辨也。公不欲以文人自命，留心經濟之學，於一切典章制度、田賦水利、兵防刑律之類，莫不瞭如指掌，實可見諸施行。然平生内任之日多，猶未竟其大用矣。公卒後，相傳爲燕子磯江神，禱者輒應。顧晴沙光旭詩云：「爐香燭影曉猶紅，稽首陳情語未終。試看靈旂微颺處，春江已借一帆風。」然余謂公之神在天下者，如水之在地中，無所往而不在，何得定指爲江神也。

乾隆丙戌至都，座主武進錢文敏公方奉敕纂修《音韵述微》，知余粗通韵學，命參定體例。欲「文」、「殷」分兩部，而「殷」通「真」；上聲於「迥」韵中分出「拯」韵，亦爲三十部；入聲併爲十五部。後書未成而公卒，其説亦不果行。公自言承太夫人家學，甫三歲即能辨四聲、通切韵，由夙悟天然也。又言：「軟紅塵土中，除子外無一人可譚此事者。與子劇譚，心地爲之開爽。」辛楣亦通翰林，但知推廣顧亭林之説，益加博引繁稱，不溯其源而沿其流，彌令人懊悶耳。」公一日飯後以宣德箋畫山水小幀，題詩云：「夏山滴翠影微茫，窗外疏桐百尺長。個是幽人讀書處，更無煩暑只風凉。」畫畢授余，笑曰：「我畫不易得，聊酬子譚韵之勞。」公一門並嫻風雅，頌椒詠絮，舉世艷稱。爾時所見頗多，惜不能記矣。

座主介野園夫子家世戚畹，幼擅才名，早入詞垣，洊登卿貳，前後衡文十次，最稱得人。乾隆壬午三月，扈蹕來杭，行館饗水閘，召余夜話，有相見上京之約。公是夏卒於途。丙戌入都，拜見師母施太夫子，靖海侯襄壯公孫女。公伯子任佐領仲叔讀書家塾，余有「因到師門增感舊，郎君相對痛如何」之句。師母出公遺集，欲余校録，惜匆匆南歸，至今念及，未嘗不自媿荒莊也。近讀《熙朝雅頌集》，敬題云：「回憶南來面命諄，酒闌惜别聖湖濱。驚心五月臺莊訃，此日吟詩倍愴神。介野園夫子壬午隨駕回鑾，卒於臺莊。」「照眼琳琅妙絶倫，清辭麗句一時新。自憐閉户知交少，識面無過十數人。集中福文端太夫子、阿文勤太夫子、留松裔太夫子皆所親炙，童子試時受知於鄂筠亭先生。外此，李鷹青徵君、鮑辛浦别駕、博晰齋觀察、秦復山太守及阿雨齋、于紫庭、富竹亭同年而已。」

乾隆丙戌，余往粤西，桐城張樊川夫子書「出宰山水縣，讀書松桂林」對聯爲贈，又賦七律二首，僅記「天與清風先入座，人如滿月恰當樓」一聯。戊子余歸家，常通音問。辛卯爲余序《夫不集》，庚子以大司成致仕，丙午壽八十又二年而卒。癸卯，余有《寄懷詩》四首，録其二云：「絳帳暌離十八年，童顔白髮羡神仙。書來言及小世兄已讀書矣。却思槐市談經樂，何似歸耕下潩田。」「龍眠浮渡兩名山，都入耄英杖履間。屈指三年開九秩，此心早逐奉觴班。」

乾隆癸酉四月，余謁安邑宋半塘夫子於鄞署，食奉化江珧柱、觀范氏天一閣藏書，有詩紀之。時野柏太夫子迎養署中，太夫子以少鴻臚致仕家居，講明理學。晚年撰《憶往編》，即年譜也。是年云：「癸酉五十九歲，海寧周春來問學。」載余《臨别》五古一篇。夫子戊寅遷南雄郡倅，癸未告養，己亥年五十有六而卒。夫子精《説文》之學，所著書未刊行。已刊者《尚書考證》四卷，蓋不信《古文尚書》者也。嗣後世兄葆淳字帥初，號芝山，以孝廉官廣文，壯歲棄官遨遊。庚子主余家者半月，爲余作畫甚多。足迹遍東南，晚攜妾僑寓邗上，不復歸晉，湖海間萬不知有宋芝山也。

先兄壬辰試禮闈，房考長沙雲房劉公呈薦，已定擬元，爲總裁所抑，公惋惜備至。先兄殁後，兩亡姪彦國、彦曾復荷深恩。嘉慶丁巳，公以少宗伯視學江蘇，爲余序《杜詩雙聲叠韵譜》。余以詩寄謝云：「南嶽清淑鍾，瀟湘爲洙泗。大賢間代出，寰寓瞻國器。家學青藜光，通經石渠議。丹鳳翔卿雲，才名高中秘。寅清作秩宗，書笏徵故事。江左重衡文，群頌皇華使。冰壺貯皎潔，玉尺量温粹。壽沙一星明，奎躔同呈瑞。佇見卜金甌，峻秩三台位。漢傳繼彭城，唐表增十二。皐夔勳業崇，蒼生盡沾賜。猶憶執徐年，伯氏禮闈試。感荷盻睞恩，吹塤餘涕泪。夙昔仰韓門，常懷負笈志。神馳君山巔，堂開浮遠翠。臨風祝瓣香，敢道平生意。」公位望彌尊，而令原銜感之私媿未報也。

耄餘詩話卷二

海寧周春撰

乾隆己巳，邑侯劉公守成季試詩題「七月桂」，余有「滿林黄雪飄殘暑，半枕濃香試早秋」之句。杭堇浦先生見而賞之，相知由此始也。時先生總修《海塘通志》，寓水仙閣下，余得不時就正。嗣後庚午迄乙酉十六年之詩，皆先生所點定也。先生遊嶺南，以集見寄。余題絶句三首云：「通儒餘事屬詩才，尺幅從教萬卷該。想見羅浮雙絳雀，吟窗暢舞爲公來。」「詩法須參最上乘，南園舊社見重興。荔枝三百同桃李，坡老當年得未曾。」「乍披徽紵快風涼，聽入蟬聲到夕陽。賴此卧遊詩卷裏，燒殘一瓣海南香。」先生遊廣陵，余以詩寄懷云：「先生半載揚州住，旗亭唱遍驚人句。芍藥之譜瓊花賦，陳根净掃天葩露。青蓮玉局來何暮，滚滚錢刀不眄顧。黄金却把諸生鑄，去時霄雪尚四布。銀潢案户今如注，高齋絶少纖塵污。撲緣不到清風度，閑拂桃笙瓜戰屢。棋奩欲啓浮香炷，遥知消夏多佳趣。十賚文中仙福具，底須跨鶴凌烟霧。家山一抹晴霞護，望遠愁隔江心樹。準擬紅船掛颿渡，重尋醉翁栽柳處。坐對飛雲來北固，勝遊倘許陪杖屨。强飲肯教竟入務，世間萬事總僑寓。明月珠簾吾無慕，惟餘結習耽墳素。蒼蠅驥尾常相附，流俗那得知其故。」先生極稱此詩，手録入投贈詩文中。戊子自粤西歸後，每至會城，必進許衙之巷，登道古之堂，觀插架之書，聆鷩筵之論。時先生正編次詩文集及刻《續方言》等七種，越六年而先生歸道山矣。嘉慶戊午，先生哲嗣茂才賓仁刻《詞科掌録餘話》告竣，屬余校讐，并索作序。余遜謝未遑，而茂才亦旋即下世。俯仰五十年間，曷勝淒惋。

葦浦先生拙於書，然饒有古意。嘗云：「爾輩書學鍾、王，不過魏、晉，我書乃三代、秦、漢也。」余每得先生手書，輒裝潢藏弆之。先生胸襟灑落光明，議論高曠透快，遇才士貧乏者必禮遇有加，若子雲之所謂「蚊則窘斥，不留餘地」矣。先生弟孝廉世馨字奕文，品亦拔俗。袁簡齋枚輓先生詩云：「横衝一世談天口，生就千秋數典才。萬卷堆中棋局響，三貂座上緼袍來。」誦此四句，恍然如見先生矣。

庚午，余計偕入都，寓米市衚衕。諸草廬先生寓撫臨會館，朝夕過從甚密，譚藝每至夜分。次年，余下第歸，先生題余《讀書圖》云：「周郎失意欲南還，心逐青松翠靄間。擬借一帆圖畫裏，來尋硤石讀書山。」甲戌，余不得入詞館，先生叠前韵送之曰：「得意仍同失意還，歸心先上白雲間。草堂他日添惇史，免使移文到北山。」先生尋以宮贊乞休歸。丙子，爲先君子序周氏本支譜。余同先兄謝之，晨櫂小舟至莫家灣。謝畢辭出，先生極力挽留，令婿范君成遣僕入市，買禾城點心佳品四種，侑以閩省門生所送蜜漬糖色，備承款洽之情。前輩風流，不可及也。

年丈陳星齋先生自言詩不如太鴻，文不如大宗，惟書法或過之。蓋杭、厲並拙於書也。先生嫌余時文薄弱，而極賞其詩。嘗問外家：「周氏自海寧遷杭，遷祖簡庵公，子知之否？」余答：「簡庵公爲十世族祖，配朱恭人静庵，詩集載《明史·藝文志》。長支遷杭，次支遷江寧，家譜可考。」先生曰：「我簡庵公九世孫婿，則子爲王褒，我爲蕭子雲矣。」命同年泰宇玉藻、受粢玉敦兼講中表之誼。又年丈胡稚威先生，人皆嫌其簡傲。余慕盛名，因同年功甫元琢求見。時爲陽城田少宰懋評點杜、韓、蘇三家詩集，先生除鬉𩭤一揖外，仍據案丹黄，口述爲少宰評點之略。余隅坐唯喏，止言韓、蘇貶謫之詩可以多讀，先生稍首肯。功甫即引余辭出，其嚴重如此。時方待試經學，宜忌者衆而報罷也。先生詩如《女李三行》，尤膾炙人口云。

庚午寓米市衚衕，與許南臺惟枚、孫端人人龍、章容谷有大、許霍齋道基、王梅沜藻、陳雪崖鍔、汪厚石孟鋗、許右榭寧基九人爲消寒會，每集分韵賦詩。元宵即浮圓子也，余有「當日一盂曾下筯，偶然兩字應佳辰」之句，群推擅場，梅沜爲之閣筆。寓與董文恪公寓僅隔一牆，暇輒與其西席閔君攜樸從牆頭語。公清節高風，雖貴爲八座，而不用肩輿，仍坐轎車，京華莫不欽仰。余頻得晉謁，公亦常來寓中。余每以佳箋乞畫，公有時以篆書應之。十二月中旬，忽聞牆外爆竹聲，知兩公子上學，祀梓橦神。未幾，邴太夫人遣僕請余及右榭。蓋因余年二十二，右榭年二十，同舉於鄉，頗有幼慧之名。令其抱兩公子坐椅上，余所抱長公子，即今相國蔗林先生也。相國時年十有一歲矣，迄今六十年，追憶恍如昨日。

黄崑圃先生，康熙庚午舉於鄉，年甫十九。辛未成進士一甲第三人。乾隆庚午，先生年七十九，與中式者叙同年，刻《次王文恭癸卯會後同年七言絶句五首韵》索和，一時和者甚衆，余有「後庚攜手香山老，我亦科名前輩人」之句。先生命長公雲門登賢於新孝廉修子姪之敬，時雲門已官侍御，且丙辰科分又深，但稱侍生而已。許右榭表弟和詩有「却愁御史青驄馬，遍向長安避紫騮」之句。雲門見詩，殊不能平，蔡芳三寅斗爲和解之。先生曾撫浙江，因我邑陳僕互毆杖斃店户事罷官。時又以宫詹革任，次年祝萬壽，復侍郎銜。越二年卒。

乾隆戊戌，盧母張太恭人八十徵詩，余以七古二十韵爲壽，抱經學士文弨母也。自後踪迹頗疏。壬子，學士重赴泮宫，以詩索和，旋介門人錢馥屬余校《經典釋文》，適以事不果。癸丑，余思得殿版《考證》一觀，錢生曰「抱經先生所有」，即行轉借。學士手校是書，朱筆蠅頭小楷，點畫悉依《説文》，每卷尾詳記日月。余嘆服其讀書精細，用力如此之勤，自媿勿如，不覺心折。先是，余不校《經典釋文》，學士别託某校。某無知妄作，余致書詳論之。學士悵不得余校，余亦悔不爲之校也。是年嘉平月，學士序余《杜詩雙聲叠韵譜》。甲寅正月，余寄詩云：「我聞古名儒，年齡天所佑。漢有伏生轅固生，與杜子春同高壽。此皆典籍資英華，乃知服食之説何其謬。東南一老范陽公，四部七録羅心胸。湖光山色霑化雨，掌教紫陽書院。矍鑠群誇緑髮翁，先生寓杭家餘姚，著書壽世壽益高。即今耄英會首七十九，尚友黄綺攀松喬。夙昔山斗常仰止，汗流走僵籍湜似。便當買棹具一瓻，時方從先生借書。年年立雪從此始。」次年學士壽八十，卒於常州。

同年王西莊光禄，同受業文慤公門下，故深相契合。爲余序《爾雅補注》，書止四卷，余因其言增定爲三十卷，改名《廣疏》。嘗以《閉户著書圖》索題，余題詩云：「東瀕滄海岡峥嶸，靈秀昔鍾四先生。練川二老今齊名，謂西莊光禄與竹汀宫詹。儒林文苑皆合并。清卿移居亞字城，閉户著書歲月更，七堰八門六十坊中推耄英。君不聞濟南伏口授尚書讀，又不聞緱氏杜周官精訓詁。通經往往登上壽，况兼諸史言尤富。包羅子集無挂漏，壓倒元美追伯厚。一卷應須添一年，數百卷直同彭籛。披圖福地開琅嬛，雙松礌砢藤花懸。握麟角管磨丹鉛，共羡方瞳緑髮蓬萊仙。我亦覆瓿滿家空自憐，安得如公一時紙貴千秋傳。」壬子，光禄年七十，余以天台萬年籐杖賦詩二首爲壽，有「萬卷讀書陶勝力，千峰講學湛甘泉」之句。光禄書來云：「陶勝力是陶弘景否？艱於翻閲，尚未考也。」余答書云：「詩句不工，只是祝八十九十耳。」

余有《著書齋圖》，前輩及名人題詠甚多。乾隆癸丑，書室被偷，同唐甄失去，時墨吏瓊莞吴某縱盗横行也。西莊光禄詩後寄，未經裝入，獨存。詩云：「一角孤城此卜居，水雲三面繞精廬。松濤竹籟交深幌，不爲窮愁自著書。」「愛錢愛馬並成貪，傳癖書淫性獨耽。世味總輸黄妳美，先生此段孰分甘。」「經史研覃叠剡藤，詩歌餘技亦崚嶒。儒林文苑分途久，今日兼長健者能。」「寂寂雙扉中有人，丹黄脱手幾番新。載醪祛惑尋常事，俗客何從一問津。」「曲江讌罷放歸船，零雨飛蓬四十年。差喜退閒成二老，披圖瘦骨故飄然。」「丹砂訪得念荷衣，桂海歸來硯不肥。副在名山供眼飽，何妨仰屋忍調饑。」「公但怡情自寫陶，却煩誇許出同袍。每於廣坐逢人説，著述無如我榜高。」「自笑頽唐盲老公，今年稍幸復清瞳。待看四部編成後，理櫂相尋横浦東。」光禄三載失明，是夏巖電如舊，有詩志喜，故第八首云。

同年錢宫詹竹汀先生，先兄乙酉座主，長余一歲，以師友之間事之。先生七十，余以詩祝壽，第四首云「衆仙猶記詠霓裳，又列壎篪弟子行」者是也。先生初惑於小阮獻之坫縱送之説，以同出聲、同收聲者爲雙聲，又謂叠韵在四聲之前，雙聲在字母之前，與余論並不合。庚戌二月，索余《悉曇奥論》，半年後寄還，手題「嘉定錢某借讀一過」，且致書云：「今方知韵學不易。」先生從此潛心細參字母，觀其所著《養新》、《恒言》兩録，已什得其八九，但尚未能透頂悟徹。正欲與先生暢論之，而癸亥冬訃至矣。先是，嘉慶丁巳冬聞西莊之訃，作詩云：「齊年知我莫如公，四十餘年轉瞬中。揮麈譚經疑立異，余信《古文尚書》。發函論史本從同。《十七史商榷》中采及拙作。等身共有千秋業，閱世曾無百歲翁。燈火青熒宵耿耿，那堪老泪灑西風。」及聞先生訃，復作詩云：「三秋聞説病侵尋，凶耗俄來自武林。千古足傳名已大，一年以長痛尤深。何時徐穉重磨鏡，此日俞牙已弛琴。太息西莊厄辰巳，又遲七載到於今。」痛老成之凋謝，憐同調之無多，既悼二公，亦行自悼也。

余與蘭泉少寇同年，久不通問。近聞在省，作札寄之。少寇以詩箋見贈云：「宦海抽身早，家山樂事便。追思年少日，同上大羅天。白社尊人瑞，丹砂養地仙。別來蒙記憶，珍重惠長牋。」「聞説鳴琴地，循良見古風。懸鞭聞吏卒，騐篠走兒童。彭澤歸真早，桐鄉澤未窮。清和今始届，杖屨夕陽中。」余答詩云：「遠將方曲寄，入手竹花涼。寫去詩篇好，吟來意味長。故人情覺重，衰老感難忘。差喜七旬外，同年體各强。」「勳業淩烟上，歸田羨景疏。卅年分出處，三立敢相如。寂寞聊開卷，窮愁只著書。神馳松嶺畔，自笑媿莊樗。」蘭泉選《湖海詩傳》，成於嘉慶癸亥，内丙戌同年二十二人，存者三人。迨乙丑刻竣，則曉嵐參政、竹汀少詹並下世，惟僕一人在矣。展閲之餘，慨然有作云：「二十三科前進士，詩中二十二人俱。白頭隴種留殘叟，絳闕岧亭失大巫。豪氣未除天下健，微名猶戀域中愚。長吟歎逝情何限，辜負丹青妙覺圖。」

甲戌同年朱竹君號美叔，其先浙之蕭山人。年丈雍正間官盩厔令，後占籍大興。竹君弟石君號南厓，先於戊辰入詞館，升侍講矣。一時才名籍甚，都人士莫不稱「朱五先生」、「朱六先生」。尚有行四名垣字仲君，庚午辛未，聯捷進士。嘉興同年賀牧堂基聳與二君同受業於朱秬堂乾之門，還往最密，余亦時相過從。是年出都，時竹君賦七律二首送牧堂及余行，猶記「離聲四鳥忽分完」之句。石君體羸善病，竹君友愛甚篤，每客至，戒勿令知，恐其劇譚過勞，鼻衄復作也。竹君年僅五十而卒，石君敭踐中外，再入翰林。丁未視學浙江觀風，以「擬江式求撰集古今文字表」、「錢越王鐵券歌」、「東海氣如圜登賦」命題。亡兒壽親字雲孫，號沘泉，首取受知。次年游泮，賦尤典奥，文場傳誦之。己酉任滿，來寧閲塘，余謁謝於陳園行館，見其魁梧豐碩，非復舊時清臞矣。

庚午同年趙甌北喜余雙聲叠韵之説，見余《杜詩雙聲叠韵譜括略》，題五古一首，手録稿以寄，即續刻《詩鈔》。余以詩謝云：「憶昔識君初，師門同侍坐。新建裘文達公。迨後官粤西，邂逅停輕舸。君之慶遠守任。別逾三十載，年光敲石火。昨得和甫書，謂距堂。餘論曾及我。雙聲叠韵難，題詩許我可。此事成絶學，自信精亦頗。誰將玉鑰匙，開却青銅鎖。短章還寄君，遥答雲五朵。妙義竟何如，無味醍醐果。」祝跐堂德麟亦篤信余説，所著《悦親樓詩集》屬余詳核，悉改定焉。

甲戌榜下挑選，余與紀曉嵐、王蘭泉二公並不預，曉嵐因史文靖力薦補挑。曉嵐語最詼諧，自謂不祧之祖，記憶猶如昨也。嘉慶甲子正月，曉嵐以大宗伯拜參知，不一月而卒。聞之，得詩三首云：「丹墀鵠立待挑時，共聽詼諧共解頤。五十二年如夢裏，果然身到鳳凰池。」「雲泥路隔敢同論，回首平生敝帚存。我有三書《音學三書》公四部，《灤陽消夏録》、《槐西雜志》、《如是我聞》、《姑妄言之》。藝文他日各分門。」「雁塔朱書事偶然，優游林下羡蘭泉。曉嵐、蘭泉並年八十有二。但祈我得二公壽，戢影柴門尚五年。」《四庫全書》采近時人著述甚少，通計不過十餘人，而余甲戌同榜得三人焉，顧古湫鎮、姜白巖炳章、范蘅洲家相，皆曉嵐先生力也。尤可異者，三人二甲聯名，姜十，顧十一，范十二，其書著録亦相聯，顧有《虞東學詩》十二卷，姜有《詩序補義》二十四卷，范有《詩瀋》二十卷。同時仰屋著書，不知凡幾，而三人得列金匱石室之藏，豈非幸乎？就中蘅洲爲最幸，古湫、白巖並前輩樸學，當之無媿色也。西莊詩云：「每於廣坐逢人説，著述無如我榜高。」信然。

方伯謝蘇潭先生以所著《西魏書》六册、《樹經堂詠史詩》二册寄贈。索觀余舊著《逵詩話》，題絶句二十四首，補詠史之闕，刻《蓬鑾軒集》中。先生在浙，每有新刻，必行寄贈。《廣經義考》，采及拙著。後擢撫粤西，余以詩送行，有云：「此是庚桑尸祝地，望公拂拭到羅池。」謂余曾宰岑溪，有三賢祠，制府孫補山士毅題額，邑令高密李少鶴憲喬撰記。三賢者，劉公信嘉、于公烜及余也。二公初無祠主，寄傅忠烈祠内。余奉諱歸里，不受賻儀，士民因構屋三楹於常寧墟爲專祠。後于公令嗣鼎視學粤西，别創建於上化鄉，規模宏麗，像設莊嚴，共費五千金，此乾隆甲辰年事。

袁簡齋之歿也，蘇潭方伯聞之，作《哀散仙》詩，幕中輒未能解。鈔以寄余，因亦作一首云：「輕薄文章論最公，才名却擅出群雄。孤高敢望林和靖，快活真如李笠翁。晚歲門徒巾幗盛，平生口腹食單豐。自憐曾被山膏詈，佳句長吟思不窮。」簡齋《續詩話》曾詆拙著《杜詩雙聲叠韵譜》，故有第七句云。方伯見之曰：「松靄解也。」

方伯云：「余江右人而不言地理，今官于杭，而知風水之説亦復有之。好刻書之鮑以文廷博，廼胡文焕之後身也。工詩文之袁子才枚，真李漁之嫡派也。」名論不刊，洵屬兩人之知己矣。

介休梁確軒祭酒錫璵嗜讀《易》，日玩一卦，周而復始，如是者三十年。乾隆辛未，保舉經學，授國子司業。所著《易經揆一》，派翰林中書各二十員繕寫，一時榮之。祭酒姪恒齋徽與余雅契，令其子啓泰從學，以《揆一》十册爲贄。恒齋工詩文，書學閣帖，嘗書「壽萱」兩大字爲先慈壽。余賦詩謝之，其第二首云：「擘窠兩字重琳琅，新製鸞綾巨幢裝。朱蕚絳趺榮寸草，銀鉤鐵畫照高堂。導輿子舍歡何極，舞綵官衙樂未央。行見起居公八座，共期百歲進瑶觴。太夫人壽開八秩，迎養署中，故云。」恒齋初宰嘉善，以廉能著，戊子擢東海防同知。

乾隆乙亥、丙子間，先兄手輯《舊五代史鈔》，上册卷一梁，卷二、卷三唐，下册卷四晉，卷五漢，卷六周。丁丑之秋，下册燬於火，殘缺不全。乙酉計偕北上，攜余同行，遇邵二雲晉涵於山左旅店，道及此書，時並未知《永樂大典》中所有也。又及余《爾雅補注》四卷，因西莊言，增訂《廣疏》三十卷。二雲之用力於兩書，實自先兄發之。今二雲《爾雅正義》早已刊行，《舊五代史》復爲經進之書，列於二十四史。而先兄所輯世無知者，展閱再三，不禁老泪漬紙也。吴槎客騫題詩四首，録其二云：「辛苦遺珠滄海探，劫灰底事到枯蟫。而今恰似歐陽稿，好配廷珪墨半函。」「溝里沙陀戰血腥，水天閒話散如星。阿誰爲報青門客，補史元來别有亭。」自注：「姚江邵與桐太史從《永樂大典》補輯《舊五代史》，比較此書，頗多挂漏。」

耄餘詩話卷三

海寧周春撰

嘉慶癸亥，中丞儀徵阮公入覲，余《送行詩》四首云：「名宦芳徽溯百年，高安朱文端公武進趙恭毅公遠隨肩。公來與昔稱三傑，唐後從今得六賢。謂鄴侯、香山、東坡。白叟黄童歡匝地，緑幢紅旆喜朝天。遄歸快慰蒼生望，卿月翹瞻兩度圓。」「用蘄綽綰吉金辭，願祝期頤進壽卮。家慶偶教違子舍，國恩行見拜丹墀。彤盧弓矢添年算，衮繡衣裳介福禧。三接殊恩傳海寓，便將韓奕補笙詩。」「東西兩浙盡謳吟，比屋安瀾到海潯。述職定爲天下最，銜恩尤覺此邦深。太平隄上千花艷，都尉城邊萬柳陰。釁序更欣霑教澤，傾陽齊抱鳳葵心。」「鼎台地望仰夔龍，儒相金甌指顧庸。他日勳名文潞國，此時經術鄭司農。群山都向青嵩附，百谷咸趨碧海宗。相約九秋迎節鉞，西湖開遍錦芙蓉。」公稱此詩沖和諧雅，媲美唐賢，余深媿斯言也。公序余《十三經音略》及《小學餘論》二書，賦詩志謝，載集中，兹不録。

中丞雲臺先生胸羅四庫，筆掃千軍。萃夾漈、深寧、貴與之長，擅昌黎、眉山、劍南之勝。合漢唐宋而爲一，麗藻鴻才；貫天地人以兼三，通儒碩學。宜其遭逢聖主，登朝四載，驟晉崇堦，稽古之榮，罕有倫比。廼復憐才愛士，收録片長，宏奬風流，覺漫堂不足道矣。竊謂公平生大節，在不奪情，洵輓近之所稀。李安溪尚多遺議，非史册之易覯，張始興未能固辭。公政績悉數難終，最大者莫如賑濟，清獻治越、鄭氏治青，全活百萬生靈，前後實堪鼎足。嘉慶乙丑七月丁外艱歸，三載以來，閉門讀

《禮》，德望彌高。兩浙十一郡士民，莫不冀福星之重涖也。戊辰三月，公再撫浙江，余以詩寄迎曰：「千秋高節孰能攀，伊吕由來伯仲間。唐相曲江猶有憾，獨懸忠孝照區寰。」「敭歷卿班天眷優，旋聞受鉞按中州。梁園到處稱明允，騎竹争迎郭細侯。」「兩浙重逢福曜臨，蒼生翹企憶恩深。三年久廢莪蒿句，一夕先傳衮繡吟。」「甘雨和風惠此方，農歌於野士歌庠。萬間廣厦尤銜感，寒士歡顔話試場。」「功名群羨黑頭公，勳德彌尊望益崇。行見孫盧都掃蕩，烽烟永息浪花中。」「施濟開倉慶更生，趙公賑越富公青。應知三郡遺黎衆，萬落千村頌百齡。」「謳思早遍武林城，此日軒車滿路迎。山色湖光還似舊，禽魚草樹盡光榮。」「東西連接漲沙塗，無復波潮向北趨。海若亦欽台鼎重，安瀾效順作前驅。」「桑柘陰中桃李蹊，游人攜手太平堤。韶光直與恩光接，海上遥看紫氣齊。」「十載常叨特達知，如霑祠禄擁臯比。自憐晚景悲涼甚，述德抒情賦小詩。」

嘉慶壬戌冬日，中丞阮公親課安瀾書院，酌定章程，延余掌教，余有《紀事》七律四首。癸亥二月朔日開課，余有《即事》五律四首。並已刻箋，一時頗多屬和。戊辰，余年八十，小峴少寇以五古四十五韻寄祝，有云：「安瀾開講席，多士荷陶甄。談經擁臯比，子衿來侁侁。重使甲第盛，席上羅群珍。」門人陳庶常傳經和云：「後進競奉袂，大雅憑扶輪。閉門萬卷擁，操筆片善甄。論古夏侯湛，積學鮮于侁。」皆指此也。

中丞課士不專用排律，癸亥秋課「題鎮海塔」七律，不限韵，七古亦可。余出「金帶圍歌」、「修川競渡曲」，並七古，不限韵。佳詩頗多，而以陳增爲最。甲子，中丞甄別題「賦得出門一笑大江横得仙字」，秋課「賦得秋蘭得騷字」。場中不得題解，余擬作以示諸生。九月朔課，余出「鹿鳴宴用東坡韻」，陳增叠韻四首亦佳。增六歲能詩，才氣縱横，足以推倒流輩。丁卯正月，客遊揚州，以行卷就正於公。公大加賞識，録其詩入《瀛舟筆談》。增字方川，號月墀，與傳經字學初，號晴巖，並丙齋少司寇之後。

嘉慶丁巳，余得交秦小峴少寇。十餘年來，公敭歷中外，聚散不常，而唱酬之作甚多，各有集，不具録。仿張爲《主客圖》略摘數句，觀者可見一斑也。「終夜桔槔響，篷窗微露侵。媿持巡海節，不盡憫農心。」《海昌舟夜》。「我慙名宦湯荆峴，君似高人徐竢齋。」《海昌行館柬松靄》。「樂應忘老至，貧不爲生謀。著述五千卷，逍遥七十秋。」「生與蘇同月，庚先三日前。十二月十六日。才子名超驥，諸生慶集鱣。」《壽松靄七十生辰》。「嶺梅香雪散，紅樹暮雲平。終擬還初服，知君招隱情。」《次松靄見寄韻》。此公詩也。「士仰品同喬嶽峻，人欽心比惠泉清。」《送秦觀察卓異入都》。「論使桓寬先閣筆，文教陸贄亦低頭。」《寄小峴觀察時方建清漕之議》。「頭白難忘知己感，汗青易負等身憐。關心遊子辭家後，時余姪彦曾同行。轉盼蟾光兩度圓。」《送秦廉訪入覲》。「宦情澹似李成筆，歸思濃於張翰杯。」「鷗本何心迎遠渚，鶴曾相識到幽扉。」《和告歸述懷四首》。此余詩也。其餘五七言長篇，如公《題岑溪三賢祠圖》及余寄賀兩首，並不載。

無錫王妙聞宫，江南庚午同年也。官達州州同，依小峴先生署中，以詩見投。余答云：「有以少爲貴，同年胡不然。姓名書淡墨，猶記敦牂年。寰寓十五國，其數殆逾千。屈指會面難，什僅三四焉。迄今五十載，落落晨星懸。憶見秦淮海，得聞琅邪賢。牽絲赴巴蜀，知幾早歸田。西川有杜鵑，東川無杜鵑。不覩潢池弄，超然地行仙。頻來遊武林，愛結山水緣。江南自君外，尚有姚姬傳。吾浙自僕外，尚有趙鹿泉。北榜惟甌北，盛名尤翩翩。遭逢致不一，老壽天均憐。吟詩羨健筆，想見篋中篇。承題先兄遺照。譜誼愈珍重，辭意何纏綿。願言泛輕櫂，觀潮過海壖。風流成二老，重開耄英筵。」此詩先生極喜之，謂其音節入古。

嘉慶戊午，余掌教海鹽，名其詩爲《覲鄉草》，自撰小序云：「《越絶書》云：『海鹽縣始爲武原鄉。』又云：『覲鄉北有武原，今海鹽。』觀此，則覲鄉、武原皆即海鹽也，今人但知有武原，而不復知有覲鄉矣。兹以覲鄉名其詩，俾世人知海鹽之爲覲鄉者自余始。」小峴先生題詩云：「浙西老宿傳經叟，七十年來鬢乍蒼。海上皐比看獨擁，覲鄉即是武原鄉。」

袁子才《詩話》云：「張翰詩『黄花如散金』，菜花也，通首皆言春景。宋真宗出此題，舉子誤以爲菊，乃被放黜。」子才此説大謬也。案吴虎臣《能改齋漫録》云：「袁州自國初時，解額以十三人爲率。仁宗時，查拱之郎中知郡日，因秋試進士，以『黄花如散金』爲詩題，蓋取《文選》詩『青條若總翠，黄花如散金』也。舉子多以秋景賦之，惟六人不失詩意，由是只解六人，後遂爲額。」子才既不知太白所云「張翰黄華句，風流五百年」，而於此事又作模糊影響之譚，最爲可笑。且「黄華」不必定指菜花，不過春花之黄者，如唐棣之類，而菜花亦在其中也。紀曉嵐《我法集》亦云：「南宋試士誤與子才同。」癸亥三月朔課，以此命題，因詳示諸生。

吴稷堂先生於乾隆丁未戊申間，曾介内弟許西鶴奎寄贈《十國宫詞》，並索拙刻。余以初刻六種皆少作，悉行改訂復之。近見先生所輯《藝海珠塵》，採余《中文孝經》、《孝經外傳》入甲集，則六種之一也。丁集復採《海潮説》三篇，心甚感之。嘉慶丁卯三月，先生來寧過訪，以《河源紀略承修稿》、《續通志謚略》、《急就篇》、《姓氏補注》諸書見投。余舟次報謝，呈《音學三書》一部。旋即解維，爲之悒悵。先生丙寅五月七旬壽辰，庚午病卒，年七十有四。二十餘年文字之交，而長別於光華亭橋之一面，俯仰身世，曷禁慨歎。

乾隆庚午冬，識當塗曹鱗書洛禋於都門。君年八十有三，雍正己酉孝廉，官國子助教。余年二十有二，以己酉生，結忘年之交，訂金蘭之譜。君自言五十歲時，卧床不起者六七載，妻子俱逝，孑然一身。後病稍愈，棄家遊黄山，遇異人，飲以百花酒，頓覺精神焕發，强壯如少年。歸而應試登科，續娶，連舉五丈夫子，皆六十歲以後事。君雙眸炯炯，鬚髮純黑，健啖過人，日可行五六十里，人皆謂所遇之真仙也。迨甲戌余再入都，則君以年逾八十，蒙恩特授司業。既而余南還，君改翰林，遷學士，戊寅冬乞休。壬午三月，余獻賦武林，遇君孤山之麓，策馬疾馳，見余，急躍下馬，趫捷輕便。相與班荆道故，知其接駕來杭。匆匆别去，此後不復見矣。君善畫山水，學王麓臺司農，余藏有小册十二幅。題詩亦佳，兹録六首云：「柳外山環翠，雲深水渺茫。空亭留積靄，小艇住斜陽。」「山深樓閣迥，烟樹老雲根。橋板蒼苔滑，高人晝掩門。」「雨過嵐光碧，霞横老樹間。危亭矚虚壁，何路可躋攀？」「林深山徑迥，結宇在青霄。料得孤峰外，晴雲萬里遥。」「雲冷山深碧，環山三兩家。俗塵飛不到，閉户鎖烟霞。」「山叠雲連岫，溪凉樹拂陰。垂綸羨老叟，並不問升沈。」

乾隆戊戌四月，於武林錢氏寓中見王南亭侍讀世芳，年一百十四歲，尚能健飯，步履如常，曾孫五人隨之。自述生平頗詳：幼不讀書，好拳勇。四十六歲時，途遇漁者，籃中攜一金色鯉魚，買而放之。未幾風雨驟作，避雨涼亭下，見魚化爲龍，空中禮拜而去。自後便覺心地開朗，漸能識字讀書矣。五十八入學，六十三補廩，八十一出貢，九十六得官，九十七進京祝壽，加六品銜，一百七歲再進京，特恩授司業，預香山九老之列，又進侍讀。此真人瑞也，曹鱗書洛禋、王介眉延年遜之遠矣。侍讀爲余姪書一「長壽」字，索余贈詩。余口占贈之云：「百十四齡天下少，香山九老首推公。從今祝壽無他語，千載還期寶掌同。」「遊庠已過服官年，秉鐸期頤萬口傳。聞説壯時曾殺賊，英雄投老即神仙。」「將車持杖曾孫五，太史應占聚德星。染翰手書長壽字，一時圍擁看南亭。」

癸未秋，張雲藻明府青選來權州事，適朱少仙學正文治監院。少仙工詩，與張船山侍御問陶爲詩友。雲藻手書楹帖見贈，乃殷彥來所集贈漁洋先生句也。余不敢承，走筆作五古志謝。雲藻旋任魏塘，丁卯夏，從少仙處以校刊《周禮》寄贈。余賦絶句五首謝之，録其二云：「嶺南名士浙西宰，良吏還教文學并。遥羡政成三載日，琴堂愛聽讀書聲。」「校刊善本周官禮，寄我閒窗老眼開。如此風流賢令尹，之江能有幾人來？」

嘉慶壬戌，修川創建義塾，發三女堆，侵及墓門，古甎散出。吴槎客明經騫過之，有感賦詩，邀余同作。余詩五首并序云：「長安鎮覺王寺後有三女堆，即僧惟肅《結大界碑》所云坐古三女墩以建之也，「墩」、「堆」音近相通，許志誤脱「女」字。載在圖經，由來舊矣。後明季歲饑被盜，因而佛殿雄踞其半，詳見《談氏外志》，許志采之。案《三國志》，吴孫權第三女魯育字小虎，《外志》據《横浦赤兔銘》指爲全琮妻大虎者非。至後配劉纂之説尤誤。周循尚主早卒，在黄武時大主早寡，故黄龍初同小主下降。若小主配朱據，時據年已四十，當爲繼室。後十八年而據賜死，女爲太子妃，似無再適之理。否則何以始終並稱全主、朱主，而孫休推問朱主死意，必謂二子熊、損所白乎？蓋吴大帝自有中女，即滕允所尚之主。若劉纂寶鼎時尚在，官終車騎將軍，自胡沖而外無言其先尚中女，繼室小虎者。想因大虎醜聲，遂致流傳失實，後人將裴注所引增入正文，賴有滕允，足以一洗其誣矣。又《搜神記》謂朱主埋石子岡，當是鹽官營穴迺自石子岡遷來，正不必泥於令升之書也。偶記芷畦《石柱記箋釋》，則景帝之陵且在袁花，而三女之堆更何疑義。竹垞聞諸近修，諒非妄語耳。」「保護儲君大義乎，一朝被譖痛啼烏。珠環玉釧無窮恨，欲向蜈磯問小姑。」「夫婿雲陽拜粉侯，廟堂燎鵲話才猷。始終不媿朱公主，《國志》稱「全主」、「朱主」，《通鑑》稱「全公主」、「朱公主」。莫誤全家莫誤劉。」「貞魄長辭石子岡，鹽官遷穴久蒼涼。棠梨一樹花開處，月下歸來錦繡香。」「散落人間方尺甎，篆文髣髴邑君鐫。盤門亦發孫王墓，詩禮重逢七百年。」「松下白雲梅里句，獨留紅粉欠庵詩。誰憐兄妹同塵劫，尚有靈泉祝仲基。見鄭元慶《石柱記箋釋》。」汪小海明經淮訴諸當事，勒碑，刻「古三女堆」四大字，以杜再佔。無如土人立於寺中，不立牆外，恐未能保其將來也。此事成於沈某。己巳，某負債萬餘金，逃避黔中，人咸謂報應之速。

耄餘詩話卷四

海寧周春撰

乾隆戊戌，送亡兒利親歲試至杭，訪朱朗齋文藻於汪氏飛鴻堂，服其學問淵博，與之訂交。嗣後書札頻通，君亦極其傾倒。癸丑新正來寧過訪，余與同遊陳園，君賦七律二首。時將爲濟南之行，既而客儀徵阮公學使幕中，助撰《山左金石志》。公調任浙江，助選定《兩浙輶軒録》。余以詩寄懷云：「三年不見朱遵度，腹笥包羅萬卷書。杭厲一燈還未墜，西泠十子果相如。」「著述等身盡足傳，篁村詩話賴增編。武林此日徵文獻，能不思君一悵然。」公出撫我浙，《輶軒録》方行刊刻。嘉慶辛酉祀竈日，君攜《輶軒録》贈予。展閲之下，見先兄玉井先生暨亡甥張梅屋景筠、兒幼圃利親、姪筠谷彦國遺詩，並蒙采入，作詩寄朗齋云：「海内文章伯，輶軒兩浙來。譚經超馬鄭，作賦壓鄒枚。散佚搜羅遍，幽潛闡發該。夢中争拜謝，洵足慰群才。」「解纜童兒塔，匆匆送客舟。選詩高仲武，問事賈長頭。博雅誰堪匹，名通孰與儔。武林耄舊盡，杭厲一燈留。」「自抱鴒原病，今逾二十年。遺書存舊槀，先兄向輯《舊五代史鈔》六卷，邵二雲留心此書，實自先兄發之，其時未知《永樂大典》中所有也。賸詠得新鐫。地下應相榷，人間早共傳。計偕中道返，隱痛孝廉船。先兄庚子赴都，至淮安病歸，遂不起。」「七葉傳家學，名儒溯待軒。愁中惟補史，亡甥《補元史藝文志》八卷，吴槎客爲之序，盧抱經《群書拾補》全襲其書。病後不窺園。綽楔孤兒泪，力疾爲母請旌。丹黄落筆痕。手校九經三史。陽元兼叔寶，太息復何言。」「高堂開六秩，每話弄孫遲。亡兒生於乙亥八月潮生日，亡姪後七日生。此日悲何限，當年喜可知。編蒲都好學，采藻並能詩。門祚真衰薄，雙凋玉樹枝。」「歲序方闌候，龍鍾嘆此身。壽過長樂老，品擬葛天民。只合飾巾待，何猶開卷頻。自憐餘結習，欣遇采風新。」《再題絶句六首》云：「平昌秉鐸詠思親，好補南陔句子新。珍重遺詩今采入，却教選政屬陳遵。先祖集載邑志藝文，茲采二首。先祖嘗同陳世修選《平昌詩鈔》，後乞養歸，世修遂獨署名。」「先子韶年翰墨場，惜無片紙貯緗囊。詩評僅有香山集，能使劉馮盡走僵。先君子詩稾燬於丁丑之火，僅存《長慶集選》二卷，載郡邑志藝文。春同先兄謹輯《香山詩評》一卷，桐城張樊川祭酒夫子撰序，謂不減方虛谷，而出劉須溪、馮鈍吟之上。」「辛齋遺集久烟消，賴有羊欣好事抄。無限身名付磨滅，吟詩何苦費推敲。聞諸先君子曰，陸辛齋詩集多出羊餘眉傳鈔。餘眉名光埩，工書法，嘗縣試首名，不得一衿而歿，今里中不知其姓氏矣。」「初白中山尼一篇，到今人爲荔裳憐。愚忠此婢真難得，可惜曾無姓氏傳。盛秦川《柚堂筆談》云：「荔裳女實不遭辱，時有侍女挺身代之。濟南教授萊陽周守一字季和，言之甚詳。」」「共道恒農詩學殊，濟陽而外更誰如。紛紛耳食譚開寶，未解淵源左郭書。我州詩名之盛，自查氏外即推楊，詩人指不勝屈。外叔祖瘦仙先生，詩、字、畫稱三絶。春少時同先兄學詩於先生，先生教以從樂府入手，詩方免俗。近人多侈口唐音，未窺正法眼藏也。」「蠹簡殘篇篋衍稀，發幽安得盡無遺。也知此事由天幸，史志皆然況選詩。前輩郭星如燦、楊潔甫夫子諱澄、亡友黄文蔚炳、張含章愈未入選，詩弟子張前山廷琮、錢廣伯馥已選，而沈曉園國器仍遺，殆有幸不幸耶？」君後助蘭泉輯《金石萃編》，丙寅六月書成，而蘭泉卒。八月，君自青浦歸杭，相繼而卒。余聞其訃，爲位哭之。王偉人學使試古學，君第一，補增廣生。朱石君學使試古學，君復第一，補廪膳生。以諸生終，命也。余謂君直接杭、厲一燈，良非謬語，而蘭泉欲以馬青湖繼前輩之後，豈公論乎？

蔣春雨元龍，禾中名士也。乾隆丁未初冬索畫，余作《芝蘭圖》贈之，題詩云：「禾中風雅今朱李，廿載香名心所欽。添寫奇芝同臭味，蘭言一卷遠披襟。」君答詩云：「卅年前已仰光霽，道阻無由結末契。歸來栗里抱遺經，漬墨磨丹户常閉。偶然仙露霏毫端，著書齋中乃餘藝。蕙心蘭思不可親，楚水湘雲亦何際。忽從良友乞得之，謂馥林戚兄。秀色匀染一枝枝。香林芳意已滿幅，齒牙謬假東風吹。其旁添寫金蘭枝，孤根互保空谷姿。服之長生足療饑，遵海而南神先馳。」訂交逾十年矣，嘉慶丁巳二月過訪，試耶律文正公天然硯，題宋刻金仁山《尚書表注》，匆匆别去。别後，以《天然硯歌》見寄。君詞翰之精，余所心服。戊午夏聞君訃，不勝痛悼，作《存殁口號》曰：「杭有朱朗齋，禾有蔣春雨。兩人我畏友，詩文進乎古。朗齋好博覽，萬卷胸中儲。窮年常兀兀，今已六十餘。春雨兼書畫，八法尤精絶。得者藏弆之，重與香泉埒。杭禾多名士，車載而斗量。無出兩人右，輿論漫低昂。富貴無聲稱，零落隨草木。長留天地間，豈羨庸庸福。蔣以明經老，朱尚滯諸生。高才竟不遇，造物殊不平。鴛湖客到來，驚傳春雨死。年亦六十餘，痛惜何能已。殁者不可作，存者倍可珍。執訊寄朗齋，加餐保其身。」

余遍閱《大藏》六百餘函，專爲字母翻切之學，於禪理未之深求。然涉獵之餘，頗皆領略，惟讀至《時非時經》，茫然不解，吟詩問富陽單斗南居士炤曰：「三脚非時五脚時，閒窗獨坐費尋思。梧桐葉落芙蓉老，滿眼寒山拾得詩。」斗南素譚禪，答亦不能解也。兹有叩其説者，約略言之。其法分冬春夏而無秋，冬八月十六日起，七脚時，四脚半非時；至十二月止，十一脚時，九脚多四非時；春十二月十六日起，十脚時，八脚少三非時；至四月止，四脚時，二脚少一非時；夏四月十六日起，三脚時，二脚少四非時；至八月止，六脚時，四脚半非時。余作詩時適當七月，故云「三脚非時五脚時」。内兄許雪林明經士元工詩文，精通禪理，不減斗南。當再從齊豐借經，我兩人覆閱參悟耳。

吴槎客騫《拜經樓詩話》引《説苑》「文王似元年，武王似春王，周公似正月」以喻詩，論頗奇創。因憶乾隆甲子正月，杭人沈厚田范新刻《國初文選》内繆壽陽「周公成文武之德」題文用此三句，不知所出，有「終身北面」之評，且遍致海昌同人。時城中素稱博雅者，如吴鶴亭錫禄、張誠之爲儒、陳湛斯沆、楊書傳疇，並不能答。先君子出家藏秦漢之書，率先兄及余檢閲，即日得之，作札寄杭。厚田回札，有「皈依濂溪，五體投地」之語。偶憶及之，追思一門自相師友之樂，不禁黯然。

庚午歲，我宗同舉浙榜者十人，座主新建公所以有「仇十洲」之雅謔也。人問公何以中周姓如此之多，公笑曰：「此之謂『仇十洲』。」聞者哄堂。辛未四月朔日，十人會於解元心羅兄寓，别書小録，相約子姓世世以齒叙，各賦詩紀事。十人者，烈字配三、錢塘天度族叔。翼洙字迪文、嘉善澧同懷兄。天度字心羅、錢塘。澧字芑東、嘉善。之璇字聖期、仁和。履培字以升、仁和履陛同懷兄。寬字敬敷、仁和。履陛字庭賡、仁和。春字芼兮、海寧。元湆字漢川。山陰。是榜同懷兄弟凡五家，四周外，尚有汪大榮字晉庭、永錫字孝傳錢塘、汪孟鋗字康古、仲鈖字豐玉秀水、陳玉藻字泰宇、玉敦字受滐錢塘，亦自來所少，可入樂子正《廣卓異記》也。心羅號讓谷，題余《讀書圖》云：「松靄倜儻才，嗜古無不涉。綱羅妙衆有，苞舉富漁獵。方其撼堅鋭，一往氣遒捷。迎機或洞要，聽笑圓兩靨。學成步天衢，輩行敢騰蹀。吾常叩其談，傾倒意彌讋。因之詢往年，懷袖出所挾。爲語勝冠初，罕與人事接。山茨傍磵阿，足音未嘗躐。有時雲窺牖，虚室動浛浛。長松落青蔭，紺緑上眉頰。有時風入簷，交暑或忘箑。笙簧奏天籟，雅與墳典協。別來人海中，結想夢猶輒。寫圖煩好手，如饑頗思饁。吾聞三嘆所，歲月豈容疊。寧爲壯心邁，兼恐塵累浹。收圖卷還君，藏弆慎𧹁浥。讀書貴用饒，適志在神愜。勝踐故云佳，矧寓名山業。」

嘉慶丙寅冬，亡婦許氏之喪，余彙刻悼亡詩爲《曇華館小藁》一卷，共一百八首。悼亡絶句六十四首，所以代行狀也。較漁洋爲多，江村爲少，而余一生之踪迹，亦略見其中矣。終七之期，賦七律八首，有「芳巾染澤尼拘類，碧草侵階舜若多」之句。客問其義，案「尼拘類」譯「無恙」、「舜若多」譯「空」，並出内典。又辨王質《紹陶録・栗里年譜》早年失妾之誤，訂《東坡集補遺・雜詩》二首爲悼亡之作，論者謂其説可傳。小峴少寇《寄慰詩》云：「遥聞有泪感西河，痛到鰥魚更若何。煢獨海昌餘一老，傷心偏入暮年多。」「嶺外歸耕下潠田，閨中多羡少君賢。百年夫婦終須別，已是齊眉六十年。」「黄昏微雨畫簾垂，燕去雕梁便不歸。十二年前腸斷事，西湖烟月鎖空幃。自注：余以乙卯四月在杭州遭亡婦之喪，故云。」丁卯夏得少寇書，紙尾繫絶句，次上年見慰第一首韵，有「一語勸來須解脱，吾曹只是累情多」之句。余感其意，賦《解脱吟》寄之云：「禪有解脱門，兩字未易言。諸佛如蜆斗，六根歸其源。向聞自覺香山心，我今灌頂醍醐深。欲飛東坡解脱舃，來寄淮海解脱吟。」

亡兒利親字析孫，號幼圃。弱冠入州學，以經解受知於學使南昌彭公，補增廣生。乾隆丙午，下第鬱鬱，得心疾，越七年而歿。病中盡焚所作，詩文無一存者，僅搜得試律數首及《題清明上河圖》二首。云：「張著題爲張擇端，圖成無復到臨安。夢華追録同千古，留與人間一例看。」「妙繪難從東武尋，流傳摹本重兼金。誰知藝事還堪諫，下降仙卿記姓林。相傳摹本互有詳略，以演丑驢雜劇者爲佳，讖靈素也。」詩采入《兩浙輶軒録》。

學使儀徵阮公觀風詩題「表忠觀落成詩以誌事」，兩浙不下數千卷，刻入詩課者僅七人，亡兒壽親預焉。旋試高等，得餼於庠。丙寅九月，兒病歿。余哭之，有詩二首并序，今録其二云：「宗工賞識浙江傳，毷氉秋風已有年。方冀千鍾謀禄養，便悲一薦謝塵緣。兒久困場屋，甲子秋闈，出餘姚定致齋明府，薦而不售。誦詩漫説杜工部，怖病空思桓石虔。齎志九原長已矣，兒患痎瘧，因早服葠苓，遂至不起。幾回搔首欲呼天。」《曇華館小藁》詩類多愁苦之音，此尤不堪卒讀者矣。

《三哀詩并叙》云：「余自戊午主講海鹽，至辛酉冬而朱君雲仲瑞樗卒。雲仲，鹽之名士，余爲悼惜，然四年中一人而已。不意我州書院癸亥秋間死亡相繼，悲賢才之殞逝，痛門户之彫零。各繫以詩，聊當招此云爾。」《陳茂才》傳敬字習如，工詩文，兼通禪學，將貢成均而卒。「世系書唐表，門才重綺紈。誰知推貴介，却不異單寒。鬭藝文心捷，譚禪法界寬。所嗟終齎志，何日贈方干。」《沈茂才》廷璐字清柱，早歲游庠，昆弟並有文譽。今夏適館魏塘，月餘病歸，甫抵家而卒。「共識東陽沈，形容似鶴臞。逢時才筆健，閲世壯心枯。豈料三旬別，還驚一夕徂。斜塘風月夜，慘澹挂帆蒲。」《姪孫如旋》先兄玉井先生長孫，大姪彥國之子，字履祥。少失怙恃，力學能文，工楷法，補博士弟子員。歿年僅二十有五，痛哉。「門祚真衰薄，傷心十二郎。謂次姪彦曾抱孫。如何纔匝歲，又復哭孫行。質樸風殊古，窮愁氣未揚。出門車軸折，泉路恨茫茫。」又族姪孫惟祺，字正欣，甲子入學，次年不幸溺水死。又修川譚承烈字啓佑，以州試首名入學，將婚而夭。兩人肄業書院，並稱能文。

楊生禮初字勝私，晚研先生曾孫。嘉慶戊午從學于余，是秋即登副榜。潛心好學，中後館會城，詩文益進，惜乙丑夭卒。偶檢其《詠雁來紅》云：「巧匠染成紅即紫，天工幻出葉爲花。」又《賦得誤筆成蠅得成字五言八韵》有「濡毫含意遠，舉手笑彈輕。撲去看應訝，揮來認轉驚。棲屏曾有影，落紙却無聲」之句，並佳。

門人錢馥字廣伯，好《説文》之學。余授以字母，多所悟入。學宗楊園，詩不多作。館省中邵氏，與盧抱經及梁耀北、杭羲寅輩游，見聞日進。生不好爲時文，年三十外，即棄去不應試。嘉慶丁巳，雲臺先生聞其名，令人勸其應試。而生堅不肯出，不願一衿也，時頗高之。未幾病卒，年甫四十三，止一子。生家路仲里云。

洛溪許堯咨字師錫，邑庠生。堯佐字際唐，改名琳。上舍生。亡婦從兄弟也，並有文行。師錫娶歸安徐氏，名葉昭，字克莊。父諸暨教諭繩甲，母王，爲竹垞先生外孫女。學有淵源，能詩文，而尤好八大家。刻有《職思齋古文》一卷、詩載《續輶軒録》。際唐子瑚，字名夏，諸生，世其家學。

門人湯步瀛字葆初，表兄沈城南壻也。早歲游庠，工詩文。家貧，客中州。惜年僅三十餘，竟以客死。身後詩文零落。嘗見其《放生池》五律一首，筆極清老，覓稿不得，太息久之。

耄餘詩話卷五

海寧周春撰

查丈巖門學有淵源，幼承祖敬業老人指授，思敏才富，名重一時。所著有《巖門詩鈔》、《南燭軒詩話》、《巢經閣讀古記》。乾隆丁丑志局，雖同人分任，然藁出我兩人者居多。同宿水仙閣下，擊鉢聯吟，甚相得也。唱和有《安國寺觀范文白五百阿羅記石刻》、《登占鰲塔望海》、《過西庵放生池次壁間舊韵》、《泛舟城東步至東寺返過怡庵叠韵》諸詩，同作者同年王穀原又曾、表兄楊竹巖焕綸，詩不具録。壬午塲後，先生病卒。子椒堂奕荍亦能詩，孫一飛字采南、一麟字康之，並有文行，肄業安瀾書院。嘉慶癸亥，中丞第一次甄别，采南冠其曹。丁卯應京兆試，中式南元。自敬業次君雙峰先生克念雍正甲辰登鄉薦後，科名接武，已八十四年矣。

金柱峰明府鰲愛民重士，有古循吏風。許慕迂太史焞手書「公廉明允」四大字以贈，一時多爲題詩。丁丑修志，開館水仙閣，時吴樵石嗣廣、許霍齋道基、王穀原又曾尚未來，惟余與巖門宿館中。巖門住東箱，余住西箱，各攜一僮，談至更深就寢。旬日後聞閣下有聲，初意以爲鼠也。次夜聲甚震，巖門早起，大言責之曰：「我在楚劾治鬼祟有驗，倘今夜復然，弗怪我牒城隍也。」不料是夜愈甚，聞空中撒泥聲漸近，撒至紙窗，不覺毛骨寒慄。每夜，巖門聞響，輒開窗遥呼，是夜亦不復起矣。次日，金明府來，余與巖門降階待之。明府疾趨入，神色大異，不暇寒温，匆匆數語而去，衆咸怪之。明府返署，召書吏問之曰：「我適到志館，恍見一人朝衣朝冠從閣下出，以致失禮於二公，汝爲我道歉。但未知果何祥也？」吏沈思良久，對曰：「十五六年前，草塘廳宋公中暑，歿於閣東偏，身瘦而長，面黄微鬚，年五十許。」明府曰：「此其是矣。」吏出，急行走告。巖門買香燭，拉余同拜，許佳傳，然苦無事實。余歸家問諸先君子，始知其略，因共擬傳曰：「宋雲會字沛蒼，山東膠州人，雍正丁未進士。有文名，性復高潔，官雲和、常山知縣，舉卓異，遷草塘通判。嘗分校鄉闈，所鑒拔皆知名士。相國溧陽史公、浙閩制府德公薦舉御史，未就卒。」即晚焚草城鎮，董事諸君復醵分祭奠，是夜遂寂然矣。聞者莫不畏宋公之靈，且嘆身後名之足重如此。後見盧雅雨見曾《山左詩鈔選》有宋公詩，知其號澹秋，一號夢溪。爾時不知宋公能詩，殊闕事也。

甲戌同年王穀原又曾，詩以金風亭長爲宗，刻有《丁辛老屋集》，錢籜石載選定重刻。丁丑同事志局，唱和甚多。偶檢篋中，得君《登占鰲塔望海歌》云：「去年八月至海上，賈勇曾一浮圖登。今年涼秋迫重九，矯首益覺秋崚嶒。天清氣爽腰脚健，塔心窌窱旋螺升。鴻濛一氣落吾掌，天半不怕危欄凭。蒼茫莫辨大海水，斥鹵綿亘百里十里同田塍。或堆者垤窪者井，牛牽夫擔細若糞溷蠅。竈丁燒鹽食鹽利，耳久不聞潮汐心戰兢。當時龕赭夾立雲間涌一綫，怒勢險欲塘身乘。萬馬奔突誰可敵，强弩詎有錢王能。此邦岌岌任衝蝕，築塘連歲鼛鼓勝。魚鼈倖免禾稼損，怨咨那息農民騰。日費斗金亦何益，人事要待天心承。帝咨良相汝予治，馮夷不復相侵陵。役使萬鬼鞏北岸，沙漲何啻恒河增。東海揚塵今幾度，高岸爲谷深谷陵。兹理固由至化洽，吁怪詎曰尋常徵。晴秋登臨豁遠眺，霾霧浄掃蛟蜃蒸。但見遠峰百朵儼眉列，斜陽隱現青鬅鬠。成連一去子春杳，水仙彈罷呼難應。東坡好奇屬縹渺，有無海市將焉憑？江山清宴自可樂，目極島嶼盤孤鷹。夜來乘興或再出，同看塔頂光明燈。」詩字雙美，因偶録之。此詩與查巖門岐昌、許漢階飛鵬、楊竹巖焕綸、陳中行臨及余分韵，余得「望」字。君素有咯血症，晚而愈劇，遂成羸瘵。年五十六，患喉癬而卒。君有才子曰復，字敦初，號秋塍，出畢秋帆制府之門，爲《吴會英才集》九人之一。後官中州縣令，旋亦下世。憶君嘗謂余曰：「長子不善讀書，幼子庚午年生，聰慧可望。」秋塍少孤，能自樹立，計享年不過四十也。

穀原爲吴叟樵石妹壻，招至志局。叟嘗預修《西湖志》、《浙江通志》，時已老矣，飲酒論文，不舉筆也。余贈詩二首，録其一云：「均體流傳早軼塵，詩人老去任天真。高懷欲比林君復，儒業還師雷仲倫。篋裏杯鐺長作伴，山中松朮自相親。酷羸乞與還丹訣，願結行窩未了因。」叟未幾病卒。有《抱秋亭詩集》十二卷，歸愚先生、巖門丈爲之序。

穀原與籜石情好最篤，嘗結「日課一詩會」，吴叟樵石、陳師秋坪及萬循初光泰、汪厚石孟鋗、桐石仲鈖預焉。因吴叟别號，故並聯「石」字，蓋取石交之義也。甲戌廷對，穀原以策誤五段，置三甲，時籜石已壬申二甲第一入翰林矣，於大衆中以「同進士」、「如夫人」作對相嘲，聞者莫不渠軒。穀原大有不平之色，然籜石胸無城府，意所欲言，輒信口而出，不顧其忤人也。余識籜石於裘文達公處，後刻詩集成，年家子戚馥林芸生以一部見寄。余題詩，即倣其體云：「憶我見籜石，上章敦牂冬。爾時年長倍，籜石年四十三，余年二十二。偶於師門逢。我師爲我言，詩能令人窮。汝浙老名士，鴻博曾同徵。叶。數奇輒被刖，久滯副車中。今秋考教習，收録到渠儂。退各詢所寓，互持一刺通。人海浮萍合，相知良不深。叶。次年誇奇遇，王五穀原來鄉邦。叶。我師復惋惜，何不獻賦從。是科我下第，驢券書匆匆。涒灘我卧病，停車赴公慷。遥聞羨晚達，花看長安紅。忽於半年内，抒盡平生胸。迨我臚唱日，王五進士同。雅謔殊爲虐，大笑滿堂叿。其後或譚及，尚露不平容。一别卅年餘，置身青雲崇。夢想頗不到，時來卿與公。籜石貧時交，悉數略能終。樵石吴茂才嗣廣最老壽，伯道悲蒼穹。蔗坡萬孝廉光泰最博雅，客死嗟飄蓬。穀原王比部又曾稍發泄，厚石汪選部孟鋗本素封。厚石弟桐石，汪孝廉仲鈖。塤篪奏雍雍。王汪雖有後，名位未光融。所以吟社裏，獨推彭城雄。詩人享厚福，禾郡稱無雙。叶。丈夫生世上，遭際命所鍾。流傳賴佳句，眘勿哂雕蟲。穀原師甌舫，厚石學涪翁。兩人並石友，亦復我良朋。叶。籜石克兼之，才大少争鋒。歸田自編集，剞劂方畢工。戚生二字用《南史》寄貽我，開卷墨痕濃。病眼觀大意，雲霧豁朦朧。申謝走不律，太息撫孤桐。」

杭州諸生莫栻，字右張，號柳亭。嗜酒鼻齇，性極灑落。學有根柢，與陳星齋同學齊名，而終老不遇。余與先兄應試至杭，柳亭輒來劇談，熟於武林舊事，娓娓可聽。夏月，必邀喫仇園莧。仇園莧者，吴山之麓，有地畝許，相傳爲山村故居，所産莧味甘而腴，美於他處，非早起不能得也。三人有《仇園莧聯句》詩。乾隆己卯、庚辰間，場屋用詩，其門人馬彭，字軼籛，初學未能諧律。柳亭令從先兄爲詩弟子，口講指畫，所業遂工。柳亭姪瀧字維山，博覽工詩文，丁酉舉於鄉，人極迂僻，殆可入《淵源録》中。

仁和蔣袁慰字亶夫，號若谷，先兄乙酉同年也。少孤，事母張純孝。若谷工制藝，通群經，而尤精于《左》、《國》。詩不多作，刻意樂府，音節古峭，有《吴山草》一卷。

《佛爾雅》八卷，凡十六釋：《釋名》一、《釋詁》上下二、《釋親》三、《釋宮》四、《釋器》五、《釋樂》六、《釋天》七、《釋地》八、《釋山》九、《釋水》十、《釋草》十一、《釋木》十二、《釋蟲》十三、《釋魚》十四、《釋鳥》十五、《釋獸》十六。自序略云：「乾隆辛亥夏五月，宗姪耕厓孝廉廣業自皖城歸，過余齋，爲余言朱石君中丞方撰《佛孝經》。余思有《佛孝經》，不可無《佛爾雅》，遂鋭意創稿，凡三月而成書。略加注釋如郭景純，若疏通證明之，尚俟乎將來君子也。中秋後三日書。」時初意欲付剞劂，門人張廷琮任手鈔，寫樣雖成，竟不果梓，至今尚藏敝篋也。廷琮字蘭九，號絳巖，又號前山；族叔駿字信裳，號荔園，並從學於余。二人齊名，有聲黌序，遠近莫不稱東郭二詩人也。荔園詩學中、晚，長於詠物，尤工駢體，小賦極精，余嘗爲之序。前山詩以《精華録》爲宗，余題其詩卷有「一瓣香歸何處好，漁洋蠶尾兩峰青」之句。荔園，乾隆庚子成進士，今官處郡教授。前山年未六旬，以歲貢需次，卒。不勝存殁之感。

嘉慶甲子八月，馮鷺庭集梧以所著《杜樊川詩集箋注》，所刻《元豐九域志》、惠定宇《後漢書補注》及其尊甫孟亭侍御《墓誌銘》寄贈。嘉平月廿六日歲暮風雪中，遣急足以《嘉禾瑞應圖》立索題詩，因呵凍走筆，作《嘉禾篇仿竹垞先生體》云：「嘉慶九年紀甲子，西南龕靖櫜弓矢。柏冬河公仍效靈，駢祥叠貺頻送喜。先是六月暑雨咨，浙右郇田浮雲水。節使拜章睿澤覃，和氣感召一何駛。五風十雨轉休徵，憶昨空憂禾生耳。我聞天瑞地瑞兼動植，甘露如膏醴泉溢。黄龍麟鳳木連理，不若嘉禾推第一。神農之世雀銜來，陶唐三代紛紛出。逸書旅命事最著，拔貢歸來猶能述。廼知此禾本仁草，吾皇深仁古聖匹。崇墉比櫛話盈寧，異畝同穎稽文質。繪圖欲追孫熊手，作志寧數蕭沈筆。君不見嘉禾舊郡産嘉禾，地天協應舒恩波。聖主賢臣千載遇，含淳講德宣中和。順成登衍諸福至，老叟擊壤行人歌。益壽增筴齊慶天子萬，惟願金穗玉粒年年多。」乙丑新正，貽書申謝，禮意甚殷。未幾，鷺庭以積勞成疾卒。聞其遺孤尚幼，他日能讀父書否也？

楊十一舅氏諱詠，字抒懷，乾隆戊午副貢，歷知銅山、沛縣，所至有政績。撫孤姪兩松中丞嗣曾，教育成立。平生詩不多作，而恪守唐音。有《補梧軒詩鈔》，余爲序，因録得數首。《寄徐心言》諱蘭，余受業師云：「暇日鎮相過，狂遊不我訶。書依蕭寺竹，酒泛段橋荷。老去心情減，年來離別多。柴扉知晝掩，得句近如何？」《書嗜愚諱澄，公族姪，余受業表兄信後》云：「幽恨憑誰訴，沉吟日又晡。拋家嗟我拙，從井感君多。駑馬惟思棧，飢烏自哺雛。春風遍草木，只有隰楊枯。」《中秋日舟中》云：「吴公臺下水，不盡向東流。董子祠前月，無邊接素秋。水流長不逝，人去月仍留。漫以人如水，還看月似鈎。」《旅館寓懷》五首之二云：「摇落常懷宋玉悲，況今兩度值天涯。苔階風過飄殘葉，廢苑人來拾斷葵。涼雨一天心上泪，清霜幾點鬢邊絲。步兵本是猖狂客，斜日窮途只自知。」「涼風乍動覺刁調，幾帙殘編共寂寥。飲量儘從愁裏減，鄉心都向酒邊消。秋成田舍炊新黍，冬近山家補舊窑。吴樹秦雲成絶域，碧天霜冷夜迢迢。」《硤川感舊》云：「紫微山下紫微橋，記得橋南舊酒標。風景不殊前度日，劉郎無奈髮蕭蕭。」「少年遊釣經行地，今日相看盡劫灰。只有一編緣未了，白頭重訪舊書臺。」公移家禾中，年登大耋，閉户課孫，壽八十有八而卒。長孫惕龍字在人，號健齋，幼從學於余。詩才超俊，制藝幽峭，莫不卓然可傳。兩中副車，嘉慶己巳舉京兆試，改名思敬。次惺字竣安，號小田；次文蓀字秀實，號芸墅，並諸生，工詩文。

梅里門人楊蟠字旋吉，號文璞，詩人子讓謙令嗣也。子讓博學工詩，箋注《曝書亭詩集》行世。文璞幼慧，承家學，詩才雅麗，古文宗曾南豐，以左手作書，尤工。二十年前，余嘗贈七古長篇，以朱、李替人期之。近移家桐鄉，留心楊園先生之學，造詣益邃，著述益多。嘉慶丁卯冬日，同俗客過舍，匆匆別去。别後賦五古長篇，預祝八旬，書箑寄贈。又寄七律一首云：「執經曾許易同參，撰杖今慙禮未諳。栗里名高推海内，靈光望重峙江南。門前美草呼書帶，砌下奇花號鉢曇。好約從遊諸弟子，壽觴齊進菊泉甘。」此意良可感也。

亡友張光湜字守初，號集堂。少穎悟，工制藝。長遊關中，客畢秋帆先生幕，與張少儀鳳孫、嚴道甫長明唱和，詩學遂進。既而遊大梁，主講席，遍歷嵩、少諸名勝。詩格清老，顧不自收拾，藁並無存。亡姪彦國字竹孫，君之愛壻，乾隆壬子夏殁於京邸，君以詩哭之曰：「親朋塞巷憑棺哭，泪灑西風不忍乾。千里信音成永訣，余自淮安接家信，知京邸病耗。百年懷抱幾時寬。書能益智留兒讀，田可充饑供母餐。七字哀吟牋半幅，魂歸遥夜料猶看。」「射策京華賦短檠，巾箱遺稿亂縱横。修文遽奪生前算，及第遲邀身後名。猶有鬼神言敢隳，余任撫孤之托。未伸眉宇氣難平。夜臺他日終相見，重話當年兒女情。」君久困場屋，是年年六十二，舉於鄉，計偕北上。癸丑下第南歸，卒於板浦書院。君晚好《儀禮》，手校《開成石經》，采陳祥道、李如圭、張淳、楊復、魏了翁、敖繼公諸家之説，著《儀禮正譌》一書，惜未脱稿。

亡友陳萊孝字惟楨，號誰園，長余一歲，弱冠訂交。君少從巖門學，以初白爲宗。性不好舉業，將入立境，棄不復應試，專力於詩。平生存稿十餘册，殆不下五千首也。乾隆己卯，君始出遊。余有長歌題其《彭城游草》，歷叙邑中詩學源流凡千二百言，而結之曰：「古今詩派且無論，守君一語吾自成其吾。」集中詩有云：「紛紛競摹仿，李杜與韓蘇。惟吾寡依傍，我自成其吾。」此君謙抑之辭，而余竊喜其與鄙旨相合。君游幕二十餘載，晚至甘陜，倦游歸家。著《誰園詩話》，採拙作頗多。兩人往還唱和，無異曩時，真可謂白頭如新者矣。丁未，君年六十，以自序辭祝，駢體極工，一時傳誦。未幾病劇，易簀前三日，以《没脚蟹圖》索題，并限五言排律八韵。余走筆面呈榻前以慰之曰：「郭索何須羨，安居水草邊。無腸方益壽，没脚最延年。白八真疣贅，「白八」用陶穀《清異録》。黄中好結連。長卿文滿腹，李氏畫齊肩。《宣和畫譜》有李延之《雙蟹圖》。稻向由拳熟，螯仍擁劍便。還宜瀕海放，未許到秦懸。在蟹元悠爾，憑人笑塊然。如陵同女丑，讀雅補新箋。」及君卒，余以詩哭之曰：「弱冠論交四十年，那堪一别隔重泉。篋中排集昌詩好，膝下談經教子賢。花甲已週差可慰，柳開同病合相憐。君告予六月十三夜夢大名柳仲塗相訪，劇談古今，并示古文奇字。予歸家檢《宋史》及《河東集》，知仲塗亦以疽發而卒，心竊憂其不祥也。距易簀纔八日耳。無多執友情何限，話到雙螯泪潸然。」君有五丈夫子：長敬禮字輿伯，詩文並工，世其家學，歲貢生，未仕卒。次敬畏字寅仲，幼慧早夭，工於篆刻。次敬持字莊叔，次敬修字可堂，並國子生。幼大任字抑隅，州學生，惜亦早夭。

海鹽張芷齋載華，螺浮給諫曾孫，内弟許西鶴奎外父也，著有《詞林紀事》、《初白詩評》二書。乾隆乙巳，以涉園册索題，册自漁洋以下名人題詠甚多，余題七古一首。嘉慶戊午至鹽，芷齋已卒。訪哲嗣鷗舫鶴徵於涉園，有詩云：「南郭來尋勝，東風霽色妍。乍增傷逝感，十年前芷齋訂遊不果。偏結看花緣。樹石都成趣，詩文盡可傳。園林隨處有，難得主人賢。」嘗招同陳德星孝廉、黄晉康上舍暨子姪輩午集，余即席口占云：「家庖精潔酒甘醇，啜茗深譚洽主賓。雅集還同玉山顧，多才更比潁川荀。異書拱璧誠堪寶，是日出宋刻書同觀。佳札遺珠益可珍。又觀竹垞、初白諸公尺牘。白茺黄鐶纔過候，名園吟賞一時新。」小峴先生詩所云「我亦神遊到鷗舫，異書佳札恣人看」者是也。壬戌新正，鷗舫六十，余以詩寄壽，有云：「詩酒高名天下士，園林清福地行仙。」鄞鄉傳爲佳句。丙寅八月，接書未及月餘，忽聞訃音，爲之驚悼不已。

莫予同字相如，大興人，後家海鹽，以孝廉分發山左，卒於定陶。子之發字繼周，貧不能扶櫬，素服終身。孫如德發願往尋，已隔四十九年，土人無知者。有老叟尚紀其瘞義塚，約略可指，掘地見前和題宛然道旁，爲之感動。山左人皆呼「莫孝子」，助貲得歸，嘉慶丁巳事也。次年余掌教海鹽，聞其事，贈以詩云：「子收父骨古所有，孫訪祖棺古所無。異哉莫生真孝子，孝父孝祖心何殊。武原貢士莫相如，之官定陶三日餘。便嬰暴疾捐館舍，旅瘞不與家人俱。其子終身持縗服，其孫發願尋長途。四十九年踪迹杳，可憐曠野蒼烟蕪。當時目擊有老叟，如言畚鍤窮黄壚。果見前和痛欲絶，旁觀下泪襟霑濡。吁嗟乎，法宗刺血常耿耿，伯孫泣硯徒區區。孰若孝子孝孫合爲一，媲美蕭師虞傳良非誣。安得爲倩龍眠筆，寫作山左扶櫬圖。」因來肄業書院，文亦可觀，余極賞之。縣府試並前列，己未入郡庠。秦小峴觀察見劉信芳學使，稱其孝行，旋即食餼。同儕有排擠之者，以新生不果舉拔萃科，當事咸惋惜焉。莫生字价藩，此外尚有董彬均叔改名喆熊、朱瑞橒雲仲、彭方頤文延、彭世喆原明、楊琛鍾麟、張賜采顯侯、何同治與人、蕭繩祖昌基、鄭伯壎貽孫、沈紹先補堂、鄭象坤同祖，並工詩文，鹽邑書院中知名之士也。

彭羨門先生試博學宏儒第一，相傳其《寄内》詩云：「玉皇昨夜親裁詔，夫壻承恩第一人。」論者謂彭、王齊名，此事則漁洋稍遜也。茂才方頤以先生家書三通見示，因詳録之云：「羽傳回，曾附平安一紙矣。我已于昨日考過，《璿璣玉衡賦》，有序，用四六體，《省耕》五言排律二十韵，止兩題耳。但坐于烈日之下，筆枯墨涸，寫字甚難，雖不出醜，亦不甚得意，惟聽之時命耳。朝廷已于今朝往鄭州，不知何日有信。若僥倖得取，家中切宜鎮静，不可收一人、管一事，并整飾門庭房宇，只照常淡淡過去，如無此一番可也。切囑，切囑。報人亦不可重犒，并做戲。恐内人與三兒最要體面，最好熱鬧，把持不定，全仗吾姪一力爲之。然亦是姑妄言之也。大約發落後便往中州，由汴入汝，七月内必到家矣。客久切欲南還，反以羈官爲苦，此及由衷之言，非是客語也。自老竟升貴撫，舉朝爲之不平，可見孤立必受人排耳。内人嗽疾，想已不發。三兒今年可著實讀書，若今年再不勇猛精進，終身全無通日矣。要緊，要緊。諸尊長親友各各致聲，不及遍字，計晤期亦未甚遠耳。寓庸姪、四官三兒同之。三月初二日羨門。」又云：「十八日一急信從報上送回，計浴佛日可以達矣。我試卷幸居第一，于十七日進呈後，因殿試匆匆，廿四五日朝廷又至沙河，故上傳未下。然上上卷内皆經睿覽。内有詩不工切及走韵者，悉俱翻落，幸我巍然不動，仍是第一。居然有壓倒一時之概，亦是僥倖。蓋初一日試時，殿廷森嚴，天威咫尺，出題又已向午，風日燥烈，困頓難堪，只得信筆直書，甚不愜意。算來平日本領，此日只得十分内三分，已拚不取，即倖取亦未必在前，不料叨忝至此。大抵試日題目既難，光陰又促，衆人皆不得展抒，非我一人獨難也。至進呈之卷，乃爲竇坻老師所賞，先定上上卷，後將七卷同比第一。他卷皆有累句及走韵，而我詩全篇穩秀，得遂居其上。掌院亦與有力焉，真可謂天人輻湊。今日已有上傳，頃李湘北在閣中，先已遣人來報過，明日欲往見三中堂及吴老師，但苦門包又要費十數金耳。然此番之試，並不鑽求一人、費去一錢，而白白得此虚名，亦算大幸。可見天下事真正有數，不須妄求也。但上傳雖未見，而聞得欲留我等在此纂修《明史》，應加職銜著吏部議奏，大約是確。修史非旦夕之事，極快也得兩年，歸期擔誤，如之奈何。若部議得有詞林一席，三兒完姻後，家眷必當進來，且做一處，澹泊過日。如空加虚銜而無實授，則家眷不便來矣。以下缺。」又云：「以上缺。酒米小菜調和等物，每年必須寄粮船上也。明年大概必要來，來則須于黄家營起旱，于三月到此，庶得次第。恐同内人行，則水路，或與三兒同一騾轎來。我于庚戌、丙辰二年曾寄兩騾轎于營中楊新水家，可取用也。昭威前欲入都，何以不果？今須乘新秋一來，寓所雖貧，且自相依，以觀機會。恨不肯早來，失此牖録一番機會耳。自老一到黔中，便開事例。吾姪之得官，在此一着，故不可不急考職也。十七史及一應書籍，急欲寄來。凡有用之書，皆須寄到，不可太少，省得明年又要帶，總是一般也。諸事乞與蘧兄章甫細商之，數千里外，不能懸度。瑄兄老姊諸甥及叔姪弟兄，切切一致。十五日已寄一字于曹使，因其從水路，當至八月始達，故從凝止報上。又有此寄，草草不能詳也。昭威、寓庸二姪同覽。六月十七日，羨門字。」觀此家書三通，可想見前輩風度矣。茂才羨門先生五世從孫姪茂才世喆，其尊甫熙臺茂才方鼎，好收拾先世遺墨，嘗得四世從祖節愍公江西圍城家書，裝潢成册索題。余用龍湫山人舊韵，題七言律詩一首。楊忠愍公與鄭端簡公手札十七行，題詠甚多。余有詩四首，録其二云：「海上高風大笠生，兩賢妙蹟一時并。當該小吏偏僥倖，紙尾公然附姓名。」端簡記云：「癸丑三月五日，應天府當該林居龍從京來，得椒山先生手書。海上大笠生記。」「觀井圖成懿訓同，滎陽奕葉守家風。到今弓玉仍無恙，會見祥光燭太空。」册藏鄭氏二百餘年，乾隆壬寅歸于吴槎客，甲寅仍還鄭氏。

耄餘詩話卷六

海寧周春撰

林秋佳太夫子，先了閒府君受業師也，諱玉藻，字玉田，世居邑東鳳凰橋。初姓徐，後復姓林。工尺牘，得從父寶名先生之傳。太夫子館余家，復館安國寺巷陳氏，最後館文勤師相家最久，幾三十年。嘗製百花枕，自題一詩，多屬和者。諸襄七錦和曰：「花茵藩溷疊相仍，誰爲天工惜落英。藉草黄茅兼白葦，擁衾竹簟與桃笙。獨矜好事翻圓水，收拾餘香伴短檠。焉得神遊翔帝所，提攜百末到通明。」雍正壬子，太夫子舉於鄉。乾隆壬申，以年老賜國子監學正銜。戊寅南歸，襄七送行詩云：「不負初心大布衣，藥籠檢點是當歸。杖朝七十年逾四，鼓篋生徒奮欲飛。蝶罥蛛絲翻撲撲，馬争棧豆戀微微。高懷詠史誰知己，謝尚袁宏有舊磯。」「快意還鄉馬少游，嶺雲絮帽雪霽頭。一春自愛眠花塢，百丈休牽上瀨舟。殘月多情相伴曉，寒蟬已老不鳴秋。瓊琚桃李紛無數，永好寧須論報投。」歸三年而卒。

甲戌南還，座主陳文勤公寄家書并足衣一雙，各納朱提百兩，命余至揚，手交世兄瞻範克繩，其清況可想見也。戊寅，公靈櫬歸，宦橐蕭然，惟書樞七十二號。余與查君蒼林祖香檢收，貯於大樓五楹内。有宋刻極精，如《舊唐書》、《通鑑總類》者不可勝紀。公孫敬承顯曾殁後，二書爲劉令雁題所得矣。散失殆盡之餘，僅留賜帖一部，曾許五百金而不售。近聞匪人慫恿貶價歸富室，因以獻媚，且頗分肥也。薈林時館公家，後以拔貢官教諭，年七十餘乞歸。嘉慶癸亥過西門邸第，有詩云：「平泉草木猶無恙，欲問藏書已杳然。」觀者爲之太息。

座主歐陽公號竹沙，湖南衡山人。乾隆辛酉解元，乙丑翰林。庚午浙江副典試，尋改御史，乞養歸，卒。余丙戌赴粤西，過衡山，有詩云：「夫子家南嶽，山靈出異才。高名書柏府，大節詠蘭陔。目斷雲猶結，心愁霧不開。醉翁門下士，灑涕酹泉臺。」公卒後三十年，門生趙鹿泉佑刻《竹沙制藝五十首》行世。鹿泉亦以制藝名，其《清獻堂稿》屬余評定。

乾隆丁亥，修梧郡志開局，學使行署與史笠亭郡丞鳴臯同事，頗相得。笠亭好譚玉溪生詩，每舉姜白巖之説。偶夏夜納涼，笠亭譚《碧城》三首，娓娓不倦，四座睜眙，不解爲何等語也。時已將三更，余酬對亦倦，徐曰：「勿譚義山，且聽蛤蚧。」相與大笑而散。蛤蚧雌雄和鳴，雌曰蛤，雄曰蚧，久近大小有三聲、五聲、七聲、九聲、十一聲、十三聲之別，是夜所聽墻内者七聲也。余嘗有詩示岑溪李孝廉世錦、藤縣陳明經汝瑋云：「粤嶠馳驅筆硯荒，俄來此地展縑緗。一燈重理儒生業，四壁驚看皓月光。漫説虞衡能作志，終憐急就不成章。上官諈諉期無負，莫使閒消片刻香。」「蒼梧漢郡至今傳，文獻飄零待續編。可有楊孚搜異物，曾無范瑗紀先賢。儲藏家鮮三千卷，采輯時經八十年。願得汗青功速就，敢云康趙遠隨肩。」書成而余以奉諱歸里，撰《圖説小序》，己丑刻竣。

詩家汪、王並稱，而鈍翁爲文所掩，論者遂謂遜於漁洋。要之，伯仲間也。鈍翁《山中遊仙四十首》、《後遊仙八首》、《藝圃小遊仙六首》，「空山不要閒錢使，點得黄金别贈人」、「玉皇若賜先生號，乞掌瑯嬛未見書」、「門庭須是常修潔，要候他年帶宅升」、「下壇手寫朝元曲，不倩人間蔡少霞」、「合取藥成猶未喫，直緣身戀太平時」、「平生解笑拖腸鼠，枉自飛騰不到天」、「不知道側青牛叟，何事淹留愛著書」、「聞道茅君夜相訪，旌幢小駐月明中」之句，其神韻何減漁洋？余有《女遊仙詩》八首，録其六云：「鈞天曾醉紫霞觴，謫墮塵寰四十霜。如此生涯元是夢，夜深風露桂枝香。」「結伴彈璈吹玉笙，瑶池翠水見盈盈。而今青鳥無消息，悵望銀河萬里情。」「放眼同爲碧落遊，金床玉几下簾鉤。易遷宮裏花無數，合讓瓊花第一流。」「條脱雙雙火澣巾，黄麟羽帔鶴袍新。羊權張碩多僥倖，也作丹房紫府人。」「嬰女親傳道術高，遜階星紀猛元枵。儒仙事業初無二，九鳳飛來五色毛。」「東西羅帳繡金苔，不是仙緣那得來。溪上桃花千萬樹，紅雲紅雨認天台。」

自紫陽朱子有《豆腐詩》後，我邑蘇雪溪亦有之，初白老人四首載《敬業堂集》中。乾隆壬子冬日，王西莊寄《豆腐詩》四首索和，元唱云：「一頃山田種有秋，淮南食法妙蒸溲。磑牀碾出膏徐溢，缸面澄餘乳更柔。任受磨礲初質變，仍教潔白素風留。搓酥滴粉煎萁火，憑仗晶鹽汁點收。」「石髓凝成不羡仙，寒燈賣遍曉霜天。挑來農舍時論擔，送向僧廬亦數錢。棘匕山腰茅店裏，荻標巷尾酒帘邊。價低那用金龜换，啜菽高風自可傳。」「筠筐攜取備朝飧，嗜好酸鹹異俗論。雪椀滿盛雲作片，銀刀細切玉無痕。芼蔬堪配齏三寸，佐醉聊傾酒一樽。更愛冰天棱角厲，和羹轉手變奇温。」「略糝吴橙點蜀薑，個中風味淡偏長。穆家兄弟應同品，市上屠沽詎解嘗。逸士餐霞成勝趣，貧居服玉詫良方。流匙滑辣清如許，遮莫齋期學太常。」余詩云：「食經千古託淮王，見《舊唐書・藝文志》。萬畢同傳菽乳方。寧料腸飢充曼倩，儘教齒落任張蒼。持錢入市筠籃滿，切玉如泥翠釜香。聞道八童都狡獪，至今留味苾蒭房。」「柴桑惆悵豆苗稀，角果登盤願未違。澹泊待加三楪飯，精華先試六銖衣。煎時面上凝結者爲豆腐衣，入饌尤佳。紫茄白莧何嫌瘦，紅鯉青魴倍覺肥。倘遇載醪祛所惑，家常草具話忘機。」「茅店雞聲樹影濛，榨箱殘月磑壯風。宰羊適口烹庖小，牧豕關心汁滓空。義比善歎參孔氏，俗呼買豆腐曰「撩」，歎讀如撩，《書傳》訓簡。音同丁雅補歐公。又呼曰「打」。更吟鬴煮黎祁句，摭拾方言一首中。」「海瀊山陬到處磨，配鹽幽菽豈能過。味兼名鱰佳蝦勝，香入晚菘早韭多。羹店誰開尋茂德，蜜脾欲漬供髯坡。回思犀合瓊漿美，付與厨娘白雪歌。」時里中同作者十餘人，偶摘數聯於下：「寒士飽餐猶選日，齋厨清供首登盤。」「石磑淋漓浮白乳，榨牀點滴瀉清泉。」俞廷藻掞庭。「笑我爲儒難上席，嫌他是乳却無香。」「君看白首京華客，擲筆中書未忍捐。歙中有炕腐，許文穆公酷嗜之，人稱「許閣老腐」。詳李君實《篷櫳夜話》。」吴騫槎客。「切玉無聲隨素手，凝脂有味潤枯腸。」周廣業耕厓。「薦客味同村酒薄，調羹雅稱野蔬香。」許琳際唐。「鄉味且留佳客供，詩名合共腐儒傳。」徐惟懌鏗韶。「孤燈夜磨催成易，小市晨擔喚賣喧。」蘇琳崑圃。「也知無分將軍腹，其奈難忘博士齋。尤愛雪花精潔甚，濟尼曾與妙安排。比丘尼以腐渣製雪花菜膳品極精。」「熏成竺國瞿曇面，市有熏腐，色黄可愛。盦作中山醉客顔。紅醬，盦者爲乳腐。」「剛以含柔非一致，白能幻黑更多般。腐乾有海鹽、新市等名，其色皆黑。」「濃香不敵星星臭，記挈瓷罌市上還。釀腐令臭，俗稱佳品。」「饑餐合佐雙弓米，癖嗜還呼五葉葠。油沸者，名人葠豆腐。」「老吏褒評符美德，詩翁吟詠到鄉音。」鍾大源晴初。「大烹每共瓜茄菜，小宰何妨鹽豉油。」鍾大復綸恩。「野店割雲呼卯酒，盤飧堆玉雜辰瓜。」「熊肥蛙瘦何須辨，蒜友瓜朋亦已廉。」王叔量又良。又亡友舊刻，并附録之：「時供古佛伊蒲饌，不斷貧官苜蓿盤。」「無窮世味酸鹹外，有限交情水乳中。」「子舍會須謀菽水，貧家何敢棄糟糠。」「雞豚社裏成呼吸，杞菊厨頭辦咄嗟。」「軟雲潔雪懷三德，三德見虞道園集。翠釜金盤讓五侯。」「萊衣養志千鍾禄，顔巷留賓四座歡。」「談笑無妨分佛火，烹調時或乞鄰醯。」陳萊孝誰園。「割來雲母流脂滑，點就香穌下筯甘。」「王烈錯曾呼石髓，裴航急欲飲瓊漿。」「任是藜羹堪並設，何妨畠飯也同登。」張廷琮前山。

蘭泉掌教萬松書院，以《柳枝詞》命題課，刻二册，意欲士選，仿鐵崖《竹枝詞》，似未見鈍翁《姑蘇楊柳枝詞》者，其詩亦不如遠甚矣。案《類藁》自鈍翁元唱外，凡八十八人、方外五人、閨秀八人，又補和三人，共一百四人。内海寧三人，查詩繼字二南云：「隋隄春色近如何，賈舶空傳水調歌。誰似張王城外柳，東風歲歲客愁多。」查嗣槤字夏重，即敬業元名。詩云：「聽到鶯聲春盡頭，緑楊圍處是蘇州。吴兒緩控行驄馬，吴女停橈繫彩舟。」查鋐字聲山，即澹遠元名。詩云：「蕭郎經歲斷歸音，柳陌春光漸漸深。蚤識飄綿復飛絮，悔將蒲帶結同心。」此集吴縣周靖箋注，王不山繪圖，無一不精，覺後來之草草也。

余有《西湖柳枝詞十首并序》云：「敷文院長課士，以《柳枝詞》命題，作者甚多，余亦偶詠。因思折柳興於樂府，新曲創自白公。厥後唐賢，殊難悉數。宋初僅推騎省，杭人止記存齋。近若堯峰，尤稱極盛矣。茲則並無本事，惟有雅辭。前三首詳體製之源流，後七首寫湖山之情景。陳言務去，庶幾免大拙之訶；古調獨彈，倘得邀清翁之賞。」「館娃未必勝錢塘，記取香山句子香。履道他年誇盛事，閒情先問永豐坊。」「許昌詩律善相輕，劉白宫商肆品評。吟到水蒲風絮句，洛橋錯比六橋晴。」「姑蘇一卷玉遮樵，爲有章臺無限嬌。此日披圖重點筆，柳塘鸂鶒倩誰描？」「雙峰剪出萬絇絲，挂滿環湖拂地枝。綰住春光莫教去，畫船齊唱壽杯詞。」「翠浪鶯啼不露身，飛來謝豹唤遊人。映波橋外花千萼，李白桃紅一樣新。」「彈指聲中汁染衣，算將四十九年非。關心最是西湖柳，不獨金城感十圍。」「年少狂遊日未斜，紫韁青纜繫槎枒。自嫌老去渾無力，笑對屏山捉柳花。」「陶令高風重晉書，宅邊有樹愛扶疏。如何宋嫂魚羹後，屠沽偏題五柳居。」「天上長懸柳八星，曲頭垂似折枝形。人間遍向湖隄種，散作湖中九子萍。」「濯濯臨風絲正柔，含烟帶露亦宜秋。從今樂府翻新譜，分付旂亭第一樓。」又有十二首，用晉《折楊柳歌》體云：「新歲湖邊柳尚髠，先春已是露青痕。試將一德從頭數，漫説藏鴉蘇小門。」《正月》。「披拂長條遍覆隄，竊黄慘緑映玻瓈。一雙燕子銜泥處，不管嬌鶯自在啼。」《二月》。「縱酒高歌滿眼春，相思惜别往來頻。蘇公堤上逢飛絮，争識垂楊是故人。」《三月》。「新緑成陰花事殘，三眠嬾上玉闌干。阿誰折取一枝柳，插向酴醾洞口看。」《四月》。「艾緑榴紅晝錦長，柳洲水滿浴鴛鴦。應憐碧樹垂垂瘦，半帶朝烟半夕陽。」《五月》。「三伏開窗對榻宜，納涼湖上去遲遲。羊坊酒庫今何在，古柳林中小立時。」《六月》。「千絲萬結對高樓，銀漢迢迢渡女牛。柳是人間長命草，能消天上别離愁。」《七月》。「鷲嶺天香月下飄，霏微珠露滴深宵。此時楊柳新摇落，有約吟秋米市橋。」《八月》。「不少登高作賦才，紅舡解纜獨徘徊。鯉魚風起黄花晚，五柳門前送酒來。」《九月》。「霜輕日暖正初冬，婀娜風流翠轉濃。恰則小春時候好，幾行疏柳倚孤松。」《十月》。「灞橋風雪冷交侵，脆葉柔條力不任。却羨仙童一丸藥，護根長保歲寒心。」《十一月》。「檢點韶華又一年，柳邊梅發故依然。東風徐覺陽和動，莫折枯枝挂錦韉。」《十二月》。余興到揮毫，未免浪費烟墨。倘倣《静志居詩話·竹枝》之例，各誦所聞，恐絶少佳篇，惟浮以大白而已。

余自粤岑攜小草歸，葉密而枝圓，擊之輒斂縮，土人呼「怕老婆草」。因其名不雅馴，易爲「畏婦」，載入州志，好手多圖繪之。歙方蒸砂塘、海鹽陸忍庵以謙、陳學川寬、董均叔彬、鄞袁陶軒鈞、仁和余松屏大觀、邵懷粹志純、同里陳誰園萊孝、吴槎客騫、汪小海淮、陳仲魚鱣、張芝岡豸冠、朱漢階有倬、楊書巢秉初題詩並工。許雪林士元題詞一闋，調寄《賀新涼》，亦工。雪林攜圖至杭，錢嶼沙先生見之，題「林鬱石」三大字於册首，知余無粤中裝也。邑人章茂含字魯得，工書法，亦題「四畏珍草圖詠」六字于前。里中有楊叟者，題三絶句，第三首云：「葉歛枝垂畏痛真，痛生何處畏何人。只宜懺悔香嚴地，自有男兒不畏身。」其夫人耕雲女史陳登峰見詩而恚，題四絶句，第一首云：「人間恨事最難平，異草無端負此名。試問阿誰同病者，不妨相對訴衷情。」伉儷之間因此幾致反目。余作二絶句解之云：「相敬如賓老更恭，時時説李似無庸。草名於爾干何事，賦得愁心爾許濃。」「桂海移來遍地生，黄花緑葉態盈盈。莫教種近南天燭，恐惹中心愈不平。」宋袁質《甕牖閒評》云：「庭前種南天燭，令婦人妬。」遂和好如初，亦佳話也。

耄餘詩話卷七

海寧周春撰

《恭題御畫擘藍即次御製元韵》云：「擘藍譜入群芳中，兄事園葵弟仙薤。養成木本挺磥砢，霜雪交侵常不壞。味甘差可佐稼穡，性澹未須埒薑桂。一經御筆賜描摹，窮檐風物競生態。安得山左遍地生，劚取充饑萬民賴。蚩蚩肉食厭肥膿，此品未嘗何足怪。蔬族也，北地有之，近代入《群芳譜》中。」此歸愚先生詩也。案擘藍，菜名，形似芥，土人呼「大頭菜」。同年孔肩吾觀察毓文在寧時，每餉瓢兒菜，余有詩云：「一簍瓢兒菜，金陵號土宜。民當無此色，味却有須知。爛煮香羹釜，新嘗滑飯匙。虎臣曾有句，蔬譜合相推。」

陳廣文無軒焯，乾隆乙巳署我州學正，以《湘管聯吟寓賞初編》見贈。君虛懷若谷，作詩必屬余改定，唱和頗多。余檢得劉龍洲《鹽官權學》詩，君欣然追和。君贈慈谿馮次牧《讀書床銘》拓本，余作《後讀書床銘》，又爲撰《募建素心閣疏》。丁未任金華，寄《小冰壺洞天詩卷》索題。余漫成四首，録其二云：「草根搜斷碣，上有飛白書。唐卿三百點，相較竟何如？」「寒夜擊鉢吟，愛客陳驚坐。細啜襪兒花，此間應著我。」嘉慶庚申，攜《歸雲墨寶》手卷過齋，余口占題二首云：「太白山人擅逸才，一時投贈盡瓊瑰。客從清遠吴興地，攜得歸雲墨寶來。卷中爲孫太初詩，及同時贈太初、後人題歸雲庵詩也。」「流寓曾聞高士湖，南屏鶴券又輸租。浙西到處傳名勝，安得倪黄爲寫圖。」君歷署十九任，甲子實授鎮海，戊辰免官歸，以《歸湖圖》索題。余疊君自題元韵，題詩四首，其末首云：「洛社香山願未休，況逢如滿預名流。僧道恒攜圖卷來。不知何日重相見，行脚争先學趙州。」二十餘年之交情，略見於此矣。

山陰同年陳騎尉聖傳殉節臺灣，嗣子默齋廣寧以難蔭官海防營守備，著有《壽雪山房詩集》。余贈詩二首，有「漢室期門多貴胄，唐時節帥屬詩人」、「一時風雅追俞戚，千古勳庸薄李程」之句。又題其詩集云：「五集編成重錦囊，曾見舊作五集。新詩又喜見琳琅。雅歌最愛才華妙，不數當年郭定襄。」君以此詩同雲臺阮公、菊溪百公、信芳劉公、李許齋明府、梁山舟太史詩刻石。君尤愛余《海潮歌》，刻入集中，《後海潮歌》又手録之。君自嘉慶戊午來任，甲子遷官赴閩。同人餞别陳園，分韵賦詩。君在閩，余寄《音學三書》，有書復謝。君與晴巖爲僚壻，今晴巖入詞林，而君需次總鎮，皆副余平日之期許也。

張荔園駿畫山水小景，得元人筆意；設色作花鳥，有生動之趣。嘗爲余寫《竹梧消暑圖》，門人沈懷方國器、汪體仁百齡、楊廷俞堯臣、許名夏鋤、楊醇一秉初、陳學初傳經、湯葆初步瀛、錢廣伯馥並有題詩。嘉慶甲子秋，來杭送試，余題其《連城詩草》云：「栝州教授文苑傑，官舍養親白華潔。秩滿偶歸水雲窩，回思已是十年别。袖中一卷出新詩，含唐咀宋推佳絶。壓倒君家菊籬吟，便向韓蘇得真訣。吾衰殊愧一日長，殘錦久還難再覓。況復海邦風雅稀，入於里耳忘工拙。此别人生能幾回，此詩好手誰相敵？爲君高歌且擊節，揮毫題罷唾壺裂。」又爲賦《李北海丁丁碑歌》云：「荔園手贈北海碑，爲言土人呼丁丁。世間豈有追魂理，俗語不實流丹青。歐陽集古無此説，但云君謨稱最精。趙明誠録著爲二，邕書自在開封城。八分體有韓擇木，年同月異難合并。趙《録》云：「李行書碑『三月』，韓八分碑『七月』，並開元五年。」趙崡《石墨鐫華》誤合爲一，以分隸爲李北海書。韓碑今在金鄉縣，款國子監太學生。見顧亭林《金石文字記》。其謬可糾良不一，大者莫如名慧明。亭林云：「葉有道先生慧明，與趙《録》同。」今按：此碑名國重字雅鎮，祖乾昱、考道興，子慧明。則慧明爲法善父，而有道先生，法善曾祖國重也。趙、顧並誤。慧明之先稱有道，班班世系母庸爭。曾孫景龍觀道士，乃即法善鴻臚卿。王氏輿地紀勝出，碑目始標追魂名。天師譎幻工攝召，荒雞大叫方五更。紅日將上魂欲去，丁字連點筆不停。此事相傳何怪誕，姑妄言之姑妄聽。兩人並載新舊史，文苑方技馳英聲。望重無過李北海，越國公亦多光榮。嘗讀少陵八哀句，碑版照耀長留銘。又聞偕遊月宮裏，紫雲一曲通仙靈。宜其附會有如此，足見寰宇咸心傾。孰料開元變天寶，漁陽鼙鼓華清驚。花朝空憶寧王笛，雨夜徒悲蜀道鈴。肉髮鱗臆久獻瑞，盛衰轉眼如初醒。是一是二何須辨，傳疑傳信殊杳冥。石鐫久佚摹木本，妙蹟尚在垂千齡。謝君奚啻百朋錫，補金石考增圖經。」

前輩查編修星南祥、張學録去疑思問齊名，編修詩平澹，學初白翁，有《雲在詩鈔》，學録詩雕琢，好用僻典，有《雪煩詩鈔》。雪煩有才子三，長編修存中爲儀，次明經層芝爲儒，次孝廉日俞爲修。三人中以明經爲最，學問淵雅，詩文並工，著《蟲獲軒學記》，於經史多所發明，年四十餘卒。《臨終詩》四首，一時傳誦。余但記第一首云：「湘囊縹帙亂縱横，鹵莽無成嘆此生。垂死欲陳來世願，一燈重理讀書聲。」良可悲也。孝廉娶於許，亡室從姊也，通詩書，嫺禮法。孝廉早卒，撫四子成立，節孝奉旌。

少子頲可字瓌友，歲貢成均，諸孫多遊黌序，人咸謂苦節之報云。同時有陳上舍沆，字湛斯，號澄齋，學録弟太倉州守浩亭思閎壻也，著有《稻𪔖正續詩集》、《小波詞鈔》。君爲丙齋司寇曾孫，性嗜藏書，輕財好客，文士多樂親之。年五十餘，家計中落，病酒而卒。子文樞字天中，庶吉士，贈如其官。

股堰廟在蕭山縣西十里西興鎮，大興朱文正公《碑》略云：「西興鎮有塘曰股堰，相傳元至正間江潮盪析，官督分工築坊。有里正楊伯遠者，分直西堰。其下潭深，水怪所窟，築輒圮。伯遠破産，被箠楚不可活。其妻王哀之，夜泣禱於江，誓以身殉，割臂肉投潭中，飼怪物，曰：『願憐而他從。』越夕，潭沙漲，堰竟成，越人爲立廟報其烈。越五百年，譌爲龍圖廟，幾不知有楊、王氏矣。乾隆六十年，江水南坍齧堰，鎮人呈其事於縣，達之大府，聿新其廟。是秋，潮不爲患。嘉慶元年，撫臣吉慶疏聞，賜額曰『精誠屹衛』，賜封號曰『烈彰恬顯』。蕭之人將書其事於碑，而屬珪爲之文。」土人以啓徵詩，余爲賦七古一首。時適編輯閩中陳恭甫太史壽祺所創《海塘通志稿》，此廟未載，因補載之。

楊文璞蟠題余《潮説》云：「文章千古話群班，鄭漁仲馬貴與黄東發王伯厚伯仲間。繡梓即時煩季重，吴槎客先生推此書夐絶古今，曼才以來，得未曾有，亟爲梓行。瑶鐫當世遇君山。吴稷堂先生新采入《藝海珠塵》丁集。誰憐酒魄歸空腹，共笑鈔胥付厚顔。寄語噉名庸妄客，冰油紙破未須刪。近有人輯《海潮説》者，議論無多，而最爲陋劣。此亭林之所謂鑄銅也。偶附及之。」《海潮説》三篇，余七十四歲時所作，論創而確，頗自信其可傳也。吴槎客騫、陳雪樵廣寧、陳月墀增並有題辭。

詩之雜體，韵之出入，對之參差，唐、宋多有之，後來穿鑿彌甚。有費經虞者，詩人此度密之子，於進退格外，又增轆轤韵格、雙出雙入葫蘆韵格，先二後四，此格之支離也。又解牙成對云：「就句鉤鎖，如犬牙相錯而成，謂上句意而下句申明之，如呼問答。」引「歲時傷道路，親友在西東」、「風磴吹陰雪，雲門吼瀑泉」爲例。又解閣子對云：「或出一對二，或出二對一，謂之閣子對。」引「厨人具雞黍，稚子摘楊梅」、「不能師孔墨，何事問長沮」、「鄉思不堪悲橘柚，旅游誰肯重王孫」爲例，此對之命名可笑也。論詩如此，亦可謂詩道之魔矣。

巖門有《古鹽官曲》絶句百首，余有《海昌勝覽》二十卷絶句二百四十首，意欲備一州故實，其注極詳，搜羅甚廣。吴槎客騫有《鹽塘漁》，乃絶句百首。陳河莊鱣有《新阪土風》絶句百首。張含章愈有《海昌竹枝詞》百首。敝廬向顔曰「著書齋」，歸愚宗伯嘗寄題七古。見前。河莊《新阪土風詩》云：「北城粉堞對横街，聚秀橋邊景更佳。却被草堂添畫稿，好風吹滿著書齋。」自注：「聚秀橋在宓家灣，松靄先生著書齋在其西。」

余從《太平廣彙》中抄得張表臣《珊瑚鉤詩話》三卷，表臣通判常州，北宋末人；《庚溪詩話》二卷，題「西郊野叟述」，孝宗時人；《四六談塵》一卷，題「靈石山藥寮」，亦南宋初人。余最愛《庚溪詩話》所載無名氏題壁三絶句：「太乙峰前是我家，滿牀書籍足生涯。春城戀酒不歸去，老却碧桃無限花。」臨安旅邸。「江南三月已聞蟬，麥熟梅黄繭作綿。料得故園烟雨裏，輕寒猶作勒花天。」建州崇安分水驛。「騎馬出門三月暮，楊花無奈雪漫天。客情最苦夜難度，宿處先尋無杜鵑。」鎮江丹陽。

同年緱君山鵬號息園，陝西鄜州人，官粵西容縣令。相傳唐楊貴妃爲縣之辛墟里人，故宅尚存有楊妃井及妝臺。君修志時疑是五代南漢宮嬪有楊姓者，後人因而附會，將辨删之。一日路經辛墟歸，夜夢女子明艷，朗誦一絶句云：「使君且看妾容顔，妾是當年楊玉環。千古馬嵬留怨恨，魂猶戀此莫輕删。」覺而爽然，遂據舊志詳載，不敢删也。息園工制藝，慈祥愛民。戊子分校秋闈，返署至陽朔，遇江水暴漲，溺水而卒，容民莫不流涕。

象山同年姜炳章，字石貞，號白巖，館于郡城，盡讀范氏天一閣藏書。所學極博，詩文典贍，先師裘文達公、錢文敏公並愛重之。後官四川石泉令，以循吏稱。子埴，乙酉選拔。象山聞白巖之風而起，莫不砥行讀書。錢茂才沃臣字心溪，其最著也。嘉慶乙丑，客州署，因受業于余。所著《蓬島樵歌》二卷，紀其土風。余爲之序，復題詩四首，録其二云：「三絶才名擅弱齊，生花綵筆遍留題。攜來一卷樵歌好，滿紙香濃紅木樨。」「五十餘年感舊深，韓門籍湜話同心。謂姜白巖同年。因之口號關存没，不得堯章共賞音。」心溪詩文之外，尤工書畫，余戲易青藤山人語，爲「畫一、字二、詩三、文四」贈之。

耄餘詩話卷八

海寧周春撰

嘉慶己未二月十四日，洪稚存太史亮吉來寧觀潮，屬汪生嘉穀先道意，必欲過訪。是夜潮罷已三更矣，遂不果來。六七年後，陳生月墀見太史於揚州，猶以不及訪余爲憾事。余亦仰慕高風，付諸神交而已。《戊辰冬月送墀之暨陽兼懷稚存先生》云：「高才仍未遇，遲早定何如。久泛香灣後，重尋道院初。相期三月別，便寄數行書。倘見盤洲叟，傳言問起居。」近聞太史下世，爲之愴然。

乙丑仲冬月，陳桂堂太守廷慶過訪，以所著《詩饞》一册及墨刻三種見投，復集《蘭亭》字書聯爲贈，執後進之禮，辭甚謙抑。余以《音學三書》報之。桂堂慷慨結客，尤好賙恤貧交，以故人多稱之。

陳丈鐵崖淦，戊辰詞林，著有《賦彙題解》。遷居禾郡，命令子高翼慤從學於余。鍾雨軒式穀，鐵崖東床，芬齋閣學蘭枝仲子也，乾隆癸巳甲午間，禾中結一會課，寄余評閱。雨軒制藝功候最深，時論推爲必售，顧終老不遇，遠近惜之。雨軒兄耐園式金工吟詩，亦困場屋，沈淪下僚，終萍鄉尉。有才子箬溪大源，少嬰痼疾，遂肆力於詩，所學大就，極爲雲臺中丞賞識。箬溪弟甫堂茂才大復、從弟吾山孝廉大進皆能詩文。余《題高翼天香書屋圖》云：「君家仙桂五枝芳，好比桐陰話舊長。想見小山叢緑處，磑磑即即貯天香。」耐園官萍鄉時，余有三絶句寄懷云：「別來久示維摩疾，嬾寄西江一紙書。吟詠不教曹務廢，想君風雅有誰如。」「十年前記到萍鄉，艇子爬沙野渡傍。此日揚岐山下路，循聲應早過瀟湘。」「弟兄遠宦各天涯，挾册披吟獨住家。君弟時風仕閩、藩侯仕晉、惟穎合應秋試在家。更憶吴興詞賦客，張生馥雲，君内弟也。秋來同折郤詵花。」箬溪《茗花》、《杏花》、《賦得天寒有鶴守梅花》限四支，七言排律十二韵。《濬西湖葑草用東坡次趙德麟治潁州西湖成見懷韵》諸詩，並選刻《詁經精舍文集》。

表兄楊竹巖焕綸，外祖父艾軒公孫、母舅恕齋公仲子也。君幼聰慧，博涉群書，熟精《周官禮》、李延壽《史》。年十六，工制藝，補縣學生，才名日起。善書法，尤嗜吟詠。乾隆壬申秋，以詩卷謁歸愚宗伯。宗伯製序，以著作之庭期之。省試不利，因賦遠游，以故抑鬱不自聊，得咯血疾。辛巳客如皋，壬午正月歸家，卒於丹陽舟中，年僅三十有五。余與先兄玉井梓《粤西草》一卷，未能及其全也。《瓠落集》一卷，沈宗伯序。《遺藁》一卷、《集外詩》一卷。君性孝友，外和而内介。里中有俗子作惡詩者，君待之嚴冷，以如意帖之而已。張集堂光湜中州之行，君次《留别》韵送之云：「大都文士離家日，常值名場下第時。」悲哉其言之也。尚有表兄樹滋嘉禾工書，能調汝和能文，兹並及之。

亡友顧惟瑩自修，號輝山，秋崖閣學悦履曾孫，邑庠知名士也。君詩文並工，而尤精書法。初學顔、柳，繼學鍾、王，後遍參蘇、黄、趙、董，於碑帖無不臨摹，一時屏障多乞其書。箋對見貽，余以詩謝云：「學書初學米襄陽，筆陣翻新到二王。竇臮虞龢若評論，也應家法溯黄岡。君曾祖閣學工書，故用《陳書·顧思南傳》。」「臨撫祖刻貴多師，灑向吴箋洗媚姿。頓使寒齋添二妙，逋翁大字仲先詩。對書《草堂集》「有名閒富貴，無事小神仙」一聯。」君字性敏捷，日可作三四千，余詩文藁及《爾雅廣疏》三十卷，皆君爲余手抄。嘗出游江右，記其《滕王閣詩》云：「南浦西山圖畫裏，春鷗秋蟀往來中。」何減羨門「依然極浦生秋水，終古寒潮帶夕陽」一聯也。惜年未六十，貧困而終。

巖門丈每稱其族兄如岡羲之詩。嘗見其《頻削草》一卷，與萬柘坡光泰唱和最多，有《山塘賣花詞遥同藥師弟作》云：「亞字欄杆曲徑幽，蕭蕭門巷近芳洲。磨絲飄過東風雨，催掃山前花信樓。」「縹瓷寬窄量花栽，養葉培根次第開。只與吴閶添小景，頻煩白傅築堤來。」「北勝南强照眼明，群芳譜後盡知名。新來乞得波斯種，暮紫朝紅畫不成。」「虎丘山下碧瑶流，虎丘寺裏遊人稠。年年貪看花枝好，不信種花人白頭。」

我邑四鎮，郭溪最小，前明惟嘉靖時中一楊明經。論者謂二蘇預景泰十才子之列，盡泄地靈也。三十年前，闔鎮秀才不過五人，且從無食餼者。乾隆癸卯，郭溪以會卷寄余評閲，見蘇崑圃琳制藝固佳，詩字尤工。詩題《賦得隔岸越山多得江字》。余亟賞之，謂郭溪風氣開矣。會卷例以成語編甲乙，余即用雪溪詩句，蓋期望之殷也。崑圃銜知己之感，執弟子禮甚恭。己酉選拔，嘉慶己未成進士，官員外郎，惜不永年而殁。自崑圃後，登賢書者相繼矣。鎮人徐生蓉泉濬早歲遊庠，肄業安瀾書院，詩賦秀麗絶倫，余每嘆爲仙才。客來言其夭卒，己巳九月廿二日，年二十有六，無子女。不勝痛悼，倘天假之年，何遽出雪溪、雲壑下耶？

五六十年前，硤川詩學極盛，有許太史慕迂焞爲之提唱。太史，宗伯之孫，太常之子，早入詞林，急流勇退。家有道古樓，藏書數萬卷，丹黄評閲，至老不倦。著述甚多，遠近推爲博洽。所選有歷朝詩、文、四六，惟《載道編》六十卷刊行，則所選古文也。太史長子早世，暮年得子，不能讀父書。女適桐鄉汪仲鈖，外孫殿元如洋。其《道古堂詩文集》盡歸外孫，未及刻而如洋卒，今不知所在矣。太史詩友吴嗣廣，字芑君，號樵石，及初白之門。寓公姚江陳梓，字俯恭，號古銘，詩文書法，高超絶倫。從弟勉燉，字觀文，號思晦，一號晚榆，制藝亞于宗伯，詩字並工，余姑壻也。後輩有陳遇堯，字皐如，號秋坪，制藝試輒冠軍，詩亦雅潔，有《古梅軒詩鈔》四卷。晚榆雍正丙午孝廉，官至知州。秋坪乾隆壬申進士，未仕卒。慕迂爲初白孫壻，其居第即周氏之青藿池也，今與藏書並歸他姓。宗伯生祠在審山麓，近亦荒廢矣。乾隆乙酉，太史曾爲余序著書，自序彙鈔文辭，書法並妙，尚寶藏之。太史之歸道山已三十餘年，風流歇寂，詞人絶響，不禁感慨。

東城王橋楊氏，門才極盛，無不能詩。外叔祖晚雷、瘦仙兩公，其最著也。晚雷公詩學蘇，查初白極稱之。瘦仙公詩、書、畫世推三絶。丁丑修志，余撰傳入《文苑》中。晚雷公子舅氏式玉，字元白，制藝詩字兼工；式金字亞夫，長於詩畫；式道字叔行，並爲名諸生，而數奇不遇。叔行舅氏子表弟芬，字九滋，號畹耕，亦能文，工書法，惜其早卒。余有《輓雁隅中丞即用其臨終絶句韵三首》云：「司馬家聲重鼎鐘，上房出後更名終。高門令望寰區滿，政事文章兩不空。」「喚醒人間夜半鐘，誰能有始竟無終。功名已到凌烟閣，猶道回頭總是空。」「君賦采芹鼓樂鐘，我歌苹鹿聽三終。追思四十年前事，悟得殊途一樣空。」《叠前韵輓九滋茂才二首》云：「一鄉稱善警晨鐘，半載閩歸賦令終。書法兼工兩文敏，而今妙蹟已成空。」「經行東郭怯聞鐘，儘可延齡乃告終。留得楹書須努力，他年阡表莫教空。」

《高江村集》「鳥鼠同穴」，今闊窩圖四十九蒙古部落之哨口也。多有之，人以水灌其穴則出，即《爾雅》

所謂「騄駃」也。句云：「寒暑年年共，烟霜夜夜啼。烏獨於夜啼，聲細可聽。應防晉陽灌，定破爾沈迷。」又跳兔前足纔寸許，後足幾一尺，行則用後足跳，一躍數尺，止則蹶然仆地，生於大漠，即《爾雅》所謂「蟨兔」也。句云：「休云三窟狡，狂躍一何愚。地陋産真劣，新聞載豈誣。」此二詩可補《爾雅注疏》。

今詩家所云「梅村體」，即初唐四子體也，其音節出於《西洲曲》。余向疑梅村用韵太雜，甌北《十家詩話》中亦詆之。近細考所用，悉本吴才老通轉之法，迺知前輩未可輕議。

「湯文清公事實，詳見《宋史・儒林傳》。《靖節詩注》四卷，惟馬氏《通考・經籍門》著於録，是書乃世間所希有，宋刻之最精者也。流傳日久，紙墨敝渝，偶從友人處得之，不勝狂喜。手自補綴，亟命工重加裝訂，分爲兩册，完好如新。余家舊藏有東澗選本，妙絶古今，此更出其上矣。乾隆辛丑長至後三日内樂村農書。」卷尾有「董宜陽印」。宜陽字子元，自號紫岡山樵，華亭人，上海諸生，工詩文，善書法，與何良俊、徐獻忠、張之象才名相亞，有「四賢」之目。卷末有「項禹揆印」。禹揆字子毗，秀水學生，明季遇難，當與子京雁行，見《明詩綜》。《述酒》詩爲晉恭帝而作，其説略本韓子蒼，而「芊勝」、「諸梁」，黄山谷亦嘗解之，非創於東澗也，特此注加詳耳。零陵王以九月終，與詩所云「秋草雖未黄，融風久已分」者正合。靖節時當禪代，雖同五世相韓之義，但不敢直言，而借庾辭以抒忠憤。向非諸公表闡幽微，烏能白其未白之志哉。

朱子謂《荆軻》一篇，平澹中露出豪放本相，須知其豪放從忠義來，與《述酒》同一心事。陶集《祭程氏妹文》書「義熙三年」，《祭從弟敬遠文》惟云「癸亥」，《自祭文》惟云「丁卯」，此與《宋書》本傳之説相合。但指所著文章而言，若詩則不然。大約晉時書甲子，如庚子至丙辰是也；入宋不書甲子，如《九日閒居》之類是也。自來辨此者都未明晰。鄭康成《誡子益恩書》末云：「若忽忘不識，亦已焉哉。」此《命子》詩末二句所本也。陶詩雖平澹，而無一字無出處如此。陶公，《晉書》、《宋書》、《南史》並有傳，一人而三史列傳，千古止此一人，人豈以爵位重耶？《晉書》作「泉明」，《南史》作「深明」，並避唐諱。東坡愛陶詩質而綺，癯而腴，晚年居海外，遍和其韵。子由爲之引，稱其遂淵明比也。至諟庵《律陶》，不足觀矣。此本大字端楷，作歐陽率更體，頗便老眼，且校讐亦鮮「形天」、「庾鈞」之訛。裝後覆閱數過，殊可寶也。嘉慶戊辰，囊空需用，此書售於苕估。去我之日，殊難爲懷。

慈谿鄭簡香孝廉勳以母張太安人《清芬勁節録》乞題，余詩云：「義門世澤重江東，浮碧山邊瑞氣充。七日孤兒成國士，千秋大節仰高風。瀧岡表後書推荻，留守歸時味憶熊。聞説董楊今鼎足，明州鄭覃妻董，見莆田柯氏《宋史新編》。慈谿楊貞女，字鄭子琜，見《明史》。名標彤管頌無窮。」仁和蔣蔣村司訓烔以姑母蔣貞女事實求傳及詩，余諾之四五年而未果，心闕然也。兹記其略云：貞女父元文，幼通書史。年十六許字同里高華宗，二年病殁。貞女欲匍匐奔喪，高氏以立嗣無人固辭。貞女以死自誓，因母病忍緩須臾。迨母病愈，乘間赴水，救起感憤成疾，却藥餌不進，絶粒五日而卒。姪烔爲請旌。蔣村家西溪，詳見《蒲褐山房詩話》。

大伯父秋水公諱以澄，又自號方頭子。性恬澹，不慕榮利，中歲即棄舉業，不赴秋闈，惟以讀書爲事，嘗鈔節《唐語林》、《秘笈》、《餘冬序録》、《堯山堂外紀》諸書。著有《方頭子雜俎》四册，友人郭星如燦爲之手鈔，今其書不存。偶記其一則云：「順治間，邑有詩僧曰陳和尚，嘗作絶句云：『今朝是我娘生日，剔起佛前長命燈。自米自炊還自飯，替娘齋得一員僧。』」又一則云：「康熙癸卯，邑人翁嵩中式，時人口號云：『和尚做宗師，尼姑來典試。同是廟裏人，中了翁道士。』蓋是時學道胡尚衡，主考李儀古，翁則黄冠而返初服者也。」可發一噱。

唐鄭左丞薰以太子少師致仕，名所居曰「隱巖」，庭蒔七松，自號七松處士，謂他日可與五柳先生作對。今僅存《贈九華處士鞏疇》詩一首，詩序謂「疇善譚名理，所讀《老》、《易》、《浄》、《肇》四書，講解甚精。」《浄》者，《浄名經》；《肇》者，《肇論》也。

毛西河《進呈古今通韵表》云：「求通一字，苦搜五典三墳；閲盡群言，始識雙聲叠韵。」西河之論如此，而今人或易視之，或妄議之，何也？余嘗有絶句云：「試讀初晴表，應知此事難。如何庸妄子，竟作等閒看。」

憶在粤岑時，有黎木壬者，幼聘蘇氏之女，後悔婚成訟。余斷令完聚，擇二月十二日吉日，當堂備花紅、儐相、樂人，令原媒同木壬迎娶。隨親往黎家，止用扇蓋，助其花燭，并給青蚨三千，舉家拜謝。是日觀者如堵，余口占兩絶句云：「却扇催妝黎子雲，眉間喜氣現氤氲。漫言織錦回文好，自愛荆釵與布裙。」「真個牛欄西復西，從今嫁娶不須啼。口吹葱葉他年事，祝汝多男舉案齊。」迄今數十年，想子又生孫矣。

耄餘詩話卷九

海寧周春撰

余從西庵借閲藏經，有「不用臨川金漆版，只須片紙借來看」之句，閲久，而悟徹等韵之學。有《溪上思》二首用《松陵唱和集》體，即次其韵。云：「殘樵從驟晴，艷野有遥雨。水深失瘦沙，纜繚留來櫓。」「卑柏邊迸波，冷蓮裹流浪。蟾上若朱提，蝶停同駘盪。」又四首用前體，不次韵。云：「淼茫名每迷，空闊豈堪誇。舊屐懼橋窮，高竿驚閣架。」「載酒進尖槳，真珠濺隻舟。惺鬆雪蓑碎，欸乃烟影幽。」「淒清粲翠草，浩瀚銜紅荷。籠離鷺立歛，岸仰魚喁俄。」「奮發風方飛，悠揚雲欲曳。頓當點滴多，重值躊躕滯。」此乾隆壬午冬作也。裘文達公見之，笑爲入魔；錢文敏公見之，許其神解。兩夫子一進一退，要皆知愛之深也。然不過偶一爲之。己丑後鋭意著述，吟事遂疏，每有題贈應酬，輒以雙聲塞其請。十二年間，共得數十首，不自收拾。庚子後，亦不復爲矣。

宋半塘夫子丙子分校秋闈，得秀水盛晴川百二，馳札招余云：「君精字母韵學，今之潘稼堂也。盛君精天文算法，今之梅定九也。不圖兩賢出我門下，乞即理櫂快晤，何如？」余隨上省訂交。夫子詩有「門牆添二妙，著述各千秋」句也。丙戌相見於京邸，君方爲查韞輝瑩業師，是科查入詞林而君仍不遇。戊戌，君年六十，余以雙聲詩寄祝云：「椒酒將增醉，韶辰壽碩儒。炳彪編本博，隱約意優迂。久敬孤高客，同題澹蕩圖。揣稱昌熾處，華皓繪懸弧。」時余垂死病起，不能構思也。次年君卒於濟南書院。君著有《尚書釋天》六卷、《柚堂筆譚》四卷行世。

乾隆壬辰，蕭山汪龍莊輝祖客縣署中，貽長箋及母王、徐兩孺人《雙節事略》，乞先兄及余撰文。先兄計偕未歸，余爲撰傳，又代撰墓誌銘各一首。君來謁謝，母喪未除，欒欒毁瘠。自言不幸少孤，習法家言，恪遵母訓，以「求其生而不得，則死者與我皆無恨也」二語爲法。詞畢泪涕俱下，求所以表章母節者，余心竊重之。甲午，劉令雁題調任當湖，仍音問不絶。戊戌，余垂死病起，得君書，以册乞詩，時君已乙未成進士矣。余不能構思，作雙聲四言六韵云：「旌節雙書，冰孽同調。黽勉淑慎，皎潔清操。鄰里欷歔，孤寡顯孝。顛頷辛酸，通天必報。鄭重昭彰，似續相肖。全閨特達，冠古榮耀。」君修函報謝，循後進禮如初。嗣後執訊不復相通矣。嘉慶初，聞君謁選得美除，官成歸里，藏書甚富，著述頗多。兩年前聞君卒。長郎甲科分部，次郎旋登乙科。此固天所以報苦節，亦可爲習法家言而存心種德之勸云。

海寧吾子與孝廉點，淵源家學，弱冠高科，盛有文譽。嘉慶戊午，余掌教至鹽，識其群從德沛、德寧，知君尚客金陵也。癸亥五月，君袖刺過齋，請受業門下，講求音韵之學。余感其意，授以《劉氏指南》，詳論字母翻切之理及讀等韵之法。君欲假館安瀾書院一兩月，時管院無人，炊爨不便，因即別去。別後，余寄詩二首云：「不樂親民願讀書，高風兩海更誰如？回頭猛憶從前錯，墮落紅塵一載餘。君大挑一等，願就教職。」「景迫崦嵫只自愁，區區絶學抱千秋。抗顏兩字吾何敢，畏友推君出一頭。」丙寅祠竈日，大風雪中，君自杭紆道來寧弔唁，知已銓等開化。自言等韵大有悟入處，而疑竇甚多，無從質正。余贈《音學三書》一部，即口占絶句，送其之任云：「三衢行見振人文，教法蘇湖共羡君。他日相思姑蔑路，千山紅樹萬山雲。方處士千句。」又癸亥仲冬，南昌余升庵明經用序，弇洲後五子德甫先生之後也，亦請辨十六母。余嘉其禮意殷勤，授以韓道昭《五音集韵》首册，細爲講解，隔數日輒一來。君用心專壹，儼乎若思，茫乎若迷，廢寢忘餐，同儕莫不匿笑。甲子新正三日，即來告别，自言什悟六七。余賦詩送之，有「何日譚音韵，重來海上城」之句。彈指六載，未知造詣何如也。使海内讀書者盡如二君，則余抱不傳之絶學，何患其無傳人耶？

四五年前，法時帆式善選詩，陳晴巖傳經索余作，余以七古長篇寄之。復索律絶，未暇寄也。余於天文算法素本茫如，年踰耳順，始行學習。先從各史志參考，復究心我朝時憲法。但苦無師授，寢食俱廢者年餘，始覺有悟入處，頗能推交食有驗矣。因喜而作《放歌行題梅氏叢書後》云：「我聞遂古之初盤古氏，萬八千歲日長一丈長方止。天分九野九千九百九十有九隅，去地懸五億萬里。南樞入地杵可倚，大荒之中羲和浴日常儀浴月如僆子。欓格扶姢青，鵷風怒飛起。晝夜不得停，睒睒雙眼似。老者云鬱華與結璘，佛者云修利與蘇摩，佛老誕譎迺如此。衆星孳生盡仍耳，三垣四宮二十八舍何系綮。五老遊河渚，甲圖獻瑞喜。夏時兩南門，先于吕覽紀。米鹽海中占，石甘巫，劉荆州，多傑僞。西溪逸民獨取丹元歌，素秋蔚藍便仰視。别傳到日者，江湖播穅粃。聿斯鈔、穆護詞、鮮鶚經，一訛亥豕，販斷不知瞽言秪。所以蝎蟹魚羊且勿論，試論渾有憲兮蓋有髀。渾蓋會萃大潭思，誰復律易窮源委。世言孔子三不能比兩，九數之末旁要美。蕩杯分橘犬追兔，算同兒戲姑舍是。靈蟲於兩間，牲崧殊夆蟻，縹緗飾羸形，澹泊謝羅綺。雅儒分内通三才，上乩軒頊窺姚姒。班志一卷首鑽研，松節燃照以繼晷。譬畫字，勤穿被。若耽蒲，擲呼雉。鋭志攻中堅，詎減定軍壘。當其雷霆不聞欲墜坑，但見門前古松映流水。一旦心胸開，恍得千金髓。左攀郫楊，右挈雍李。喜聳征營，爽鸞披靡。涿鹿公、西鄂伯、昌亭子、閬中男，咸甡庠而供驅使。夜夢神官授螢芝，笑謂孺子可教矣。鬥苞任闕疑，努力測弧矢。休悔學支離，成此無用技。瓣香上告安樂翁，只今霧消公超市。知己何患無鋪子，蜀嚴湛冥應倒屣。憶昔曾遊觀象臺，摩娑新舊兩儀軌。虞法既眇芒，漢耿唐梁毀。大氏孔定銅、斛藺鐵，胥入洪鑪融渣滓。惟有舊儀列前庭，製自元朝郭太史。色澤深黝碧斕斒，雙環銈瀊發機弛。新儀崇臺巔，祥光燭峻址。巧鑄百鍊剛，珍逾鳳凰匜、麒麟璽。天頂高，地平庳，割圓八線三角峙。赤黄經緯渾毬全，於萬斯年垂悠久。叶。壺箭表圭器各精，郅偈風竿十丈更飄纚。卅載脱却尚書履，青雲遐想扶桑涘。聖朝舉制科，璿璣玉衡試多士。武原少宰褎然首，一時賦貴雒陽紙。醞舫藁不存，幾家付鐫剞。宛陵梅徵君，濡毫復重擬。逡遒山水佳，江城秀畫裏。門才續詩派，許州都官邇。向聞梅家樹樹花，季豹禹金同一揆。勿庵雖後出，樸學良勝彼。古塾訓童蒙，六藝所有事。上史切。探微徹上下，聖域造堂戺。此賦殊異繡鞶帨，直與元包潛虚互礪砥。談天衍、雕龍奭，二騶舌本燦葩蘤。盈川走且僵，張淵敢口哆。寄語宏詞五十輩，裁雲鏤月謌讓公等。叶。讀賦及所著，二十九種排棐几。尚有叢書五十七種未得見，祕册寶藏瑯嬛福地去天咫。錦帙牙籤快寓目，調劑中西妙戢脋。麻把笞溯晉卿傳，歐羅巴識江西旨。據梧閒披尋，鴟然躁心弭。疇人鮮儔匹，五曹亦罕比。宋代萃星翁，寫分換母貽詆訾。夢溪嗜鼈臑，極賞衛朴殊難齒。孰若績學粷穗先生硃砣，世業通顯有小同，目以康成合唯唯。王侍中前張璲之徒不敢知，拊掌嘆絶爲邢臺以後一人而已。衰朽私自揣，牛場與鼠坻。常侍五十留意詩，調高諧宫徵。我垂耳順方學算，綴術昧京秭。吾師乎，吾師乎，神馳北樓舍，宛陵其誰企。雪泥鴻爪記歲月，假年已老期久侍。閼逢攝提，太陰元始。合璧聯珠，戴氣抱珥。倉靈析津，斗柄南指。則余上澣，贊寧候已。海鰌出入，洚洚洦洦相辛窣石鷺濤駛。涍濱嫩晴麥隴澤，銀蠶再幼蘆箔纍。白茾黄花兩早萎，臙脂染楝復塗梓。罥蜨鬚，銜蜂觜；嗁蟦蝖，吅鵑鴿，恢台節物催柳棰。唐興館記秋分大小餘，放筆作歌楦釀聊爾爾。麻沙倦眼翻，耙踦揮側理。莫嗤信口吟，却非覆窠體。汀以切。吟罷鑪烟篆猗旎，階砌芍藥櫻桃紛紛爛紅紫。」我友何胥石蘭庭稱此詩云：「煌煌鉅篇。玉川《月蝕》之流，出誠意伯《二鬼詩》上。」

乾隆丁丑，學使竇東皋先生試南巡獻賦之士，通省五百餘人，持論甚高，嫌其詩律不入格，衆皆未喻。適見余保和殿試《賦得窗中列遠岫得同字》詩云：「列岫浮天際，吟窗一望中。收來屏障小，展去畫圖空。出没峰難定，參差影自同。遮欄惟秀色，入座盡清風。爽氣疏櫺繞，濃雲密綺通。如眉描細細，似點散濛濛。薺樹深團碧，標霞淺染紅。高齋環衛意，欲獻紫宸宫。」輒擊節嘆其律細，舉爲多士程式。蓋先生之論，謂出句第一字，亦必平仄粘綴，余詩偶然闇合也。此特一時興到之語。先生御試《賦得風動萬年枝》詩，起句「不争群卉艷，獨以萬年名」，亦不盡然耳。先生晚年好詆紫陽，甚至罵陸清獻公爲「老賊萬段」，聞者咋舌，不免垂老罷官，抑鬱以終，後嗣不振。其卒也，小峴觀察與余札云：

「先東臯師一生風節凛然，而吾鄉洪翰林上書比之阿附權門之孫、李，自是冤獄。豈東臯師不滿於程、朱，故身後遭此汙名耶？可以鑒矣。」此觀察持平之論也。

乾隆戊申，余《六十生日述懷兼以辭祝》四首云：「老大追思年少時，紅綾餅餤白華詩。胸中愛貯書千卷，堂上欣傳酒一巵。此景依依流水急，吾生冉冉卧雲辭。名樞利户閒排遣，却羨披裘榮啓期。」「滿庭霜葉助悲吟，涼月當窗瘦影侵。人道萊蕪非破甑，客知彭澤是空琴。一官竟抱終天恨，丙戌赴粤西，丁亥聞先君訃。七載常懸寸草心。戊子歸里，甲午遭先母喪。同氣彫零憐後死，先兄卒於庚子，年六十。先姊卒於戊戌，年五十有一。蓼莪未讀泪霑襟。」「早衰多疾自屏營，惡耗頻年聽亦驚。内子及大兒並卧病久矣，三壻早世，歸費長女、次媳許夭亡，今秋張大外孫又殤，更出意外。不信人間開口笑，衹應夢裏舉杯傾。三身枯朽芭蕉喻，半世窮忙斥鷃情。吹得陽和回玉琯，免教愁苦壓餘生。」「歲暮天寒白醉温，吟成首尾且休論。著書合付楊雄瓿，盛酒空留杜甫盆。采藻歌新聊慰我，夏間次兒入學。分甘話好待生孫。余未有孫，月初得一孫女。光陰如此何須祝，多謝親交古處敦。」嘉慶戊午，《七十生日述懷》四首云：「杖鄉轉瞬十年過，太息光陰付逝波。百歲縱饒能得到，一生至竟悵蹉跎。鼠肝蟲臂身元幻，鶴膝蜂腰論未磨。差覺衰羸無俗事，翛然木榻負暄和。」「遭逢聖世讀儒書，千佛名標早遂初。話到倫常多抱憾，算來著述總嫌疏。調停漢宋譚經候，抄撮班歐讀史餘。夾漈深寧今不作，瓣香曠代慕相如。」「細數從前磊落人，私心却幸賸閒身。三年已益共城壽，七歲還添栗里春。上藥欲求經久病，破書可捻未全貧。洛中二老如相問，梁孟同庚故事新。」「那忍稱觴痛長男，西河老泪我何堪。癸丑九月，大兒利親病亡。樗材漫説榆光暖，茶味休言蔗境甘。出世佛馱聊結社，忘情彌勒且同龕。便開八秩難回想，中夜長吟喚蔚藍。」嘉慶戊辰，八十生日，偶作四言五首，仿歸愚先生《八十述懷》體也，詩云：「涂月既望，雪初晴時。閉門却掃，辭謝先期。無如晨起，戚友具來。叶。謂登大耋，稱觴亦宜。客意良厚，我心孔悲。」「我悲伊何，無子曰獨。暮景蕭條，淒然滿目。況母難日，本不當祝。立身揚名，彌歉悚恧。顧語童孫，汝祖無福。」「嗟失怙恃，已逾卅年。纔營馬鬣，莫贖前愆。世通長恭，媿此兩賢。鴒原增痛，一綫孤懸。自今以往，永卜綿綿。」「有詩有詞，珠玉紛綸。有聯有畫，齋壁聿新。長篇遠寄，京華故人。秦小峴先生唱，門人陳晴巖次韵。恰九十韵，用十一真。倘藉延算，奢願九旬。」「杖鄉杖國，並賦述懷。光陰轉瞬，人事多乖。沈吟閣筆，頗費安排。宋纖可作，徐廣與偕。歌同擊壤，金石相諧。」

余讀甌北《梅花》四首，意有未愜，亦作四首云：「孤山無數繞山椒，五柳門前只一條。從古人才元落落，到今詩品亦超超。句中玉雪陳言去，味外鹽梅俗意消。最愛逃禪村景畫，徐家没骨豈能描。」「杜詠枝疏林影疏，不關疏密妙何如。嚼花笑下三分酒，倚樹閒翻一卷書。蘂俯偏宜臨水甋，香空未許隔牆儲。老夫更比江梅瘦，怕説參横月落初。」「好結山林耐久緣，百花讓盡轉争先。格高自合千秋賞，韵勝還須萬口傳。爾雅標名殊陋矣，離騷缺賦亦欣然。休教桃李輕前輩，開遍東風不直錢。」「落盡南枝與北枝，頃筐取實話他時。隴頭一寄無消息，官閣重逢有所思。鐵幹常留仙尉骨，苔皴僅得達摩皮。高情倘有咸平叟，聞道梅花尚要詩。」

陳其年檢討詩名爲四六及詞所掩，然各體俱工。偶記其《小秦淮曲》，有「絶代銷魂王阮亭」之句，又《題龕山丙午詩卷》云：「白家老嫗休輕誦，曾見元和藁本來。」自注：「張文潛以五百金購白居易詩本，見其改竄塗乙，幾不存一字。蓋其苦心如此。」未知此説何本也。

竹垞先生《雜詩》有「不及斲梡工」之句，本揚子《法言》「斲木爲棊，梡革爲鞠」，亦皆有法焉。近世注家引《禮記》「俎用梡嶡」，可笑也。《草廬讀尚書絶句韵論春秋左傳胡傳》云：「魯史王正月，群疑積至今。丘明一周字，直可抵千金。」此論韙矣。

惟庸故妄，得兩人焉。談經曰閻百詩若璩。百詩《四書釋地三續》鈔撮時文，可謂陋之甚矣。至作《古文尚書疏證》，所以諂媚徐東海，而終於不遇，此之謂小人儒。論詩曰趙秋谷執信。秋谷《聲調譜》旁圈平仄，亦復陋之甚矣。至作《談龍録》，推尊馮定遠班，服膺吴修齡喬，而排詆阮翁。其書成於阮翁罷官之時，出於阮翁身歿之後，則亦未免小人矣。

學正少仙朱君重修尊經閣，三月而落成，移奉昌黎韓公像于中層，因詢及韓公生年月日。余偶爲之考曰：公生于大曆三年戊申，見李漢所撰集序，此年之可考者也。公《三星行》云：「我生之辰，月宿南斗。牛奮其角，箕張其口。」東坡所謂「退之以磨蝎爲身宫，僕以磨蝎爲命宫」是也。磨蝎宫乃箕斗之間，寶瓶宫方交牛初。按史，是年閏六月，故節候早，當在十一月中旬也。日則不可確指矣。至公卒于長慶四年甲辰十二月二日丙子，見于《墓志》、《行狀》者，不待考而可知。如欲仿揚祀六一、杭祀東坡、越祀放翁之例，必以生日而不得其真，擬以十一月中旬設祀云。有庸妄子泥「辰」字及「月」字而致辨，不知西域九執之法，以春分白羊宫起算，冬至磨蝎宫交箕三，大寒寶瓶宫交牛初，此一定之宫度也。詩中「月」字乃年月之月，而非日月之月。「月宿」猶云「月在」，與上句「辰」字作「時」字解相應，此必磨蝎寶瓶交宮，故云「牛奮其角，箕張其口」。又云「三星各在天，什伍東西陳」，牛斗各六星、箕四星，正見詩語之妙。東坡卯時生，禄命家以生時加卯順數至子宫安命宫，故云「僕以磨蝎爲命宫」也。

業師表兄楊潔甫先生，諱澄，字嗜愚，少孤，事母沈太孺人純孝。工制藝，詩畫得瘦仙老人之傳，畫鷹松尤妙。困于場屋，年甫七十而卒。詩藁散失，阮中丞選《輶軒録》時覓一首不可得，同人以爲憾事。先生爲峙甫中翰從弟，幼時常相唱酬，得其指授之力。峙甫名正講，字戒浮，有《梅花》四律、《春草》四律，尤爲一時傳誦。殁後，友人范九池侍御咸刻其遺詩四卷。丁丑修志，余撰峙甫及我家柯雲老人敬、葛東阿泠三狂士事蹟，入《文苑傳》。

乾隆戊辰，于文襄公視學浙江，因五更命題苦暗，以意改牌爲燈，四面糊紙，正面書題，燃燭于中，光明畢照，士子便之。并檄各學作七律二首，以題「燈」爲韵。余有六首，高州兄人傑亦有四首。廩生郭夢元彙資刻之，附跋于後。其時作者五十餘人。又有自刻詩箋者，以瘦仙楊景漣爲最。其警句云：「自出匠心昭衆目，特裁官樣識元燈。」一時傳誦。追思此事，忽忽六十餘年矣。

耄餘詩話卷十

海寧周春撰

先祖父澹軒府君年六十時有《花甲載舟圖》，同里陳匏廬邦彦、許立岩惟植、陳梅谿勳、吴維賢士銓、沈羽侯子豐、吴鶴亭錫禄、郭星如燦及舅祖沈長沙公世屏、姑壻許晚榆先生勉燉並有題詩。匏廬詩云：「分明十丈蓮花葉，南北東西任所之。不載芸編載紅袖，翻疑茂叔是鴟夷。」長沙公詩云：「水大於天浪碾沙，張騫未敢漫乘槎。問君何幸中流穩，坐得人間君子花。」先父了閒府君跋云：「此癸卯歲先君年届六旬，家文侯所作《花甲載舟圖》也。先君體貌外腴，風神中朗。稱慶之辰，僉謂期頤可待。嗣是秉鐸平昌，陳情歸養，娱親樂道，悠然自怡。詎意七秩之筵未開，竟以數日沈疴，棄諸孤而長逝也。瞻拜遺容，曷勝哀感。因乞題詩，以垂不朽，子孫世世寶之。雍正甲寅冬十月朔謹跋。」

先君子以小杜詩意繪《寒山白雲圖》照，題者二百餘人。如沈歸愚、錢香樹、梁薌林、孫虚船、厲太鴻、杭堇浦、陳勾山、吴中林、嚴海珊、商寶意、蔣質甫、熊雲亭、楊文叔、任武承、諸襄七、錢坤一、胡稚威、陳亦韓、符幼魯、金汝白、錢稼軒、莊方畊、張雪子、周淑大，及同里之陳梅谿、徐不夜、沈西園、張雪傾、許慕迂、楊瘦仙、楊元白式玉、陳湛斯沆、張駕時輿，略舉不及詳載。最後得鷹青山人李鐵君詩，幾有觀止之嘆。詩云：「蘼蕪不生水，芙蓉不登木。物性趨舍各有屬，好客寒山媚幽獨。寒山何所有？白雲在前時在後。客歌雲舞，客僂雲傴。客卧雲處，客去雲舉。白雲與客爲一身，山之陬，水之濱。」

庚午余寓米市衚衕，同年寓月張園者，趙啓人佑、查蹊烟銓、倪敏修學洙、陳志潔克光、李紹衣家勳、葉丹穎佩蓀也。每遇長椿寺集，必相過從。同年之常來者，周配三烈、以升履培、庭賡履陛、汪康古孟鋗、豐玉仲鈖、蔡季實以臺、平肇海聖臺、許心宗寧基、孫惺士效曾也。非同年而常來者，甲子之王宋賢元啓，丁卯之梁元穎同書、幼循敦書也。啓人葉子戲負，輒擲人面。宋賢好度曲，擕鼓板而行。餘客則清談茶話而已。惺士年十七，同榜中最少，退然如不勝衣。丹穎年十九，卧於僧樓，每晨起，面有泪痕。詢諸吴興人，知爲新婚别，衆咸嘲之。余嘗與康古、心宗遊長椿寺，觀九蓮菩薩畫像，分韵賦詩。蹊烟少遭患難，苦心力學，詩思悲壯，著有《怪魁詩鈔》。志潔嘗大醉卧桌上，背誦少陵詩至二百餘首而醒，亦好學之士也。紹衣家馬牧港，即前明李大亨先生所居鑾洞故址，或其苗裔，未可知也。世以賈海爲業，折閱家貧，鄰近無讀書者，遂入城從師。貧不能買書，《周禮》、《文選》皆借鈔，以讀制藝，日益有名。庚午北上，與余同行，余有「思親千里一樽酒，新店與君夜話時」之句。下第後，館許霍齋道基家，未幾疾卒，年僅二十有七。丁丑修志時霍齋撰傳入志，載其夫人徐氏過門守節事，後符例奉旌。敏修號蘭畹，制藝擅長，兼工書法。丁丑成進士，初任沭陽，後任褒城，慈和愛民，分校稱得士。甲辰乞休歸，以《李翕開西狹頌》、後刻《黽池五瑞圖》、《故司隸校尉楗爲楊君開石門頌》、《石門頌》後續刻七行，《漢中郡太守鄐君修橋格碑》諸漢碑見貽，有可證歐、趙二家之誤者。戊申卒，年六十有八。君次子爲楷，余姪婿也，嘗以青緑山水爲余作《岑溪三賢祠圖》，并細楷書禾中王稼村尚珏所寄高密李少鶴憲喬所撰碑記於册。杭人朱彭稱其字畫之工。

同年查天池昌圖，荆州先生孫，自幼蜚聲黌序，試牘膾炙人口。金壇王已山太史步青選入《考卷所見集》。中副車時，年五十餘矣。學問淵雅，同榜多以前輩事之。君題余《中文孝經》、《爾雅補注》五古各一首，詩極古茂。君設帳鼎湖，門徒最盛。孫補山士毅，其高弟也。君嘗以制藝稿索序，兼有朴山、經畬之勝，余爲序之。令子祖香字蒼林，號妙聞，癸酉拔貢，官景寧教諭。年老歸家，和余《安瀾書院紀事詩》，余以詩答之，猶憶乙丑同縣試時也。因念龍山才藪，自君喬梓外，如祝人齋洤之理學、祝性之華鼎之古文、許蒿廬昂霄之詩詞、查經根茂蔭之制藝，皆卓然可稱者也。經根以壬午孝廉官鎮海廣文，令子世佑字念曾，諸生，能詩文，著有《大禮折中》，惜病瘵早夭。又德清副榜，同年戚芋園朝桂官廣濟知縣，令子芸生字修潔，號馥林，工詩文，前後寄詩甚多，佳句可摘，以廩貢生需次廣文。芋園僑寓龍山者二十餘年，後遷禾郡，兹并及之。

庚午同年中，澉川吴蘭陔懋政不甚契合，因蘭陔而識漱瀓國梅，因漱瀓而識燈庵文陣，較蘭陔轉密矣。漱瀓，良鄉籍，廪生，工畫山水，從董東山先生授畫法，又精堪輿陽宅之學。甲戌與余同舟南歸，次年遊山左，未幾卒，忽忽五十年事也。嘉慶己未，燈庵令子耘廬東發館鹽令幕中，來署州守，以余爲父執友，修刺來見，以燈庵《澉浦詩話》索序。時方大暑，揮汗序之，并賦七言長歌以贈。耕廬以詩答謝云：「造物篤材非一區，杶幹栝柏貢名都，亦有愛惜深山儲。山靈呵護虎豹衛，雪霜激涷爲世模，松靄先生其人與？岑溪小試弦歌化，歸來頭白仍著書。先生坐卧書爲巢，窗外高梧風蕭蕭，庭前積草翠欲交。日脚不到日卓午，湘簾掩映鬚眉古，夙昔想望有年所。及見恍曾晨夕數，經義紛綸爲我舉。小子不辰早孤孑，小子無狀替繼述。何來長者獎借辭，袛令循省增忸怩。篇中歷歷溯疇昔，憶我先子曾同客。一别如雨秋濤隔，讀罷隕涕重由繹。」耘廬精於鑒古，能識鐘鼎古文，雲臺中丞所器重。蓋楊南仲、薛尚功一流也。次年庚申，聞君病卒，士林莫不悼惜。

乾隆辛卯鄉試題「子曰誦詩三百」一節，余戲作擬墨，用十四經語集成。梁恒齋郡丞徽謂守溪、荆川以來未有之創格也。蔣東岡奏平見而奇之，甲午鄉試題「天下有道，則禮樂征伐自天子出」，君闈中即仿此體，除破承散句外，整比中成語屬對者什之六七，自言「三條燭下，意興甚豪」，果得呈薦獲售。貧不能赴公車，同門卷亦不刻也。時年已七十有一矣。君留心古文，汪鈍翁、侯朝宗、魏叔子、王于一、計改亭、邵青門諸家，莫不徧覽。好作題畫七言長歌，有《寶墨齋詩稿》。君性喜收拾前輩遺文，嘗得不全祝開美先生《月隱集》，以書座右，及私室自警語三紙分贈。有開美先生手書，張楊園先生朱筆改定，吴仲木先生紅紙帖籤，余至今珍藏之。

表兄葛王屏、璇，祖姑婿子喬公嶠孫也。王屏字肖巖，郡庠生。制藝有盛名，教授門徒甚衆。善畫花鳥，得外祖朱北山先生之傳。卒年五十有五。璇字仲達，號玉湖，邑庠生，工詩文。尤精楷法，遠近乞書者縑素堆積。嘗刊《月我軒詠梅百首》，又刊《集古梅花百律》，先兄及余並爲之序。卒年八十有一，無子，遺稿零落。張荔園駿，其婿也。余嘗見其詠節烈二首，有關志乘，非尋常風雲月露之比，因録於後。《董節婦詩并序》：「氏爲同邑後洋吴氏女，年十六，歸洛塘董某。姑當壚無行，屢欲垢汙，氏堅志不從，傍倚母家十年。姑佯以愧悔促歸，母誤信婉勸，氏固知其僞而惟以一死自全也。遂泣別，肩輿至家，坐樓鍵户，暑不解衣。一夕，姑立樓下呼曰：『當此酷熱，奈不浴何？』氏勉從，姑攜水至户，氏啓户受之，仍鍵户。孰知早引無籍輩集户外矣，伺其裸浴，薄而觀之。氏甫脱衫，大驚，披衣，旋開箱取冬服穿竟體，復以鍼上下密縫，自縊。死之日，同里來觀者莫不流涕。」「十年矢節愧當壚，畢竟薰蕕品絶殊。未到黄泉終傍母，要完白璧肯從姑。生前作氣褫群魄，死後全身到寸膚。彷彿樓頭風露夜，幽魂耿耿照冰壺。」《沈節婦詩并序》：不稱夫姓者，不與其夫有是姓也。「婦姓沈氏，居州城安戌門外，俗名打網埭也。父捕魚爲業，自幼端重，不苟言笑。誤聽執柯者，適同里陸大。寒暑紡紝，絶不窺户。陸故無籍，常索氏紡紝所受爲賭酒資，弗與，輒箠楚，幾死者數矣。氏每痛恨。一日陸大與群匪議，將鬻氏於娼家。氏知之，有一子甫三歲，伺陸出，抱而泣曰：『汝棄我，與若伍，曷若相隨泉下乎！』旋取滷迫之飲，兒入口摇唇不能咽，遂以水俾兒漱，買飴悦之，抱寄母家，歸即閉户自經。嗚呼！氏，邨婦耳，乃能之矢靡他，操逾金石，豈易得乎？余特紀小詩一律，以俟它日之揚貞風者入《節烈傳》焉。天挺丸丸質，貞操涅不淄。繯投一夕事，冰抱六年思。氏歸陸已六載。解滷全兒日，含飴索母時。相期揚苦節，握管爲題詩。」余亦有《書善卷堂文集後》進退格并序云：「陸拒石先生《爲查烈婦徵文引》，烈婦馮氏，海寧查亦林妻，序事甚詳。州志僅據舊郡志，寥寥數語。緣丙申修州志時，分纂某君令某捉刀，於不當採者採之，海鹽吕塚沿《硤川志》之誤。而此類則轉略之，甚至不可删者删之。如春女邢氏及朱之棟妻陳氏、許汝夔妾宋氏、沈應鳳繼妻汪氏之類。他年重修州志者，亟宜核金修黄，續之縣志增焉。志與史相似，三長美不虛。如何庸妄子，草率學鴉塗。既昧虛心受，還憐儉腹儲。他年重載筆，應笑此吹竽。」此即玉湖之意也。

先姊壻張溶，字容如，自號半海居士，待軒徵君六世孫。父佑齋公天翼，康熙戊戌進士，官懷來令。杭堇浦先生贈詩云：「繞屋栽梅播素風，傳經人往講堂空。不圖鄭志紛綸在，帶草盈階見小同。」張待軒先生築梅花書屋，讀書其中，玄孫大令天翼能世其業。公事蹟詳邑志《循吏傳》。姊壻幼慧能文，尤精書法，學歐陽率更，參虞永興體，駸駸乎窺鍾、王之奧，著有《心寫軒書學管言》一卷。乾隆戊辰科試，受知於學使金壇于公。試日咯血，疾大作。公亦舊有此症，授以白蓮花丸方。次年，竟以是疾卒，年二十有四。甥景筠尚未週晬，先姊忍死撫孤，集蓼茹荼，撫育成立，而心力交瘁矣。姊每攜甥歸家，余兄弟互相課讀。甥初聘次姪女，戊子，余自粵西歸，姪女殤，以次女贅甥於家，余詩所謂「陽元兼叔寶」也。庚寅舉一子，甲午甥遊庠，乙未復舉一子，姊喜極而悲，稍爲之寬解矣。姊素有羸疾，戊戌八月一病不起。甥侍母疾，衣不解帶者半年，居喪慟絶，嘔血時發時止，尚早夜讀書，冀慰節母撫育之恩，而竟齎志以殁，豈不哀哉！壬寅，力疾爲母請旌，卒於癸卯正月，年三十有五。甥字繼才，號梅屋，性好博覽群書，頗有意於著述。嘗續選七言律詩爲《宋元明詩鼓吹》，又仿厲樊榭《宋詩紀事》體例爲《元詩紀事》，並未成。其成者，《補元史藝文志》八卷，搜羅極博，其書可傳。盧紹弓文弨《群書拾補》全襲取之，後人讀盧書者，當知其出於張也。甥遺孤二，余女撫育成立。長焞，小名麟，幼語音蹇澀，長自發憤，遍讀四子五經，作字亦端楷。戊申七月以疹疫殤，年僅十九。次燾，字厚堂，小名壽朋。嘉慶戊午娶於查詩人梅史揆之妹，亦解吟詠。方幸綿此一綫，不意庚申季冬以喉風暴卒，年僅二十有六。余驚悼欲絶，賦詩哭之曰：「吾生寡兄弟，同懷止三人。女嫛歸清河，綽楔旌松筠。有甥璜宫儁，讀書工詩文。蘭玉悲摧折，一綫延千鈞。甥爲余之壻，外孫即離孫。長者早殤逝，其次已成婚。端謹無夭法，方慰泉下魂。天乎胡太酷，卧病纔經旬。巫醫俱罔效，死日恰新春。撫孤十八載，母氏空恩勤。兩世傳苦節，將焉若敖鄰。慘痛至斯極，那忍見且聞。我景迫桑榆，待終正飾巾。千行老泪落，長吟增酸辛。」自此而懷來公及先姊亡甥斬焉無後，余十八年之心血付諸東流矣。萬事成空，臨紙嗚咽。

楊甥晉康字聘珍，外祖父艾軒公曾孫，表弟韵箎瑜次子。甥母爲先室次妹，甥又爲余幼女夫，戚誼稠叠，里居比鄰，視古稱「三葉世親」更加密焉。甥弱冠能文，不幸沈淵而卒，宗黨莫不悼惜，年僅二十六，乾隆丁未歲也。其舅氏許西鶴奎有詩哭之云：「千行泪下難禁處，豈料傷生似子安。」又云：「楚些長歌招不得，扁舟悔煞入城來。」蓋因西鶴洛溪舟來，甥戲操舟，以致失足，倉猝莫能救也。甥無子，以兄秉初子璇星爲後，余女撫育成立，今已遊庠。秉初字醇一，號書巢，從學於余。以文行稱，舉孝廉方正，與弟最友愛云。

余有《輓外父放翁許公詩》五古百韵，門人鍾箬溪大源手録之，謂得力于少陵，今此詩集中不存稿矣。外父諱勉勳，時庵宗伯從孫。年十三遊庠，後貢入太學，天性孝友樸誠。有弟四人，仲弟勉焘舉於鄉，早卒，撫其子女成立，里黨稱之。娶于武原張氏名族，有婦德。內弟二，長大坤，字厚庵，號客邨，官山西垣曲縣尉。工填詞，嘗題余詩集，調寄《金縷曲》云：「著得群書富。便錦囊佳句，綺窗吟就。一束牛腰堆硯北，紙上烟雲透逗。羨東海、詩壇獨秀。更有雙聲兼叠韵，追蹤杜老誰爲耦。隔千載，君能彀。　索居自恨離群久。笑閒時、淺斟低唱，怎生消受。却媿君言頻許我，漫説詞同辛柳。只博得、虛名辜負。今讀詩知詩外意，料美成也是詞場手。清真集，幾時又？」有《客邨詞》一卷。次奎，字昌文，號西鶴，諸生時負詩文盛名。乾隆丙午，年四十餘，以歲貢舉孝廉，尋卒。士林莫不痛悼。有《古芬堂詩集》四卷。

許孝廉鍊字繞百，號蔚堂，姑婿晚榆先生孫，表兄霍齋道基子。沈静好學，能讀父書。每以詩文就正於余，超出儕輩。君勤於著述，詩文頗多。其《遊法相寺》詩尤爲一時傳誦，云：「髹塗趺坐者爲誰，五季泉州陳氏子。生來七歲默無言，短髮鬖髿垂兩耳。世上已枯毗波梨，枝頭忽溢琉璃水。天花繚繞空氤氲，早休則休止則止。一語能教大地瘖，再語能使浮雲死。長留遺蜕此山中，琳堂丹碧巍然峙。鐘聲朝隔嶺樹青，塔影夕照江霞紫。駢梁蜿蜒走龍蛇，飛闥玲瓏結羅綺。蓮居雲壑更清幽，僧曰定光棲于此。貞林非木又何椽，窮極雕繪乃爾爾。我來未曉門未開，門外鞠膽鬧如市。蛇行一步叩頭三，博山爐篆生浄几。金鏡寶鐸響噌吰，佛號宛轉驚雷似。須臾蜂擁滿空庭，前者履錯後顛趾。大姑婀娜攬紅裙，小妹嘈嗸頻呼姊。整衣結伴重歛容，未到階前早長跪。凝眸暗祝不聞聲，却向簾櫳投玉珥。覼之閔默悄焉思，如此精誠良得已。何不刺繡藏深閨，靚妝飽經衆目視。那知祈禱别有因，相傳可得宜男喜。拈香已罷微啓龕，先摩佛頂次懷裏。闍黎昂首宣佛言，一聲高唱千唯唯。寅年靈宇散錢刀，卯歲德門懸弧矢。噫嘻誕謾孰開端，奔波習慣渾忘恥。磊落燕山五大夫，降生不受燈王使。

豈無一二偶然遭，事參疑似理無是。徒令禪宫清浄身，粉痕香汗雜塵滓。可憐老僧寸寸膚，莫逃姹女纖纖指。生前不樂炫名高，死後安能免弔詭。永明饒舌何足云，饒舌偏從死後起。如何幾度祝融威，旛幢潛逐回風徙。」乾隆丁酉，君舉于鄉教習，需次廣文，未仕卒。君爲先兄玉井先生之婿，寒家與許世爲婚姻，于今三世矣。君之子實沅字守大，能文早夭，僅一遺孤，不絶如綫也。

楊君正烜，字禮耕，號樵雲，外叔祖晚雷先生孫，舅氏武卿朝梧子。君母爲余從姊，故余呼君表弟，而君呼余母舅。詩本家學，癖愛苦吟，與張駿、張廷琮唱和甚多。年三十餘，悼亡不娶，授徒僧寺以終。其《送春詩》有云：「春夢忽隨蝴蝶散，客愁暗逐柳絲長。」人稱其工。《自感吟》有云：「貧來得館似登仙。」殊可慨也。身後稿皆散佚。

語溪門人吴蓀培，字香飲，號筠亭，總憲公涵曾孫，怡岫丈雲從哲嗣也。吴丈以河東運使坐事謫官，辛卯從塞上遠道貽書，令筠亭從學，詞謙抑而意諄摯，未幾卒。遂還海寧，四十餘載，心尚念之。君勵志讀書，寡言沉默，然請業請益，輒亹亹而談。講求字母，能通大意；又好禪學，熟於《楞嚴》，此皆静者之妙也。君文極豐腴，詩却幽峭，喜集杜。顧絀於場屋。卒年五十餘，無子。遺稿散佚，求其詩不可得矣。

我邑司訓費成雲，字霖蒼，號霈園，石門人。嗜讀書，制藝負時名。久困場屋，援例授官。乙酉至寧居，官十二年卒。君次子邦紳字顒書，太學生，余長女婿也。贅余家，而女短折，婿復早夭，此尤余之所隱痛矣。君有《叢桂授經圖》，余題五、六、七言，録其一曰：「子武曾解詩，宋廬陵段武昌有《叢桂毛詩集解》。長翁舊傳易。兼通非一經，紛紛奪重席。」

楊雨松嗣曾《素心蘭詩》七律四叠，共十六首，余取其「大地文章皆本色，碩人倩盼自天然」、「飄飄詩有凌虚意，濯濯花添出水芽」兩聯。君精於制藝，詩非所長，然筆意大方，不媿讀書人吐屬也。九舅氏出後於徐，家業中落。君甲子失怙恃，來寧年甫十歲，房族無留一飯者。十一舅氏飲食教誨，視姪如子，名之曰嗣曾，字之曰宛東。時制藝已迥不猶人，杭董浦先生許其遠到。庚午，年十六遊庠，丙子以第二名中式，此後之遭際，所謂時來則爲之。其卒也，十一舅氏謂如一場好夢，太息痛悼。雨松又自號雁隅。余有《輓詩》三首，即用其臨終絶句韵。

嘉慶丙辰，三兄高州守泰交人傑自黑龍江歸，有《紀恩詩》，余亦敬和。未幾，大姪嘉猷卒於軍營，福郡王具奏，得邀贈邺有加，誠異數也。兄喪明悲切，忽有宵小之侮，奔走會城，事多拂意。時四兄廣文覲宸人英官梧桐鄉，惟余咫尺過從，常相勸慰。然有難以排遣者，故賜環不及三載，竟抑鬱以終矣。幼姪女嘉淑能詩，適崇明施茂才，以閨中唱和詩乞余評閲。余題詩云：「我家道韞秉奇姿，玉樹芝蘭共一時。乍展香閨酬唱句，女中才子果工詩。」「翡翠琉璃擅美譚，簪花妙格重江南。若教采入瑶池詠，定有高名繼静庵。」惜亦相繼夭卒。

内弟許西鶴奎刻意吟詩，遺藁四卷。句如「静看蛛布網，閑聽燕争巢」《獨坐》、「惜紅姜白石，慘緑杜黄裳」《遥夜》、「斷雲飛塔頂，殘雪戀山腰」《渡江口號》、「世路盡難寧守拙，秋風多厲莫貪涼」《送客邨之臨平》、「青玉案前長抱膝，緑牙籤裏鎮埋頭」、「夫子共推楊伯起，使君曾比鄭康成」《題周松靄著書齋圖》、「曉露乍流香不斷，朝霞纔破翠猶遮」《曉起涉園觀荷》、「霜天曉角疑無影，水國殘陽尚有神」《蘆花》、「數奇且下方三拜，才盡空輸温八叉」《此生》、「一生遺恨悲天順，兩代孤忠泣也先」《弔于忠肅公墓》、「一代英雄埋白骨，千秋父老泣烏江」《東阿道中弔西楚霸王墓》，皆入晚唐之室也。其餘七古長篇，才氣縱横，不復具録。

張塄景筠《梅屋遺詩》，僅一卷。句如「坐久尋棋局，談深試酒瓢」《筠谷幼圃漉泉來問病》、「一笑猶初服，三年貯別愁」《蔚堂漱園禮闈下第歸過齋率賦》、「烟火萬家迷處所，空明一片付徘徊」《擬香山花樓望雪用元韵》、「任他一葉飄秋去，難得雙星送巧來」《新秋和楊丈樵雪》、「一枕夢回驚落月，半窗日暖滴晴簷」《詠雪和東坡韵》、「衆論漫推金谷主，我知本是玉堂仙」《牡丹》、「衝破白蘋孤櫂月，撥開紅蓼滿船秋」《自包家山至夾山舟中作》、「大藥駐年隋正字，禁方濟世漢倉公」、「沈疴已積三年久，靈液剛教一夕除」、「一囊藥覓青黏散，五夜心縈白玉環」《久病新起賦謝澂川吴先生四首》。塄熟讀新城、秀水兩家，不失爲雅潔也。《壬寅除夕》二首云：「霜濃風細愛晴新，爆竹聲來到耳頻。差喜病中增甲子，漫隨俗例守庚申。杯傳竹葉看分歲，蠟結燈花話好春。分付兒童祝如願，願儂强健藥離身。」「篆久香烟散硯邊，起看星斗欲横天。欣逢扁鵲添今夕，笑放鳴鳩又一年。典盡敝裘供藥債，强扶病骨祭詩篇。明朝賀歲休投刺，報道維摩尚穩眠。」《癸卯元日》二首云：「瘦骨崚嶒曲尺眠，日高催起快晴天。養疴不作三心夢，謝客初參一子禪。柳眼梅梢偷暖律，餳糕粉茘頌新年。睡餘偶憶微之句，端合聰明小着鞭。」「焚香煮茗日初斜，歲事真同赴壑蛇。才子玉臺銘柏葉，佳人金勝剪椒花。須知北郭吟壇好，會見南園樂事賒。九十日春春正好，辛盤初試最堪誇。」塄卒於癸卯正月十日，歲交尚爾賦詩，人命柔脆，悲夫！

甲子場後，招程生蕚樓表、陳生月墀增待榜，楊生勝私禮初適來，勝私已於戊午中副車矣，因留同席。是夜開飲小峴先生所送活溪佳釀，色香味三絶。比揭曉，蓴樓獲雋，而月墀報罷，余作詩慰之。偶憶唐人《慰下第》云：「劉毅雖然不擲盧，誰人不道解摴蒱。黄金百萬終須得，只有挼莎更一呼。」朗誦此詩，以壯月墀之色。

徐生壽魚紹曾從余遊有年，制藝之外，詩賦字畫兼工。余曾題其詩卷云：「世誼重重舊結鄰，吟詩北郭愛清新。更兼書畫稱三絶，從此弱齊有替人。」丁卯夏日，以所臨宜山主人十二種飛白就正。余觀其筆勢飛動，斟酌合度，視宜山殆有過之，無不及也。宜山當即禾中盛遠，康熙間名士。所可疑者，唐以前飛白無石刻，惟「昇仙太子之碑」六字，此却有漢、晉諸人筆法，或出于宜山之依托乎？余向藏宋仁宗「天下昇平四氏清」七飛白字，其點有出李唐卿三百點外者，今贈壽魚補臨于後，又添一種。余論近人作飛白者，張芑堂飛而不白，陳仲魚白而不飛，似並在壽魚下，余蓋喜而書之卷端以歸。

金君汝礪字佩新，號香雨，先兄玉井之姨甥也。幼從學于先兄者十餘年，久困童試，後補州庠生。君通《説文》，工于篆刻，所鐫圖章，人争購之，殆可入我家櫟園先生《印人傳》也。近年延君家塾，課兩孫。未幾爲族人所齮齕，抑鬱成疾而卒，年五十有七。君有《香雨印譜》兩卷，張梅屋景筠題詩有「從此開奩鈐紙尾，何妨爾雅注蟲魚」之句。

查如岡義《梅花和尚塔》絶句云：「庵主當年學易時，六年殘燬不勝悲。如何誤讀冬青引，附會流傳絶可嗤。自注：陳仲醇《梅花庵記》謂仲圭以方外自晦，後得免於番僧發塚之禍。不知六陵燬於元初，仲圭卒於元末，安得附會耶？」此却眼前道破，笑眉公之妄談也。

客舉白香山、韓冬郎句，疑余《杜詩雙聲叠韵譜》之缺。余曰：「此書本五大册，采取極廣，因失圖譜貴簡之意。精之又精，而成《括略》。凡子之所言，皆僕之所棄也。」祝芷塘德麟心服此書，惟於「『賞應歌杕杜』作『杖杜』」一條，以爲恐涉附會。貽書往復，且云如此下句當對「弄麞」等字面，余因之觸發，引《新》、《舊唐書》蕭穎士作《伐櫻桃賦》刺林甫，爲下句之證，芷塘大以爲然。

《賦得桂馨一山得顔字五言八韵》云：「漢殿傳高論，東方喻孔顔。杏壇瞻仰處，桂苑即離間。妙義吾無隱，濃馨若是班。樹深枝發越，地近氣回環。子落從千嶺，花開遍一山。春應風廣被，秋豈月空彎。偃蹇憐遲放，窅窊愛早攀。牡丹成壯月，未許到賢關。」戊午六月，以此課鹽邑諸生，有誤小山者，因作詩示之，并詳示題解。吴稷堂省蘭闈中即出此題，副主司以下俱不知題解。鹽令任某了了言之，稷堂一時嘉其强記，俾領群房，某居之不疑也。

余有《石城女子曲》云：「石城本號美人城，中有女子芳且貞。清溪小姑蔣侯妹，圓姿玉貌蚤知名。冰雪肌膚芙蓉肉，鳴雌謂享神仙福。温柔教弟詠唐詩，巧慧從孃吹趙曲。十三停鍼坐當窗，葉子彈棋彩伴降。八法遍摹書第一，九章通習算無雙。海虞攜到海昌里，群看金錢輸吴市。得入韋平宰相家，羹翻不向椒泥跪。三戟門前傔從多，就中顧嫗惜嫦娥。鄉關迢遞離親遠，養女還隨春夢婆。是時内翰無姬媵，蓬萊縣君年猶盛。鶴髮梁鴻舉案莊，蒼顔冀缺如賓敬。晝卵雕薪最擅豪，滿堂歌舞曳珠袍。奇花叢内同心艷，瑞錦堆邊連理高。主人耄英將七十，鬱鬱埋香尋桃葉。掩鏡愁吟潘岳篇，續琴喜展羊欣帖。妾年二十頗有餘，況是羅敷未有夫。墅開緑野藏金屋，臉暈紅潮對粉圖。從此專房十五載，素鑾寵愛一身在。日昃驚占大耋嗟，胭脂弗御啼妝改。月澹霜寒燕子樓，歲華二八倏遷流。翠筠節節裁彤管，蟬鬢星星變白頭。蘭閨任俠古來少，紫標揮盡休防老。熨體難追奉倩涼，懨懨羸病萎秋草。獨占名園三十年，景光瞥眼轉淒然。鴛鴦繡襪濡朝露，蛺蝶羅裙化夕烟。議禮紛紛兼讀律，昔因夫貴今遭黜。池亭長閉不成喪，飲恨泉臺誓皦日。畫工向我話傳神，初時愁仿家長真。冠帔寫就俄斯裂，别貌青衣便服人。我聞此語叩其故，答云天壤有遥妬。藁砧何在妬堂前，商庚雖好寧療誤。客談往事更堪悲，果羸辛勤曾撫兒。寶奩零落誰還拜，珍篋空虚莫守帷。死生貧富交情换，翟公署門增長嘆。巾幗鬚眉態豈殊，床頭深悔黄金散。比是風流褚彦回，卜著差半亦言佳。若使當年身便死，與卿營奠復營齋。柳腰一捻憐消瘦，相逢地下應依舊。枉思學士葬朝雲，徒羡安東求絡秀。君不見北固山下響晨鐘，石窌新邀二品封。銜碑欲語奈何許，同此衾裯命不同。」此詩本事，觀者當自能得之，不恨無人作鄭箋也。詩作于癸丑六月。

余有《藕花洲觀劇》四首云：「移得桃根古夜郎，掄才卜姓記東陽。昴參早近台躔貴，翬翟先分象服光。三載生離傳噩耗，一朝死别試啼妝。巫山巫峽疑雲雨，回首黔中枉斷腸。」「王滿爲婚話柄添，武林獻賦釋前嫌。從姑舊系清河郡，認女新開白玉奩。豚犬漫懷麟閣志，鶺鴒竟協雀屏占。公然忘却瓜皮搭，墨荔錢多巧附炎。」「部婁正倚丈人峰，李下斜冠借起戎。紫蝶戀花都是假，青蠅汙雪總成空。莫須有到愁眉裏，何所無歸覆手中。太息洮河餘業障，豈真水合貯申公。」「擬抱錦衾訴子虛，西風蕭索戒安車。鳩媒泪滴三杯酒，鵑響魂飛一紙書。海角珮環緣未了，天涯針線痛何如。埋香鬱鬱千秋恨，化作紅心草不除。」此詩本事甚長，不及詳載，後人有知而箋之者，可慰香魂於地下矣。

嘉善曹六圃徵君廷棟善畫蘭，梁恒齋郡丞徽與之交契，得其畫蘭十二幅贈余。畫雖工，惜用膠礬絹，因與恒齋共學之。畫蘭通于八法，恒齋工書，點染便臻妙品。余拙於書，不過勉效中鋒，如香泉所云「畫蘭我無師，花葉心所生」而已。然信手塗抹，畫必題詩，不下數十首。兹録五首云：「寫出芳蘭泣露姿，莪蒿滿眼草心悲。小年愛讀南陔句，老大愁聽束皙詩。」「執手相逢兜率天，杜蘭香本是神仙。此花若結成紅豆，長保同心一顆圓。」朱西畯《笛漁小藁》有詠同心蘭，語極香艷，用雙鈎法，以意爲之。「滋蘭樹蕙記騷人，種類紛紛辨説頻。輸與涪翁祇兩語，幹花從此認來真。」「寂寞無聊學擷蘭，閒竹嬾吟句長歎。圖成未擬人將去，茶熟香温且自看。」「淋漓潑墨水田月，著墨無多待詔翁。媿我兩家都涉獵，芳蘭至竟未能工。」門人張荔園駿作《松靄先生畫蘭歌》，同杭人善書者三十餘人各體書之。錢嶼沙琦、梁山舟同書、戈漢谿守智、方蒸砂塘、蔣春雨元龍、葛玉湖璇並題大字於册端，其實余畫未工也。乙巳丙午，所畫最多。丁未以後，偶復爲之。又有詩云：「友人贈我藏經箋，寫出騷經第一篇。自有幽香來腕底，滿罏黄熟不生烟。」「異香撲鼻素心蘭，不比紅心更耐看。一朵亭亭開紙上，果然丰格最高寒。」「書到愣寮能禳火，客言僕畫亦清凉。胸中久已無冰炭，數朵蘭花特地香。」「愣寮墨寶高千古，流俗相傳誤瑞圖。書畫自來無二理，湘江歲晚對仙姝。」禳火之説，此特一時游戲。迺戲語傳至禾中，蔣春雨元龍貽書索畫，余爲作芝蘭小幅。戚馥林芸生用山谷韻賦詩索畫，余爲作蘭石大幅。遠近索畫者紛紛，未知果能如温夫秘閣否耳。春雨題「特健藥」三大字，唐武延秀題二王真迹上品，用此三字，蓋突厥語也。見《輟耕録》及《法書苑》。

友人以余畫蘭，擬山陰童二樹鈺畫梅。二樹萬幅梅花萬首詩，余詩且遜之，畫何敢及也。二樹嘗畫梅一幅贈余，題詩云：「研經博物古人期，閉户高名海内知。想見書齋庭草緑，寒梅新放兩三枝。」余荷雅意，疊次二絶謝之。

余草《詩話》，閨秀止牽連偶書，不加詳載。如袁子才枚三妹之類，不及詳也。先師錢文敏公一門都嫻風雅，長女孟鈿字小樹，自號浣青，蓋合浣花、青蓮爲一也。適永濟崔㠒亭太守龍見，詩詞並擅盛名，世稱浣青夫人。刻集行世。孟鈿，乾隆甲子生，年九歲，刲肱愈父疾。人但知爲閨秀，不知其爲孝女，故特著之。

我友陳誰園萊孝撰《詩話》三卷，録余詩甚多，并詳叙余生平行事著述，頗多溢美之辭。其有與君交而余亦相知者，如俞甘村棠、張荔園駿、張菡江驥、張前山廷琮、黄韜庵炳、楊樵雲正烜是也；有君所極稱而余未經識面者，許溪二曹、迪前有光、玉汝有成是也。君采二曹五七言佳句，爲摘句圖。惜並早卒，遺稿無存。迪前姊曹慰字雪軒，亦能詩，適石門勞茂才。其《初夏絶句》云：「閒坐書窗度歲華，石泉清供一甌茶。楝花風裏寒暄亂，纔脱輕綿又夾紗。」「殘紅狼藉墮香魂，槐葉成陰晝易昏。幾日丁耽簾外雨，苔花延緑繡柴門。」因其姊，可想見其弟之才矣。

陳惟楨萊孝《誰園詩話》三卷未刊，吴葵里騫《拜經樓詩話》四卷已刊，極承虚懷，寄余核正。其書刊後改定頗多，謂余《杜詩雙聲疊韵譜》十二類能發千古之秘。又録謝藴山方伯啓昆題余《遼詩話》

詩。至若論史一條，詳載張待軒先生《跋仁和阮泰元氏讀于公旌功録志感詩序》，言忠肅公有諫易儲三疏，并及朱石君中丞珪詩。此於史學尤大有關係者也。

《誰園詩話》云：「張層芝爲儒有《論制藝絶句》，甚爲精確，不減遺山。」余業師徐星巖先生諱蘭亦有《論制藝絶句》三十首，尤爲詳備，載所著《臆吟》中。與先兄同遊庠，以制藝鳴者有兩髯，一爲孫文瀚，字覲光，號蓉湖。試輒高等，貢入成均。乾隆戊子舉於鄉，年六十餘矣。旋以年老，授翰林典簿。一爲高瓏，字瑾瑩。嗜酒落魄，困於諸生。二君與先兄最相交契。與余同遊庠者，有沈城南作山，舅祖長沙公之孫。中乾隆己卯副車，未仕卒。又陳閬風嵊，母爲先祖母妹，長沙公甥也。與余有横渠、伊川之誼，終邑庠增生。二君制藝，亦並有名云。

陳茂才標字樹高，從學于余。其仲兄孝廉斗瞻，字德星，姻家後輩，事余以師友之間。昆弟並力學能文，樹高早遊庠，年未五十，齎志以殁。德星早食餼，貢成均，舉乾隆戊申鄉試，年五十餘矣。後館海鹽，年六十。以《松林伴鶴圖照》索題，余爲作七言長歌。未幾卒。遠近莫不惜之。

東郭詩人自張荔園前山外，尚有沈君國器字懷方，號曉園，工詩，有《腋成集》四卷，皆集唐詩也。其尊人老諸生旦揚叟率子從學于余，人極馴謹，惜年甫五十而卒。詩選入阮中丞《輶軒録補遺》。君安貧樂道，讀書之外好種花，翛然自得，人尤服其高致。

東郭詩人尚有黄君炳字文蔚，號韜庵，諸生，困于場屋。工詩文，刻有《詩鈔》四卷。選古、唐、宋詩爲《兩間絶唱》二卷。年四十餘，館禾中，以暴疾卒，士林痛悼之。

跋

松靄夫子歸田後，閉户著書，所撰古今詩文，刊行者不下數十種。是集名《耄餘詩話》，自少年登第以至歸老林泉，六十餘載中歷交名公鉅卿、至戚良友，往來酬酢之什，無不備載。鯫生名得附驥，足感師情。是編甫成遽，歸道山，未寓目焉。今葛滓南先生手抄出示，滓南爲駿内兄，博聞愛古，每見鄉前輩未刊之書，輒留心採輯，以公同好。具紉尊崇先達、搜訪遺編之至意。爰綴數語於尾，以誌欽佩云爾。維道光十三年歲在癸巳重陽前三日，受業張駿拜手謹跋。時年九十有三。

（吴忱、楊焄、劉奕點校）

道光壬辰八月廿四日，自徐壽魚先生處借來，癸巳正月二十日鈔起，至二月初八日鈔完。滓南後學葛繼常識。

朱梅舫詩話

朱梅舫詩話提要

《朱梅舫詩話》二卷，據乾隆間刊巾箱本點校。撰者汪玉珩，字宇珍，號夷畦，江蘇宜興人。諸生。有《朱梅舫文鈔》。此書有乾隆四十六年辛丑萬之蘅序，然卷上有一則記其癸卯七月作《中元夜觀法事》詩，已是乾隆四十八年事，則增改定稿當在此年後。「朱梅舫」乃其齋號，蓋於國朝詩最嗜朱彝尊與梅庚兩家也。惟朱詩固無論，梅詩則當年雖爲王漁洋等所賞識，究非可與竹垞併稱者，此特汪之私嗜耳。雖然，《詩話》中終以録竹垞爲多，耦長僅見其名而已，推賞之殷，尚不及方南堂（貞觀）等家。汪氏學詩於史承豫，書中録及其師之《蒙溪詩話》，今已不存。卷上録李孚青七古長篇《京口賽會》一首，頗可觀。又記與袁枚交往，乾隆三十九、四十年曾兩次投詩，頗蒙嘉賞。此内容之大較也。

詩話之作夥已，而莫盛於宋明。顧自六一、東坡、滄浪、白石而外，類多蔬筍餖飣、長言讕語，求其能直湊單微者，什不得一二焉。弇州謂把宋人之陳編，輒白日欲卧，非戲論也。弘正之間，作者最盛，而陶溺謝亡之論出之於大復，則舍《譚藝》、《巵言》、《擷餘》數種，其足以扶古人之性靈，而作後學之津梁者，益復寥寥。至公安、竟陵，又無論已。吾友汪君宇珍，少耽吟咏，每有所著，悉研鍊而出之，尤不喜作應酬牽率語。廼以其暇綴爲斯編。讀之，覺甘苦自道，冷暖自知，非妄覼陳編，東塗西抹者比。間嘗論詩之爲教也，其旨微，而其韵遠，必性情與才地相洽，而後其境始真，適然如水乳之交融也，洎乎若風水之相遭也，是羽卿所謂「不涉理路，不落言詮」者。作詩者固然，即説詩者亦然。苟好爲矯誣之論，穿鑿之言，則膠柱鼓瑟，噍殺而寡情，尋條失枝，嘽緩而無當。觀之者將頭目眩掉，而欲樂人之聽從，以自附于著作之林，蓋亦尠矣。汪君年壯氣鋭，持識正定不凡，加以茹古涵今，旁搜博採，將來著述，必且等身，則詩話一编，其嚆矢也夫。乾隆辛丑閏五月下浣，同硯弟萬之蘅製。

朱梅舫詩話卷上

古陽羨　汪玉珩　宇珍

我朝風雅，遠邁宋、元。順、康兩代大家、名家，如景星慶雲，有目共睹矣。雍、乾之際，如桐城方南堂貞觀之清真，海鹽馬墨麟維翰之雅健，吴江王載揚藻之温麗，吾邑儲石亭國鈞之名秀，皆風骨亭亭，不落中唐以後。

家鈍翁先生琬《題楊柳枝詞後》云：「《楊柳枝》詞體雖權輿於白樂天，而實原本風雅。後之人師承其意，又從而變易其體而推廣言之，是故有言離别者，即詩『昔我往矣，楊柳依依』之意也。有言閨房男女者，即詩『東門之楊，其葉牂牂』之意也。有感身世之仳離，上借之以示諷刺，次借之以自鳴其不偶者，即詩『折柳樊圃，狂夫瞿瞿』、『菀彼柳斯，鳴蜩嘒嘒』、『有菀者柳，不尚息焉』之意也。其間或興或比，所以師承風雅者，其旨趣固顯然明白，讀者可以吟諷紬繹，而遇之於不言之表者也。」

鮑照《飛白書勢銘》：「輕如遊霧，重似崩雲。」余謂作七言古詩，須有此氣勢方好。

楊誠齋評李、杜云：「太白之詩，列子之御風也。少陵之詩，靈均之乘桂舟、駕玉車也。」又曰：「東坡似太白，山谷似少陵。」楊升庵謂：「太白詩，仙翁劍客之語。少陵詩，騷人雅士之詞。比之文，太白如《史記》，少陵如《漢書》。」似爲李左袒。胡應麟則云：「李猶莊周，杜猶左氏。」庶幾得之。

六朝文不可不熟讀。如梁簡文《答湘東王和受試詩書》、陸厥《與沈約問聲韵書》、昭明太子《答湘東王書》、沈約《謝靈運傳論》、蕭子顯《文學傳論》、鍾嶸《詩品叙》、李諤《上論文弊書》等篇，即唐以前之詩話也。《楚詞》、《世説》，詩中佳料，余于六朝文亦云。

袁昂《上武帝古今書評啓》字字精當，古雅絶倫，後人詩評彷此。

昔人謂《三百篇》中列國有詩，楚獨無詩。余謂漢南喬木諸咏，非楚風乎？不得謂楚無詩也。

明錢甄胄希言有云：「高唐雲雨，乃楚懷王事。楚襄雖夢神女，而賦中不言雲雨也。唐人詩如『傾國傾城漢武帝，爲雲爲雨楚襄王』、『雲雨無情難管領，任他別嫁楚襄王』、『料得也應憐宋玉，一生惟事楚襄王』、『今來雲雨知何處，重上襄王玳瑁筵』，此類甚多，一誤再誤，相沿不改。然使正其訛而作懷王，便不成佳話矣。」此種議論最爲有味。

余幼讀白傅《江南逢蕭九話長安舊遊戲贈五十韵》一首，神移目眩，以爲尤物。後讀朱竹垞太史《風懷二百韵》，風致音節，色色相同，而迷離惝恍，殆尤過之。二篇皆排律中絶調。

老杜詩律細矣，然「渭北春天樹，江東日暮雲」二句，「暮」字究對不過「天」字。此等句法，須字字銖兩悉稱，當與解人辨之。

王西樵論詞有云：「詩不宜次韵，次韵則慮傷逸氣。詞不妨次韵，次韵或逼出妙思。」亦是前人未發之論。

《五代詩話》載左偃《昭君怨》云：「胡笳聞欲死，漢月望還生。」「漢月」五字可以意冥，難以言詮也。古今詠明妃當推此爲第一。

「春來流水漲而活，曉起西山勢似行。」南唐李建勳句。孰謂五季無詩哉？

俞少卿云：「咏物不可不似，尤忌刻意太似。取形不如取神，用事不若用意。」乃知昔人「鴛鴦」、「鷓鴣」、「蝴蝶」等篇，尚有刻意太似之病。惟陸魯望「無情有恨」、「月曉風清」二語，取神用意，兼而有之。

陳後山云：「學詩如學仙，時至骨自換。」切喻也。

崔顥「緑窗明月在，青史古人空」二語，亦何減《黄鶴樓》詩。

予最喜放翁「小樓一夜聽春雨，深巷明朝賣杏花」、「墟烟寂歷歸村路，山色蒼寒釀雪天」，及東坡「公獨未知其趣耳，臣今時復一中之」、「但覺衾裯如潑水，不知庭院已堆鹽。」此種風致，宋人擅場。

詩有神韻天然湊泊，不求工而自工者。如「伶倫自昔無俟白，奴僕今朝有衛青」、「過橋雲磬天台寺，泊岸風帆日本船」、「賜履已分無棣遠，舞弋還見有苗來」等句是也。此境大是難到。

邵子湘長蘅《研堂詩序》云：「宋人實學唐而能要逸唐軌，大放厥辭。唐人尚醞藉，宋人喜逞露。唐人情與景涵，才爲法斂，宋人無不可狀之景，無不可𢡟之情。故負奇之士，不趨宋，不足以泄其縱横馳驟之氣而逞其贍博雄悍之才。第學之有善不善耳。」

元人七言不脱宋人氣習。五言如楊仲弘「落日波濤壯，晴天島嶼孤」，虞伯生「對竹聽湘雨，開簾看岳雲」，薩天錫「朔風吹野草，寒日下邊城」、「海風吹浪急，江雨入樓深」、「海瘴連雲起，江潮入市流」，鮮于樞「鳥飛青嶂裏，人語翠微中」，白雲上人「風雨殘燈夢，關河落木秋」，雲屋上人「路長征騎疾，風定去帆遲」、「夕風翻急浪，寒月墮高枝」，皆閎整清雅，直逼中唐。

元張承旨《翥自誓詩》云：「此醜行當殛，吾身敢顧危。要看奪笏處，正是結纓時。萬古千秋在，皇天后土知。寸心三尺簡，肯愧史臣詞。」爲孛羅帖木兒入都時作也，絶似文山《正氣歌》。

宋胡武平「西北浮雲連魏闕，東南初日滿秦樓」，高迴華整，竟似初唐。後來惟空同、于鱗有此氣象。

少室山房《詩藪外編》云：「孔融《離合》、鮑照《建除》、温嶠迴文、傅咸集句，無補於詩，反爲詩病。自兹以降，摹倣實繁，字謎人名，鳥獸花木，不可勝數，乃詩道之下流，學人之大戒也。」又云：「卞彬之作《蚤蝨》、《蝸蟲》、《蝦蟇》等賦，李爲作《輕》、《薄》、《暗》、《小》等賦，晚唐人作《童子詩》五十韵、《婢僕詩》一百首，皆詞場之沴魃，藝苑之么麽。名教中自有樂地，何必爾爾。」予每舉以語人。

時文中每用「刑于之化」四字，「刑于」二字可作歇下語。實用則「至于」、「御于」亦可截去「兄弟」、「家邦」等字矣。梁昭明書「清風明月，思我友于」，陶詩「最喜見友于」，杜詩「野鳥山花吾友于」，雖出之名人口，終屬未妥。

「長疑即見面，翻致久無書。」非唐人不能道。元人「此去不能期後會，清言聊以永今宵」，情至語，亦屬僅見。

古詩「客從遠方來，遺我雙鯉魚」，楊用修以爲摺成雙魚形，此説極是。今人以魚雁並稱，誤矣。雁足帛書，漢以後所紀不一。若書藏魚腹，乃陳涉等一時詭謀，嗣後不聞再見，何得于往來酬贈間用之？

《詩·衛風》「抱布貿絲」，即《周禮》夫里布之布，非布帛之布。《魯頌·閟宫》章「三壽作朋」，注云：「三壽未詳。」鄭氏云：「三卿也。」按三壽，東海之國，封于夏初，史載后杼征于東海，及三壽，獲一狐九尾是也。與魯相近。「作朋」猶賓服之義，與下章「淮夷來同」一意。

《池北偶談》云：「杜甫《進封西岳賦表》有『維岳授陛下元弼，克生司空』之句，元弼、司空，指楊國忠也。楊以椒房進，夤緣三公，而甫引《大雅》申甫之詞以諛之，可謂無耻。」余謂甫恃才傲物，嚴鄭公遇甫最厚，甫憑醉瞪目，視武曰：「嚴挺之乃有此兒。」其睥睨一切如此，而獨肯作諛詞以媚國忠，此事之不可曉者。

李楚望：「一聲歌罷劉郎醉，脱取明金壓繡鞋。」王次回：「陳王着眼先羅襪，温尉關心到錦鞋。」皆工。

鍾退谷評閭丘曉詩，謂此等語乃出此輩手，豈不可惜。余謂可惜者後來正復不少。鈐山堂詩「故園多所歡，薄宦何爲者」、「勁風仍振木，朗月已輝城」、「捲幔忽驚山霧入，近村長聽水禽啼」、「沙上柳松烟霽色，水邊樓閣雁歸聲」，如寒山鐘響，心地一空。詠懷堂詩「溪草吹香暗，檣燈照雨涼」、「蕭瑟秋盈樹，荒寒月到村」、「露涼集蟲語，風善定螢情」、「聚散人生如落葉，蒼茫空水對斜暉」、「紅稻可釀千日酒，碧蘿猶勝六銖衣」、「短檽中夜陳牛飯，破硯秋窗注楚詞」，風致殊佳。而乃出之嚴、阮之手，令人恨恨。

徐昌穀、薛君采及國朝梅耦長三君詩，皆洗盡鉛華，自然艷冶。其餘諸名家，雖秀骨亭亭，亦復傅粉施朱，簪花佩玉。

古今詠月詩清麗之句不可枚舉，薛西原「何處焚香下堦拜，有人私語並肩行」，更爲幽芬襲人也。任城王以愛妾换馬，前明朱吉士以美婢易陸放翁、劉須溪、謝疊山三君手評袁宏《後漢紀》，皆古今韵事。朱婢亦能詩，見《明詩綜・詩話》。

何仲默論詩云：「宋人似蒼老而實粗鹵，元人似秀峻而實淺俗。」其説亦精允。近時之學宋元者，但粗鹵、淺俗而已，蒼老、秀峻并不能似也。

詩句雖不忌尖新，然不可墮入惡道。張文潛《亢旱詩》：「天邊趙盾益可畏，淵底武侯方熟眠。」此與莊定山「贈我一壺陶學士，還他兩首邵堯夫」等句何異？

阮亭先生云：「作古詩須先辨體。無論兩漢難至，苦心摹倣，時隔一塵。即爲建安，不可墮落六朝一語。爲三謝，不可雜入唐音。小詩欲作王、韋，長篇欲作老杜，便應全用其體，不可虎頭蛇尾。此王敬美論五言古詩法。予向語同人，譬如衣服錦則全體皆錦，布則全體皆布，無半錦半布之理，即敬美此意。又嘗論五言感興宜阮、陳，山水閒適宜王、韋，亂離行役、鋪張叙述宜老杜，未可限以一格，亦與敬美旨同。」

東坡詩：「目盡孤鴻落照邊，遥知風雨不同川。此中有句無人見，送與襄陽孟浩然。」王西樵題孟集云：「魚鳥雲沙見楚天，清詩句句果堪傳。一從時世矜高唱，誰識襄陽孟浩然。」二詩風味絶相似。

崔護詩：「去年今日此門中，人面桃花相映紅。人面不知何處所，桃花依舊笑春風。」乃唐人小説詩之下者，世多艷稱之，何也？

李師中「詩成白也知無敵，花落虞兮可奈何」，用成語，韵絶。

詠梅佳句，前人論之屢矣。近見友人扇上一首，中兩句云：「畫圖錢舜舉能寫，詞句姜堯臣最工。」饒有别韵。

「楝花風過蠶蛾老，麥秀城空雉子班。」「千年玉骨湘纍墓，萬里堅城少保家。」海鹽朱朴句，絶似大樽先生。

胡梅字白叔，號清罄道人，明季吴伶之秀出者。有《沈璧甫城南移居虎丘》詩云：「君住南城已數年，今移虎阜寺門前。紅疎未補薔薇架，緑滿初停茉莉船。雨過峰頭流一罄，月明隄上聽三絃。酒壚餅肆皆鄰近，我欲頻來莫惜錢。」輕圓倩媚，讀其詩，如挹其聲情矣。

「世上於今半是君」，何等藴藉。石巢詩「世上無如盗賊賢」，太激而淺，且出諸大鍼口，肺肝如見矣。祝枝山云：江西一令嘗訊盗，盗供「此事守愚不敢」。令愕然不解所謂。一胥曰：「守愚，其號也。」盗有雅號，盗也賢乎哉。

國初衣工李東白，歸舟得句云：「好水好山來路遠，秋風秋雨到家遲。」一笑赴水死。如此神來之句，自不得不狂喜欲絶也，喜極赴水，未免太過。

家梅石右湘《南渡雜詩》：「華林但問蝦蟇語，葛嶺惟聞蟋蟀聲。」二語直是南朝君相一幅小照。

「是處桔橰眠斷壠，有人蓑笠出前灣。」佳句也，惜不知何人作。

吴天章《蓮洋集》句：「神傷偏在湖邊路，情鍾方爲我輩人。」「人代已隨晨雨散，河山不改夕陽晴。」幽雅欲絶。

朱竹垞詩古秀蒼雅，爲國朝詩人之冠，而七絶亦以風調擅場。《夜泛》云：「蠟燈何處送歸艎，一棹萍開燕尾香。寄語紅窻休度曲，隔船回顧有周郎。」《小宛堂》云：「小宛堂階梅雨枝，疏花點點映清池。分明馬遠圖中見，只少楊家妹子詩。」《觀劇》云：「燭下清歌楊叛兒，手中團扇謝芳姿。勝他幅幅纏頭錦，賺得張郎拜月詞。孝廉大受。」「歷歷羊燈樹抄樓，姿修簫譜散觥籌。龍鍾莫怪尊前客，弟子梨園也白頭。」

李丹壑孚青，合肥文定公子，詩有别才，遠出文定之上。其《京口賽會》一篇，色韵雙絶。吾鄉吴天石亦有《五月十八日記事》一首，描寫工肖，盡態竭神。二詩皆極才人之致，不得以遊戲目之。李詩云：「一措大具菩薩慈，勇吞疫毒驚瘟司。獨以身作巫咸醫，活恒河沙貧烝黎。帝嘉仁德深歎嘻，便分茆土爵執珪，真靈位業俾等夷。或王蔣山侯羅池，或閻浮提或倚尼。禦災捍患功巍巍，黔首大報傾家貲。修舉祀典公非私，廟高城堞干雲霓。軒翔藻彩翬斯飛，鬱金蘭蕙生階墀。雕楠刻檀崇威儀，藍鬖紫胎青蒙倛。于鬛蝟磔紅繞頤，冠金旒珠腰帶犀。袍龍盤作鱗之而，烏衣六縫黄緑絲。不妨濯濯王恭姿，幻作仡仡終南馗。血膋清酒豐牲犧，焄蒿悽愴若見之。歲一禋祀神來歸，輿轎横厲衢街逵。沿河繞郭巡郊畿，鵲尾螭口熏烟霏。焚鷹嘴香燃蚖脂，大摐金鼓聲奔雷。鶴蓋雉扇熊虎旗，雙牌籐棍兼長鈹。戈殳弓矢鞭劍椎，武庫兵器無不施。萬夫執役翼導隨，赤日白月相蔽虧。如墻堵進風雨馳，平臺座座欄檻齊。各有玉雪齠齔兒，盡懷粔籹防腹饑。剪裳製衣裁簾幃，禿衿小袖履文綦。錦繡一空吳越機，借面俳優競新奇。嬙施嫫姆分姸媸，文人鮮白武鬣鬑。夫差句踐開重圍，陷陣胥嚭對種蠡。楚重瞳子坐皐比，傍立虞兮前烏騅。虎牢布戰氣竭衰，倒持畫戟忘纓緌。太尉醉雪擁妖姬，搖頭諧笑吟俚詞。無雙仙客通幽思，第三車裏專語低。鶯紅半啓西廂扉，風魔解元狂沙彌。嶺南書生手柳枝，杜家嬌女傷春閨。盜綃丙夜無人知，徒手搏獒如獿鼷。買臣負薪妻駡譏，五娘斷髮張公悲。箜篌箏筑簫笛箎，絲竹肉音審疾遲。梨園結束窮纖微，排場妙得開元遺。剩技偶效都盧侏，靸然挺末虹跨梯。雙趾無間立不移，二分在外危累棋。離乾絶坤虛端倪，臂觀瓶居井之眉。矜多鬥巧爲神嬉，嶽降何代名某誰。星隕乃值丙丁離，下土感慕務此時。窮一日力輕炎曦，觀者跱踱紛披麗。輵蜡肩踵相扶擕，男忻女悦歡童耆。盈橋溢岸喧四維，艤舟立馬争排擠。結股脚而連尻脽，蜂屯蟻聚昏鴉棲。浮玉山頭初落暉，北固樓前歸路迷。迎神送神曲嘔咿，歌遠漸去西浦西。黄昏江岸蠻霧垂，波湧欲起巫支祁。老蛟潛泣山鬼啼，頓失海市杳莫追。」吳詩序云：「俗以是日飾爲男女二年少，招摇市上，舞備諸態。舞未畢，而衆鬼隨之。鬼各以疾命名，若示警戒者，蓋古儺之遺風也。吳子取其意而爲詩。」「末俗事非古，幻妄雕其樸。一儺有遺風，取義多含蓄。仲夏陽已極，群陰始潛育。邪氣中朕兆，流轉若車轂。憑依便有物，其類同鵋鶹。窺伺膏肓間，竊處腸與腹。古人重禓禮，匪云鬼神黷。與民宣鬱滯，設教藉巫祝。大索于山川，出入示驅逐。山城創斯會，俚誕而朴遬。起自嘉隆間，濫觴始湖洑。

多爲狰獰貌，亦賃優伶服。前行作男女，後隊魑魅簇。男女恰成兩，魑魅數二六。招摇過街市，跳舞夙嫻熟。男非東郭美，女豈西家淑。一念潰蟻穴，山堤竟傾覆。纏綿見姿態，偎倚寡羞縮。那能辭賤惡，豈暇避刑僇。自謂三生緣，方憂百年速。乃其宛轉間，百病生寒燠。龍鍾懈筋絡，眩轉迷頭目。倚杖尫何羸，傾盆吐還衄。痛苦滋煩冤，群鬼乃相撲。揮手温柔鄉，同登泰山録。默默無朝歌，啾啾起夜哭。出没遊人間，依鬼爲骨肉。紙花插鬟髮，陰風閃裙幅。猶餘舊腰肢，翩躚媚樵牧。哀哉妄男子，泉下同飲宿。自以爲歡娱，雙眉不知蹙。雜然嘯儔侣，磬折還曲鞠。衣冠頗偉岸，頭面尚膏沐。以兹爲鬼媒，鬼轃故如輻。裂眦磨長牙，積肩戴枯髑。袖舉身傞傞，衫揚履蹜蹜。病態實支離，殊類有觳觫。斯皆欲界想，美醜互倚伏。當其逞年少，朱粉應炫鬻。何圖陰陽乖，轉盻入異族。情生性已滅，心死形難復。至理徹通儒，厥狀駭僮僕。迎尸類禋祀，作踊非土木。乃知方相氏，《周禮》載往牘。昔也除疫癘，今乃諷桑濮。生死關貞淫，豈徒禳禍福。求野意猶在，語怪事非獨。二三褦襶子，追隨日中曝。苟悟非遊嬉，當知起敬肅。事鬼訓可遵，搜神記堪讀。」

癸卯七月，予有《中元夜觀法事》一篇，頗爲諸同人所賞，姑録於此。「燭室祥光布，維摩慧力敦。道場分水陸，佳節紀中元。楚俗齋期重，唐時禮制存。玳筵傾柏酒，露座設盤飧。錫掛獅王閣，鐘鳴鹿女門。楮錢疑雪積，冥宅似雲屯。大衆趨承肅，闍黎氣象尊。燈明開貝葉，炬列比朝暾。據案爲蠻語，登壇召旅魂。下方諸品静，妙諦上乘論。機向指頭轉，經還舌底翻。國殤空劍佩，路鬼倚幢旛。枯髑頳肩戴，磨牙赤髮掀。紙花誰氏媛，鐵甲舊皇孫。密霧堦前接，陰風檻外歎。啾啾無告侣，咽咽只聲吞。曲鞠群非一，顛連類總繁。凡斯窈渺境，難與闇夫言。甘醴濡將遍，昆吾謀不諠。幽明祇此理，契悟孰尋源。端藉精心格，始能隻手援。嗟予傷往事，故侶痛沉冤。去歲珠辭掌，埋香墓有橚。頻揮騎省淚，曾鼓漆園盆。今夕參三昧，何年净九根。清宵徒擾擾，將曙亦惛惛。北斗低垂影，西山漸吐痕。末由早解脱，多恐入籠樊。梵唄聽來寂，旃檀焰尚温。蝶灰飛古陌，燐火散平原。月隱溪邊寺，人歸樹裏村。憑高眺虚井，爽籟滿乾坤。」

顧嗣立俠君《題元百家詩後二十首》饒有風致，略載於此。「岳王墳上賦招魂，狂李髯蘇伯仲論。禾黍原陵遭客詘，國香零落怨王孫。」「天竺雨淋看點筆，上林花滿聽鳴珂。一官落拓詩千首，愛煞燕山薩照磨。」「病鶴揚州偏竦肩，珠簾齊下笑喧闐。誰知雨霽雲開後，依舊横行萬里天。」「樂府歌謡古意存，蛇神龍鬼語銷魂。竹枝唱到西湖曲，南北傾心拜鐵門。」又《無題》句云：「可人似夢尋難見，恨事如萍着即生。」

前輩任名臣，國初時副貢，有詩一卷。記其《登宣城天柱閣》句云：「樹肥三徑緑，天遠一峰青。」

迦陵先生《湖海樓詩》，海内膾炙久矣。近又得其未刻詩一本，七律中高唱極多，不知當日蔣氏鏤板時，何以不載？姑録一二於此。《塗山懷古》：「漢家原廟枕荒丘，叠嶂晴崖浩不收。水劃淮淝趨太液，天低牛斗入神州。銅駝鐵騎弓刀夜，石獸金鳧殿閣秋。莫怪行人頭盡白，平沙輦路古今愁。」《次滁州飲韋將軍宅》：「辭梁剛趁落花餘，及到江南燕乳初。浪説歸遲因入洛，果然山好盡環滁。將軍布席逍遥谷，客子衝烟下澤車。依舊昔賢吟賞地，釀泉遺跡近何如？」

康熙中，申鳧盟涵光稱詩廣平，尤工七絶。《泛舟明湖》云：「女牆倒影下寒空，樹杪飛橋挂遠虹。歷下人家十萬户，秋來都在雁聲中。」《殷伯巖棄官北歸》云：「解薛南游忽二年，怪來鬢髮老河邊。故人零落行將盡，與子重逢亦偶然。」

應制詩着一寒酸語不得，然一派雲韶仙掌、閶闔衣冠氣象，亦覺味同嚼蠟。李德裕「月中清露點朝衣」，朱錫鬯「京兆青螺漢殿知」，何等名秀。

羅隱《贈妓詩》：「我未成名卿未嫁，可能俱是不如人。」白樂天《琵琶行》：「同是天涯淪落人，相逢何必曾相識。」庚子春杪，余在毘陵旅邸，曾有長律一首云：「同是秋風淪落身，故衫一樣淚痕新。我爲此日窮途客，卿似當時永巷人。旅館燃脂吟午夜，空幃聽雨泣殘春。聞鷄起作燈前舞，撲蝶歸來鏡裏顰。一婢賣珠仝拮据，三年獻璞事酸辛。釵輸買卜橋頭肆，裘敝斜陽陌上塵。枉嫁連波潛織恨，不逢楊意竟長貧。玉堂金屋都無分，投筆停針各愴神。」時余方在顛沛中，又有句云：「虎口脱時容嘯傲，蛾眉泥夜訴飄零。」蓋紀實也。

舉業家目詩賦爲散作。散作，曲藝之别名也。殊不思《康衢》兩謡爲詩歌之鼻祖，「薰風」一曲即騷賦之權輿。自唐虞迄今四千一百三十餘年，因時遞變，愈變愈新。文人上承既往，下俟來兹，理學與風雅二者而已，安得以緒餘目之？

余嘗語人，詩欲工，必先研究經籍注疏，聞者以爲學究語。都南濠《節婦詩》：「白髮貞心在，青燈淚眼枯。」沈石田引《禮經》寡婦不夜哭，以「春」字易「燈」字。施愚山閏章試博學鴻詞，閣擬第一，因

「旗」字誤書「旂」字，改置二等。《周禮》注釋「熊虎爲旗，交龍爲旂」，二字判然。然則考核不細，可輕易下筆乎？

詩人賦淚，自義山「永巷長年」而後，楊黎州「一班早寄湘川竹，萬點空餘峴首碑」亦稱絶唱。甲午秋杪，社中同賦此題，蒙溪句云：「江頭送客衫先濕，樓上傷春黛欲消。」朱君薇句云：「峴首何人能曠達，潯陽有女訴漂零。」余有句云：「萬里魂銷歌别鵠，一時腸斷爲前魚。」又效升庵體云：「蠟炬成灰恨不消，淋鈴聽雨思無聊。江干班竹墻陰草，壺内紅冰鏡裏潮。遊子怕聞猿嘯月，美人愁説鵲爲橋。可憐塞北含悽怨，誰見樓東訴寂寥。」

律句以叠字稱妙者，如少陵之「無邊落木蕭蕭下，不盡長江滚滚來」，右丞之「漠漠水田飛白鷺，陰陰夏木囀黄鸝」，隨州之「平沙渺渺行人遠，落日亭亭向客低」，李群玉之「玉鱗寂寂飛斜月，素手亭亭對夕陽」，尉遲匡之「夜夜月爲青塚鏡，年年雪作黑山花」，李長源之「烟波蒼蒼孟津戍，旌旗獵獵河陽城」，張仲舉之「情在舊遊花歷歷，酒淹殘睡雨昏昏」，楊眉庵之「細雨落花來滚滚，緑波芳草去迢迢」，徐昌穀之「開軒歷歷明星夕，隱几蕭蕭落木秋」，王敬美之「山鳥自呼泥滑滑，行人相對馬蕭蕭」，薛西原之「美人立處娟娟月，燕子飛來艷艷春」等句是也。近日潘南村高「鶯啼短短泥墻外，人在踈踈竹影邊」，王文玉與玟「煢煢白兔東西顧，恰恰黄鸝四五聲」，馮定遠班「香閨有喜深深拜，旅舍無眠旋旋銷燈花。」並工。

竹垞嘗自言其詩在本朝居二等，前輩之不自矜詡如此。

朱梅舫詩話卷下

古陽羡汪玉珩宇珍

宫允黄唐堂之雋有集唐詩十八卷，各體俱備，皆寫柔靡艷冶之情。今摘其可資吟諷者於左。五言：「雙眉初出繭，比目定爲鱗。玉漏三星曙，金閨二月春。錦江原過楚，花洞不知秦。相思凡幾日，一顧及佳晨。」「婀娜何如妾，嬋娟可並人。倚樹疑無力，開簾似有春。」「沈香薰小像，明鏡照新妝。」「雨殘紅芍藥，風艷紫薔薇。」「無人同悵望，使我復悽酸。」「消晝開簾坐，微凉待扇過。」「花路西施石，天河織女家。」「烏窺臨檻鏡，花入曝衣樓。」「小膽空房怯，深情麗曲傳。」「王昌是東舍，宋玉在西鄰。」「邀人裁半袖，勸爾畫長眉。」「玉銷花滴滴，珠灑雨珊珊。」「最憐雙翡翠，亦畫兩鴛鴦。」「喜過還疑夢，憐多轉自嬌。」「永日常攜手，通宵各話心。」「獨鶴歸何晚，雙魚贈已遲。」「運石疑填海，乘槎與問津。」「玉琴聲悄悄，鈎月夜纖纖。」「北斗分征路，西亭送别津。」「玉釵斜白燕，銅鏡立青鸞。」「浪傳烏鵲喜，難附鯉魚封。」「半月無雙影，三年得一書。」「畫舸横青雀，行厨煮白鱗。」「春兼三月閏，漏向二更分。」「獨自盤金線，無人整翠鬟。」「夢梭抛促織，拂匣動蠨蛸。」「落花行處徧，明月坐來高。」「冉弱樓前柳，空凉水上亭。」「錦字沾愁淚，金釵當卜錢。」「烟輕惟潤柳，香重欲薰梅。」「爲占嬌嬈分，偏承顧盻私。」「巫雲多感夢，隴鳥解吟詩。」「别猶多夢寐，生肯不風流。」「自矜嬌艷色，遥慰别離顔。」「見月長憐夜，爲花不讓春。」「卷簾聞鳥近，迷路出花難。」「竹高鳴翡翠，沙暖睡鴛鴦。」「落霞沈緑綺，過雨亂紅蕖。」

「夕陽薰細草，秋竹隱疎花。」七言：「鴛鴦有伴誰能羡，鸚鵡前頭不敢言。」「珠簾月上玲瓏影，金井秋啼絡緯聲。」「菱葉參差萍葉重，桃花歷亂李花香。」「樹影悠悠花悄悄，星河耿耿漏綿綿。」「西陵水闊魚難到，南浦花殘客未回。」「天外鳳凰誰得髓，池邊烏鵲擬爲橋。」「可憐芳草成衰草，纔見開花又落花。」「玩影馮妃堪比艷，墮雲孫壽有餘香。」「堅冰消盡還成水，明月圓來別是珠。」「殘燭依依香裊裊，飛花寂寂燕雙雙。」「曉簾串斷蜻蜓翼，暖日斜明蝃蝀梁。」「仙路迷人應有術，春光於爾豈無情。」「休閉玉籠留鸞鷟，愁將鐵網罥珊瑚。」「閒凭玉欄思舊事，緩遮檀口唱新詞。」「縈窗素月垂文練，隔水殘霞見畫衣。」「所慕靈妃媲簫史，傳聞織女對牽牛。」「窈窕佳人褰繡幰，娉婷仙子曳霓裳。」「好將花下承金粉，再向臺前見玉容。」「蘇小風流迷下蔡，田郎才貌滿咸京。」「閨中莫妒新妝婦，馬上誰家薄媚郎。」「也知京洛多嬌麗，再到天台訪玉真。」「也知暮雨生巫峽，須逐浮雲背若耶。」「醉凭青鎖窺韓壽，偷折紅桃寄阮郎。」「向日似矜傾國貌，踏花同惜少年春。」「欲薰羅薦嫌龍腦，輕打銀箏墜燕泥。」「才子舊稱何水部，佳人屢出董嬌饒。」「婉約娉婷工笑語，輕盈嫋娜占年華。」「半含惆悵閒看繡，應没心情更弄珠。」「新婦磯頭雲半斂，仙人掌上雨初晴。」「能消忙事成閒事，甚覺多情勝薄情。」「爲我踟躕停酒盞，贈君珍重抵瓊瑰。」「和風細動簾帷暖，朧月斜穿槅子明。」「十軸輕綃圍夜玉，一牀珍簟展春冰。」「却嫌脂粉污顔色，何必珍珠慰寂寥。」「嬌淚半垂珠不破，蛾眉掃罷月仍新。」「江妃玉佩留爲念，荀令香爐可待薰。」「種得海柑纔結子，夢爲蝴蝶也尋花。」「偶助笑歌嘲阿軟，也知情願嫁王昌。」「自是夙緣應有累，也知心許恐無成。」「時將纖手匀紅臉，似有微詞動絳唇。」「可憐顔色經年別，須盡笙歌此夕歡。」「慢攏彩筆閒書字，貪弄金梭懶畫眉。」「山色未能忘宋玉，簫聲猶自傍秦宫。」「朝陽初上黄金屋，晚照重登白玉筵。」「紫金地上三更月，白玉堂前一樹梅。」「半恨半嗔迴面處，相偎相倚看人時。」「彷彿不離燈影外，思量應在月明中。」「至誠無語傳心印，相見休言有淚珠。」「自嘆馬卿常帶疾，非關宋玉有微辭。」「翠羽帳中人夢覺，刺桐花下路高低。」「夢寐幾回迷蛺蝶，烟波無計學鴛鴦。」「解佩空憐鄭交甫，當壚仍是卓文君。」「石家蠟燭何曾剪，嬴女銀簫空自憐。」「東鄰舞妓多金翠，南國佳人怨錦衾。」「燈炧暗飄珠簌簌，月輪長在桂珊珊。」「妝閣伎樓何寂静，露牀風簟半欹斜。」「須知入骨難銷處，盡在停針不語時。」「三點成伊猶有想，一心如結不曾開。」「別後莫暌千里信，此生難負百年心。」「紅粉樓中應計日，露桃花下不知秋。」「別後料添新夢寐，秋深初換舊衣裳。」「機中錦字論長恨，海上朱櫻贈所思。」「四肢無力雲鬟墜，雙眼慵開玉筯斜。」「獨立每看斜日盡，此情惟有落花知。」「便有好風來枕簟，不知斜月下闌干。」「明月自來還自去，行雲歸北又歸南。」「弄玉有夫皆得道，劉綱與婦共昇仙。」「碧瓦朱甍照城郭，青峨皓齒在樓船。」「明眸皓齒竟何在，白水青山空復春。」自題卷尾云：「天生舊物不如新，裁剪烟花筆下春。誰許風流添興詠，酒壚猶記姓黄人。」

阮亭詩「緑楊城郭是揚州」，江淮間取作畫圖。李丹壑「樓上笙歌醺蕩子，街頭風雪走窮賓」，亦一幅維揚小景。

陳次山枋，迦陵先生從子。少負逸才，生平著作頗富。其和韓致光《香奩集》，風情綺麗，令讀者魂銷。王次回《疑雨集》之後，未見其亞。「撲蝶會前長袖手，賣花聲外半梳頭」，「曾見風流非放誕，翻憐少小不嫌猜」,「避人簾底回眸處,感舊燈前擁髻時」,「認得阿侯同小像,記來侍女是雙名」,「門外初迎停槳滑,水邊久住浣衣香」,「罷臨鏡月方看影,轉向屏風正欲眠」,「多年別館身長繫,何處高樓手小垂」,「千古多情成别恨,半生易老爲離憂」等語,均有韵味。

漁洋先生戲贈家鈍翁納姬云:「從今倦聽蘭臺鼓,莫更薰衣事早朝。」朱昆田《題蔡中允早朝圖》云:「自從朶殿簪毫後,無復閒情詠玉臺。」王詩有語病,朱更藴藉有體。

吾鄉徐雙楠洪鈞,竹逸先生孫,天碧瑶子,以詩世其家。《過拂水山莊》云:「黨魁一代推元禮,公論千秋笑褚淵。」詩史也。

謝香祖嘯莊諸詩,傳播海内。其伯兄應雲方琦、季弟法臣方璟,五字亦工。應雲《樓雪》云:「簷前凍雀喧,永夜北風烈。野色入樓寒,南溪數峰雪。」法臣《村雪》云:「人家疏竹外,老樹空潭曲。寒鳥下荒畦,園蔬雪中緑。」

《小眠齋隨筆》:康熙中,粤東進羅浮大蝴蝶,高江村賦七律詩八首進呈。館閣諸賢多屈首推服,紙貴一時。竹垞云:「此等題作詩只一二首足矣,奚以多爲?」高聞之殊不悦,兩人交分自此齟齬。然朱先生之言,實正論也。

鄒訏士祗謨詩滿紙應酬習氣,竟無足觀。小詞頗有致。《浣溪紗》云:「何事連宵唱懊儂,雙垂斗帳繡芙蓉,凄清曉起怨征鴻。水驛篷窗山驛店,夜程霜月曉程風,丁寧有限意無窮。」

余于國朝詩,最嗜朱秀水、梅宣城二君,因名小軒曰「朱梅舫」,蓋仿前人「白蘇齋」之意云。

武進錢稼軒維城臚傳第一，其叔子某寄以詩云：「聖聰特簡才無輩，輿論都歸命不凡。」人服其措詞之妙。

望山尹中堂繼善生辰時，兩江屬員無不稱詩獻壽，公獨賞一武弁句云：「人言吉甫初生日，我道如來再誕時。」蓋公生于四月八日，世傳浴佛日也。

「細雨連三月，無人又一年。」《緑苔》錢塘金司農壽門句。

「風輕飛蝶到，雨止落花遲。」夏邑彭西亭于潞句。

「雨收花氣重，人静竹香微。」夏邑孟泉修句。

家叔祖玉田溥《晚涼》云：「碧空微有露，涼院欲消螢。」袁簡齋枚先生極賞之，以爲逼真李義山也。

儲吏部緘石秘書「夜闌明月獨傾城」，絶似薩都剌。

儲石亭國鈞詩宗晚唐，爲鹺臺盧見曾雅雨所引重。晚年家益貧，遊益困。《秋寒》有句云：「燈摇旅夢風盈幔，蛩語秋心月半墻。」語雖佳，似有鬼境，未數月而石亭下世，竟成詩讖矣。

《玉田山房集》沈雄秀勁，袁子才、陳星齋兆崙、儲石亭諸詩老俱極推奬，有「東南文藻，又在斯人」之語。晚年詩格頹放，不無晦澁之病。自粤東歸里，卷帙浩繁。可誦者如「凍石似禪定，寒燈明道心」、「水邨人影緑，山寺鳥聲幽」、「蟬聲來遠樹，秋意到斜暉」、「海雲連岸白，山翠入江明」、「春市燈千點，旗亭月二分」、「人烟迷遠樹，佛火上浮屠」、「一卷《楞嚴》消冷雨，半山鐘鼓報黄昏」、「高樹入雲添黛色，亂山飛雨助泉聲」、「霜簷過雨流光濕，珠箔當風艷影寒」《燈花》數十句而已。

先叔祖青爻來泰楷法秀勁，兼工制舉業。曾見其句云：「竹疏晴見月，樹濕晚生烟。」似非舌本閒强者。年僅四十餘，薄宦粵西，染瘴而没，可傷也已。

商丘陳勉夫履平，吾鄉少保公于廷後也，詩亦有清氣。玉田叔祖曾誦其句云：「幾見客從閒裏過，忽聞秋自雨中來。少時妄意貪雞筋，老去甘心學蠹魚。」

余師史蒙溪承豫先生暨其伯兄蘭浦承謙詩文流播遠近，其季弟思存景植弱冠早世，詩名稍遜二昆，要其詩亦必傳無疑也。五言：「白雲常不斷，紅樹易斜暉。」「風驚秋葉墮，月浸露蟲酣。」「古樹藤添葉，寒流石作波。」「水明疑泛月，雲冷欲依村。」「葛衣迎節喚，梅雨剩春寒。」「江空晴樹小，峰遠夕陽多。」七言：「花露溶溶窗吐月，闌干曲曲水盈塘。」「岐路淒涼爲客早，少年貧賤讀書難。」「一聲谷鳥破幽寂，數點野花明素秋。」「魚尾夕陽浮畫艇，鴨頭春水映紅樓。」「香生野徑黄花發，霜入寒林白雁明。」

王徵君藻載揚家吴江之平望，初作詩未知名。海鹽馬觀察維翰未第時，公車北上，艤舟其地，偶步至一小庵，見壁間詩悉庸劣不足觀。至末幅，有句云：「綠楊如薺遠山青。」嗟異之。問之，僧人曰：「王某，爲平望鎮人。」問何業，曰：「市米者。」馬益驚嘆。即日訪之，索其所著，更勝于前詩，因與訂交。且曰：「以子才，何不薄遊京洛，乃浮沈里閈中耶？」王辭以奉母，因挾其卷行。時荆山、穆堂方宏獎後進，見王詩，並爲之延譽。後數年，王入都，輦下諸公無不知有詩人王載揚者，馬爲之先容也。洎鴻博放歸，德州盧見曾爲兩淮運使，延致之，館於維揚者廿餘年。一時名士如桐城方貞觀、嘉興姚士珏、錢塘厲鶚，暨吾邑儲國鈞，並寓邗江，盧輒厚其廩餼。盧與馬同榜，有「北盧南馬」之目。詩雖遜於馬，其好事亦僅見云。

王載揚上舍《咏睡燕》云：「斜投倦羽入簾櫳，冪䍥深巢護晚風。紅縷遠書勞記省，玉人長嘆付朦朧。瀟瀟杏雨魂逾悄，漠漠梨雲夢乍通。何事飄零不歸去，强思棲息桂堂東。」蒙溪先生極賞之，常呼爲「王睡燕」。

裘宗伯曰修主試兩浙，《闈中即事》云：「回首紅塵客路遥，桂花香發笑停橈。重攜太史千秋筆，來聽錢塘八月潮。一榻清風仍舊館，兩行官燭又今宵。文章報國聞前語，何有涓埃答聖朝。」「江左韶車只昨年，眼前鉛槧故依然。雨餘漸覺秋容出，院静微聞漏點傳。孰是丹成經九轉，我如蠶老過三眠。此邦舊説多才地，濟濟從看一輩賢。」

陳伯璣云：「凡詩文，落筆時無論奇古高妙，須時時防其不雅。」昔人又云：「作詩如庖人治庖，無論平奇濃淡，總不可有一點宿味。」旨哉言乎。余服膺斯語者二十年矣。

方南堂如蓬萊仙子，雪膚花貌，冷艷逼人。五言：「遠浦一孤雁，晴江三四峰。」「澄江惟渡鳥，野廟不逢人。」「客遊何處好，世故别來多。」七言：「日斜包老叢祠外，秋在周郎古墓間。」「霜戍曉烟過水驛，露蟬孤樹泊江祠。」「誰言炙手長安熱，我道銷魂易水寒。」「細雨白楊人上塚，冷烟孤棹客思家。」「獨客無聊倚高閣，秋光最好是斜陽。」求之近人中，未見其匹。

儲緘石晚年詩尤沈婉有致。句云：「半生少有舒眉日，百感都消得句時。」

詩中險韻，穩押最難。任悔堂曾貽《譚公嶺》云：「崎嶔度嶺日逾午，黄茅小店山腰撑。」家叔祖玉田《射虎歌》云：「赫然張牙舞距出林吼，霹靂一矢當喉撑。」兩「撑」字押得奇妙。

史蘭浦承謙著有《小眠齋集》。嘗自云：「吾詩可喜，吾詞可傳。」略其數首於此。《登北固山》：「山勢俯神州，茫茫水亂流。一時吴帝業，千古衛郎愁。遠樹迷瓜步，寒潮到石頭。登臨情不淺，興滅笑浮漚。」《秋暮感懷》：「侘傺成身世，蒼茫發浩歌。青衫詞客賤，黄土故人多。雕鶚期應迴，龍蛇歲又過。碧溪烟水闊，吾欲買漁蓑。」《初泛西湖》：「青波門外夕陽遲，一棹中流信所之。花柳尚餘南宋恨，湖山都是晚唐詩。幾多遊女垂紅袖，合有新詩付雪兒。咫尺蘇堤未能去，倚篷閒聽玉參差。」《飲友人齋中》：「秋林無雨暑消遲，且盡風筵金屈卮。僂指清歡凉夜好，壓闌金粟吐香時。」

律詩必先得句，一句之中，意欲醒露，色欲鮮華，又須有情有韵。意徑露而無情，如大堤諸女，卷幔邀郎，非不茜袖低徊，終屬憐錢故態。有色而無韵，如新婦廟見，艷服凝妝，而舉止矜持，却少倩盼宜人之致。頃見近人詩：「斜陽千古色，芳草一春情。」又：「水連鐵甕無邊白，山到金陵不斷青。」人競賞之，余謂空滑之調，了無情寄，不可謂之詩也。又一友吟卷中「覓路險於登蜀棧，干人難似借荆州」，感喟頗真，然絶無韵致，又減色澤，亦不得謂之佳也。此當與二三吟友對牀風雨，細細辨之。

往年金陵返棹，舟中望幕府山，賦詩云：「蔓草寒烟前代事，斷碑殘照可兒墳。」自謂括盡六朝遺跡。

丁酉夏，邑令某公調任去，一時紳士歌詠德政，以餞其行，余亦列名其末。一日，在友人處，有話及某某詩庸腐，某某詩夸而失實，余謂：「僕尚有兩句，頗切當。」衆詢何語。余謂：「夕陽古墓聞樵響，細雨孤村有吏呼。」蓋某公頗稱清勤，所不愜輿情者，催科太急，又不嚴究盜賊，以致斫古墓蔭木者多也。一座鬨然，以爲實録。

近見一友句：「前林值秋霽，幽鳥忽春聲。」亦自清倩。

「偶來促坐香三日，此去長堤果一車。」丁酉秋，余在金陵，送歌者吴郎句也。己亥，吴重寓長干，則公然婆矣。

儲石亭「多情寒夜燭，有味小年書」，真晚唐人得意句。

袁子才先生僑居白下，園林清嘯，坐擁百城，遠近投詩者甚衆。萬黍維應馨有「一時館閣推前輩，六代江山屬寓公」、「峴首興懷羊叔子，茂陵高卧馬相如」等句，袁極忻賞。

錢塘梁孝廉午樓夢善《秋草》詩，如：「梧桐影落斜陽外，蟋蟀聲寒小院東。」「馬散玉關肥苜蓿，月明青塚冷琵琶。」「羅裙捉蝶纔三月，紈扇流螢又一年。」皆可誦者。

「小草生來無遠志，野花開遍到將離。」孝廉阮葵生句。

太史吴竹嶼企晉泰來《雄城》一首，格調極合。「險絶雄關路，崎嶇客未休。天低平野合，風急大河流。碧落盤雕鶻，黄沙散馬牛。遼金百戰地，終古塞雲愁。」

陳浣初克猷和漁洋《秋柳》詩極工，記其一首云：「高樓幾夜點輕霜，猶伴枯荷拂野塘。貰酒怕尋桃葉渡，畫裙初疊彩雲箱。空餘淚眼臨江渚，漫擬纖腰殢楚王。好待春風新落剪，賓兒同占晉公坊。」

望山尹中堂主丙戌會試，得族叔焕一卷，極擊節，已定魁矣，後場以小疵貼出，公題其卷尾云：

「老眼親披坐夜深，蓬山指引望登臨。白圭偏自沾瑕玷，名作依然重藝林。馬既空群終入相，花雖落地豈輕沉。從今刮垢須勤力，莫負憐才一片心。」下科叔遂登第，亦科場佳話也。

余友儲克莊元臨詩柔情徜怳處，神似義山。如「月斜燈影暗，人静語聲高」、「向誰流玉筯，獨自對金尊」、「孤館燈昏鄉夢後，空閨簟冷早秋時」《蟋蟀》、「羈客登樓猶有賦，仙人化鶴已無家」《恨》、「相逢斂怨成千里，小别凝思即萬年」、「鶯鏡半開人悄悄，鴛衾空想夢依依」、「已拚别緒金蟲畔，願守心期睡鴨前」、「藍水劚田猶有玉，冰蠶作繭已無絲。」情味如此，尚食人間烟火耶？宜其遽赴玉樓耳。

朱君受字敬持，亦從蒙溪師遊，著有《研北偶存稿》。下筆千言立就，效法竹垞，吾鄉近來之傑出者。寄人一首云：「三年作客滯湖濱，一笑逢君意氣真。騷雅詎庸無定論，功名至竟賞詩人。千秋絶業歸吾黨，尊酒論文惜此辰。有約南樓須痛飲，破牕風雨各沾巾。」朱登庚子進士。

萬君瑱爲之蘅著有《小蘭山房詩》，余最喜其《夜聞舟人歌即演其意成二首》云：「惠山水味香且清，一椀留儂冰雪情。昨夜船頭北風大，勸郎莫向太湖行。」「陽羨銅峰如翠屏，竹雞啼罷雨冥冥。雙溪流向太湖去，爲問儂情深不深。」逼真櫂歌聲口。

邑西里許有舍利庵，明季比丘尼寂禪所建。尼姓王氏，小字非星，楚之武陵人。少失怙恃，墮籍爲女伶，色藝雙擅，登場舉喉，聆之者靡不爲之魂銷欲絶也。天啓中，來遊吾邑，演劇於吴氏宅，纔踏紅氍，忽爾有省，翼日即薙髮爲尼，精修數十載，趺坐而寂。今禪扉無恙，鐘鼓冷然。儲克莊有詩紀其事，詩云：「紅閨小妹散花仙，誤落塵寰二十年。荳蔻春深猶有主，鴛鴦夢好竟無緣。舞衫歌扇生前業，細草長松悟後禪。清磬一聲溪月上，泠泠梵唄響諸天。」

《蒙溪詩話》載黄梅黄大令利通梧岡《題邯鄲壁二首》，信是名作。「俯仰千秋縱一嘆，何人醒眼過邯鄲。試思仙客原無枕，祇笑英雄老據鞍。四面黄塵天亦夢，千山紅葉歲將寒。停車南郭斜陽下，傀儡登樓意正酣。」「荏苒流年付一嘆，仙人久不到邯鄲。五更星月憐欹枕，萬里風塵笑據鞍。紅葉明時秋色老，黄金盡後故交寒。不知一枕東籬菊，白日羲皇夢正酣。」

近人工於五律者絶少，吾鄉吕聲諧士琦貧而苦吟，頗得唐賢神詣。《秋泛》云：「采采西溪路，扁舟縱所如。水清楓落後，風急雁飛初。竹樹依山盡，雲烟過眼疏。五湖秋最好，不羡武陵漁。」《病中喜友人過訪》：「離居亦已久，之子意何深。握手驚華髮，清言就緑陰。病諳諸藥味，貧見故人心。歸路休嫌晚，蟬聲正滿林。」清超渾脱，色相俱空，見其進未見其止，可惜也。

丁酉九月上浣，與陸君以寧致遠、萬君瑱爲城南訪菊。時南榜未發，各談及闈中事。陸云：「一將功成萬骨枯。」萬云：「可憐無定河邊骨，猶是深閨夢裏人。」每憶此語，令人頤解。

丁酉除夕，題亡婦小像云：「庸知朝露非爲福，只是當時已惘然。」

一友歸自西湖，繪《楓林唤渡圖》，索余題詠。余賦七絶六首，中一首云：「白公堤畔花如錦，何事匆匆放棹還。應爲故園春欲老，箇人清坐想刀環。」友人欣然持去。

己亥江南鄉試，余卷薦而不售，房師嘉善孫銀槎先生也。先生閱余卷時，極爲擊節，有「得之塵俗中，心目一爽」之語。余志感詩云：「年年驢背看山色，五度尋秋到冶城。漫向風簷吟好句，且從日者問生平。解人空望謝安石，知我無如孫子荆。慣種董葄行自惜，功名兩字竟難成。」

儲玟慶字從彦，邑諸生。曾記其《無題》一首：「風影相思淚影乾，但成追憶不成歡。越姝蕭瑟烟蘿暝，楚女荒唐夢雨寒。古道金堤生死別，夕陽珠閣往來看。憑誰唱徹銷魂曲，未抵菱花半已殘。」

瑱爲詩筆清雅，與其人絶似。嗜書，手不釋卷，吾黨中之畏友也。近來詩不多作，昨見其句云：「四野亂雲催雪候，一樓殘日小寒時。」不失爲《中州集》中佳句。

癸巳歲杪，社中賦「消寒十咏」、「子夜四時歌」等題。予《春》《夏》二歌云：「歡持玉搔頭，珍重付儂手。相憐見面初，歡意可能久？」「薄妝猶未卸，持扇入羅帷。歡如露下螢，入簾坐儂衣。」萬瑱爲以爲妍雅不減古人。

余猶憶弱齡時爲人祝壽云：「公年纔五十，卿月正初三。」又賀友納姬云：「寶絡迎來年十五，纖眉描就月初三。」屬對頗活。

浙水袁子才先生由詞臣出爲上元令，遂僑寓白門。甲午秋，余介萬君黍維以詩卷就質，余詩謬爲先生所許可。乙未五月，余復賦詩寄之，以答先生之惓惓也。詩云：「太史文章播九州，才名真與古人儔。玉堂夜永燃藜坐，花縣春深載酒遊。早日焚魚洵淡宕，晚年顧曲擅風流。鍾山烟雨長干月，總在南軒一望收。」「寂寞玄亭自著書，功成何必佩銅符。六時花藥侵簾幙，三徑松篁儼畫圖。豈是避賢堅嘯傲，祇緣將母戀蓴鱸。秦淮十里琉璃滑，天與先生作鏡湖。」「當今此事推夫子，令我心遊白下城。十載識韓虛悵望，一朝御李慰生平。忘形不作雲泥想，得句多慙瓦缶鳴。聞道比來頻説項，秋風知不負葵傾。」

吴興沈子慕字無咎，寓居吾鄉，以窮而工詩自命。今蜀山東坡書院側有沈子慕埋詩文處。余觀其所著《夢華集》、《笙罄同音》諸刻，意纖語劣，無一韵一字可入詩者，不解當時何故群以詩老目之？

吾鄉夙稱文藪，然前輩著作之不朽者，蔣竹山之詞、陳迦陵之詞與四六，其次則近日儲畫山大文之古文、謝香祖方連之五言絶句而已，餘不足數也。蒙溪嘗云：「本朝詩人，王漁洋可方摩詰，謝香祖不失爲裴十秀才。」

陳其年《竹枝詞》：「雙溪杭詩賦半江邵詞，前輩風流那得知。更説畫家文石張好，墨花斜放兩三枝。」今張比部之畫，吾鄉罕有見之者。又《圖繪寶鑑》載荆溪女郎韋雪梅善山水竹石，詢之同輩，亦不詳爲何許人。僅及百年，湮没如此，以是知詩難傳，畫尤難傳也。

李丹壑孚青日課一詩，觀書三十頁，酬應叢雜，總不廢此。見《紅葉樓小録》。

余初學詩，喜作綺語。後刻《國山草堂詩》二卷，少作俱不存，略載數絶于此。《偶見》云：「曉來妝罷麝初温，花放枇杷静掩門。閒凭墻頭弄梅子，纔窺半面已銷魂。」「擬將綺語寫冰紈，博取紅樓帶笑看。只恐投梭逢薄怒，玉釵未肯掛臣冠。」《春思》云：「善病工愁只自知，困人天氣晚春時。小窗孤坐繙緗帙，腸斷丁娘十索詞。」

鶚亭詩話

鶚亭詩話提要

《鶚亭詩話》一卷，據嘉慶九年小停雲館刊《二餘堂叢書》本點校。輯者屠紳（一七四四—一八〇一），字賢書，一字笏巖，別署黍餘裔孫、磊砢山人，江蘇江陰人。乾隆二十八年進士，歷官雲南師宗知縣、甸州知府、廣州府通判。有《笏巖詩稿》等。此一卷係屠氏乾隆四十八年任師宗知縣時所輯，蓋每於署中之鶚亭，集朋儕宴樂，出所作詩文相娛，屠所撰僅四則。末一則有「甲辰冬，笏巖以詩話見示」云云，知成於乾隆四十九年。内容多爲寓言儲説之類，有詩者十不一二，而竟題云詩話，實不可解。其初入《二餘堂叢書》時，張元弨序即有微辭。今姑從其題名收入。光緒十五年金武祥刻《江陰叢書》，於《詩話》後增附屠氏事跡一卷。

鶚亭詩話

江陰屠紳笏巖

鶚論

謝三錫雪巖

文舉薦衡表：「鷙鳥累百，不如一鶚。」鶚之爲言諤也，諸不如諤，故名斯亭者，其辭莊，其容悴，曰：「吾效鷹鸇足矣。鸞鳳雖美，盛名易副乎？」吁！此真薦賢之理。

小户逃

孫縉雲氏

蜀釀自戎瀘至郡，嗜飲者較他縣稍便，然濡首日益夥，酒人偏不自量也。笏巖來尹，痛懲其俗。俗以號呶爲戒。有間招飲郡舍，燭未膚寸，食箸三四下，聞有震地作嘔聲者，某從隙窺之，則尹也。遽趨出。明日詣郡，謝曰：「小户不勝大觥，故逃遁焉。」或解嘲云：「逃者其福。猶豫不決，而坐以受困者，悔可追乎。」某爲箴詞：「酒之國，分其曹。大户叫，小户逃。逃如伏弢，叫如鼓刀。以敗爲勝，不在功高。」

判鬼僕

池映斗挹之

雨窗作危語，客以譚鬼請。予憶在汪芝厓廉使署中，僕周姓者方午溲於舍北荒院，忽踣地作鬼哭聲。湯藥者、針灸者、善符録者，雜治未效，命且不測。廉使偵知之，置僕於庭，以丹砂判詞云：「藐爾青衣，在人爲僕，居然藍面，是鬼不雄。誰從馬矢之餘，含砂以射；會見烏臺之上，秉筆而誅。返我清寧，日馭有軒轅之鏡；驅其妖蠥，星官即獬豸之精。」僕呻吟答云：「某前客僕也，魂留滯不能去，周溺吾面，故捽之。能以械繫彼三十刻，當速去，勿敢溷公矣。」廉使如所欲，二更後始甦。詢其事，云：「吾就府君判命，繫庭中耳，曾不識臬君也。」三年，廉使卒於戍。

映山紅

閻季純希潁

舅氏坦園還郡日，載紅杜鵑數十本植之中庭，云：「此花在江南北則珍貴矣，郡中惟此不甚希罕，乃至名映山紅，吾故惜之也。」命雲氏咏詩云：「映山花草映朱幡，頗似江南杏雨邨。安得費長房縮地，稍移廳事傍山根。」星樓亦屬和云：「獨倚青琅玕，忽逢山躑躅。難銷杜宇魂，夜夜唾紅玉。」似磊落不及雲氏，而艷異過之。

槐影

孫緯星樓

月三日，文戰于鶚亭。不雨而潤，硯瑩然也，不風而涼，衣爽然也。捧腹而哦，仰見槐影。蓋堂面西，亭面南，槐自堂而堂，自亭而亭，無與於客，有得乎天。而諛主人者，必以槐市翁遷槐里令，擢槐安守，晉槐卿爲詞，槐顧影當自疑也。

當局迷

馮承恩奎園

僕遊于龍洞，喜其清幽，坐巖下，引盃自酌。從遊一健兒云：「崖勢欲落，不可留。」遂遷樹下。旁有棘刺，則又曰：「棘手物，且有挂礙，盍退一步？」噫！當局者迷耳，老兵果何知？

小馮君

孫縉雲氏

五月十三日，飲鶚亭。衆賓各爲觴政，奎園後出一令，頗有京兆眉嫵及吏部甕間想。客有譏行檢者，奎園曰：「吾固不識天上人，地下鬼。小馮君意氣，那讓公等耶？」

捧心吟

馮文晫岱峰

暑熱破吾舌，效刁存雞舌故事，含雅黄連分許，舌無恙矣。胃寒結竟日，命僕手推，久不得解。捧心吟云：「冷齋摩腹元非病，壘塊消時病亦痊。吾舌尚存心太苦，腐儒莫吃雅黄連。」

結習

徐玉埜玠卿

奎園好射，雲氏爲正直之。一日，在鶚亭側較勝負，奎園屢貫的，喜形于色。雲氏囅然笑曰：「君善射乎？乃今始善射乎？夫欲多上人者，吾輩結習耳。觀笏巖射圃詩云：『能者兼衆勸，彎弧習其天。時還問得失，以結夒相緣。』角勝之思，瞠乎後矣。」

乞毁碑

馮文晫岱峰

碑以德、以功，不以名利。汲汲于名，猶汲汲于利也。營之則以致戾，毁之或以禳災。癸卯夏，郡無雨。其明年，又以愁霖害稼爲恐。尹將禱于神祠，戒無宰殺。有屠者投牒云：「牲畜，飲食之患也。碑碣，縉紳之患也。請先其大者，後其小者。」尹詰之，屠云：「丙火南向，是能燭群陰，暄萬物之宰，乃腹負之。渠無盛德于民，無豐功于國，依南郭，竪崇碑焉，厭火甚矣，乞毁之。」尹拱手稱善。

聲色臭味

孫緯星樓

客問：「何聲最佳？」余曰：「小兒嬉笑聲，老翁誦詩聲。」笏巖云：「聲之惡者，市儈駡座聲，婆師降神聲也。」客問：「何色最佳？」余曰：「樹頭風色，鏡中山色。」笏巖云：「色之惡者，被霜花色，遭爨銅色也。」客問：「何臭最佳？」余曰：「寶劍之腥，異書之澤。」笏巖云：「臭之惡者，雜佩而聞麝，濁醪而有椒也。」客問：「何味最佳？」余曰：「竹笋之美，戎鹽之清。」笏巖云：「味之惡者，五侯之鯖，萬錢之箸也。」

手柔

屠紳笏巖

郡將王蘭畹所藏襄陽法書十數本，無體不備，有妙必臻。蘭畹不律之事，比於決拾。午餘爲字以千計，選紙以十計，大者如椀，小視拳握，磨研者揮汗，拭几者眩頭目，蘭畹馳驟若風雨，勇賈餘也。余簡以詩云：「傳道南宮擁墨莊，今歸王氏貯青箱。晴窗健筆一揮洒，大將手柔工挽强。」

倉神傳

屠述濂南洲

余每詣郡，必舍於鶚亭。癸卯臈既望，雪下四鼓，聞鶚亭西塌墻聲，呼僕燭之，則空倉被積雪壓而墻倒，且地塌。疑其下有蛇穴，或碩鼠出没也，尋之，得石匣。開視，楮澤如露，字稍漶，可讀，蓋《倉神傳》也。其詞云：「神名億，庾姓。賜氏於春秋時，在晉曰駢。其孥爲賈氏所侵，世以不顯。蜀之先有廩君者，其宗也。廩君死，神抱其器自立，號護儲公。蹻之盜滇，神雨粟三日，餉其軍。唐宋之世，中國虚耗，神有功于西南夷。蒙氏王大理，神分遣使者，詣郡國，化爲土螾，據大囷。囷如巵不漏，如釜不竭。蒙氏喜，封之靈官，而圖其像，人首而龍身。元代版入中土，神以釁血食久，不願受秩宗禮，徙居野人界。後子孫日蕃衍，猶擁虚號，而藏富不逮神。郡國諸使並頹放無檢，神不能左右以之，豐功駿烈，闇然盡矣。時有鼠稱黠公子，有蛇稱巴夫人，因護儲族衰，乘間竊發，逐神之裔，奄有其居。神聞之，而喟然曰：『吾不能復我邦族也，吾其長爲野人之神矣乎。』遂不復返也。」篇終不著作者姓氏，考其語，當在前代。余用焚之，而紀其事。

虫圭

王懋賞蘭畹

孔稚圭草堂夜坐，聞有鼓吹出於沮洳間，啓户叱之，一青衣持刺前曰：「虫大將軍圭敬詣足下。」有頃，將軍擲身入。冠惠文冠，後緑袍而前白紵，目露芒采，口哆然作草木聲。扣其世裔，曰：「我之先虫本黽也。漢世，虫氏襲侯，黽族未著。憶先將軍以一怒懼諸侯，爲名邦矜式，其裔亦凌夷衰微矣。時欲不平則鳴，徒聒人耳，所謂躁人之詞多也，何足道哉。且趙無恤晉陽城中，先將軍含水灌之，決其竈，惜荀瑶之無成也。王莽之世，宗人子陽躍馬白帝城，稍自誇大，新息侯薄之。夫叫囂者，不足與圖大，伯業誠未可力争。我輩不得志，甘爲草澤之雄耳。若春虵秋蚓，屈曲以避當道，而卒見惡焉者，我欲大聲以疾呼矣。雖族多不競，有逃禪于玄陰池者，狀貌奇詭，雖爲僧，而不免屠戮，奚若坐井尊哉？又或爲鄉里兒所延，謂之村學究，以糊予口，何不自振也？我以公賞音，故相訪，且以抒其躁妄之詞。」稚圭默然。將軍起如厠，杳無所見，始悟前者鼓吹一語，將軍領之，而欲以覼縷之説爲閣閣者解穢也。於是稚圭作《討虫圭露布》。

鞠先生誡子文

馮承恩奎園

鞠先生者，名英，少得延年術。嘗與木公造陶令三逕，訂有道交。同時柳髯弟兄五君，並以風流自喜，陶揮之門外，不獲與二人友。唐陸天隨子聚鞠先生之族，而願卜鄰焉。惟杞姓者錯處其間，宇相望也。先生壽既高，益孤寄無與偶。宋王介甫吟《楚辭》一語，以責歐陽九，時不能辨，先生乃悴乎其容，知其耄已及也。進諸子而戒之曰：「汝曹不殖，將自落也。其敦而安土以被夫化雨，無害枝葉，以繩而祖武。竹君雖老，可以寄心膂。封家十八姨，宜欵洽，而不可以侮。盆成氏徙居之説，無聽之，而徒自苦也。金紫之貴，天所成；黄白之術，神所生。蜂奪吾魄，螘損吾形，蟬悲風則思命，鶴警露則思誠。夫惟韜精，是能延齡。」吁！此真性命圭旨也。

説雲

孫縉雲氏

雲可説乎？曰：可。雲無形色，天龍之氣爲之。雲無晦明，日月之精爲之。占雲者，占龍也，占日月也。或曰：山川出雲，漢人之説。信乎？曰：所以出則龍也。或曰：雲行雨施，日月去遠矣。公何引麗乎天者哉？曰：雲載乎雨，其柄在龍。而能載者，日月胚胎之，非日月無以呈雲之能也。故雲待乎生，而龍無不生；雲有時而盡，而日月無盡。然則雲之象著乎有，而雲之理融於無。知此，則可得而説也。

平𧽯紀略

池映斗挹之

𧽯國在西南隅，其君長穴居，國人以剽竊爲生，夜出晨返。禽之者，或寢食其皮肉，拔其鬚爲筆穎。建子之歲，鼷破烏斯藏，攻小王子城，治戎於板屋之上，以馳逐博擊逞長技。烏斯王赫然怒，命苗帥討之。苗帥者，名豸，號虎頭將軍。其先韓國人，竄西域，因累世爲將，討鼷有殊勳。將軍生有異質，毛被體如毯，文采炳若。每怒視，則目光如炬，發聲如裂帛，指爪銛利，善縛諸部酋。惟性慵，嗜晝寢，卓午目細若一髮，占時晷無不合。又老饞，善噉生魚宿肉及雞卵，獲則飽而嬉。其奉命討鼷也，登板屋逐之，縋而下，蹙叱咤之，白鬚上刺。鼷亟奔竄，將軍力掣其項，殊死鬭，三踴而逸。將軍怒曰：「鼠子敢爾！」乃仰面仆地，爲受創狀。鼷直前扼其吭，將軍大吼，手足合圍。鼷度不能脱，向背旋轉如碌碡，毛血赤其庭。將軍嚙其首，啗之有聲，鼷四肢猶栩栩動。將軍尸其體於板屋，而露布以告諸部也。嗚呼烈矣！始鼷未亡，其族鼯公者居松州，戒以無跳梁爲人所圖。鼷勿聽，而惑於溷鄉侯一隅自大之説，故開板屋釁，以及於難。

凝香亭

徐玉埜玠卿

亭在郡廳事之東，笏巖所謂東堂者是。六月朔，既雨而霽，雲氏命僕施坐具焉。時聽城頭鼓聲初下，雲漏卵色，風從蜀葵中來，蟲響間作，箑揮之而已。談則岱峰精於理，笏巖精於氣，雲氏、星樓以老、莊參之，奎園衍朱、陸同異之旨，皆妙諦也。又希穎爲淮南神仙之論，挹之爲鬼董狐新編，令客忘倦。有秦聲出於東南者，則富游戎小伶演雜劇也。頃之，燈光熒于户外，不見其人。雲氏曰：「此必竈下嗇夫也。其人顬而古，知禮法，彼不敢逕行吾亭。」察之，燈轉出後扉。呼之，以細語應。夫何公而謹愿若是？或賦其事云：「凝香亭下清談處，叠鼓無聲萬慮澄。誰似厨頭老居士，不眠深夜静携鐙。」

參軍鬼語

孫縉雲氏

干寶聞塚中鬼婢之論，遂傳《搜神》，儒者供談助而已，惟傳奇家好演其事。一日，郡小吏祀社神，伶者爲唐太宗還魂小説，觀者如堵。婦豎見閻羅主者旁列諸獰面人，卒悚然髮立；又刀山血湖，諸幼相復以手掩面而啼。有頃，黑雲蔽日欲雨，余雖秉儒性，兹少惑焉。參軍徐玠卿云：「是非妄也，吾亦見之。」參軍故誠慤，無誑語。曰：「我未三十即棄舉子業，入貲爲郎，神啓之也。曾記二十七歲時，卧病三月，即昏寐不飲食言語，醫人患之。一夕，覺有人促予起者，似隸卒狀，引之出門。心悵惘無所適，欲還鄉，不可得。所涉皆烟水鄉，飛行可絶迹，困極，憩道旁，如經宿始甦，見城闕闃然。進一宫殿，頗似曩所歷道院。聞呼名，趨跪于階下。殿中深黝，不見人，惟大聲霹靂，謂：『爾已離塵世矣。』余始哀怖。又聞殿中作温語聲云：『爾祖掩骼之功，不可以無報，其益爾算，還家可乎？』余首崩角，請于神曰：『某榜中列名否？』神云：『無也，輸□祖起家耳。』余問祖父母算，云：『皆可二十四年。』命前隸送滯魄歸。仍如前卧，頃之扶病起，始能辨室中老幼。先大父坐于床，余叩以掩骼故事，大父瞿然曰：『此事頗秘，爾何由知之？』余以神睨告。然私心竊喜祖父母可延二紀。乃今皇帝龍飛之二十四年，祖父母相繼即世，余益信神語，不復事佔畢，輸粟注今職也。」嗟乎！是可以續干寶之書矣。紀參軍鬼語。

鴟

謝三錫雪巖

鶉首七宿，《虞書》「星鳥」之謂，《風詩》薄之，比於鵲，以其善淫也。夫鴟自爲配，不若盧蒲慶氏之易内矣，則淫而不亂焉。惟孌童、嬖女凭闌之暇，觀其友態而悦之者，神蕩色駭，情一發而理不可以止，宜於鴟乎罪之。鴟不節于内，爲人所詬病。士有愛其羽毛而賁賁者，輒不自檢，則又何也？

銛公子

孫思庭坦園

沈休文作《齊書》，夢和帝截其舌，斷矣，猶之劓、刵、宫。罪之而已，不若從而馳驟之，以縱其欲，而即于無忌憚之小人之尤。僞久則鑠誠，人遠則化物，非蒼蒼者畀以才而奪之福耶？若銛公子軼事，可以嘅矣。公子姓金，其舌自鼓如笙簧，因以銛名。族侈大，在秦爲諞言氏，在楚爲謡氏、諑氏。闢其教者，漢周昌、晉鄧艾也。銛母夢劍入懷而生銛，能言。時有神人過其門，見之，色然駭，曰：「此讒星之精也。其舌可柔鐵。」驗之，益信。神人取匕首刺其舌爲兩，兩舌如蝮蛇形。既長，眊乎其目，黯乎其容，而舌鋒所指，無不靡者。又能以兩舌左右卷，或面迎而背攻也。始公子交滿州郡，競稱其能。無何，愛其舌者，一一爲所刺，群聚而唾其面。公子佯忍之，而心益險鷙無賴，相與構舌戰之禍，其族有鈍生者，卒爲所陷，然公子亦疲於奔命矣。一夕，公子窺鏡，見其身亦人也，而面毛有角如夜叉，兩舌轉側合如環。出見舊所與游，争以大梃奮擊，或投以溲器，公子委頓以死，兩舌爲盗所攫，丸藥迷路人，而銛也鬼不靈矣，哀哉。

陋辨

馮文晫岱峰

徐玠卿書夢得《陋室銘》於室，笏巖爲《陋辨》曰：「室其外也，心其内也。室陋則昏，心陋則晦也。晦於事則罔，晦於理則詩也。匹夫之容，七尺之塊，利盡必營，勢窮廼背。諂彼厮養，驕于儕輩。山澤匿情，風雲變態，求盧過韓，得馬忘代。氣虧中滿，骨靡旁潰，顧我則笑，陋其謦欬。受人之憐，陋其曖昧。惟庸故陋，能進而難退也。惟庸斯劣，有亡而不悔也。才不逮夫僉壬，惡無殊於大憝，聞者齒寒，見而心痗，陋者不足與談，但言之而有既也。若居室之湫隘，不能方其梗概也。」

江仙

徐玉埜玠卿

仙有七子，貧不能鞠，遂去，不知所之。其初吴門市人也，五子俱冠，惟二稚尤小，日嬉戲無節。陽春之月，相率鳴紙鳶，畏其翁之知也，掩户而謀，若有窺於隙者，嘆息而去。是日，失仙所在。檢案頭，得數十字，乃以第六子屬其長君，第七子屬其次君，命撫之成立，餘無所戒。舉室號之，親串不敢弔，亦不敢賀。或疑其下海船，終身爲島夷也。又有傳天台采藥故事，往來迷逕者，嘖嘖焉人未之測。太生刺史，其第六子，癸酉舉於鄉，由廣文擢令、牧，前後垂三十年，無讀禮之戚。嘗欲以病乞休，涉江海、歷泰華，求其尊人，竟不果，勤其官而死，爲弄棟神。先是，其長君爲少尹於嵩。少間，家已有子，成進士，由京秩出守，乞假還鄉縣，入嵩山道院小憩。一披髮翁厖眉策杖，呼太守，與語曰：「汝憶吴閶江某乎？」太守失聲曰：「此吾祖名也，叟何以識之？」翁大笑曰：「吾非他，爾即吾孫也。傳語俗人，毋以神仙爲妖妄。」言訖，竟杳。太守乃圖仙之像，日夕香祝，不能已云。

十日想

屠紳笏巖

僕性褊急，嘗與人角，猝不可忍。郡伯坦園先生曰：「非直忍而已。忍之，即入于陰險，反不如角之。」僕詢何藥可治褊急之疾，曰：「惟十思散可。」僕不之解。曰：「無喜怒愛憎者，非人情。吾有所拂，但作十日想，涣然而釋，蓋理漸足而氣漸平也，謂之十思散。」

金銀花氣

徐玉埜玠卿

花色如黄白二米，故名金銀，實則耐冬花也。一夕，於東堂月出時晤之。頎而深淺紅者，爲蜀葵。蒙茸落盡猶舞者，爲虞兮。已謝餘陳根者，爲鼠姑。婪尾未殖，而葉黄隕者，爲菊。舉無香氣，氣椒若、蘭若、夜來香若，嗅而疑之。雲氏爲偈語云：「花香自鼻觀，無感更無寂。臭味於金蘭，得非氣者逆。」笏巖竪指云：「金銀花笑人，人不見金銀。妙想不可説，我身比花身。」或解之曰：「此金銀禪也。」

稗賦

邵倫清鑑堂

亦風亦露，時秀時實。有草名稗，爲禾所嫉。吾謂其熟也何得，而鉏也何失。較錙銖而尚輕，以麄糲而爲質。祝哽者再而三，療饑者十之一。剔齒而惡其疏，嚙牙而傷於密。饘不潔於厨，醴不馨於室。苟視舌之尚存，雖充腸而遑恤。亂曰：「如苗滿畦兮，似穀盈盤。以緐有子兮，以細名官。惟聖者能惡莠兮，惟賢者能鋤蘭。我行野而嘆息兮，悲嘉禾之獨難。」

柳溪

池映斗挹之

芒部北柳溪，小邨落也。坦園郡伯以公事至其地，占四絶云：「竹籬茅舍自清幽，客到黄昏古渡頭。忘却征途人况瘁，今宵且喜枕寒流。」「軒外鳴禽水際烟，凌虚一閣更超然。醉來不覺滇雲遠，疑坐江南載酒船。」「深林仄徑少人行，漁火星星向晚明。何事關心渾不寐，憐他夜雨落檐聲。」「叠翠環鋪院落西，無邊竹樹拂長堤。惟然一宿難爲别，何日重來過柳溪。」馮岱峰父子俱屬和。

盗有道

閻季純希頴

盗亦有道，雲氏論其事云：前明鄖陽山中多大猾，集其徒以千計，分渠領之。有所偵掠，一竹矢號召，越嶺度溪，經宿數百里。鄖撫闕名某，嘗以夏月納涼庭中。月黑燈耿，一物自檐下疾趨捽撫軍，則白于思而黑衣人也。毛利匕首如雪，撫軍駭極，乞所欲，曰：「以白鏹二百爲購物者，吾貸汝。」即如教，黑衣人騰而起，如鼓翼狀，入晦冥不見。撫軍募善捕人數十輩，懸重賞，不獲。鞭撻血其背，妻子械于獄。或舉舊獄卒以進，年七十餘矣。先以老病退，至是召之來。自稱願携三月糧入山谷，盜可致也。從之。老卒肩臥具，芒履徑去。行數日，經一山市，人異其語，舍異其食，卒登肆大啖，醉後作惡聲。即有酒家胡數人縛之去，其渠執訊于庭。老卒匍匐以所事告，仰睇渠貌，圓目黃眉，面狹而背稜起，白髭染緑，根尚半露，如五六十歲人，趺坐皋比，儼沐猴而冠也。然四十年前曾與老卒有胠篋之交，遂自掖以起，亟以竹矢稽其黨。越宿，引一白皙者進謁，年可十七八許，頤輔若女郎。其渠叱之，叩頭謝。謂老卒曰：「是兒即白于思人也。前者竊與撫軍戲耳。」蓋白鬚乃其盜具。留老卒信宿而別，謂：「汝歸語撫軍，無多搒掠捕人也，吾徒已原璧歸趙矣。某雖豪客，頗嗜名，幸以敵國視我，誓不負，早晚歸命朝廷，取都督印如反掌耳。」老卒惘然出谷，見撫軍，殊未有言，撫軍曰：「疇昔之夜，見黑衣人還所攫而去矣。」計其時，即叩頭謝渠之日也，計程三百里遥。斯盜也，何道也。

巴布馬先生

張蔭培翼齋

馬惺齋洲，於人未嘗有所臧否。笏巖初尚疑之，後於稠人中見惺齋，終日無一語，冠履秩秩，無惰容。有虎而冠者，曾與游處歲餘，無故輒毀惺齋。笏巖以告，將有以窺惺齋也。乃俛焉若愧，仰焉若思，曰：「吾有過乎哉？過也，苦不自知也。」詞色閒静，無豪忽慍意。家蓄一僕，爲黠夷所略，入巴布。

巴布者，川南夷落也。其酋聞惺齋行高，放之還。時人名之曰巴布馬先生。

貪羊

屠紳笏巖

貪，畜性也，何怪乎。爾弱之肉，强之食，未聞倒而行之。且不食肉而茹毛，其饕之奇而不法者耶？尉曹翼齋馬不瘠而秃其尾，吾疑之。翼齋云：「鬖鬖者羊食之矣。」夫馬尾何害，而羊惡之？食馬尾何補，而羊甘之？使長喙主簿而盡若此也，不特房駟之精自危，凡鬣者無完膚，脛者無全體矣。然則觸貪羊者，宜何如自惜焉？

燒香詞

孫緯星樓

上巳，城南元寶山遊者駢集。謝雪巖廣文作燒香詞云：「千山寶氣一山浮，三月風光三日柔。不見天梯舊遊伴，南峰尋到北峰頭。」「桃花李花年復年，每逢時節禮元天。也知心蕩魔難蕩，入道風鬟又可憐。」「白面郎從烏撒來，披裘一躍上春臺。日斜只索支離去，爲有城中小隊催。」「巴歌激楚是秦聲，曲到迎神氣未平。何似蠻邨簫鼓夜，一番花信候清明。」

魚腸美

孫縉雲氏

泉出山腹中，亦此邦之丙穴也。魚則龍見而出，虹藏而没。旱甚則爍其脂，霖多則腐其骨。非罟師而能眈眈，爲釣者之所咄咄。或垂綸於風，投餌於月。文牽乎荇藻，光鑑我毛髮。翠釜涎流，晶盤觔滑。受之辛以薑，被其澤以腯。小户之胸忮，老饕之興勃。恨不禱於龍公，時能驅以獱獺者也。魚腸之美，涇餅之縷，柔不厭乎九迴，肥必充乎六腑。誰能轉之轆轤，而若織諸綺組？短長之故難量，曲直之形可數。精心獨縈，潔意自吐。膏凝鳳髓，珍過龍乳。夫魚卒爲人所烹，腸雖美而何取哉！

無言

馮文晫岱峰

雪巖遠出還郡，笏巖出白紙箋書云：「兩日不面，見各默然。吾欲叩數君名，君不能舉。君轉以他事叩吾，吾隨舉輒斷。如霞起天外，因風吹散。」時雲氏在座，高咏「落花無言，人澹如菊」之句。

二巖

馬洲惺齋

大巖峒，石樹森疎，時有虎豹攫人之想。然郡北秀蔚，以此稱首。一蜀士刻石壁云：「巖何名大？聞此邦有二巖，深以不遇爲悵。」下注云：「雪巖、笏巖，崖岸過峻，則有之矣。如大巖峒之虎豹在山，行者滋懼，可乎？」馮子奎園曰：「果有文也，而虎豹何害。」

鬼雄

屠紳笏巖

七月夜將半，衆星旋西，燦銀濯漢。蟋蟀之族，颯響頻换。主人方將追步虚之聲，酌沆瀣而仰盥。

有客四人，倚户永歎。主人揖而進之，如見虎、貔、熊、羆，而色駭背汗也。四人曰：「僕等生無功德於民，而有飶有椒，死何憎惡于君，而魂之不招，酒之不澆？君視之如木偶，恐得罪於驃姚也。」主人叱曰：「汝爲帥而債，爲鬼奚雄？生徒列於几上，死宜入於甕中。」麾使出户，化爲飄風。呼僕燃燭，以誅其蹤。閣北隅之厨，有四木主而塵封，廓則黝黑，中飾竊紅，官銜用其長，若掛壁之蜈蚣。曰禄與位，不知何所折衷焉。主人舉烈，腥出於户，僕以手掩口。求四人立談之處，竹栢寂然，高臥如故。

雙鶴堂

程應璜抑谷

鶚亭舊爲雙鶴堂，更今名，自僕始。壬癸之歲，邑政多暇，於是以翺以翔。一鶴也，亦未有其匹，顧兹堂有雙鶴之説，何居？或云：前令君以二鶴畜于堂陰，故名。噫，左矣！爲支遁耶，則神駿之勿憐，何有於鶴。爲林逋耶，則未有無梅妻，而僅有鶴子者。夫名既無謂，謂之支。支詞害政，僕得而易之矣。士貴無雙，一鶚已足，斯鶚亭之謂乎？笏巖故接踵而起者，有鶚之風，雪巖與僕同好，著鶚之論，表章前事，匪賢者勿爲工，固也。甲辰冬，笏巖以詩話見示，僕詢以鶚亭更名所由，笏巖惘惘。僕云：「前此爲雙鶴堂，乃易於我。」笏巖曰：「滔滔者，皆雙鶴也，宜先生之放鶴而薦鶚也。」僕在鶚亭，無奇人，無奇事，故佳話不一傳。笏巖則鳴而和者衆矣。殆一鶚而鷙鳥從之遊乎？行役長淮，向笏巖索所見詩話，搜檢無有，疑爲靈鳥攫之而去。今年，笏巖出諸懷而與，且請志簡末，僕欣然曰：「諸哉，諸哉。」笏巖與僕，其合之爲一鶚，分之爲雙鶴者哉？嗟乎，此更其亭名之意也。

炙砚琐谈

炙硯瑣談提要

《炙硯瑣談》三卷，據乾隆五十七年亦有生齋刊本點校。撰者湯大奎（一七二八—一七八六），字曾輅、緯堂，江蘇武進人。乾隆二十八年進士，歷官知縣，有政聲。五十一年卒於臺灣林爽文難，時在鳳山知縣任上。此書有乾隆四十五年自序，管幹珍《傳》謂成於五十年，原爲十二卷補遺一卷，散佚於鳳山亂中；趙懷玉序謂據殘稿重編爲三卷。大奎有學識，交友亦多爲一時之選，故所存雖殘零，仍復可觀。如録史承豫倣敖陶孫作《國朝人詩評》，可與稍後洪亮吉《北江詩話》中之《詩評》合觀。承豫有《蒙溪詩話》，今已不存，此篇或即載其中。又如極賞黄仲則詞，以爲勝其詩，録其題畫詞調「邁（買）坡塘」一首，今本《兩當軒集》失載。其他如黄任外孫婿葉夢苓曾注《秋江集》，引證博洽，比於惠棟注漁洋集；高飛揚蜀中杜甫小像贈浦起龍，以爲兩人酷似，浦氏遂以《心解》復以相貌被視爲「少陵後身」矣。諸如此類，皆可補詩乘。論詩亦有見，如論地域詩風，謂關中雄、燕趙快、齊魯駿、河内閎、楚茂、蜀嚴、晉愨、江西冽、浙贍、吴和，此承明人皇甫汸之説而翻其義，或可觀兩朝地域詩風之變化。又如謂「詩家霸氣、禪氣，過者之病；冷氣、庸氣，不及者之病。杜韓沉雄，惟沉故雄，非霸；王孟妙悟，妙理入悟，非禪。韋柳蕭廖，無神味則冷；淵明不枯，無氣色則庸」，諸語妙而有識。大奎與趙甌北交密，推其七律，爲作摘句圖，然論詩有不合，評其詩亦不當趙意。

又指出王漁洋名句多脱胎前人，查初白詩前後甚有改動，議沈德潛《國朝詩别裁》收詩舍上駒而存中、下等，皆不爲無見。大奎又以文壇佳話罕傳而欲撰文話，或亦能如其詩話之必傳乎？惜乎未及措手，詩話亦僅存十之三四耳。

敕授文林郎知鳳山縣事贈雲騎尉世職湯君傳

管幹珍撰

乾隆五十一年丙午冬十一月，臺灣民林爽文作亂，莊大田亦踞瑯璚，糾衆侵擾南路。十二月壬子，大田賊黨許光來等陷鳳山，知縣湯君大奎死之，其子太學生荀業從死焉。明年，上命協辦大學士尚書福康安公、領侍衛内大臣海蘭察公，率巴圖魯百人往討，生擒二逆，送京師伏誅。於是，命察核臺員平日居官優劣。督臣等以君能其官，撫臣亦核奏君死事狀。事聞，予祭葬，賜卹有加，給雲騎尉世職。湯君字曾輅，一字緯堂，先世自吴門遷於常，遂世爲武進人。父諱自銘，母董，夢吴郡都元敬儒衣負笈入門，而君生。少工詩，嘗詠鴉，有「飛近馬頭晴雪處，立殘牛背夕陽時」之句，爲人所稱。弱冠補博士弟子員，貧而好學。壬午，入北雍，舉順天試。癸未，成進士。乙酉，挑發河南，以知縣用。歷署濬、獲嘉、商丘，補柘城。己丑，丁母憂歸。服闋，籤掣連江，以父老，改近授德清知縣。丙申，父憂歸里。己亥，補連江。癸卯，調鳳山。鳳山在臺灣郡南，民番雜處，其地多商，官斯土者，或夤緣爲利藪。君之調臺也，於甘肅差次，部議格之，及君歸，而大府已再請，得俞旨，君乃以一子渡海。既至，一切御以寬簡，暇則惟詩酒自娱，然不名一錢。爲令十餘年，獨君最貧。既調臺矣，而貧益甚。故事，臺缺三年，即更番還内地候遷。丙午，秩滿，代者未至。是冬，賊烽熾。命其子西渡，曰：「城亡與亡，令職也，汝未仕，可歸奉母。」其子不忍去，遂糾鄉勇爲守禦計。十二月壬子，賊至，君與參將瑚圖禮禦之，手刃賊四人，賊稍退，參將者逐賊南去。君回署，集鄉勇民壯，且賚且諭，將激以擊賊，而賊復集，邑故無城，遂突入縣署。左右皆潰走，縣尉史君謙欲自刎，君挽其手曰：「死誠善，何不殺賊死耶？」遂挺劍手擊數賊，賊刃交下，斷指三，君瞋目罵不已，中賊鎗而殞。子荀業亦持刀格賊，力竭，與史尉同日被害。丙辰，賊去，吏民入殮，置柩堂皇。明年三月，賊再陷鳳山，署遂燬，柩亦失所在。未幾，大軍平臺灣，中丞徐公懸賞格購君遺骸，不可得。五十三年春，君妻姪王伯蒼得君父子骸骨於餘燼瓦礫中，乃得以骨歸葬。嗚呼！君文臣，亦詩人也，詩人以科第得官，而終不能救貧，且以身殉，豈詩者自古能窮人？然君窮於一時之變，而通於千古之節，君固可以無憾。獨是文臣與城存亡，死而已耳，君身無縛雞之力，而手刃賊者四，賊逼，復能握劍殺賊，唾罵噀血，至死而彌厲，抑何勇也。猶憶癸巳、甲午閒，君候銓京師，與程君景傅、蔣君熊昌及余舉觴詠之會，殆無虚日。君簡於酬應，獨至酒場詩壘，則精悍之色見於眉閒。今程罷宣城學博歸里，蔣亦罷潁州守，養母里中，往時知好，散若晨星，而君竟以節烈昭於天壤。余追維舊雨，既慨且感，亦循髮而髿髿盡白矣。君之大節表表，其平日涖官政績，必有本末可傳於後，而執友垂盡，君亦未嘗自言，罕有識者，是可慨也。其治濬，遇旱，誠能驅蝗，邑人碑記其績。治獲嘉，漕政廉。治商丘，有律絞者，湔雪貰罪，其人後以行伍入仕版。治柘城稍久，去官日，攀送者數里不絕，至肩輿不能行。至德清，辨魚販之誣竊者。狀所志止於此，君之德止此也哉？君生平絶無嗜好，顧獨好詩，曾録其尤付剞氏，而甲午後詩集攜至海外，皆散佚。所著《炙硯瑣談》十二卷，補遺一卷，創于庚子，成於乙巳，凡六年而竣，至丙午没於賊。今捃拾殘本，而全書已不可得而見矣，悲夫。娶王氏，子二，荀業、范業，孫二，貽汾、貽浚。詳行述，不具書。

贊曰：臺灣之役，大吏奉命甄核死事諸臣，膺卹典者，惟彰化令俞竣、同知長庚、王雋及湯君而四耳。雋暫攝篆，竣臨事未及兩月，長庚方由澎湖別駕遷任，其久任臺灣，以廉謹稱者，惟湯君一人。卒之抗節捐生，仰邀優典，足以光汗青，及苗裔，豈倖致歟？惜君之所以治臺人，缺有閒矣。全臺需治孔亟，使盡以湯君寬簡之治治之，顧不足稱懷保而慶乂安哉？

福建鳳山縣知縣贈雲騎尉世襲死節湯君墓志

洪亮吉撰

夫仁義豈有常蹈之者，君子股肱既已竭，加之以忠貞，是以荀息再死永符白圭之言，臧洪復生無踰酸棗之節，則夫士君子肩一世之事，出萬死之地者，義重於生乃如此乎。若吾友湯君者，殆其人焉。君諱大奎，字曾輅，一字緯堂，世爲武進人。父監生君自銘，以學行顯於時。監生君夢明太常都穆入室而生君，以是奇愛之。君生而廣顙大目，明慧宿解，八年而通尉律，十五而明六經。時君與亮吉並居中河橋側委巷中。亮吉六七歲時，君年已逾弱冠，補博士弟子員，締交名流，是正文字，陋巷專室之中，有魁士奇人之跡，自君始也。未幾，秉二親之命，爲四方之遊。南眺禹穴，北覲闕里，傭書乎吴會，佐幕乎鄒魯，飛蓬歎于微子，負米同于仲由，蓋十五年于此云。歲壬午，年三十五，始以國子監生舉順天鄉試，明年成進士。又二年，即奉命往河南，以知縣用。時二親在堂，版輿迎養，案牘之暇，極色養之致焉。補柘城縣知縣，遭内憂歸。服闋，補浙江德清縣知縣，又奉監生君憂。君頻遭大喪，有逾常禮，廉吏薄俸，靡給乎饔飧，先人敝廬，或摇乎風雨，始自中河橋側遷于昇仙里右，即今之居第也。服闋，補福建連江縣知縣，四年調任鳳山。鳳山懸于海中，民番雜居，風俗不一。又飴餹蜃蛤之産，利徧天下，筐篚簞篋之資，富堪數世。用是，前政率以賄敗。君選于上官，特膺此任，檄調之日，擕一子兩僕赴焉。至則掃除積習，徐儆刁風，三年于茲，俗安其治。候代未歸，值臺灣民賊林爽文之變，君即訓練鄉勇，整飭吏民。晉陽之内有壘而必增，疎勒之傍無城而亦守。未幾，聞彰化陷，又未幾，聞諸羅陷。其時莊大田亦據瑯璚以應之，壞雲四落，海水亂飛，怪獸奪門，鷙禽布野。君結纓禦寇，握矢登門，刃螘附之卒，防豕突之兵，士氣乍揚，賊鋒稍挫。方復問傷弔死，秣馬厲鋒，回聽事之堂，行卻敵之賞，而烏合三百，踰毁垣而登，朱旗一軍，鑿凶門而遁。賊復蜂擁，民同獸挺。君知事不可爲，率典史謙及愛子所親禦于堂皇，前後手刃賊六七人，賊斷君三指，復中數鎗而殞。嗚呼！楚司馬之背，創之者三；晉中軍之指，斷而非一。抉伍員之目，視烈日而猶光；斷杲卿之頭，示衢人而皆哭。至乃玄黄蔽地，愛子隕于衝戈；手足異門，鄰童甘其白刃。死義死孝，兹爲烈矣；求仁得仁，又何怨乎！越四日，吏民入，殯君于署，以史君及君之子荀業列于左右。平原之裔，用國殤而在堂；秣陵之尉，以鬼雄而列殯。無何，賊復陷鳳山，署燬于火。逾月，大兵定臺灣，搜牢之舉已行，列肆之民復返。于是巡撫徐公懸賞購君之尸不得。今年二月，君所親有復至鳳山者，掘堂皇下二尺，得之，史君及君之子遺骼亦在焉。恒幹既摧，而上衝之髮猶植；燎原已熾，而欲裂之眥不腐。遂復複衾三襲，斂温序之須；元纁數重，藏卞公之爪。聆伯奇之哭，霜墮于中林；聞杞婦之聲，城崩于隔海。時有旨，别臺灣死事者平日居官優劣，大府獨舉君廉謹以聞。于是有旨賞給雲騎尉承襲，又恩給祭葬銀一百兩，照陣亡例，賞卹銀一百兩。千秋死節，事白于彌年，翁歸潔身，賞隆于没世。于是報功之典彰焉，激勸之旨寓焉。君之孤范業暨孫貽汾，始奉君之喪歸，葬于某鄉之某原，復累君行事，乞志其幽，禮也。君生于雍正六年三月十一日，死事以乾隆五十一年十二月十三日，年五十有九。君生平所著詩若干卷，《炙硯瑣談》若干卷，又補遺若干卷。康樂成童，先驚得句；孝侯臨命，尚復賦詩。以至時歌易水，感下泣之賓朋；不讀河梁，恥生降之都尉。蓋性情之正如此。若夫《炙硯瑣談》之作，又可言焉。飛詞南國，則不乏雕龍；投分衡門，則尚多窮鳥。未嘗不驚其片言之善，録其一藝之長，雜以舊聞，將成信史。振筆則仲宣七子，悉入編摩；餘篇則鄒衍九州，將歸著述。嗟乎！不知者以爲海外瑰奇之著，其知者即以代《襄陽耆舊》之編乎。今則成編數十，半歸溟涬之宫；奇字三千，欲問豐隆之府。於戲！立言立功不朽者，既如斯矣；百篇百卷所存者，乃止此歟？雖復終軍之亡南粤，引重儒林；季雅之没射姑，尤增文譽。而傳家積軸，未得比乎牛腰；望海招魂，并欲搜于魚腹。天之阨君者，不已甚乎？此則化東周之血，靡待三年；殺南海之青，惟留數簡。摛材之彦，不置辯于碧雞；樹櫝之墳，必飛濤于白馬。於戲哀哉！

皇清敕授文林郎福建鳳山縣知縣世襲雲騎尉湯君墓表

乾隆五十一年冬，臺灣民賊林爽文起彰化，躪諸羅，莊大田據瑯璚犄角以應，其黨曾伯達等南陷鳳山，鳳山知縣湯君死之。越三年己酉正月，始克歸葬于武進龍虎塘之原。孤范業偕君壻莊宇逵來請表其碣，懷玉諾之，以病未果。日月逾邁，墓有宿草，故人大節，耿于心目，其敢以不文辭？君之在鳳山也，秩滿候代，屬賊執蔓延，縣故無城，壥土垣三尺許，君率僚佐募鄉勇日夜爲守禦計。一夕，酌酒勞客，君舉雅俗語爲儷句，口占曰：「今日不知明日事，他生未卜此生休。」典史史謙訝其語不祥，君曰：「人孰無死，身既許國，成敗聽之，願諸君共相勉爾。」神色忼壯，座客爲之罷酒。平明，賊果來攻，與參將瑚圖禮禦之，賊稍卻，參將馳馬逐賊去。君聞城北有警，急馳歸，得内應四人，立斬以徇。方獎厲兵役，爇爨糜飼衆，賊已突進北門，入縣治。典史守獄死，閽人王明素負膂力，力屈亦死。僕林坤手格之，斷四指，身斫數創，暈絶仆地。君則朝服坐聽事，手劍擊賊，賊刃交下，猶瞋目詈不止。時惟長子荀業從之官，先以君詩文畀舅弟王崧，令遠辟，身蔽翼其父不去，遂同遇害，時十二月十三日也。君死，賊旋散去。故吏某等斂之，置柩堂皇，君居中，典史左，荀業右。縣民吴世芳訪其元，别葬龜山之麓。官兵初復鳳山，崧與世芳至葬處蹤跡，僕有洪賜者，識君繫髮綫，形容亦約略可辨，因併入棺。明年三月，鳳山再失，縣治焚燬殆盡。事平，謁傳柩爲良民私葬，巡撫懸賞購之不得。五十三年春，值清明日，崧與林坤酹酒舊所，翻視瓦礫，復得君父子骸骨於餘燼中，更斂如制。當是時，臺灣南北守令丞倅相繼被戕，至有爲賊踣頓困辱而後死，死而功罪或不足以相揜者。君歿之明年，閩中大吏以縣有應解未解之帑，檄封里中舊産，旋奉特旨給還。又明年，督撫上其居官死事狀，賜襲雲騎尉世職，予祭葬。此固聖天子綜核名實，奬勸忠義，亦君廉惠素箸，獲上有道，故能純終令聞，視矯强倉卒徼倖于不朽之託者，蓋未可並日語矣。初，君移殯臺灣郡城之南壇，見夢林坤曰：「滯此何爲，曷不速返？」坤瞿然覺，乃謀歸。故事，没于官者，既抵里，棺例入城。君棺本輕，過其家，忽重，執紼者喘汗悚惕，久而後行。同里許承志，君莫逆交也，客臨清，夢與君讌飲，酒半，君忽高歌，多軍中曲，詞甚激楚。許聞欲泣，君笑曰：「丈夫亦效兒女子態耶？」其靈爽之不泯如此。君諱大奎，字曾軺，一字緯堂，中乾隆壬午舉人，癸未進士，卒年五十九。配王氏。子二，荀業，國子監生；范業。孫二，貽汾，襲職雲騎尉；貽淩。女二，嫁莊宇逵、汪琰，皆生員。生平攻詩文，晚箸《炙硯瑣談》十二卷、補遺一卷，没于賊。懷玉掇拾奇零，釐爲三卷，刻而行之。其世次、歷官與它行事之可紀，詳管侍郎幹珍所爲傳，皆不書，書其大節及得自崧述與向之傳聞有异者，揭諸墓。乾隆五十五年夏四月，同里内閣中書舍人趙懷玉表。

炙硯瑣談序

同里趙懷玉譔

吾友湯君緯堂，少有奇氣，未冠，即以詩文名。凡圍棊、握槊、六箸、二煢、絲竹、曲解之屬，世競慕尚，以爲非是不能諧于時者，君悉泊然無所好。友朋過從之外，仰屋著書，雖歷宰繁劇，案牘雜陳，未嘗一日輟業。晚官海外，無書可觀，省記所及，纂《炙硯瑣談》十二卷、補遺一卷。攷鏡是非，揚扢風雅，人有一辭之善，輒采録之，發潛闡幽，非徒鈐説已也。乾隆五十一年冬，賊起臺灣，鳳山失守，君仗節死事。越二日，賊舉縣治卷籍將雜燒之，時君所親王子承松避難縣民吴世芳家，以賊於居民不甚疑忌，屬世芳竊取，付君門生吴克達匿去。及鳳山再陷，克達全家它避，賊始取爲然火之筦。蓋閩中造筦多擘紙纏竹，傅之以膏，使易然也。事平，克達歸檢之，厪存第十卷，其補遺一卷，則君生時乞華亭徐祚永點定，故免于燹。王子既攜歸示予，復從里中得初集稾數帙，參閱之，删其複沓，釐爲三卷。念卷帙太簡，若令孤行，恐仍湮没，欲附歙縣鮑君以文《知不足齋叢書》以傳。會其家多故，遲之兩年，未及付梓。辛亥冬，以文以其中尚可汰減，復寄稾商定。未浹旬，而以文家失火，所藏梨棗半付六丁，是書厪厪獲免，可謂幸矣。烏虖！古者文章忠義，咸本志性，自末俗工于藻繢，歧立身而二之，遂有才華素聞，臨難苟免者，後世愛其才，未嘗不嫉其行。至于貞臣烈士，詞翰所貽，一鱗片羽，無賢愚並知保惜，則秉彝之好，固未全爍于穹壤閒也。況大節彪炳，近在吾鄙，平生譔述，幸而出自餘燼，再免于祝融回禄之災，此冥冥中實有呵護存之者，不俾永其傳，非後死之責乎？因卒開雕，以竟前願。諸人存書之功，有不可泯，故并著顛末，以諗君之子孫。乾隆五十七年春三月。

余弱不好弄，凡技藝之屬，一無所能。閒或寄情於詩酒，暇則與二三朋好清談而已。比來簿書鹿鹿，遂廢詩。夏秋之交，病肺咯血，遂止酒，又氣怯，禁勿敢談，嗚呼，生人之趣，索然殆盡矣。雖然，必不得已而去，去酒，又必不得已而去，去詩，談則烏可已也？不可已而已，譬諸相如、揚雄之吃，仲長、子光之瘖，周昌、鄧艾之期期艾艾，不能舌之，庶幾筆之，以期快吾胸臆而後可。顧自愧匙見寡聞，既無可撰述，即生平見聞，亦遺忘不知凡幾，偶一省記，付諸盧奴，恐不足當大方家一呋也。二三朋好，姑妄聽之，以爲酒人滑稽也可，以爲詩腸鼓吹也亦可。庚子冬杪，緯堂自題。

炙硯瑣談卷上

武進湯大奎曾輅

吾郡山水之美，無如荆溪，相距百里，而近不獲一遊，良可歎息。同邑楊青望字昭、宜興萬瑱爲之薾結伴游龍池，作倡和詩一卷，余嘗序之，爲之神往。癸巳夏，余謁選入都，青望贈詩，有「何妨緑酒酬官俸，但乞青山繞縣門」之句。明年，余隨牒德清，繞郭青山，宛然詩讖也。

楊青望弟既庭，棄儒習賈，好作小詩。嘗攜其卷示余，爲題一絶云：「郢中白雪久飄零，下里嘈嘈耳倦聽。清氣得來真不易，亂鴉飛盡遠山青。」集中句。

荆溪萬秀才瑱爲刻意苦吟，多妙悟語。余最愛其「風色聚寒鴉」句，即題其卷後云：「荆南詩老各天涯，楚塞梁園殢歲華。謂史蒙溪、汪玉田。後起忽驚麟角異，争傳風色聚寒鴉。」

高青丘詩：「在路定留經處咏，還家猶著去時衣。」情致俱勝。國朝吴青霞啓元有句云：「憶舊那堪垂老别，到家翻誦贈行詩。」青出於藍而青於藍矣。

王阮亭尚書名句多脱胎前人，如「吴山帶雨參差没，楚火沿流次第生」，本儲光羲「吴山遲海月，楚火照江流」。又「高秋華岳三峰出，曉日潼關四扇開」，本東坡「三峰已過天浮翠，四扇行看日照扉」。又「更愛風標兩公子，水蘋花外立移時」，本潘檉南宋人。「如許風標無用處，年年分占水蘋花。」其《姑蘇懷古》云：「山川終古迷商魯，花木千年怨種蠡。」《春申澗上》云：「青山終古連秦塢，珠履何年問楚人。」調法既同，意境亦復相似，蓋《入吴集》中一時作也。

吉水李尚書維饒振裕著有《白石山房詩》，余未之見。友人邵星臣摘其五言佳句，如：「朔風吹大漠，邊草動秋聲。」「野渡寒流咽，重關古路荒。」「峽雨無朝暮，春風有別離。」「雨過春城暗，潮迴海日低。」「烟深南浦樹，帆落海門潮。」「重湖鳴夜雨，高館帶春花。」「遠寺疏鐘到，深燈夜雨留。」「亂雲堆野壑，急雨失歸舟。」「山留萬古色，人趁一朝晴。」「雲凝湘浦夜，月落洞庭秋。」可與愚山抗行。

前輩作詩，隨時改定，晚年全集，往往與初刻互異。如查初白《別弟詩》「與爾未曾經遠別，得歸或恐是明年」，後改「得歸難定是何年」。徐辛齋《潤州》詩「山俯南朝寺，江圍北府城」，後改「山湧西津渡，江春北府城」。又一本作「山上南朝寺，江頭北府兵」。此類名人甚多，杜陵所謂「老去漸於詩律細」也。

閨秀許權字宜媖，江州人，乾隆丙辰進士崔謨室也，著《問花樓稾》。有《折楊柳》二首云：「雨葉烟條絲一圍，翠樓閒處亂花飛。江城驛路三千里，不見人歸見雁歸。」「檻外青青風正飄，一春愁對董嬌嬈。柳花見説爲萍去，再不成緜上柳條。」一時傳誦。

吾邑董侍御玉虬文驥、孝廉舜民元愷、秀才文友以寧，三董並負盛名。玉虬《微泉閣集》，舜民《蒼梧詞》，文友《正誼堂集》及《蓉渡詞》，俱卓然名家，文友尤擅才子之目。柏鄉魏文毅裔介未識文友面，而傾倒欲絶，當時以爲公論。近日宜興史位存承謙、任澹存曾貽選《列朝詞雋》而不及文友，何耶？

董侍御晚年家居，頗留意推挽後學，延虞山錢湘靈先生主席，一時英俊多從之遊。其論詩以鍛鍊爲宗，然工是派者，率多不達。莊阮尊令輿太史嘗輯《毗陵六逸詩集》，六逸中如楊起文宗發、陳道柔鍊、胡芋莊香昊、董叔魚大倫皆湘靈高足也。

王阮亭《衍波詞》《虞美人》一闋云：「杜鵑庭院春將了，斷送花多少。幾層楊柳幾層風，總付銀瓶金屋夢魂中。合歡枕上香猶在，好夢依稀改。迴環錦字寫離愁，恰似瀟波不斷入湘流。」「瀟」「湘」字破用，新絶。後見陸龜蒙《採葯詞》「問人則不屈不宋，説地則非瀟非湘」，則前人已有分用者矣。

先外祖董清溪瑜先生任俠好義，慕朱家、郭解之風，家故饒於貲，晚年揮斥殆盡，琴書嘯咏，晏如也。百家技藝之術無不通，尤精繪事，見推於惲南田高士，幾與抗行。宋漫堂尚書撫吳日，欲招致之，卒不往。余家舊藏先生畫册，親黨借觀，竟爲乾没，殊可懊惱。猶記其題畫絶句數首，風致灑落，亦復不減南田。《桃柳爲友人洞房》云：「絲絲暖雨正春朝，露壓紅流出澗橋。珍重漁郎尋路入，好聽風度玉人簫。」《竹石》云：「蕭疏碎影能篩月，歷亂繁枝欲剪秋。頑石不堪驚米老，虚心或可動王猷。」《玉笛梅》云：「和風澹蕩静無聲，素魄香魂畫不成。占盡春風好顔色，何曾五月落江城。」自注：「本名玉蝶，誤寫玉笛，即以玉笛成句。」《淡墨荔枝》云：「骨細肌香瑪瑙胎，佳人笑口自應開。書生潑墨描來易，不用紅塵一騎催。」

吾邑楊芝田大鶴宫諭，九歲補弟子員，十一食廩餼。時尊人静山廷鑑修撰與塾師某杜鵑聯句云：「何處攜來血染絲。」師云：「洛陽橋畔乍啼時。」顧謂宫諭曰：「一句説花，一句説鳥，下當如何接？」宫諭應聲曰：「最憐月皎花明處，聲滿空山香滿枝。」塾師歎絶。

楊陶雲大鯤，芝田先生兄也。順治己亥進士，由庶常謫新建丞。楊大聲昌言贈詩云：「早歲鳴珂帝里中，一官今赴古宜豐。神仙共比南昌尉，父老群迎太史公。夢繞花磚移曉日，哦成松廨起秋風。物華樓畔應回首，儻憶東皋樹樹紅。」和平之音，深於慰藉。陶雲後終山東按察使。

吾邑莊編修阮尊題畫荷贈包虞軒括太守云：「清姿不愛鬭春風，六月花開一鏡紅。恬澹性情渾似水，托根應在碧溪中。」「雨濕露沾都不受，苦隨風力戰狂波。行天日色紅於火，是處清陰借蔭多。」「斟酌香山頌竹詩，碧池新漲醉吟時。低頭欲拜玲瓏藕，一樣心虚是我師。」「各藏身處不同群，嫩菂新房一蒂分。不是此花貪結子，天公留與繼清芬。」四詩分寫花葉藕蓮，各有寄托，章法井然。又嘗自江右歸里，夜與賈船同泊，估客因問何姓，自何處來，載何貨，戲作二絶答之云：「攜笻踏徧嶺頭春，一櫂西江復問津。山木陰中秋水岸，濠梁曾作釣魚人。」「握筆空知賦《子虚》，一生落拓老相如。奚囊長物全無用，幾卷山窗舊著書。」可想見先生風趣矣。

侍讀楊企山述曾先生長於史學，詩宗杜、蘇。乾隆丁卯，典試滇南，著有《使車集》，佳處直逼東坡。惜未鈔録，但記其《贈桃源汪令》一律云：「繞城楓葉爛於霞，猶似秦人洞口花。此地溪山真絶世，何時雞犬共攜家。相逢都覺衣冠古，重到翻嫌道路賒。多爾情深千尺水，江頭送客月初斜。」

先君子頗耽禪悦，嘗夢中得句云：「老僧脚闊走天涯，到處尋家不見家。始信從今有歸著，亭亭一朵玉蓮花。」想見夙根慧業。中年以後，受持《準提咒》、《金剛經》，頗著靈異。宜興汪玉田溥贈詩云：「經年依浄土，閉户即深山。證道追《人譜》，先生嘗仿《小學》内外篇作《人鑑》。元功見玉顔。丘園心自樂，雲鳥意俱閒。願得從函丈，栖遊任所攀。」

科場兼作五經文字，自前明洪武庚午迄崇禎癸未，鄉會試代不乏人。甲戌榜，龍溪顏茂猷，思陵特旨命題名會元李青之前，尤屬異數。國朝順治乙酉、丙戌、康熙戊辰等科，以五經邀甲第者，亦復不少，然皆監臨科道特疏奏請，否則以違例貼出。壬午以後，有旨願作五經者聽，敏速之士，誇多鬬靡，視爲終南捷徑矣。乾隆甲子陽湖生員白仲徵倍五經之數，作四十六篇，監臨某公格於成例，不敢入告，竟致貼出，白遂恚死。甚矣文人好勝，而益歎憐才之難也。此例今停。

王阮亭先生位至尚書，卒於康熙五十年，壽七十有八，貴仕高年，實爲詩人弁冕。乾隆中，補謚文簡，士論榮之。福王時，欲謚户部侍郎高啓爲文愍，刑部尚書王世貞爲文憲，孟津爲相，力沮之，遂格不行。詩人有幸有不幸如此。

咏明妃者多矣，近見明彭彦實華詩云：「抱得琵琶不忍彈，風沙獵獵雪漫漫。曉來馬上寒如許，信是將軍出塞難。」諷刺微婉，與横使議論者迥別。

釋禪鑑《咏四皓》有句云：「因秦生白髮，爲漢出青山。」語亦新色。

溧陽史文靖公生辰，一門生祝聯有「動業邁夔龍」之語，公一見，瞿然謝曰：「寫作俱佳，但某不敢領。」初猶未解其意，及見公容色不豫，乃悟聯中犯公父宫詹夔諱，遂踧踖不寧而退。或云門生即李中丞鶴峰。

臨川李司農穆堂紱未第時，布衣芒屩，徒步來吴中，與諸名士角逐。嘉定張匠門先生主講席，遂問字於匠門。先是，匠門弟韋齋官江右，識穆堂，預爲説項，由是激賞倍至，惟駢體未工，稍爲指授而去。康熙己丑，穆堂與匠門同入翰林，修年家禮，不復相下。而學問亦各有所得，匠門主温雅，穆堂主闊大也。穆堂詩如：「夕陽千樹鳥聲寂，涼月一庭花影深。」「短堞一空雞絶唱，敗槽百齧馬多聲。」頗清警可誦。余最愛匠門一絶句云：「鳥背嵐光過夕汀，碎萍魚唼水花腥。青山一角湖三面，記是塘西乙未亭。」取料甚新，神韵亦復簡遠。

長洲沈歸愚宗伯《七夕》云：「只有生離無死别，果然天上勝人間。」此語未經人道。

閨秀吴文璧永和，武進人董玉蒼室，著有《苔牕詩草》。《咏虞姬》云：「大王真英雄，姬亦奇女子。惜哉太史公，不記美人死。」可謂讀書得閒。

陽湖楊南畊晉曾《蓉湖雜咏》云：「我愛蓉湖好，柴扉傍水開。四圍山色繞，家住小蓬萊。」「漁艇小於豆，湖光闊於海。一艇一漁翁，一歌一欸乃。」「睡起捲湘簾，一湖好春水。隔柳聽鳴榔，漁船出沙嘴。」「活水魚堪煑，青帘酒易沽。杏花村店裏，紅袖自當壚。」諸詩頗有風致，里中竟無知其人者。

宜興陳浣初克猷，迦陵先生嗣孫，貧不自存，依其大阮銀臺公履平於商丘，遂占籍游庠。未幾卒，無後，中郎書籍，未知付與何人矣。平生佳什頗夥，余僅記其步漁洋《秋柳》句云：「杜秋鬢鬢思初嫁，商婦琵琶憶盛年。我亦飢驅無定者，攀條惆悵夕陽邊。」

下第詩無過李廓：「榜前潛制淚，衆裏自嫌身。氣味如中酒，情懷似别人。」若孟東野「棄置復棄置，情同刀劍傷」，激而直矣。程魚門晉芳有句云：「也應有淚流知己，只覺無顔對俗人。」又某一聯：「夜來夢好都無準，日者詞窮别有云。」皆能曲繪情事。

癸巳夏，需次都門，諸朋好過從，殆無虛日。余謂曰：「如此恢台，不能挹爽西山，茶瓜結夏，庶幾平原十日，與麴生輩鞭弭從事耳。然不有吟咏，何異一鼓牛飲耶？」時拈韵，得肝字。程霖巖景傅學博首倡云：「華顛更校揚雄字，素食還資仲叔肝。」蔣澄川熊昌户部云：「鄉閒楷範尊龍腹，薄俗文章笑鼠肝。」管松厓幹珍編修云：「吾儕出世原雞肋，公等談經異馬肝。」余亦和云：「斗室儘容知己膝，貧餐那藉故人肝。」自是更倡迭和，率以爲常。一月之閒，得古近體詩三百四十餘首，遂編其詩爲《消夏集》。歲月既邁，宦游各方，藏鉤擊鉢之歡，邈不可再。龕江紀此，棖觸黯然。

宜興朱柘田受户部，詩筆健拔，閒涉宋調，亦伯仲山薑、紅豆閒。嘗題余《攜酒聽鶯圖》云：「雪苑鶯啼欲暮，柘城絲柳初攢。社公小雨潑火，酒色輕陰作寒。無絃之琴不鼓，有杯入手當乾。忽憶風花時節，我來剛抵秋殘。」

李崧，字静山，江陰人，忠毅公再從孫，著有《芥軒詩集》。《題虎丘寺》云：「樓閣參差緑樹閒，夕陽人散鳥飛還。山僧爲放雲來去，夜静寺門常不關。」佳麗名區，寫得爾許蕭寂，風致自別。又荆溪徐雙楠洪鈞《夏日題虎丘寺壁》云：「山容依舊翠鬟開，寂寂禪宫長砌苔。應是花叢看已過，更無人爲緑陰來。」感慨風流，亦不落尋常思路也。

王韓起學琦，江陰諸生，著有《燕石集》。《春日風雨作》云：「廉纖終日雨，蕭颯滿園風。小艸作深碧，孤花落晚紅。人惟居硯北，春已去牆東。賴有尊中酒，兼旬猶不空。」風格頗類遺山。

邵星城語余云：「陽羨儲玉琴潤書，中子先生孫也，弱冠工詩。《宿遠塵精舍》云：「眠愛蒲團穩，心如野衲閒。秋聲全到枕，清夢不離山。伴佛燈雙穗，窺人月半環。頗聞松籟裏，時有鶴飛還。」余於儲氏締交頗多，獨未識玉琴，録此詩以志神往。

常開平裔孫某，中山壻也，鼎革後居湖孰，種菜自給，人謂之湖孰菜。此可對邵平瓜。新安汪于鼎洪度有《湖孰菜歌》。

朱幼芝景英司馬，湖南武陵人。嘗訪友，詣侯官許氏，甫入門，如舊游地，因詢主人云：「此内有小樓，樓上一聯云『無可柰何花落去，似曾相識燕歸來』，尚在否？」主人曰：「信。」遂引之入，徘徊怊悵不忍去。一老婦隔簾諦視，謂侍婢曰：「適纔官人，絶似五叔。」乃知朱君即其後身，樓中聯句即君宿世書也。己亥，偕君分校棘闈，贈余以詩，余亦和之，有「金環夙業似君稀」句，即指此事。

古樂府：「方局十七道，棊會知何處。」棊會，隱語期會。蓋言如方局而止十七首，則棊會在何處耶。又《柳州集》「石枰黑脈赤肌，十有八道」，此蓋石紋如是。後人未明其故，遂謂古局有十七道、十八道之異。

汪澤周溥，宜興諸生，博雅工詩，與余交最久，余爲刻《玉田山房詩》。五言如：「碧空微有露，涼院欲消螢。」《秋月》「一秋長待汝，九日始爲花。」《晚桂》「木落山無障，江空月有聲。」《焦山》「緑陰愁薄暮，艷粉易生寒。」《牡丹》七言如：「亭遠忽從烟際没，樓高先覺雨聲來。」《賜書樓眺雨》「一夜隔江風雪盡，樹頭初日下晴沙。」《清楓渡雪霽》此例甚多。歌行頓挫清壯，如《匡廬三叠泉》、《周孝侯射虎圖》、《諸葛武侯銅鼓歌》最奇。儲晝山先生云：「清思似雪，高調入雲，格律既深，意趣復古，近人中最深於唐者。」

宜興儲畫山先生以古文辭擅場，詩不多作。少時賦《秋思》詩，有句云：「畫簾清簟三山影，疏雨微雲七月天。」「秋水渡邊無去槳，夕陽亭下有迴潮。」神味清深，不失爲李嘉祐、郎士元一輩人語。宜興謝明經皆人方連，工五言絶句，嘯莊諸詠，不減王裴，阮亭先生嘗激賞之。吾邑楊藕塘士徽翰編，一日持館閣課，囑令捉刀，彊而後可，乃至閉置一室，終日不成一字。楊笑曰：「高文典册用相如，公固山林之秀也。」

荆溪史上舍衎存承豫，工詩。庚辰秋，與余定交白下。其論詩意見，多與余合。嘗云：「作詩之訣，用實不如用虛，用繁不如用簡，用假聲調不如用真性情。」此語最的。又云：「唐初沿梁陳之習，靡而無骨，陳伯玉以古調振之。宋初尚西崑之體，華而不實，梅聖俞以雅音振之。明初染廉夫之障，縟而近滯，高季迪以逸氣振之。國朝承明末之弊，廓而不真，王阮亭以秀骨振之。」其論宋詩云：「莫生於黄山谷，莫硬於王介甫，莫熟於陸放翁，莫俗於楊誠齋，莫纖於范石湖，莫鈍於陳簡齋。」余謂放翁善達難顯之情，正是熟極生巧，七古尤馳驟有法，餘子正未可同日語也。

史衎存嘗仿敖、王二公作《國朝人詩評》一則云：「施愚山如山雪初消，園梅乍吐，疏花冷蘂，觸袖馨然。宋荔裳如豪家張宴，錦幕銀尊，華彩奪目。王西樵如溪光透徹，山色清華。王阮亭如上苑春花，瑶臺秋月，芳菲滿樹，光景照人。朱竹垞如河陽重鎮，獵獵旌旗，自令敵人望而心戰。程周量如月下橫簫，聲多嗚咽。吳漢槎如胡琴羌管，獨奏邊春，動人處尤在《落梅》一曲。陳迦陵如公孫大娘舞劍器渾脱，瀏灕頓挫，炫人目睛。王幼華如秋江夕照，雲物奇麗。孫豹人如西人彈琵琶，音節慷慨，特多秦聲。陳元孝如吴下名山，峰巒苕秀，少巉巖崱屴之觀。吴天章如漁人入武陵源，流水桃花，杳非塵境。梅耦長如清露晨流，新桐初引。彭羨門如漢宫人柳，臨風綽約，有三眠三起之致。周櫟園如雨洗修篁，娟娟可玩。潘南村如蟲吟籬畔，蟬響林皋，音韵蕭然，不耐久聽。湯西厓如伶人當場，儀容楚楚，而哀樂不真。陳子端如吴人作洛生咏，時帶老婢聲。宗梅岑如穠李夭桃，未離凡艷。宋牧仲如村醪初熟，風味劣薄，不能醉人。嚴蓀友如雨過花枝，香微色淡。田綸霞如傀儡登場，舉止儼然，殊無生氣。顧梁汾如一曲明流，蘭芳堪擷，李武曾如盆中緑萼，風致嫣然，止宜於案頭作供。汪鈍翁如秋原平曠，叢長蘼蕪，頗有寒花點綴。王孟穀如重巖飛瀑，一瀉千尺，寒氣凌人，不可久睞。汪季甪如初地禪談，名理不無入處，而心地尚欠空明。吴園次如弱柳迎風，不堪攀折。」

史秀才位存承謙，衍存難兄也。工填詞，詩亦有致。五言如：「閉門紅藥盡，高卧緑陰深。」「風濤臨大別，烟月在中湘。」七言如：「雲垂平野星初上，馬走春沙夜有聲。」「撲蝶曾過春似夢，湔裙人去水如烟。」此類甚夥。惜乎芳蘭早凋，長轡未騁。

蔣涑塍驥先生，吾鄉名宿也，老而不遇。嘗書闈卷尾三絶云：「廿年邊塞老横戈，寒夜空驚醉尉訶。眼看平陽門下騎，城東列第正巍峩。」「忍將國色委沙場，一曲琵琶淚萬行。自是承恩非在貌，不關毛壽誤王嬙。」「玉房烟舍鬱迢迢，九轉丹成枉自燒。從此無心添竈火，欲尋王子學吹簫。」情致蒼涼，真堪酸鼻。

「草不世情隨地緑，花知客意入簾紅。」溧陽潘汝庭句。自是「庭草無人隨意緑」化身，而用意自别。

「茅屋當門月，清溪滿櫂雲。」畫山先生幼子仍叔知行句。諸儲長於詩，而仍叔才最高。惜不自收拾，暮年没於水。

徐右雲焕龍，荆溪名孝廉也。某子婦某，吴人，工詩，早卒，有「風動春衣欲化雲」句，一時傳誦，比於迦陵「人在東風二月初」云。

吾邑周少司空蓉湖清原客嶺南時，有仙人降乩云：「『月明有水皆呈影，風静無塵别遞香。』周子誌之，他日自有用處。」後入都，會廷臣薦舉鴻博，平原董默庵訥總憲先以詩試士，命咏白丁香花，周用此二句，極賞之，遂入薦。

宜興吴秀才師石介于，少負才名，年三十而夭。有司云：「斷崖殘雪挂，清磬夕陽浮。」嘗以詩謁錫山顧梁汾舍人，顧贈詩云：「老夫直下低頭拜，不比尋常説項斯。」前輩之奬掖後進如此。

長興王立夫豫，詩有别才，嘗賦《若溪絶句》四十首，風調殊佳。吾友汪君澤周記其二首，爲余誦之云：「一春長恨雨瀟瀟，記過吴王送女潮。輕薄桃花嗚咽水，縱無離恨也魂消。」「選勝還須觳觫車，石門山色美何如。茶花開徧深深塢，暢好風光是夏初。」

玉溪《無題》詩，託興遥深，自是騷人遺意。金沙王次回賦寫閨閣，幾于蕩魄銷魂。左袒者藉口删《詩》不廢鄭衛，而歸愚沈氏矯枉過正，則并玉溪而詆之。然此體亦頗難工，就所見聞，擇其雅者，録數聯于左。彭羡門云：「仙路無緣逢巨勝，珠胎有淚滴方諸。」王西樵云：「下杜城邊分驛路，上蘭門外足長亭。」王阮亭云：「天上碧雲方薄暮，人閒紅杜易驚秋。」朱錫鬯云：「人前容易風吹袖，夢裏分明月墮懷。」陳其年云：「烏啼北斗三更後，人在東風二月初。」顧俠君云：「可人似夢尋難見，恨事如萍著即生。」郭于宮云：「事如食欖兼甜苦，心似操舟乍淺深。」儲從彦云：「古道金隄生死別，夕陽珠閣往來看。」

先生、長者、君、公，尊稱也，皆他人稱之之詞。然漢祖問四皓姓名，其一自稱角里先生。魏哀王時，游士自號梧下先生。皇甫謐自號元晏先生。陶潛自號五柳先生。王績自號五斗先生。白居易自號醉吟先生。唐彦謙自號鹿門先生。李昭屺自號樂静先生。江端友自號七里先生。孟子拒留行客，酈食其初見沛公，伍子胥自剄時，俱自稱長者。酈食其對漢使及齊王田廣，俱自稱而公。漢祖對酈食其、陸賈自稱而公、迺公。司馬遷自稱太史公。徐陵與王僧辨書，自稱徐君。王僧達祭顔光禄文，自稱王君。張説祭殷仲堪文、弔陳司馬書，並自稱張君。王績答杜之松、馮子華與江公重四書，並自稱王君。至顔延之以何偃呼爲顔公，答曰：「身非三公之公，又非田舍之公，又非君家阿公，何以見呼爲公？」特以其輕脱怪之耳。

士之未仕者曰處士，女之未嫁者曰處女。《宋史・藝文志》有《處士女王安之集》一卷。案陳氏《書録解題》，安之名尚恭，簡池王亢子蒼女，年二十，未嫁而死。詩雖不傳，其命名殊新異也。

《史記・楚世家》：「吴之邊邑卑梁與楚邊邑小童争桑。」《伍子胥列傳》：「楚平王以其邊邑鍾離與吴邊邑卑梁氏俱蠶，兩女子争桑。」女子、小童，無甚關繫，但一人之記載，不宜歧出也。

《晉書》：徐廣，字野民，成《晉書》四十六卷，年七十四卒。《南史》：廣字野人，年過八十，猶歲讀《五經》一遍，元嘉二年卒。撰《晉紀》四十二卷。余案，二説互異，延壽專門之作，實集諸家之成，固宜佳於正史。然嘗預修《晉書》、《南》、《北史》，又同時表上檢點之疏，二者必居一矣。此類頗夥，姑舉一端。

仁和邵錫蔭《宏簡録後序》云：「編年之體，創於馬遷。」又云：「百藥之子延壽，删定《南》《北》二史。」余案，司馬氏易編年爲紀傳，夫誰不知。李伯藥自有子名安期，而延壽父故大師也。紕繆若此，竟侈然爲先正作序耶？

泉州洛陽橋建於蔡襄，修於蔡錫。相傳有醉隸捧檄投海神，俄而回文，書一「醋」字，乃以八月二十一日酉時定趾，海潮旬餘不至，橋遂成。陸伯生《廣輿記》、周櫟園《閩小記》、何鏡山《閩書》俱謂蔡襄事。陳莘學《雒陽橋辨譌》、宋牧仲《筠廊偶筆》俱謂蔡錫事。余案，《端明碑記》云：「橋始造於皇祐五年四月庚寅，以嘉祐四年十二月辛未訖功。」則非八月二十一日酉時定趾矣。歷七年而工竣，則非旬餘遂成矣。又云：「糜金錢一千四百萬，求諸施者。」而《通志·蔡錫傳》則云：「橋圮，出石，刻有『石摧頽，蔡再來』之語，錫捐俸修之。」既云捐俸，度無有大興作。而檄海張皇，又復神奇其説，豈端明前知，抑别有僞作此讖者耶？《名宦》既列錫傳，而《橋梁志》備載修洛陽橋姓名，獨遺蔡錫。至海神書牒事，又兩蔡並載，覈實之謂何？錢明府碩齋濟世後蔡《祠記》謂牒神乃古人神道設教，與狄武襄百錢卜勝同。世父述庭自奇先生詩云：「紛紛齊東語，何年謬相沿。遣吏牒海神，醋字書回箋。云是端明事，傳説滿道邊。柱史博攷據，辯譌著新篇。至誠格神明，於理有固然。或云聳民聽，古人寓機權。真贋不可知，稗乘鮮真詮。荒唐置勿論，遑辨後與先。」真如老吏斷獄也。

《宋史》：陳思讓子若拙，太平興國初進士，以第二人及第，當時號爲榜眼。及李昭遘、子杲卿、杲卿子士廉，皆一甲三名，人稱「三世探花郎」。昭遘，宰相李昉孫。案，陳思讓之子欽祚，而若拙乃其孫。李昉之孫昭述、昭遜，而昭遘乃其從孫。昭遘亦未登甲科，三世探花之説，王仲言《揮麈録》云爾，詎足據耶？

郭璞《江賦》云：「洪蚶專車。」臺灣上帝廟有蚶殼，長三尺餘。相傳靖海侯破鄭逆時，爲某將軍負舟，力竭死，則亦波臣之桀者也。諸暨壽芝崖同春寓齋移置半合蒔花，每宴客，輒舉以誇示云。

宜興周東標士廣，畫山先生高足，制藝古艷，絶類畫山。詩亦高雅。如：「疏雨下黄葉，秋風剪緑葵。」「稻花生野秀，梧葉淡秋陰。」「天畔雲飛澹，林中月度明。」均可諷詠。年已六旬，尚童子試。學使某聞其名，欲拔之，乃是年適未入場。周聞之，懊恨不已，自投西氿卒。

常熟宋玉才樂，少負奇才，常鬱鬱不得志。《送人避仇》云：「狂歌痛飲向來心，贈別吴鉤抵萬金。君到他鄉莫沈醉，酒悲時候最難禁。」

山陽邱明府邇求迴有《漁燈》詩云：「浦面碕灣暮靄平，孤帆不動一航輕。遠從淺水蘆邊隱，静向寒江雨外明。十口就餐停晚櫂，白頭補網坐殘更。無端閃閃愁將滅，知是風潮午夜生。」又有《詠緑陰》句：「六時不定收花影，一片無塵悦鳥情。」詠物之工，自是謝、瞿嗣響。

余同年董庶常東亭潮，陽湖人，占海寧籍登第。詩才沈博絶麗，爲「嘉禾八子」之冠。在京師時，嘗晚步近郊，瞥見姝麗彈琵琶甚哀，潛誌其處，翼日訪之，但古塚纍然，荒榛彌望，心竊自駭，諱不敢言。又數數夢游地府，識多不祥。歲甲申，請假歸葬其先人，未幾竟卒。余以詩哭之，有「垂死未忘封馬鬣，他生應更會龍華」及「紅袖琵琶摧玉樹，青山泉石葬瓊華」句，蓋紀實也。其從弟蕙疇思駉亦少有雋才，如「黄鸝幾箇樹依澗，蛺蝶一雙人閉門」，《詠春草》句也。

宋太宰漫堂《西陂六詠》，名人率多和章。余令商丘時，與嵩輔堂貴學使游覽竟日，即席賦詩。最愛其《緑波村》云：「後夜伊人夢，迢迢緑雲裏。」詞致清遠，直逼左司。余亦和之云：「一夕秋風生，人家葦花裏。」

金壇于午晴枋先生，爲吾邑楊笠乘士凝大令題《江天一笠圖》云：「與君岸上從容計，如此波濤如此風。」見賞於何義門先生，以此得名。後入詞垣，喜汲引寒畯，才士多出其門。晚年家居，尤耽談藝。余以詩文投謁，遂邀同往文襄公浙江學使幕中。嘗賞余《天台道中》「清磬入雲閒」句，謂不減唐人「清磬度山翠」五字。

大學士劉文定公，武進學廩生，年二十六，舉博學鴻詞科，擢第一。廷試《五六天地之中合賦》，諸徵士不解所出，多瞠目縮手，公獨揮翰如飛。桐城張文和公故睨公卷，對衆朗吟，始共得題解。詩題《山雞舞鏡》，有句云：「似擬投林方戢戢，可能對語便關關。」一時傳誦。時吴郡沈歸愚宗伯亦以諸生赴召試，未第，頫首曰：「吾輩頭顱如許，乃不如一白望後生，得不愧死。」

釋超盛，吾邑人，姓莊氏，通參厚存播之孫，儀部省堂清度之從子。少年不偶，披剃爲緇。嘗誦唐人「春眠不覺曉」一絶，遂悟禪理。雍正十二年召對稱旨，封無閡永覺禪師，賜敕印，住賢良祠，真異數也。

吾邑錢文敏公以刑部侍郎丁憂回籍，夢中見豐碑，大書「哀哀哀」三字。語令弟竹初孝廉，竹初曰：「三口爲品，披一品衣，兄服闋當陞尚書耶？」未幾，公歿，贈尚書，祭葬立碑，乃悟夢讖之異。

吾友莊虛葊炘，熟精《漢書》，詩古文辭亦闖入大家之室。中乾隆戊子副車，以家貧，援例小就，隨牒秦中，中丞畢公秋帆極器重之。其所爲詩多隨手散佚，篋中偶存數篇，因備録之。《送管巽吉入都》云：「搥鼓津亭送別難，薄游幾載又長安。秋來何限清霜阪，野燒排空立馬看。」《送蔣健之出塞》云：「清秋幕府集嚴霜，愛子從征赴朔方。遼海文章師李賀，帝城書札累陳湯。觚稜金爵三生夢，關塞青楓萬死鄉。何日雞竿看肆赦，還家猶得作臺郎。」《斷酒示友人》云：「瑟縮經年罷酒樽，中懷聊復與君論。本無高會同陶侃，終鮮交朋送邴原。先世未謀封斧葬，孤生誰軫載盆冤。更思羊棗應專嗜，話到行杯淚已吞。」

庚辰秋試報罷，同人賦《落葉》詩，用高青丘《梅花》詩韻九首。吕雲莊嶽自擅場，其七云：「登山臨水總依依，萬里寒蕪淡夕暉。天地側身迷北望，江湖驚鵲沓南飛。翠微寺裏雲原薄，烏桕門前樹亦稀。直待春風破林杪，相逢何啻錦衣歸。」陳吉人訥，秋田先生孫也，詩亦有家法。句云：「九月清砧新婦怨，一溪寒日小姑愁。」「將軍一去功名薄，司馬重來涕淚多。」楊敦復簡句云：「謾言流水無窮意，祇作凌雲未到思。」清麗可誦。

從父述庭自奇先生，才氣縱横，詩格出入唐宋。少遊京師，與諸名士角逐。一日，作《西山賦》、《三宗考》，揮灑萬言，有如宿構。錢絅庵侍講博學工詩，負當時重望，獨推先生爲勁敵。每對人論近日作者，輒字公曰：「無出吾鳴友右。」晚年自定編年詩八卷，五言如：「行共孤雲嬾，歸輪獨鳥閒。」「白雲秋水闊，紅樹夕陽多。」七言如：「得句偶逢花照眼，舉杯喜見月當頭。」「暮雲是處懷人苦，秋水無端別路長。」皆清俊有味。其《九日登鼓山賦詩》云：「石路千盤上，雲林處處幽。鐘明僧寺午，風緊客衣秋。指顧收閩海，憑臨小福州。相傳晴朗日，依約見琉球。」或謂「鐘明」不如「鐘鳴」，先生不答。竊以示絅庵侍講，侍講曰：「此字法亦句法也，惟明故午，否則尚成句耶？」其人乃服。

從兄葯岡大紳先生，詩文書法並推佳妙。入都時，錢絅庵先生贈詩云：「浮華誤騁悔難追，勉子沈潛進取時。聞道且旋河伯面，策名須發桂林枝。室虛似陋常生白，衣素如新莫化緇。他日置身清要地，輸忠報國肯容私。」吾鄉自絅庵先生中癸未探花後，至乾隆壬戌，兄亦以一甲第三人及第，可謂追步後塵，不負期許者矣。惜絅庵不及見也。

陽湖莊本淳培因學士，少負才華，不作第二人想。乾隆乙丑，令兄方耕存與先生以第二人及第，學士賦詩調之，落句云：「他年令弟魁天下，始信人間有宋祁。」後果中甲戌狀元。嘗館課《夏雲多奇峰》，有「天際落芙蓉」句，頗自矜詡，未幾卒。此與蔣菱溪麟昌編修「羊燈無燄三更碧」句同一詩讖。

甲戌會榜，莊本淳先生中式第三，會元胡紹鼎，第二則吾師朱春浦先生棻元也。莊爲長洲彭芝庭尚書壻，尚書笑謂曰：「君當作狀元，不見榜頭書『鼎元莊』耶？」及殿試，果一甲一名，一時語慧，遂成佳讖。

黄上舍仲則景仁，詩才横逸，俯視一切，性亦落拓不羈。在都門，爲余題《吟秋圖》横卷，調《邁坡塘》云：「緑陰陰、夏初庭院，何來秋意如許。丹楓黄菊都移到，似聽候蟲無數。聲在樹，有尺五，疏襟約得吟情住。問秋來路。是流水烟村，夕陽漁網，風柳最疏處。　賢明府，十載鳴琴單父，筆牀茶竈家具。苔窠石徑尋詩坐，剛散竹閒衙鼓。吟更苦，任侍史，青童竊笑官何故。圖中如遇，聽閩嶠東西，鼇江上下，争唱使君句。」卷中名作如林，君故以填詞取勝，然始終未嘗與余一面也。

趙舍人味辛懷玉工古文辭，先君子志墓之文，即出其手。於詩尤工五言長律及七言古體，曩嘗舉稿示余，未及選録。偶於扇頭見所書舊作二首，録之以存其概焉。《金蓮池用香山韵》云：「小坐明池側，浮蹤即是家。水清魚入定，山古樹無花。文字難除障，薰修近茁芽。閒賡白傅詠，且喫趙州茶。」《崇德道中》云：「崇德舊游地，帆風數往還。有橋皆礙艇，無水不成灣。雨後桑陰重，春深鳥語蠻。分明列圖畫，只欠補遥山。」壬寅春，余自甘肅于役歸，將之鳳山，時味辛方乞假旋里，讌飲過從者旬日。余有五年後歸田之約，味辛製《金縷曲》爲贈云：「春色濃於黛。喜江鄉、廚開櫻筍，又成佳會。鬢影婆娑花綽約，十日尊前相對。數舊雨、寥寥幾輩。足跡已周天下半，把平生出處商量再。畊釣約，恐難遂。　澎湖東去濤千派，儘容看，榑桑日出，神山鼇戴。除却曾經滄海外，何事更堪稱快。況轉眼，金門報最。狀擬嵇含箋比鄭，只歸裝便勝明珠載。燕市酒，待君醉。」近補官京師，久不得消息，良友之言，時復往來胸次也。

老友管紫垣復斗，書法仿李北海，詩宗雲間七子，晚年染指《叩彈集》。嘗餞予赴浙江學使幕，即席分韵，擊鉢立成，同人疑其宿構，惜不復記憶矣。

洪稚存亮吉孝廉，詩宗昌黎，出入義山、昌谷。嘗爲余題《吟秋圖》云：「君年四十仕正强，六年令尹官大梁。哦詩先案舞文吏，折獄幸有談經長。吟聲滿堂意超忽，小吏鈔詩腕俱脱。忽然好句落袖間，猶飽羊脾口流沫。披圖羡君詩思揚，杲杲白日輝秋陽。寒蟬抱樹思同永，獨鶴引頸聲俱長。長身修髯美無度，松下非君置身處。老屋溪山北望深，柘城士女南來慕。我謂君德久在人，滿意何不圖陽春。商聲近殺古所戒，疑似無乃傷吾民。君聞軒然意殊俗，春凝於秋志初肅。詠罷寒桃露柳詩，秋光偏向衣裳緑。」此等詩雖非稚存上乘，清氣自拂拂十指間，其他惜無從採録也。

從姪賓鷺修業，菿岡先生仲子，讀書好，古詩亦清雅。都門送余赴連江云：「連江饒勝景，地接九仙山。月射桄榔白，霞蒸荔子殷。民風猶近古，俗語不妨蠻。劇喜先祠近，泉州水一灣。七世祖景陌公崇祀泉州名臣。」「旅况如蓬轉，悤悤有去留。好乘燕市醉，聊作竹林游。空谷聞音喜，新霜對鏡愁。河梁一分手，從此望書郵。」管松崖太史和云：「老去知音少，驪駒不可留。何因一春别，都作八閩游。爲爾谷音喜，將離雲鬢愁。行逢孝山史，謂賡堂。慎莫滯江郵。」

丹徒張蘭田鑣，仗義急友，復矯矯自愛。善彈琴，著論琴十絶句，見賞於袁簡齋先生，程荆南湘明府爲序而梓之。嘗與余清溪館倡和，其《談禪》一律云：「執拂談禪酒罷傾，大千塵劫恨難平。楞伽堆案消前業，粥飯隨緣度此生。詎有七能堪亞佛，實無一法可當情。從今願學龐居士，口吸西江萬頃明。」未幾遂卒，年僅三十三，惜哉。

趙甌北翼觀察以詩雄視館閣，著述等身，嘗雌黄近時作者，自袁簡齋太史外，鮮所當意。己亥秋，余自里中北上，贈詩云：「新詩一卷手親編，雅意還參棒喝禪。問道於盲公誤矣，望風而拜我甘焉。消磨緑鬢人將老，墮落紅塵骨自仙。得效雌黄亦何幸，丁儀終藉定文傳。時余以近稾質之觀察。」「仙吏才名兩浙聞，風流不減杜司勳。西湖載鶴官如水，東野爲龍我願雲。故里暫歸欣結隊，單車遠出又離群。鄉邦詞客多星散，把酒何人話夕曛。」不見叔度，寒暄載更，清言霏屑，何啻子荆零雨篇也。

余題《曝書亭集》，有「杜陵詩格沈雄響，一著朝衫底事差」句。甌北觀察謂此論未的，竹垞登朝及歸田後詩始佳，從前但作假唐詩耳。不知竹垞佳處全在氣格，初刻《文類》一編，沈實高華，自是景隆遺響。至通籍後，不過以料新調脆炫人目睛，風格頹然放矣。嗜好雖各有不同，酸鹹固不可不辨。

海鹽徐巢友穎，康熙初結廬茅峰，往來句曲道上，雙髻道服，騎紫牛，導以孔雀，道路以神仙目之。嘗作《梅花詩》三十首，行吟不輟，旁若無人。猶記其數聯，如：「空山相對静如夜，淡到溪雲亦是塵。」「流水在門行處冷，斜陽銜樹望來空。」「蠟屐此生能幾輛，蹇驢明日又孤村。」「古榦辟塵終化石，空香入劫不成灰。」「幽光瀉作水連屋，積氣凝爲冰滿湖。」「過牆新水浴眠鶴，壓屋冷雲驚定僧。」真不食烟火人語也。

炙硯瑣談卷中

武進湯大奎曾輅

《元史》名脱脱者十有五，卒於浙者二人，一成宗朝江浙平章，一武宗朝左丞相也。西湖雷峰塔下有丞相脱脱墓，舊志謂修史之脱脱。余按，修史係順帝時右丞相，竄置雲南，哈麻矯詔酖死，安得遠葬西湖？世但以右丞著名，故附會臆説耳。好古者當於浙中二脱脱考之。

虞集詩：「一徑緑陰三月雨，數聲啼鳥百花風。」張端詩：「送却春光三月雨，吹來花信幾番風。」三月雨爲迎梅，五月爲送梅，見高德基《平江紀事》。曩客東萊，清明後，盆梅盛開，琳曉峰朝剌史賦詩，掖縣劉秀才夢錫受祜和云：「户外已經三月雨，盆中尚護一枝寒。」律切著題，與虞、張可稱伯仲。

詩、詞、曲各有分界，昔人論之詳矣。然「渭城朝雨」、「黄河遠上」等篇，詩也，而歌於旗亭；《竹枝》、《楊柳枝》、《清平調》、《小秦王》等篇，詞也，而列入詩集；《後庭花》、《乾荷葉》、《小桃紅》、《醉高歌》諸闋，曲也，而收入詞調。至於耆卿、堯章輩之隨宫創格，升庵、元美輩之自度新腔，既恐律吕未諧，而玉茗南北劇之絶艷驚才，亦病棘喉澀舌。二三作者，僅僅固執圖譜，研求體裁，豈知樂緣於聲，聲寄於詩，古人歌詩贈答，不外《三百篇》，唐初樂府流傳，率多五七字，其詩降而詞，詞降而曲，乃風會之自然，即聲音之流變。不審乎此，而填詞則小紅難諧低唱之律，度曲則優伶翻爲顧誤之師，又何怪詰曲詩魔，目不識紅牙翠管者哉？

邵瓞園《讀相如傳》詩云：「長卿不餓死，操諸兩蛾眉。陳后買賦金，卓女當壚貲。嗟此安足多，感激遭逢奇。士窮貴知己，不論雄與雌。殁後求遺稿，傷哉落魄時。」首四語令人齒冷。絶世才人，遭逢乃爾。韓淮陰生於漂母，而死於吕后，千古傷心，同一關鍵，則董文友《蓉渡詞》中已言之矣。

項羽廟有無名氏題《念奴嬌》一闋云：「鮑魚腥斷，楚將軍，鞭虎驅龍而起。空費咸陽三月火，鑄就金刀神器。垓下兵稀，陰陵道狹，月暗雲如壘。楚歌喧唱，山川都姓劉矣。悲泣喚醒虞姬，爲伊死別，血刃飛花碎。霸業銷沈，騅不逝，氣盡烏江江水。古廟頽垣，斜陽紅樹，遺恨鴉聲裏。興亡休問，高陵秋草空翠。」伉爽悲涼，絶類稼軒樂府，自是南宋人手筆，惜不傳其名。

《竹枝詞》有一體，七言須音節清脆，兼得縹緲之情至，使事用意，不妨纖巧新異，即街談里語，亦可遣運入詞。前輩名章，不過爾爾。近有好爲高論者，見人作《竹枝》，輒詆爲聲口不類。究問應如何聲口，曰：「可以意會，而不可以言傳。」余爲之匿笑而已。

高廷禮、王元美、胡元瑞諸家，於唐人律絶中，必盛推某首壓卷，互相彈擊，較量毫釐，附和者各左右袒。試思以二百八十九年之名流輩出，家數二千二百有奇，篇什四萬八千九百有奇，而欲舉一首以冠全唐，果定論耶？《詩》三百十一篇，未聞必推某篇第一也。《古詩十九首》，未聞必推某首第一也。自鍾嶸《詩評》，三品已多倒置，又謬論源出於某，識者譏之。而庸妄子必欲標榜雌黄，使後人拾唾效顰，牢不可破。下至《西湖竹枝》等作，亦爲之各舉一詞，争新競祕，此事何與卿飢寒耶？

吴中徐昌穀詩、祝希哲書、沈啓南畫，時稱「三絶」。沈、祝俱能詩，沈詩天機清妙，較勝於祝。竹垞謂《祝氏集略》當遜昌穀三十籌，然如「莫食汨羅魚，腸中有靈均」等句，置之《歎歎集》中，正自難辨。余謂此又藍本宋人徐仲車「若見江魚須慟哭，此中曾有屈原墳」也。

晏叔原謂：元獻公平日小詞雖多，未嘗作婦人語。然如《破陣子》下半云：「巧笑東鄰女伴，采桑徑裏逢迎。疑怪昨宵春夢好，元是今朝鬭草贏。笑從雙臉生。」非婦人語耶？

「彈聲林鳥山和尚，寫字寒蟲水秀才。」楊用修《鷓鴣天》句。「閉門羹護門草碧，瑣紅橋不許何郎到。」鄒程村祗謨《蘇幕遮》句，取料新僻，徐虹亭亟稱之。

宜興陳其年維崧失意無聊，賦《惆悵詞》三章，王阮亭司理揚州，一見歎絶，遂締交。尾半闋云：「梨園内，絲憎肉。田園内，花欺粟。更枲麻謗錦，賚葹讒菊。百隊錢刀争作横，一身風雅單爲僕。倚酒悲、亂擊紫珊瑚，嗚如筑。」怨極矣，然不如此則不快。

董文友《席上看弄丸歌》云：「臨淄即墨天下聞，鬬雞走狗紛如雲。我來作客喜結納，脣舌不減樓君卿。銀花之脯入帶魚，主人邀我飲半醺。當筵少年擊鼉鼓，更有少年袒臂舞。足下紅錦韡，腰間五色組。手持一丸摩雲端，一丸未落復一丸。雙丸將落承以頂，須臾重入雲中看。更出七丸在肘後，兩手承蜩左復右。旁有少年拍手嗤，大言此技安足奇。摩頂至地身倒懸，以足弄丸目不施。七丸上下聲相擊，擊聲一依鼓爲節。是時我醉不欲眠，紛紛羅袖屏前列。」摹繪清真，如話如畫，此龍眠白描手段，於老杜公孫劍器之外，又闢一奇。惜起徑稍平，收場易竭，有才無福，亦於詩筆徵之。

「妙取筌蹄」，棄想高妙也。「不著一字，盡得風流」，自然高妙也。一字百鍊，一語百諷，興有微會，緯無凡音，貪使事、好持論者，恐終身不解。

落韵固忌平腐，然好以險韵見長，則謂之押韵而已，縱極渾成，亦欠爽朗，況牽湊割裂，才人不免。往見館閣諸公，限亦字韵，率用「步亦」、「趨亦」、「悦乎不亦」等語，豈不令人軒渠耶？「翩何珊珊其來遲」，畫工手筆。「曲終人不見，江上數峰青」，化工矣。「櫻桃樊素口，楊柳小蠻腰」，是爲俗工。香籢體作如是觀，方不墮冬郎雲霧。

宋元人集中《姑惡》、《泥滑滑》等篇，原於《風》之《鴟鴞》。《責白鬚》、《白鬚答》等篇，原於陶之《形影神》。然須託興深長，不得涉滑稽詼諧。至於詞體，尤尚温柔。如辛稼軒之「盃汝前來」，直無理取鬧耳。劉公䟪體仁比諸《毛穎傳》，毋乃推波助瀾耶？

早朝詩自盛唐諸作後，無能嗣音。鍾伯敬「殘雪在簾如落月，輕烟半樹信柔風」，阮亭謂如此措大寒乞相，乃欲周旋金華殿中，將易千門萬户爲茅茨土階耶？譏之誠是。成化間，慈谿楊柳塘子器早朝詩多至三百首，其終篇云：「除却早朝無一事，更從何處效驅馳。」公等碌碌，大率如斯，可發一粲。柳塘又有《排節宫詞》句云：「春花將及九分九，天氣又新三月三。」竹垞謂尋常百姓家皆可道之，不類深宫中語。余謂其音節生脆，頗類《竹枝》，即不作宫詞讀亦佳。

太倉崔不雕華詩「丹楓江冷人初去，黄葉聲多酒不辭」，人目爲「崔黄葉」。沈歸愚以「丹楓」、「黄葉」不無合掌，易「丹楓」爲「白蘋」。歸愚好彈改名作，往往點金成鐵，此却大勝，然亦有來處。明鄱陽董士昂軒太宰句云：「黄菊清香人病後，白蘋風冷雁來初。」二詩風味何相似也。

曹子建好人譏彈其文，有不善者，應時改定。丁敬禮常作小文，使潤飾之，曰：「後世誰相知定吾文者耶？」可見文章切磋，端藉良友輇才。妄自矜許，不通擊難，黨同伐異，則詆訶掎摭，不遺餘力，間有直諒，輒慮忤世，焉能盡言？

擬古必先擇題。《遊仙》、《招隱》之類，無其志則不必擬；《四愁》、《七哀》之類，無其情則不必擬；《從軍行》、《塞下曲》之類，無其事則不必擬；《雁門太守》、《廬江小吏》之類，無其人則不必擬；《將進酒》、《行路難》之類，太熟則不必擬；《朱鷺》、《翁離》之類，太奥則不必擬；《五雜俎》、《六禽言》之類，纖而俚則不必擬；《巴渝詞》、《大堤曲》之類，靡而蕩則不必擬。然猶無所顧忌，不過寸心得失耳。至於詞涉微曖，如《十香詞》之賈禍，《楊白花》之流穢，不解元明諸老，何以動輒效顰？袁海叟被讒佯狂，幾至不保，不當怵然爲戒歟？

詩人嗜酒，自古而然，往往見於篇章，具得妙理。頃讀錢塘李宗表曄《煮豆酌白酒歌》，尤雄快。歌云：「煮豆酌白酒，豆肥酒氣温。相對二三子，其樂難具論。君不見曉來雨過東家村，叢叢豆莢生籬根。阿翁提籃跣雙足，采摘采摘呼諸孫。歸來笑指老瓦盆，酒波猶帶新糟渾。田家酒具如窪樽，一盌入口春無痕。兩盌三盌鯨濤奔，四盌五盌如江吞。須臾飲至百十盌，眼花耳熱低乾坤。憶昨豺虎如雲屯，旌旗滿目烟塵昏。殺人如麻血成海，十室九家無一存。大臣自合死社稷，況叨厚禄承君恩。近聞省府日筵宴，椎牛宰馬齊崑崙。吾徒布衣在草野，憂心惻惻懷至尊。嗚呼蕭艾滿城邑，馨香不數蘭與蓀。呼童煮豆復進酒，呼兒爲我關柴門。」又《題鍾馗移家圖》云：「緑袍進士掀怒髯，飢來嚼鬼如蜜甜。酸風苦雨攪白日，移家欲往山陰尖。隨兄小妹臉抹漆，眼光射人珠的皪。鬼奴鬼妾千萬形，蝌怪貓妖最蕭瑟。勢能使鬼鬼不違，髑髏在後嗤鍾馗。英雄如山堆白骨，莫倚區區手中笏。」

昔人論詩，謂工緻易，活脱難，然須即工緻中有活脱處，如畫家趙文敏、文衡山一流，精細嚴密，神韵自在筆墨外。若倪迂之枯木竹石，以不了取致，以蕭寥見奇，特偏師攻長城耳。學力不可到，吾寧舍旃。

皇甫子循汸云：「關中之詩觕，燕趙之詩厲，齊魯之詩侈，河内之詩矯，楚之詩蕩，蜀之詩澀，晉之詩鄙，江西之詩質，浙之詩嘽，吴下之詩靡。」子循蓋欲雄視一世也。然天下大矣，豪俊轉移風尚，不當以方隅區之。余爲反之曰：「關中之詩雄，燕趙之詩快，齊魯之詩駿，河内之詩閎，楚之詩茂，蜀之詩嚴，晉之詩慤，江西之詩洌，浙之詩贍，吴下之詩和。」

上元盛仲交時泰謁王元美，三日之内遍和元美《擬古》詩七十章，元美爲之氣奪。嘗爲子娶婦，其妻戒勿他往，忽隨友人往城南古寺，數日乃還。妻愠而詈之，乾笑而已。先伯父述庭自奇先生雪後飲徐辛齋永宣雲溪草堂，賦《茶郎歌》，適是日嫁女，家人屢至促還，不顧。比歸，漏下三鼓，女行久矣。因命酒，復賦二律云：「白髮無情物，從他鏡裏長。身閒婚嫁外，興劇水雲旁。酒戀鶯兒嫩，詩吟驥子良。坐深還兀兀，雪裏聳孤楊。」「命嫁惟須母，膺門幸有兒。贈聊攜竹笥，棲已得梧枝。作合緣非漫，忘情事頗奇。老奴如我適，頫首亦何辭。」二事亦復相類。

華亭董玄宰其昌尚書，書、畫、詩、文俱秀韵入骨。忽一日，攬鏡自照，則嫣然一女郎也，大驚，未幾卒。宿世詞客，前身畫師，才人寫照語耳，鏡中現此變相，何耶？余嘗題《容臺集》，有云：「尚書書畫掩詞章，妙墨依稀識瓣香。間代風流兩文敏，鷗波亭子戲鴻堂。」

侯官曹能始撰《二異人傳》，一華亭唐仲言汝詢，失明，一鄞縣李公起埈，耳聾口啞，均能勤於箋述，不廢吟咏，洵人所難。仲言《夜別陸長倩》云：「悵別高樓酒易醒，坐聞落葉滿沙汀。春來儻憶同遊地，無限垂楊夢裏青。」《留別沈茂之》云：「風雅翩翩自不群，榮華入目總浮雲。江湖此去無知己，早晚移家欲就君。」公起《山陰晚泊》云：「落日山陰道，孤舟帶遠汀。秋林紅葉重，夕浦黑風腥。客夢碪前斷，漁歌鏡裏聽。來朝餘興在，何處訪蘭亭。」當鍾、譚盛行之時，而皭然不滓，尤奇傑士也。

嘉興錢而介應金《咏沈甫受蝶花居秋色》云：「沈郎八詠世争誇，草色庭中不讓花。秋氣逼人清入夢，夢騎蝴蝶到君家。」「騎蝴蝶」創語，亦夢語。幺麼栩栩，安必南海蝶之大如蒲帆，肉重八十斤耶？

剥復之理，治象先見於小人，亂機偏成於君子。揭竿斬木，真龍之功臣也。承平久而黨禍起，太阿之柄，君子實倒持授人。如東林、復社，當時所謂口談朝事，案置《漢書》，頭包露額之巾，足著踏跟之履，既可噴飯，亦堪撫膺。邦國殄瘁，安得不以先撥之罪歸之？

少陵題畫云：「尤工遠勢古莫比，咫尺應須論萬里。」何獨畫然，亦詩文三昧也。華亭徐學齋祚永贈予句云：「鶴向九霄盤遠勢，瑟於三歎有遺音。」可印證少陵之旨。

唐人《柳枝詞》專咏柳，《竹枝詞》則泛言風土。如楊廉夫《西湖竹枝》之類，亦有專咏竹者，殊無意致。宋葉水心創爲《橘枝詞》，汪鈍翁亦有是作。余入閩，作《荔枝詞》，專咏荔枝，倣《竹枝》體。

漁洋謂宋人留意金石文字者，歐陽永叔、劉原父、吕進伯、趙明誠、董逌、黄長睿、薛紹彭外，《清波雜志》有鄭暘叔靄，集荆、襄、川、蜀金石，刻爲《五路墨寶》，迄今不傳，亦無知者。南宋人陳起，有《寶刻叢編》，尤爲該洽。按《直齋書録解題》，臨安書肆陳思者，以諸家集古書録，用《九域志》京府州縣，繫其名物，而昔人辨證審定之語，具著其下，其不詳所在，附末卷。據此，則陳起宜作陳思。朱竹垞句云：「直待書坊有陳起，江湖諸集須齊刊。」直齋同時，不應訛錯，未知朱、王二公何據也。

名人詩各有熟用語，往往複見。許丁卯集中有重複至二韵者，或題異境同，點竄復用，或先稿後改，流傳混淆。選家並收之，殊失裁鑒。

《嵐齋録》：張搏刺蘇州，木蘭花開，宴客，命即席賦之。陸龜蒙後至，連酌至醉，題兩句云：「洞庭波浪渺無津，日日征帆送遠人。」頽然便倒。客欲續之，莫得。稍醒，續云：「幾度木蘭船上望，不知元是此花身。」遂爲絶唱。余謂此才人狡獪，故作奇險以見趣耳。若咏木蘭而必如此起法，不太遠乎？《古今詩話》作李義山游長安事。今此詩見《玉谿集》中，惟首句云「洞庭波冷曉侵雲」，與此互異。

胡文恭《芳茂山》詩云：「此地横青嶂，當年聳紫芬。碧花岩下柰，玉葉嶺邊雲。寶勢三神秀，靈風百草薰。將軍精爽在，可解勒移文。」宋詩選本删却中二聯，改題《横山》，列入絶句。余按，横山即芳茂山，以晉將軍曹横葬此，故名，見《常州府志》。今新刻文恭集，二詩並收，此校勘者之疏也。

陳后山詩好用「著」字，全集四百餘篇，凡四十六見。内有一首兩見者，《送蘇迨》云：「胸中歷歷著千年。」「隨世功名小著鞭。」《登燕子樓》云：「畫梁初著燕。」「舟横著淺河。」《和魏衍聞鶯》云：「春力著人朝睡重。」「退紅著緑春事殘。」未免數見不鮮矣。

太瘦生、太憨生、太忙生、太憎生，皆唐詩習見語。宋劉斯立跂《寄人》云：「道人今好在，歸馬太遲生。」《梁山泊分韵》云：「爲問風多逆，舟行太緩生。」此可增入韵藻。

仇仁父遠《和吴東升》詩云：「冰懸古樹花尤雋，雪漲寒江水不渾。」「雋」字未經人用。

會稽吴象超尊萊小阮好山，著《橡村詩鈔》四卷，尤工小詩。五言如：「白雲留晚磬，黄葉捲歸樵。」「小雨止復作，片雲行欲還。」七言如：「空院落紅中酒後，曉山横碧卷簾初。」「暮雲抱郭霾紅樹，寒雨連江凍白鷗。」皆於研鍊中别具丰韵。

六安程明府小峰峻以治行稱，間有吟咏，必寄託遥深。吴修齡所云「詩之中有人在」也。嘗自題《滋蘭圖》四首，和者數十家。又《秋聲六詠》，甚傳於時。《蘆荻聲》云：「幾處夕陽横短笛，一天風信落滄洲。」觸緒蒼涼，丰神自遠。

餘姚沈茂才望庵謙，詩才沈博絶麗，每遇快聞奇事，輒纚纚數千百言，令人驚歎欲絶。近體詩間喜作白、陸語，如云：「一春易做還家夢，二頃難謀負郭田。」覺醰醰有味也。

清江鍾一舟拔，博雅多才，以申韓之學，歷幕閩海，一杯一曲，襟懷洒如。嘗畫墨牡丹，自題云：「滴露和烟寫鼠姑，天香玉兔貌來殊。鉛華脱盡風神在，爲問唐人認得無？」識者謂不減南田也。

南豐吴雲衣森，余同年進士，詩文書法並名於時。初仕建始令，再起遷滇南，未及赴，以舊案罣誤歸。或勸之出，雲衣傲然曰：「胡長孺詩云：『二毛已非折腰具，況與志願常參差。』吾讀書課徒，聊足自給，尚能郎當作舞耶？」遂絶意仕進。著述甚富，手自删存古近體詩十二卷行世。哲嗣禹門中祕孝廉，掌教芝山，亦名士也。

湘潭張度西九鉞，壬午京兆試，與余同出朱春圃先生門。余卷已擬房首，緣係《詩經》，改撥《禮》房，向例五魁各占一經，遂首度西卷。明年，余捷南宫，而度西以教習就選，自是睽隔，音塵杳然。偶閲吴象超《粤遊集》，知其以詩鳴交廣間。有題象超《鬘仙曲》云：「千年薄命只如斯，賴有風流絶妙詞。好倚紫簫吹一曲，秋墳不唱鮑家詩。」「來如月降去雲輕，舊事淒涼隱姓名。莫爲詞章重墮劫，人間知有許飛瓊。」感慨風流，傷心人别有懷抱也。

陽湖董華星達存，先妣再從姪。少受業於蔣濟航汾功先生，長遊京師，遇異人，授陰陽形法家術，甚神，尤精尅擇，有奇驗。壬申，成進士，補國子監助教，告養歸。東南大僚以其術之神也，招邀旁午，餽贈金帛日豐。修宗祠，贖祭産，餘悉以分族之貧者。長厚和易，戚鄙無間言。晚年得心疾，每食，輒疑人置酖，夫妻不咸。余嘗作《棄婦詞》，有云：「那愁羹墮齒，忽棄案齊眉。」蓋指此也。比聞已歸道山，臨終三分其産，一捐宗祠，一膳妻，一給嗣子，壽七十有九。

閩縣葉學博松根夢苓，壬午舉於鄉。時黄十硯任丈重宴鹿鳴，一見賞識，以外孫女妻之。嘗注十硯《秋江集》，援據博核，比於惠定宇之注漁洋。近同官半屏，其《渡海詩》云：「信有神魚潛鼓舞，絶無飛鳥敢遨遊。」「參差螺髻三千島，迢遞鯨波十二更。」《明河篇》云：「神仙亦作有情癡，世人那惜相思死。」風味宛然秋江，可識瓣香有自矣。

荊溪儲太守玉函祕書，嘗賦《紅牡丹》云：「緑雲有意雕欄繞，朱粉天然國色妝。」時頗傳之。辛巳朝考，賦《五月鳴蜩》詩云：「翳來槐一葉，吟到月三更。」遂入選。尋由吏部出守鄖陽，忤上官而罷。

秦大樽朝釪刺史，無錫人。澤周語余有《蛟蜑瓶歌》一篇，最奇，惜未之見。誦其五七字，如：「霜鐘殷四壁，夜坐似深山。」「風梳平埜樹，雲湧一樓山。」「山容入室僧初定，庭際無花草亦香。」「一枕春風眠不住，門前知賣馬蘭芽。」俱有佳致。

湖北胡會元紹鼎未第時，曾游彭方伯家屏幕。澤周稱其《送彭孝廉密之歸里》詩云：「相逢能幾日，忽爾動驪歌。地遠聞秋葉，天空走大河。雞聲催夜短，蟲語向人多。我亦離鄉久，臨岐意若何。」

荊南風雅，儲長源實振起之。所著有《石亭集》、《抱碧齋》、《一壑風烟集》、《㫃斂集》。余未及與長源交，而其同社諸君，如史衎存、汪澤周、儲玉函輩，皆余執友也。麈尾樽前，輒琅琅誦長源詩不置口。記其佳句如：「多情寒夜燭，有味小年書。」「雁花迷白露，漁艇蕩秋陰。」「雪情春有態，山活翠難名。」「春衣乍暖飛蝴蝶，緑酒初香薦蛤蜊。」「酒家臨水齊挑旆，游女衝寒盡覆貂。」「酒幔半因新翠捲，扇紈都逐嫩晴開。」「燈搖旅思風盈幔，蟲語秋心月半牆。」「情關眷屬塵根在，身落江湖酒病深。」雖片羽一斑，然置之大曆、貞元間，當無媿色。其七古尤淋漓沈鬱，如《醉後偕同人登城西望月》及《國山碑》、《匡廬泉》、《南園看芍藥》等歌，俱傳誦一時，文多，兹不具録。

近見友人書《賦恨》一律云：「棄婦中庭對碧紗，征夫塞上聽鳴笳。招魂難返傾城色，去國迴思上苑花。羈客登樓空有賦，仙人化鶴已無家。深秋未抵懷人思，萬里西風正暮鴉。」余謂風調不減玉溪。

詢之，係儲克莊作。克莊，宜興諸生，早卒。

吾鄉蔣弱六金式先生讀書鸛蕩，書齋曰菰米山房，繞屋清溪數重，挐小舟迤邐而入，如桃花源。嘗自題云：「問津到此路常迷，村外孤村溪外溪。偶爾得名齊雁蕩，祇堪擁卷獨雞棲。居然和靖梅花屋，亦有東坡楊柳隄。只少數峰林外列，好將黄石補窗西。」讀此不禁蓴羹鱸鱠之想。

馬觀察墨麟維翰，海鹽人，詩宗杜、韓，懷古、紀行，尤多合作。《王景略墓》云：「遭際卧龍同出處，才情捫蝨擅風流。」《朝元閣》云：「樓上夜涼開大被，水邊春盡散諸姨。」措語殊妙。

余分纂《陽湖縣志》，鄉人投梅烈女狀請書。女滆湖農家子，字鄰村某。年十二，其夫夭卒，女聞，不食。父呵之，命採棉湖上，日暮不歸，已投水死，筐中但存棉數朵而已。舍生取義，誠人所難，而出自村舍髫年，尤屬僅事。

朱幼芝《畬經堂詩集》，佳句頗夥。如：「卓午松移當院影，守庚人卧一牀雲。」「意無盡處燈方借，心太平時火自温。」「島夷敢踞牛皮地，閫帥曾乘鹿耳潮。」隊仗精工，絶似宋人之學西崑者。

門人劉元贊可培，詩文詞曲俱工，七言尤有風調。《吕城初發》云：「秋江依約暮潮平，兩岸秋風第一程。莫怪故鄉人語少，輕帆已過吕蒙城。」《丹陽道中》云：「秋水蓴鱸九月天，沙隄衰柳半含烟。白鷗未必曾相識，風雨朝朝送客船。」《寄懷詞》云：「匏落深慚見事遲，請纓空負少年時。《渭城》不復匆匆唱，心計麤於賣餅師。」「悲莫悲兮生别離，雁書消息到春稀。年來怕聽吴娘曲，暮雨瀟瀟底不歸。」「花信東風次第催，征夫空上望鄉臺。生涯不及銜泥燕，春社年年一度來。」「朔雁先期已度關，春來江上幾人還。不知已作無家别，猶自蓴鱸夢舊山。」《九日旅懷》云：「故園秋色正蒼茫，一夜衾寒度曉霜。歸去來兮籬菊老，吾無隱爾木樨香。家難夢到方爲遠，道有鴻飛未是長。風雨滿城天欲暮，幾年爲客負重陽。」《赴都門》云：「乍驚客路秋來早，翻覺他鄉月倍明。」《移舟江口》云：「海門漫捲空灘雪，江樹初翻破廟風。」《藏春塢》云：「小閣曉寒留鶴守，美人春醉倩花扶。」《渡江》云：「夜静濤聲驚别夢，月明帆影落空江。」《平山堂》云：「烟銷樹影都環郭，雨霽山光盡入樓。」《兖州道中》云：「三春鄉思先花發，萬里征人後雁歸。」《感懷》云：「食肉相非班定遠，無家别似庾蘭成。」《秋夜書懷》云：「懷人心事燈花落，久客生涯燕子憐。」《交河道中》云：「人隨社日離巢燕，心似秋山出塞雲。」《新橋雨泊》云：「秋水懷人楓葉落，篷窗卧病雨聲多。」

荆溪徐上舍薛劍湛鍔，善屬文，詩不多作。嘗讀書南磵山房，得「萬壑春苔緑映空」句，同輩俱爲閣筆。以屢困棘闈，鬱伊而卒。

沔陽州牧黄某，宛平人。一年家子贈以詩，有「燕臺聲價黄金貴，郢水謳歌白雪清」之句，黄艴然曰：「若以我貲郎出身，故相誚耶？」余以郭隗事解之，然終未釋然也。於此見操翰之難，非讀書人，尤不宜輕投筆墨。

釋松門卓錫龍池，旋主吾常放生池方丈。語録之外，刊近體詩二卷，其自序所得力多在《丁卯集》。艷句如「陶谷有春紅雨暗，謝山無客白雲孤」之類，洵晚唐風調也。

金陵燕子磯宏濟寺，有老僧默默，余見時，年一百三歲矣。乾隆辛未，翠華南幸，賜詩云：「不會吟詩不解禪，果然默默以全天。半生塵世半生佛，得號山僧得號仙。」亦人瑞也。

釋大復有句云：「寒意似催衣著絮，雨聲不放夢還家。」楊聿修和司馬亟稱之。

無錫孫氏女，忘其名。母病目失明，無子，女因矢志不字，繡佛養母二十餘年。有《咏梅》句云：「針透紙牕香一線，杯量明月影三分。」一時傳誦。母卒後，遂出家爲女道士。

陽羨山中多産紅躑躅，種別新舊，新色紅芳，舊色哀艷，瓣有淚點，相傳玉局老仙自蜀攜來。富家盆盎間高不過數尺，而深山古寺，根蟠幾丈，花滿廣庭，濃春破萼，光麗奪目，恍在珊瑚島也。他山猶不及漢川，俗名厂裏。由南嶽洗腸池渡南嶺，越數峰，便入漢川山徑。南嶽已秀絶荆水，而漢川更別有洞天。桑竹村墟，烟蘿石室，參差古木，深谷無人處，杜鵑皆數百年物，遥望如赤城霞起。村外仍通西溪，遊倦挐舟而返，緑水桃花，武陵源又一村矣。遊者於春暮爲宜。老友汪玉田溥説。

崇禎丁丑會試，宜興吴貞啓登榜元，里人演劇爲賀。有姑蘇女伶，色藝絶群，傾動貴顯，纏頭賞賚，累篋盈箱，衆方艷之。一旦，步屧畫溪，見花飛水流，山翠欲滴，徘徊怊悵，誓不復歸，遂結茅於會真庵之旁而栖老焉。吴贈詩云：「籍甚香名麴部頭，《霓裳》一曲廣寒秋。如何不作烟花長，忽漫抽身物外遊。」「我亦三生杜牧之，相逢偏恨看花遲。瀟瀟暮雨旗亭路，誰唱黄河遠上詞。」

燕子樓題咏甚多，都無新語。門人劉元贊可培《虞美人》一闋云：「樓頭亂發丁香顆，不啓葳蕤鎖。只今燕子傍誰飛，一任雕梁空落舊巢泥。樂天才思如霜信，斷送芳花盡。墮樓不及首丘時，難道尚書寵倖不如詩。」結意深雋，得未曾有。

丁酉春，余集諸同人於天香書屋中。酒間，各舉近作一聯爲合。以次至余壻莊印三宇逵，印三遂舉「輭風將絮緩，疏雨墮花遲」一聯，座中皆賞之。酒罷，索其全詩，乃出詩一編，體格皆宗唐人。越數年，余有臨洮之役，還過里門，印三復袖詩示余，則所詣益進，詩亦不名一格。如：「素規澹明河，芳蕤泫澄露。」「延埜桑葉白，繞岸桃花明。」「微雲隱半規，浮烟没遥翼。」「清粹蔑所競，豐嗇兩不受。」「先榮靡後彫，遠期無近悦。」皆不減二謝語。五言近體如：「寒烏依夕照，落葉碎秋聲。」「經秋雲影絢，積雨月痕青。」「漏與蟲聲閒，人先鳥夢醒。」「風疏木葉下，野曠夕陽多。」「清籟生魚梵，秋懷入雁聲。」「月生虚室白，人坐一燈紅。」「潭影經秋浄，山光入暮青。」「長風江水蕩，落日海門陰。」皆佳句也。七言近體不如歌行，然若「青溪渡口餘三户，黄葉聲中有六朝」、「漢南楊柳今成樹，江上芙蓉秋末花」、「碧雲月湧星三五，黄葉風高酒十千」，風調自勝。余尤愛其「鳥墮空中音」及「風過不知處，滿林黄葉飛」、「時有幽禽來，空林墮殘雪」等語，妙悟尤可静參也。

太白斗酒百篇，日試萬言，倚馬可待，宜乎著述等身，乃全集不過數帙，固知貴精不貴多。迪功精鋭，鼎峙李、何，《弇州四部稾》，束置塵閣耳。

學王、孟不成，所謂刻鵠不成尚類鶩；學昌黎、昌谷不成，所謂畫虎不成反類狗。然王、孟便於空疏家，袁簡齋枚太史目爲貧賤驕人，真切中流弊之論。要須以意爲主，以才運意，則無所不可。

余任德清時，一日至半月泉，見石刻東坡詩云：「請得一日假，來遊半月泉。何人施大手，擘破水中天。」泉無足奇，乃甃池作半月形耳。如所云，不成癡人説夢耶？及按公年譜，時方還朝，而詩云請假，已屬謬誤，考之全集，亦不載此詩，乃知盛名之下，僞託者多矣。

學古人詩，當分别求之。漢魏古詩樂府，音節可到，氣韵不可到，辛苦學「妃豨」，漁洋譏之，審矣。五古登山臨水，宜學三謝，纂言紀事，宜學工部，詠古詠懷，宜學子昂、太白，正變既備，風格斯醇。七古以高、岑、王、李爲門牆，以子美、昌黎爲骨幹，下迨宋、元，廬陵、眉山，淵源有自，放翁、遺山，波瀾不殊。至元、白、張、王，則又自成一體者也。短古韋、柳最工，五絶王、裴稱善，七絶則以神韵爲宗，龍標、太白而外，取法不少。惟五律一體，盛唐合格，斷推右丞，然學者當從中唐入門，切嚮虚聲，貴乎兼備，勿高言渾成，致老而無味也。五排工部獨絶，元、白鋪張排比，未免泛濫之譏。七律則自工部以降，代不數人。至明而青丘、東陽提倡宗風，李、何、王、李，聯翩鵲起，雲間繼之，駸駸乎盛唐矣。惜乎後生多不自量，譬諸秦廷之舉鼎而絶其臏也。善學者當求其性之所近，而綜覈百家，要歸一綫，加以變化，勿墮旁趨，庶乎奄有衆長，獨臻至詣，是謂大成。

咏物詩不用典故則不切，若句句典故如李巨山，又蹈錢癖之誚。近人無錫吴黼仙峻最工此體，《咏碧桃》云：「藻井正凝千點露，重門深鎖五更風。」《梨花》云：「五夜粉牆明似月，一樓春夢亂於雲。」《新柳》云：「春愁在眼芳程遠，曉月如眉鏡閣空。」《白牡丹》云：「接䍦倒著真名士，脂粉嫌施近至尊。」《楓葉》云：「晚露盡情白，夕陽無限紅。」用事用意，不脱不粘，可悟咏物之法。

無錫吴明經黼仙峻云：詩法二字而已，曰透、曰脱。「十步殺一人，千里不留行」，謂之透。「空山無人，水流花開」，謂之脱。不透則不脱，大謝以透而脱。不脱則不透，淵明以脱而透。從此推之，可以悟矣。

管雋山峰，陽湖諸生，少落拓不羈，以《秧馬》詩受知學使，遂青其衿。年三十餘卒，吟稿散佚不可見。嘗聞其一聯云：「天地豈知人欲哭，江山翻喜客無家。」噍殺之音，讀之令人於悒。

舅氏蔣蓉龕和寧先生，由翰林改官侍御，詩才傾動館閣。《過伏波廟》云：「薏苡讒誰畀豺虎，丹青畫不到麒麟。」《荆州》云：「空灘何處陶公艦，芳草當年庾信袍。」《湯陰岳鄂王廟》云：「九廟傷心人出塞，中原失色帥班師。」《春柳》云：「端明隄有鉛華累，靖節門無車馬音。暢好雲山唯送别，不寒天氣却傷春。」《方竹》云：「春風似翦頻教削，秋露如珠不敢零。」《白桃花》云：「亡息最愁紅粉艷，避秦真覺白衣尊。」此例甚多，盡燬於火，先生亦不復省記舊作矣。生平工填詞，未遇時，有《蘇幕遮》詠客燕云：「尾涎涎，身踽踽，獨自飛來，覓箇天涯侣。幾陣瀟瀟梅子雨，春色無聊，任爾銜將去。抱孤情，垂弱羽，青瑣珠簾，可也留伊住。一樣飄零吾與汝，便不逢秋，客緒渾如許。」尤膾炙人口。

趙甌北觀察梓全集見示，余謂曰：「爲杜紫微則不能，爲楊誠齋則過之無不及矣。」趙傲然曰：「吾自爲趙詩，烏論唐、宋？」

錢大令竹初維喬，余同年友也，雅擅鄭虔三絶。嘗贈余山水小幅，并繫以詩云：「如畫湖山我舊遊，興來復此縱扁舟。春風似挽離人住，殘雪紛紛灑敝裘。」「經年風雨感題襟，别館重逢夜氣沈。一盞更勞傾下若，故人情似酒杯深。」一勺水可知大海味矣。

管松崖幹珍翰編，才思敏贍。乾隆丁酉，典試黔中，往返作詩四百首，賦十數篇，雕搜藻績，擅康樂勝場。記序亦絶類柳柳州，緣抱騎省之悲，登涉閒時露悽惻語。余集其句爲題後云：「寒暑關心隻影知，自將柳雪賦離思。年來骨肉紛多故，采徧芳蘭欲遺誰。」「到處山村竟夕留，松齋人坐白雲秋。人生可嘆飛鴻爪，乘興還輪萬里遊。」「萬里西風接點蒼，微雲籠日送朝涼。溪山行盡不知處，客馬白顛僕馬黄。」「步步秋雲自踏陳，謂使旋。遠峰如碧水如銀。四年三度持文枋，實慶朝廷得此人。」

從兄夢巖，以薦辟官龍游丞，恬淡寡營，任十八年卒，布衾書簏而外，無長物也。子二人，皆諸生，窶甚。余過龍游，口占云：「雙松哦罷鶴歸家，廉吏遺孤嘆落花。今日過君遊宦地，更無人説鵲隨車。」

自浙入閩，山勢奇突萬狀，撚髭清興，多在征途彳亍間。如江郎三片石，潑翠百里外，嶙峋插天。仙霞嶺，鳥道入雲，險秀殊絶。余俱有詩。《江郎石》云：「平生愛石似襄陽，到此真成嘆望洋。誰遣五丁施月斧，削成三片落天閶。孤根但見雲無際，絶頂微聞樹有香。絶頂多旃檀樹。要與甌東作屏障，莫將奇蹟詫江郎。」《仙霞嶺》云：「控引東南勢轡蟠，筍輿詰屈入雲端。振衣竟欲凌風去，回首方知行路難。遠岫粘天森萬笏，寒流飛雪響千灘。諸僧但解迎冠蓋，如此溪山眼倦看。」

明戚少保用兵，信賞必罰，然用意頗不測。嘗禦倭寧德，傳令退縮者斬。其子爲前鋒，登白鶴嶺，見倭勢甚盛，回頭欲有關白，立斬以徇。三軍股慄用命，倭遂平。余過白鶴嶺，有句云：「形勢天教障海氛，威名人説戚將軍。郎君喋血猶銜恨，鶴唳空山不忍聞。」

論文之旨，倡於陸機《文賦》，劉勰《文心雕龍》繼之，厥後韓、歐諸家，遞有論述。然文壇佳話，罕有傳者，他日擬倣詩話例，輯成一編，亦足資文人揮麈也。

伯祖紫庭先生諧，邑諸生。康熙己酉出闈後，夢登高阜，踞其巔，餘人皆環拱仰視。忽一牛自下疾馳上，悸而避之，牛乃登阜巔。及榜發，解首牛窺渚，而公先擬元，以墨卷爲吏所污，臨榜磨去，監臨韓大中丞杖吏至斃。公賦詩百韵謝之，中數聯云：「謬入英雄彀，翻增寵辱驚。青蠅污一點，白璧棄連城。未免窮途哭，難禁伏櫪鳴。」自此絶意仕進。

從伯父又宜先生自申，遊三教堂，見題覺公石像讚甚夥，戲拈四句謂覺公曰：「這也題石，那也題石，和尚覷破，都是饒舌。」時周震起爲覺公鐫像，擲刀大笑曰：「子能得禪家掃蕩法乎？」亦刻之於像側。

徐星友名方高，江陰人，著有《儋園詩草》。《題居庸關》云：「峰巒匼匝衛宸居，絶頂憑凌接太虛。墨水遠烟籠靺鞨，紅雲朝日照扶餘。秋清畫角團營急，霜勁琱弓校獵初。關吏不須頻詰客，於今萬里走車書。」《涿州》云：「席帽騎驢向薊門，茫茫往事不堪論。風雲孰辨軒皇壘，羽葆空傳蜀帝村。幾樹丹楓明夕照，一行白雁下黄昏。劇憐督亢陂前水，嗚咽常流烈士魂。」星友與吴門沈歸愚齊名，號徐沈。歸愚晚受特達之知，位至大宗伯，而星友獨數奇不偶，老於諸生，士林共惜之。

錫山邵星城辰焕僦居江陰，與徐方高家甚近。時翁年近八十，妻子俱卒，僅一穉孫。一日天大雪，邵過訪，見翁擁敗絮，炙硯作某姓壽文，凌兢不休。謂邵曰：「絶糧數日，敝裘質庫中。此稟成，得白金三兩，可暫温飽也。」越二日往，翁擁絮如故，所得金因鄰人喪父無棺，悉與之矣。

僧齊己《早梅》詩:「萬木凍欲折,孤根暖獨回。前村深雪裏,昨夜一枝開。風遞幽香出,禽窺素艷來。明年如應律,先發望春臺。」下四句凡近無味,可删作絶句。

少陵詩云:「晴牕檢點白雲篇。」劉須溪云:「不必所出,著『晴牕』二字更别。」不知詩家無杜撰字,何況少陵。仇滄柱注中引證甚夥,無一是者。張燕公云:「西掖紫泥紱,東岳白雲篇。」杜蓋用此,以頌田舍人也。時公欲因田舍人奏封《西岳賦》,故又云:「揚雄更有《河東賦》,唯待吹噓送上天。」

郭璞注《爾雅》,有似詩句者,如云:「鳳凰應德鳴相和,百姓懷附興頌歌。」「賢者凌替姦黨熾,背公卹私曠職事。」「陋人專禄國侵削,賢士求哀念窮迫。」

或謂古來無言閏正月者,余曰:不然。元仇遠詩云:「閏正月過二月來,溧陽溪頭花亂開。濃雲急雨洊雷電,不待羯鼓花奴催。」

《漢書・張良傳》:「説漢王燒絶棧道。」崔浩云:「險絶之處,旁鑿山巖,施版梁爲閣也。」又《韵會》:「小橋曰棧。」有云:棧字惟蜀道可用,少陵詩「棧雲高不落」是矣。然此説太泥,謝康樂《斤竹澗》詩:「過澗既厲急,登棧亦陵緬。」斤竹澗在温州樂清縣東。

荆溪儲長源國鈞,水榭先生子也,以工詩受知於盧雅雨運使。雅雨刊漁洋《感舊集》成,長源題其後云:「題襟到處狎名賢,採擷精英在一編。若準元家《篋中》例,不應牽拂到松圓。」「北宋南施各擅場,後來得髓説蓮洋。論交不薄崑山體,纖弱終嫌近女郎。」「黄葉聲多酒不辭,才名早已冠當時。如何鐵網搜羅遍,翻失崔郎七字詩。」「浮青詩價重連城,霧裏看花苦不明。别有塾巾人激賞,海棠楓葉好詩名。」盧由是銜之。按，「楓葉翠微空」，又「雪壓一枝紅海棠」，皆水榭集中句也。水榭以詩質漁洋，漁洋答書，有「老至看花，如墮雲霧」之語。後揚州郭元釪于宮見《浮青集》，極爲激賞，贈詩云：「他時應號儲楓葉。」又云：「一時稱謂渾無定，又欲呼君儲海棠。」長源爲阿翁舒忿，故刻意評駁漁洋。文人相輕，多成門户，大率爾爾。

客有善降乩之術者，偶一試之，甫焚符乩，忽震案大書云：「何來天籟嘯高空，咫尺元穹氣可通。世事乍經無量劫，男兒盡是可憐蟲。飽看江國多烟景，久已榮枯付碧翁。讀破《離騷》參一語，雲將準擬覓鴻蒙。」書畢竟去。符使云：「此鄭峚陽鄤也。」峚陽以疑獄，竟受慘戮，故忿懣之氣，情見乎詞。

南城袁彦，名諸生。五十壽，同人集宴賦詩，一少年詩云：「先生十五青其衿，行年五十仍如故。豈無伯樂空馬群，偶爾驊騮不相顧。」袁憮然，遂罷酒。後二年，袁登賢書，而少年已歿矣。

《野記》：「正月十六日，古謂之耗磨日，官私不開倉庫。」張説詩：「上月今朝減，流傳耗磨辰。還將不事事，同醉俗中人。」先伯祖紫庭先生謂諸生曰：「人不事事，便耗磨隨之。子能開書倉、啓武庫，太乙老人燃青藜一照，耗磨當避百舍。」諸生皆粲，而就位肄業。

東坡云：「無事此静坐，一日勝兩日。」余謂：陶侃惜分陰，乃真一日抵得十數日也。佛經云：「是日已過，命亦隨減。」二語最警策，吾輩宜榜諸座隅。

無錫邵颸園曾訓《咏緑萼梅》云：「翠旌孔蓋九疑仙，淪謫歸遲若黯然。日暮天寒修竹裏，曲終江上數峰前。芭蕉心卷遥相憶，楊柳眉顰對可憐。望斷隔溪愁不見，蘭舟空倚水如烟。」杜太史雲川曰：「古今咏緑梅詩，此爲第一。」嗣見颰園小阮移山煩《咏玉蝶梅》云：「明瑫縞袂總傾城，誰比梨雲怨未平。虢國鏡中山一抹，邠王笛裏月三更。相逢蕭寺春猶淺，獨立清溪雪乍晴。珍重歸來眠紙帳，高情應解夢莊生。」雛鳳聲清，自是竹林勍敵。

炙硯瑣談卷下

武進湯大奎曾輅

汝南秦鎬，字京，袁小修序其《頭責齋集》云：「今人字皆兩字，而京字獨一，自東漢以下無之矣。」朱竹垞曰：「自漢以降，如顔之推字介，李曇字雲，劉乾字天，羅靖字禮，房玄齡字喬，顔師古字籀，李臯字師，李琇字琇，張巡字巡，郭曜字曜，李恢字祚，李絛，徐倫並字堅，竇思字恕，孫晟字鳳，毛欽字傑，宇文審字審，張義方字儀，此外不多見也。」余案，顔之儀字升，即附見之推傳。又庾於陵字介，見《南史》。彭樂字興，王盟字仵，諸葛穎字漢，俱見《北史》。李文字緯，見《李君碑》。錢勰字穆，范祖禹字淳，見《老學庵筆記》。

古人有名字相連者，如謝安安石、謝萬萬石、謝石石奴、郭文文舉、江總總持、許亨亨道、高乾乾邕、劉豐豐生、謝鐵鐵石、王懷懷周、李賢賢和、段永永賓、李彦彦士、權武武美、馮偉偉節、獨孤羅羅仁、張説説之、杜牧牧之、孟浩浩然、荆浩浩然、郭忠恕恕先、丁謂謂之、許洞洞天、晁詠之之道、史正志志道、楊濟濟道、周南南仲、陳亞亞之、陳輔輔之、蔡伸伸道、張緯緯文、吕大鵬鵬舉、陸友友仁、張埜埜夫之類。有名字相同者，如晉孔安國字安國、殷仲文字仲文、蔡興宗字興宗、王僧孺字僧孺、劉孝綽字孝綽、任孝恭字孝恭、江德藻字德藻、慕容紹宗字紹宗、魏蘭根字蘭根、崔彦穆字彦穆、馮子琮字子琮、郭子儀字子儀、張巡字巡、李琇字琇、郭曜字曜之類。

《莆陽科第録》：宋三百年間，莆人舉進士者九百七十餘人，諸科特奏者六百四十餘人。其中魁天下者五人，登宰輔者六人。明自洪武庚戌迄嘉靖戊子，凡五十二舉，由鄉薦者千一百十一人，登甲科者三百二十四人，狀元二人，探花四人，會元一人，會魁七人，解元二十五人。吾邑錢鑄庵人麟、莊南村柱兩先生輯《毗陵科第考》，自順治乙酉迄乾隆戊戌，亦五十二舉，鄉薦甲科名數差少於莆陽，而其中狀元四人，榜眼二人，探花四人，會元二人，解元二人，博學宏詞科二人，翰林五十六人，登宰輔者四人，尚書以下八座者共二十七人，會魁、傳臚并京堂、科道、主試、總裁、提學及藩、臬等官，不暇計也。而又易名者六人，入賢良祠者三人，入昭忠祠者二人。較之莆陽盛矣。吾郡梁谿，甲第仕宦之盛不減毗陵，義興次之，亦復元魁接踵。郡志久不復修，惜無有專書紀之者。

江陰楊文定公名時，理學名臣。初入都，擬謁李文貞公光地。先一夕，文貞夢楊龜山先生過訪，柬書楊時拜，坐語良久而去。明日，文定至，姓名祗增一字，聲音面目宛如夢中，文貞心甚異之，遂留講授，爲高第弟子。

詩人阿其所好，往往有推許過當處。如太倉毛亦史師柱《追感杜茶村》詩云：「狂來自合歌衰鳳，絶處猶堪紀獲麟。」比諸宣尼，殊屬謬妄。沈歸愚乃曲爲之説，以太白「希聖時有作，絶筆於獲麟」證之。不知太白本是狂言，然云「希聖」，尚是仰望竊比之詞，此則直用褒崇，虚實迥別，況茶村又遠不逮太白耶？至「絶處」二字，尤不成語，《別裁》收詩寥寥，不免舍上駟而存中下也。

錢塘王舍人赤抒丹林《悼亡妹》云：「急雪罷吟簷外絮，大雷空寄袖中書。」沈歸愚激賞此聯，謂道韞咏雪，明遠寄書，實事死事也，用「罷吟」、「空寄」四字，則虚且活矣。按此公論詩多學究語，試問題係悼妹，若泛引二事，豈復著題？柰何以尋常運筆，詫爲指授金針也？

萊陽姜學在實節，貞毅先生仲子也。布衣，工七言斷句。《咏白頭公》云：「霜鬢逢春可自由，老人端的爲多愁。不知小鳥緣何事，也向花前白了頭。」淡雅可誦，然意味頗淺。吾友邵星城辰焕詩云：「花前嚦嚦語春晴，小院偏驚客夢醒。似爾無情頭尚白，阿儂那得鬢長青。」只倒轉説來，頓爾生致。

海寧查少詹仲韋昇，飲陳樸庵席上，賦牡丹云：「置身富貴何須早，到眼雲霞覺倍明。」時推擅場。牡丹用「富貴」字本常語，少詹不著色相，自得風流，異乎多買胭脂者。

通州保鑾書兆炳同年，嘗作《漁樵圖》寄意，題者數十家，率皆江湖贋體。余爲補卷云：「漁父甘啜醨，樵夫解笑士。山澤多畸人，托跡類如此。王孫淮陰臺，買臣會稽市。初衣澤霧豹，晚節罹罦雉。咄哉羊裘叟，不屑相助理。亦有披裘翁，遺金棄敝屣。賢者不可測，人生行樂耳。方今際休明，相期拾青紫。巖壑肯終窮，跅弛抱深恥。倘據要路津，蓬萊去天咫。胡爲久埋照，淪落山與水。想當坐濠梁，清泠盪塵滓。空山縱斤斧，快意斬荆杞。漁艤樵歸來，樵歌漁繼起。得魚亦不賣，析薪良自喜。醉便狎海鷗，遊惟與鹿豕。何必連巨鰲，時還采葑菲。神仙不易得，畫圖毋乃是。恍遊秦桃源，如逢漢黄綺。我諷《招隱》篇，因之悟遐旨。」詩成質諸同人，僉曰切實整嚴，可以壓卷。

凡作詩，拾人牙慧最可厭。如荆卿則譏其生劫秦皇，漢武則笑其驪山茂陵，刺開寶則事事貴妃，罪宋高則聲聲二帝，陸放翁表其「家祭」一語，趙王孫責其身歷兩朝，似此陳言，不勝枚舉。群兒諷不去口，學究詫以爲奇，此《尸子》所謂「松柏之鼠，不知堂密之有美樅」者也。

吾邑錢文敏公維城云：「四言詩雅不必作，束先生《補亡》已恐非《三百篇》風旨。近人開卷必列數首，反成習套矣，我輩當力挽之。」予按，太白云五言爲四言之靡，則四言最爲近古，偶一涉筆，猶勝於擬《天門開》、《君馬黄》之類也。

無錫楊笠湖潮觀，少以詩筆著名，中年絲竹陶寫，寄情聲律。嘗著《吟風閣雜劇》，深得元人三昧。昔人論製曲，須是鉅才，與詩詞另是一副筆墨。既宜傅演，又耐吟諷，摹神繪影，中人性情，斯爲能事。東塘、昉思而後，笠湖其嗣音矣。

吴江鄒蕙祺淑芳，常熟嚴伯玉焯妾也。能詩，有句云：「洗手自憐十指甲，何因又長兩三分。」「十」字自注：「平聲。」按，陸游《老學庵筆記》云：「十字轉平聲，可讀爲諶。白樂天詩：『緑浪東西南北路，紅欄三百九十橋。』宋文安公《宫詞》：『三十六所春宫館，一一香風送管絃。』」

吴縣倪稼咸承茂，得名最早，成名甚遲。乾隆戊午鄉闈，出蘭溪趙觀察錫禮門下。時趙以武進令同考，一見稼咸，握手曰：「吾少日即讀君文，不意久屈至此。」藝林傳爲美談。然竟以一孝廉卒。稼咸工填詞，詩亦清穩，如「衰柳共憐殘鬢短，閒雲應笑客程忙」，佳句也。

山陽周白民振采，工時文，老困場屋。乾隆庚午省試，寶山朱覲宸桓邀大江南北知名士會於秦淮，白民矍鑠領袖，賦《老將》詩云：「百戰沙場功未酧，偏裨年少早封侯。敵人俯首驚無恙，法吏吹毛對若讎。老馬躡雲偏伏櫪，蒼鷹羈鏇欲勝鞲。請看猿臂終强健，射虎南山氣尚遒。」宛自寫照也。

錢塘周少穆京《同友人湖上》句云：「野鷗導我有閒意，新柳笑人成老夫。」風趣可挹，沈歸愚宗伯亟稱之。

江陰翁朗夫照工詩。《蓑衣》云：「烟波雙鬢老，風雨一身秋。」《帆影》云：「殘月半痕巫峽曉，夕陽一片洞庭秋。」《與友人尋山》云：「友如作畫須求淡，山似論文不喜平。」皆雋永可味。

華亭李亦吾進《悼友》云：「誄文作自先生婦，遺稿歸於後死朋。」屬對甚活。

遼陽蔡季玉琬，高文良公其倬繼室，著有《蘊真軒小草》。《辰龍關》云：「遺民老剩頭閒雪，戰地秋閒郭外田。」《關鎖嶺》云：「横盤石磴危通馬，深鎖雄關冷護雲。」《江西坡》云：「鬼燈明滅團青血，野塚荒凉嘯白楊。」皆沈鬱頓挫，不似巾幗中語。其《九峰寺》云：「蘿壁松門一徑深，題名猶記舊鋪金。苔生塵鼎無香火，經蝕僧廚有蠹蟫。赤手屠鯨千載事，白頭歸佛一生心。征南部曲今誰是，剩有枯禪守故林。」蓋夫人父綏遠將軍毓榮平吴逆後，隨獲譴咎，歸於空門，詩即指此事也。求之閨閣中，殆罕其匹。

太倉毛山輝秀惠，諸生王存素愫室也。存素娱情丹青，淡於榮禄，雍正乙卯下第，山輝以詩慰之云：「新妝競埽學輕盈，俗艷由來易目成。誰識天寒倚修竹，亭亭日暮最孤清。」「寒女頻年織錦機，深閨寂寂掩重扉。却憐鳩鳥爲媒者，空向秋風理嫁衣。」「重陽風雨滯幽齋，失意人難作遺懷。籬菊已花還覓醉，便須沽酒拔金釵。」得此齊眉，便白首青衿，亦復何憾。

張孺人采苣，陽羨儲玉琴母也，姊采芣、妹成珠，俱能詩。孺人《過嚴瀨望釣臺》詩云：「極目桐江上，高臺枕碧流。乾坤傳一客，蓑笠自千秋。芳樹閒中老，孤雲望裏收。歲時誰俎豆，崖下有漁舟。」采芣《和兄閒居》云：「負郭須營二頃田，塵氛不到足怡然。春塘草暖聽泉坐，小院花深待月眠。漫把酒杯澆俗慮，還將書卷結清緣。世間誰似西陵客，一卧烟霞四十年。」《與諸姊艾蒳亭翫月》云：「多時抱病卧深閨，且喜今宵手共攜。芳徑草衰蟲語切，碧天雲浄雁行齊。吟成新句茶初熟，話到殘更月漸低。清露溼衣渾未覺，怪他花影過窗西。」成珠和云：「空庭月色印中閨，佳節欣逢手共攜。静夜露沾衫袂冷，隔牆風送管絃齊。閒憑曲檻清吟愜，小立回廊絮語低。凝睇忽驚秋思切，一行征雁過樓西。」張爲丹徒巨閥，故不特封胡遏末，振譽一時，而閨中之秀，亦不減孝綽二妹也。

儲玉琴《秋蘭館筆記》載：近時閨秀詩，皆清雅可誦。丹徒張淑貞《秋思》云：「人静燈如夢，羅衣怯晚凉。露蛩吟草砌，梧葉下蓮塘。月影逐花動，笛聲愁夜長。倚欄無一語，心碎爲離鄉。」江陰曹我聞《雪霽》云：「凍雀喧喧報曉晴，朝曦紅影上窗明。深林風定梅花瘦，老屋寒添紙帳清。吟客未歸驢背遠，旅人初發馬蹄輕。揭來小閣閑憑眺，依舊青山繞故城。」高郵陳箋《咏落梅》云：「風敲簷鐵雨聲殘，更道梅花落畫欄。夢冷柴門新竹徑，心傷水部舊詞壇。翻飛應與人争瘦，懊惱難憑笛訴寒。任是飄零不須怨，冰心留待後來看。」武進楊夢花和云：「空閨何忍問花殘，爲和新聲獨倚欄。香夢可能留玉笛，芳魂早已落詩壇。一簾疏雨回春信，數點輕烟籠曉寒。索笑也知成往事，衹餘瘦影月中看。」

徐凝「一條界破青山色」，坡公詆爲惡詩。余嘗春日行山中，見碧峰屼巑，素練摇曳，垂天直下，劈分蒙茸，七字真道得出，但落纖巧耳。太白「海風吹不斷，江月照還空」，似是秋景，然匡廬距海數千里，而猥云「海風」；瀑布隔江十數峰，而必云「江月」，倘固如高叟，恐不免蚍蜉之撼也。

學古人詩，佳處驟不易得，輒先沾染習氣。譬諸畫工，傳神貌有丘壑者易肖也，然使沾沾於一癥半痣，而神情意氣，迥非是人，得不爲天下之賤工乎？善學者，遺貌取神，是一是二，當於氣韵微參之。

「岣嶁」一字三音，平音鉤樓，上音莒旅，去音句陋。「笭箵」之「箵」，平、上二讀，「伍員」之「員」、「應劉」之「應」、「枚乘」之「乘」、「寧馨」之「寧」、「上番」之「番」，俱平、去二讀。「詛祝」之「祝」，去、入二讀。「鄭侯」之「鄭」，去音贊，平音鹺，應劭音「嵯」，唐詩俱作平聲。「拚」字，唐詩多作判，平、去二聲。「柰」字，六朝人作那，去聲。「者番」、「者邊」，「者」字去聲。又司馬長卿，「長」字非平聲，相如「相」字非仄聲，馬援「援」字非平聲，曹操「操」字非平聲，陸務觀「觀」字去聲。

唐人詩用字異音。如劉夢得「抛却承郎争柰何」，「争」作去聲。「停杯處分不須吹」，白樂天「處分貧家殘活計」，「分」皆作去聲。韓退之「軒然大波起，宇宙隘而防」，「防」音訪；「新輩只嘲評」，「評」音病。王建「每日臨行空挑戰」，羅虬「不應琴裏挑文君」，「挑」皆上聲。包佶「曉漱瓊膏冰齒寒」，李義山「簟冰將飄枕」，「冰」皆去聲。段成式「玳牛獨駕長檐車」，「長」作上聲。白樂天「請錢不早朝」，「請」作平聲；「四十著緋軍司馬」，「司」作入聲；「紅闌三百九十橋」，「十」讀如諶；「爲問長安月，如何不相離」，「相」思必切；「燕姬酌蒲桃」，「蒲」作入聲；「三年隨例未量移」，「量」作平聲；「金屑琵琶槽」，「琵」仄聲；「仁風扇道路，陰雨膏閭閻」，「扇」平聲，「膏」去聲；「得時方張王」，「張王」並去聲。元微之「徵俸封魚租」，「封」音奉；「一生長苦節，三省詎行怪」，「怪」音乖；「洞照失明鑑」，「鑑」作平聲；

「高屋無人風張幕」，「張」音漲；「苦思正旦酬白雪」，「旦」音丹；「雁思欲回賓」，自注：思上聲。陸魯望「海客施明珠，湘蕤料浄食」，自注：料平聲。獨孤及「徒言漢水纔容舠」，「纔」作去聲。盧綸「人主人臣是親家」，「親」作去聲。李義山「可惜前朝玄菟郡」，「菟」作去聲；「九枝燈檠夜珠圓」，唐彦謙「燈檠昏魚目」，「檠」俱音景。徐鉉「莫折紅芳樹，但知盡意看」，注：但平聲。唐人如此尚多，未能枚舉。又宋陶穀「尖簷帽子卑凡厮」，「厮」入聲。陸游「燒灰除菜蝗」，「蝗」仄聲；「拭盤堆連展」，「連」上聲，讀如輦。東坡詩「左元放」「放」作平聲，「司馬相如」「如」上聲。

唐人詩句多攔入方言助語。如杜甫「劃見公子面」，「劃見」猶瞥見也；「遮莫鄰雞下五更」，「遮莫」猶儘教也；「赤憎輕薄遮人懷」，「赤憎」猶生憎也；「耐知茅齋絶低小」，「耐知」猶極知也；「飛騰無那故人何」，六朝人以柰爲那，即無柰也。賀知章「遮渠不道是吴兒」，「遮渠」猶從他也。元稹「取次梳頭闇淡妝」，「取次」猶次第也。顧況「市頭格是無人別」，「格是」猶已是也，亦作「隔是」。白居易「萬户垂楊裏，君家阿那邊」，「阿那」猶何處也；「請君莫道等頭過」，「等頭」猶等閒也；「家釀唯殘軟半瓶」，「軟半」猶小半也。陸龜蒙「可口是妖謌」，「可口」猶信口也。羅隱「可中用作鴛鴦被」，「可中」猶恰宜也。鄭谷「可合花前半日醒」，「可合」反詞也。又如李白「耐可乘明月」、「作箇音書能斷絶」，杜甫「長安若箇邊」，駱賓王「箇時無數併妖妍」、「箇裏無窮絶可憐」，顧況「箇身却似籠中鶴」，張籍「爲箇朝章束此身」，白居易「咄哉箇丈夫」、「的有深耕處」、「的無官職趁人來」、「的應勝在白家時」，皮日休「開時的定合雲液」、「檜身渾箇矮，石面得能頻」、「貧養山禽能箇瘦」，韓愈「乍可阻君意」，李端「不忿朝來喜鵲聲」，趙嘏「不憤遠年别」，杜甫「不分桃花紅似錦」，杜牧「賸肯新年歸否」，温庭筠「去帆不安幅，作底使西風」，司空圖「剛須又樸越溪茶，裹許原來别有人」。又如酷見、飽聞、㨖來、端的、好在、其如、寧可、劣得、終然、則是、兼之、因之、憑仗、也應、劇憐、借問、暢有、羌無之類，不可枚舉。吾輩作詩，熟俗者多用，則涉打油，生僻者誤用，則成笑柄。如詞曲家襯字能手，例以少爲貴也。

裴説詩「苦吟僧入定，得句將成功」，撚髭人面目性情，摹繪欲絶。

《莊子》支離叔與滑介叔觀於冥伯之丘，俄而柳生其左肘。柳，瘍也，非楊柳之謂。王右丞《老將行》「昔時飛箭無全目，今日垂楊生左肘」，昔人已譏其誤矣。嗣見元微之詩「乞我杯中松葉酒，遮渠肘上柳枝生」，當時謬誤相承，皆讀書不求甚解之失也。

陸游《新蔬》詩「莫擬將軍春薺句，兩京名價有誰知」，將軍，高力士也。力士有《薺菜》詩，然僻事須實用，渾稱力士爲將軍，殊未了了，此隨手徵引之病。

《世説》顧長康哭桓宣武，「聲如震雷破山，淚如傾河注海」，形容盡致，讀之令人失笑。唐人詩「今朝不用臨河别，垂淚千行便濯纓」，淚已不少。至杜工部「猶有淚成河，經天復東注」，視虎頭抑又甚矣。此與太白「白髮三千丈，愁來似箇長」同一語意。

邵星城詩云：「坐魚青草池塘外，走菜黄蘆略彴邊。」蛙曰坐魚，蟹曰走菜，見《南宋雜事》。又《爾雅》：「蛙在水者爲黽，一名土鴨。」亦古雅可用。

三原孫豹人枝蔚游焦山，中流遇風，賦詩云：「風起中流浪打船，秦人失色海雲邊。也知賦命原窮薄，尚欲西歸太華眠。」此與連江陳一齋季立事略同。一齋天、崇閒人，嘗泛大洋，颶風驟起，驚濤沸天，舟磔磔欲碎。人皆失色，陳獨從容作歌曰：「水亦陸乎？舟亦屋乎？與其歸於牖之下，山之窟乎？何擇於江之中魚之腹乎？」人謂其雅量不減謝太傅與孫興公戲海時。余謂謝傅泛海之戲，正不足多，風濤震猛，生死呼吸閒，而故作夷猶，以僥倖萬一，豈明哲保身之謂乎？

平陽崔氏有鸛巢於庭，翼二卵，主人竊以鵞蛋更之。既㲉乳，訝其不類其雄，顧且噪怒，搏其雌，群鸛紛飛作排解狀。雌悲鳴竟日，捽其雛，自挂樹死。禽鳥之微，有不惜舍生以自白者，異哉！

詩家霸氣、禪氣，過者之病；冷氣、庸氣，不及者之病。杜、韓之沈雄，惟沈故雄，非霸也。王、孟之妙悟，妙理入悟，非禪也。韋、柳蕭寥，清而不寒，無神味則冷。淵明平和，腴而不枯，無氣色則庸。至於餖飣綺靡、繁縟泛濫，非膏肓痼疾，不足爲慮。

前輩云：作詩須有關係。又云：詩以有爲而作。此説固然，然風雲月露，觸景抒情，胸次閒何等自在，必詞含諷刺，事涉譏評，論古則無與飢寒，傷時尤大非體要，至有憤懣牢騷，不知自負爲何物者，徒爲蘊藉人齒冷耳。

《甌北集》中，七律尤工。佳句如《黄天蕩懷古》云：「歸師獨遏當强寇，兵氣能揚到婦人。」《顧氏水榭》云：「竹須問主看非易，魚不留賓樂可知。」《入都依外舅劉午巖》云：「我來客路誰青眼，公在名場已白頭。」《哭杭廷宣》云：「久客不歸無異死，故人入夢尚如生。」《和海昌相國移居》云：「循牆影裏人三命，廣厦胸中士萬閒。」《酬袁子才》云：「才名未肯將官换，好句還應仗福消。」《呈座主休寧汪公》

云：「杜門客少心如水，謀國年深鬢有霜。」《八月十六夜對月》云：「佳節又看今歲去，清光還似昨宵多。」《送蔣心餘南歸》云：「一侯猿臂原無分，何物蛾眉敢不讒。」《崖山》云：「六更漫續庚申帝，一旅難支甲子門。」《傅文忠輓詞》云：「我無私謁偏投契，公不談文乃愛才。」《桂平道中》云：「遠嶺路高人似豆，空江水落岸如山。」《歲暮出都》云：「重來似觸回心石，欲去還同拗項橋。」《劉可型下第》云：「此客豈宜艱一第，人生能得幾三年。」《哭董東亭》云：「并無福可消貧宦，翻有身歸葬故鄉。」《送沈卓其》云：「貰酒每爲無事飲，稱詩相戒不平鳴。」《輓賀舫庵》云：「命窮真比夏畦鬼，身死未醒春夢婆。」此例不可枚舉。大率屬對必工，措詞必雋，筆無不達，意無不新，甌北真堪比劍南也。

金壇蔣衡，字湘帆，別號江南拙老，以書法名於時。維揚富商某屬書《十三經》進呈，時年已六十三矣。合計字數，自揣須十年卒業，慨然諾之，即静掃一室，濡烟腐毫，小不逮意，輒復棄去，竟如期告成，得正副本各一。少陵云：「人生七十古來稀。」不有天幸，其能蕆事乎？

納蘭成德侍中與顧梁汾交最密，嘗填《賀新涼》詞爲梁汾題照，有云：「一日心期千劫在，後身緣，恐結他生裏。然諾重，君須記。」梁汾答詞，亦有「託結來生休悔」之語。侍中没後，梁汾旋亦歸里。一夕，夢侍中至，曰：「文章知己，念不去懷。泡影石光，願尋息壤。」是夜，其嗣君舉一子，梁汾就視之，面目一如侍中，知爲後身無疑也，心竊喜甚。彌月後，復夢侍中別去，醒起急詢之，已卒矣。先是侍中有小像留梁汾處，梁汾因隱寓其事題詩空方，一時名流多有和作。像今存惠山草庵貫華閣。

無錫高鵬翎飛嘗遊蜀中，謁杜少陵祠堂，見石刻小像，酷似其鄉先生浦前澗起龍，因手搨以歸，裝潢贈之。前澗乃懸之齋中，大會賓客，飲酒賦詩，遂傳前澗爲少陵後身。前澗於書無所不讀，而尤嗜杜詩，著有《讀杜心解》行世。晚歲解組歸田，藝花種竹，挈杖行吟，其風致殆不減少陵之居瀼東西也。後身之説，或信然歟？

無錫嚴中允蓀友繩孫，家藏趙子昂楷書《麗人行》墨蹟，攜至都下，爲某大僚强持而去。嚴索之急，某曰：「此固可珍，酬君者當亦非細。」時開鴻博科，特送嚴應舉，緣是獲雋。近邵宗藩大年讀書開利寺，見牆角字紙阜積，屋漏鼠嚙，力勸僧焚之。僧欲留以拭棹，與之桑白紙百墮始允。邵手自檢拾，焚及半，中有渲青宋牋泥金小楷書藏經數十頁，款識「翰林院承旨趙孟頫奉勅書」，因去其黝腐，集爲《金剛經》一卷、唐詩若干首。後爲盧運使雅雨見曾千金購去。

康熙甲午南闈，榜前宜興某請仙問何人得中，乩云徐兖文。時兖文已下世矣，不解所謂。及榜發，得徐炳文、儲大文、郁文三人，名姓俱驗，而二儲一字六雅，一字允弢，「兖」字尤巧合。又某科會試，場前問《四書》第一題，乩云：「中人以上章。」問次題，又云：「中人以上章。」問三題，亦如之。後首題「知之者」一節，次則「故天之生物必因其材而篤焉」，見「中人」外注，三則「五穀者」一節，見「知之者」外注，亦奇。

旅店壁間多有閨人題句，率皆文士贋託，如吴漢槎詭名金陵女子王倩娘之類，詩格一望可知。近見武林客舍題壁云：「深閨羅素不禁秋，扶病來尋古寺遊。看到紅蕖縹渺處，又添新恨上扁舟。」「一望孤帆入遠天，柔腸空斷白雲邊。湘波有盡情無盡，兩地相思載滿船。」「庚子八月五日山陰女士題。」

詢之主人，的係弱腕，惜不知其名。

連江陳東山坦與其弟址，並有詩名，嘗合刻《春草集》，而存者寥寥。《拜東坡先生廟》云：「低頭下拜東坡像，展眼頻看北斗杓。不厭瘴鄉生白髮，獨憐天下哭青苗。閒雲野外横孤鶴，明月舟前憶洞簫。幾度登臨重懷古，天風吹斷海門潮。」五言如「古木支殘照，寒鴉帶遠吟」、「漢水舟移月，巴山路入雲」，俱可傳。

長白納蘭峻德，字克明，詩格遥秀，絶類晚唐。《趙北口》云：「西風垂柳復垂楊，斷盡南來客子腸。却更長堤三十里，亂荷殘水雁聲涼。」《銅雀臺》云：「三臺羅綺土花凝，舞袖香消黯漆燈。翠輦不來環佩冷，夜深紅鬼哭西陵。」《感舊》云：「玉臺詩寫蜜香箋，鬢影春生杏葉烟。馬首一枝紅照眼，傷心事往十三年。」

漢陽彭上舍念堂湘懷，詩極有格調，遊塞外詩尤多高作。《過懷來》云：「日還停水上，山已墮雲中。」《雞鳴驛》云：「風聲連大漠，雪意釀深秋。」《將抵宣府大風》云：「寒風吹野黑，磧石照人黄。」俱非凡響。

桐城方南堂貞觀詩格清拔，五言如「人喧江市午，木落水村秋」、「月出江花落，詩成海月圓」，七言如「細雨白楊人上塚，冷烟孤棹客思家」、「秋雨似關多病客，夜蟲偏語别家人」，俱得中唐三昧。

荆溪任澹存曾貽，雅善填詞，詩亦閒作。其《雜憶》詩云：「折得寒香雪一枝，小窗催賦早春詩。記來院落燒燈夜，親爲如花插鬢時。」風致絶佳。

古人名句有天然入妙者，其不可湊泊處，正在一氣脱口。近錢塘金壽門農《咏苔》句云：「細雨連三月，無人又一年。」頗得三昧。少陵云：「别裁僞體親風雅。」真僞之辨，介乎毫芒，非深識者未易辨别。京師黑窑廠壁閒有題句云：「斜陽千古色，芳草一春情。」過客多賞之。史蒙溪承豫曰：「此江湖贗體詩也。」余以舉似于午晴枋，先生亟嘆爲知言。

楊谷簾廷琮居邑之娑羅里，擁書萬卷，以詩酒自豪。年三十餘，就二尹職，既而悔之，遂告歸。未幾，嬴疾卒。嘗贈余北行云：「折柳贈行客，臨江發暮愁。柳摇春雨暗，江漲水雲流。良友此離别，新詩誰唱酬。願爲今夜月，遥送爾行舟。」吉光片羽，亦見故人風致也。

歙縣程魚門晉芳同年，僑居維揚，家故業鹾，慷爽，揮霍蕩廢殆盡。乾隆壬午，以召試授中書舍人，辛卯，成進士，改授銓曹，旋由四庫館纂修入翰林。博雅工詩文，尤邃經學。海内知名士，投紵款謁，即倒屣如平生歡。其書齋榜聯云：「翰林風月三千首，吏部文章五百年。」成語恰合。甲午夏，贈余之官德清詩云：「一遇大梁春，同聽長安雪。麥風生夏涼，送子去西浙。浙水碧沈沈，蒼崕叫古禽。使君停櫂處，微雨淡花陰。花落苕溪清，花開霅溪緑。時聞打稻歌，亦和採蓮曲。爲問官大梁，何如官浙水。江湖久相忘，游宦信行止。我有探奇興，他時解綬歸。莫驚山賊至，戒吏示兵威。」古雅蕭澹，絶似梅聖俞、姜白石一輩人。

羅江李羹堂調元觀察，詩才敏贍，著有《聽秋樓詩集》，縱横跌宕，見賞於錢香樹尚書。余隨牒德清，祖席口占云：「四月含桃熟，依依悵別筵。江南蓴菜長，燕北柳條牽。舊仰飛鳧舄，新投飲馬錢。縣名真不忝，清德有誰先。」率爾應酬，亦可略識梗概矣。

南匯吳學士白華省欽，學有根柢，兼擅詩筆。嘗贈余詩云：「十年山水縣，人唱使君詩。清氣大來後，風流無盡時。樵薪幽徑墮，漁網夕陽支。安得凌風翰，超遥與子期。」標格沖淡，「漁網」句有聲畫也。

石門蔡侍御梵珠履元，書法負盛名，詩不多作。余都門旅邸，頗擅烟水之勝，諸同人賦《秋興》詩，蔡亦和云：「暑退涼生籟，風來樹有聲。時惟秋最爽，人得氣之清。朗抱開佳境，孤吟破宦情。祇應寥廓外，鸞鶴與同賡。」詩不以鍛鍊爲工，亦自合格。

寶應王松巖嵩高，樓村先生曾孫。樓村以康熙癸未及第，而松巖亦以乾隆癸未成進士，官漢陽令，詩有家法。戊戌秋，寓於京師，出《藉山閣圖卷》索題，即次韻贈余云：「佳人碧雲外，好句邈難求。趺坐一卷石，孤吟三徑秋。清風起遥籟，遠性對閒鷗。可憶蓴鱸美，烟波有釣舟。」

己亥夏，余隨牒將之連江，都門諸同譜贈詩，歸安戴工部菔塘璐云：「鼇江近對海雲深，雅韻仍攜鶴共琴。手擘輕紅開荔社，身依濃緑坐榕陰。徐陵自理珊瑚架，韓愈惟栽松桂林。料得政成稀吏牘，石闌點筆只長吟。」時烏程費侍御道峰南英贈作，亦推壇場。

兒子荀業自滇南歸，見其篋中贈行一詩云：「交情初獻紵，又賦柳條青。塞雁人同去，寒窗雨獨聽。春應江上見，帆到海門停。遥識趨庭暇，焚香譜鶴經。」風致頗近唐人，詢爲昆明布衣錢雲咫允湘所作。錢擅繪事，兼工隸書。

釋妙復字天鈞，無錫人，與榮道士洞泉、杜太史雲川結詩社，稱「九龍三逸」。余嘗過石林精舍，投詩云：「修修釋子遠，窈窈烟霞深。停策一相訪，松花滿院陰。泉流澹吾慮，鳥語窺禪心。趺坐不知晚，微聞清梵音。」時余方廿齡，天鈞則鶴髮皤然，翩躚杖履，猶哦詩撫帖，好學不倦。談次徵雅，故令人意移。卒時年九十餘矣。

郡東郊紅梅閣，丘仙故蹟，幽軒數楹，有洞庭道士流寓，自言年百二十矣。紳士物色之，問訊及余，謂與余有舊。余邈不記爲誰何人，急往訪之，已先二日去。因題其壁云：「跨鶴飛鳧兩未逢，昔年何處遇仙蹤。梅花落盡白雲去，悵望莫釐天外峰。」

舍弟承宋大祁工制舉業，尤耽作詩文，以不戒於酒，年二十七病瘵卒。著述甚富，臨終悉焚之，曰：「毋傷吾父母心也。」記其《山中晚歸》一聯云：「遠燒穿林滅，孤笻傍鳥還。」亦自雋致。

押險韵正以平穩擅場，然皆不免拾牙後慧。往歲楊月航仁譽招飲同人，賦凸字韵詩，管松崖云：「余雖不飲亦酒人，貪看瀲灩杯心凸。」余云：「曲終洗盞更斟酌，月漾酒波觥底凸。」詩成，相視而笑。余曰：「此無妨，前人已疊見矣。少陵詩『雲罍心凸知難捧』，自是創語。杜牧詩『酒凸觥心瀲灩光』，陳陶詩『醁凸蠻觥奉君壽』，王惲詩『酒凸金杯飲興寬』，東坡詩『酒凸光照牖』，又『十分瀲灩金尊凸』，范石湖詩『但嫌酒淺金杯凸』，遣用雷同，視各人鍊句法耳。」

《史記・項羽本紀贊》：舜目重瞳子，項羽亦重瞳子。舜、羽不倫，借周生言引起，補叙羽異表耳。

《雜記》：「舜目重瞳上下生，項羽重瞳左右生。」不知何據。然古來重瞳多矣。顔回重瞳，見《劉子》。王莽重瞳，見《後漢書》。魚俱羅重瞳，見《北史》。呂光重瞳，見《涼州記》。沈約左目重瞳，見《梁書》。李後主煜一目重瞳，見《南唐書》。東漢劉旻重瞳，梁康王友孜重瞳，見《五代史》。明玉珍重瞳，見《宏簡録》。又眉山重瞳老人授張遠霄即張仙。度世法，見《眉州志》。廬山歸宗寺智常禪師重瞳，見《傳燈録》。建州老僧卓嵓明重瞳，見《甕牖閒評》。會稽金煜一目重瞳，見《曠園雜志》。至《荀子》：「堯舜三眸子。」注：「三眸子，重瞳也。」則似堯亦重瞳。《春秋孔演圖》：「蒼頡四目。」《韵府》作「四瞳」，則似蒼頡亦重瞳。劉孝標文有云：「八彩光眉，四瞳麗目。」四瞳之即重瞳，此其證矣。

蕭山毛西河奇齡太史榜伍子胥廟額云「春秋士大」，人多不解。按《公羊傳》，伍子胥父誅乎楚，挾弓而去楚，以干闔廬。闔廬曰：「士之甚，勇之甚。」《穀梁傳》：伍子胥父誅於楚也，挾弓扶矢而干闔廬，闔廬曰：「大之甚，勇之甚。」西河本此。

閩人飲酒，方言爲「嚼酒」。歐陽文忠公贈趙康靖公概詩云：「公能不遠來千里，我病猶堪嚼一鍾。」朱子《和彦先歸省》詩云：「上堂佳慶從容問，一嚼何妨累十觴。」或疑用閩中方言，如顧況詩「囝別郎罷，心摧血下」之類，非也。按《説苑》，魏文侯與大夫飲酒，使公乘不仁爲觴政曰：「飲不嚼者，浮以太白。」又《後漢・五行志》「嚼復嚼者」，京都飲酒相强之詞也。二公詩本此。至閩人飲食概謂之嚼，《正韵》嚼在笑切，同噍。王充《論衡》：「口齒以噍物。」《荀子・榮辱篇》：「啁啁而噍，鄉鄉而飽。」《前漢・高帝紀》：「襄城無噍類。」注：「無復有活而噍食者也。」則方言亦有本矣。

朱幼芝《海東札記》云：「每夜分籟寂，忽四壁作響，唶唶如鵲噪，火之，則蜥蜴鳴也。聒耳不休，殊無清趣，徒令旅懷作惡耳。」按，蜥蜴見於《周禮》、《説文》，知不獨海東爲然。莆田林舍人玉巖麟焻《琉球竹枝詞》云：「匹練明河牛斗横，鼕鼕衙鼓欲三更。思鄉坐擁黄紬被，静聽盤窗蜥蜴聲。」自注：「蜥蜴能鳴，聲如麻雀。」玉巖閩人，豈亦驚爲創見耶？

域中名勝，因名人題咏附會得名者多矣。曩歲，余偕于文襄公入天台山，桃花洞口一溪瑩然，山人曰：「此惆悵溪也。圖經所無，蓋因曹唐『惆悵溪頭從此别，碧山明月照蒼苔』而得名者。」余爲題詩云：「寒溪一帶碧灣環，惆悵劉郎去不還。曾照仙姿臨水上，更浮花片出人間。閒雲寂寞歸深洞，翠竹淒清冷舊山。猶有别愁流未盡，夜深明月照潺潺。」文襄公笑曰：「溪名附會，子更實之以詩，他日有好事者當採入《天台志》矣。」

賈島先爲長江主簿，後遷普州司倉參軍，今人但稱爲賈長江而已。其墓有三，一在安岳縣，一在房山縣，一在當塗縣。安岳在唐時爲普州，卒或葬此。吾邑趙豹三彪詔先生考訂最精，其《賈島墓》詩云：「空山唫骨兩嶙峋，遺墓塵封不計春。明月長江依舊在，祇今誰是祭詩人。」似賈島墓應在長江也。長江，今蓬溪縣屬。

歸安孫羨門霖《赤嵌竹枝詞》云：「庶魚庶草劇難名，每訝寒宵壁虎鳴。一種緑毛幺鳳好，也誇文采滿東瀛。」自注：「倒掛鳥，似鸚武而小，翎羽鮮明，紅衿緑衣，緣樹循繞，鉤嘴短足，爪纖而長。性喜倒掛，夜睡亦然，即東坡所謂倒掛緑毛幺鳳也。」余按，緑毛幺鳳，東坡自指蜀産言之，安知不似是而非，遽云即東坡所謂耶？即今東瀛亦徧覓此鳥不得，甚矣文人之誇也。

湖州書賈攜宋槧《論語》半部，無注，旁批小楷，類歐陽率更，頗多別解。如「晏平仲善與人交，久而敬之」，謂平仲善交，故人久敬。「君子周急不繼富」，謂當時諺語。「以能問於不能」五句，謂聖學科條。卷首印章二，朱文「覺軒手澤」，白文「治平進士」。按，治平宋英宗年號，則此本在集注未出以前。

凡同姓不宗者，必書姓以別之，宋、元人集中都如此。《漁洋文集》多稱宗人某，及觀先生年譜，載丙戌二月三男婦王氏卒，或以娶同姓疑之。余引吴志伊仕臣語云：「王沈與王基聯姻，劉疇與劉嘏爲婚，世人無譏，緣非同原也。」疑始釋。按，王氏郡望有瑯琊、太原、黎陽，宋避太祖諱，改匡爲王，郡望晉陽，混稱宗人，亦非。

陳其年四六，皖江程叔才師恭注，板行已久，顧中多紕繆。即如《銅雀瓦賦》云：「雖有彈棊愛子，傅粉佳兒。」叔才但引《藝經》注「彈棊」，引陸機《弔魏武文序》「今以愛子託人」注「愛子」，又引《魏志》何晏事注「傅粉佳兒」，援據俱錯。余按，《世説·巧藝篇》：「文帝於彈棊特妙，用手巾拂之，無不中。」又《魏略》：「邯鄲淳博學有才，太祖遣詣植。時天暑熱，植呼常從取水，自澡訖，傅粉，遂科頭拍袒，胡舞五椎鍛，跳丸擊劍，誦俳優小説數千言訖，謂淳曰：『邯鄲生何如耶？』」然則彈棊固指魏文，傅粉乃謂子建也。迦陵用意極切，而叔才乃以《藝經》等書證之，殊失本旨。

《論語》注左丘明，古之聞人，自漢以來，諸儒論説不同，或以爲一人，或以爲兩人，或以爲三人，迄無定見。至朱錫鬯氏，謂孔子既卒，周人以諱事神，名終將諱之，爲弟子者，自當諱師之名，此第稱《左氏傳》，而不書「左丘」也。此固深於《禮》者之言。然吾未聞諱師名而不書弟子之姓者也，其然豈其然乎？

《詩》「之子于歸，宜其家人」，注：「婦人謂嫁曰歸。」世遂以嫁爲「于歸」。然戴嬀大歸，莊姜亦曰「之子于歸」矣。「歸寧父母」，世謂專指女子而言，然錢起詩「才子欲歸寧，棠花已含笑」，李商隱詩「羲之當妙選，孝若近歸寧」，趙湘亦有《送周湜下第歸寧序》。又韋昭云：「古者名男子爲丈夫，尊父嫗爲丈人。」《漢書・宣元六王傳》所云丈人謂淮陽憲王外王母，即張博母也，則女子亦得稱丈人。《焦仲卿妻》詩「三日斷五匹，大人故嫌遲」，宋本「大」作「丈」。

《涑水紀聞》云：「太祖將北征，京師喧言，出軍之日，當立檢點爲天子。太祖懼，密以告家人。太祖姊面如鐵色，方在廚，引麪杖逐太祖，擊之曰：『丈夫臨大事，可否當自決胸懷，乃來家閒恐怖婦女，何爲耶？』太祖默然而出。」余按《宋史》，太祖有姊一人，未笄而夭，建隆三年追封陳國長公主，則引杖逐太祖者何人耶？王衍粹云：或即魏國長公主。考魏國長公主太祖女，更無引杖擊父之理，當爲太祖妹秦國長公主。涑水所紀，不無傳訛。

長洲吴拙庵成儀《全唐詩鈔・凡例》云：「宋明人詩，前或誤採，兹悉訂删。至五代時人，如徐鉉、胡宿等，多歸宋後作，亦並鈔入。」又云：「全書有一詩而互見各家者，兹悉考正。」余按，胡宿字武平，晉陵人，天聖二年進士，歷事仁、英二宗，以太子少師致仕，謚文恭，《宋史》本傳可考。公登第距五代已六十五年，迄致仕又四十三年，安得謂五代人歸宋耶？又杜常，昭憲皇后族孫，神宗朝登第，歷官工部尚書，所傳《華清宮》詩全篇誤採，而兹仍以爲唐末人鈔入。又五十九卷劉皁《長門怨》「宮殿沈沈」一首，與六十卷李紳《長門怨》同，則亦未能考正也。

元時二名重文者，脱脱、巎巎之外，又有牙牙、回回。牙牙，康里人，以子脱脱顯。回回，字子淵，與弟巎巎齊名。功臣則有土土哈、闊闊不花。係屬則有闊闊出、徹徹秃。孝行則有徹徹担。公主則有巴巴哈兒、闊闊倫、魯魯罕、妥妥輝，殊難悉數。考《遼》、《金》二史，似此命名者甚希。

陽湖徐樸弦鼎亨，丙戌進士，官於蜀，有聲。詩不多作，壬申仲夏送予再適楚中，即席賦詩云：「暮虹束斷楚天秋，千古湘江恨未收。别浦縱多憑弔處，傷情知在仲宣樓。」亦楚楚有致。

脈望，蠹名，見《酉陽雜俎》。鞠通，琴蟲，見《嫏嬛記》。《韵藻》集作對語。大興朱少宗伯石君珪贈予句云：「觀心似水鯇桓審，養器如琴脈望調。」誤以脈望屬琴。蓋才人捉筆時，偶不檢耳。

合肥龔芝麓鼎孳牢籠才士，多有權術。嘗女死，設醮慈仁寺。一士人寓居僧寮，僧倩作輓對，集梵筴二語曰：「既作女子身，而無壽者相。」龔詢知作者，即並載歸，面試之。時春聯盈几，且作且書，至溷厠一聯云：「吟詩自昔稱三上，作賦於中可十年。」乃大咨賞，許爲進取計。久之，以母老辭歸。瀕行，龔贈一匣。竊意爲行李資，發之，則士人家書，具云某年月日收銀若干。蓋密遣人常常餽遺，無内顧憂久矣。乃頓首謝，依倚如初，卒亦成其名。

嵋峨周廷尉立崖於禮，偕諸名士小飲。屏間有畫碧桃白頭翁一幅，爲題賦詩，衆苦綴合不易。立崖先成，落句云：「蟠根合有三千歲，青鳥飛來也白頭。」座客嘆服。

程荆南夢湘居丹徒臭水溝，令清泉時，張蘭田鏣戲云：「官做清泉縣，家居臭水溝。」時稱雅謔。

有客語余，曩在柳州，一夕山水驟發，魚盡死。今來臺灣，颶風作，鳥亦死。夫魚固水族，鳥能御風，而死之者何也？譬諸不時其令，而中以法也。玉溪生「魚鳥猶疑畏簡書」，富哉言乎。

春光明媚，同人集宴賦詩，俄以公事敗興，口占云：「渭城曾唱愧黄麞，雨立仍慚陛楯郎。豈有義之觴上巳，却如邠老咏重陽。當關羽檄催輸餉，横海樓船待發倉。巧手莫爲無麵餅，后山句。醉侯那更覓真鄉。」遂罷酒。

陳一齋云：「童子之相聚也，詈而後已。僕夫之相戲也，鬭而後已。學者之論道也，争而後已。故争則失所爲論之本矣。」余按《連江縣志》，一齋與董少司農龍塘應舉友善，而議論不相下，號爲「罵友」。董嘗有詩云：「平生好争論，好友輒相罵。及其疾病時，皇皇憂日夜。如割一半身，如屋崩其瓦。百物皆可求，好友難再假。久交如薰蘭，乍交如佩麝。麝性豈不烈，終不如蘭化。吁嗟陳一齋，使我食不暇。」及卒，其祭文云：「遍交宇内，無兩一齋。自信生平，無兩罵友。今罵不可得聞矣。人之云亡，如割我體。」一齋知争則失所爲論之本，而顧躬自蹈之耶？吾友汪澤周溥好論古而必争。一先達延爲子師，以争辯不已，遂去館。固知文人結習未易化也。

吴人有航海至朝鮮國者，譯不盡曉，以箋素通。紙墨精良，書法亦大類董文敏。録之以諗憙事。札云：「初來獲覩盛範，足使海外管見聳慰。方言有殊，雖不得亹亹承話，筆墨淋漓，亦能照人肝肺，感仰亡已。俄聞二位尊侯，一嗇穩頓否？第想行中所供饌羞，多乖於嗜好。鄙國陬陋，或蒙容恕耶？

謹以生猪一頭、魚卵一升、蝦卵小許汙呈。蝦卵醢是弊邦所産中自珍者，謂以味人，四海同然，故意其宜口，而敢此覓伴。如其可於所嘗，則亦當更求繼給於二位，可更俯示也。俄話聞有未盡者，復此，複煩貴船待秋風節舉帆，固已聞命矣。來月十四前後，則港口潮水尤盛，大隻船未易運動，故欲趕潮盛時以來，初三四日内，移繫外洋，候風至，其果然否？幸望示破，爲申報上司之便，如何？蓋弊邦于貴舶進退動静，一皆具啓於國王，故敢此瀆聽，恭惟崇亮不宣。謹候帖。己亥七月廿五日，朝鮮國臨瀛宰兼署萬頃縣曹允亨頓首。」

雍正戊申春，先君夢一人，儒衣褒博，奚童負笈後隨，曰：「吾吴郡都元敬也，欲覓一讀書處。」因款留之。翌日，余生。先君常舉以相勖。弱冠時，作《雜咏》詩，有云：「《武成》止取二三策，《文選》還收《百一篇》。逸少《蘭亭》頗高作，那憑碑版與流傳？」先君曰：「汝亦知昭明不録《蘭亭》以爲憾耶？」又嘗咏鴉云：「飛近馬頭晴雪處，立殘牛背夕陽時。」謂頗得詩意，勉之。迄今老大無成，孤負庭訓，而又牽於世網，不能如少卿之忍饑誦經，良可愧也。

先外舅湯緯堂先生，著《炙硯瑣談》十二卷，又《補遺》一卷。值臺匪竊發，遂燬于火。攟拾殘本，未及十之四也。趙君味辛與先生爲石交，不忍是書之湮，謂鼎中一臠，亦可知味，更訂定三卷，以剞劂之資屬歙縣鮑以文氏，刻之《知不足齋叢書》中。擬開雕矣，適鮑氏有鬱攸之災，遂不果。趙君復攜以歸，曰：「終當有以報吾死友也。」今春，仍付諸梓，以廣其傳。嗚虖！斯孝標所謂賢達之素交，乃于今遇之矣。猶憶壬寅歲，先生于役甘肅，反過里門，一日，飲余于西齋。酒酣，商《瑣談》中十數則，至漏已四下，忽命家僮以巨觥至，引滿酌余曰：「畢之。吾此行海外，蓬漂梗泛，未知所泊，故園尊酒之歡，其可得乎？」不怡者良久。時先生已檄調鳳山矣。及將發之日，復慨然曰：「吾年甫弱冠，即衣食于奔走。三十年來，出門入門，了不爲意。獨此數日間，周視堂廡，觸物關心，若皆有不能釋者。往歲扶鸞，有『鳳皇山下好安身』句，今殊怦怦。人生奄忽，都無可戀，他日但得以一卷書傳後足矣。」嗟乎！孰知竟成語讖，而事且變幻若此耶？先生凜然就義，大節褒揚，已可無憾。而殘編斷帙，終藉故人之力，不至就湮，所謂得一卷書以傳後者，固先生之素志，而冥冥中感此良友，又當何如耶？是爲跋。甥莊宇逵謹識。

余與湯君緯堂，癸未同譜。垂二十年，己亥在京，數相過從，始得觀所爲詩。旋宰閩中，移海外。丁未春，駭聞緯堂父子鳳山死事，哭之以詩。庚戌，晤前諸羅令陳卦峰同年，具詳臨難始末。卦峰又言：有《賞番圖》乞緯堂題句，即值鳳山變作，疑圖已無存。不期事定得之郡城，緯堂詩句宛然。出以示余，墨瀋猶新。余依韵繼聲，有「感慟人琴卷尚留，珍逾球璧附歸舟」之句，惜未録其原唱。卦峰歸蕲，未幾亦卒。近見趙味辛舍人所刻緯堂《炙硯瑣談》，雖非全璧，良屬碎金。卷中録予贈行一律，并稱費道峰學士作亦推擅場。學士《愛君》、《姑蘇懷古》、《管仲墓》諸作，每于酒邊雒誦，余謂「抉目如輪怒氣森」一語，信成詩讖。卦峰奇人奇遇，瀕死者數，因作《三生瑣談》，兼及鳳山時事，當訪得付梓，與《炙硯》一編並垂不朽。至君之大節凜然，一門忠孝，國史載之，諸家文字述之，事經論定，茲不備書。

乾隆五十八年八月，烏程戴璐跋。

義僕林坤既歸吾祖吾父之殯於里，復袖一紙錢許大，又殘卷數帙，以獻大母，曰：「鳳山圍急，公子以主人小像及所著書若干卷畀王公子，匿諸民間。既乃瘞像於地，託書於縣民吴世芳。事平，而像紙已腐，書亦散失。奴不敢以其殘而棄之，謹持以歸。」錢許大者，像之面目也，數帙則《炙硯瑣談》之奇零也。時里中惟趙味辛先生爲先大父故人，大母因并取向存初集廢稿，命叔父奉先生删閲，定爲三卷，欲附《知不足齋叢書》。既而鮑氏阨回禄，先生遂索歸，别梓以行。王，大母姪也，後坤數年歸，曰：「此書并《補遺》凡十三卷，臺郡守永公福嘗録之去郡，固未陷賊。全書必尚在天地間。」逮貽汾入都，遍訪其家，無有知者。嗚呼！竟止此矣。嘉慶丙寅，先生以書板歸貽汾，時貽汾守揚州之三江。先生有書見貽，謹附録以示子孫，以無忘大德。丁卯二月，孫男貽汾謹記。

雨生大兄戟下：分手背面，忽忽四月。思君爲勞，想同之也。比惟侍奉集福，弟于月之七日始抵邗上。晤玉琴學博，知斾從曾來，先期已返，日内尚須到此，良切翹佇，或可作展重陽會也。府中俱各平安，竹報一封附上，祈檢入。至向年所刻《炙硯瑣談》，以令祖一生網羅苦心，故收拾殘編，付之剞劂。然與其秘爲己有，孰若歸之賢子孫以廣其傳？已將原板五十三塊并戴萠塘太常跋語一紙交峻欽令弟收貯矣。姻世弟趙懷玉頓首，九月十一日燭下。

山静居緒言

山静居緒言提要

《山静居緒言》一卷，據郭紹虞輯《清詩話續編》本重予點校。撰者方薰（一七三六——一七九九），字蘭士、蘭坻，號樗庵，浙江石門人。布衣。精繪畫。後人輯有《山静居遺稿》。《清史稿》卷五〇四有傳。按郭紹虞輯《清詩話續編》富壽蓀校點説明謂據未刊稿本，原題作「静居緒言」，闕名撰。考徐聯奎《方樗庵先生傳》有「所著《山静居詩稿》暨《論書》、《論畫》、《緒言》各若干卷」云云，道光間汪啓淑《續印人傳》卷二《方薰傳》亦著録有「《山静居緒言》二卷」，當即是此書。又卷首趙懷玉序云：「頃來桐華館中，蘭垓（坻）出此示余。」金德輿桐華館乃方氏久客之地，張興鏞《山静居遺稿題辭》云：「憶到前塵百感生，桐華館裏廿年情。」注云：「樗庵向客桐鄉金鄂巖比部桐華館中，余得時相過從。」方氏亦有詩《寓桐華館有年矣其間庭花石竹解有余留憩之跡一旦遷徙而去能無繾綣瀕行題壁以志平生》七律二首，此詩繫在《山静居遺稿》卷三《五十初度因成六律》後，則方氏寓居桐華館在五十歲前，此卷當作於乾隆五十年前。方氏擅畫，論詩亦簡練雋永，大抵從六朝至金元，歷數人、代之變，以此爲長。其中如極讚陶、謝之新變而嫌蘇、黄之惑於新奇等，别擇甚明；而「須另具心眼，得有玄解，乃知宋詩妙處」、「一以唐人格律繩之，卻是不會讀宋詩」諸語，並可見清初以來此題之争，此時已達於持平之結論矣。又論詩主「有人」，性喜陶、杜，不欲以詩人限之。故其論亦每不斤斤於技術，而有質厚之感。《緒言》中國社會科學院文學所别藏有鈔本一種，題作「山静居詩論」。據書末葉廷埴道光三十年跋，系其子道芬從方氏後嗣所藏手稿録副者，同時另録有《書論》一卷，豈即葉氏改題於此時、用便合裝乎？

序

以俯視一世之才，爲折衷百家之論，名言雋旨，絡繹紛披，所謂士衡積玉，安石碎金，蓋兼有其美矣。頃來桐華館中，蘭垓出此示余，連日以心緒作惡，未暇展卷。四月十二夜，客去事簡，挑燈讀之，乃竟此編，不覺俯首至地。味辛弟懷玉識。

山靜居緒言

方薰

僻居寡聞，習懶自性，一二同調，以聲律討論，罔有援據，瑣綴芻蕘，用資談藝，忘其愧也。夫隱侯腰瘦，孟公眉落，裴祐穿袖，摩詰蹈甕，子安蒙被，無已鍵户，躭吟之癖，可謂堇荼如飴矣。子雲謂「雕蟲篆刻，壯夫不爲」。退之有「可憐無益費精神」之語。然揚子以儒未醇，後世亦僅稱詞賦；韓公雖有是言，李、杜後隱以斯道爲己任。詩人結習，洵所不解，唯慨作者既難其人，而解人尤不易得耳。

志感情興而詩所作，古詩人在乎辭達其志，情見乎辭而已。二《南》之風渺，六義之旨微，而贍才務博，摛藻衍奇之爲工，變始漢京，體備唐代，世移風易，厥有別裁，此詩之大較也。

詩之爲道曰「思無邪」，爲教曰「温柔敦厚」，後世雖有不迨，烏可舍是而學？舍是而學，不將陋而誕歟？至于蹈常習故，櫽括揣摩，固不可謂之學。《記》不云乎：「無勦説，無雷同。」「惟陳言之務去」，蕲至乎新也。詩有恒裁，情無定位，新固在焉。雲霞麗天，草木斑地，有常體而無常態，其亦不思而已。

襞積飣餖，寧有文心？《芣苢》之樂，惟「采」、「有」、「掇」、「捋」、「袺」、「襭」之辭以致其遥情。《漢廣》之思，惟「泳」、「方」之言以寄乎永嘆。言之不穀，意豈無窮。

或曰詩惟含意，不在盡言。然《國風》辭多藴藉，變《雅》則語類盡情。蓋所遇不同，慮關近遠，或冀聞聲之可悟，或慨枉志之難伸，義有固然，詩非漫與。

詩，人情也。人道以夫婦始，故多幃房燕婉之辭。《離騷》有風人之思，故託之美人香草，以見其憫世疾俗之志。

《古詩十九》，蘇、李贈言，婉而多風矣。唐山氏之製，則居然《雅》、《頌》也。平子《四愁》，其《静女》、《木瓜》之嗣音乎？文姬琴曲，其《兔爰》、《中谷》之繼響乎？

上古之詩工矣。「卿雲爛，糺縵縵」，「沐日浴月百寶生」，奇而法矣。「于思于思，棄甲復來」，「犀兕尚多，棄甲則那」，雋而雅矣。「蠶則績而蟹有匡，范則冠而蟬有緌」，組織而典麗矣。雖後世工於琢句者不逮，以爲上古之辭聲希味淡者陋矣。

「羅袂兮無聲，玉墀兮生塵。虚房冷而寂寞，落葉依于重扃。」與夫「是耶非耶，立而望之，翩乎姗姗其來遲」，纏綿之思，綺麗之文，其爲六朝作俑矣。

魏武老奸，文字亦不放人出一頭地，餘可知矣。思鋭力厚，所向無前。子桓沖和，子建雅馴，其餘洵落落不足數也。一家之作，一代之才。

陳思之製，懷文抱質，都可人意，故名過乃父。然誦及「月明星稀」之作，「老驥伏櫪」之歌，不禁擊壺之嘆。

「寧與燕雀翔，不隨黄鵠飛」，「但恨處非位，愴悢使心傷」，阮公之本懷，《騷》之類也。機、雲並患才多，性靈少見。卓然曠思，其唯左沖。聞鷄起舞，厥有壯心，越石之詩，宜多激楚。景純《游仙》，殆

《雜詩》、《咏懷》之流，類多風刺時事。鍾記室譏少列仙之趣，王弇州亦云「奕奕佳麗，第少玄旨」，真門外語耳。

鍾仲偉之《詩品》，語多影響，以其論建安之際言之，其他可知。如魏文、王粲原于李陵，陳思原于《國風》，劉楨原於古詩。鄴下諸子，同原異派，要亦曹氏之風耳。一一分限，殊未必然。

「詩之不可不變，不得不新」，其言旨哉。陶、謝之詩變極矣，新至矣。然不悖物理，不乖人情，無戾乎辭而正其氣，斯爲善變者也。誓與一二同志勉之。

昔人評康樂詩曰「初日芙蓉」，或曰「東海揚帆，風日流利」，未爲切實。僕以謂天機道心，悠然冥會，時以《易》理見奇，予語成趣，深於自得而不踏前塵。諸謝中玄暉才地出衆，其自然之致，雋永之味，亦遠遜，故名與陶相埒，不虚也。

有靈運然後有山水，山水之藴不窮，靈運之詩彌旨。山水之奇，不能自發，而靈運發之。僕嘗一遊吳、越之山水矣，每當即景延覽之際，憶「昏旦變氣候，山水含清暉。清暉能娱人，游子憺忘歸」之詩，擊杖而歌，低徊無已。及其風泉奔會，林籟相發，與夫嵐靄烟霏，舉目無狀，迺知「異音同至聽」、「空翠難强名」諸語之妙有化工。故謂山水之奇藴，無時不有，而游非其人，不知也。

靖節人與詩俱臻無上品，生非其時，而樂有其道，與世浮沈，涅而不淄，自得之趣，一寓于詩。故其詩多未經人道語，「獨寐寤言，永矢弗諼」，靖節之謂乎？

常誦陶詩之《停雲》，而知《伐木》之詩有深思于故舊，非徒燕樂也。讀《騷》之《漁父》，而知陶公

「清晨聞扣門，田父有好懷」之詩之有默契也。陶公之心淵如，其詩穆如，寄意之微，有神無跡。趙泉山、張九成輩，必謂某篇指某事，何其謬哉。

靖節忽然躬耕，忽然乞食，忽然出仕，忽然便歸，日出攜壺采菊，日入隨鳥投林，抹倒一切世故造作，真道學人，故其文章亦本天德，不煩繩削。東坡曰：「靖節以無事爲得此生，僕笑世人以何事得此生。」

僕性喜陶、杜詩，謂文章之極至，即二公之爲人，亦不可僅以詩人目之也。然每以杜陵老不識栗里翁爲恨。杜陵譏栗里「有子賢與愚，何其掛懷抱」，未免過矣。杜陵與栗里用心不同，由所遭之不同也。杜陵示宗武輩數詩，教誨期望，不容少懈。及「弟妹干戈裏，朝廷涕淚中」，流離一身，唯家國爲念，即栗里躬耕教子，妹喪去官，一流人物。

玄暉、明遠，凌厲顧盼，並駕一時，工單辭隻句者不能望見顏色。然謝詩腴，鮑詩雋。謝詩尚有入時處，鮑詩如樂府諸篇，鏗金戛玉，騣騣古音，其後作者，漸有氣弱格降之嘆。隱侯具體斐然，文通亦復楚楚，水部洗拭而擅標韵，開府縟麗而存氣骨，惟格調有非古非律之嫌，難以按節吟誦。

詩至齊、梁之際，不乏情致，可謂「昵昵兒女語」矣。《敕勒》一歌，差强人意。

齊、梁間專攻造句，剥琢刻鏤，矜尚一時，不獨「陰何苦用心」也。而其措辭構思，所詣不同，非無軒輊。如「傾壁忽斜豎，絶頂復孤圓」，不如「石險天貌分，林交日容缺」。「遥原樹如薺，遠水舟如葉」，不如「天際識歸舟，雲中辨江樹」。「野岸平沙合，連山遠霧浮」，不如「江干遠樹浮，天末孤烟起」。「殘虹收度雨，缺岸上新流」，不如「水光懸蕩壁，山翠下添流」，又不若「霧濕寒塘草，月映清淮流」，「雲去蒼梧野，水還江漢流」。「草樹無參差，山河同一色」，不如「寒城一以眺，平楚正蒼然」。「一朝別笑語，萬事成疇昔」，不如「歧言未及申，離目已先舉」，又不若「車馬一東西，別後思今夕」。「風輕花落遲」，不如「風定花猶落」。「喧鳥覆春洲」，不如「鳥鳴山更幽」。「明月照積雪」，不如「山明望松雪」。「亭嘶背櫪馬，檣轉向風烏」，不如「岸花臨水發，江燕繞檣飛」。「寒園夕鳥集，虛牖草蟲悲」，不如「暗牖懸蛛網，空梁落燕泥」。「白馬君來哭，黃泉我豈知」，不如「寧知安歌日，非君撤瑟辰」。「孤鐙曖不明，寒機曉猶織」，不如「夜雨滴空階，曉燈暗離室」。「日落山之幽，臨風望羽客」，不如「日暮碧雲合，佳人期未來」。「雲烽黯無色，霜旗凍不翻」，不如「劍花寒不落，弓月曉逾明」，又不若「山虛弓響徹，地迥角聲長」。「風遲山尚響，雨息雲猶積」，不如「江暗雨欲來，浪白風初起」。「鶯啼落春後，雁度在秋前」，不如「人歸落雁後，思發在花前」。

樂府《郊祀》之歌爲一體，《頌》之餘也。《鐃歌》長短句爲一體，如五言古、五七絶句者爲一體，要皆古詩之流。然其風刺勸懲，頗有甚於詩者，此其本體也。至有無首無尾，樂極哀來，破涕爲笑者，此其本格也。與詩確有不同可知矣。歷代所製，或擬題而變格，或擬體而易名，或擬體而换意，未有襲迹肖形爲之者。如唐人則尠有擬古，雖太白亦多假題發揮，子美《無家》、《新婚》、《垂老别》諸篇，獨造其格，遂成絶調。勝國多擬漢樂府，痕跡宛然。彼方謂唐人不能漢曲，不知漢曲訛不可辨，陳思早言之矣。

黄涪翁曰「不知三代以上更讀何書」，真慧人語。僕始閲蕭《選》，竊反其語，謂不知漢、魏、六朝以下更作何語。及見唐人詩集，乃知尚有如許文字，却又思向未見漢、魏、六朝詩，不得不作涪翁設想。觀唐人所作，其氣象有餘，才思振作，然後悟造物不已，文字無窮，宋、元諸家，皆必有不同處。詩之爲道，其由風氣之升降乎？或以僕爲真愚漢可也，然視擬唐、宋立門户者，不又爲解人歟。

觀唐人所作，知詩道如蟬脱異形，布種得穫，未常不推陳出新，不失本性也。西崑孤艷，《緑衣》、《碩人》之苗裔也。《考牧》、《考室》，長吉、玉川之初祖也。儲、王田園之趣，肇自《豳風》。杜陵之「沈鬱頓挫」，昌黎之「妥帖排奡」，胎息于《生民》、《清廟》。

伯玉千緡市琴，一朝碎之，惡淫哇之惑聽，奏《韶》《濩》以啓聰，固已有心矣。起六朝之衰，振三唐之氣，發李、杜之初軔，建王、韋之前旄，宜無不然。

王無功曠志絶俗，隋季棄六合丞，歸耕東皐，作《五斗先生傳》，釀藉渚田，隱偕子光，希慕柴桑栗里之風切矣。其《石竹》一咏，雅見本懷。云：「萋萋結緑枝，曄曄垂朱英。常恐零露降，不得全其生。嘆息聊自思，此生豈我情？昔我未生時，誰者令我萌？棄置勿重陳，委化何足驚。」沈雲卿詩，亦脱略時習，自得古情。《初達驩州》一篇，鑿奇出險，創杜、韓之始。云：「流子一十八，命予偏不偶。配遠天遂窮，到遲日最後。水行儋耳國，陸行雕題藪。魂魄游鬼門，骸骨遺鯨口。夜則忍饑卧，朝則抱病走。搔首向南荒，拭淚看北斗。何年赦書來，重飲洛陽酒？」皆不受牢籠，自騁天步。言詩者往往不録，豈真無馬邪？

杜必簡律詩，運虚構實，純于「四友」。其生欲衙官屈、宋，死恨不見替人。餘氣磊落，迺鍾子美，復云「語不驚人死不休」，又云「詩是吾家事」，異哉！

李于鱗謂「唐無五言古詩，而有其所謂古詩。陳子昂以其古詩爲古詩，弗取」。即此語，便憐渠平日懇苦讀書，不異蜂鑽故紙，了無隙見。使于鱗而爲于鱗之古詩，不但不招謗誚，而爲宗法矣。江文通曰：「楚辭漢風，既非一骨；魏製晉造，固亦二體。」

張燕公謂「曲江詩如輕縑素練，實濟時用，微狹邊幅」，意似有不足。然曲江爲伯玉之殿，時輩不足當其毫末。少陵云：「詩罷地有餘，篇終語清省。自成一家則，未缺隻字警。」要爲定論。少陵評泊，不喪銖黍，其自得可知。于薛嗣通則云：「少保有古風，得之陝郊篇。」于郭元振則云：「長歌寶劍篇，神交赴溟漠。」于孟（浩然）［雲卿］則曰：「孟子論文更不疑。」其虚衷即物，亦見于此，所謂「不薄今人愛古人」者有焉。

崔國輔五言樂府，絶似六朝人口吻。《魏宫辭》：「朝日照紅妝，擬上銅雀臺。畫眉猶未了，魏帝使人催。」即李義山「薛王沉醉壽王醒」一種筆墨，輕薄侵巧，不如他作含容，毋謂言者無罪也。

惡乎人之以輕浮淺率之辭謂本王、孟，其亦瞽之持鏡以爲覆瓿器而已，烏知物色王、孟？夫詩有徐、庾，有王、孟。王、孟之詩不必謂宗法柴桑，要皆自能伐毛洗髓，固質存真，故其趣潔，其味旨，而難以工力計較。今人朝購類書，夕已狂叫吾文凌孝穆、抗蘭成矣，毋怪其以輕浮淺率視王、孟也。此種病根，如能將王、孟詩復讀深思之，亦不待三年之艾而可療。

岑嘉州、高達夫、李東川詩，皆闊達贍博，要爲一家眷屬。分而言之，岑詩樸而致，高詩簡而沖，李詩奇而峭。讀之如與有道接語，初無奥妙之辭令，而言之已竅物理。既非縱横之口術，而聞者足爲動容。平正有餘，出奇不窮，詩工矣，格尚矣。好奇務新者，宜于三家參之。

詩有一語不失正鵠不嫌少，左右逢源不嫌多，蓋其志各趨，其造同得也。綦毋潛、祖咏、丘爲、張子容、盧象、裴迪語皆質實有味，要爲孟亭、輞川中人，所謂不嫌少者也。王龍標、常盱眙、劉夏縣以下，詩非不具體而微，然如發哀彈，裂秋管，唧咋滿耳，蕩志移情焉。其間獨取儲光羲之古澹，元次山之敦厚，可以養吾神，全吾氣。

張睢陽詩不多，亦足轥轢一時。其《聞笛》詩，人多采之。如《守睢陽》詩：「接戰春來苦，孤城日漸危。合圍侔月暈，分守若魚麗。屢厭黄塵起，時將白羽揮。裹瘡猶出陣，飲血更登陴。忠信應難敵，堅貞諒不移。無人報天子，心計欲何施。」博大工穩，置之杜老集中，幾難軒輊。

人以李、杜爲才大，未也。李、杜之高凌八代，俛視一切者，氣之大也。氣大則宏中肆外，致廣盡微而有餘。然莫作矜才使氣看，亦如孟子所謂浩然之氣，養而充者也。使氣之氣也浮躁，氣盛之氣也從容。使氣之氣鼓激而有之，氣盛之氣得之自在者也。

太白詩寄興物外，故意在言外；子美之詩興在目前，故意在言内。李詩《騷》，杜詩史也。李能憑空諦構，杜貴實境舉足。故杜詩尤易使人激昂感喟。

誦供奉詩，如合大部樂，無論滯濍幽鄙之懷，爲之沖曠；如焚百和香，無論邪僻穢敗之氣，爲之消歇。隨舉一韵一篇，勢如轉丸，滅絶斧痕鑿跡。至其電之而爲天笑，波之而爲海立，豈凡才可擬，廛步可跂哉？

「秋色無遠近，出門盡寒山。白雲遥相望，待我蒼梧間」。「處世若大夢，何爲勞其生？所以終日醉，頽然卧前楹」。「秋風清，秋月明。落葉聚還散，寒鴉棲復驚」。「朝見裴叔則，朗如行玉山。黄河落天走東海，萬里寫入胸懷間」。供奉詩略舉平澹者言之，已是天機在手，妙不關心，如麻姑之衣，非錦非繡，自成文章者也。人不思其平澹者尚無下手處，而謬爲牛鬼蛇神之狀，欲效飛天仙人乎？

史遷之文，不離經傳，其妙在絶去蹊逕，隨手拈來，即爲己有，錯綜絡脈，長短生情，而成一家之文。昌黎於此悟之，另具鑪錘，自成融冶，又爲昌黎之文。故其論文，以能自立者爲不朽。後之爲文，拘拘繩墨，人云亦云，而爲之不自知愧，反云昌黎只有《毛穎傳》似史遷，餘皆自家文字。嗟乎！史遷似何人耶？今讀杜陵詩，觀其涉時事而達古風，培陳根而出新穎，自行自止，頭頭是道。杜詩韓文，可謂同一關鍵也歟。

杜陵詩只在人倫事物之間，無甚幻思奇想，何以古今莫二？畢竟識見過人，不必謂其所遇之坎坷及無一字無來歷爲妙也。即常語一經此老道之，便覺異樣生色。

學杜詩不可泥于黄涪翁、劉（西）［須］溪之見，涪翁專乎生澀古奥，（西）［須］溪獨主僻險奇峭。不知杜陵此種筆墨，散見于篇什，以振作其平弱，錯綜其板直，故某篇間或點綴一二語而自不覺也。譬如造百藥酒，而酒爲之導，若盡以藥造之，不爲蜇口亦難矣。

學杜詩，當從其細膩熨貼、老氣無敵處着意索解，乃見其自然工夫。

權載之推劉文房爲「五言長城」，蓋指近體也。載之古詩，遠過文房。若李贊皇平生不見白傅詩，則意另有在。

夢得古詩邊幅較文房爲大，律詩不及。其酷嗜杜陵「年去年來洞庭上，白蘋愁殺白頭人」，及張籍「藥酒欲開期好客，朝衣暫脱見閒身」，又愛吟右丞「興闌啼鳥緩，坐久落花多」，亦可知其用意處。

唐人選唐詩，類皆踳駁，惟《篋中》一集，部居州糺。後人所選者，《品彙》差備，微嫌其分類不雅耳。

韓門吹嘘寒士，不愧仁風，其間忘德薄行者有之，如盧仝、劉叉輩，人所知者也。仝之《苦雪寄退之》一詩，前叙雪，次述妻子寒餒，再叙自己無酒喫，結語忽曰：「唯有河南韓縣令，時時醉飽過貧家。」夫貧士操行，不食嗟來，安可乞食于人而譏人醉飽？況未聞昌黎沉湎于酒者，不亦過乎？《月蝕詩》之險怪厖雜，幾不可卒讀，韓公爲芟削之，乃仍以己作汰而存之，雖曰不以人廢言，然其不虚中樂善，又可知矣。劉叉之寄韓公《勿執古》詩中云：「武王亦至明，寧哀首陽饑。」不禁噴飯。至捉金作賊，尚以諛墓之語掩飾一時，尤不足道。「仁義之人，其言藹如」，不其然歟？

輪般之施斧斤也，必度其材而成器，工在理而不在巧也。然則非信手揮霍能神其技也。韓昌黎爲詩家之輪般也，人皆見其操斧運斤，揮霍如意，而不審其度材成器之能盡乎理也。其陽開陰合，傍見側出，反覆抑揚之妙，信手揮霍能如是哉？

詩至元和、長慶，譬之壓金刺繡，非不燦然，而其華不附質，總遜全機大軸之天吴紫鳳，經緯而成者。昌黎氏出而機軸一變，全以質勝。

元和、長慶間，詩有兩歧，韓門諸子，專尚質實，張籍、皇甫故爲敏妙，以及郊寒島瘦，各有勝處。「慈母手中綫」與「妾心古井水」諸篇，殆所謂在古無上者矣。《終南山》詩、《巫山高》等作，椎琢渾成，高視闊步，豈亦寒儉者乎？「客舍并州已十霜」，及「策杖離山驛，逢人問梓州」，亦千古合作，豈一例瘦辭乎？然有終卷不可得此一二篇者矣。

「或燕燕居息，或盡瘁事國。或息偃在牀，或不已於行。或不知叫號，或慘慘劬勞。或棲遲偃仰，或王事鞅掌。或湛樂飲酒，或慘慘畏咎。或出入風議，或靡事不爲」。知《南山》一詩連綴四十八「或」字，祖法《北山》也。《琴操》諸篇，氣味逼真《雅》什，不第辭句耳。

詩有六義以具人情，道有汙隆以關時事。徐禎卿、李于鱗、鄭繼之、王元美、敬美之論詩，以不着議論，惟擅才情爲主。是知《國風》辭致温厚，而不究《雅》、《頌》之發揚宏肆，無所不有焉。視唐人往往多不滿意，宜其不自知矣。

詩發乎情，止乎禮義，合物理而窮變化者也。無坯不成，尺寸繩墨，明人之談類學究；拈指便道，芻狗格律，宋人之語實婆禪。

人以王、孟、韋、柳連而稱之者，以其詩皆不事琱繪也。然其間位置自別，風趣不同。韋蘇州氣味不在建安下，不應以其有田園詩便列一格。柳州詩清煉孤詣，類其爲文。韋特自然，柳多作意，在讀者得之。

韋、柳詩皆本色文字，大璞不琢，人知其美而往往易視，殊不知難於藻飾者多矣。故歷觀自來名爲學韋、柳者，率多浮薄疎庸之筆。

致拙意新以矯時習者，杜司勳之俊才也；創奇出怪以極鬼工者，李昌谷之幽思也。顧逋翁之樂府，可爲鼓吹張、王；李庶子之絶句，是足追攀王、李。皆立幟一家，居然作手。

昌黎氏意在砥柱頹流，扶挾斯道，故其詩歌斟酌古今，吐納巨細，力出險峻，用意深微，具抗古之才，運經世之學，實李、杜後一人而已。

昔人美公「暖風抽宿麥，清雨卷歸旗」，「林園窮勝事，鐘鼓樂清時」等句。僕尤喜其「夢斷燈生暈，宵殘雨送涼。如何連曉語，一半是思鄉」，及絶句「休垂絶徼千行淚，去泛清湘一葉舟。今日嶺猿兼越鳥，可憐同聽不同愁」。又：「公主當年欲占春，故將臺榭押城闉。要知前路花多少，直到山南不屬人。」可謂婉而多風。如公固不可以單辭隻句稱尚，然亦見無所不能也。

大曆間詩，風格又變，近體則徵聲選色，古詩則片甲一鱗，拙以冗長，巧于用短。長慶以還，白傅之老嫗可解，饒有風思；元相之才子忝名，幾成淫濫。

論晚唐詩，必首温、李，蓋以氣骨尚存也。

義山詩，不獨風格時爲拔萃，而尤深錘煉之工。《韓碑》之作，直窺杜陵之藩翰，爲長吉之濫觴。同段、温之流派者，時勢然也。范元實云：「義山詩，人但知其巧麗，蓋俗學只得其皮膚耳。予嘗愛夢得《先主廟》詩，山谷使予讀義山宣帝詩，然後知夢得之淺近。」

義山絶句，頗有一唱三嘆之作，然長于譏刺，不善於風喻。詩人有法在音韵格律之外，學者尤當知之。此法古人各有所得，而成一家則者，須將名篇巨著，熟玩自知。譬若易牙之庖，不失五味，歐冶之鍛，不失五金，彼之杯羹起疾，利器通神者，有獨得之奇也。

錢仲舉云：「升少陵於堂，置之首座，青蓮次之，高、岑、王、孟又次之，餘子隅坐侍酒而已。吾輩於此不可不占一坐，否亦須坐兩廡中，聆鐘磬管絲之盛。」又駁顧茂齊少陵詩窮而後工之語，以爲非是。詩至少陵，窮固工，不窮亦工也。作者當知此意，高懷雅度，自足傾倒後世，正不必作寒乞語，然後動人。

遜志先生論詩有云：「舉世皆宗李杜詩，不知李杜更宗誰？能探風雅無窮意，始是乾坤絶妙辭。」又：「前宋文章配兩周，盛時詩律亦無儔。今人未識崐崙派，却笑黄河是濁流。」又：「天曆諸公著作新，力排舊習祖唐人。粗豪未脱風沙氣，難抵熙豐作後塵。」

唐詩之高于宋詩，猶漢、魏之高于唐代，此何待言論。然不知宋詩，焉知唐詩？詩以體裁格律而別唐、宋乎？若僅於體裁格律論詩，亦難矣。時人學唐學宋，標榜門户，入主出奴，甚而指唐詩之擺脱者嗤爲近宋，宋詩之莊雅者惡其類唐，何異因噎廢食。

宋人實有以文爲詩者，于其用虚字作轉關提頓及排直叙事處，注目便知。尤可厭者，瀾翻釋典，謔浪滑稽，一種習氣。

蘇、梅並爲盧陵推重，都官才思清峻，辭多洗煉之工；滄浪氣體嵯峨，筆有奔逸之勢。梅詩多可喜而薄于氣體，蘇詩頗闊達而近于粗豪。

宛陵詩有兩體：古淡一種，在襄陽、隨州之間；刻畫一種，便似郊、島。如《書哀》、《正月十五夜》及《殤小女稱稱》詩，有「慈母眼中血，未乾同兩乳」之句，極類東野。

蘇滄浪《己卯冬大寒有感》云：「延川未撤警，夕烽照冰雪。窮邊苦寒地，兵氣猶纏結。主將初臨戎，猛思風前發。朝笳吹餘哀，疊鼓暮不絶。淹留未見敵，愁端亂如髮。予聞古烈士，自誓立壯節。丸泥封函關，長纓繫南越。本爲朝廷羞，寧計身命活。功名非與期，册書豈磨滅。然由任遇專，醜類易翦伐。訓士無他才，賞罰在果决。近聞邊方奏，中覆多沈没。罪者既稽誅，功者不見閲。雖使頗牧生，勇智當坐竭。或云廟堂上，與彼勢相戛。恐其立異勳，欻然自超拔。不知百萬師，寒刮膚草裂。關中困誅斂，農産半匱竭。我欲叫上帝，願帝下明罰。早令黠(邊安)[虜亡]，無爲生民孽。」法于杜陵也。王廣陵《原蝗》一篇云：「蝗生于野誰所爲，秋一母死遺百兒。埋藏地下不腐毈，疑有鬼黨相收持。寒禽冬飢啄地食，拾掇穀種無餘遺。吻雖掠卵不加破，意似留與人爲饑。去年冬温臘雪少，土脈不凍無冰澌。春氣蒸炊出地面，戢戢密若在釜糜。老農頑愚不識事，小不撲滅大莫追。遂令相聚成氣勢，來若大水無垠涯。蓬蒿滿眼幸無用，爾縱嚼盡誰爾譏。而何存留不咀食，反向禾黍加傷夷。鴟鴞啄銜各取飽，充實腸腹如撑支。兒童跳躍仰面笑，却愛甚密嫌疎稀。吾思萬物造作始，一一盡可天理推。四其行蹄翼不假，上既戴角齒乃虧。夫何此獨出群類，既使跳躍仍令飛。麒麟千載或一見，仁足不忍踏草萎。鳳凰偶出即爲瑞，亦曰竹實梧桐棲。彼何甚少此何衆，況又口腹害不訾。遂令思慮不可及，萬目仰面號天私。天公被誣莫自辨，慘慘白日陰無輝。而余昏狂不自度，欲盡物理窮毫絲。要祛衆惑運獨見，中夜力爲窮研思。始知在人不在天，譬之蚤虱生裳衣。捫搜捉撥要歸盡，是豈人者尚好之。然而身常不絶種，豈此垢舊招致斯？魚枯生蟲肉腐蠹，理有常爾夫何疑。誰爲憂國空太息，應喜我有原蝗詩。」法於昌黎也。後之論唐詩者，忽而不睹，即講宋詩者，亦泥於釘鉸打油而爲宋詩，不復有如此作手矣。

廬陵瓣香昌黎，力矯時習，式唐人之作則，爲宋代之正宗，天德不凡，工夫邃密。學者從此公門户而入，則宋詩之道，無斷港絶潢之誤。集中如《水谷夜行寄子美聖俞》詩，意仿《薦士》之什；《送慧勤歸餘杭》，似擬《送文暢北遊》之詩；《憶山示聖俞》，殆以《南山》詩爲法。至《秋懷》詩「披霜掇孤英，泣古弔寒冢」句，清峻峭拔，雅類韓氏。

逋仙孤高絶俗，故其詩格亦卓犖不群。時所傳誦者梅花之作，乃集中之次也。五言如「夕寒山翠重，秋静雁行高」，「泫澄冷泉色，寫我清曠心」，「酒病妨開卷，春陰入荷鋤」，「寒烟斷墟落，清月上林塘」，「夕照前村見，秋濤隔嶺聞」，「疎鐘斷淮口，一逕入雲根」，「春滿吴山樹，人歸汴水船」，「鐘遠移齋候，香遲入定身」，「泉聲落坐石，花氣上行衣」，「風霜唐碣古，草木漢祠空」，「林聲歸夕鳥，湖影浸寒城」，「石莎遲客晚，秋竹共蟬清」，「浄鹹生瓶暈，連陰長竹園」等句，簡煉雋永，優入唐室矣。

讀坡、谷詩，如讀《華嚴》《内景》諸篇，隨心觸法，便見渠舌根有青蓮花生，華池有金丹氣轉，不可以人世語言較量。故須另具心眼，得有玄解，乃知宋詩妙處。一以唐人格律繩之，却是不會讀宋詩。

子瞻之才，可謂冠宋，唐之子美也。瞻于學術而放乎性靈，睥睨一世而擺落萬象，然不免貪多務博，良楛互見，元遺山所謂「蘇門若有忠臣在，肯放坡詩百態新」也。東坡嘗曰：「好奇務新，迺詩之病。」此老尚未飲上池水三十日，而欲藥人，不亦惑矣？

髯蘇以江湖流覽之情，寄憂讒畏譏之思，却不覺言語之悽楚。其胸有雲夢，目空塵海，實是占得詩境自然處，有風人之意焉。

山谷詩思致巧妙，氣骨自奇，如北平射虎，矢没于石，見者足以驚心，射者必無常技。又如藥中峻品，以僻澀新奇之製，起陳腐恬熟之病，工于攻伐，不無薄于元氣。讀者當如三折肱爲酌劑之。

荆公平生以意氣驕人，即其著述，亦機鋒觸法，光芒逼人。人謂其晚年得假宋次道全唐人集探索之，詩得唐法。然觀其所選定唐人詩，殊未見取裁。要亦不肯隨人好惡，是渠本心耳。

蘇門諸子，較江西派中諸人，是爲爾雅。具茨妙有剪裁，補之才復寬綽，文潛以實力開張。淮海雖風骨俊秀，窘于邊幅，非晁、張之敵。東坡謂「秦得吾工，張得吾易」，未免阿私。平仲之才，不第優于二孔，實堪高出一時。江西諸子中，前惟後山，後惟簡齋而已。然刻刹雕鎪之工多，深婉不迫之趣寡。韓子蒼豪情逸致，非江西流派。

南渡後詩一變，尤、蕭、楊、范、陸時名相埒。尤延之、蕭千巖詩不概見，諸家中當以放翁爲巨擘，其體裁正大也。誠齋頹唐自恣，不滿人意，而其天機匠心，變化非常，亦未易到。石湖似爲整煉，而才思狹窄，終遜一籌。朱子不當以詩人論，其沖澹之致，高迴之筆，有韋、柳之風。姜堯章不離江西派，絶句頗有晚唐氣味。

放翁學問人品，俱能勝人。平生著作，景仰杜陵，雖幕府軍旅之間，手不輟卷，故其詩沉鬱悲壯，筆力矯健。所作萬五千餘首之富，未免玉石並蓄，分而觀之，光芒自不能掩。古詩遒上，近律整嚴。後人摘集中累句譏之，亦是吹毛求疵，無傷大體，自有公論。

金詩不及元詩之繁富，論者以元繼宋。然金詩魄力較元人爲大，不嫌其乘宋習也。《中州》一集，具有作家。金、元之際，要惟元遺山騷壇一旅，馳騁其間，摩盾橫槊，英姿颯爽，可入東坡之壘，張放翁之軍。

元詩似多藴藉，實少偉奇，矜藻思而乏氣骨，工鋪排而失烹煉。宋詩有初視可憎，徐觀不厭；元作有入眼可喜，復看平庸之別。

李莊靖、劉文靖起宋季之狹陋，開元始之風華。郝伯常出遺山之門，雅有淵源。趙文敏古詩平正自佳，近體未高。《岳墓》一詩，唯「南渡君臣輕社稷，中原父老望旌旗」一聯，全篇未爲警策。張雲莊律詩頗得調度，《登泰山》云：「風雲一舉到天關，快意生平有此觀。萬古齊州烟九點，五更滄海日三竿。向來井處方知隘，今後巢居亦覺寬。笑拍洪崖咏新作，滿空笙鶴下高寒。」他如「詩有少陵難着語，菊無元亮不成秋」，「若教宇宙無難事，未必山林有退人」，「髮爲鷹冠容易雪，心因蝸角等閑灰」，皆具作法。

元裕之曰:「柳子厚,唐之謝靈運;陶淵明,晉之白樂天。」柳原於謝則有之,白原于陶則未也。白平易而有痕跡,陶質實而極自然,韋蘇州其庶幾乎?

諺云「欲工于詩者,先乎咏物」,語或有是。然咏物莫工于元人,元詩莫下於咏物。夫咏物則失之遠矣,即物而興情,緣情以成咏,使人目擊而道存者,斯工矣。

元詩具得唐人辭致,然拉雜拖沓,乏翦裁之工,其合度處殊近中晚唐。

虞、楊、范、揭,足媲群雅而截衆流。道園載酒詣仲弘,究論體格,尋源溯委,得六朝、三唐風趣。曼碩語意拔俗,德機天然古秀,方之二家,實亦無所軒輊。「漢庭老吏」,或非矜夸;「三日新婦」,評之過當。元詩至此,才能一洗宋習,別成機軸。

迺易之《新鄉媪》、《潁州老翁歌》,有白傅之真率。余忠宣登臨懷古之作,合玄暉之遒麗。黄晉卿氣特蒼涼,得杜陵之法度。如《居庸關》云:「連山東北趨,中斷忽如鑿。萬古爭一門,天險不可薄。聖人大無外,善閉非楗鑰。車行已方軌,關吏徒擊柝。居民動成市,廬井互聯絡。幽龕白雲聚,石磴泉清落。地雖臨要衝,俗乃近澄樸。政須記桃源,不必銘劍閣。僕夫跽謂我,無爲久淹泊。山川豈不好,但恐風雨惡。」《赤城》云:「鷄鳴秣吾馬,晚飯山中行。何以慰旅懷,赤城有佳名。灘長石齒齒,樹古風泠泠。時見巖壁間,粲若丹砂明。温泉發其陽,撝訶勤百靈。前峰指金閣,真鏡標殊庭。白道人跡稀,青崖雲氣生。信美無少留,緬焉起深情。」《擔子窪》云:「自從始出關,數日度崖谷。迢迢度偏嶺,險盡得平陸。陂陀皆土山,高下紛起伏。連天盡豐草,不復見林木。行人烟際來,牛羊雨中牧。

颯然衣裳單，咫尺異寒燠。佇立方有懷，相逢仍問俗。畏途宜疾驅，更傍灤河宿。」

陳子上《不繫漁舟集》詩極激昂，非諸粉飾章句者比。五言《感興七章》及七律《羈思》等作，皆能懲創時事。

李長吉一派，至元人而極盛，大家小户，無勿沿習，樂府歌行，時時流露。讀者每不經意，獨以抱遺老人爲嫌。然此老氣横語辨，平淡老成處，是不可及。即其鐵門下，大有非常之才，玉笥生實具嶔崟之概，未可一例抹倒。

長吉自有石破天驚之奇，如「吹角引北風，冀門白于水」，「霜重鼓聲寒不起」，「呼龍耕烟種瑶草」，「二十八宿羅胸中，筆補造化天無功」，「一雙瞳神剪秋水」等句，氣勢闊大，不盡入「秋墳鬼唱」。後人仿之，一味幽艷，殊厭于人。

詩有議論者，有含意者，只在其詩之當與否。以謂詩必不可着議論，則便有坏塹造作之僞。古詩之作，徐行以達其意，疾赴以合其節，竅之以發其機，縱之以趁其勢，勒之以致其力，揚之以取其態，抑之以蓄其氣，涵之以完其神，虚之以生其韵，實之以固其理，轉之以出其論，反之以足其趣。興會情遥，語闌意在，則不盡之味得矣。

客有過余，論五七言律詩，何以爲妙境？余曰：「細按自來語論，無過杜陵『意愜關飛動，篇終接混茫』二語，包羅殆盡。」

「意在筆先」，此喫緊語。往往詩有一二累字，改之則句乏老致，存之則不無瑕疵。昔人所謂易字難于代句，蓋患在不先陶鑄于胸中，至有躊躇于筆下。東坡有云：「沙在米或當棄，在飯或當揀，在口則不能去，必欲棄則飯俱矣。」好詩如天地自然之氣以成之物，探索而不即得者，猶玉之在璞，金之在冶，非錐鑿爐橐之工不獲也。

子桓曰：「文章，經國之大業，不朽之盛事。年壽有時而盡，榮樂止於其身，二者必至之常期，未若文章之無窮。」鍾嶸曰：「靈祇待之以致饗，幽微藉之以招告，動天地，感鬼神，莫近於詩。」僕謂即未必然，亦及一生作用。窮險絶奇，詩以入之；幽景玄象，詩以出之；塊磊鬱塞，詩以破之；死生契闊，詩以通之；真居仙館，詩以游之；豪情逸思，詩以發之；閒心古貌，詩以狀之；愁悰恨緒，詩以訴之；病緣夢境，詩以達之。

懸磬之室，人無俗情。破錦之囊，俱爲長物。時得短篇長句，如獲尺璧寸珠，詩豈窮人哉？

初學詩，或讀名家選本；既作詩，不可恃選本。僕曾有云：「因人强自别妍媸，悔讀從前選本詩。在苧蘿村采薪女，粗衣蓬鬢出塵姿。」客顧曰：「古人選佳什以示來學爲模範也。」僕曰：「非也。恐初學未能窺測極佳之著，故置之耳。」

山静居詩話

山静居詩話提要

《山静居詩話》一卷附録一卷，據管庭芬《花近樓叢書》本點校。撰者方薰，生平見《山静居緒言》提要。管庭芬道光丙午跋謂作於方氏暮年。按方氏《詩話》通行有蔣光煦《别下齋叢書》本與丁福保《清詩話》本，實皆出自此本。管庭芬咸豐庚申跋謂手稿原爲二十二則，别附尚未删潤者五則，蔣光煦《别下齋叢書》本删去一則，並附録亦不刊云云。今檢《别下齋叢書》本内容並無删减，乃將末則「王麐徵著有《静便齋詩》」歸併入前面「詩發乎情」一則，蓋此則亦引有王詩耳。又將「嘉興之梅里」、「郭鳳字友桐」、「徐鉉字釗儒」三則合爲一則，惟無附録。管氏未細察，其議遂亦妄。《清詩話》本正文分合與《别下齋》同，然有附録及管氏二跋，而文字錯譌尤甚。方氏此一種既爲詩話，則以記事録詩爲主，所記以同時浙人之詩事爲主，與《緒言》之專主論詩儼然有别。方氏論畫、論詩皆精，宜有此體例分别意識也。

山静居詩話

石門方　薰著

鄉先生周篔，隱於市廛，讀書賣米。敦交誼，恒急於人而不暇自顧，遂至徹貧，然豪邁自若。海内文士，無不知周處士也。嘗夜起作《梅花詩》，行吟達曙，不覺自梅里而入桐鄉郭外矣。履穿不能徒步，借村店紙筆録所作詩，寄城中汪司馬柯庭，遣舟邀至家，懽聚旬日而去。其詩有：「爲愛梅花欲斷魂，酒懷難遣是黄昏。逆風香裏隨筇去，知在月明何處村。」「破除萬事已衰年，説與梅花也可憐。樹底婆娑倚寥寂，衹將詩句鬬清妍。」「誰識閒中别有情，酒醒時已夜三更。鬢眉影落溪光裏，人與疎梅一樣清。」「迢迢良夜此江鄉，獨往尋詩興覺狂。欲向荒寒參妙諦，滿身花影滿頭霜。」

朱竹垞、李秋錦兩先生齊名於時，同舉康熙閒宏詞科。朱官檢討，李歸田里，賦《桃花》云：「水岸亭臯各占春，生來未涴馬蹏塵。千株一笑誰傾國，烟霧休遮著眼人。」「行路逢崔也乞漿，隔鄰非宋亦登墻。齊名若箇先呼李，料得東風愛艷妝。」後竹垞罷官，著《騰笑集》，刊成，李題後云：「供奉吟箋絶可師，換來丰格又經時。風人不信偏愁好，纔脱朝衫便有詩。」皆於言外見意焉。

錢唐嚴鐵橋《夢亡女阿清》詩曰：「哀樂中年有萬端，不堪夢裏見金鑾。自注：樂天《哭金鑾子》詩。久知賤女成吾錯，衹覺生兒似汝難。惆悵今宵空會面，沉吟往事欲摧肝。刹那縱識浮漚幻，孤枕殘燈自寡歡。」三四一氣轉落，出之至情，此種詩雖前人未易多得也。鐵橋名誠。性戇直，朋友有過，輒面責不悔，人多難堪。然年逾弱冠，書無不讀，惜早亡，不得竟其所學耳。又《題高其佩畫狗歌》云：「今年作客考豐縣，忍死須臾爲貧賤。歸來卻值三伏中，千山萬山踏教遍。嶇嶺岝崿仄徑穿，百五十里無人烟。是時同行祇一狗，俄頃不忍相棄捐。豈知向午氣轉熱，山石如焚水泉竭。我心憚暑況爾狗，力盡長途足流血。十步可憐九步躋，艱難到渡愁黃昏。盤旋頗遭衆客惱，哮吼更愧舟人言。移篙十里天如墨，渴赴波心勢難抑。爾狗何知滅頂凶，無力救時空歎息。吁嗟我本非主人，以死相累真奇冤。多情解戀窮居客，遺恨偏慳敝蓋恩。孫家草堂背山郭，壁間兩狗形殊惡。掉尾睢盱欲吠人，詳看乃是高公作。高公畫法妙寫生，以指代筆天機精。偶然貌此有深意，似言此類未可輕。天生此類曉忠義，寄書負米猶餘事。兄弟鮮仁臣不臣，對此寧無自慚愧。高公跋中云爾。世人輕以狗詈人，愚者逢之生怒嗔。辜負背德狗所恥，人耶狗耶豈其倫？我觀此畫世應寡，苦憶歸途所攜者。形軀毛色俱儼然，可惜呼之不能下。」詩亦奇倔。

康熙間，士人居家恒多友文墨，讀古書，扢揚風雅者。吾浙如錢唐趙氏之春草園、小山堂，吴氏之瓶花齋，嘉興曹氏之倦圃，桐鄉汪氏之華及堂、屐硯齋，時皆名儒老宿，往來讌集無虚日，略如玉山草堂故事，至今猶有道之者，近則并無其人矣。龍泓丁先生敬，谷林趙氏舊交也。其《過春草園詩八章序》云：「園中雜饒名花木，無非佳種。每花時，谷林輒作簡遺伻，慇懃期請，未嘗以不速窮視友朋，如杜老草堂之燕也。追涼池上，布席花間，若爲園中故事者。至暑壼邵侯之瓜，寒説宋公之餅，敦去聲羅槃列，逗進籩加，珍侔段煉，巧壓郇庖，斯又餘事焉爾矣。偶或兼旬未面，輒復申其手筆，訊問無他。

重以綠葹紫鬣，不待吴移；新脯精粔，甯勞顔乞。或期鑒古，或訂探幽。張愛賓有言：『經年共賞山泉，永日惟論琴畫。』古今同致，詎不信然？昔誦少陵『誰家數去』、『百遍未闌』之句，謂亦可見當日人情之鄙，故沾沾感此不厭清狂之主，若以谷林視之，則九萬里風斯在下也矣。祇恨無少陵俊筆，使吾谷林襟韻，照耀行墨間耳。予老矣，頽廢侵尋，行將就木，追惟昔交，情多禮篤，久而不渝去聲若谷林者，真平生良友第一人也。今春偶經其園，感從中來。悵觸不已。嗚呼！過嵇、吕之舊閭，乏向生之藻賦。向秀有《思舊賦》，見《文選》。低徊俯仰，我愧如何？爰題絶句，聊託畫悽云爾。趙兄情抱水迢迢，逢着花開即見招。卻似春風也追憶，殷勤猶到最繁條。曾共髯翁把酒來，高低忍踏舊亭臺。梅花了解相思苦，抱住寒梢不肯開。淡沱池光洗釣磯，當年柳影見依稀。池邊多少閒鷗鷺，早伴寥天一鶴飛。園有三十六鷗亭。縹緲岑樓構意新，祇容青靄作比鄰。遥遥天目應惆悵，不見掀髯倚眺人。岑樓四疊，可眺天目山，即以名焉。秦蕙田八分書。垂楊傾倒草萋萋，遮斷蒙臺印屐泥。野鳥不知人怨聽，飛來猶是盡情啼。柳丘謝壑稱胸成，散步真教五欲清。他日何人知慘淡，任隨一作渠。輕蘚發狂生。亭臺樹石，悉出谷林胸中丘壑布置者。連蜷桂樹小山叢，異種疑分白兔宮。南華堂背巖桂兩株，叢幹合抱本，婆娑可玩。谷林曰：「此所謂叢桂也，種不易得。」月斧雲斤消息斷，一枝遺恨向秋風。憶鄉試報罷，予往慰之。谷林語我曰：「我猶作此舉者，老母命也。」語次淚數行下。蓋谷林孝思純篤，得乎天者全也。惟我知狀，附記於此，以示賢諸孫云。徑草蕭蕭蔚似麻，文梁徙燕檻升蝸。無情最是高松樹，曳翠牽蘿蔭別家。」鮑君以文云：「末章別有寄託，不獨慨其園之易主也。」

詩固病在窠臼，然須知推陳出新，不至流入下劣，此慈溪葉丈鳳占之論也。丈爲宋石林先生之後，先世徙居慈溪之石步山，賣藥吾里，與先人爲莫逆交。又號二韓，蓋慕韓伯休之爲人耳。其《客杭答友》云：「西湖來便興無涯，半住僧家半酒家。山水與人緣未了，牽情不獨爲鶯花。」其好句如：「雲移山勢轉，風挾樹聲迴」，「屋漏成書格，山圍入畫圖」，「讀書無盡義，治圃有常程」，「門映先生柳，屏遮姊妹花」，《山居雜興作》。「天寒聲欲吼，雪下勢偏横」，《獅山雪霽》。「悵别非長道，分離是暮年」，《送客》。「山光隨岸去，花影壓篷來」，《游湖晚歸》。詩不落格，意自清新，信其言之不誣也。

《梟亭詩話》載松江黄唐堂之雋《楊花》詩云：「不宜雨裏宜風裏，未見開時見落時。」以謂雖工尚不離題境。惟初白老人「春如短夢初離影，人在東風正倚闌」，乃得「羚羊挂角，無迹可尋」之妙。吾友鮑以文云：「黄詩特佳，查句須出題面，方見其妙。」余因記故人陳仁山芥舟氏句云：「莫亂春愁飄遠道，錯看别淚上征衣」、「有風不似飛花態，無力還同病酒情」，周少穆之「一年春事抛流水，半醉心情付别筵」，未知誰得頷下珠也？

作詩雖曰學力，然天資妙者，近見不大，亦别有風致，非笨伯語，使人可厭。荳村老人一生以詩爲計，日必有作，作必存稿。年逾耄耋，不費吟哦。又極自珍秘，所作等身，懸之屋梁，非至好不輕示，可爲性癖耽詩者矣。其詩自謂學徐青藤，未免過於謔浪，惟天機自得耳。其琢句雅馴者，如：「有酒座中驚北海，逢人馬上説西湖」，《送人北上》。「買花不計錢多少，留客都忘米有無」，《自安》。「拜詔直須封祼國，看經真願下龍宫」，《畏暑》。「獨行已少長沮耦，覓句難齊短李才」，《自遣》。「厭絮且饕鮮蛤蜆，憐文曾葬死鴛鴦」,《自安》。「只可眼前乾我酒,莫教背後説人詩」,《代人送兄》。「若云明日歡來必,反惹今宵寤未曾」,《燈花》。「瓶花無恙煩蜂探,鄰竹多情走筍來」,《麥秋》。五言詠物如:「小憐傾蓋立,疎愛覆杯勻」,《山蕈》。「布囊驢背月,野艇泊頭砧」,《棗》。「和沙搬雪繭,趁火撚香珠」,《花生》。「要知大婦苦,試以小眉看」,《醋》。「馮夷書自懶,龍女病曾嫌」,《帶魚》。「敢云專筆削,亦必定君臣」。《藥方》。荳村爲錢唐洪簡,字玉山。

余不解移宮换徵,大都填詞之隨境緣情,關脈轉折,較作詩尤宜熨貼自然。調無長短,如珠貫一串,造句須有追魂攝魄之妙爲工。錢唐馮法唐蔗老氏,才思清麗,風韻殊佳,國朝詞家後勁也。略舉所作,如:「問歲今年十五纔,眉山未畫秀生采,向人也學道愁懷。雲緑初分蘭葉鬢,花紅新試牡丹鞋,小開簾幙看春街。」,《浣溪紗·今年》。「和燕情忙,比蜂聲静。牢籠不住輕狂性。闌干纔到又過牆,相離不久還相並。扇避輕羅,醉停花梗。東風如夢飛難醒。前身真箇是何郎,美人裙上留香影。」《踏莎行·蝶》。造句如:「鶯天絮地,如何少得離人淚。」《閨夜》。亦不減宋人風致。

許丈煐,字振武,號澹園,嘉興人。與弟燦皆有詩名。先人曾用唐人詩意寫《姑蘇惜别圖》,時次唐韻題者甚夥,丈覽之似無當意,乃次元韻云:「金閶門外短長條,分手淒涼接渡橋。畫裏忽看楊柳色,離魂猶逐曉風摇。」「津樹旗亭睞眼新,十年曾此話風塵。鶯花老去無相識,淪落天涯舊酒人。」再疊前韻:「冉冉春光上柳條,畫船笑語出官橋。賣花聲杳山塘外,不見吴娘金步摇。」「日暖花香放斬新,半塘橋外襪生塵。依稀記得春風面,聽撥琵琶錯認人。」

初陽蔣君，少讀書，自昕至夕不能成誦。年逾及冠，忽一日頓悟，凡平生讀過書，無不了然於心。其後開卷，過目不忘，人以爲夙業所至。其詩若文，一本性靈。嘗曰：「人每以氣格論詩，是以尊漢、唐而薄宋、元；若以世風言詩，則代有其詩，平心自知其乘除運位之變。」識者韙之。今録其所作數章，可概見矣。《手其指四曰無名指遂賦一章》：「十指寄兩手，右者最勞苦。其左得少逸，時亦效拍拊。以此衆指間，强半可椎鼓。摩挲爬背具，數十不得五。一爪獨挺然，透甲越寸許。擊案鏗有聲，注水一勺舉。問渠何能爾？傴僂向我語：『生長皆主恩，爪也敢自詡。所賴託身僻，動輒謂爲左。素又無名稱，百役不我與。藉用得朝夕，幸免屈折侮。指使頃見頻，漸已多齟齬。』聞言竊太息，怳焉心獨撫。人壽無百年，大抵皆自取。莊生喻樗木，信哉不誑汝。勞勞塵鞅中，此身將安處。」《雜言》：「曦娥逐飛轍，烏兔亦苦辛。茫茫觀萬象，變化無逡巡。今日川上水，昨日山頭雲。東西復南北，流浪誰區分。昨日柳上花，今日水中蘋。東西復南北，那得知本根。稟命不可期，幻哉此一身。今日坐上客，明日山中人。」《題聽雪圖》：「雪淡無味白無色，色香臭味名言絶。惟有傾耳卻有聲，亂飄密灑俱可聽。始聽悲風號寒木，刁蕭急霰打茅屋。忽而盈尺積庭樹，剨然一聲聽折竹。空堂薄暮音沈沈，一聲一聽清一心。不知此聲乃非雪，厥聽不瑩非知音。雪花飛來大於掌，霏霏落地寂無響。不聽以耳聽以心，分明有聲絶名象。此非和合非因緣，心非太古言難傳。杜陵兩耳久解脱，原注：杜詩：「耳從前日聾。」舟重無聞吁可憐。先生伐茅南山下，寒溪灣環劇瀟灑。有琴無絃笛無孔，聽於非聽真静者。前年寄我一尺圖，雪片歷亂雲模糊。衡門無聲木葉下，云是先生聽雪廬。去年亦放剡溪棹，惜哉乘興未一到。頑然耳根拔未得，聽之奚由領其要。先生屬題我不辭，受而未答心獨笑。有眼不識雪色相，況乃希聲更微妙。不然先生繪事早入神，久與詩筆争清新。繪水曾聞繪聲手，雪聲何不傳其真。此中消息吾知矣，欲言不言君莫訾。我方掩淚讀《楞嚴》，默默無聲聽終始。」《同人游茅庵飯蓮上人房》：「逶迤一徑入松林，佛火齋鐘此共尋。若爲破除煩惱障，漸教消歇利名心。拂衣竹染秋來色，覆石蕉移午後陰。唤起逃禪蘇庶子，一杯米汁且頻斟。」初陽名紹輝，字繹文，桐鄉人。

錢唐金處士壽門，詩極研鍊有雋味，題畫諸作，尤得超詣。其《自題畫馬》云：「撲面風沙行路難，昔年曾躡五雲端。紅韉今敝雕鞍損，不與人騎更好看。」「花間酒幔水邊樓，嘶處隨郎郊外游。一自玉人春信杳，夕陽西下不回頭。」「古戰場中數箭瘢，悲涼老馬憶桑乾。而今衰草斜陽裏，人作牛羊一例看。」「龍池三浴歲駸駸，長抱驅馳報主心。牽向朱門問高價，何人一顧值千金。」皆攄寫其胸中俊發之氣耳。

詠史詩今人皆雜入議論，前人多有案無斷之作，其諷刺勸誡，意在言外，讀者自得之耳。桐鄉沈愚夫梧堂氏《讀漢書絶句》，作法似之。其詩云：「雞鳴佩玉復登朝，戰馬嘶聲入紫霄。草昧英雄誅已盡，獨留非種亂良苗。」「肅静龍衣夜上臺，虚堂風雨倩魂來。誰知牛腹書中字，不種神機種禍胎。」「新頒負扆畫圖中，堯母魂歸下碧空。欲問前朝諸吕事，女陵哀雁唳秋風。」「離宫冷落晚妝寒，永别君王事可汗。一曲琵琶數行淚，幾曾寫入畫圖看。」「不著黄貂新室中，渭陵麥飯冷春風。漢家老婦甘心死，誰遣將軍作漢公。」「竺國朝回天使車，伊蒲盛饌滿庭除。他年龜鶴消沈處，好讀桑門萬卷書。」

詩發乎情，故能感人之情，懽娱疾苦之詞，皆情之所不可假者；非若嘲風弄月，可以妝點而成也。王曾祥麐徵甫《病中有作》云：「怯病吾不能，憂病病乃更。不如隨所事，聊以忘吾病。開卷即前修，當杯樂中聖。手閒時作書，興至自成詠。小園偶經涉，寓目得幽敻。遠山出雲稜，嬾日度池鏡。林禽止復呼，花竹鮮以盛。即物見天機，觀心極瑩淨。夙惜無悋情，邇者務適性。真宰期可憑，運生會有竟。誰能覓上藥？一笑謝祀禜。持以俟百年，詎曰非正命。」《患疥》云：「余生嘗患此，至今尚禁齘。如何血氣衰，仍不蒙寬貸。初時衹二三，倏忽遠聯綴。焦枯似少平，爛熳旋復會。當其勢欲張，若有憑爲祟。内火鬱以蒸，百蟲暗相嘬。長爪搔未足，沸湯沃稍快。剥且及肌膚，寒遂侵肩背。攤書心爲煩，執筆手有礙。就寢鮮安恬，兀坐何聊賴。赤鱬渺難求，黄藋遠莫逮。多恐日纏緜，轉更增痾瘵。涓涓寧無虞，熒熒固可畏。積小成大憂，往古有明戒。」

「歎爾拋鄉井，經年作遠遊。苦吟依佛火，香草寄離愁。議論初無忤，心情久更投。共憐雙鬢雪，漸漸欲盈頭。」此執友陳翁自天投先人之作也。翁字其源，别字北舫，嘉興之梅里人。其作先人輓章，有「五陵結客投金盡，塚木何人挂劍來」、「三復鶺鴒原上句，平生不作《絶交書》」之句，非深交不能道者。

姚懷光素庵，嘉興諸生。性嗜酒，落魄，貧無以計，廢儒業醫。友人處有方書數百卷，假覩年餘，悉得其術，敏慧可知矣。詩其餘事，然天資自足，亦不落人後。其賦《武侯》云：「舉目無吴魏，當時孰與儔。英雄天不禄，管樂志難酬。星落驚司馬，風高冷木牛。定軍山下路，遺蹟獨長留。」「雄略終高世，皇天獨忌君。可憐師六出，無補國三分。成敗真難料，經綸自出群。草堂桑梓在，《梁父》忍重聞。」「盡瘁酬三顧，殫勞總百官。漢家留正統，王業不偏安。凜凜忠言在，蕭蕭渭水寒。靈旗捲暮雨，國賊竟龍盤。」《于忠肅墓》云：「幾看明社屋，公獨任其難。不藉經營苦，誰令反側安。奪門功一録，汗馬力空殫。到得知松柏，番嗟歲已寒。」「苦戰初迴蹕，南宫有警聲。當時誰再造，此舉竟何名。黄霧漫天暗，青燐入夜明。岳王祠宇近，相對各沾纓。」《題宋宣和畫花鳥》：「宫花零落劫塵生，畫裏猶添故國情。一自杜鵑啼血後，塞垣春老不聞聲。」《嘲庭中鶴》：「無復鳴皐唳亦哀，襬褷瘦影步蒼苔。如何不展淩霄翅，甘向雞群覓食來。」

「年垂九十恨誰知，腸斷偏安恢復遲。高孝光寧身備歷，滎河温洛見無期。夢中拜手遷都疏，死後關心家祭詩。個是詞壇老方叔，壯猶彈壓幾偏裨。」此錫山俞玉局《題劍南詩集》作也。放翁心事，具見終篇，可爲實録矣。

余嘗謂詩盛於唐，至宋、元以來，格法始備。論者祇以温柔敦厚、語意含蓄爲法則，不悟《三百篇》亦惟《二南》有之，餘皆非一格矣。

詩貴有不盡意，然亦須達意。意達與題清切而不模糊，措語妙者，則曲折如意，頭頭是道。溧陽彭光斗賁園詩最達意，人所不能狀之情景，極會出之筆下。其所作如《讀劍南書癖不可醫平生喜栽花二語分賦》云：「貧家少藏書，無奈性所癖。偶耳急著録，隨目不忍擲。巧偷迕朋儕，軟購款賈客。用此頗自豪，得寸覷盈尺。官歸貧更甚，呼兒理殘册。差免亡篋三，敢詡面城百。坐擁手勤繙，捧曝背從炙。虞帍細譬字，朽螙牢補額。好事或借觀，口諾心不懌。惟慚老眼昏，未獲探至賾。來生化脈望，知不免書厄。其二「僑居屋數椽，入門興抖擻。喜其隙壤多，可試栽花手。運鉏轉瓦礫，畚土疊培塿。牆陰種竹新，砌罅剔草朽。奇葩曁時卉，按譜索某某。雜蒔滿苔階，分栽映窗牖。自號種花奴，人呼灌園叟。春風吹紅萼，爛熳無不有。爲花祝生辰，再拜壽以酒。舍之忽他適，悵然負好友。回首語春風，問花無恙否。」《鼻烟》次某閣學韵云：「上古食氣壽且神，滋味漸開争朵哆。天生聖火原注：見《晉書》。淡巴菰，原注：見姚旅《露書》。來從異域標稗史。桐雷嘗藥惜未見，遂令《本草》缺佐使。辟寒驅瘴效最奇，枳朮參苓哂徒爾。以兹噓吸遍世人，嗜烟直等昌歜美。比來斯品更珍絶，不産扶桑産濛汜。原注：烟來自西洋。碾成瑟瑟金屑飛，嗅處微微香霧起。海客售來價百緡，大官朝罷嘗一匕。翠管銀瓶出袖間，灌腦薰心嚏不已。始知鼻飲口無功，請借禪和明妙理。聞香神女無覺觸，辨味鉢提非舌揣。塵根互用隨處靈，色身本是旃檀體。旁徵軼事佐詼詒，耳食眼飽都類此。人能捉鼻效雒吟，地名炊鼻書魯紀。原注：《春秋》吸醋群誇羊鼻公，原注：魏徵。聽鶯堪代吴牛耳。原注：牛以鼻聽。何況馨香一氣通，寧慮焚身同象齒。不見當年有鼻君，千秋肹蠁蠻方祀。先生大笑信有諸，姑免掩鼻對西子。」《寄鮑緑飲》云：「憶醉餘杭酒，曾分鮑叔金。江湖縈别夢，風雨隔遥林。繡嶺花飛滿，閶門春草生。後時相望意，忽忽罷瑶琴。」「汲古羲皇上，論交湖海間。九重知姓氏，二酉署家山。月作觀書眼，霞生處士顏。何當問元草，重款舊松關。」

嘉興之梅里，自王、周、朱、李以詩名後，作者不乏。余所知者，如徐琳字荆芰，柘南之子。人品既高，詩亦有家法。其《喜雨》一詩云：「插秧久無雨，人心憂如惔。祟朝烟漠漠，亭午陰黯黯。九垓日脚晦，一抹雲氣含。潛聽雷出地，頓失天拖藍。沛德雨師下，爲虐旱魃殲。滋彼原隰膏，澤及瓜芋甯。瘠壤沃億萬，疲民蘇再三。頗喜水流活，那知火上炎。軒窗滌煩溽，庭沿成汪涵。兼旬竭澤苦，一夕降露甘。《小畜》占既處，《大田》歌有渰。荷蓑相慰勞，可以攜長鑱。」《題姑蘇惜别圖用唐人韵》云：「紺珠花發亂垂條，夢繞吴閶第幾橋。暮雨蕭蕭何處曲，畫船歸去櫓輕摇。」「石城螺黛晚妝新，字刻琅玕玉作塵。唱遍君家腸斷句，旗亭頭白舊歌人。」

郭鳳字友桐，《種麥值薛魯哉過訪》云：「閒中識時序，荷我鋤蕢行。初冬日差暝，木落氣逾清。值子溪橋來，林外拖筇聲。席地坐亦適，何必誳柴荆。相談稼穡事，眼下無俗情。妥蝶舞黄花，令節轉元英。覩彼畦中麥，露晞朝日明。我徒業耒耜，勞力兼勞形。久期結鄰約，與子相耦耕。」又云：「讀書不成名，心甘老牖户。田園倚爲生，爰得此樂土。秋穀既已登，麥苗又鮮嫵。磨礱候新晴，家家築場圃。胼胝及手足，飽食兹腹腑。一年復一年，人老不辭苦。」又《賦兒子未一週》云：「兒子未一週，學語未學走。不識伯與父，阿爺爺信口。」「兒子未一週，傍燈喜弄火。火滅不見人，撲向娘懷坐。」「兒子未一週，見硯便擎墨。擎來入口含，面塗烏鴉黑。」「兒子未一週，撫鏡兩相笑。不知是己形，指點向人叫。」「兒子未一週，不識梨與栗。卻知斯可食，兩手各執一。」《邨居》云：「比户連邨舍，漁樵也結鄰。歲豐家貯足，里儉俗安貧。笠戴一犂雨，鋤來滿隴春。相攜論農圃，多是耦耕人。」「人家門乍啓，放鴨出灘沙。曬穀祈晴日，負薪帶雪花。愚兒偏就傅，少婦學持家。布素機中出，衣衫不尚華。」

徐鉉字釗儒，《秦駐山》云：「祖龍駐蹕處，宮殿竟荒蕪。西北長城起，東南王氣孤。焚坑成左計，劉項不爲儒。一撮埋金土，空勞萬世圖。」《短檠次韵》云：「孤坐愁無寄，長歌一短檠。忍教牆角棄，轉憶案頭明。病榻常憂燼，雞窗到曉清。十年徒對爾，憔悴竟何成。」《柳絮》云：「一自飢驅未息肩，銷魂幾度柳飛綿。昨宵夢入江南路，又上秦淮渡口船。」

王鏖徵著有《静便齋詩》五卷、《文》五卷，曾見賞學使雷翠庭鋐；撰有《兩王生傳》，先生其一也。及其没，杭太史堇浦曰：「吾浙無王瞿，讀書種子斷矣。」瞿蓋先生别字云。先生有《喻偷兒》詩曰：「三月初八夜，偷兒從東鄰入廚下，繇衣酒具之屬，爲之一空，詩以喻之：窮巷何曾有富人？也勞穿宇過比鄰。壺尊尚貯前村酒，緼緒纔離稚子身。可是飢寒無藉在，須知爾我等艱辛。他時相遇休相避，得失從來不當真。」又有《憫偷兒》詩曰：「不數日，偷兒入鄰家，被獲，前竊之物，業已質錢，錢亦盡輸於追胥矣，詩以憫之：視盜何須似郤雍，受贓正與盜相同。黑縲一下纏身急，赤仄渾憐轉眼空。守劍爾能更舊業，捐金吾尚想遺風。年豐莫卜民生悴，援手無方痛未窮。」《堇浦賣所藏酒得金數片相贈書以報之》：「如君高義古誰倫，共少分多事更新。好客漫思尊有酒，故人應念甑生塵。取懷白晝兩無愧，入手朱提一笑春。却怪俗交争利路，偏憑杯酌説情親。」

附録

楊瓘文字止齋。《方正學先生祠》云：「正學真儒者，成仁洵大賢。遥思靖難日，苦恨革除年。政業從容就，明廷倚任專。格心惟一德，增秩定三遷。削地謀非拙，移封計實便。雄藩終反側，國步遂迍邅。事□惟修政，防胡拓守邊。未聞斮石馬，已見啓金川。燕子來何速，王孫啄可憐。淚揮衰絰上，氣奪衮龍前。篡字名應正，驅除草肯宣。隻身甘自殉，十族痛相捐。鐵景同風節，齊王孰比肩。殘骸當日瘞，遺集後人編。故里崇忠烈，荒祠肅豆籩。豐碑苔剥落，義井草芊眠。不盡平陵恨，難回柴市天。愁深華表鶴，血染樹頭鵑。風節千秋炳，文章萬口傳。恩隆邀異代，録祀尚□□。」《題駱臨海集》云：「駱子江東彦，居然一代雄。爲文標四傑，草野見孤忠。亡命身將隱，歸空道正窮。幸存遺集在，千載仰英風。」《題曹娥廟》云：「廟口殘碑六尺强，頻年行客薦椒漿。墓門寂寂生春草，宰木蒼蒼帶夕陽。當日捐軀哀少女，異時題背頌中郎。我來憑弔情無限，遺響猶傳《河女》章。」《天台紀游》三首云：「寒拾昔巖棲，破竈基未滅。瀑響間松聲，此境洵清絶。何爲閭丘知，豐干洵饒舌。」《隱身巖》「夭桃花灼灼，洞口風淒淒。玉鏡照雙女，步步令人迷。欲去還復止，惆悵聞前溪。」《桃津》「華頂插重霄，燦如蓮花發。遐矚小滄海，三山渺一髮。趺坐磐石間，經聲出林樾。」《華頂峰》《九里松》云：「誰名松九里，九里竟無松。寺古棲殘衲，山空答遠鐘。沙明石齒齒，泉碧水溶溶。回首看歸路，雲深没兩峰。」《感懷》云：「大造施德澤，人物皆稟受。亦有未盡均，吾生詎云厚。孤露痛早歲，提攜賴吾母。撫畜靡不至，荼苦良已久。烏有反哺時，問心多負疚。苦節竟未彰，吁嗟伊誰咎。」又云：「五歲入家塾，端坐誦《蒙求》。十歲讀詩書，疑義務綢繆。十五事筆墨，志欲慕前修。一日復一日，不覺安自偷。爲儒志不逮，爲農力不周。無成自足鄙，誰肯爲包羞。」

姚夏字大野，《吕梁舟夜》云：「未識彭城路，長河獨夜行。忘家歸夢杳，多難客身輕。百仞懸流勢，千迴激棹聲。遥聞村砦裏，隱隱一雞鳴。」《登華》三首云：「三峰初入望，數里隔塵寰。石磴無窮路，金天第一山。仙蹤仍杳渺，鳥道强躋攀。吾愛希夷峽，低徊未肯還。」「絶壁看題字，凌高屬鬼工。懸崖安刹宇，汲水上穹窿。拂面山雲繞，回頭世路窮。昌黎慟哭處，只尺翠微通。」「落雁風頭句，清狂李謫仙。雲烟仍一氣，呼吸近諸天。石路神人闢，鐘聲下界傳。我身在何處，回顧萬峰連。」《水簾洞》云：「人家依絶壁，鑿穴處山坳。駕木通猿路，開門俯鶴巢。兒童汲野水，烟火動寒庖。過客遥瞻睇，荆扉那可敲。」《平涼宿故韓府》云：「舊跡何堪問，先臣此相韓。原注：先大父曾任韓長史。宫門遺賜詔，寢殿想衣冠。簷雀千群聚，庭梧一樹寒。感懷因信宿，曉雨故瀼瀼。」《朔方中秋示楊公子子遜子瑜》二首云：「客閒知漏永，邊署早寒輕。令節逢秋半，高歌入夜清。濕欄凭有露，遠柝聽無聲。不盡關山意，開襟藉友生。」「昨歲西陵月，今宵塞上看。客秦貂敝後，入洛犬歸難。江樹三秋夢，邊霜八月寒。衹餘桑落酒，銀燭幾回殘。」《夜起寫懷》云：「鄉書初寫就，中夜不成眠。心事如相語，懷人在眼前。邊霜寒客枕，江雨夢歸船。譙鼓何匆促，悠悠未曉天。」《贈陶守戎秉衡》云：「運甓籌江左，當今陶士行。卧龍郯子國，分虎受降城。緩帶防秋暇，華鎧夜宴明。相逢多作客，喜我聽談兵。」《寄吴幼輿先生司李桂林兼懷長公泳思兄》云：「可念吴夫子，蒼梧雲樹間。一官初白髮，雙屐幾青山。讞獄秋荼散，趨庭春誦閒。炎方有瘴癘，報政早應還。」《聽維揚莊婕庵彈琴》云：「爲有知音遇，援琴入夜彈。高山孤調遠，秋雨一鐙寒。文酒情方癖，江湖興未闌。梓州猶落魄，待爾到長安。」《磁州東郊獨遊憶故鄉兄弟》云：「獨愛東林勝，翛然出郭門。青山晴見樹，紅葉暗遮村。歸鳥啼千个，炊烟起一痕。曠懷聊自適，詩句許同論。」

徐林葵字爰立。《初秋和王丈丁大》云：「宿雨初晴枕簟涼，好風時送藕花香。旅懷不耐秋時節，一桁輕寒到客牀。」「露檻風窗噪暮蟬，一鐙如豆怯清眠。何時載酒尋詩去，穩泛吴江鴨嘴船。」《送高融芳守備》：「立馬斜陽送客行，嵴華風色滿征程。一官不及蓴鱸美，羨煞江東老步兵。」《送别》云：「江南秋盡木葉脱，蘆花如雪楓如血。隨風亂撲征人衣，颼颼若聽哀羽折。一肩獨唤渡頭船，黯然信有消魂别。」《送孟臨山南旋》云：「官署疏鐙噪暮蟬，一時鄉思繞秋眠。向平遺嫁將完日，賀監歸湖好息肩。遥憶飛帆斜照裏，到時沈醉落英邊。慚予尚作風塵客，翹首吴山憶惘然。」《春日》云：「臘盡寒猶冽，春風塞外遲。故園花信早，不寄隴頭枝。」

閔榮字湘恒，號漁村。《詠柳》云：「官柳垂烟碧，春風拂畫橋。腰輕憐静婉，力弱妒嬌嬈。舞雪吟偏似，離魂見欲銷。旅人驚節物，愁看短長條。」

陳襄字謹甫。《馬谷山》云：「部婁占海國，風物望中賒。石罅兩三樹，坡腰八九家。白田鹽作雪，紅莧葉爲花。曠野人烟少，空山啼暮鴉。」《禾堂》云：「朝來風打窗，攪起一天雪。風定雪亦休，滿地忽明月。」《送沈雨蒼重遊山左》云：「汶水相逢九度秋，清狂無恙復東遊。難期此後幾年别，且作樽前十日留。詩卷疲驢吟入魯，岱宗積雪冷侵裘。定知此去歸應早，堂上星星念白頭。」《招憶山諸老人集紅蕉書屋》云：「背市溪三折，桑麻十畝偏。一杯同此日，九老記從前。原注：先君子有《九老圖》。詩入開元會，人歸洛下年。他時丘壑裏，繪出數華巔。」《送研生明府之金陵》云：「何事遂離别，輕橈發夜闌。老將同日至，原注：余與君同庚同學。貧博一官難。明月千山静，長江六月寒。秋風起蘋末，俟我在長干。」《贛州雜詠五絶》云：「鑾樹周圍晚霧深，來從八境一登臨。居人未解坡翁句，付與山中木客吟。原注：東坡有《八境樓詩》，刊於樓下。洛山有木客，乃鬼類，形頗似人。自言秦時造阿房宫采木者，食木實得不死。能詩，時就民間飲食。」「家家橘樹冷深冬，鐙火元宵恰又逢。城裏踏歌猶未了，絳桃紅過白茅峰。」「靈山廟外樹遮天，四月沿門掠社錢。簫鼓喧闐深巷裏，争看陸地鬭龍船。」「纔升鼇背瘴雲開，豁達長風捲地來。萬古長江流不盡，空留水色照孤臺。」「野蔓山荆古殿荒，昆明劫後魯靈光。西風孤角吹殘夜，神馬猶聞嘶曉霜。原注：白馬廟。」

石門方樗庵先生書畫之名，流布大江南北；詩亦淡雅絶倫，已刊行於世。暮年嘗纂《山静居詩話》，《嘉興府志》作二卷，因罕鈔傳，未能披讀。今年秋闈試武林，於積書堂陶氏購得手稿一册，凡二十二條，僅一卷；後别附楊氏璀文等五家詩三十餘首，蓋待入詩話，尚未删潤者，故《志》作二卷云。今以原本贈蔣生沐廣文，即偕潘子稻生重爲勘校，手録其副藏之。時道光丙午小春月，海昌後學管庭芬芷湘甫跋於學廨志局之忽逢林。

余所得《詩話》一册，生沐已刊入《别下齋叢書》。惜爲庸妄人删去一則，并附録亦不刊。今版已燬於寇火，因重録存之。是日仁和曹丈柳橋金籀來，駭知余友羅鏡泉以智學博，已病没於海昌城，爲之淒然！咸豐庚申八月二十三日，庭芬記。

（劉奕、竇瑞敏點校）

梅崖詩話

梅崖詩話提要

《梅崖詩話》一卷，據民國間山西省文獻委員會刊《山右叢書初編》本點校。撰者郭兆麒（一七四〇—?），字麟伍，號梅崖，山西陽城人。乾隆三十三年舉人，歷官欒亭、密雲知縣，滄州刺史，後因事罷官。有《梅崖詩文鈔》。此書頗記本人之詩及行蹟，多在乾隆二十年至四十年間，最晚爲乾隆五十年自欒亭量移檀州事，當作於此時。論詩宗明，上溯至唐，大抵取楊升庵、王漁洋之説。又與一、二詩友切磋作詩之法，間有入微之見。其維護漁洋之切，至翻摘趙秋谷《并門集》中一二語，以爲亦「無人」，則甚無謂也。

梅崖詩話

陽城郭兆麒著

余嘗有句云：「落日下高樹，涼風鳴早蟬。」一時爲諸人見賞。復出《庚辰七月一日作》云：「涼意起深樹，秋心驚暮蟬。」友人張菊知評云：「落晚唐做作矣。」

張菊知《壬午下第九日》詩云：「一醉今朝如不醒，吟魂願化菊花魂。」自是快人本色語。又作《雁字詩》三十章，多可喜者。如「填成雲錦回文字，補作媧天煉石銘」、「書到萬年無筆塚，影過三峽倒詞源」、「秦政火餘存典册，魯麟獲後續春秋」，此等何減古人。

余兄弟乙酉再就鄉試抵并，日偕友人衛荀二夜飲酒家，竟醉。時七月既望，有句云：「月明赤壁吹簫夜，人醉黄公賣酒壚。」至今猶想其一時興會。

張菊知作《桃月源》劇，余題句云：「一閉烟霞復幾春，荒唐此事認難真。心頭别有仙源路，免被桃花浪笑人。」時壬午春，余年二十有二。次年癸未冬，友人田楚白見而悦之，以此訂交。楚白長余十七歲，昔人所謂忘年者與？

田楚白與余論詩，專宗少陵。嘗有詩，今忘其發端二語。云：「在野日挑薇蕨少，沖天徒羡鵠鴻遥。百年歲月過强仕，五畝園廬豈避囂。欲釣長鱗無巨餌，□衣虚負聖明朝。」

梅詩作者如林，余獨愛東坡「竹外一枝斜更好」、和靖「雪後園林纔半樹」，精神骨格，和盤托出矣。

乙酉春正五日，謁退齋先生，與坐論詩。余舉所愛以對，先生舉陶句云：「梅柳夾門植，一條有佳華。」始信二公極力洗發，猶有這個在。

西筠揚先生正斯詩至數千篇，門人衛周輔鈔其十之一二，付梓以行。今記其一云：「三至邯鄲謁呂祠，風塵碌碌鬢如絲。愁多好夢從來少，願借先生枕片時。」

向閱趙秋谷先生《談龍録》，謂「詩中要有人在」，因非王漁洋先生《奉使祭告南海》詩「遊子哭窮途」之句。及讀《并門集》，開卷便道「行路難」等語，亦未辨是鎖院衡文之命官，則秋谷詩中亦可謂無人矣。

鄉張麇田先生家故貧，鬻米其爲業，未嘗多讀書，然能爲詩。《題仙人洞》有「窗外風雲龍虎穴，門前芝草鹿麇田」之句，因以知名。陳説巖、韓長洲諸先生皆爲延譽，贈詩勒麇田碑陰。

昔人評子美《岳陽樓》詩，謂若無「吴楚東南坼」句，則「乾坤日夜浮」幾疑咏海矣，不若襄陽「氣蒸雲夢澤，波撼岳陽城」爲切當不泛。然子美直是氣象大、力量雄，非孟詩可及也。

詩以道性情，正須有身分在。如「中原莫道無麟鳳，自是皇家結網疏」、「開窗却羨青樓娼，十指不動衣盈箱」等句，豈復有詩品耶？

陶靖節詩不特於六朝爲渾古，直有《三百篇》遺意。梁鍾嶸評詩不列上品，何也？

「滴殘夜雨心仍苦，卷盡秋風葉始舒」，庚辰《咏芭蕉》句也。

昔年甲申始交楚白、荀二，雪中小集城東之拱辰閣，立春正月五日也。酒酣即景賦詩，余得「一番花信梅邊得，五日春風雪裹還」之句。楚白嘆賞，以爲獨得驪珠，遂與苟二罷筆。

詩中虚字用得妙時，直使全篇精神踴躍而出。老杜「劍外忽傳收薊北」一詩是也。又通首力量每從一句轉來，一句音節每從一字鍊出。試取杜集讀之，雖其格法變化不一，要無能出此者。謂詩分前後兩解，弗敢知也。

甲申十二月一日夜，亡友衛俊升、田光國招飲，鼓三下不休。二子頗爲道其幽愁抑爵之況，余曰：「姑飲酒。」少間，縱談古人亦椒山，皆失色。光國拍案言曰：「何限人間不平事耶！」淒然泣下。余時大醉，不覺痛哭失聲，罷酒散去。詩云：「青燈白酒漏珊珊，擊唾悲歌天地間。不獨傷心如二子，樽前一痛爲椒山。」

余舊作《閱秋》詩有「霜凝老樹翻風紫，日出寒山捲霧紅」之句，友人栗蓋臣亟賞之，作「日出寒山捲霧紅」疊韵詩四篇。

詩須興會淋漓時援筆疾書，自有一種天然音節，少頃推敲，略易數字而已。不然，則東坡所謂畫竹者節節而爲之，豈復有竹乎？

李賀詩字字求奇，不知一生嘔出幾斗心血。如「女媧鍊石補天處，石破天驚逗秋雨」，其極力用意乃爾。杜詩何嘗不奇，如《洗兵馬》「安得壯士挽天河，净洗甲兵長不用」，《夢李白》「魂來楓林青，魂去關塞黑」等語，殊極現成不費力，即此已可泣鬼神矣。

世傳吕純陽詩，多後人附會之作，故爲神仙門面語以驚人耳。余獨愛其「數着殘棋江月曉，一聲長嘯海山秋」、「夜深鶴透秋空碧，萬里西風一劍寒」等語，信非吃烟火人所能道。

田退齋先生有宏與山莊，余甲申春雨晨獨遊題詩，兼贈退齋云：「屐齒沾花露，松風帶雨聲。獨遊仍載酒，春曉一聞鶯。野性耽雲水，荷衣恥聖明。深源如不出，嘆息奈蒼生。」見者或以爲夤緣，是可笑也。

徐文長「破帽殘衫拜孝陵」與老杜「麻鞋見天子」，詩意淒楚，正復相似，皆所謂言下有淚也。

友人栗蓋臣嘗語余，古今詩文以忠義顯者，當彙成一帙，以爲風化之助。余意欲舉莽、操、卓、懿之流條其惡，亦成一帙，然且未遑，姑俟諸他日耳。嘗有《曹瞞》詩云：「赤壁曾經百戰來，雄心末路半成灰。綺羅不殉西陵骨，寂寞春風銅雀臺。」《秦檜》云：「南宮北狩痛難聞，和議輕將天下分。奸肉腥臊何可食，黄龍遺恨岳將軍。」《賈似道》云：「禍結襄陽固有因，蕪湖荔子重逡巡。潰師一死何堪贖，假手終歸姓鄭人。」

詩要是有爲而作，忌死於句下，「作詩必此詩，定知非詩人」也。如老杜《咏螢火》詩末句云：「滄江白髮愁看汝，來歲如今歸未歸？」有此二語，不覺上六句粘煞螢火矣。

嚴滄浪論詩，謂如「鏡中之相，水中之月」，此正參禪家語也。詩固有一種高渾變化、不可模擬者，然或直抒胸臆，亦未可厚非。但其用意須得温厚和平之旨，不然直灌夫使酒而已。大率用賦不若用比興，比興意有含蓄也。故《三百篇》「人而無禮，胡不遄死」，「乃如之人兮，懷婚姻也，大無信也，不知命也」等語，楊升庵亦嘗非之。

癸未夢有維揚之遊，甲申復夢西子湖。作詩云：「年來擬繪壯遊圖，月滿揚州問酒壚。昨夜依然過江去，六橋花柳是西湖。」

賈漢奎爲焕壬午登甲榜，後兩試禮部不中，鬱鬱不自得。丁亥春，館余鏡山堂，有句云：「歌哭竟何事，年華又早春。」漢奎母老家貧，可以悲其志矣。

鄉前輩王子正先生諱平，工畫能詩，有句云：「谷鳥争鳴樹，山雲亂入樓。」「林喧群鳥集，巖響亂泉飛」、「石染雨痕翠，楓沾霜氣丹」、「雪深山失路，溪凍水停流」、「雲壑風吹猿嘯疾，霜林雨滴葉聲乾。」先生故入武庠，客魯山，人無知之者。

陳説嚴相國廷敬著有《午亭文編》，五言近體酷似少陵。如：「晉國强天下，秦關限域中。兵車千乘合，血氣萬方同。紫塞連天險，黄河劃地雄。虎狼休縱逸，父老願從戎。」《漁洋詩話》亦載此詩。餘如「晚潮移岸艇，明月動江樓」、「夜舫覺潮響，春燈聞棹歌」、「舟航通水國，燈火宿春河」、「倦客夢迴枕，午雞聲近村」、「天低泰嶽觀，雲淡魯連台」、「海日遼西路，天風薊北門」、「海風常欲冷，江雨急無聲」，此類多不能悉載，惟七言間有出入耳。

明詩駕宋、元而上之，直可追蹤李唐。就中如李于鱗、王弇州諸家，益復角力争雄。人謂其論有過刻處，然究屬正宗，以視鍾、譚何如？高季迪七古大有似太白處，使人讀之，但見才氣縱横楮墨間，苦未化耳。所謂詩有性情必有學問者，豈過論哉？

詩中對偶句情景比附，固也。然須寫情時景自在，寫景時情並到，乃爲上乘。如「捲簾白水，隱几青山」，景也，玩「惟」字、「亦」字，情可知矣。「愁鬢」、「歸心」，情也。説到「三湘秋色，萬里月明」，景顯然矣。餘可類推。

又有一聯中上下句分寫情景者，亦須寫情句接得景順，寫景句喚得情起。記《升庵集》載戴石屏句「春水渡旁渡，夕陽山外山」一聯，俱用寫景，原自無妨；若如原句「塵世夢中夢」，便情景不屬矣。

五七言間有起結用對偶者，更須不見痕迹。起如「風急天高猿嘯哀，渚青沙白鳥飛迴」，衝口而出，音節自佳，全無堆垛之態。結如「一卧滄江驚歲晚，幾回青瑣點朝班」，又「關塞極天惟鳥道，江湖滿地一漁翁」，以頓挫出之，殊不覺其字字屬對。又有起結全用對偶者，其法亦準此，今不悉載。

詩須筋摇脈轉，着一閒字不得。其妙有以虚字作實字用者，實字作虚字用者，轉接變换，意到筆隨。非氣盛不能藏虚字於實字之中，非神流不能運實字於虚字之内，此種可以意會，難以言傳，姑取顯者論之。藏虚字於實字，有實接法在，「緱山碧樹青樓月」是也。運實字於虚字，有頓挫法在，「回首可憐歌舞地」是也。須知激宕沉雄，在思力音節上論，原不拘虚字、實字多少之分也。

凡詩中説愁、説喜，開口用字便須露春光幾分，非一句道盡之謂也。其法或用比、用興，即景生情，使人讀之，想其甫下筆時便有低徊不盡、含毫邈然之致。一到正面，却不肯老實説來，恐或意盡。須於言下含畜，有絃外餘音方妙。沈佺期「盧家少婦」一詩是也。

趙秋谷《談龍録》載阮翁酷不喜少陵，每引楊大年「村夫子」語以見意。余謂阮翁詩主才調，十之八九而以神韵出之，故淺者悦其丰秀，深者愛其超朗。老杜詩何嘗無才調、神韵？但不以此見長耳。

或謂杜詩實苦乏神韵，曰：阮亭神韵，使人易見；老杜神韵，使人難知。

往與楚白諸人談詩，余謂去聲字爲功於詩大不淺，上入聲次之，以其最能振調。時亡友衛俊升頗以爲英雄欺人，余因隨舉癸未自題《揚州夢》劇「南渡大江倚長劍，元龍氣撼海門秋」之句，謂大江「大」字，所謂去聲振調者。設易作平上入三聲何如？俊升嘆服。

詩忌意淺、字俚、句弱、調浮、氣熟、格碎、品雜，免此數者，則思過半矣。詩之有讖，如「明鏡不安臺」、「曙後一星孤」等語，昔人所稱，信不誣。然白香山年十八，病中云：「年少已如此，此身豈堪老。」後卒年七十五，是安可概論耶？但顯然不祥語，戒勿犯可耳。

太白七言近體不多見，五言如《宫中行樂》等篇，猶有陳、隋習氣，然用律嚴矣，音節亦稍稍振頓。七言長短句則縱横排奡，獨往獨來，如活虎生龍，未易捉摸。少陵固嘗首肯心醉矣。

詩中用典過多，昔人有譏「點鬼簿」、「獺祭魚」者矣。其法只在能化，使人不覺其用典方妙。能化，有反用、虚用、暗用、借用等法，最下則正用、明用、實用。如以古人明比我，不如竟將我作古人看，「寂寞江天雲霧裏，何人道有少微星」是也。以我論古人，不若反將古人來形我，「遠媿梁江總，還家尚黑頭」是也。低手用典，如唐人「滿座馬融吹笛月，一樓張翰過江風」之句，學此等不成，直堆砌填塞而已。

樂府、歌行、古詩，自然不同。樂府質而奥，古詩淡以遠，歌行發揚蹈厲，無之不可。歌行間用樂府語，不失爲鶴立雞群。樂府雜用歌行語，則虎皮羊質矣。古詩之於近體亦然。

文貴濃淡疏密，詩亦有之。最忌用意太碎，筆便掉轉不靈矣。如老杜「聞道長安」一詩，前六句只完得首句之意，第七句「魚龍寂寞秋江冷」，參用此體，轉身有力。「蓬萊宫闕」一詩，亦與此同，他可類推。又有句句用意者，須看其承接變化，愈接愈妙。老杜尤慣用此法。

詩有一種皮膚似元、白，而氣味在盛唐間者。如《漁洋詩話》載天啓中朝鮮使臣金尚憲詩《早春》云：「王灘流水繞江涯，江上松林是我家。昨夜夢尋烏石路，山前山後早梅花。」《竹枝詞》、《風》之變也，質而不俚，斯爲本色。

讀盛唐詩，五言如「風勁角弓鳴，將軍獵渭城」，七言如「黄河遠上白雲間，一片孤城萬仞山」等作，皆用字用句出口咬定，便自響確不浮也。

元人《月泉吟社》載第一名羅公福詩，不見佳處，平平而已。如「老我無心出市朝」，有此一語，則「東風林壑自逍遥」不待言矣。作者只爲下六句「好雨種秧」也、「寒泉澆藥」也、「雲壟放犢」也、「柳橋聽鶯」也、「春草入夢」也，一切田園雜興俱檃括於首二句中，而不覺其錘鍊之疏也。蓋亦一時風氣如此。

「春雨細和霧，暗風飄入樓。花飛楊柳岸，人遠木蘭舟。歸雁一行曉，亂山千點愁。夢迷江路迴，仿佛是汀洲。」丙戌春，從兄翼修別後詩也，讀之增天涯芳草之感。

明唐子畏詩，除解落籍後，益復狂放無聊。後人不宜襲其窠臼，恐有以此賈禍者。

詩有自出名字者，如「有客有客字子美」、「達哉達哉白樂天」、「甫也諸侯老病容」、「夜臺無李白」

等句。又有直稱他人姓名者，如「飯顆山前逢杜甫」、「惟有山東李太白」等句。其來亦有自，《三百篇》「吉甫作誦」、「家父作誦」、「仲山甫永懷」、「張仲孝友」、「寺人孟子，作爲此詩」是也。

昔人評雪詩，推鄭谷句云：「江上晚來堪畫處，漁翁披得一簑歸。」余謂「堪畫處」三字不免落套，但說「漁翁披得一簑歸」，畫意在此矣。

詩只一片説去，自成章法，此種似不着意，然戛乎難矣。漁洋在廣陵，見成都費密詩，擊節賦云：「成都跛道士，萬里下峨岷。虎口身曾拔，蠶叢句有神。大江流漢水，孤艇接殘春。十字須千古，胡爲失此人。」是其證也。五、六自注：「二句即密詩。」

張菊知錦始就童子試，日且暮尚未呈卷。文宗蔣時庵先生詰之，菊知以試詩請，得「霜葉紅於二月花」題，竟以此補博士弟子員。時試埸未有用詩例，以故先生頗奇之。余贈詩云：「蚤年妙句吟霜葉，半世前身賦玉樓。我欲太平無一事，酒星同問五湖秋。」「前身」句，見菊知集自注。

李笠翁詩字句多近曲詞，不當求之開寶、慶曆間。就中如「仍收此曲歸天上，徒累其身葬世間」，頗復橫甚。然集中不多得，亦非正派。

詩中用字，如「吴楚東南坼」、「拔劍斫河水」、「青天削出金芙蓉」等句，亦奇闢、亦老辣、亦現成。不善學之，終落小家數。如「鵶閃殘陽金背光」，做作殆甚矣。

余《辛巳冬十一月紀夢》詩：「夾道燒紅燭兩行，玉鞭騾馬夜飛霜。那知一入盧生夢，不是龍鍾郭九郎。」今已六年於兹，夢亦不可常得也。

詠古詩不涉議論，領神言外者爲上乘。大開眼孔，獨抒見解者次之。最下，一切套語是也。然套語亦不能無，「人世幾回傷往事」一聯、「映堦碧草自春色」一聯，推而論之，皆套語也，但看其通首章法運化何如耳。

張菊知作《鵲橋仙》劇，自序云：「嫦娥長寡，織女短姻。」余嫌其語涉輕薄，作《解嘲》詩二章云：「妙舞霓裳環珮輕，白榆陰下譜新聲。仙宮萬古超塵劫，玉露元霜徹骨清。」「一水盈盈風浪稀，鵲橋佳會是耶非。人間春夢何時醒，天上虛傳織女機。」

丁亥中秋，同兄殿元觴月鏡山堂，酒酣，得絶句云：「長風捲盡秋雲白，一笛吹殘海月明。天上人間對尊酒，滿空飛下步虛聲。」

張菊知語余：尤悔庵不直錢虞山，而王漁洋亟稱不置，欲以此定二人優劣。余謂士得一知己，可以不恨。蔡邕之於董卓，豫讓之於智伯，死且以之，況僅僅道其文章乎？漁洋嘗有句云：「紅豆莊前人去久，花開花落幾春風。」亦爲虞山作也。

吾鄉屯城張東甲者，人傳其詩《咏風不鳴條》云：「柳線輕颺緑，花珠暗掃紅。」《咏秋蟬》云：「音催梧葉老，響破柳烟愁。」亦自輕倩可喜。

太白《鳳凰臺》不及《鸚鵡洲》，然「烟開蘭葉香風遠，岸夾桃花錦浪生」亦近艷矣，故崔顥《黄鶴樓》遂爲絶唱。

晚唐詩雕琢太多，便覺脂粉污人，其弊只是愛好。如許渾《凌歊臺》用「三千歌舞」等字渲染成章，於宋祖實録未合，楊升庵辨之詳矣。余謂少陵「九重春色醉仙桃」亦不免用字輕佻，「香霧雲鬟濕，清輝玉臂寒」、「碧知湖外草，紅見海東雲」、「緑垂風拆筍，紅綻雨肥梅」等句，亦只是愛好，但通篇骨格自勝，使人不覺耳。

金主詩：「一統車書盡混同，中原豈有別疆封。提兵百萬西湖上，立馬吴山第一峰。」絶好音節，求之唐以後，正不多得。

新安吕力園似寢食杜陵者，其《聞笛》云：「寂寞燈前漫舉杯，乍驚别院一聲開。誰將猿臂深山裏，横吹龍吟夜雨來。他日春梅空自落，無邊秋柳盡銜哀。何須重奏關山月，腸斷江南人未回。」

長洲尤太史悔庵著《西堂雜俎》諸集，余愛其《明史樂府》，不減香山。集中當以此爲上。

少陵短於絶句，王昌齡諸家乃稱濫觴。然詩亦戒太用意，太用意則傷巧。如「玉顔不及寒鴉色，猶帶(朝)〔昭〕陽日影來」，何嘗不佳，顧少陵不爲耳。

初唐七言長篇未變陳、隋之習，以其意纖詞縟，致使格卑而氣靡耳。故七古當以少陵爲法。

張籍、王建樂府多質實語，其佳處在是，其短處亦在是。

客有南遊湖、湘間者，余作詩寄題二妃祠，《湘纍詞》云：「蒼梧竹上泪痕留，不見香魂帝女遊。明月自彈湘水瑟，悲風長滿洞庭秋。」「當年遺恨入江潭，九畹風吹夜月寒。閶闔孤魂招不得，何人競渡哭蘅蘭。」

余嘗出遊，賦詩有「鳥啼春水岸，人到落花村」之句。張菊知舉施愚山「孤城春水岸，歸鳥夕陽村」

似之，云：「阮翁亟賞愚山句，惜不及見梅崖此詩也。」

平陽靈石有衛公、紅拂遇虬髯客遺迹。余乙酉過其地，拜衛公像，有斷碑題詩云：「殺人投逆旅，下馬遇名姝。何事孤寒士，能擕女丈夫。片言金石契，長嘯海山孤。千古思豪傑，猶傳舊酒壚。」

壬午客并邸，識洪洞楊、鄭兩先生，旬月間得其爲人。後彼此下第，余《夢二君會晤》詩云：「昔時同上酒家樓，鹽驥傷心老未休。一别音徽汾水雁，二年風雨析山秋。塵埃苦恨無知己，清夢時能訪舊遊。莫向江籬惜遲暮，漫將吾道付滄洲。」乙酉再就鄉試，聞已修文地下矣。塲屋中埋没英雄，可勝道哉！楊諱秉仁，鄭諱天錫。

丙戌孟夏與田楚白、衛荀二諸友遊析城諸山，登山最高峰，俗名斬龍臺。下瞰中州，皆平莽地。黄河如匹練，若有若無，現於遠烟宿靄中。荀二得句云：「目眩疑無地，身輕欲到天。」余因飛白大書「欲到天」三字於石壁，題曰：「樵谷五子命工鎸之」，樵谷，楚白號也。

《漢書》「曲突徙薪無恩澤，焦頭爛額爲上客」，絶似樂府歌行語。

余《丙戌秋重陽後一日登城南澤河岸山虎頭山》詩云：「浩浩此天地，茫茫成古今。百年同俯仰，萬感集登臨。雕鶚搏扶意，魚龍寂寞心。醉從烏帽落，歸把菊花簪。」友人栗藎臣擊節賞云：「但惜題目不稱耳。」

杜詩「語不驚人死不休」，「驚人」二字須善體會。眼前景、口頭話，從性情中流出，正復娓娓動人。若一味作險話、破鬼膽，便易入惡道矣。

唐詩：「揚子江頭楊柳春，楊花愁殺渡江人。數聲風笛離亭晚，君向瀟湘我向秦。」首二語情景一時具到，所謂妙於發端。「渡江人」三字已含下「君」字、「我」字在。三句用「風笛」、「離亭」點綴，乃拖接法。末句「君」字、「我」字互見，實指出「渡江人」來；且「瀟湘」字、「秦」字回映「揚子江」，見一分手時便有天涯之感，作者於此聲泪俱下。謝茂秦易作「君向瀟湘我向秦，楊花愁殺渡江人。數聲風笛離亭晚，揚子江頭楊柳春」，何也？友人喬菊如作《古木卧平沙》詩，有云：「棲遲老歲月，潛伏混龍蛇。」此豈專賦古木耶？

徐凝《廬山瀑布》詩只是太用意、太著迹，較不如太白落落大方耳。東坡少之云：「天遣銀河一派垂，古來惟有謫仙詞。飛流濺沫知多少，不與徐凝洗惡詩。」何異酒徒罵座耶？

亡友衛俊升嘗過余，出詩云：「短燭泪已盡，篝爐火尚紅。幽衷來百感，譙鼓入三通。貧久骨還傲，愁多心轉雄。翻憐屈夫子，饒舌問蒼穹。」俊升瓶無儲粟，多愁善病，然才氣縱横，稜稜志節見於詩者如此。惜天不假年，賫懷以没也，悲夫。

趙子昂《岳墓》詩警句云：「南渡君臣輕社稷，中原父老望旌旗。英雄已死嗟何及，天下中分遂不支。」子昂元人，而其詩如此，亦不爲習氣囿矣。

子昂，宋宗室而仕於元。昔人有題其畫云：「兩岸青山多少地，可無一畝種瓜田。」此語直令子昂入地矣。余嘗於并州市肆見其畫馬題詩云：「汗血名駒逐電飛，沙場深入幾時歸。不關薇蕨西山盡，自愛秋風苜蓿肥。」

淵明詩多見道語，如「采菊東籬下，悠然見南山」，景與意會，自成妙處。唐人雖專尚聲調，用律最嚴，然諸家亦有道着處。如子厚《南澗》詩、右丞《輞川作》，進乎技矣。宋人則直以道學氣爲之耳。

杜詩「兔絲附蓬麻，引蔓故不長。嫁女與征夫，不如棄路旁」，又「在山泉水清，出山泉水濁」，樂府必如此等，始臻妙境。

白香山《長恨歌》云：「楊家有女初長成，養在深閨人未識。」初不言壽邸事，爲尊者諱，固應爾。然詩人立言本以温柔敦厚爲正，香山此歌但叙其事而義自見。若如李義山「如何四季爲天子，不及盧家有莫愁」，便覺輕薄，失詩人意矣。

同宗侄種德客睢久，因家焉。每一念至，胸中輒數日作惡，形諸詩歌，不能已已。嘗有句云：「酒醒紅葉三更雨，夢渡黄河一夜秋。」懷種德詩也。

丙戌春，余經旬廢筆，田楚白簡詩云：「驚人試一鳴，傾耳早春鶯。若待花開日，紛紛百鳥聲。」余得詩，遂復稍稍拈句，數日成帖，楚白爲點定。

文文山患難中詩如《虎頭山》：「故園春草夢，舊國夕陽愁。」《十二月二十日作》：「黄沙漫故道，白骨委荒丘。」《立春》：「天翻地覆三生劫，歲晚江空萬里囚。」《庚辰四十五歲》：「千載方來那有盡，百年未半已爲多。」《上元感舊》：「風生江海龍遊遠，月滿關山鶴唳高。」《遣興》：「燕子愁迷江右月，杜鵑聲破洛陽烟。」《見艾有感》：「故國丹心老，中原白髮新。」多不類其平時作，所謂窮而後工耶？

前輩衛鐵峰先生官侍御，晚年詩酷肖樂天，嘗記其一云：「入夢匆匆出夢遲，邯鄲枕上老垂垂。

我頭莫怪渾成雪，汝鬢何緣漫有絲。高綰雲鬟亦不惡，少簪花朵尚相宜。他年攜爾歸山去，應免悽惶放柳枝。」

仵濟川，睢州人，從宗侄種德遊，覽余懷種德諸詩，贈余有「只因客鼓河汾棹，聞道山藏郭泰身」句。濟川能文章，重意氣。種德云：

介休城西，家林宗墓在焉。乙酉過之謁拜，作詩云：「苔鎖豐碑字儼然，中郎文筆豈虛傳。下車來拜先生墓，汾水秋風似漢年。」

丙戌秋，有詩一卷以示田楚白，頃失所在。楚白爲余言，君詩中如「一逕落葉滿，四山秋雨多」、「曉寒間過雁，殘醉起披衣」、「窗風鳴墜葉，山雪值開門」、「野渡寒添雨，邊鴻夜帶霜」、「長夜不肯曉，孤燈相對愁」、「半庭霜月白，一夜朔風高」、「緑醅愁盡初開甕，黄葉雨多深閉門」、「斗酒頹扶人似玉，洞簫吹徹月如霜」、「庭多落葉無人掃，門近秋山爲客開」，此類頗復可喜。然余已一字不復記憶矣。

唐人《金山寺》詩：「板閣懸秋月，銅瓶汲夜潮。」宋人以「流」字易「秋」字，「退」字易「夜」字，直點金成鐵矣。

「翠雨香泥濺緑苔，辛夷開了海棠開。春風吹遍閒庭院，簾幕重重燕子來」，一字不著情上，然道是寫景不得。

太白《蜀道難》、《烏棲曲》等作，昔人謂可以泣鬼神。詩中如此種界境，煞是難到。惟情至然後文至，以文生情，乃如隔壁聽琵琶耳。

「桃腮柳眼損春嬌」，自是詞中語。「流水青山送六朝」，何嘗不艷，要不失爲詩耳。第才調用事，宗少陵者往往病之。

「種桃山下野人家，桃實秋來大似瓜。長把桃葉桃根護，不貪顏色看桃花。」詩有經濟見地，與「六橋無地種桑麻」同意。温、李有其香艷，無其壯雅，故命意立言，貴有身分。詩寓規諷，乃其本教，宜隱不宜顯，宜厚不宜薄，歸於温厚和平而止。如云「萬方頻送喜，無乃聖躬勞」，此即脱胎《衛風》「大夫夙退」二句，少陵一生尤擅場。「不信樓頭楊柳月，玉人歌舞未曾歸」，少露矣，亦非泛涉筆者。東坡用以譏切時政，便有烏臺詩案。癖吟者不可不知也。

東坡「酒氣拂拂從十指間出」，可謂善形。醉後書齋中獨坐，簾静風微，香烟自直，便覺詩思湧現，因成一聯：「吟情滚滚寸楮上，酒氣拂拂十指間。」

唐人詩託於征婦怨詞者多有，皆作婦人女子口中、心中語，寫出一種楚楚可憐情致。此等亦多以才調取勝，其最高則以音節，其又高則純乎意味，以神韵行之矣。「妾夢不離江上水，人傳郎在鳳凰山」，才調也。「紅粉樓中應計日，燕支山下莫經年」，音節也。「夫戍蕭關妾在吴」，直小兒子語，以音節則輕，以才調則滑。求其意味、神韵兼擅他美者，還當以「盧家少婦」爲第一。

太白詩「白髮三千丈」、「燕山雪花大如席」，語涉粗豪，然非爾便不佳。「十月吴山曉，梅花落敬亭」，「江城五月落梅花」，用語皆活相，又不大段修飾，乃其天分過人處，後人不能步其塵。如少陵言愁，斷無「白髮三千丈」之語，只是低頭苦煞耳。故學杜易，學李難，然讀杜後不可不讀李，他尚非所急也。

「春水漁舟繫晚霞，江春步步問梅花。畫圖還是揚州夢，廿四紅橋賣酒家。」戊戌計偕題維揚友人册子，癸未夢遊廣陵，曾作雜劇記之，故三句云云。

少陵「春酒杯濃琥珀薄，冰漿椀碧碼碯寒」，鋪張富貴氣象，特避寒儉。然用來琥珀碼碯，終不免西洋賈客貨貝册子耳。若「蘭陵美酒」二句亦用玉椀琥珀，殊不覺其可嫌，識者辨之。

咏梅詩「遥知不是雪，爲有暗香來」，一脱稿時當自雋絶，今日亦成厭套矣。陶靖節「梅柳夾門植，一條有佳華」，終是妙句渾成，人不能縣擬也。

唐人咏貴妃詩多矣。「六軍誅佞幸，天子舍妖姬」，恁自質實。「不聞夏殷衰，中自誅褒妲」，回護得體。「楊家有女初長成」，不言壽邸事。餘若「海外九州」，直是搶白唾罵語，而太白《清平》行樂，一再用飛燕事，略無忌諱，何也？

故鏡山堂别業，余少時讀書處。有櫻桃一株，花時與諸同人觴咏其下無虚日。曾有絶句贈喬藻斯云：「買醉東風酒數巡，小臺烟月坐花茵。青山别後相思夢，長記櫻桃樹下人。」又熟時題句：「早熟仍多味，群花未許同。不須貪飽食，葉底愛深紅。」是時辛巳，余年二十一。不數歲，盧江王明府來令吾邑，以其半爲書院，更曰「仰山」。樹爲官物，無人護之者，遂以摧壞死。回思往事，忽忽如夢，可慨也。

「我招明月飲，大嘯復狂歌。醉眠一片石，舉手謝嫦娥」，亦辛巳鏡山堂詩，題園東粉牆間，今爲諸生號舍。詩多不能悉載，具見《書堂草》。

詩中用字妙處，能將死景寫活，舊事翻新。如「水田飛白鷺，夏木囀黄鸝」，本係成語，加「漠漠」、「陰陰」四字，寫雨中村居景象，何等幽寂。「蕭蕭馬鳴」，係經語，少陵加一「風」字，作「馬鳴風蕭蕭」，寫軍中景象，何等淒壯。道是拾古人餘唾不得。

北人號南人曰「吴儂」，南人號北人曰「傖父」，其勢常水火。北人多質，南人好文，相濟則各得。然六朝金粉何與於唐、虞三代之盛，故與其文也寧質。古今樂府詩歌所陳《大堤》、《採蓮》、《長干》、《子夜》等篇，浮華輕薄者取焉。聖人删《詩》而存《鄭》、《衛》，此意也夫。

禮部試進士稱「綾餅宴」，蓋唐故事，見盧懷讓詩云：「莫欺零缺殘牙齒，曾喫紅綾餅餤來。」古詩音節在可解不可解之間。使人讀之太易，是向樹下老嫗覓生活者。讀之過難，則亦聱牙佶屈，不可言詩矣。大率五古難於七古，七古可以氣勝，五古專以神行也。

五古上自漢、魏，無迹可求，唐以後稍涉議論矣。就中如香山一味真率，不宜輕學，恐蹈畫虎不成之誚。

放翁派源本香山，明白顯易，然浸以靡矣。余嘗效其體云：「半畝園林數尺牆，讀書多暇即焚香。事非著要休關白，人遇知交每放狂。積久詩逋仍未了，拖餘酒債且粗償。更憐春夢呼鶯覺，取次看花到海棠。」稿成以示楚白，頗復見許，然終不欲登之集中也。

戊戌計偕，僑寓永光寺，江左程楠村出《斷橋小住圖》索題，成五言絶句一篇。嗣得七絶二，以塞其請。五絶未録也。楠村與同寓者旬日，僅識而已。意以北人不知詩，及得余作，咄咄嘆服者久之。其同鄉數輩以楠村説項，持册子來請，日三四至，遂不暇給，逡巡却謝，未幾出都矣。詩附記於此：「雁齒小紅橋，東風送玉簫。桃花湖上水，幾夜又春潮。」

昔歲同湘南石可儀中翰諸人遊九仙臺，一時題詩得古近體若干首。衛作聖明經鑱石，以垂永久。余詩「中流一片石，萬古九仙臺」一聯，楚白評云：「當爲一時諸作之冠。」然余另有五律一首，意與前輩陳午亭作相較質要，其結構變化深老，故不及也。可儀詩云：「巨石撑天地，長川流古今。憑欄飛鳥過，落日衆山深。人事不可極，神仙何處尋。此生幾兩屐，一片白雲心。」

琴川與余論詩，舉閨秀《落花》句云：「雨裏驚殘蝴蝶夢，風前吹斷杜鵑魂。」太苦煞矣，然不害爲驚語。詩忌意盡而興敗，使人不耐咀嚼耳。偶記舊作附後：「誰倩游絲繫落暉，無情有恨尚依依。曾經羯鼓催都老，忍逐曉風吹亂飛。畫閣倦敧春女繡，緑苔扶起酒人衣。年年留得餘香在，伴惹韶光莫浪歸。」

亡友賈漢奎少孤，母紡織，勉之讀書。壬午舉於鄉，提壬辰南宫試，需次縣令十年。比來京師爲選人，以疾歸，卒柏鄉邸舍。乙巳，余自樂亭量移檀州，會潮河秋漲，有橋役，宿泰山宫，夜夢與語，如曩時歡。越日，長子緘代役，漢奎復見夢，并貽余詩：「病中驅馬出長安，泪灑西風八月寒。不見故鄉諸父老，功名徒作鏡花看。」按：漢奎以甲辰正月輿疾出都，而詩稱八月，緘兒述其夢中所見，乘白馬過南天門，旋没火光中。豈其鬼故有靈，猶往來長安道耶？

白香山云：「李娟張態亦尋常，大都衹要人擡舉。」此評妓詩也。其説通於用人取士。十室必有忠信，葑菲無以下體，吹求無已。安得女皆苧蘿，溪盡浣紗哉？

飲淥軒隨筆

飲渌軒隨筆提要

《飲渌軒隨筆》二卷，據光緒中武進盛氏刊《常州先哲遺書》本點校。撰者伍宇澄（一七四五—一七八五），字既庭，江蘇陽湖人。諸生。有《秋水亭詩鈔》。按伍氏卒於乾隆五十年，而此書萬之蘅乾隆癸丑序有「每成一則，必以示余」，「今歲重視，釐爲二卷」云云，則定稿付梓已在其身後矣。卷上記詩人，以陽湖地區爲主，頗尊史承豫，推王藻爲乾隆詩人第一，雖過當，亦稍具才識。卷下録異事，非盡涉詩，故云筆記。此書别有嘉慶間餐英書屋刊《毗陵伍氏合集》本。

伍君既庭《隨筆》，因記吾輩一時調笑之語，遂及詩文。説諸雜事，每成一則，必以示余。嗚呼！方期白首無間，孰知中道淪殂耶？今歲重復省視，覺多可喜可愕者，釐爲二卷，付之剞劂。有心人欲識吾既庭襟期眉宇，當於此中求之也。乾隆癸丑秋日荆溪萬之蘅。

飲渌軒隨筆卷上

陽湖伍宇澄既庭

余弱冠時，與家兄青望宇昭夜坐齋中，知余好吟，因曰：「『馬後桃花馬前雪』，試下一轉語何如？」余初不知爲徐芝仙蘭句也，應曰：「春光不度玉門關。」兄頷之，不言所以。後知其下句爲「出關那得不回頭」，以質之荆溪萬墳爲之蘅，墳爲曰：「君語故勝。」

余喜墳爲《隆興寺古柏》一律云：「何人手種碧雲前，金刹岧嶤不計年。石上濃陰張翠蓋，天邊舞勢學胡旋。風濤白晝窗櫺動，雷雨清霄殿角懸。知是地偏無客到，春深只有麝來眠。」絶似朱竹垞太史。

荆溪陸以寧致遠《粤西小鎮安道中》一絶云：「春山齊唱妹同庚，花底檐前目易成。蝴蝶雙飛人不見，陰陰榕樹午風清。」深得猺歌遺意。

以寧舊有《上元鐙詞》云：「紅妝小隊出城灣，珠袖籠香悵望閒。歸路不愁明月盡，蠟鐙高照整雲鬟。」「貝闕龍堂火樹開，連宵金鼓殷春雷。朱鱗火鬣空中出，疑是錢唐破陣來。」措語殊妙，余每喜吟之。

吾邑邵青門先生長蘅，論詩極詆休寧程松圓嘉燧，云：「詩多墮落旁趣。閒就《列朝詩集》中略爲抉摘，如『風情缸面清明酒，節物山頭穀雨茶』，非村學究對偶乎？『不嫌晝漏三眠促，方信春宵一刻争』，淫穢鄙褻，非劇本中花面諢語乎？『紙裹已空難愛惜，鉼儲欲罄未知謀』，非《破窯》劇中落場詩乎？『若問揚州舊風月，也曾騎鶴貫腰錢』，非鄭元和劇落場詩乎？『遠雁如塵飛水面，亂帆疑葉下吴頭』、『夢裏楚江昏似墨，畫中湖雨白于絲』、『賸添風月閒家具，憑占烟波小釣舟』，非張打油、胡釘鉸之瓣香乎？諸什皆載《列朝集》選中，尚爾頹敗可笑，得全集觀之，更不知如何捧腹也。」松圓於啓、禎間爲虞山所激賞，所抉擿中，如「遠雁如塵飛水面，亂帆疑葉下吴頭」、「夢裏楚江昏似墨，畫中湖雨白于絲」、「風情缸面清明酒，節物山頭穀雨茶」等句，當時已膾炙人口，漁洋采入《詩話》中，歎爲不愧古作，而比之學究、打油，何紕繆乃爾？青門素嫉虞山詆北地、信陽，固屬公論，而不知自詆松圓之謬也。青門而外，竹垞亦有「兔園册子」之比，皆所未喻。

宜興儲克莊元臨，詩擅風懷，温麗纏緜，一時有善學義山之目。余尤取其雅近大曆、元和者。如《關山月》云：「關山一片月，夜夜照孤城。畫角邊人淚，清砧思婦情。胡雲秋不斷，塞雁曉猶鳴。獨上龍堆望，寒光萬里平。」《賦恨》云：「棄婦庭中對碧紗，征夫邊塞聽鳴笳。招魂難返傾城色，去國回思上苑花。羈客登樓空有賦，仙人化鶴已無家。深秋未抵懷人意，萬里西風噪暮鴉。」《塞下曲》云：「金笳吹斷角聲哀，日落平沙塞草摧。無數邊兒奏羌笛，月明齊上李陵臺。」克莊風格雋上，其才無所不可，年僅四十有二，未竟厥學，深爲可憫。

王徵君載揚藻有《寒夜觀劇偶成》(四)[五]首，極才人之能事。詩云：「軼麗丰神淡泞妝，滿堂聲寂看登場。羅衣如束肩如削，低唱朝來翠袖涼。」「繡戟彯纓倚大旗，人中之布挺英姿。纏緜早被情絲裏，不待彭門縛急時。」「夢覺邯鄲萬念灰，願持苕帚去蓬萊。始知天上供灑掃，須用人閒將相材。」「李姬節概果無儔，闔子珠鈿唾不收。太息有明當末造，盡鍾奇氣在青樓。」「風燭交光照地衣，箏琶聲隔漏聲微。峭寒不到金尊面，簾外輕霙他自飛。」徵君吴江人，舉乾隆丙辰制科不遇，而歸老於維揚。乾隆詩人，無出徵君之右者。有《鶯脰湖莊集》。

吾邑湯大令曾輅大奎令商丘時，丁母夫人憂。服闋，赴都，集諸同人於蕓香室賦詩。家兄青望詩先成，云：「清江一碧水沄沄，幾葉春帆映曉曛。漢室妙年工射策，梁園出宰久承恩。何妨緑酒酬官俸，但乞青山繞縣門。揮手暫辭朋輩去，故鄉風雅與誰論。」一時推爲擅場。後緯堂爲德清令，笑謂家兄曰：「德清山光滿郭，何君言之先驗也？」

荆(漢)[溪]朱敬持受有《荆南竹枝詞》云：「詞人墓近頤山麓，宿草淒淒怨不任。腸斷江南賀梅子，雨蒲風絮掠春陰。」「叢筠秀木緑成圍，零落妝樓委夕暉。生小祝英臺下住，慣看蝴蝶作團飛。」

荆溪史蒙溪先生承豫，字衍存，才富學贍，力祛平鈍膚淺之習。邑中如吕聲諧士琦、儲克莊元臨、萬瑱爲之蘅、張霽青衢、朱紫雲薇、朱敬持受、陸以寧致遠、史冠之大樽、徐步苑杏，暨家兄青望，皆受業其門稱弟子。所著《蒙溪詩話》、《蒼雪齋集》，並可傳。聊記數首於此。如《入鄧尉山口號》云：「曉踏雲峰最上層，萬株香雪一枝藤。平生五岳游難遂，且作梅花樹下僧。」《江行》云：「菰蒲獵獵浪層層，千里長風興可乘。落日孤烟看不定，江帆如馬過銅陵。」《和唐女郎裒光威詩》云：「人閒絶色原無兩，海外仙山卻有三。靨輔嬌嬈施薄粉，腰肢裊娜貼春衫。指環記應丁娘索，素口疑爲乙鳥銜。怕説阿婆遲嫁女，喜聞小妹早生男。歸風曲奏偏供怨，出浴圖看自覺慙。數點成∴思的的，一鐙昵我語喃喃。合歡暗解雙羅帶，惜别親貽八寶簪。紫鳳歌殘魂欲斷，青鸞信杳淚常含。聘錢未許黄姑貰，詩句空傳素婢諳。水月慈容新解繡，楞伽妙諦慧能參。生憎蔡琰心非烈，死羨韓憑性所甘。怊悵神光留不住，湘裠知返碧湘南。」

甲辰夏，霽青偕黄奕青中理過余齋定交。其五言詩如《憶金陵》云：「石城風物麗，川路去迢遥。貰酒青溪曲，迴舟舊板橋。曲闌花隱隱，短笛雨瀟瀟。一别歲方晏，寒江空上潮。」《送人之吕城》云：「新緑被汀洲，官河水亂流。三春逢去雁，一葉過奔牛。麥秀飛花後，雲陰古渡頭。無由慰棲泊，試上酒家樓。」奕青與霽青居相近，曾得其指授，故詩皆清泠可愛。

周維墉椒鐙，儀徵人，有《白門絶句》云：「夜夜秦淮夜夜簫，鯔魚時節長春潮。曾經丁字簾前坐，細雨青鐙話六朝。」風致殊楚楚也。

宜興儲水榭先生雄文，字汜雲，其所著詩，《涉江》、《吴榜》二集尤佳。如《虎丘》云：「夢醒靈山烟景沈，妙明難證此時心。風花不定輕萍合，雨色初收碧樹深。盡日愛閒來水次，幾人游倦立春陰。好乘夙醉騰騰去，十二瓊樓未擬尋。」「來時珍重去依違，香徑纖塵罥落暉。已變雲山作圖畫，收回金碧散烟霏。水邊風急盈盈步，陌上花開緩緩歸。始信閒愁無著處，濃春難與學忘機。」《題龍篆詩卷》云：「絶代銷魂是玉溪，浣花心血一生迷。解將獨立蒼茫意，補盡無言感歎題。紫海迴瀾從獺祭，香山再世作嬰嗁。臨歧忍把王郎卷，細雨斜風水拍隄。」《惆悵詞》云：「鶯雛掩抑不勝情，昨夢今塵繞曼聲。酒膩春衣燭花冷，欲將惆悵概生平。」「曲未停歌酒未醒，知音漫賞欲忘形。山茶花下朱脣破，暮雨瀟瀟不可聽。」水榭爲石亭先生尊人，性耽苦吟，與揚州郭于宫元釪、海鹽馬墨麟維翰相酬倡。後殁於京邸，年僅中壽耳。

汪丈澤用溥有《玉田山房詩》三卷，少時得儲石亭、史蒙溪詩法，以格調勝。如《秋夜》云：「秋樹延初月，清輝下小庭。碧空微有露，涼院欲消螢。燭灺詩初就，香温酒半醒。明河天際没，人静夜冥冥。」《謁漢高帝祠》云：「無復枌榆社，遺祠泗水旁。山川仍漢甸，風雨憶高皇。地竟荒終古，魂猶戀故鄉。高城不可望，雲氣鬱蒼蒼。」七言如《睗書樓雨眺》云：「層峰矗立夏雲開，拂檻濃陰報午雷。山遠忽從林際没，樓高先覺雨聲來。驚濤直湧飛檐畔，碧漲平添曲水隈。我有素琴彈不得，重簾且覆掌中杯。」《歸次青楓渡》云：「青楓渡口繫歸艖，悵望鄉關百里賒。一夜隔江風雪盡，樹頭初日下晴沙。」晚漸頹唐，無復向時風韵矣。

徐步苑杏，才思不多，然往往得佳句。五言如：「一雁横雲出，孤城積雪寒。」「斜月忽相照，翠陰生暮寒。」「過午不知暑，遥山空翠横。」七言如：「十日春風梅信到，一天微雪雁聲來。」「半郭斜陽明水屋，一溪紅蓼蕩漁舟。」又如「修篁斜映佛鐙青」、「夕陽忽送遠山青」，風韵標致不減中晚唐。又《游青山莊》一絶云：「烟雨横塘一徑開，水亭風檻足淹洄。吴娘不許雙鴛宿，劃破明流蕩槳來。」《南磵》云：「蕭蕭落葉到巖居，禪榻香消午夢餘。清磬一聲飛鳥下，滿山秋色乍涼初。」

敬持於庚子年舉禮部試，觀政户部。時儲克莊及蒙溪先生相繼殂謝，霽青賦《秋懷》一律寄之云：「淅瀝金風起禁城，玉河楊柳盡秋聲。雲中鴻雁多歸思，夢裹尊鱸少宦情。夜月冰絃彈宛轉，銀鐙蠟淚語縱横。成連一去鍾期死，幾賦招魂恨未平。」瑱爲賞之，謂余曰：「此詩直得大復之神髓矣。」

瑱爲有題畫七言四首甚工，《閻石相立本馲駞》云：「馲駞兩兩沙間行，羊頭垂耳色微頳。粉本縐皴出閻相，寫此意態真如生。厥種流傳出西域，燉煌青海聞其名。何年誕育到中國，重驛入貢朝西京。一駞可載十餘石，漏明千里能長征。有唐聲施播羌氐，諸夷遠近咸投誠。兩馲腫背肉隆起，紅氈青罽包箱籯。盡羅番樂十二部，鉦鐃簫鼓琵琶笙。得非當時盛文讌，宜春苑裹徵諸伶。閣外傳呼寫此本，還疑沙漠宣威令。右相丹青素馳譽，吮毫拂素歸經營。桑駝四月海風起，萬株紅柳參天横。交群散牧盡居此，引頸食葉歡相迎。一朝屈足受驅遣，如牛服軛馬就衡。長毛未退耐寒冷，想見雪窖冰天情。」《小李將軍昭道競渡圖》云：「江干五月競渡宜，水師揮槳波間移。一龍蜿蜒鱗之而，一龍天矯張其頤。寸人豆馬恣娛嬉，了了辨色精權奇。高下艫列争閉闕，近形遠態析毫釐。天空日杲無風吹，萬里一碧澄琉璃。初作舞態來逶迤，東攫西拏目爲迷。倏爾掉尾驚且疑，摐金伐鼓揚大旗。眩曜五色還陸離，朱鱗火鬣空中馳。破陣樂作錢唐怡，間以笙管聲啞咿。摘星樓閣誰所治，無乃昔日滕王垂。不然黄鶴仙人遺，晴川芳草供思維。將軍丹青洵莫追，安得假此坐卧隨。分龍雨過生涼颸，伴我説劍摇蒲葵。」《黄荃鶺鴒》云：「懸崖雪凍松梢折，陽光忽向林坳凸。離離紅子色初鮮，幾點浮空歎幽絶。鶺鴒一隻何許來，形模殊小同鷃鴂。戢翼非爲引頸鳴，回頭欲取疏翎刷。陽坡日照暖氣浮，陰崖雪覆寒光結。此時鷹隼未高飛，狐兔潛逃在深穴。爾從何地飽餘糧，耐此空山三日雪。天晴決起搶枋榆，翻然立在青山側。我思北方十月中，競羅此鳥供捉捏。高燒紅燭蠟花堆，鋪以氍毹地鑪熱。堂中有似大合圍，咫尺風毛閒雨血。賈家蟋蟀邸家雞，閉以金盆介金埒。由來好事習成風，此物消寒大相別。黄郎畫法工形摹，山中景象紛點綴。莫教飛出向人閒，便入樊籠遭羈紲。」《趙承旨孟頫畫馬》云：「古來畫馬窮殊相，吳興筆法誰與抗。丹青不在韓幹下，神妙欲出龍眠上。平沙芳草何蒙茸，二馬儼然兀相向。拳毛駿尾自權奇，渥洼汗血方雄壯。青絲絡頭雲滿身，圉人牽出神爲旺。豈是沙場萬里行，還從閶闔排天仗。天門晝開昳蕩蕩，迥立階墀氣清曠。真龍要與凡種殊，神駿依然絕塵坱。鷗波亭上春風長，錦贉牙籤正無恙。晴窗貌得常歎嗟，生綃拂罷致倜儻。仲姬微笑硯臺側，遂使光輝滿屏障。即如兩匹真驊騮，安得呼來供策仗。耳後風生叫餓鴟，便蹴寒烟踢層嶂。」

余最喜許四學歐汝修拗體七律云：「江鄉七月暑氣微，夜涼池館流螢飛。竹風淒淒戛虛牖，桂月隱隱窺羅幃。幽客不眠珍簟冷，美人隔歲魚書稀。高樓何處弄長笛，聽罷無端淚溼衣。」頗似眉庵。

宜興汪宇珍玉珩有《賦淚》一律云：「蠟炬成灰恨不消，淋鈴夜雨思無聊。江干斑竹牆陰草，壺內紅冰鏡裏潮。游子怕聞猿嘯月，美人愁説鵲爲橋。可憐塞北含悽怨，誰見樓東訴寂寥。」措語甚工。

郭于宮元釪有《十翻詞》云：「秋烟絡空月如水，小氍紅雲吹不起。酒闌歌倦鐙炧紅，滉漾一聲群耳喜。鼓師雙杖懸黄檀，兩手病瘋頭青山。笛奴揭調飛霜吻，不怕空雲裂成粉。雙銅戛手如風颯，閒以丁星響嘈雜。紅魚數鳴板稀打，小鑼聲荒大鑼啞。么頭風韻似聯珠，七事爭能不相下。初如秋檐滴淋漉，又似晴空雲斷續。忽聞萬騎宵同馳，手如急雨心不知。茫洋醉骨蕩無主，似見蓮心柘枝舞。

繡窠齊露彩雲飛，風際落花開復聚。迴旋頓折疾于鴻，縱處鼓牀疑碎乳。孤程壯士歸飛鳥，老婦鰥魚江浩渺。繁聲促節正宜人，萬籟忽沈天地悄。斟酌橋西半塘寺，紅簾小舫圍珠翠。宣徽弟子有新聲，常恐惺靈畫脂記。何年此曲成金屑，又撤圓鼙彈雨雪。」此詩描寫《十翻曲》，盡音節之妙。

宜興吕聲諧士琦工詩，隱於蜀山，業陶器，足跡不入城市。史蒙溪先生點定其《石柱山房詩》。《柴門》一律云：「柴門斜對太湖干，湖畔行吟縱目寬。不雨帆檣還滅没，無風烟水亦瀰漫。就中高士多漁隱，自古神龍此鬱蟠。七十二峰曾歷徧，峰峰倒插白銀盤。」年逾四十而殁，余不及見之，爲可憾耳。湯丈曾輅大奎有《緯堂詩鈔》四卷，其《登岱》長律中一聯云：「大東青未了，天下小真應。」可謂善於用古。

吾邑劉子任涑仲，弱冠能作小詩，有句云：「暝色一帆行遠浦。」極佳。姪魯興有句云：「烟光開彩翠，湖色澹春陰。」「星河澹遥夜，風露屬初涼。」絶似吴非熊兆集中句。又姪嗣興亦喜吟，近見其《浪淘沙》一調云：「簾捲小池明，涼月初生，竹梧蕭瑟起秋聲。酒醒香殘聽不得，併入離情。　坐久更淒清，斗轉參横，别來消息半浮沈。記得那時攜手語，憔悴而今。」語殊清綺。

飲渌軒隨筆卷下

宜興小東門外杏花村，有蔣某者，年未弱冠。晨起行阡陌閒，見一女子，白衣裳，姿態閒媚，心竊好之。因前問其姓氏里居，女子笑曰：「前村袁氏女也。」漸就輕薄，女曰：「野田風露中，豈可行此？君如不嫌陋質，待以夜分可耳。」語竟，疾趨而去。蔣悵望久之，以其言爲誑。洎更定後，女果至，備極繾綣，雞鳴乃去。積有月日，蔣漸覺尫羸，每夕殷勤撫問，然卧後强合如故。父母怪之，遂言始末。共知爲妖，徧求符籙驅治，罔效。乃舁病人宿邑廟中，其怪始絶，而病益不支矣。適江西張真人入覲，舟過郡城，伊父具辭控訴，真人攝召神將，知是東氿白黿精，究治之，言與蔣有宿緣，不知其斃也。儲克莊有詩紀其事云：「素女曾聞降白螺，雲蹤雨跡半傳譌。人閒想像三秋霧，天上依稀七夕河。無計得邀秦弄玉，有情難覓魏東阿。相逢不爲三生約，腸斷西風奈爾何。」五十六字中曲盡情事。

郡城叢林蘭若多在東郭。乾隆初，一僧不知何許來，口操西音，赤身裹一衲，不畏寒暑，手持短竹杖，散髮跣足，兩鼻以絮塞之，往來諸寺院，時道人禍福，奇中。數年後，忽作瘋癲狀，口啞啞作聲。人與之食，卻去，閒施以冷飯殘羹，以衲兜之，且行且啗。或宿墳墓樹林中，或在天寧寺廊廡下。好事者午夜窺其異，見卧起繞柱舞杖作圈形，口中喃喃若誦咒者。有時去鼻中塞，出白物二條，取樹上露水洗畢，復納之。在常五十年，容貌如昔，惟髮毿毿白耳。甲辰春，入天寧寺，向佛如語，至殿廡趺坐而寂。寺僧爲塑像祀之，眉眼酷似，惟面以過肥失之。

吾邑東門興國寺塔影山房，每日色過午，東壁上現寺中塔影，倒懸壁上，長約尺許，見者不解。《輟耕録》載，平江虎丘閣版上有一竅，當日色清朗時，以掌大白紙承其影，則一寺之形勝悉於此見之，但頂反居下耳。松江城中有四塔，西曰普照，又西曰延恩，西南曰起果，東南曰興聖。夏盟運家乃在四塔之東，而小室内卻有一影，長五寸許，倒懸於西壁之上，不知從何而來。然不常有，或時見之焉，是又不可曉也。按此元時已有此異，然陶南村尚未得究其故，録此俟博雅者更推之。

劉丈勁齋岱松，字五峰，忠毅公元孫也。工書善畫，兼喜作詩，寫梅爲第一。每作畫，飲酒斗餘，興酣落筆，但見老幹横空，疏花點綴，神與意會。寫松古勁蒼鬱，花草翎毛，無不生動有致。甲辰爲八旬初度，尚能作細楷，媚嫵如簪花，誠異人也。

吾邑小南門外隆興寺古柏，老幹離奇，真千載物也。大殿兩壁繪畫諸天，係明季吴汝亭之瑄所作。吴號九蓬頭。余曾偕萬瑱爲、吴銘之昆季過之，圖年深剥落，寺僧倩俗手補寫，覺風采少損，然神氣殊異，信名筆也。寺僧告予曰：畫壁未損時，遇風月晴朗，見帝釋步虛而下，爲俗手塗抹後始絶。余與瑱爲作七古記之。

《唐國史補》：郭汾陽自河陽入，李太尉代領其兵。舊營壘也，舊士卒也，舊旗幟也，光弼一號令之，精彩皆變。此論詩文之妙諦也。悟得此法，何難直參上乘。

京師前門有隙地方丈許，俗稱爲耳朵洞者。雍正間，忽來一美丈夫，服皁衣，不知何許人，於隙地築樓，市餛飩。味鮮美，雖溽暑，經宿不敗。食者麕至，得金錢無算。所居樓貯水一缸，日必一易。每寢時，即去其梯，不使人見。如是者年餘，有火伴某疑之。一夕，竊於檐前緣柱上窺，但見明鐙在壁，衣服在地，一大鯉魚在缸中游泳噞沫。某大驚墮地。衆知之，疾往上樓，但見缸中水波頻動而已。

山西平陽府山中，牧牛兒卧牛背，有虎蹲樹下，俟牛他顧，欲攫兒。牛陰知之，佯向虎徐行齕草，虎眈視兒，不知牛圖己也。牛驟奔赴，以角抵虎腰於樹。兒墮地，大驚，馳往村中，集鄉人持械殺之，牛力垂盡，舁歸，月餘始愈。村中數百家，遂相戒不食牛云。

《西園雜記》：西涯久在内閣，務爲循默，又不引去。一日，有士人入謁，留詩而去。云：「才名直與斗山齊，伴食中書日已西。回首湘江春草緑，鷓鴣啼罷子規啼。」西涯出見之，甚加歎賞，即令人追之，不及矣。不久，遂請老。西涯長沙人，故云湘江。按：武宗初即位，劉瑾以東宫内侍，導上游戲，内閣大臣上疏諫之，不報。繼有户部尚書韓文、郎中李夢陽計議上疏，劾馬永成、劉瑾等，置造巧僞，淫蕩上心。又云「將馬永成等明正典刑」云云。疏入，諸閹始窘，求獲貶竄爲幸。緣朝臣持之太急，致武宗詔瑾入司禮監，罷韓文、李夢陽，勒少師劉健、少傅謝遷致仕，李東陽留用。文正上疏乞退，上不允。後瑾恣爲狂逆，誅鋤善良，文正多方解釋，救全甚衆。中明元氣不致盡喪，文正力也。當時議論以文正貪戀名位，依附逆瑾，不能乞身恬退，故誚讓備至。不知當時同劉、謝二公引去，則國事敗壞，胡所底止耶。知人論世，故自不易。

《今言類編》載洪熙元年乙巳三月十五日詔，略曰：「若朕一時過於嫉惡，律外用籍没及凌遲之刑，法司再三執奏。三奏不允，至於五奏。五奏不允，同三公及大臣執奏，必允乃已，永爲定制。」仁宗承永樂靖難之後，天下昇平，減除肉刑，培植元氣，聖德可謂厚矣。惜乎享國止一年也。

□□

□□□□□□□□□入四肢百骸，不可復飲，飲則有損元氣矣。

治雙單喉哦方：劚野牛膝根，搗汁，入米醋、人乳少許，含口內，少刻即通，隨痰吐出，立愈。其汁不可咽下。此余得之婦兄丹陽蔣聲皋者。

右《飲淥軒隨筆》二卷，國朝伍宇澄撰。按：宇澄字既庭，陽湖人，諸生。行三，與其兄青望同善爲詩。其論詩之旨曰：不本性求情而專主門户之見者，迂也。不好學深思而但持唐宋之説者，傎也。故九方皋之相馬微矣，而便于初學則不若庖丁之解牛也。仙人之五雲樓閣妙矣，而求其無弊則不若麻姑鳥爪之善搔背癢也。彼夫貌爲高古與妄恣才力者，不足當大雅之一盼耳。又善鑒賞法書名畫，能辨真僞。愛臨池，與劉勁齋先生游，亦復點染蟲魚。晝則摒擋諸務，夜則闔門吟誦，漏下數十刻不止，或竟至雞三唱而後就寢。有尤爲致疾之由者，君曰：「吾以養心也，否則生不如死矣。」有以病後宜節戒之者，又曰：「君視既庭應無死法，若止病耳，胡能累吾心耶？」其定力若是，而卒隕其生，卒時年四十有一。此書體同詩話，旁及雜事，藉可考見雍乾人物衣冠之盛。宣統辛亥二月，武進盛宣懷跋。

唐音審體例説

唐音審體例説提要

《唐音審體例説》一卷，據臺灣文海出版社影印中央圖書館藏《朱大令輯鈔詩評三種》本點校。輯者朱育泉（一七二八—一七八九），名休承，字伯承，育泉乃其號。朱彝尊玄孫。久館曲阜孔府。乾隆十八年舉人，官城固縣令。有《集益軒詩草》。按三種乃王士禛《然燈紀聞》、趙執信《談龍録》及本卷，末附朱彝尊《風懷詩》注。《唐音審體》原爲錢良擇所輯之唐詩總集，朱氏抄其各體解説，彙爲一卷，遂成詩評之著。錢良擇此書辨體具有原委，不負「審體」之名，趙執信甚賞之。嘉慶間雪北山樵（張承綸）亦曾輯入其《花薰閣詩述》，後又爲丁福保氏據以收入《清詩話》，流傳甚廣。惟雪北山樵編書，好施編輯之功，其輯《唐音審體》，即予原文有删併，如古詩四言、五言合爲一則，删去律詩五言省試一體，各體小目末字皆增芟劃一爲「論」，文中亦有删節。朱氏此輯則全依原文，首尾且多抄出原書例言二則，及古賦、律賦二體，甚是全備。律賦下再附盛如梓《庶齋老學叢談》論試賦體式變化一則，因已在全卷之末，故也無傷大雅。此本前有道光十八年五月柳東（馮登府）題記，謂從朱彝尊娱老軒舊藏得之，所列目録多出趙執信《聲調譜》一種，正文則無之。

唐音審體例説

虞山錢良擇木庵

例言二則

唐詩家弦户誦，選家人各一見，此是彼非，紛無定論，不可無所主以爲法也。是編選法有三：一曰尊其創格。唐人創格甚多，如變齊梁爲古詩、變古調爲律詩、變古樂府爲新樂府。凡前代所無者，皆考其格所由，創而存其説，以誌世變，庶後人可據以爲式。一曰存其面目。唐人自成一家者，實開千古未有之面目，此唐以後所無也。如不可捉摹，是太白面目。無所不有，是杜少陵面目。無人不曉，是樂天面目。奇闢是昌黎面目，寒峭是東野面目，詭麗是長吉面目。諸如此類，不可枚舉。專取所長，庶幾讀者如見其人焉。一曰汰其熟調。中晚之世，語愈工、意愈庸。如《丁卯》、《碧雲》、《浣花》諸集，詩家之鄉愿也。雖有佳什，姑置弗採。

前人説詩，有箋有注。唐詩傳世已久，諸家注已詳盡，不須復引故實，是編但釋其文義而已。然有不必釋者，詩義本自了然，無煩贅也。有不宜釋者，微辭妙旨，可以意會不可以言傳，强爲之解，則索然無味也。有略釋者，長篇指其章法，短什挾其命意，不須瑣瑣及字句也。有詳釋者，古辭奥義，章析句解，前人有説可據，則據之；前人無説可據，間以己意參之，務求辭義貫通，所謂以意逆志也。有特釋者，取從來疑案而發明之，此千百中之一二也。

古題樂府詩

漢惠帝時，夏侯寬爲樂府令，始以名官。至武帝以李延年爲協律都尉，詔司馬相如等賦詩合樂，因有樂府之名。自漢以迄唐、五代，凡樂皆詩也。唐史臣吴兢作《樂府古題要解》二卷，傳其解，不傳其詩。宋太原郭茂倩作《樂府詩集》一百卷，删訂詳明，集古今樂府之大成。然所載郊廟燕射歌辭，乃朝廷承祭祀饗賓客所用，非詩人可無故擬作，其題皆吴氏所不載也。所載古題樂府詩，有鼓吹、鐃歌、横吹、鼓角、相和、平調、清調、瑟調、楚調、清商、吴聲、舞曲、琴曲、雜曲之分，或爲軍中之樂，或爲房中之樂，所用不同，音節亦異。又分隋、唐雜曲爲近代曲辭，以别於古而不列之新樂府者，以其皆有所本，皆被於樂，與古不異也。唐世樂皆用詩，然已稍變其格，如今體二韵、四韵詩，皆叶宫商，此皆前代所未有也。至於擬古之作，其文往往與古辭異同。意當時詩人即未必能歌，而皆諳音節，故但用其題，諧其聲，而不必效其式。五代以後，樂不用詩，樂府音節，舉世失傳，其名僅存，其聲蓋不可考。自宋迄今，詩人所爲樂府，但以章句體裁髣髴古人，未敢信其可被管絃也。有明之世，李茶陵以咏史詩爲樂府，文極奇而體則謬。李于鱗以割截字句爲擬樂府，幾於有辭而無義。鍾伯敬謂樂府某篇似詩，詩某句似樂府。判然分而爲二，自誤誤人，使後學茫然莫知所向，良可慨也。是編解題悉本吴、郭，釋詩雜採諸家，然不載前代，不能備其題。學者欲觀其全，則吴氏、郭氏之書具在。

新樂府辭

太原郭茂倩曰：「新樂府者，皆唐世之新歌也。以其辭實樂府，而未嘗被於聲，故曰新樂府也。元微之病後人沿襲古題，唱和重複，謂不如寓意古題，刺美見事，猶有詩人引古以諷之義。近世惟杜甫《哀江頭》、《悲陳陶》、《兵車行》、《麗人行》等，率皆即事名篇，無復倚傍。乃與白樂天、李公垂輩謂是爲當，不復更擬古題矣。」愚按：少陵《麗人行》及《前、後出塞》，郭氏列之古題中。其《哀江頭》等篇，元相略舉一二，他詩類此者正多，少陵新樂府或不止是，不知《樂府詩集》何以止載五首？然杜集不標樂府之名，郭氏去唐未遠，當必有考。《文苑英華》分樂府、歌行爲二，以少陵《兵車行》、白傅《七德舞》等列之歌行中。《英華》分類，恐不如郭氏分體之精也。是編所載選，依郭氏所載，不以《英華》爲據。

古詩四言

太白謂詩五言不如四言，以其近古也。然唐人四言詩絶少，録之僅得三首。

古詩五言

五言詩始於漢元封，盛於魏建安，陳思王其弁冕也。張、陸學子建者也，顏、謝學張、陸者也，徐、庾學顏、謝者也。其先本無排偶，晉，排偶之始也；齊、梁，排偶之盛也；陳、隋，排偶之極也。齊永明中，沈約、謝朓、王融創爲聲病，一時文體驟變。謝玄暉、王元長皆没於當代，沈休文與是時作手何仲言、吴叔庠、劉孝綽等並入梁朝，故通謂之齊梁體。自永明以迄唐之神龍、景雲，有齊梁體，無古詩也。雖有氣格近古者，其文皆有聲病。陳子昂崛起，始創闢爲古詩，至李、杜益張而大之，於是永明之格漸微。今人弗考，遂概以爲古詩，誤也。是編録古詩，斷自陳拾遺，而另列齊梁體於後。

齊梁體

馮班曰：「沈約、謝朓、王融創爲聲病，一時文體驟變，其文皆避八病。一簡之内，音韻不同；兩句之間，輕重各異。二句一聯，四句一絶，不可增減，異乎漢、魏、晉、宋古詩，謂之齊梁體。」聯者，音韻聯貫，上下相承，不必皆對偶也。絶者，音韻轉换，四句一周，周而復始，如絶而復續也。宋孝武謂吴邁遠：「此人聯絶之外，無所復有。」則齊梁前已有此名矣。自永明以迄唐初，皆齊梁體也。雖變爲雙聲、叠韵，取韵不論雙隻，平仄不相儷。沈佺期、宋之問因之，變爲新體，聲律益嚴，謂之律詩。陳子昂崛起，學阮公爲古詩，唐人於是有古、律二體，漸廢齊梁之格。然白樂天、李義山、温飛卿、陸魯望皆有齊梁格詩，白集中又有半格詩，謂半是齊梁，半是古詩也。但差少耳。八病出於沈隱侯，其説至宋而訛。阮逸注《文中子》，已云八病未詳，有一惡書名《續金針格》，托之梅堯臣，其言八病絶可笑，皆以意妄測。王弇州《卮言》不能知其謬也。古書多亡，沈休文《謝靈運傳論》、劉彦和《文心雕龍》統論梗概，不得分别詳言，所謂平頭、蜂腰、鶴膝、旁紐、正紐、大韵、小韵，雖諸書略有可徵，弗能詳矣。」愚按：陳拾遺與沈、宋、王、楊、盧、駱時代相同，諸家皆有律詩，蓋沈、宋倡之。古詩止拾遺獨擅，餘皆齊梁格也。略取初唐諸家及樂天、温、李之作，以備一體。

古詩七言

七言始於漢，歌行盛於梁。梁元帝爲《燕歌行》，群下和之，自是作者迭出，唐初諸家皆效之。陳拾遺創五言古詩，變齊、梁之格，未及七言也。開元中，其體漸變，然王右丞尚有通篇用偶句者。旋乾轉坤，斷以李、杜爲歌行之祖。李、杜出，而後之作者不復以駢儷爲能事矣。歌行本出於樂府，然指事詠物，凡七言及長短句不用古題者，通謂之歌行。故《文苑英華》分樂府、歌行爲二。馮班曰：「歌行之名，不知始於何時。謂之曰行，本不知何解，宋人云：『體如行書』，可爲掩口。」

律詩五言四韻

律詩始於初唐，至沈、宋而其格始備。律者，六律也，謂其聲之協律也。如用兵之紀律，用刑之法律，嚴不可犯也。齊梁體二句一聯，四句一絶，律詩因之，加以平仄相儷，用韻必雙，不用單韻。唐人律詩，間有三韻、五韻、七韻、九韻者，偶然變格，不過百之一耳。上下句相粘綴，以第二字爲準，仄平平仄爲正格，平仄仄平爲偏格，自二韻以至百韻，皆律詩也。二韻謂之絶句，六韻以上謂之長韻。見《杜牧集》。馮班曰：「律詩多是四韻。」古無明説。嘗推而論之：聯絶粘綴，至於八句，首尾胸腹，俱已具足；如正格二聯，平平相粘也，中二聯仄仄相粘也，至二轉而變有所窮，則已成篇矣。自明高棅《唐詩品彙》出，人遂不知絶句是律詩。棅又創排律之名，益爲不典。古人所謂排比聲律者，排偶櫛比，聲和律整也。乃於四字中摘取二字，呼爲排律，於義何居？古人初無此名，今人竟以爲定格而不知怪，可歎也。是編因世但以四韻爲律詩，故列四韻於前，長韻、二韻於後，七言放此。

律詩五言應制

唐人自沈、宋而後，應制皆律詩也。五言七言，用韻多少，雖無定格，未有以古調歌行應制者，蓋取其莊重也。較之尋常言志之作，律雖同而辭不同。應太子曰應令，應諸王曰應教，其體亦相類。今分應制詩别爲一體，而以用韻多少爲先後。至於唐初所用齊梁體，第五卷中已載一二，後世應制不復用，可不具録。七言所載不多，不另分體。

律詩五言省試

唐以律賦、律詩取士，賦必八韻，詩必五言六韻。命題或用古事，或用時事，或用三字、四字成語，或用五字古詩，皆取題中一字爲韻，此定格。間有多至八韻，少至四韻，及於題外另限一字爲韻者，多非瑣院所作，蓋變格也。押韻多用題中平字，間亦偶用仄字。相傳以仄韻詩取狀頭者，終唐之世僅得一人耳。無七言，無多至八韻以外者。後世擬唐瑣院體，賦得某句，皆遵此格。前明山陰徐渭始以七字句爲體，賦七言四韻，韻不用題中字，實作破律敗度之俑。近今人賦得某句有如渭作者，有五言多至十餘韻者，甚至有作歌行及絶句者，事不師古，恐非學者所宜安也。

律詩五言長韻

初唐詩家長律詩，對偶或不甚整齊，第二字或不相黏綴。如胡、鍾正書，猶略帶八分體，至右軍而楷法大備，遂爲千古立極。詩家之少陵，猶書家之右軍也。少陵作而沈、宋諸家可祧矣。故五言長律、七言四韵律詩，皆以少陵壓卷。

律詩五言聯句

漢武帝《柏梁》詩，人賦七字，聯句之祖也。唐人聯句多五言，有人賦一韵者，有人賦幾韵長短不齊者。惟韓、孟《城南作》，自起句後，先賦一句，次出一句，彼此交互，工力悉敵，極聯句之能事矣。今各録一篇，以備其體。

律詩五言絶句

二韵律詩，謂之絶句，所謂四句一絶也。《玉臺新咏》有古絶句，古詩也。唐人絶句多是二韵律詩，亦不論用韵平仄，其辨在於聲韵，辨古今人語音譌變，遂不能了了。其第二字或用平仄平仄，或用仄平仄平，不相黏綴者，謂之折腰體。五言、七言皆然。宋人有謂絶句是截律詩之半者，馮班謂爲目不識丁，妄爲詩話以誤後學，非苛論也。

律詩六言

六言詩聲促調板，絶少佳什。僅録四韻、二韻各一首，以備一體。

律詩七言四韻

七言律詩始於初唐咸亨、上元間，至開、寶而作者日出。少陵崛起，集漢、魏、六朝之大成，而融爲今體，實千古律詩之極則。同時諸家所作既不甚多，或對偶不能整齊，或平仄不相黏綴，上下百餘年，止少陵一人獨步而已。中唐律詩始盛。然元、白號稱大家，皆以長篇擅勝，其於七言八句，竟似無意求工。錢、劉諸公，以韵致自標，多作偏枯格，中二聯或二句直下，或四句直下，漸失莊重之體。義山繼起，入少陵之室，而運以穠麗，盡態極妍，故昔人謂七言律詩莫工於晚唐。然自此作者愈多，詩道日壞。大抵組織工巧，風韵流麗，滑熟輕艶，千手雷同，若以義求之，其中竟無所有。世遂有「開口便是七言律詩，其人可知矣」之誚。非七言律詩不可作，亦作者不能挺拔自異也。是編所選以命意爲主，命意不凡，雖氣格不高，亦所不廢。意無可採，雖工弗録。所謂寧爲有瑕玉，勿爲無瑕石，蓋必深知戒此，而後可言詩。願與未來學者共勉之。

律詩七言長韵

七言長律詩，唐人作者不多，以句長則調弱，韵長則體散，故傑作尤難。僅録二首，以備作法。唐人律有通篇無對仗者，或以爲金針格，亦誤信宋僞書也。

律詩七言絶句

絶句之體，五言七言略同，唐人謂之小律詩。或四句皆對，或四句皆不對，或二句對，或二句不對，無所不可。所稍異者，五言用韵不拘平仄，七言則以平韵爲正，然仄韵亦非不可用也。其作法則與四韵律詩迥别，四韵氣局舒展，以嚴整爲先；絶句氣局單促，以警拔爲上。唐人名作，家絃户誦者，絶句尤多，久已爛熟人口，可不備録。其離合、叠字諸體，近於兒戲，然古人業有此格，不可不存一二。此非以瑕瑜爲去取也。

古賦

有韵之文繼《三百篇》而起者，爲《楚》、《騷》，實賦之祖也。然未嘗名之曰賦。賦之名始於荀卿、宋玉，盛於漢、魏、六朝。當時天下書籍尚少，山川、草木、鳥獸之名，非窮搜極採，不能詳備，故作者必歷歲月始成。成則時人競相傳寫，如獲山經地志。洛陽紙貴，非但以其文之貴美也。唐人不少作賦才，然浩博已不逮前人。是編不録大篇，以鋪陳壯麗，不可勝載也；不録短篇，以言情之作，不若詩之動人也。但取作法變化、命意新警者，以傳古人之神。庶讀者有會心之樂，無繁重之苦，故不過寥寥數篇而已。若八韵律賦，唐世造以試士，乃一時創格，非賦之正體。

賦必用韵。古賦無韵之文，不過起處轉折一二語而已。《阿房宫賦》半以議論行文，乃賦之變格。宋人之作多用韵，與不用韵相間者，實樊川爲之先導也。

律賦

唐制以律賦、律詩取士。詩已見第十一卷。賦體文多排偶，或用題字爲韵，或用平、上、去、入四聲爲韵，或用成語爲韵，或次用，或不次用，少至四韵，多至十韵，限字皆以三百五十爲度。其定格則八韵也。故時人語云：「三條燭盡，燒殘舉子之心；八韵賦成，驚破侍郎之膽。」

元盛如梓《庶齋老學叢談》：唐以賦取士，韵數、平仄元無定式。有三韵者，《花蕚樓賦》以題爲韵。有四韵者，《蓂莢賦》以呈、瑞、聖、朝爲韵，《舞馬賦》以奉、之、天、庭爲韵。有五韵者，《金莖賦》以日、華、川、上、動爲韵。有六韵者，止、水、魍、魎、人、鏡等賦。有七韵、八韵者，其韵有三平五仄者，有五平三仄者，有六平二仄者，至宋太平興國三年方定。

諧聲別部

諧聲别部提要

《諧聲别部》六卷，據乾隆間原刊本點校。輯者喻端士字柘南，江西南昌人。乾隆四十九年以優行貢禮部。此書有乾隆五十四年自序，即編成於此時。乃取王阮亭《皇華紀聞》、《隴蜀餘聞》、《池北偶談》、《居易録》、《香祖筆記》、《分甘餘話》等六種之詠詩及評泊語輯成，可謂改漁洋之筆記爲詩話矣。六卷分志趣、風雅、感慨、考證、評論、彙編等六類，得三百六十二則。觀其卷首例言，有以同異錯出、詳略牽連而歸併者，有以人品可議、文字違礙而不録者，又略唐、宋而詳元、明、國朝，是皆其輯旨，用别於張宗柟之《帶經堂詩話》。乾隆朝編纂漁洋論詩文字者甚夥，儼然成一風氣，喻氏此輯已在乾隆末，可視爲收官之作也。此書同治十三年三餘書屋重刊本改稱「分類詩話」，當出於梓行者手也。

讀阮亭先生《皇華紀聞》、《隴蜀餘聞》、《池北偶談》、《居易録》、《香祖筆記》、《分甘餘話》凡六種，其間詠歌散見，評泊所及，輒别擇而彙集之，號之曰《諧聲别部》。夫獻酬群心，莫尚風雅，孳甲新意，所貴解頤，以視研京練都、鼓吹五經，雖引氣不齊，然殊聲合響，無所不諧，一也。至於披瞽駭聾，則自有鈞天之奏在。先生將移我情，其齎粮登蓬萊山，而從東海遊乎？彼孔氏之蛙、戴氏之鶯，喈喈閣閣，賞音幾何。方兹長夏，新雨初霽，緑深小院，疏簾奏風，把卷微吟，佐以濁醪。二子可作，當應聲投襼，撰杖而俱來矣。乾隆己酉夏五，南昌喻端士書於信江之枕山亭。

例言

阮亭先生《皇華紀聞》諸書，其中言詩者甚夥，因仿《帶經堂詩話》例彙編之。至以類區分，則別有取裁，不敢蹈襲。

諸書所引各詩，雖出一手，非出一時，故或重出，或同異錯出，或牽連詳略雜出。今編次都爲一集，纂輯之餘，不無去取。

編次首「志趣」，次「風雅」、「感慨」、「考證」、「評論」，以次分編。其不以類從者，終以「彙編」收之。

説詩不引本詩者不登，本詩有當删，與其人有不當存者，除查校「全燬」、「摘燬」書目外，即間有可議處，亦不收入。忠厚之教，無取背道而馳也。

前賢論詩，類多詳於李唐及南北宋，元明以來，不盡表著。是編略彼詳此，庶資考鏡。

漁洋詩選，津逮備矣，兹特緒餘耳。然哲匠鴻裁，風致雅尚，亦略可觀焉。

和聲鳴盛，貴諧人心。風雅鼓吹，此爲別部。長夏編校，取便舟車攜帶，且以識私淑之意云。

諧聲別部總目

同編姓氏

豐城徐文創柳村
上饒鄭德堂必升
南昌魏履和雲逵
武寧盧盛渚浣嵐
武寧王瑞鼎器之

諧聲别部卷一

王阮亭先生原本　南昌喻端士編

詩有别才，先觀其志。高明多逸響，下士無正聲，其大概然也。顧續學有聞，而養氣乏術，則必虚驕易動，難與久持。是以失大節於臨岐，苟附聲於末路，其何以處困而亨，不淫於富貴也哉？夫志節不可奪，才氣靡不充，尤先曠識，庶嗣雅音。昔馬文淵謂：「凡人爲貴，當使可賤。」諒哉斯言，可與共論詩矣。然雨露齊而榮枯異。志士多苦心，窮愁易爲工。士固有遇、不遇，遇固有幸、不幸者，所以山水貴知音，裘馬多感激。貴賤之交，死生之際，古人興歎，良不虚耳。所賴達人觀化，游泳性情。雖伏處田間，而飄飄凌雲之氣，獨不能超凡軒舉乎。詩者，持也，無邪爾。思忠厚之教，邈余攸跂。編志趣第一。

余嘗與諸名宿宴于紅橋，余自爲記，作詞三首，所謂「緑楊城郭是揚州」是也。又嘗修禊紅橋，余首倡《冶春》詩二十四首。既去揚州，過紅橋多見憶者，遂爲廣陵故事。宗元鼎梅岑云：「休從白傅歌《楊柳》，莫向劉郎演《竹枝》。五日東風十日雨，江樓齊唱《冶春詞》。」曲阜孔尚任東塘以濬河至揚州，題詩紅橋云：「阮亭合向揚州住，杜牧風流屬後生。廿四橋頭添酒社，十三樓下説詩名。曾維畫舫無閑柳，再到紗窗衹舊鶯。等是竹西歌吹地，烟花好句讓多情。」陳維崧其年云：「官舫銀燈賦《冶春》，廉夫才調更無倫。玉山筵上頽唐甚，意氣公然籠罩人。」劉公㦷曰：「采明珠，耀桂旗，麗矣。或率而兒拜，或揚袂從風，如欲仙去。《冶春》詩獨步一代，不必如鐵厓遁作别調，乃見姿媚也。」

從叔祖季木考功象春，跌宕使氣，常引鏡自照曰：「此人不爲名士，必當作賊。」嘗奉使長安，飲於曲江，賦詩云：「韋曲杜陵文物盡，眼中多少可兒墳。」

同年薛給事奮生以才氣自許，嘗在淮陰，酒間謂余云：「子文士耳，異日終依我幕下。」余曰：「恨吾子非嚴鄭公耳。」汪苕文亦有詩調之云：「十載雕蟲稍擅名，未曾縛袴學長征。他年若得登三事，但取蕭郎作騎兵。」

永年申和孟涵光，節愍公長子，有文章志行，以詩名河朔間。有故人自京師寄書，申報以詩云：「日日秋陰命筍輿，故人天上落雙魚。荷花未老新醪熟，爲道無閑作報書。」其簡傲如此。

先世父侍御公《詠梅》云：「繁英任似火，冰棱自如石。南枝與北枝，不作春風格。」陳允衡云：「公忠烈之性，已見於此。」

王崇節，字筠侶，文貞之弟，文靖季父也，官把總。生於閥閱，而任誕不羈，視富貴蔑如也。畫學崔子忠，故相國梁公玉立清標，嘗以筠侶畫草蟲索題，余賦二絶句云：「髯翁任誕如忠恕，脱屣朱門傲五侯。肯爲尚書寫幽興，碧花紅穗草堂秋。」「一幅丹青顧野王，草根纖意曲籬旁。風懷磊落如公少，便注蟲魚也未妨。」

鍾悎，初名恬，字叔静，竟陵之弟也，以諸生終。詩有風骨，不染竟陵習氣。古詩如：「大將雖自貴，少小爲奴隸。男兒不殺賊，自應死邊城。」近體如：「桐新春後葉，竹正午時陰。」皆佳境。有《半蔬園集》。

朱性甫《鐵網珊瑚》載鮮于伯機所藏有唐沈傳師墨蹟一絶云：「積雪陰山欲度難，傳更深夜鐵衣寒。將軍破了單于陣，更把兵書子細看。」傳師，元和間名臣，有《嶽麓寺》長句最佳。《中州集》載楊雲翼詩：「金波曾醉雁門州，信有人間五月秋。萬古河山雄朔部，四時風月入南樓。」誠佳作也。金李汾長源詩「烟波蒼蒼孟津戍，旌旗歷歷河陽城」，不減少陵、東坡。南海歐禎伯《虞部集》，後附青衣李英詩，余喜其《皋蘭觀獵》七言云：「白草黄沙羽獵齊，將軍鏖戰馬頻嘶。籌邊已斷匈奴臂，百萬蒐田大夏西。」頗見格調。

淦君鼎，字和之，建昌人，本漢金日磾後，以歲貢授贛州府學訓導，假通判銜，辦事軍前，爲楊、萬二公所重。贛城破，遣長子弘斌脱身歸，遂肅衣冠自經死。或作輓詩云：「見説平生不炫奇，恂恂處子少人知。時窮忽作驚天事，志士從來有不爲。」

宋丹陽陳輔輔之，訪建康楊驥，題壁云：「北山松粉未飄花，白下風輕麥脚斜。身似舊時王謝燕，一年一度到君家。」爲王介甫所知，而與蘇公尤厚善。黄是師是，章惇之甥也，以二女妻潁濱子适、遜。哲宗時欲召用，林希以是沮之，後知定州卒。東坡皆有尺牘與之。元人吴師道跋云：「二人出處不同，而尚德守義，不爲勢利回邪變易，其賢則一。」余撰《古懽録》取師是而遺輔之，此詩尤爲可愛，特書之。

吴雯天章過真定詩云：「鎮州荷花一萬柄，正對城門是酒家。下馬當壚更斟酌，醉臨明鏡看吴娃。」風格殆不減楊廉夫。余與海内論詩五十餘年，高才固不乏，然得髓者終屬天章也。天章詩情高逸，當世無輩，素耽二氏書，有出世之志。余曾序其《蓮洋詩》，又嘗誦其句於故友葉文敏訒庵云：「泉繞漢祠外，雪明秦樹根。」「濃雲濕西嶺，春泥霑條桑。」凡數聯，訒庵贊歎，先往訪之。康熙己未，以博學宏詞徵赴京師，獨不掃門時相。所居在中條山南永樂鎮，古河中府河東縣也。有玉溪，即李商隱所居。

余生平喜竹，所居輒種之。順治庚子、辛丑間，任揚州府推官，於讞事廳前後皆種竹。爰書之暇，輒嘯詠其下。廳後有小亭，可置床几，倦即偃息其中。自賦一詞題壁云：「手種牆南千個竹。春雨瀟瀟，拔地參天緑。斫取杉皮新縛屋，直須傲煞篔簹谷。解道難醫惟有俗。試問旁人，無竹何如肉。未必禪心超忍辱，且從玉版參尊宿。」存之亦可追想少年高邁之氣，不爲卑冗縛束如此。

《句曲外史雜詩》一卷，元張雨伯雨著。余最喜其絶句，如《三香圖》云：「凌波仙子塵生襪，空谷佳人玉鍊容。不奈天寒風露早，日高猶傍錦熏籠。」頗有坡、谷遺風。自題云：「乙酉歲，自春徂夏，霪雨時多，日處幽篁中，未有裹飯過子桑者。閑弄筆墨，寫詩盈册，以自料理耳。詩凡五十五首。子英過之，持去。勿示不知我者，雨告。」

淮安門人張弨力臣，博雅精六書之學，嘗著一書辨俗書之譌。今老矣，又耳聾，攜其兩子一孫客京師，以寫真來索題。余爲賦二絶句云：「《瘞鶴銘》邊攜屐日，羊侯祠下卸帆時。吴山楚水探奇遍，不管秋霜點鬢絲。」「金石遺文太放紛，摩挲千卷對罏熏。白頭更訪鴻都學，手拓陳倉石鼓文。」張嘗著

《瘞鶴銘辨》及搴峴山石幢寄余。

宋吴惟信中孚，湖州人，寓吴嘉定之白鶴村。吴有麋先生者，於九經注疏悉能成誦。嘗見中孚絶句云：「白髪傷春又一年，閑將心事卜金錢。梨花落盡東風軟，商略平生到杜鵑。」亟下拜曰：「天才也。老夫每欲效颦，則漢高祖、唐太宗追逐筆下矣。」觀此可悟作詩三昧。韓退之詩似論，蘇子瞻詞似詩，昔人謂如教坊雷大使舞，終非本色，正此意也。

曾大奇，字端甫，泰和人。博學通經史。嘗有詩云：「鏡裏蕭蕭白髪疎，功名那復到樵漁。從今但築祈年觀，更讀人間未見書。」子文饒，字堯臣，以文章名世。

陸務觀過巴東，弔寇萊公詩云：「人生窮達誰能料，蠟淚成堆又一時。」蓋以「蠟淚成堆」爲公貴後事耳。余讀《后山叢談》云：萊公性豪侈。自布衣，夜嘗設燭廁間，蠟淚成堆。及貴，而後房無嬖幸。則自其微時已然，既爲宰相，乃所謂「無地起樓臺」相公也。此寇萊公英雄本色。

今桐城相國張公英爲諭德時，以詩集屬余評次。余見其《梅花詩》有云：「嘉名他日傳調鼎，記取蟠根在草茅。」曰：「宰相語也。」今果驗。常熟歸少詹允肅，丙辰落第後居京師，每徒步袖詩相質。余見其和平恬澹，絶無憤懣叫號之氣。歸故善楷法，余謂之曰：「君必狀元及第。」己未，果傳臚第一人。詩爲心聲，諒矣。

李容齋相國壬戌典會試，得士最盛。子孚青先以己未進士入翰林。一日，宴集諸門生，史講學夔獻詩有云：「郎君館閣稱前輩，弟子門牆半列卿。」時以爲不減唐人「文章舊價留鸞掖，桃李新陰在鯉庭」之句。

高念東先生珩作少宰日，忽賦一詩，題曰《願作杭嚴道》。或訝而問之，答曰：「吾平生慕西湖、嚴灘山水之勝，聊以寄興耳。官資高卑，不暇計也。」

趙甥執端以元人畫二軸索題，其一《士女惜花圖》，叢花片石。余昔藏江上女子周禧畫《惜花春起早》一幀，似是臨摹此畫。上方有潘純、張雨、倪瓚、錢惟善四詩。錢詩云：「庭院無人春已深，東風吹老惜花心。自知命薄難承寵，不費長門買賦金。」頗有寄託。余少時有《詠梅妃·減字木蘭花》一闋云：「天然姿媚，比似梅花應不異。一斛珍珠，得似鮫人淚點無。文園老去，恨煞無人能解賦。我見應憐，不索長門買賦錢。」意各別，而語相似。

淄川袁孝廉松籬藩，名士也，以康熙癸卯冠《禮經》，壬戌尚困公車。闈中賦詩云：「二十年前古戰場，卧聽譙鼓夜茫茫。三條畫燭連心爇，一徑寒風透骨凉。苦向緇塵埋鬢髮，憑誰隻眼託文章。明宵別後長安月，偏照河橋柳萬行。」武康陳興公之群吟之，至泣下。

王(未)[朱]玉元式，崑山人，官國子監博士。嘗有句云：「秋雨茂陵人獨卧，西風汾水雁還來。」鬱鬱不得志，謝病歸，客死鳩茲。

偶感韓翃君平事，作絶句云：「寒食東風散蠟時，才名早被九重知。如何白首依戎幕，剛被兒童笑惡詩。」

山谷甥徐師川、洪龜父輩，人皆知之。吕居仁《紫微詩話》記楊道孚克一，張文潛之甥，少有才思，爲舅所知。滎陽公呂希哲謫居歷陽，道孚爲州法曹掾，嘗從出遊，以職事遽歸，貽公詩曰：「雨緑霜紅郭外田，山濃水澹欲寒天。參軍抱病陪清賞，一檄呼歸亦可憐。」此詩之妙，不減徐、洪也。道孚極喜李義山詩「嫦娥應悔偷靈葯，碧海（清）［青］天夜夜心」，以爲作詩當如此學。《豫章別集》有《題道孚畫竹》，所謂「人物英俊」、「有外家風氣」者，即克一也。

唐韓翃以「春城無處不飛花」一詩見知九重，召知制誥，傳爲佳話，世盡知之。《杜陽雜編》又載一事：德宗西幸，有二馬，一號神智驄，一號如意騮。貞元三年，蜀中進瑞鞭，有麟鳳龜龍之形，色類琥珀。一日將幸諸苑，内厩進瑞鞭，上顧近臣曰：「昔朕西幸，有二駿稱二絶，今獲此鞭，可稱三絶矣。」因吟曰：「鴛鴦赭白齒新齊，曉日花間散碧蹄。玉勒乍迴初噴沫，金鞭欲下不成嘶。」亦翃作也。知翃詩流聞禁中者多，不獨「寒食東風」之句而已。

成都東門内大慈寺，有唐肅宗御書賜額。蜀金堂令張蠙題詩，有「牆頭細雨垂纖草，水面回風聚落花」之句。王衍隨徐太后遊寺見之，給筆札，令進詩三百首。又東坡有《與子由大慈寺觀盧楞伽畫跡留題》，今盡燬。

宋劉偁爲陝州司法參軍，廉慎至貧，官罷無以辦裝，賣所乘馬，跨驢以歸。魏野以詩送之云：「誰似甘棠劉法掾，來時乘馬去騎驢。」真宗祀汾陰，見野詩，歎賞久之。時偁爲江南幕官，召至以爲京官，知青州博興縣。後有差除，上曰：「得如劉偁者可矣。」不數年，亟遷主客郎中。今博興名宦，不知祀偁否。録之，以備遺闕云。右見《澠水燕談録》。

禮部尚書掌詹事府湯斌，疏薦原任翰林院簡討、轉直隸大名道副使、丁憂回籍、河南登封人耿介。授翰林院侍講學士，未幾，陞詹事府少詹事。余曩爲湯公潛庵作《繪川書院詩》，有云：「轘轅有耿介，上蔡有張沐。著書各滿家，衆流匯川瀆。耿公實廉吏，齋厨甘杞菊。張公赴徵車，萬里向巴蜀。」正謂是也。沐，字仲誠，順治戊戌進士。曾知内黄縣，後以薦，起知四川資縣，謝病歸。

胡恢，金陵人。博物强記，工篆隸。客京師，久不得調，上韓忠獻公詩云：「建業關山千里遠，長安風雪一人寒。」公深憐之，使篆太學石經，因得復官。

鄒忠公浩居衡湘時，古詩似樂天，北宋詩之雄也。零陵有市户吕絢者，嘗以錢二百萬造大舟，以俟先生。後北歸，吕以舟送至江南，先生謝以二絶句云：「平生親友漫紛紛，有幾書來寂寞濱。二十萬錢捐不惜，可憐湖外有斯人。」「瀟湘起柁出江湖，日日乾坤展畫圖。白酒紅魚對妻子，鴟夷還似此行無。」若絢者，抑何可使其無聞哉。

歷城王茂才苹，字秋史。少年能詩，頗清拔絶俗，常有「亂泉聲裏誰通屐，黄葉林間自著書」、「黄葉下時牛背晚，青山缺處酒人行」之句。苹師田中丞漪亭雯，而友吴徵士天章雯。丙寅秋，寄詩於余，余偶以書寓巡撫張中丞南溟鵬，言苹之才，中丞引之客座。

門人陳奕禧子文，海寧人。善爲詩，尤工鍾、王書法，以太學上舍仕爲安邑丞，著《皋蘭載筆》、《益州于役記》十餘卷。詩格尤進，如「斜日一川汧水北，秋山萬點益門西」之句，不愧古人。余少爲揚州推官時，偶見泰州同知趙三麒詩云：「虞舜昔南巡，不見南巡跡。但留此墓旁，一片瀟湘石。」因呼與語。會雄縣人馬之驌，主江都簿，能詩，撰《詩防》若干卷。余皆禮之，每詫人云：「吾以屈宋作衙官矣。」抱關擊柝中，莫謂無人，人自不知耳。前輩詩云：「馬頭拜迎不敢忽，恐有當時高蜀州。」用心如此，詎有遺才耶。

成都費密，字此度。獻賊破蜀後，流寓泰州，人無知者。余偶見其詩曰：「大江流漢水，孤艇接殘春。」愛之，賦詩云：「成都跛道士，萬里下峨岷。虎口身曾拔，蠶叢句有神。大江流漢水，孤艇接殘春。十字須千古，何爲失此人。」密見之，遂來定交。南城陳允衡伯璣客金陵，清羸善病，以余故，數來揚州，選録《國雅集》，余居之古文選樓，頗料理之。乙巳七夕，余赴京師，諸君餞于禪智寺，祖道賦詩，因刻《禪智録别》一卷，誌一時窮交之誼。

汴梁王金章紫綬參政，嘗從老儒劉文奇學。崇禎末，劉家没於水，王爲置田園廬舍於蘇門山中。後年七十餘病卒，爲之營葬，情禮甚備。余見其哭師詩，哀樂有過人者。其警句云：「門無司馬求書使，室有黔婁正被妻。」餘不具録。陶九成載檇李顧德玉，葬其師新昌俞觀光事，此近之矣。

周體觀伯衡，遵化州人。與施愚山閏章同爲江西監司，又同年也，其風流好事略相似。有《過黄州》絶句云：「不見當年劉克猷子壯，西風吹淚古黄州。舊時江路能來否，落日招魂故驛樓。」殊不媿古人也。余兄叔子士祜《重經采石感懷曹梁父》二絶句云：「憶向江干惜别離，黄昏石壁共題詩。今來寂寞空江上，獨酹青蓮夜雨祠。」「禪榻何人對寂寥，短檠和淚雨瀟瀟。若爲灑向寒江裏，月黑雲深欲上潮。」亦不減周作。梁父，姑熟文士，好交遊。其兄淼，字滄波，與余善。

康熙庚申春，余與施侍讀閏章同過弘衍庵看海棠，各有四絶句。今庚午二月重來，海棠三株皆已化去，而愚山之墓木拱矣。不勝今昔存殁之感，因復成一絶句云：「十年不見謝宣城，目極澄江遠恨生。白首重吟《枯樹賦》，江潭憔悴庾蘭成。」

長洲徐枋昭法，隱居靈巖，不入城市，特畫靈芝見寄。余嘗有《齋中三詠》，其一云：「天池白雲裏，寫此商山姿。感君黄綺意，勝食齋房芝。」又《金俊明孝章畫梅》云：「鄧尉花時雪，幽人日往還。生綃才半樹，忽憶漁洋山。」《王光承玠右草書》云：「逃名東海上，時復帶經鋤。自是高人筆，非關餓隸書。」三君皆吴中高士也。孝章于辛亥歲，曾親寫陶詩見寄，畫梅則壬子寄余兄弟。比至西樵已殁，聞孝章旋亦謝賓客矣。故余有詩云：「維摩丈室幾黄昏，春草閑房日閉門。成佛生天兩何處，暗香疏影爲招魂。」「當年五字寫柴桑，又寄孤山世外香。一幅生綃千載意，也應配食水仙王。」孝章所居，曰春草閑房。十笏草堂，先兄讀書處。

董文敏書白詩二首，烏絲闌，書雜行楷，極工妙。自跋云：「盛唐人亦作達語，如李嶠云：『富貴榮華能幾時，山川滿目淚沾衣。不見祗今汾水上，惟有年年秋雁飛。』」又一卷，雜臨宋四家書，自云用顔法，亦妙。

吾鄉刑部侍郎念東高公珩，下筆妙天下，而意留二氏之學，生平撰著不減萬篇。嘗廣東坡「勸爾一杯聊復醉，人間貧富海茫茫」之意，作小詞八首。偶記一二於此：「亭長歸來屯萬乘，大風雲起飛揚。數行泣下美人裳。楚歌爲若舞，何似在烏江。銅雀雙鸞春宛轉，挂釵便到分香。西陵歌吹爲誰長。一杯聊復醉，啼笑海茫茫。」「送客白衣看短劍，羽聲擊筑相將。雪園寒月倦遊梁。夷門虛左地，春暮緑蕪長。香水吳宮多少恨，魚腸酒後如霜。姑蘇麋鹿亦荒凉。一杯聊復醉，恩怨海茫茫。」「楊柳春風何婀娜，幽蘭瑟瑟秋霜。江潭憔悴子蘭狂。世情雙燕子，隨處得雕梁。驚道碧紗新姓字，大槐争鑄金章。木棉庵近半閑堂。一杯聊復醉，榮悴海茫茫。」「野外秋蓬風外絮，一生萍海中央。青衫紅淚弔潯陽。江雲天漠漠，楓樹夢蒼蒼。漢月秦關秋雁斷，短歌對酒河梁。西風班馬玉鞭長。一杯聊復醉，離合海茫茫。」又四首不及録。

劉公戩吏部在鳳陽，與其友蘇懋旂銘孝廉往龍興寺，與某禪師扣擊竟日，晚歸，遂化去。是夜，蘇夢公戩來，微笑吟詩曰：「六十年來一夢醒，飄然四大御風輕。與君昨日龍興寺，猶是拖泥帶水行。」

余少喜觀顔從喬《僧世説》，未詳從喬出處。觀《皖志·隱逸傳》，乃得其概。從喬，字若齡，懷寧人，京兆素子也。性恬曠，喜讀書，尤耽釋典，愛豹嶺林泉之勝，遂卜居終身焉。嘗作隱士詩以見志，有集名《種秫》。同時倪爾嘲、方應賓二人，同隱冶塘山中，與從喬爲世外交。倪贈詩云：「石門湖水隔溪碧，豹嶺山月當窗明。」皆明季高士也。

阮濬，字季子，懷寧人。築草堂於龍山，冬夏惟披一衲，因以自號。性嗜酒，工畫。時攜襆被、酒罏、畫具，命一僮肩之，遊散山水間，遇勝處，輒流連忘返。謂其友劉鴻儀曰：「死即葬我草堂之側，磨片石題曰『酒人阮一衲之墓』。」未幾卒，劉及同志葬之如約，顔所居曰「一衲庵」。每歲晏，劉必攜酒澆其墓，有詩弔之曰：「酹君君豈知，去去復回顧。一片紙錢灰，飛上梅花樹。」

黄周星，字九烟，崇禎庚辰進士，性簡傲。嘗遊嘉善，遇一人負薪過市口，作吟哦聲。揖入，詢其名氏。曰：崔姓名金友。出其詩。五言云：「花落無人徑，雲飛到處山。」七言云：「因風去住憐黄蝶，與世浮沉笑白鷗。」又云：「吟思白墮傾家釀，坐對青山讀異書。」自號樵隱。黄驚異，因與定交。

天啓初，潁川張遠度買田潁南之中村，地多桃花林。一日，攜榼獨遊，見耕而歌者徘徊疃間，聽之，皆杜詩也。遂呼與語，耕者自言王姓名清臣，舊有田，畏徭役，盡委諸其族，今爲人傭耕。少曾讀書，客有遺一册於其舍者，卷無首尾，讀而愛之，故嘗歌，亦不知杜甫爲何人也。異日，遠度過其廬，見舊書背煤字漫滅。乃燒細枝爲筆，所書皆所作詩。經亂後，不知所在。張獨傳其一篇云：「人生如泛梗，飄飄殊無根。飲啄得幾許，營營晨與昏。對此春日好，荷鉏出南原。近觀草色敷，静聽鳥語繁。諸有弄化本，雜遝呈真元。曉然似供我，寧不倒芳樽。有身貴適意，窮達安足論。」此亦杜五郎之流歟。

李衛公作《步虚引》云：「仙家女侍董雙成，桂殿夜寒吹玉笙。曲終卻從仙官去，萬户千門空月明。」「河漢玉女能鍊顔，雲駢往往在人間。九霄有路去無跡，裊裊天風吹珮環。」《許彦周詩話》歎爲人傑。王安石《題畫扇》云：「玉斧修成寶月團，月中仍有女乘鸞。青冥風露非人世，鬢亂釵横特地寒。」此詩之工，不減贊皇也。鄉人長山張某者，好寫《毛女圖》，余嘗得之，欲題一詩，憶二公前詩，瑟縮而止。己未歲，同故友施侍讀愚山訪華陰王徵士無異弘撰於昊天寺，出唐子華《水仙圖》共觀。余爲題長句，中有云：「青峰出没高歷歷，海天萬里迴春潮。六銖衣輕逐風舉，飛龍決起横烟霄。」摹寫畫中意態，頗謂傳神，意欲髣髴二公於文句之外耳。

諧聲别部卷二

王阮亭先生原本　南昌喻端士編

往者莊老告退，山水方滋，大雅流風，清修尚矣。至于裙屐招邀，壺觴傾注，望佳人於碧雲，寄愁心於芳草，曲終雅奏，亦無取鄭音焉。其或情之所鍾，魂銷賦别，含光千里，明月當樓，白露蒼葭，伊人秋水，是亦同心之義，有足尚也。夫游思風雅之場，易結苔岑之契，聞聲相思，贈歌互答，蓋勸善規過之風邈矣。佳篇新目，稱心而言，其庶幾乎。退而倦遊僻處，不費詠歌，樂在名教之中，相賞松石間，意若潘令之賦閑居、鮑子之歎對案，固難與言此爾。編風雅第二。

陳洪綬以畫名，余嘗見其小詩，頗有致。今録於此：「楓谿梅雨山樓醉，竹塢茶香佛火眠。清福不知今日憶，神宗皇帝太平年。」

高念東侍郎遊山陰道上，有句云：「笻杖古松流水外，蒲團修竹緒風間。」余愛之，命畫師禹鴻臚之鼎寫爲二圖。

宋文憲公濂《題長白山居圖》詩云：「滿地雲林稱隱居，燕泥污我讀殘書。五更風急鳥聲散，時有隔花來賣魚。」余撰《長白山録》，未及載入。

汪鈍翁《過石隖》詩云：「主賓無語似相忘，净掃青苔坐夕陽。乳燕飛飛蛙閣閣，楚萍謝絮滿池塘。」

王概，字安節，金陵人。工詩畫。常見其題山水小幅一絶云：「湖干路僻無車馬，葭菼蒼蒼冷到天。長日接籬慵不著，草堂閑對鷺鷥眠。」

沈嘉客，字無謀，河間故城人，居鄭口。性孤迥，有潔癖。中年作《閉關疏》，送客不出籬落。一畝之宫，花竹清深，圖書充牣。年八十餘乃卒。余最愛其一絶云：「淮南作客逢春雨，破帽疲驢幾日程。六合城南呼舴艋，緑陰相送到南京。」

天章賦余西城別墅古詩十四首，甚工，聊録數篇于左。《樵唱軒》云：「采山因采真，歸來發高唱。衣上烟霞斑，雜坐無禮讓。身忘草木年，心寄尊盧上。」《竹徑》云：「欹側錦石路，窈窕無凡卉。去去緑陰中，凉風動斐亹。仙人何處來，一萬青鸞尾。」

京師筵席多尚異味，余酒次戲占絶句云：「欒鯽黄羊滿玉盤，萊鷄紫蟹等閒看。不如隨分閑茶飯，春韭秋菘未是難。」嘗憶前輩有詩云：「秋來霜露滿東園，蘆菔生兒芥有孫。我與何曾同一飽，不知何苦食鷄豚。」每喜諷之。

蜀資江道中石谿橋，有無名氏粉書一詩云：「桃花依舊放山青，曲几焚香對畫屏。記得當年春雨後，燕泥時污石谿亭。」

魏野詩「數聲離岸櫓，幾點別州山」一篇最佳。王彦輔記其一絶云：「城裏争看城外花，獨來城裏訪僧家。辛勤旋覓新鑽火，爲我親烹嶽麓茶。」

唐蔡京假節邕州，道經湘口，泊浯溪《中興頌》所，傴俛不前，題詩云：「停橈積水中，舉目孤烟外。

借問浯溪人，誰家有山賣。」此詩未收入《浯溪志》，余昔撰《浯溪考》亦遺之，追録于此。

建昌縣唤渡亭，在修水南岸，白樂天過此有詩云：「建昌江水縣門前，立馬教人唤渡船。好似當年歸蔡渡，草風莎雨渭河邊。」黄魯直書之亭上，明知縣梁崧重刻石。又，白古詩，晚歲重複，十而七八；絶句作眼前景語，往往入妙。如「上得籃輿未能去，春風敷水店門前」之類，似出率易，而風趣復非雕琢可及。敷水在華州東。

古北口一寺中有石刻蘇潁濱詩云：「亂山環合疑無路，小徑縈迴長傍溪。彷彿夢中尋蜀道，興州東谷鳳州西。」蓋公元祐間奉使契丹時所題，而遼人刻之於石也。

宋王銍性之有《曉發石牛》一絶云：「匆匆車馬出清晨，日淡風微已仲春。松竹陰中山未盡，梅花林外有行人。」寫景頗工。性之别有《默記》若干卷。

偶得宣銅宫盤一，中凸起，有《錦堂春》詞一闋云：「映日穠花旖旎，縈風細柳輕盈。遊絲千尺重門静，金鴨午烟清。戲蝶渾如有意，啼鶯還似多情。遊人來往知多少，歌吹散春聲。」「宣德七年正月十五日。」背刻交龍，中有「内用」二字。

李侍讀漁村澄中《滇行日紀》載：板橋驛壁有題句云：「滇海盈盈一水遥，解鞍明日問歸橈。還如謝朓宣城路，南浦新林過板橋。」甚有風調。按：此升庵詩也，題作《于役江鄉歸經板橋》，首句「千里長征不憚遥」。《滇程記》云：「楊林達板橋，號三亭，實六亭。」

余自少年，與先兄考功同上公車，每停驂輟軛，輒相倡和，書之旗亭驛壁。憶戲題德州南曲律店壁云：「曲律店子黄河厓，朝來一雨清風霾。青松短壑不能住，騎驢又踏長安街。」亦小有風趣。又：「河口花明錦纜春，砑繚綾子領邊巾。不知何事牽儂思，欲疊紅箋賦洛神。」又：「關河連夜雨，驛路一聲蟬。」湯右曾西厓、王戩孟穀誦之。「風迴邸閣聞鈴馱，日落關山見戍旗。彷彿夢中尋蜀道，打包身度棧雲西。」徐學士健庵誦之，且題其右云：「古驛斜陽聽鐸聲，分明棧路蜀山行。讀君題句成先讖，天遣才人過錦城。」「往跡流傳本事詩，廿年如夢不堪思。重來頭白風情盡，誰記巡簷繞柱時。」汪耀麟叔定誦之。「趙北燕南水四圍，此中避地可忘機。垂垂芡實迎秋熟，拍拍鷗群接翅飛。蟹舍都連黄蔑舫，釣人相映緑蓑衣。淮南小别今三載，魚稻珠湖願竟違。」曹祭酒禾，榜旅舍曰「漁洋詩屋」。

唐鄭綮云：「詩思在灞橋驢子背上。」胡擢云：「吾詩思若在三峽聞猿聲時也。」余少在廣陵，作《論詩絶句》，其一云：「詩情合在空舲峽，冷雁哀猿和竹枝。」用擢語也。後壬子秋典蜀試，歸舟下三峽，夜泊空舲，月下聞猿聲，忽悟前詩，乃知事皆前定爾。

重陽前一日風雨，觀《冷齋夜話》劉跛子事，戲爲絶句云：「不從勾漏覓丹砂，不借飈輪轉法華。祇愛青州劉跛子，一年一看雒陽花。」

《青箱雜記》：王安國詩好用酒樓，常問子詩有幾酒樓。余因憶康熙甲子往祭南海，大雪渡潯陽江，後二十二年作詩贈郢城人樊袠袠善琵琶。云：「苦竹黄蘆滿目愁，嘈嘈切切似江州。茫茫九派多風雪，憶泊潯陽舊酒樓。」不知安國見之，以爲何如也。

陳倉有古賣酒樓，東坡嘗賦詩。余丙子再以祭告入蜀，過之，題一絶句云：「昨向宜春下苑遊，曲江烟草似悲秋。珠簾甲觀俱黄土，何必陳倉賣酒樓。」故友余澹心懷詠孫楚酒樓云：「江南城西酒樓紅，無數楊柳迎春風。孫楚去後李白醉，千年不見紫髯公。」余選入《感舊集》，此亦二酒樓也。

德州羅酒，擅名京師，清洌在滄酒之上。余自甲申歸田，謝郎中方山重輝屢致家釀。己丑冬雪後，先以詩來云：「黄流初壓室氤氲，親貯陶瓶遠寄君。非向故人誇旨酒，醉鄉風味欲平分。」余以二詩報謝云：「白家烏帽重屏裏，初試紅泥小火爐。恰是陵州酒船到，不愁風雪壓屠蘇。」「酒車冒雪遠衝泥，尺素殷勤謝傅題。一樹山茶紅破蕊，花前催進玉東西。」

《唐才子傳》，西域辛文房著。《元文類》載文房《蘇小小歌》云：「東流水底西飛魚，銜得錢唐紋錦書。幾回錯認青驄馬，著處閑乘油壁車。鸚鵡杯殘春樹暗，葡萄衾冷夜窗虚。蓮子種成南北岸，苦心相望欲何如。」

秦少游有姬邊朝華，極慧麗，恐妨學道，遣之。後南遷過長沙，乃眷一妓，有「郴江幸自繞郴山，爲誰流下瀟湘去」之句，何前後矛盾如此。

宋小説載：魏野同寇萊公遊陜郊某寺，詩云：「若得時將紅袖拂，也應勝似碧紗籠。」《湘山野録》：添蘇，長安名姬也。孫僅尹京兆日，野寄詩云：「見説添蘇亞蘇小，隨軒應是珮珊珊。」孫愛之，以示添蘇，喜如獲寶，求善筆札者，大署其詩於壁。野以事抵長安，孫邀置府宅，人未之知也。有好事者與密過添蘇家，見其風貌魯質，固不前席。野忽舉頭，見壁所題，乃索筆於側，别紀一絶云：「誰人把我狂詩句，寫向添蘇繡户中。閑暇若將紅袖拂，還應勝得碧紗籠。」蘇始知是野，大加禮敬。二説不同。

湯西厓右曾使黔，詩多高作，《黔陽絶句》云：「白白紅紅繡袂花，盤絲繪蠟盡堪誇。自吹木葉銀環女，者卜河邊問宋家。」《中丞席觀劇》云：「探喉一串玉盤珠，華屋神仙絶代無。惱亂中丞筵上見，梨園弟子李仙奴。」「審音荀令與周郎，檀板銅槽共一床。山雨乍收簾月白，聽風聽水按伊涼。」「管咽絃停意淺深，雲窗六扇漏初沉。已迷秦客風花路，休笑吳兒木石心。」

西樵《古意》云：「鵁鶄兩兩棲浦沙，昨夜郎來眠妾家。滅燭入門戴星去，看郎一似菖蒲花。」最質而古。

余以順治十二年乙未科登第，甫弱冠，時預同年讌會，東歸後有《寄友人》詩云：「當年曾記鳳城頭，比舍相過盡雅遊。道政里中人似璧，善和坊北月如鈎。閑邀師子尋新曲，醉遣猧兒亂酒籌。今日相思一彈指，坐驚花事到黔陬。」後數年，理揚州，《寄嚴州》詩云：「秋水初波枕畔流，欲將愁思寄嚴州。新安江水千餘里，何處天邊風露樓。」皆有本事。今思之，已四十五年，如前塵昨夢。

謝玄暉「洞庭張樂地」、李太白「黄鶴西樓月」二詩，同是絶唱。唐人劉綺莊詩：「桂楫木蘭舟，楓江竹箭流。故人從此去，遠望不勝愁。落日低帆影，迴風引棹謳。思君折楊柳，淚盡武昌樓。」妙處不減謝、李。

白氏集《板橋詩》云：「梁苑城西三十里，一渠春水柳千條。若爲此路今重過，十五年前舊板橋。曾與玉顔橋上別，更無消息到今朝。」今訛作劉夢得，而説者疑《中山集》不載此詩，蓋未考《長慶集》耳。

坡公送蘇伯固詩云：「三度别君來，此别真遲暮。白盡老髭鬚，明日淮南去。酒罷月隨人，淚濕花如霧。後夜逐君還，夢繞江南路。」公自注：「效韋蘇州。」

晁無咎《别歷下》詩云：「來見紅蕖溢渚香，歸途未變柳梢黄。殷勤趵突溪中水，相送扁舟向汶陽。」「鴛鴦鸂鶒繞漁梁，摇漾山光與水光。不管使君征棹遠，依然飛下舊池塘。」《將行陪貳車觀燈》云：「行歌紅粉滿城歡，猶作常時五馬看。忽憶使君身是客，一時揮淚逐金鞍。」《譙郡對酒憶玉函山》自注：齊州西樓對此山。詩云：「不遣西樓對此山，宋譙頻綴副車銜。今年重污花前酒，猶是揚州别駕衫。」

羅明仲嘗語李賓之，三言詩亦可自爲一體，以扇命作。李援筆題云：「揚風帆，出江樹。家遥遥，在何處。」其意致頗近古。

六合李侍郎敬，字退庵，順治戊戌、己亥間，余在京師，辱忘年之契，論詩文一字不輕放過。其詩有云：「酒醒亭午後，人憶秣陵西。」「瓜步新添水，清明遠送行。」此例數十句，唐人絶調也。

余小時見寶應吴敏道詩一卷，頗有佳句，僅記其一絶云：「揚子江頭雨，雙橈倚緑蕪。愁心將客夢，日夜向東吴。」

閩人林初文孝廉章，以一絶句示梅禹金云：「不待東風不待潮，渡江十里九停橈。不知今夜秦淮水，送到揚州第幾橋。」梅爲擊節。

施愚山分守湖西，製苧帳，題詩其上，寄林翁茂之，一時名士多屬和，名曰詩帳。有絶句云：「斗帳殷勤白苧裁，使君親自寫詩來。孤山處士朝眠穩，朝日烘門懶未開。」

劉吏部公㦷詩，往往有風味。嘗有寄友人絶句云：「西湖小閣多晴月，好友同舟半是僧。寄語江南老桑苧，秋山紫蕨憶行縢。」公㦷自編詩逸此，余爲誦之，公㦷喜以爲能賞音也。又公㦷友人某，素嗜琴，殁數年矣。公㦷一日攜諸姬郊行，過其墓，停車酹酒，使諸姬於墓下各操一曲而去。其標致如此。

盤山拙庵和尚自江南還山，以《滄浪高唱》畫册來索題。蓋拙庵訪宋牧仲開府于吴門，適朱竹垞太史自禾中來，會於滄浪亭，共賦詩見懷，而畫史高簡圖之者也。宋詩云：「接席金風舊亭長竹垞，懷人靈尾老尚書阮亭。春深玉版容參悟，歲晚花宫待掃除。」

（康熙）〔順治〕辛丑春，雨中泊舟楓橋，寄先兄西樵云：「日暮東塘正落潮，孤篷泊處雨瀟瀟。疏鐘夜火寒山寺，又過吴楓第幾橋。」「楓葉蕭條水驛空，離居千里悵難同。十年舊約江南夢，獨聽寒山半夜鐘。」

宋二謝，無逸逸、幼槃邁，皆江西詩派中人。潘邠老，亦派中人也。幼槃《竹友集》云：「邠老嘗作詩云：『滿城風雨近重陽。』邠老亡後，無逸兄用此句足成四篇。今去重陽只數日，風雨不止，淒然有懷，作二絶句，念泉下二人不再作，不覺流涕覆面。」詩云：「地下修文兩玉人，清詩傳世墨猶新。卻因風雨重陽近，獨立蒼茫淚一巾。」「阿兄温潤玉介導，我友澹薄朱絲絃。只疑蟬蜕遊人世，醉插茱萸若個邊。」邠老詩句，至今藝苑流傳，爲重陽口實，而二謝同時有詩，迄無知者。因識之，續成一則詩話。

康熙庚申，刑侍高公珩再致政，歸淄川，未行，移居宣武門西松筠庵。相國益都馮公溥過之，流連竟日。高公贈詩云：「户倚雙藤禪宇開，無人知是相公來。相看一笑忘朝市，風味依然兩秀才。」馮公和云：「隱几僧寮户不開，天親無著憶從來。而今老去渾忘卻，祇識維摩是辨才。」余亦和云：「二老前身二大士，相逢半日晝爐灰。他年古寺經行地，記取寒山拾得來。」

太倉崔華不雕，余門人也，工詩畫，嘗有句云：「丹楓江冷人初去，黄葉聲多酒不辭。」余極愛之，呼爲崔黄葉。初，余少年有詞云：「郎似桐花，妾似桐花鳳。」劉公㦸戲呼王桐花，鄒程村祇謨云：「崔黄葉自合作王桐花門生耳。」崔性孤潔寡合，詩清迥自異，吴梅邨常目爲直塘一崔。其佳句云：「欹檣坐清晝，薄冷出蘋間。」又：「一寺千松内，飛泉屋上行。」又：「此中枕簟客初到，半夜梧桐風起時。」余《論詩絶句》云：「溪水碧於前渡日，桃花紅是去年時。江南腸斷何人會，只有崔郎七字詩。」二句亦崔詩也。

同年祁工部珊洲文友有絶句云：「昨夜東風吹雨過，滿江春水長魚蝦。」余戲之曰：「古人警句，例標美名。欲呼兄作祁魚蝦，必不樂受，奈何？因憶宋人呼梅聖俞爲梅河豚者，敢援此例。」一座皆笑。

吴侍讀默岩國對，全椒人，榜眼及第，詩未入格，而頗有勝情。余官揚州時，常與共客儀真。一日過余，客園置酒，酒間作擘窠大字及便面數事，皆即事漫興之語，令人解頤。尚記其一則云：「少陵云：『一洗萬古凡馬空。』東坡云：『筆所未到氣已吞。』才人須具此胸次，落筆自爾不凡。惟阮亭可以語此。」頃之，余衣領上偶見一蟻，即又云：「辛官衣領驀上一蟻子，此正須耐煩，以爲勝俗客耳。」雖偶然游戲，皆有理趣。久之露坐，月色皎然，賦絶句云：「如此青天如此月，兩人須問大江秋。」余和之，得四首：「翰林兄弟皆名士，廨屋三間分兩頭。及第紅綾分餅日，閉門黄葉著書秋。」「嗚嘘園中小山名。斜日森碧篠，人影參差曲岸頭。頃刻疾書兩丸墨，山蟬墮地數聲秋。」又二詩不具録。

宋牧仲中丞行賑邳、徐間，于村舍壁上見二絶句，不題名氏。「横笛何人夜倚樓，小庭月色近中秋。凉風吹墮雙梧影，滿地碧雲如水流。」「渺渺孤城白水環，舳艫人語夕霏間。林梢一抹青如畫，應是淮流轉處山。」真北宋人佳作也。

吴天章答人云：「自卜條南舊隱居，明星玉女對攤書。門前萬里崑崙水，千點桃花尺半魚。」又：「河聲過雷首，雨氣下風陵。」

金壇潘高孟升《南村詩》，雅語時入古。余最喜其一絶句云：「黄鴉穀穀雨疏疏，燕麥風輕上鯊魚。記得去年寒食節，全家上冢泊船初。」

己丑歲，自春夏至秋八月多雨，書屋後叢竹甚茂，雨後，鵝兒、鴨雛，拍浮其間，頗似畫本。余賦絶句云：「紫竹林中水滿塘，鵝兒得意弄輕黄。襪材賸有鵝溪絹，合付邊鸞與趙昌。」從姪磊，字石丈，善丹青，當令補作一圖。

余最愛湯義仍先生絶句：「清遠樓中一覺眠，雨鳩風燕乍晴天。年來愛作團圞語，不得中男在眼前。」昔丁卯、戊辰間，余家居，三男啓汸官文登廣文，嘗寫此詩寄之，真不減子由彭城逍遥堂絶句也。興觀群怨，學詩者當於此等求之。

諧聲别部卷三

王阮亭先生原本　南昌喻端士編

讀書環堵之中，論世千載以上，情文相生，感慨繫之，往往而有。夫空山終老，落花無言，觀往會悲，臨文興嘆，風水相遭，殆天籟也。其他游籍長途，流連送目，華屋荒丘之際，銷魂墮淚之間，遠之而關塞馳驅，近之而樓臺登覽，即事詠歌，多聞苦調。至於觸物興懷，慨焉太息，亦非泥古者之所知也。編感慨第三。

郃陽康乃心，字太乙。余遊薦福寺小雁塔，見其題詩三首，其一《秦莊襄王墓》云：「原廟衣冠此内藏，野花歲歲上陵香。邯鄲鼓瑟應如舊，贏得佳兒畢六王。」極賞其佳。從遊門人武進龔勝玉節孫曰：「康郃陽，名士也。」秦人語曰：「關中二李，不如一康。」

《渚宫舊事》載：昭王反郢，樂師扈子侍，引琴而歌曰：「王兮王兮聽讒邪，枉殺左右冤伍奢。二子懷恨東奔吴，創讐構禍破國都。鞭尸戮骸丘墓屠，賴申包胥人獲蘇，王雖返國憂未徂。」右與《吴越春秋》「窮劫之曲」不同。又載：樊姬琴歌曰：「忠信言兮從正不邪，衆妾進兮繼嗣多。」

「一路荒山秋草裏，行人惟拜漢文陵」，唐人詩也。「四十二年如夢覺，春風吹淚過昭陵」，宋人詩也。「先帝侍臣空灑淚，泰陵春望已模糊」，明人詩也。文帝、仁宗、孝宗，德澤感人之深如此。

宋刻《鑒戒録》載：前蜀興聖太子隨軍王承旨（失其名）詠後主出降詩云：「蜀朝昏主出降時，銜璧牽羊倒繫旗。二十萬軍齊拱手，更無一箇是男兒。」此與花蕊夫人詩，必有一誤。

蜀道有郎當驛，即明皇雨中聞鈴聲處。余丙子歲過之，題詩驛壁云：「金鷄賜帳事披猖，河朔從兹不屬唐。卻使青騾行萬里，三郎當日太郎當。」「三郎郎當」，黄旛綽對明皇語。

秦淮青溪上有張麗華小祠，不知何代所建，余賦詩二首：「璧月依然瓊樹枯，玉容猶似憶黄奴。過江青蓋無消息，寂寞青溪伴小姑。」「臨春樓閣已銷沉，遺廟荒涼碧蘚侵。惟有青溪嗚咽水，至今猶自怨韓擒。」唐修《隋史》，謂韓擒虎曰「韓擒」，避廟諱也。

錢武肅王目不知書，然其寄夫人云：「陌上花開，可緩緩歸矣。」不過數言，而姿致無限。東坡演之爲《陌上花》三絶句，其一云：「陌上花開胡蝶飛，江山猶是昔人非。遺民幾度垂垂老，遊女還歌緩緩歸。」五代時，列國以文雅稱者，無如南唐、西蜀，非吴越所及，賴此一條，足以解嘲。

晁無咎《陌上花》八首，其二篇云：「孃子歌傳樂府悲，當年陌上看芳菲。曼聲更緩何妨緩，莫似東風火急歸。」「荆王夢罷已春歸，陌上花隨暮雨飛。卻喚江船人不識，杜秋紅淚滿羅衣。」

周文矩畫《五王飲酪圖》，《宣和畫譜》又有文矩《五王避暑圖》，元王惲詩云：「翠幄留香郁棣華，紅雲縈暖鶺鴒沙。豆萁不免陳思歎，朱李寒香是浪誇。」

偶讀宣和舊事，作二絶句云：「宣仁鸞馭上青冥，社飯明年一涕零。欲問宮中天水碧，都人惟説太師青。」「平陽行酒著青衣，雨雪青城更可悲。汴上已亡金等子，臨安空賞玉孩兒。」「金等子」、「玉孩兒」，詳《西湖志餘》。「天水碧」，藝祖受命讖，「太師」則蔡京也。

從伯文玉嘗有詠宋高宗一絶云「千金空買玉孩兒」，不得其解。讀《西湖志餘》：「高宗嘗宴大臣，見張循王俊持扇，有玉孩兒扇墜，上識是舊物，昔往四明誤墜于水者。問俊所從得，對曰：『臣從清河坊鋪家買得之。』詢鋪家，云：『得之提籃人。』復詢之，乃從候潮門外陳宅厨孃處得之。詢之厨孃，云：『破黄花魚腹中所得也。』上大悦，鋪家、提籃人補校尉，厨孃封孺人。」

金陵胡宗仁，字彭舉。以畫名，亦工詩。嘗有與友書云：「兄弟子姪皆耽作畫，蓬門晝掩，茗碗鑪香，閣筆盈案。」其子玉昆，字元潤，亦工畫，嘗寫杭州宋宫古梅，余題絶句云：「風雨厓山事渺然，故宫疏影自年年。何人寄恨丹青裏，留伴冬青哭杜鵑。」昔人謂石田相城喬木，代（蟬）〔禪〕吟寫，此後惟胡氏足以繼之。

《陸右丞蹈海録》，京口丁元吉撰。首《宋史》列傳，次輓詩。五言如方回「曾微一抔土，魚腹葬君臣」，龍仁夫「無地參黄鉞，終天慘玉衣」，仇遠「甘抱白日歿，不知滄海深」，方鳳「鰲背舟中國，龍胡水底天」。七言如湯炳龍「人心自感興元詔，天意難同建武時」，盛彪「平地已無行在所，丹心猶數中興年」數聯最警策。末載吴萊《桑海遺録序》、右丞遺文《丹陽館記》一首。

康熙丙子年，余以祭告使秦蜀，過劍州之南門外，有小廟一區，方改作，問之，曰：「鄧艾廟也。」余謂不祀姜伯約，反祀鄧艾，于義悖矣，欲賦詩正之，未果。後見唐人唐彦謙一詩云：「昭烈遺黎死尚羞，揮刀斫石恨譙周。如何千載留遺廟，血食巴山伴武侯。」已先我而言之矣。

忠武侯討魏，《通鑑》以「寇」書，千古公憤。元楊奂詩云：「欲起温公問書法，武侯入寇寇誰家。」

余讀《通鑑》，至後唐莊宗欲討僞梁，亦以「謀入寇」書，不禁髮指，亦題一詩，有云：「温公書法憑誰問，又説河東欲寇梁。」

偶看鍾繇《戎路帖》，因憶亡友韓郎中詩。聖秋姬人某氏，好臨摹晉唐人法帖，獨廢鍾書。韓詰所以，對曰：「季漢正統，關侯忠義，而斥以賊帥，狂謬甚矣。書雖工，抑何足道。」韓有詩記其事云：「誰知太傅千年後，敗闕端從《戎路》開。」

余過襄陽賦詩云：「豈有酖人羊叔子，更無悔過竇連波。殘碑墮淚回文錦，一種銷沉可奈何。」首句用陸抗語，次句用山谷詩。

《唐闕史》首載丁約劍解事，謂約從逆帥李師道被獲，獻俘闕下，臨刑，用幻術以筆代己，自云歸崑崙石室矣。語云：「天上無不忠孝神仙。」約何爲者？吾郡長山劉孔和節之有詩云：「淮南叛諸侯，趙高賊宦官。神仙乃如此，何足容褒彈。」真篤論也。否則如淮南以叛誅死，而道書猶妄爲鷄犬皆仙之説，以誑聾俗，是導逆也，豈可以訓。

柳耆卿卒於京口，王和甫葬之。然今儀真西，地名仙人掌，有柳墓，則是葬於真州，非潤州也。余少在廣陵，有詩云：「江鄉春事最堪憐，寒食清明欲禁烟。殘月曉風仙掌路，何人爲吊柳屯田。」

《侯鯖録》載：紹聖中貶東坡，毁上清宫碑，令蔡京别撰。有人過臨江驛題二詩，不書姓氏，或云江鄰幾，或云張文潛作也。其詩云：「晉公功業冠吾唐，吏部文章日月光。千載斷碑人膾炙，不知世有段文昌。」此詩因坡公而發，特以淮西事爲譬，非元和間人作也。以爲直言淮西事者誤。

昔人題趙松雪畫蘭絶句云：「滋蘭九畹誠多種，不及墨池三兩花。今日國香零落盡，王孫芳草遍天涯。」劉孔和節之有題松雪畫《宫女啜茗圖》詩云：「厓山遺恨捲黄沙，彩筆王孫弗憶家。忍向卷中摹舊事，直須羞煞後庭花。」

余嘗謂古今冤獄，首漢淮陰，次則明傅穎公耳。康熙丙子，道出井陘，有詩云：「少日紛多慨，龍門太史書。劫殘秦復趙，齒冷耳兼餘。詎有無雙士，而師李左車。到頭鐘室恨，功狗竟何如。」又甲子過定遠，吊傅公云：「躍馬千山外，呼鷹百戰場。平蕪何莽蒼，俱上聲。雲氣忽飛揚。寂寂通侯里，沉沉大澤鄉。潁川湯沐盡，空羡夥頤王。」陳涉亦産此地，故結句云然。昔人云：「秦少恩哉。」吾於漢、明二祖亦云。

張含愈光題傅潁公祠詩云：「野老争傳傅潁川，當時功業冠南滇。平蠻壁壘蒼山外，破鹵旌旗白石邊。祇見荒祠通落日，不聞遺像照淩烟。陰風古樹無窮恨，長爲英雄吊九泉。」蓋滇人之思潁公，猶蜀人之思忠武也。

荆州江陵相故宅，今爲公廨，有人題詩云：「恩怨盡時方論定，封疆危日見才難。」人傳以爲確論。李天生因篤説。

妒婦津在臨濟，相傳武后不敢渡，别取道以避之。先兄西樵有詩云：「解使金輪開道避，斯人何減駱賓王。」妒婦，劉伯玉妻也。

後村序宋慶之希仁詩，摘句有云：「多年翁仲在，寒食子孫稀。」唐人佳句也。

金陵舊院有頓、脱諸姓，皆元人後没入教坊者。順治末，余在江寧，聞有脱十娘者，年八十餘尚在，昔北里之尤也。余感而賦詩云：「舊院風流數頓楊，梨園往事淚霑裳。樽前白髮談天寶，零落人間脱十娘。」

門人徐蘭，吴人，字芝仙，能詩，工繪事。從安郡王出塞，嘗見祁連山中花十數種，皆艷絶不知名，中土所未有也，曾畫便面貽余。又有出塞詩數十篇，足備塞外風物考證云。起輦谷元世祖陵，無封樹，獵者或踐其地，輒有風雷之異。其詩云：「聞昔朱明修祀典，曾命禮臣巡禹甸。伏羲下逮宋理宗，三十六陵皆祭徧。祁連因未入提封，欲賚香帛無由從。掃階席幄順天府，春秋遥奠青芙蓉。芙蓉青青亂雲宿，中有三間老瓦屋。征人遥望緑琉璃，知是元家起輦谷。谷口番僧通漢字，留客招提話遺事。自言歷劫悟前身，親見陰房築空翠。巫媪纔牽靈馬來，聖僧已渡流沙至。僧名朝爾吉。維時指點白毫光，争睹君王顯神異。天花鋪地坐親親，夜半山頭分舍利。元祖火化時，得舍利甚多。東方日射雲窈冥，背人入山埋寶瓶。地下有天黑如漆，祕祝才宣役萬靈。亂峰高下化機械，俄頃萬壑藏雷霆。雪凟風吹不數日，依舊滿天芳草青。往年有客挾弓弩，誤入雲中踏玉虎。千雷萬霆出谷飛，百里人家苦霪雨。至今鹿兔滿巖阿，馬蹄不敢驚黄土。問余到處訪雲蘿，中國名山想遍過。聞道長陵在天上，此中靈異更如何。」又所過古廢城凡六，曰單于、曰蘇武、曰雲内、唐立雲中都督府，即中受降城之地。曰豐州、唐九原郡城北有鸊鵜泉，有延祐七年碑，李文焕書撰。曰殺虎、曰土城。土産凡五，曰白草、曰雛鷹、曰蹶鼠、曰瑪瑙石、曰酪酒。瀚海距獨石口二千里，有明太宗永樂八年碑，凡五十一字云。

土木，在懷來城北三十里，本名統漠鎮，隋末高開道據懷戎時所置，後訛今名。按：王惲《中堂事記》云：統墓店，以店北舊有統軍墓，故稱。又《扣舷録》云：相傳遼主遊幸，嘗張大幕於此，因名統幕，後訛土幕，又訛土木。元陳孚詩云：「千里茫茫草色青，亂塵飛逐馬蹄生。不知何代開軍府，猶有當年統幕名。」

紀伯紫映鍾，金陵人。嘗有詩云：「惆悵天涯頭盡白，楊花空滿閱江樓。」佳句也。按：洪武初，欲於師子山頂，即盧龍山作閱江樓，先令儒臣作記，故潛溪諸公集皆有此文，樓實不果作。

余辛丑客秦淮邀笛步，和《石厓秋柳小景》絶句云：「宫柳烟含六代愁，絲絲畏見冶城秋。無情畫裏逢摇落，一夜西風滿石頭。」

京師雙塔，乃安禄山、史思明所造，而劉侗《景物略》不載。元迺賢易之詩云：「安史開元日，千金構塔基。世尊寧妄福，天道自無私。寶鐸遊絲罥，銅輪碧蘚滋。停驂指遺蹟，含憤立多時。」

李格非文叔，易安之父也，嘗著《洛陽名園記》，不見其詩。《露書》載其《臨淄懷古》絶句云：「擊鼓吹竽七百年，臨淄城闕尚依然。而今只有耕耘者，曾得當時九府錢。」頗可誦。

諧聲别部卷四

王阮亭先生原本　南昌喻端士編

登高而賦，徵實多訛，好古罔識，愛奇而昧於理也。自古名不虚立，義有攸歸，顧而思之，庶少豸乎。昔先聖闕疑於郭公，仲父識途於老馬，蓋夢遊而賦天台，先生而號烏有，事非徵信，傳會傳疑，後將何考焉。是以學貴通識，明辨必詳。使數典忘祖，歌詩不類，將洛水流盃之雅，幾與《澤蘭》並哀，而《鐃歌》「妃豨」之聲，且視《鷄鳴》同調矣。夫抱蠹飽殘篇，獺祭餘味，名義莫詳。即聲音之學，亦難言之。彼學爲古文，當先識字。豈排比聲律，詠嘆流連，固可囿五方之音，而鑄六州之鐵哉。觀於萍實、蟻珠之際，勞薪、苦李之分，雖在一物，格致靡遺，游藝之餘，尚求多識。編考證第四。

杜詩：「户外昭容紫袖垂。」蓋唐制，天子臨朝，則用宫人引至殿上，至天祐二年始詔罷之。郎官直宿，亦有「侍女新添五夜香」之句，竟不曉侍女當是何色人也。宋、明已來，乃爲嚴重矣。

杜詩：「自平宫中吕太一。」黄鶴注：當作中官吕太一。又注：「《舊書》：廣德元年，宦官市舶使吕太一逐廣南節度使張休。」又《韋倫傳》：「代宗即位，中官吕太一於嶺南矯詔募兵爲亂。」按：劉肅《唐世説》：「吕太一拜監察御史裹行，詠院中叢竹以寄意曰：『擢擢當軒竹，青青重歲寒。心貞徒見賞，籜小未成竿。』後遷户部員外，牒吏部云：『當須簡要清通，何必豎籬插棘。』」又按：《唐會要》：

「魏知古嘗薦洹水縣令吕太一。」又張嘉貞薦吕太一及苗延嗣等，時號「令君四雋」。此又一吕太一也，皆與中官無涉。

「《杜律》乃張注，非虞注，宣德初有刊本。」按：張性，字伯成，江西金谿人，元進士，嘗著《尚書補傳》。吴伯慶輓詩云：「箋疏空令傳《杜律》，志銘誰與繼唐碑。」余在京師，曾得張注舊本。

或謂作詩使事，必用六朝已上爲古。此説亦拘墟不足信。要之，唐宋事須選擇用之，不失古雅乃可。如劉后村詩，專用本朝故實，畢竟欠雅，如「鍊句豈非林處士，鬻書莫是穆參軍」，「艱虞夷甫方謀窟，老懶堯夫少出窩」，「未愛潘郎呼作友，便教米老拜爲兄」，「山房惜未從公擇，書局聞曾擬道原」，「野人只識羹芹美，相國安知食筍甘」，自注：富鄭公事。「事先白傅求閑後，街似温公約史年」，「公閑去伴种司諫，我懶思尋靖長官」，「清於坡老遊杭市，儉似乖厓在劍州」，「軍皆歌范老，民各像乖厓」，「賈董奇才無地立，歐蘇精鑒與人同。安知李膺揮門外，不覺劉幾入彀中」，此類數十聯，皆宋事也。後見后村四六亦然。

偶與學子言詩用字，不可臆爲杜撰，即如古人名字：司馬長卿，長字無平聲；相如，相字無仄聲，如字或作上聲；馬援，援字無平聲；曹操，操字無平聲之類，今人率通融以就己便，非也。又如樂毅稱樂生，賈誼稱賈生，司馬長卿稱馬卿，李膺稱李君，阮籍稱阮公，嵇康稱嵇生，山濤稱山公，王導稱王公，郗愔稱郗公，謝安石、謝靈運、謝朓，皆稱謝公，庾亮稱庾公，王凝之稱王郎，袁粲稱袁公，江淹稱江郎，徐陵自稱徐君，杜甫稱杜公，李白稱李生，孟浩然稱孟公，韓愈稱韓公，韋應物稱韋公，白居易稱白公，歐陽修稱歐公，蘇軾稱蘇公，又謝惠連稱小謝，宋祁稱小宋，蘇轍稱小蘇，杜牧稱小杜之類，皆有所本，即是出處，不可假借。若杜甫稱杜生，李白稱李公，知復爲誰耶。地名亦各有所宜。故友陳伯璣嘗語余：「『姑蘇城外寒山寺，夜半鐘聲到客船』，若作『金陵城外報恩寺』，有何意味？」此雖謔語，可悟詩家三昧。余因廣之云：「流將春夢過杭州」，「滿天梅雨是蘇州」，「二分無賴是揚州」，「白日澹幽州」，「黄雲畫角見并州」，「澹烟喬木隔綿州」，「曠野見秦州」，「風聲壯岳州」，風味各肖其地，使易地即不宜。若云「白日澹蘇州」，或云「流將春夢過幽州」，不堪絶倒耶？宋人謂「五月臨平山下路，藕花無數滿汀洲」，改「六月臨平」云云，便不佳，亦此意也。

《冀州記》：王僑，犍爲武陽人，爲柏人令，于緱氏山登仙。按：今唐山縣，即漢之柏人，巏嵍山在其城北，故馬彧《贈韓定辭》詩云：「別後巏嵍山上望，羡君時復見王喬。」《後漢書》：王喬，河東人，顯宗時爲葉令。或云即古仙人王子喬。按字書：嵍，音務。或呼爲宣務山。柏人城西門内碑是漢桓帝時縣人爲令徐整所立，銘云：「土有巏務山，王喬所仙。」巏字無所出，務字依諸字書，即旄丘之旄也。旄字，一音忘付反，今依附俗名，當音權務耳。按此，馬詩當作莫毫反。

謝康樂石門詩凡二：其一《登石門最高頂》所謂「晨策尋絶壁，夕息在山棲」者，永嘉之石門也；其一《石門新營所住四面高山迴溪石瀨茂林修竹》所謂「躋險築幽居，披雲卧石門」者，匡廬之石門也。桑喬《廬山紀事》誤取前一首。

韓翃詩：「春衣晚入青楊巷，細馬春過皂莢橋。」按：青楊巷在荆州，梁何妥居白楊巷，蕭沓居青楊巷，時人語曰：「時有二俊，白楊何妥、青楊蕭昚。」皂莢橋在揚州，晁無咎揚州詩曰：「皂莢村南三四里，春江不隔一程遥。雙陂門起如牛角，知是隋家萬里橋。」

孔博士東塘言，曲阜縣東北有石門山，即杜子美詩《題張氏隱居》所謂「春山無伴獨相求」、《劉九法曹鄭瑕丘石門宴集》所謂「秋水清無底」者是也。李太白有《石門送杜二甫》詩：「何言石門路，復有金尊開。」亦其地。山麓今尚有張氏莊，相傳爲唐隱士張叔明一作卿。舊居。張蓋與太白、孔巢父輩同隱徂徠，稱「竹溪六逸」者也。山不甚高大，石峽對峙如門，故名。中有石門寺，寺後曰涵峰，峰頂有泉，流入溪澗，往往成瀑布。孔於寺前水匯處作亭曰「秋水」，又於其左起館曰「春山」，皆取杜句也。山南有兩小阜，俗稱金耙齒、銀耙齒者。子美詩「不貪夜識金銀氣」之句，蓋偶然即目耳，非身歷其處，固不知也。又故魯城北有范氏莊，即太白訪范居士，失道落蒼耳中者。孔亦將修復其址，仍取李詩「閑園養幽姿」之句，名以「閑園」。余喜其好事，諾爲作記，而先書於此。注家引《水經注》，謂石門在臨邑，非是。

香鑪峰在東林寺東南，下即白樂天草堂故址。峰不甚高，而江文通《從冠軍建平王登香鑪峰》詩云：「日落長沙渚，層陰萬里生。」長沙去廬山二千餘里，香鑪峰何緣見之。孟浩然《下贛石》詩：「暝帆何處泊，遥指落星灣。」落星在南康府，去贛亦千餘里，順流乘風，非一日可達。古人詩祇取興會超妙，不似後人章句，但作記里鼓也。

世謂王右丞畫雪中芭蕉，其詩亦然。如「九江楓樹幾回青，一片揚州五湖白」，下連用「蘭陵鎮」、

「富春郭」、「石頭城」諸地名，皆寥遠不相屬。大抵古人詩畫，只取興會神到，若刻舟緣木求之，失其指矣。

張籍《蠻中》詩：「銅柱南邊毒草春，行人幾日到金潾。」金潾，交趾地名，《水經注》所謂「金潾清渚」是也。潾與鄰通，今刻本作「麟」，非。

杜牧之弔沈下賢詩云：「一夜小㶌山下夢，水如環佩月如襟。」坊刻訛作「小孤」，與本題無涉。按：《吴興掌故》：㶌山，在烏程縣西南二十里。《易》曰：「震爲㶌。」㶌，花蒂也。《説卦》：山之東曰㶌。此山在福山東，故名。福山又名小㶌山，與㶌山相連接，唐詩人沈亞之下賢居此。余鄉華不注，不作跗解，亦與㶌同義。

蘇潁濱《北渚亭》詩云：「西湖已過百花汀，未厭相携上古城。」據此，則北渚亭當在北城之上無疑。又，《遊泰山詩四首·初入南山》云：「兹人謂川路。」今黄山鋪已南至泰山，皆名川路，故其下又云：「嘉陵萬壑底，棧道百迴屈。」匡巘互崢嶸，征夫時出没。」因川路以寄故鄉之思也。

岣嶁，音訓皆作去聲。余向有金山寄友人詩云：「憶君楚澤佳風日，也上岣嶁九面山。」或以爲誤。按：岣嶁，一字三音。平聲鉤樓，上聲莒旅，去聲勾陋。又，岣，共于、居侯、果羽、古后四切。嶁，龍未、郎侯、隴丑、郎豆四切。《史記》音「苟樓」，猶巃嵸，巃嵸可平、可上也。又張謂《長沙土風碑》：「五嶺南指，三湘北流，鄰連滄浪，邊遥岣嶁。」亦平讀也。

余遊廬山，唯白鹿洞、開先寺古碑刻最多。萬杉寺乃宋仁宗所建，而碑刻絶少。相傳有仁宗御書，亦不復存。唯石上有「龍虎嵐慶」四大字，云是宋人槐京書，殊無文義。適讀《(程)[桯]史》，見張孝祥與王阮同遊萬杉賦詩，張云：「老幹參天一萬株，廬山佳處著浮圖。砥因買斷山中景，破費神龍百斛珠。」王云：「昭陵龍去奎文在，萬歲靈杉守百神。四十二年真雨露，山川草木至今春。」阮詩號《義豐集》。桑御史喬作《廬山紀事》，極簡潔，而不收此。余題詩云：「晨過玉京山，緬想陶公里。谿迴得寺門，曲折松杉裏。雨中念佛鳥，交語清人耳。風吹修竹林，下有寒泉水。」爾時未覩二公詩，又不詳仁宗建寺始末，故略之，殊以爲憾。

宋文憲公跋淵明像云：「有謂淵明恥事二姓，在晉所作，皆題年號，入宋之時，惟書甲子，則惑於傳記之説，而其事不得不辨。今淵明之集具在，其詩題甲子者，始於庚子而迄於丙辰，凡十有七年，皆晉安帝時所作，初不聞題隆安、元興、義熙之號。若《九(月)[日]閑居》詩有『空視時運傾』，《擬古九章》有『忽值山河改』之語，雖未敢定於何年，必宋受晉禪之後所作，不知何故，反不書甲子也。其説蓋起於沈約，而李延壽著《南史》、五臣注《文選》皆因之，雖有識如黄庭堅、秦觀、李燾、真德秀，亦踵其謬，而弗之察。獨蕭統撰本傳，以曾祖晉世宰輔，恥復屈身後代。朱元晦述《綱目》，遂本其説，書曰『晉徵士陶潛』，卒可謂得其實矣。烏虖！淵明之節，其待書甲子而後見耶？」

唐張祜詩：「内人已唱《春鶯囀》，花下傞傞軟舞來。」按《教坊記》：伎女入宜春院，謂之内人，亦曰前頭人。凡出戲日，所司先進曲名，上以墨點者即舞，謂之進點。教坊人惟得舞《伊州》，餘悉讓内人，如《垂手羅》、《回波樂》、《蘭陵王》、《春鶯囀》、《烏夜啼》之屬，謂之軟舞。又有《緑腰》、《蘇合香》、

《屈柘》、《涼州》、《甘州》、《柘枝》、《黃獐》、《狒林》、《胡渭州》、《達摩支》之屬，謂之健舞。又有《劍器》、《胡旋》、《胡騰》等。按：記中所列曲名，如《小秦王》、《武媚孃》，皆李唐本朝事，與《吕太后》並列，不避忌。《竹枝》本名《竹枝子》，與《采蓮子》、《漁歌子》、《山花子》、《水仙子》、《南鄉子》、《赤棗子》、《生查子》並列。今獨去「子」字，但云《竹枝》。若《楊柳枝》，則其本名。又有字舞、花舞、馬舞。

葉水心有《橘枝詞三首》，記永嘉風土。其第一首云：「蜜滿房中金作皮，人家短日挂疏籬。判霜剪露裝船去，不唱楊枝唱橘枝。」如《柳枝》之專詠柳也。第二、第三首，則泛言風土，如竹枝體。

楊升庵云：「《麗情集》載湖州妓周德華者，劉采春女也，唱劉夢得《柳枝詞》云云。此詩甚佳，而劉集不載。」余按：此乃白樂天詩，詩本六句，非絶句。題乃「板橋」，非「柳枝」。蓋唐樂部所歌，多剪截四句歌之，如高達夫「開篋淚沾臆」本古詩，止取前四句；李巨山「山川滿目淚沾衣」，本《汾陰行》，止取末四句是也。白詩「板橋」，在今汴梁城西中牟之東，唐人小説載板橋三孃子事即此，與謝玄暉之「新林浦板橋」異地而同名也。升庵博極群書，亦有此誤。

唐人《柳枝詞》專詠柳，《竹枝詞》則泛言風土。前人亦有一二專詠竹者，殊無意致。宋葉水心又創爲《橘枝詞》，亡友汪鈍翁編修亦擬作二首。其一云：「郎行時節橘花零，南風吹來香滿庭。今年橘實大如斗，勸郎莫羡楚江萍。」

昔人謂《竹枝》歌詞雖鄙俚，尚有三緯遺意。山谷聞人歌劉夢得《竹枝》，歎曰：「此奔軼絶塵，不可追也。」夢得後工此體者，無如楊廉夫、虞伯生。他如「黄土作牆茅蓋屋，庭前一樹紫荆花」、「黄魚上得青松樹，阿儂始是棄郎時」等句，皆入妙。近見彭羨門孫遹《嶺南竹枝》，深得古意。詩云：「木棉花上鷓鴣啼，木棉花下牽郎衣。欲行不行未忍別，落紅没盡郎馬蹄。」「妾家豀口小迴塘，茅屋藤扉蠣粉牆。記取榕陰最深處，閑時來過喫檳榔。」「半年水宿半山居，冬採香根夏採珠。珠好須從蚌中覓，香燒還仗博山鑪。」又山陰徐緘《竹枝》云：「句踐城南春水生，水中鬥鴨自呼名。伯勞飛遲燕飛疾，郎入城時儂出城。」亦本色語也。

《夢溪筆談》載：寇萊公好《柘枝舞》，每宴客，必舞《柘枝》，舞輒竟日，時人號爲「柘枝顛」。朱淩豀詩「遥憶風流王柱史，西臺銀燭柘枝顛」，正用此事。或改「顛」字作「前」，風趣奇減，豈未睹出處耶？

唐張繼《楓橋夜泊》詩，前人以「夜半鐘聲」爲疑，《老學庵筆記》引皇甫冉「半夜隔山鐘」、于鄴「遠鐘來半夜」，以爲唐時僧寺或有半夜鐘，不必姑蘇也。《墨莊》云：今平江城中，自承天寺後改能仁寺。半夜鳴鐘，諸寺乃以次而鳴，迨今如此，蓋自唐而然。據此，則「夜半鐘」是姑蘇故事，務觀亦未之考也。

樂府《拂舞歌》有《獨漉篇》，一作「獨禄」，一作「獨鹿」。《宛委餘編》子、史、文選訓解云：「罜麗，小網也，音獨鹿。」按：古辭云：「獨漉獨漉，水深泥濁。」蓋因水邊所見以起興。「漉」、「禄」、「鹿」三字，舊俱無解，則作網義釋亦通。

渾脱之義，余向詳之《皇華紀聞》。閲李中麓開先《塞上曲》云：「不用輕帆并短棹，渾脱飛渡只須臾。」與朱秉器中丞所記略同。李自注：脱音駝。然後知「渾脱舞」、「渾脱帽」皆當作平聲也。

杜詩「舞馬既登床」，《珊瑚鈎詩話》云：舞馬藉之以榻也。朱翌引《樂府雜録》云：有馬舞者，攏馬人著綵衣，執鞭於床上舞，馬蹀躞，蹄皆應節。是登床而舞乃馭者，而馬應節於下也。二説未知孰是。

樂府：「碧玉破瓜時。」而《談苑》載吕洞賓謁張洎詩：「功成應在破瓜年。」洎後以六十四卒，破瓜者，二八也。老少男女皆可稱破瓜，亦奇。

《荆楚歲時記》：河鼓謂之牽牛，黄姑即河鼓也。古詩云：「黄姑織女時相見。」李後主詩云：「迢迢牽牛星，渺在河之陽。粲粲黄姑女，耿耿遥相望。」則又以黄姑爲織女，不知何據。

黄詩：「春溪蒲稗没鳧翁。」樂府：「化爲白鳧如老翁。」《急就篇》：「春草鷄翹鳧翁濯。」顔師古注：翁，頸上毛也，象鳧在水中，引濯其毛也。黄詩蓋出此，與老翁義别。《漢·郊祀志》：「鳧翁雜五采文。」又，北齊武成帝湛，小字鳧翁。北齊童謡云：「中興寺内白鳧翁，四方側聽聲雝雝，道人聞之夜打鐘。」

彈棋之戲，始見《西京雜記》、《後漢·梁冀傳》注稍詳之，似近投壺，而其製不傳。今人詩多以奕棋當之，可發一笑。王建《宫詞》云：「彈棋玉指兩參差，背局臨虚鬥著危。先打角頭紅子落，上三金字半邊垂。」讀之亦不能通曉也。

往在京師，吴門文點爲余作《讀書圖》，汪苕文題詩云：「借問鄰家競笙管，一絇能絡幾多絲。」後改作「一絇絲絡幾多時。」一日，讀馬永卿《懶真子》云：「諺云：『一絇絲能得幾時絡。』喻小人逐目前之樂也。絇字當作緰。《太玄經》絡之次五曰〔一〕：蜘蛛之務，不如蠶一緰之利。緰，音七侯反，與絇音同。」

【校勘記】

〔一〕據《太玄經》卷二，「絡」疑爲「務」之誤。

顧太初《説略》引鄭康成、顔師古、崔豹諸説，辨罘罳之制甚詳，以爲闕屏間刻鏤鳥獸、雲氣，疏通連綴之狀。唐蘇鶚引《子虛賦》「罘網彌山」，證罘當爲網，顧以爲非是。余按：《柏梁詩》上林令云：「走狗逐兔張罘罳。」則罘罳之爲網明甚。罘罳之爲網户，正以其象類網而借用耳。

蜀人謂衣紐曰船，蓋方言也。海鹽陸處士冰修嘉淑贈余詩，有「跣足到門衣不船」之句，用此。杜詩「天子呼來不上船」，注引方言則鑿矣。

元微之詩「顧我無衣搜藎篋」，本集注：藎，草名。今刻作「畫篋」，字形之譌也。段柯古連句詩「蝶閑移忍草」、「忍草雜蘭蓀」，「忍」皆作「認」。

廣南人以蒀爲茶，余頃著之《皇華紀聞》。閲《道鄉集》有《張糾送吴洞蒀》絶句云：「茶選修仁方破碾，蒀分吴洞忽當筵。君謨遠矣知難作，試取一瓢江水煎。」蓋志完遷昭平時作也。又有《蘿葡菜》詩云：「丹桂葉舒推重碧，木蘭花發避深紅。」皆可入《南方草木狀》也。又交趾茶如緑苔，味辛烈，名曰登，或即𧾷登字。

白樂天詩「嫁得黔婁作夫婿，可能還寄蜀茶來」，謂蜀産如蒙頂茶之類也。然聞有蜀茶一種，樹似山茶，高者丈餘，花開以二三月，大如牡丹，色皆正紅，但香稍不逮耳。

《畫墁録》：襄邑義塘瓜，剖之色如黛，而味甘如蜜。余昔寄劉考功公㦸句云：「側聞西湖水，嫩緑如瓜瓤」用此。世必疑瓜瓤無黛色者矣。

周嬰《卮林》，援據該博。如《古咄唶歌》「棗適今日賜，誰當仰視之」，引《方言》云：「賜，盡也。」潘岳《西征賦》：「若循環之無賜。」《維摩詰經》：「如來鉢飯，悉飽衆會，猶故不賜。」《太平廣記》引《啓顔録》：「山東人謂盡爲賜，是也。」又《光明經》：「食已飽足，飯不消瀃。」「瀃」與「賜」同。

鳥曰雄雌，獸曰牝牡。然「牝鷄」、「雄狐」，經文互用。又《高麗史·辛禑傳》：「遣密直副使張方平獻歲貢，雄馬十五匹、雌馬三十五匹。」馬亦得稱雄雌也。又古詩：「雄兔脚撲朔，雌兔眼迷離。」

葉石林舉東坡「獨看紅蕖傾白墮」，「白墮」人名，此正如吴下饌鵝設具云：「請共過食右軍。」不知此例正多，如山谷詩：「春網薦琴高。」「琴高」亦人名，皆自曹瞞「惟有杜康」作俑。

余蜀道詩有「熊館四時陰」之句，亡友葉文敏訒庵以爲射熊館乃漢上林館名，不可借用。非也。《夢溪筆談》云：「熊於山中行數千里，悉有跧伏之所，必在石巖枯木中，山民謂之熊館。」又有句云：「東道連朐䏰。」按：朐䏰，音潤蠢，而顔師古《地理志注》音劬，予從顔音。

李子田舉唐人詩用字音與今人别者，如劉夢得「停杯處分不須吹」，「分」作去聲；王建「每日臨行空挑戰」、羅虬「不應琴裏挑文君」，「挑」皆上聲；包佶「曉漱瓊膏冰齒寒」，「冰」去聲；段成式「玳牛獨駕長檐車」，「長」，上聲。余按：《白氏長慶集》中，此例尤多。如「請錢不早朝」，「請」作平聲；「四十著緋軍司馬」，「司」，入聲；「紅闌三百九十橋」，「十」讀如諶；「爲問長安月，如何不相離」，「相」，思必切；「燕姬酌蒲桃」、「燭淚粘盤壘〔蒲桃〕」，「蒲」，上聲；「三年隨例未量移」，「量」，平聲；「金屑琵琶槽」，「琵」，仄聲之類，子田皆未暇及。及劉夢得「幾人雄猛得寧馨」，「寧」，平聲；「拋卻丞郎争奈何」，「争」，去聲；獨孤及「徒言漢水纔容舠」，「纔」，去聲；盧綸「人主人臣是親家」，「親」，去聲，讀如靚；徐鉉《騎省集》「莫折紅芳樹，但知盡意看」，自注：但，平聲。按：《老學庵筆記》：但姓，讀如檀。又宋陶穀「尖檐帽子卑凡厮」，「厮」入聲。宋文安「三十六所春宮館」，「鄜州軍司馬，也好畫爲屏」，亦如白詩。又《猗覺寮記》舉李商隱「可惜前朝玄菟郡」，「菟」，去聲。「九枝燈檠夜珠圓」，唐彦謙「燈檠昏魚目」，《釋文》：「檠，音景。」《前漢・蘇武傳》注：「音警。」唐人如此尚多，未能枚舉。又陸游「燒灰除菜蝗」，「蝗」，仄聲；「拭盤堆連展」，「連」，上聲。今山東製新麥作條食之，謂之「連展」，「連」讀如「輦」。東坡詩「左元放」，「放」作平聲，「司馬相如」，「如」作上聲。

《吹景集》載唐人詩用字異音，有余《池北偶談》中廣李子田《丹浦窾言》所未及者。韓退之《岳陽樓》詩「軒然大波起，宇宙隘而防」，「防」音訪；《東都》詩「新輩只嘲評」，「評」音病；元微之《東南行》「徵俸封魚租」，「封」音奉；《痁卧》詩「一生長苦節，三省詎行怪」，「怪」音乖；《嶺南》詩「洞照失明鑒」，「鑒」，平聲；《夜池》詩「高屋無人風張幕」，「張」音漲；又「苦思正旦酬白雪」，「旦」音丹；又「雁思欲回賓」，自注：思，上聲；白樂天「仁風扇道路，陰雨膏閭閻」，「扇」，平聲，膏，去聲；李義山《石城》詩「簟冰將飄枕」，自注：冰，去聲；陸魯望「海客施明珠，湘蕤料浄食」，自注：料，平聲。

顧崑山詩有云：「落日江頭送伍員，秋風壠上别徐君。偶來圯上逢黄石，便向山中禮白雲。」竊疑「員」字舊作王問切，唐人語曰「令君四俊：苗、吕、崔、員」是也。後見吴曾引《春秋左氏傳》「伍奢子員」，陸德明《釋文》「音云，平聲」，乃知顧詩用韵有據。又如馬援，援字作延絹切，無作平聲者。宋王景文詩云：「直翁謂史相浩。自了平生事，不了山陰陸務觀。」放翁見之，笑曰：「我字務觀，乃去聲，如何把做平聲押了。」此雖謔語，亦可爲用字不詳出處者戒。貞觀年號，觀字亦去聲。

王敬美集云：「中酒二字，始見《徐邈傳》『中聖人』，義如中著之中，而音反從平聲。《樊噲傳》：『項羽既饗軍士，中酒。』顔注云：『飲酒之中也，不醉不醒，故謂之中。』義宜從平聲，而音乃竹仲切，何也？」然古人詩「氣味如中酒」之類，皆從平聲，無「竹仲」一讀。又宋王觀國《學林》云：「老杜『新數中興年』、『百年垂死中興時』，中並去聲。《烝民》詩序曰：『任賢使能，周室中興焉。』陸德明《音義》曰：『中，丁仲反。』觀國按：中字有鐘、衆二音。音鐘者，當二者之中，首尾均也。音衆者，首尾不必均，但在二者之間爾。此中興之中，所以音衆。」

梅聖俞《宣州雜詩》有云：「一過響山畔，常思路中丞。」「中丞」之「中」，亦作竹仲切，僅見於此。

汃字，《説文》引《爾雅》云：「西至于汃國。」汃，西極之水也，府巾切。杜牧《送孟遲先輩》詩「小溪光汃汃」，自注：「普(汃)〔八〕切。」宋黄仁傑《夔州苦雨》詩「汃月不虚爲朽月，今年賴得是豐年」，汃，音怕，平聲。《東方朔傳》：「令壺齟，老柏塗。」塗與汃同，注云：丈加切。

笭箵之箵，有平、上二讀。元次山「能帶笭箵，全獨而保生」，蘇子美《松江觀漁》詩云：「擬來隨爾帶笭箵」，謝幼槃《嚴陵》詩云：「身前萬事一笭箵」，皆在青韵。今小本《詩韵》止收笭字，誤。

能，奴豈切，又乃帶切，獸名，熊屬，足似鹿。《説文》曰：「能獸堅中，故稱賢能，而强壯稱能傑也。音奴登切。」字書：三足鼈曰能，音乃帶切。阮嗣宗《詠懷》詩云：「誰云君子賢，明達安可能」，與「萊」、「哉」相叶。阮瑀《七哀》詩云：「身盡氣力索，精魂靡所能」，與「來」、「萊」相叶。則是賢能之能，亦乃帶切，叶平。

杜子美《黑白二鷹詩》：「干人何事網羅求。」南唐元宗謂馮延巳云：「吹皺一池春水，干卿何事。」《舊唐書》：明皇爲楚王，叱金吾將軍武懿宗曰：「吾家朝堂，干汝何事，敢迫吾騎從！」此語在前。又杜牧之詩：「自滴階前大梧葉，干君何事動哀吟。」

韓致堯詩：「白玉堂東遥見後，令人評泊畫楊妃。」李子田云：「『評泊』者，論貶人是非也，作『評駁』者非。近諸本或作『斗薄』，或轉訛『陡薄』，殊無意義。」

「看煞」二字有兩出處。《世説》：「看煞衛玠。」東坡歸自海外，在毗陵舟中，兩岸聚觀者不下千萬人，坡笑語座客曰：「莫看煞軾否？」余過梁溪詩云：「買得蜻蛉小如葉，推篷看煞九龍山。」九龍山即惠山也。

宋人謂漢唐人多以阿字爲發語，如阿嬌、阿誰、阿家、阿房宫之類，則阿房之阿，亦當作去聲。又山谷詩「語言不韵無阿堵」，阿字反作平聲。余《蜀道集》詩有句云：「緑苔未央瓦，黄土阿房宫」本此。

劉節之孔和有詩云：「虚堂微月影跉𨁏，茗粥筵中解静聽。已許來年仍小泊，未須催曉唱瓏璁。」瓏璁二字，出揚子《法言》：「瓏璁其聲者，其質玉乎。」則商玲瓏作商瓏玲亦可。又韓退之于「莽鹵」、「纆徽」、「帖妥」等字多倒用，皆有據，非杜撰。推之「噌吰」之爲「宏噌」、「孟浪」之爲「浪孟」皆然。若魯直以「西巴」爲「巴西」，則趁韵耳。

南唐李主研山，後歸米元章，米與蘇仲恭學士家易北固甘露寺海嶽庵地，宣和入御府。後又四百餘年，不知更易幾姓，而至新安許文穆國家，已而歸嘉禾朱文恪國祚。余戊辰春，從文恪曾孫檢討彝尊京邸見之，真奇物也。檢討請余賦詩，既爲作長句，又題一絶句云：「南唐寶石劫灰餘，長與幽人伴著書。青峭數峰無恙在，不須淚滴玉蟾蜍。」後二年復入京師，則研山又爲崑山徐司寇購去矣。今又十五年，不知尚藏徐氏否。「青峭數峰」，蓋用南唐元宗語。元章既失研山，賦詩云：「研山不可見，哦詩徒嘆息。惟有玉蟾蜍，向余頻淚滴。」皆用本事也。又元章既賦詩，因筆想爲之圖。元梅花道人吴仲圭又畫《硯山圖》。研山上有「寶晉齋」三篆字及「襄陽米氏世珍」印。所謂「華蓋峰」、「月巖」、「翠巒」、「方壇」、「玉筍」、「上洞」、「下洞」、（下洞三折通上洞。）「龍池」諸勝，宛然皆具。

一貴人買得柴窯碗一枚，其色正碧，流光四照。始憶陸魯望詩「九秋風露越窯開，奪得千峰翠色來」，可謂妙于形容。唐時謂之秘色也。

五金之屬，銅器最壽，最貴重。至銀器，則初不聞之，唯元朱碧山鍛銀器有名。孫侍郎承澤北海、宋按察琬荔裳皆藏銀槎一，上有仙人，款曰：「朱碧山製。」有古篆二十八字云：「欲度銀河隔上闌，時人浪説貫銀灣。如何不覓天孫錦，只帶支機片石還。」朱名華玉，浙人。康熙辛亥、壬子間，余兄弟與荔裳在京師，同施侍讀閏章愚山輩爲詩社，酒次嘗出此槎勸釂，因屬賦，皆詠張騫事。余亦云：「窮源過大夏，鑿空取通侯」云云，蓋本宗懔《荆楚歲時記》之説。然其仙人羽衣幅巾，似取太乙仙人蓮葉舟之意。又《拾遺記》：堯時有巨槎，浮四海十二月周天，名貫月槎、挂星槎，羽仙棲息其上。當詠此事爲合。

諧聲別部卷五

王阮亭先生原本　南昌喻端士編

詩無達詁，是固然矣。然春秋之世，斷章詠歌，一吐納爲感召，經論定而愈彰，況懷我心聲，其可漫無評泊也哉。夫陳篇佳什，有如故人，温故知新，必資賞析。肱三折爲良醫，鋼百鍊而繞指，研之愈精，其妙愈出，斯爲貴耳。至於花樣不同、模範一律，猶衣鉢以相傳，嘆機杼之獨出。比而觀之，則推陳之功、出藍之譽，相形而並見矣。顧得失決目於一時，與是非持平於千載。文章命達之慨，蓋不獨感遇有然，即嗜好鹹酸之殊，亦往往書空三嘆。是豈相輕結習，相競私心也乎？君子立言不苟，論古無偏。非筆削有秋霜，寓闡揚於月露，汝南之評，固可移於風雅耳。編評論第五。

汾陽孔文谷云：「詩以達性，然須清遠爲尚。」薛西原論詩獨取謝康樂、王摩詰、孟浩然、韋應物，謂「白雲抱幽石，緑篠媚清漣」，清也；「表靈物莫賞，藴真誰爲傳」，遠也；「何必絲與竹，山水有清音」，「景昃鳴禽集，水木湛清華」，清遠兼之也，總其妙在神韵矣。神韵二字，余向論詩，首爲學人拈出，不知先見於此。

或問「不著一字，盡得風流」之説。答曰：太白詩：「牛渚西江夜，青天無片雲。登高望秋月，空憶謝將軍。余亦能高詠，斯人不可聞。明朝挂帆去，楓葉落紛紛。」襄陽詩：「挂席幾千里，名山都未逢。泊舟潯陽郭，始見香爐峰。常讀遠公傳，永懷塵外蹤。東林不可見，日暮空聞鐘。」詩至此，色相俱空，政如羚羊挂角，無跡可求，畫家所謂「逸品」是也。

晚唐人詩「風暖鳥聲碎，日高花影重」，「曉來山鳥鬧，雨過杏花稀」；元人詩「布穀叫殘雨，杏花開半村」，皆佳句也。然總不如右丞「興闌啼鳥緩，坐久落花多」自然入妙。盛唐高不可及如此。

唐崔國輔詩「松雨時復滴，寺門清且凉」，語最妙。宋潘閬詩「夜凉疑有雨，院静若無僧」，亦佳，然不免作意。五代盧延遜山寺詩：「兩三條電欲爲雨，四五箇星猶在天。」延遜好爲俚語，此一聯乃差有致。

象耳袁覺禪師嘗云：「東坡詩『我持此石歸，袖中有東海』，山谷詩『惠崇烟雨蘆雁，坐我瀟湘洞庭。欲唤扁舟歸去，旁人云是丹青』，此禪髓也。」余謂不惟坡、谷，唐人如王摩詰、孟浩然、劉昚虚、常建、王昌齡諸人之詩，皆可語禪。

東坡謂：「柳柳州詩，在陶彭澤下、韋蘇州上。」此言誤矣。余更其語曰：「韋詩在陶彭澤下、柳柳州上。」余昔作《論詩絶句》有云：「風懷澄澹推韋柳，佳處多從五字求。解識無聲絃指妙，柳州那得並蘇州。」又嘗謂：「陶如佛語，韋如菩薩語，王右丞如祖師語。」

坡公吴興飛英寺詩起句云：「微雨止還作，小窗幽更妍。盆山不見日，草木自蒼然。」古今絶妙語。然不若截取四句作絶句，尤雋永。如柳子厚「漁翁夜傍西巖宿」，只以「欸乃一聲山水緑」作結，當爲絶唱。余嘗定故友程職方周量詩，愛其一首云：「朝行青山頭，暮歇青山曲。青山不見人，猿聲相斷續」云云，删作絶句，其妙什倍。此可爲知者道耳。

「久客見華髮，孤棹桐廬歸。新月無朗照，落日有餘暉。漁浦風水急，龍山烟火微。時聞沙上雁，一一皆南飛。」右宋初潘閬詩也，高妙不減岑嘉州。故友施侍讀愚山閏章《宿越州天衣寺》云：「月照竹林早，露從衣袂生。」亦不減閬語。

丁丑長至後，京師已三見雪。一日，會議坐朝房，或問余古人雪詩何句最佳，余曰：莫踰羊孚贊云「資清以化，乘氣以霏。值象能鮮，即潔成輝」；陶淵明詩云「傾耳無希聲，在目皓已結」；王摩詰詩云「隔牖風驚竹，開門雪滿山」；祖詠詩云「林表明霽色，城中增暮寒」；韋蘇州詩云「怪來詩思清人骨，門對寒流雪滿山」，此爲上乘。若温庭筠「白馬夜頻驚，三更灞陵雪」，亦奇作也。至「銀杯、縞帶」，「玉樓、銀海」，已傖父矣。

劉公子節之詩云：「少陵詩竭情，右軍書趁媚。譬如今雅琴，乃是古鄭衛。此語固頗高，何以處衰季。多巧傷元化，僞古愈堪畏。强擬皇娥篇，勦取岣嶁字。不如求真至，平澹皆可味。」旨哉言乎。

唐人五言絶句往往入禪，有得意忘言之妙，與浄名默然、達摩得髓同一關捩。觀王、裴《輞川集》及祖詠《終南殘雪》詩，雖鈍根初機，亦能頓悟。余少時在揚州，亦有數作，如《青山》云：「微雨過青山，漠漠寒烟織。不見秣陵城，坐愛秋江色。」《江上》云：「蕭條秋雨夕，蒼茫楚江晦。時見一舟行，濛濛水雲外。」《惠山下友人過訪》云：「雨後明月來，照見下山路。人語隔溪烟，借問停舟處。」《焦山曉起送崑崙還京口》云：「山堂振法鼓，江月挂寒樹。遥送江南人，鷄鳴峭帆去。」又在京師《早至天寧寺》云：「凌晨出西郭，招提過微雨。日出不逢人，滿院風鈴語。」皆一時佇興之言，知味外味者，當自得之。

律詩貴工於發端，承接二句尤貴得勢，如懶殘履衡岳之石，旋轉而下，此非有伯昏無人之氣者不能也。如「萬壑樹參天，千山響杜鵑」下即云「山中一夜雨，樹杪百重泉」；「昔聞洞庭水，今上岳陽樓」下云「吴楚東南坼，乾坤日夜浮」；「古戍落黄葉，浩然離故關」下云「高風漢陽渡，初日郢門山」；「錦瑟怨遥夜，繞絃風雨哀」下云「孤燈聞楚角，殘月下章臺」，此皆轉石萬仞手也。

山谷云：「氣蒸雲夢澤，波撼岳陽城」不如「雲中下蔡邑，林際春申君」；「疏影横斜水清淺，暗香浮動月黄昏」不如「雪後園林纔半樹，水邊籬落忽横枝」。此論最有神解。《后山詩話》别記云：魯直謂「笙歌歸院落，燈火下樓臺」不如「落花遊絲白日静，鳴鳩乳燕青春深」；「氣蒸雲夢澤」云云不如「光涵太虚室，波動岳陽樓」。此語大減。上二聯雅俗判然，不煩秤量。下一聯，孟句雄渾天成，若「光涵太虚室」是何等語，必記者之誤也。

張道濟手題王灣「海日生殘夜，江春入舊年」一聯于政事堂；王元長賞柳文暢「亭皋木葉下，隴首秋雲飛」，書之齋壁；皇甫子安、子循兄弟論五言，推馬戴「猿啼洞庭樹，人在木蘭舟」，以爲極則。又若王籍「蟬噪林逾静，鳥鳴山更幽」，當時稱爲文外獨絶；孟浩然「微雲淡河漢，疏雨滴梧桐」，群公咸閣筆，不復爲繼；司空表聖自標舉其詩曰：「回塘春盡雨，方響夜深船。」玩此數條，可悟五言三昧。

范德機嘗得十字云：「雨止修竹間，流螢夜深至。」既復曰：語太幽，殆類鬼作，當以他語映帶之。因足成此章云。余少時有句云：「螢火出深碧，池荷聞暗香。」葉文敏訒庵極喜之，取入《獨賞集》。

七言律神韵天然，古人亦不多見。如高季迪「白下有山皆繞郭，清明無客不思家」；楊用修「江山平遠難爲畫，雲物高寒易得秋」；近人如「春光白下無多日，夜月黄河第幾灣」，「節過白露猶餘熱，秋到黄州始解凉」，「瓜步江空微有樹，秣陵天遠不宜秋」；釋讀徹「一夜花開湖上路，半春家在雪中山」，皆神到不可湊泊。

唐人拗體律詩有二種。其一蒼莽歷落中自成音節，如老杜「城尖徑仄旌旆愁，獨立縹緲之飛樓」諸篇是也。其一單句拗第幾字，則偶句亦拗第幾字，抑揚抗墜，讀之如一片宫商，如趙嘏之「溪雲初起日沉閣，山雨欲來風滿樓」，許渾之「湘潭雲盡暮山出，巴蜀雪消春水來」是也。

東粤石刻，惟湞陽峽周夔《到難》一篇最古。讀郭功父《青山集·補到難篇》詩云：「文格迥欺韓愈老，字書尤逼小王真。」蓋宋人已珍重之如此。此文姚鉉收之《文粹》。「碧瀾之下，寸寸秋色」，乃篇中奇語，元遺山詩云：「碧瀾寸寸皆秋色，空對山靈説到難。」

同年吴侍讀默岩國對在儀真常書《許彦周詩話》：老杜《丹青引》「一洗萬古凡馬空」、坡公《觀吴道子畫壁》詩「筆所未到氣已吞」，惟二公之詩，各可以當之。而舉余少作《周文矩莊子説劍圖》詩「使筆如劍劍氣出」之句，以爲唯余詩足以當之。

唐詩佳句多本六朝，昔人拈出甚多，略摘一二爲昔人所未及者。如王右丞「積水不可極，安知滄海東」，本謝康樂「洪波不可極，安知大壑東」；「春草年年緑，王孫歸不歸」，本庾肩吾「何必遊春草，王孫自不歸」；「還家劍鋒盡，出塞馬蹄穿」，本吴均「野戰劍鋒盡，攻城才智貧」；「結廬古城下，時登古城上」，本何遜「家本青山下，好登青山上」；「莫以今時寵，能忘昔日恩」，本馮小憐「雖蒙今日寵，猶憶昔時憐」；「颯颯秋雨中，潺潺石溜瀉」，本王融「潺湲石溜瀉，緜蠻山雨聞」；「白髮終難變，黄金不可成」，本江淹「丹砂信難學，黄金不可成」；「如何此時恨，嗷嗷夜猿鳴」，本沈約「嗷嗷夜猿鳴，溶溶晨霧合」；孟襄陽「木落雁南度，北風江上寒」，本鮑明遠「木落江渡寒，雁還風送秋」；郎士元「暮蟬不可聽，落葉豈堪聞」，本吴均「落葉思紛紛，蟬聲猶可聞」；崔國輔「長信宫中草，年年愁處生。故侵珠履跡，不使玉階行」，則竟用庾詩「全因履跡少，併欲上階生」是也。

漢桓帝時童謡云：「小麥青青大麥枯，誰當穫者婦與姑。丈夫何在西擊胡。吏買馬，君具車。請爲諸君鼓嚨胡。」杜《大麥行》全襲其語，《兵車行》句調亦本此。

《柏梁詩》大官令云：「枇杷橘栗桃李梅。」語本可笑，而後人多效之。如韓文公《陸渾山火》云：「鴉鴟鵰鷹雉鵠鵾。」蘇文忠公《韓幹牧馬圖》云：「騅駓駰駱驪騮騵。」李忠定公《題李伯時畫馬》云：「騂騏騮駱駰驪黄。」陳后山上蘇公云：「桂椒柟櫨楓柞樟。」林艾山《資中行》云：「鐘鎛鼎鬲匜盤盂。」韓子蒼詩「蓴藕藷芋蘘荷薑。」然皆施於歌行耳。若鄧林「鴻鵠鵾鵬鶚鶻，鱒魴鰷鯉鰋鱨魦」，用之律，則非矣。蓋皆本史游《急就篇》，如「鯉鮒蟹鱓鮐鮑鰕」、「竽瑟箜篌琴筑箏」、「騂騩騅駮驪駠驢」、「牂羖羯羠羝羭」之類。又仰山答溈山云：「瓶盤釵釧劵盂盆。」禪語偶亦相似。

韓、蘇七言詩學《急就篇》句法，近又得五言數語。韓詩「蚌螺魚鼈蟲」，盧仝「鰻鱣鮎鯉鰌」、「鸂鶒鴝鶹鳧」，蔡襄「弓刀甲盾弩」、「筋皮毛骨羽」。然此種句法，間作七言可耳，五言即非所宜，解人當自知之。

岑詩：「山風吹空林，颯颯如有人。」黄庶詩：「山精水怪衣薜荔，天禄辟邪眠莓苔。」余遊廬山，亦得句云：「薜荔衣怪樹，山風恐行人。」各寫所見，而句法相似。然岑亦本古詩「羅帷卷舒，似有人開」意，非創也。

「時聞西窗琴，凍折三兩絃」，孟東野詩也。「浄几横琴曉寒，梅花落在絃間」，楊慈湖詩也。「松枝落雪滿琴絃」，倪雲林詩也。「鰣魚出水浪花圓，北固樓前四月天。忽憶戴顒窗户裏，櫻桃風急打琴絃」，余少作也。

老杜：「白鳥去邊明。」坡公：「貪看白鳥横秋浦，不覺青林没晚潮。」余登北固山多景樓，亦有句云：「高飛白鳥過江明。」一時即目，不覺暗合。

常愛杜詩「兩邊山木合，終日子規啼」，又明初人詩「數家茅屋臨江水，一路松風響杜鵑」，寫蜀江風景，宛然在目。余曾擬作一聯，送同年張仲誠沐知資縣云「子規聲斷處，山木雨來時」，又「嘉陵驛路千餘里，處處春山叫畫眉」，皆眼前實景也。

余官祭酒日，有送陳子文歸安邑詩云：「月映清淮何水部，雲飛隴首柳吴興。」按：葉石林云：「山抹微雲秦學士，露花倒影柳屯田」；又李易安：「露花倒影柳三變，桂子飄香張九成。」

陸魯望《白蓮》詩「無情有恨何人見，月白風清欲墮時」，語自傳神，不可移易。《苕溪漁隱》乃云移作白牡丹亦可，謬矣。余過露筋祠，有句云：「行人繫纜月初墮，門外野風開白蓮。」

白樂天詩「吴孃暮雨瀟瀟曲，自别江南久不聞」，極是佳句。余亦有二絶句云：「波繞雷塘一帶流，至今《水調》怨揚州。年來慣聽吴孃曲，暮雨瀟瀟水閣頭。」「七載離筵唤奈何，玉壺紅淚斂青蛾。瀟瀟暮雨南陽驛，重聽吴孃一曲歌。」

白太傅詩云：「燈火萬家樓四面，星河一道水中央。」劉後村詩云：「地占百弓全是水，樓無一面不當山。」余少時在濟南，亦有句云：「郭邊萬户皆臨水，雪後千峰半入城。」

唐劉希夷《汝陽潭》詩「魚鱗可憐紫，鴨毛自然碧」，寫物最工，然非初唐人語，已似皮、陸。余近詠寓邸西齋叢竹，有句云：「冉冉紫雲蓋，翻翻紅鵲尾。」竊自謂不減劉語。

東坡廬山詩云：「溪聲即是廣長舌，山色豈非清浄身。」明董思白宗伯寄先大司馬太師府君詩云：「鐃歌即是廣長舌，大纛豈非精進幢。」全襲坡語，稍變其意耳。時府君以兵部尚書視師行邊，故云。

嘗讀耶律文正詩「花落餘香著莫人」，蓋本朱淑真詞「無奈春寒著摸人」語。適讀宋彭器資汝礪《鄱陽集》，有《湖湘道中見梅花》絶句云：「滴葉開花妙入神，酥盤憶看北堂春。瀟湘此日堪腸斷，隨處幽香著莫人。」乃前此矣。唐人唯元、白集中多用此等字，未暇考也。《經籍志》汝礪集四十卷，今才十二卷。

元陳伯通宣慰，雲中人，跛而眇，自述云：「肢傷一體婁師德，目眇三分李雁門。」先兄西樵，甲辰歲以磨勘事下西曹，鍛鍊良苦，兄談笑賦詩，有句云：「縱跛尚如習鑿齒，有腸終類佛圖澄。」較陳句又勝之。

余改官翰林侍講時，淄川唐濟武夢賚寄詩云：「蠟燭五侯新制誥，鞦韆三影舊郎中。」語雖巧，特工妙。後讀王威寧詩「江浙老成新運使，户曹公道舊郎中」，乃知前輩已有此句法。

亡友唐耕塢允甲，宣城人，故明中書舍人，工楷法，詩最清婉，嘗有句云：「殘花野蕨圍荒砦，破帽疲驢避長官。」蓋本徐文長詩：「疲驢狹路愁官長，破帽殘衫拜孝陵。」然宋王君玉已云：「疾風甚雨青春老，瘦馬疲牛緑野深。」

余少喜徐渭詩「椎牛千嶂外，騎象百蠻中。」昔使蜀，有詩凡四押蠻字，云：「秋河落百蠻。」「飛鳥入南蠻。」「江山真萬里，雨雪到諸蠻。」「客心争歲暮，猶自滯烏蠻。」及使粤，又有句云：「鬢從五嶺白，山入百蠻青。」後有談者，未知可追蹤文長否耳。

藥花入詩多新異，如陳白沙「恰到溪窮處，山山枳殼花」之類。又海豐楊夢山太宰巍有絶句云：「前年視我山中病，落日獨騎驄馬來。記得任家亭子上，連翹花發共銜盃。」新異不經人道。偶閲升庵先生集，一絶句云：「滿城幾日黄梅雨，開遍金釵石斛花。」益新。又讀南宋姜堯章集，一絶句云：「憐君歸橐路迢迢，到得茅齋轉寂寥。應嘆藥闌經雨爛，土肥抽盡縮砂苗。」亦佳，然以「藥闌」爲藥物之藥，則誤耳。

温飛卿以「蒼耳子」對「白頭翁」，寧陽許襄敏公彬取作一聯云：「道上鈎衣蒼耳子，風前聒客白頭翁。」蓋其去國之作。上句即「迷陽迷陽，勿傷吾行」，下句即「違山十里，蟪蛄之聲，尚猶在耳」之義。

新安門人汪洪度，字于鼎。嘗有詠一品妃詩云：「敢以三春草，蒙稱一品妃。植根緣湛露，發艷借恩輝。幸自生同蒂，羞將影獨違。未須勞遠寄，念此亦當歸。」自注：「當歸花曾入禁苑，賜此名。」余按：藥花入詩最新，如人參、枳殼，皆見唐人詩。余丙子使蜀，山路中見白芨花，因得「西風盡日濛濛雨，開遍空山白芨花」之句。若當歸，詩人止習用太史慈、姜伯約事，未詠其花，始見于鼎此詩耳。按：崔豹《古今注》：當歸，一名文無。《本草》：「七八月開，花似蒔蘿，淺紫色。」

王稚欽目空一世，而能推重何仲默，愛薛君采、鄭繼之。古人作青白眼，故當如是。今人不知視夢澤何如，而妄詆前輩一錢不直。少陵云：「爾曹身與名俱滅，不廢江河萬古流。」昌黎云：「李杜文章在，光焰萬丈長。不知群兒愚，那用故謗傷。蚍蜉撼大樹，可笑不自量。」諒哉！

「亭皋木葉下，隴首秋雲飛」，「太液滄波起，長楊高樹秋」，皆柳文暢詩也，六朝名句，灼然在人耳目者。而某詩話謂吴興趙孟頫有句云云，置之齊、梁，矯矯有氣，可謂眯目人道黑白。當是松雪嘗書二詩，渠遂謂是趙作耳。又如「春江欲入户，雨勢來不已。小屋如漁舟，濛濛水雲裏」，是坡公古詩首四句，而朱隗撰《明詩平論》乃以爲某絶句，蓋亦以某嘗書此四句而誤也。又「白日騎羊三洞遠，青天捫蝨萬峰高」，乃宋末人詩，而選詩者不之知。又如「不是閉門防俗客，愛閑能有幾人來」，即宋人「賀家湖上天花寺」詩，而某某亦載之《列朝詩》，何也？

「村歌聒耳烏鹽角，社酒柔情玉練槌」，宋末《月泉吟社》中佳句也。《山居雜志》載杭人徐炬《酒譜》，乃引作少陵詩。不辨格調之類否，而妄稱子美，則《虢國夫人》、《杜鵑行》、黄鶴、陳浩然二本。《狂歌行》裴煜所收。諸篇，妄人皆雜入杜集，又何怪乎。

《唐國史補》謂「漠漠水田飛白鷺，陰陰夏木囀黄鸝」，乃右丞竊取李嘉祐語。論者或爲王諱，以爲增「漠漠」四字，便是點鐵成金手段，此亦囈語。

元白因傳香於慈恩寺塔下，忽睹章先輩八元詩，吟詠竟日，悉令除去諸家之詩，惟留章作。其五六句云：「迴梯暗踏如穿洞，絶頂初攀似出籠。」俚鄙極矣。乃元、白贊之不容口，且曰：「不意嚴維出此弟子。」論詩至此，亦一劫也。盛唐諸大家，有同登慈恩寺塔詩，如杜工部云：「七星在北户，河漢聲西流。」又：「秦山忽破碎，涇渭不可求。俯視但一氣，焉能辨皇州。」高常侍云：「秋風昨夜至，秦塞多清曠。千里何蒼蒼，五陵鬱相望。」岑嘉州云：「下窺指高鳥，俯聽聞驚風。」又：「秋色從西來，蒼然滿關中。五陵北原上，萬古青濛濛。」以上諸公，如大將旗鼓相當，皆萬人敵，視八元詩，真鬼窟中作活計，殆奴僕、儓隸之不如矣。每思高、岑、杜輩同登慈恩塔，高、李杜輩同登吹臺，一時大敵，旗鼓相當，恨不廁身其間，爲執鞭弭之役。

東坡云：「西湖處士骨應槁，只有此詩君壓倒。」按：林詩「疏影、暗香」一聯，乃南唐江爲詩，止易「竹」字爲「疏」，「桂」字爲「暗」耳。雖勝原句，畢竟不免偷江東之誚。如坡言，逋生平竟無一詩矣。然如「沙泥行郭索，雲木叫鉤輈」，「晝巖松鼠静，春棧竹鷄深」，又《詠梅》「雪後園林」、「水邊籬落」一聯，皆不失爲佳句也。

「玉階蟋蟀鬧清夜，金井梧桐辭故枝。一枕凄凉眠不得，呼燈起作感秋詩。」小説載此爲蜀中某驛卒女詩，放翁見之，納以爲妾，爲夫人所逐。又有《卜算子》詞「不合畫春山，依舊留愁住」云云。按：《劍南集》此詩，乃放翁在蜀時所作。前四句云：「西風繁杵擣征衣，客子關情正此時。萬事從初聊復爾，百年强半欲何之。」「玉階」作「畫堂」，「鬧」作「怨」，輒竄易數字，傅會可笑。

某某不喜東坡詩，在京師日，汪懋麟季用舉坡絶句云：「竹外桃花三兩枝，春江水暖鴨先知。蔞蒿滿地蘆芽短，正是河豚欲上時。」語某曰：「如此詩，亦可道不佳耶？」某憤然曰：「鵝也先知，怎只説鴨？」衆爲捧腹。益都孫寶侗仲孺，文定公次子也，持論好與余左。一日，見余蜀道詩「高秋華岳三峰出，曉日潼關四扇開」之句，輒疵之。或告以此本昌黎上裴晉公詩，非杜撰也。仲孺怒曰：「道是昌黎便如何？畢竟是兩扇。」又余《題涪陵石魚》云：「涪陵水落見雙魚，北望鄉園萬里餘。三十六鱗空自好，乘潮不寄一封書。」又曰：「既是雙魚，合道七十二鱗。」聞者皆笑之。或以誚余，余亦笑曰：「此東坡所謂『鱉厮踢』也。」

《老學庵筆記》：張文潛言王中父詩好用助語。又記韓少師持國詩數聯，如「用舍時焉耳，窮通命也歟」之類。明啓、禎間尚竟陵詩，多用助語，世以爲口實，然古名輩先已有之。

高季迪，明三百年詩人之冠冕。然其《明妃曲》云：「君王莫殺毛延壽，留畫商岩夢裏賢。」此三家村學究語，所謂下劣詩魔。不知季迪何以墮落如此，而盲者反以爲警策。其後有彭三吾者，又云：

「畫師休盡殺，夢弼要人圖。」皆入魔道矣。又胡虚白詠緑珠云：「枉費明珠三百斛，荆釵那及嫁梁鴻。」郎瑛稱之。皆所云癡人前不得説夢也。若永叔「耳目所及尚如此，萬里安能制夷狄」，所謂詩論，亦自近腐。

《類纂》載武林女子金麗卿詩「家住錢塘山水圖，梅邊柳外識林蘇」，郎瑛謂其不能守禮，出則擁蔽其面。時方食，不覺噴飯滿案。

登高能賦，自是佳話，若蘭亭之集，古今艷之。然詩不成，受罰者若干人，殊煞風景。乃亦有不識字、不成詩，傳之于後，反成佳話者。如唐人韋蟾嘲李瑒詩：「渭水秦川照眼明，希仁何事寡詩情。料應學得虞姬婿，書字才能記姓名。」宋人釣臺詩：「諸老凋零極可哀，尚留名字壓崔嵬。劉郎可是疏文墨，幾點胭脂涴緑苔。」政使希仁題詩，光世能書，亦復尋常，未必如此令人解頤也。

古今文人有名不大著，而其詩實卓然名家者。世人多耳食，抑何從知之。如《歸田録》所載謝伯初《景山送永叔謫夷陵》詩中聯云：「長官衫色江波緑，學士才華蜀錦張。」「下國難留金馬客，新詩傳與竹枝孃。」明欽天監博士馬軾，字敬瞻，送岳季方閣老云：「五嶺瘴高烟蔽日，兩孤雲濕雨鳴秋。」結句：「祭罷鱷魚歸去晚，刺桐花外月如鈎。」右二詩，即使當世專門名家操觚染翰，未必能到。

梅聖俞初變西崑之體。余每與施愚山侍讀言及《宛陵集》，施輒不應，蓋意不滿梅詩也。一日，余曰：「『扁舟洞庭去，落日松江宿』，此誰語？」愚山曰：「韋蘇州、劉文房耶？」余曰：「乃公鄉人梅聖俞也。」

劉貢父、原父，博雅爲北宋第一流，惜《公是》、《公非》二集不傳，故後世之名出歐、蘇下耳。如石林拈原父詩句云：「涼風起高樹，清露墜明河。」此亦何減玄暉、仲宣、襄陽、蘇州耶？

吴曾，字虎臣，臨川人，著《能改齋漫録》，最爲淹雅，獨未見其詩。過江西，覩曾登羅山五言甚佳，有句云「桃花破叢管，一笑爲嫣然」，「春雨正蒙密，澗水鳴潺湲」。甚有東坡風致。識之，俟訪其全集。

空同贈昌穀詩「峥嶸百年會」一篇略云：「大曆熙寧各有人，敲金戛玉何繽紛。高皇揮戈造日月，草昧之際崇儒紳。英雄杖策集軍門，金華數子真絶倫。宣德文體多渾淪，偉哉東里廊廟珍。我師崛起楊與李，力挽一髮回千鈞。」其推崇唐宋諸大家及明初作者，可謂至矣。

徐昌穀少年詩如「文章江左家家玉，烟月揚州樹樹花」，與唐子畏「杜曲梨花杯上雪，灞陵芳草夢中烟」伯仲間耳，較之自定《迪功集》，不啻霄壤。微空同師資之功，不能超凡入聖如此。

康熙已來，詩人無出南施北宋之右，宣城施閏章愚山、萊陽宋琬荔裳也。昔人論《古詩十九首》，以爲驚心動魄，一字千金。施五言云：「秋風一夕起，庭樹葉皆飛。孤宦百憂集，故人千里歸。嶽雲寒不散，江雁去還稀。遲暮兼離别，愁君雪滿衣。」此雖近體，豈愧《十九首》耶？宋浙江後詩，頗擬放翁，五古歌行，時闖杜、韓之奥。康熙壬子春在京師，求余定其詩筆，爲三十卷。其秋，與余先後入蜀。余歸之明年，宋以臬使入覲。蜀亂，妻孥皆寄成都，宋鬱鬱歿於京邸。

寶應布衣陶澂，字季，一字昭萬，著有《舟車集》，余爲删定。其客湖南、閩中諸詩，多似高、岑、龍標，今日一作手也。《過東阿曹子建墓》有句云：「可憐衰草地，猶是建安人。」爲時所稱。

萬曆間，浮梁人昊十九者，自號壺隱，隱於陶，能詩，書似趙承旨，所製磁器，妙極人巧。嘗作卵幕杯，瑩白可愛，一枚重纔半銖。性不嗜利，所居席門甕牖而已。樊玉衡贈詩云：「宣窑薄甚永窑厚，天下知名昊十九。更有小詩清動人，匡廬山下重回首。」

京山李東白者，能詩，隱于衣工，有《登黃鶴樓》七律最佳，其中二聯云：「興饒老子胡牀上，秋在仙人鐵笛中。鄂渚霜花沿岸白，漢陽楓樹隔江紅。」明詩諸選多録歐大任青衣李英詩，而不及東白。李宗伯本寧常識其人，後舟過雲夢吟詩，拍手一笑，躍入水死。

雲間木工蕭詩，字中素，别字芷厓，博學能文，尤長於詩。五言云：「遼海吞邊月，長城鎖亂山。」七言云：「山寺落梅傷别易，天涯芳草寄愁難。」皆佳句也。

聯句，有人各賦四句，分之自成絶句，合之仍爲一篇。謝朓、范雲、何遜、江革輩多有此體。頃見朱太史《騰笑集》中有《古藤書塢送吴徵君魏上舍》聯句，甚得齊、梁之意：「握手古藤下，秋深旅愁積。歸來西溪旁，猶及種春麥。吴雯。我亦袖輕鞭，明發辭紫陌。倦鳥不同飛，各自張旅翮。魏坤。二子澹雅才，肯爲時俗役。英詞迭相應，如以桐扣石。陸嘉淑。柳塘水濛濛，蒲坂山驛驛。改歲君到時，古藤花滿格。查嗣璉。大房一斗泉，釀酒冰雪白。酒熟君不來，落花良可惜。朱彝尊。」益都董楠，字孟才，工部尚書可威之叔也。常撰《古今聯句詩集》六卷，與張之象《回文類聚》皆不可少之書。

《夢溪筆談》亟稱王介甫集句「風定花猶落，鳥鳴山更幽」，以爲上句静中有動，下句動中有静，且云：「公始爲集句詩，有多至百韵者。」黄震曰：「荆公集句諸作，其巧其博，皆不可及。」近代頗有之，然無如泗上施端教匪莪。如《贈鸚鵡》長律云：「莫恨雕籠翠羽孤，劉憲。主人情義自辛劬。王初。人憐巧語情雖重，白居易。鳥憶高飛意正殊。李正平。三舍鄭牛徒識字，李山甫。千年丁鶴任歌呼。羅隱。文多言應伴高吟客，嚴郊。學語還稱問字徒。崔璞。始覺琵琶絃鹵莽，白居易。終憐吉了舌模糊。孫繁。文章辨慧皆如此，白居易。事業紛呶亦大都。魏朴。歸去不煩詞客賦，羅鄴。夢來還記隴頭無。張謂。勸君不必分明語，羅隱。且自三緘問世途。胡曾。」格律、寄託，兩詣妙境。

余平生爲詩，不喜次韵，不喜集句，不喜數叠前韵。惟少時有集黄山谷詩《謝人送梅》一絶句云：「榨頭夜雨排簷滴，誰與愁眉唱一盃。瘦盡腰圍怯風景，城南名士遣春來。」如此集句，恐非李西涯所知。西涯有集句詩一卷。

朱竹垞彝尊集唐詩爲填詞一卷，名《蕃錦集》，殊有妙思，略録數闋於此：「燕語踏簾鈎。李賀。池北池南草緑，王建。京口情人别久。張繼。與君歌一曲。李白有時半醉百花前，李賀山月皎如燭。韋應物。贈瑶華之旖旎，陳子昂。得明珠十斛。李賀。」又：「秋風清，李白。秋色白，李賀望盡青山獨立。盧綸。披磵户，盧照鄰。度飛梁，同上。吟詩秋葉黄。杜甫。幽蘭露，李賀。香楓樹，皇甫冉。吠犬鳴鷄幾處。同上。蒼翠晚，劉長卿。染羅衣，李賀。鳥還人亦稀。李白。」又「江海茫茫春欲遍，劉長卿。岸上無人，孫光憲。野色寒來淺。羅隱。向晚因風一川滿，薛奇童。蘭閨柳市芳塵斷。駱賓王。越女含情已無限。羊士諤。灑霧飄烟，包佶。天畔登樓眼。杜甫。此夜斷腸人不見，顧况。紗窗只有燈相伴。裴説。」此首詠春雨，尤字字入神。

先吏部兄作長調，往往好押險韵，一韵叠韵有至十餘闋者。在杭州，與宋荔裳倡和《滿江紅》詞，同用「上」、「杖」、「狀」等字，兄句云：「雨滲一犁田犢喜，波添三尺河魚上。」用《史記》「河魚大上」語也。又：「彦淵博學真須杖，怪吾徒、底事匽蟲魚？臣無狀。」又：「顧我已甘居廡下，如公才合居樓上。」後在揚州，與陳其年輩倡和《念奴嬌》詞，同用「屋」字，亦至十餘往復，如：「還似離騷傳屈子，句裏龍堂鱗屋。」又：「十載名場相犄角，戎子支駒逐鹿。」又：「我似小乘初禪，媿他盃渡，肆噉人間肉。」又：「更貪清曉晶簾，卧看膏沐。」此類甚多。兄嘗謂：「詩不宜次韵，次韵則慮傷逸氣；詞不妨次韵，次韵或逼出妙思。」

諧聲别部卷六上

王阮亭先生原本　南昌喻端士編

歐陽文忠公謂物常聚於所好，豈不信哉！言詩者耑門名家，如唐以前備矣。兩宋以還，蘇、黄而外，賢豪佳句，散軼良多，幸去古近，而尚有流傳。及同時而廣爲採輯，非情深文雅，何由一一鋪觀耶！且古者征夫走卒之謳歌，與夫賢士大夫之吟詠，甲乙鱗次，蔚然同風。迺「明月赤團」之誚興，而《兔罝》干城之義晦，不知馬上書生，固大有執牛耳之霸才在也。至閨門風化所起，哀樂性情所關，去彼艷歌，亦與爲類聚，而登之可耳。若夫寄興丹青，詞壇别調，自少陵、昌黎導源衍派以來，遂覺波瀾闊大。蓋原士夫繪畫，鼻祖輞川，而水月鏡花，不盡空中色相矣。彼六合之外，二氏之學，雖神仙之有無，議論所不及，然同文之盛，學者固樂觀其全也。編彙編第六。

文潞公承楊、劉之後，詩學西崑，其妙處不減温、李。五言如《見山樓》云：「雲淡天迷楚，樓高地占秦。哀筝兩行雁，小字數鈎銀。巷陌三條月，池塘十步春。府門初夜閉，多少夜遊人。」《蘅皋》云：「蘅薄頻牽望，楊林久駐鑣。香囊徒叩叩，雲月自苕苕。翠佩傳情密，微波託意遥。翩鴻漸高逝，翻恨隔神霄。」《深院》云：「楊柳亭臺暮，梨花院落深。玉池波湛湛，珠幌影沈沈。遠思隨莊蝶，春懷怯雍琴。萱蘇不蠲忿，擁鼻獨清吟。」《秋夕》云：「小檻風驚葉，幽庭露泫柯。芳塵千里遠，幽恨九迴多。螢影穿簾押，蛩聲出砌莎。寸心無以寫，望月但長歌。」七言如《登通山閣》云：「小閣登臨春暮時，綺欄飛闔映游絲。鶯喧曲檻韓馮樹，薛晦幽庭貢禹綦。閑對碧雲吟桂水，狂思長袂宿蘭池。徘徊望斷江邊客，采得瑶華寄與誰。」《寓懷》云：「高樓閑背夕陽登，眇眇長懷不自勝。錦瑟有時聞北里，鈿車何日到西陵。地寒萱草猶難種，天遠瑶華豈易憑。多謝蘇門清嘯客，了無塵事染壺冰。」《閲史有感》云：「縹帙青箱次第開，慨然英氣轉難裁。莫言每事俱長往，須有清風屬後來。彈鋏始知皆瑣旅，枕戈方信是雄才。平生自信真非薄，只是休容楚鴆媒。」蘇文忠公嘗稱：「潞公長律，無一字無考據。」世猶未知其工妙如此。

趙清獻詩，亦有似潞公者，殊不類其爲人。如《暖風》云：「薄袂欹雲散，輕雲舞袖低。簾疏蕩樓閣，塵暗逐輪蹄。絮亂垂楊道，香流種藥畦。春窗惱春思，一枕杜鵑啼。」《芳草》云：「翠密馴文雉，叢深隱畫輪。離披金谷曉，寂寞茂陵春。古渡班荆客，長隄走馬人。芊芊似袍緑，一雨一番新。」《杜鵑》云：「轡亂書窗外，人驚夢枕中。江城啼曉月，澤國怨春風。柳道盤餐緑，桃園蹀躞紅。年年來此地，留恨任西東。」《寒食》云：「城郭青烟散，郊園麗日長。門鷄紅錦翅，遊騎紫絲韁。有蝶俱含粉，無人不惜芳。儘拚花下飲，歸去醉成鄉。」《觀水》云：「澄江抵練長，極目路蒼茫。烟芷差差緑，風荷柄柄香。西流終古恨，南浦鎮時忙。擬待傳辭意，離人在楚鄉。」右數詩，掩卷誦之，豈復知鐵面所爲耶？

李泰伯覯，文章皆談經濟，其本領尤在《周禮》一書。范文正薦之，以爲著書立言有孟氏、揚雄之風，在北宋歐、蘇、曾、王間别成一家。余嘗病其不能詩，長夏借讀《旴江集》，絶句間有似義山者。如《王方平》云：「五百餘年别恨多，東征重得見青蛾。擘麟始擬窮歡樂，不奈閑人背痒何。」《璧月》云：

「璧月迢迢出暮山，素娥心事問應難。世間最解悲圓缺，秖有方諸淚不乾。」《梁帝》云：「凝旒南面總虛名，廟祀何曾暫割牲。但學禪心能忍辱，莫羞侯景陷臺城。」《送僧遊廬山》云：「行非爲客住非家，此去廬山況不遐。要見南朝舊人物，池中惟有白蓮花。」《憶錢塘江》云：「當年乘醉舉歸帆，隱隱前山日半銜。好是滿江涵返照，水仙齊著淡紅衫。」皆有風致。此集乃正德乙亥南城令孫甫刊本，有祖無擇及泰伯自序，最爲完善，余家藏本不及。

洪文惠适《盤洲集》十三卷，有詩無文。按《經籍志》，集八十卷，此非其全也。文惠與弟文安遵、文敏邁同登館閣，文名滿天下，號稱三洪。時朋、芻、炎兄弟亦稱三洪，而功名爵位遠不及。此集十卷以下，皆挽歌、樂章、詩餘，無足録。八卷、九卷皆雜詠盤洲山水草木，擬李衛公平泉諸詠。《紫薇》云：「十年三雁序，接翅紫薇垣。」史稱其家居十六年，兄弟鼎立，以著述吟詠自樂，猶可想見其盛也。其父忠宣公《松漠紀聞》及景伯《隸釋》、景嚴《泉志》、景盧《容齋五筆》、《夷堅志》、《唐人萬首絶句》，今皆傳于世。

《盤洲集・和景盧野處解嘲》詩「園池如此休言小，但放芻蕘雉兔行」，「但」字，注平聲，與徐騎省「莫折紅芳樹，但知盡意看」同。二公皆精《説文》之學也。

桑世昌《蘭亭博議》，余庚午歲曾借之朱竹垞太史，舊刻甚精妙，惜匆匆還之，未及鈔寫。讀葉水心集云：「世昌事事精習，詩尤工，其《即事》云：『翠添鄰塹竹，紅照屋山花。』蓋著色畫也。」

宋刻晁公遡子西《嵩山集》，五十四卷。公遡，公武子止弟也。古賦一卷，《神女廟賦》最奇麗，詩在叔用、无咎之下，頗有警策，如「人生漢南樹，風物劍西州」，「一年風物倉庚報，萬里鄉心杜宇知」，「萬里艱難炊劍首，十年流落夢刀頭」。又《秋江》云：「秋江水清不勝緑，還與漢江顔色同。望中白鳥忽飛去，落日丹楓相映紅。」《詠瓶中梅花》云：「折得寒香日暮歸，銅瓶添水養横枝。書窗一夜月初滿，卻似小溪清淺時。」《感事》云：「征衣消盡洛陽塵，泣向東風拭淚痕。不及青春歸有信，一年一到樂遊園。」《有感》云：「不見罘罳闕，于今已十春。素衣不忍棄，爲有洛陽塵。」皆佳。

陳無己，平生皈向蘇公，而學詩於黄太史。然其論坡詩，謂如教坊雷大使舞。又有詩云：「人言我語勝黄語，扶豎夜燎齊朝光。」其自負不在二公之下。然反復其詩，終落鈍根。任淵云：「無己詩如曹洞禪，不犯正位，切忌死語。」恐未盡然。余獨愛其二律云：「林廬烟不起，城郭歲將窮。雲日明松雪，溪山進晚風。人行圖畫裏，鳥度醉吟中。不盡山陰興，天留憶戴公。」又：「白下官楊小弄黄，騎臺南路緑無央。含紅破白連連好，度水吹香故故長。蹲滑踏青穿馬耳，轉危緣險出羊腸。熟知南杜風流在，預怯排門有斷章。」《后山集》，南陽王文莊公鴻儒弘治十二年刻於潞安。

郭祥正功甫《青山集》，閩謝氏寫本，六卷。古詩二卷，近體詩四卷，七言歌行僅二篇，或有闕文也。祥正多與王安石倡和之作，李之儀晚居姑孰，與祥正有隙，至爲詩排詆最力，蓋各有所主也。方安石當國，祥正上言，請以天下大計耑聽相公區畫，罷一切異議者，其人可知已。詩格亦不高，偶喜其三絶句云：「原武城西看杏花，紛紛紅雪委泥沙。何如姑孰溪頭見，照水蒙烟小謝家。」又：「渡江乘興泊江干，草襯殘花色未乾。慣在釣魚船上住，一蓑一笠伴春寒。」又：「籃輿投曉出重城，桃李無言似有情。淡白輕紅能幾日，可憐吹洗過清明。」又：「稻秧才一寸，蠶子始三眠。」

謝薖幼槃《竹友集》十卷，詩七卷，雜文三卷。薖，臨川人，逸之弟，江西詩派二十五人之一也。幼槃詩，居仁稱其似宣城，非也。在江西派中，亦清逸可喜。然涪翁沉雄豪健之氣，則去之遠矣。《顔魯公祠堂》、《十八學士圖》諸長歌頗佳，格詩如「尋山紅葉半旬雨，過我黄花三徑秋」，「挼挲蕉葉展新緑，慫慂榴花開晚紅」，皆佳句。又：「靡靡江蘺只唤愁，眼中何物可忘憂。楝花浄盡緑陰滿，纔見一枝安石榴。」甚有風致，非蘇、黄門庭中人不能道也。無逸詩尤有名。

安岳馮山，字允南，宋左丞澥之父，集三十卷，簡池劉光祖德修、梧谿何悳固叔堅序，詩文各十五卷。今鈔本止詩十二卷，餘皆闕。山，蜀人，生當北宋全盛時，與文湖州、鮮于子駿遊，而無一語及眉山父子兄弟。澥則蔡京、錢遹黨，嘗奏罷李忠定安撫，力排鄒道鄉、楊龜山，請廢元祐太后，以汙張邦昌僞命奪職，蓋小人之尤也。宿靈佑寺，偶閲此集，頗有佳勝。五言古如《西縣道中》云：「漢水引我行，梁山邀我坐。山水已清絶，春容碧相和。下馬取酒餘，梅飄酒中墮。日落醉不去，青茸草間卧。」《郊外》云：「解巾卧柔碧。」《送王審言祕校潞州法曹》云：「上黨緣青冥，勁氣西北隅。黄河天際來，草木冬前枯。」七言古如《題鮮于秀才所居》云：「群峰屋背猿鳥啼，二江門前鷗鷺飛。雅聞君居頗奇絶，長恨不到情依依。仙翁落拓少拘撿，解舞石上凌清暉。投冠整袂或云起，塵土一踏何時歸。」此詩有子瞻風氣。五言律如《春閑》云：「春聲蜂繞屋，晴意鳥臨窗。」《新霽》云：「曉日雲輕放，林花水倒沉。」《瞿唐峽》二十四韵，寫夔州山川，字字逼肖，起云：「勝絶瞿唐險，西陵古地形。巴江深洞穴，蜀主舊門庭。王氣呑三峽，神功出五丁。」繼云：「衆流趨灩澦，遠意會滄溟。顧眄疑無地，幽陰似有靈。白鹽懸日月，黑石鼓雷霆。鑱鑿餘痕在，高深巨勢停。魚龍憑險怪，烟霧鎖沉冥。念昔窮探索，嘗言駭觀去聲。聽。波濤真激箭，舟楫劇奔星。」殆欲頡頏老杜。七言律詩《和周正孺遊蠶叢》云：「抹緑郊原逢雨後，殘妝桃李覺春深。」《宿雲亭》云：「亭榭寂爲閑處所，溪山清帶古風流。」《劍州東園》云：「援琴故故彈流水，隱几蕭蕭聽竹枝。」《送李杞赴闕》云：「千番蜀屑供吟稿，一道秦川照錦衣。」《重陽寄文與可》云：「黄菊縱逢佳節好，清歡不似去年多。」又五古有《謝人惠兖墨》詩，蓋兖州宋時製墨有名，微是詩，世罕知之。詩云：「故人山東來，遺我數丸墨。掘丸大如指，盥手重拂拭。濃磨向日看，古瓦增潤澤。經屑不見紙，清光隱深黑。書云舊所秘，聞今已難得。庭珪死已久，至寶世罕識。御府從近存，疑有誤。〔一〕人間萬金直。兖州擅高價，比歙固少抑。古松亦將盡，神奇漸衰息。文章不見貴，筆研豈可擲。牢落況此君，雖精淡無色。憐君情好古，投贈兼以臆。世事持此觀，噫嗟共冥默。」

【校勘記】

〔一〕此句馮山《安岳集》作「御府徒僅存」。

葉石林《詩話》載吴縣寇主簿國寶一絶句云：「黄葉西陂水漫流，籧篨風急滯扁舟。夕陽暝色來千里，人語鷄聲共一丘。」語甚工，且云：「寇，徐州人，嘗從陳無己學。」又載：「魯直自戎州歸荆南，高荷以五十韵見，魯直極愛賞之。」荷有《雲臺觀詩》云：「親祠聖主鑾曾駐，善夢先生蝶不歸。」頃見張吏部扶長泰來作《江西宗派圖録》，荷傳太略，應補入之。

益都高木王梓，余從女兄之夫，博雅君子也。常遺余晦翁墨蹟一卷，詩云：「風雪集歲宴，拚闕聊自休。今晨展遐眺，倚此寒幽巖。顛倒一字。同雲暗空室，皓彩迷林丘。崩奔小澗歇，飛舞增綢繆。仰看鸞鶴翔，俯視江漢流。乾坤有，闕兩字〔一〕。澒洞驚兩眸。三酌不自温，倚杖空冥捜。悲歌動華薄，璀璨忽滿裘。向來一杯酒，浩蕩千里遊。亦復有兹賞，微言寄清酬。解攜今幾許，光景逝不留。懷人眇山嶽，省己紛愆尤。對此奇絶境，一歡生百憂。茫然發孤詠，遠思誰能收。」「雪中與林擇之祝弟登劉園之宴坐巖，有懷南嶽舊遊，賦此呈擇之屬和，并寄敬夫兄。乾道三年冬十二月上浣，新安朱某奉寄，時燈下走筆。」右詩蓋書寄南軒者。昔人謂先生字學曹公，今此書正類東坡。卷首有柯敬仲題字，後有歐陽圭齋及大梁班彦功跋。彦功，元人，善詞曲。

【校勘記】

〔一〕據朱熹《晦庵集》卷五，所缺二字當爲「奇變」。

朱文公有《盛家洲訪盛温如》詩云云，温如亦有詩云：「蒼松翠竹映斜暉，野菊花開過客稀。葉底黄蟲作寒繭，雨餘蝴蝶滿園飛。梅花樹下三間屋，挂壁枯桐盡日閑。有客過門彈一曲，斷雲殘雪滿空山。」余過豐城得四首，録其二。温如，名璲。

樓宣獻公鑰《攻媿集》，八十五卷，温陵黄氏寫本，詩僅九卷，雜文七十六卷。諸體中，題跋最勝。

宣獻與楊誠齋、范石湖、陸放翁同時，詩亦石湖伯仲。歌行學蘇、黄，氣或不遒，格詩苦鈍，然不爲佻巧取媚。七言如「行盡杉松三十里，看來樓閣幾由旬」，「一百五日麥秋冷，二十四番花信風」，「水真緑淨不可唾，魚若空行無所依」，皆佳句也。

嚴粲坦叔《華谷詩集》一卷，氣格卑弱，類晚唐之靡靡者。一二絶句差有可觀，如《秋入》云：「秋入白蘋風浪生，癡雲未放楚天晴。青山湖外知何處，中有斜陽一段明。」《宿石潭寺寄黄炳》云：「昨夜湖心共泊船，一天星露宿寒烟。朝來極目無洲渚，知採蘋花何處邊。」稍有唐人音節。集中《贈李賈》詩云：「汝與吾宗好。」注：「賈與嚴滄浪遊華谷。」與滄浪蓋有宗族之誼，詩派相似，而差不及。戴石屏《贈二嚴》詩云：「前年得嚴粲，今年得嚴羽。我自得二嚴，牛鐸諧鍾吕。」

宋初諸公競尚西崑體，世但知楊、劉、錢思公耳，如文忠烈、趙清獻最工此體，人多不知。觀李于田蓑《藝圃集》載胡文恭武平宿詩，亦崑體之工麗者。如《函谷關》云：「漫持白馬先生論，未抵鳴鷄下客功。」《次韻朱況雨》云：「石牀潤極琴絲緩，水閣寒多酒力微。」《淮南王》云：「長生不待爐中藥，鴻寶誰收篋内書。」《南城》云：「蕩槳遠從芳草渡，墊巾還傍緑楊隄。」《冲虚觀》云：「桐井曉寒千乳歛，茗園春嫩一旗開。」《趙宗道歸輦下》云：「江浦嘔啞風送櫓，河橋勃窣柳垂隄。」注：「司馬相如賦云：『媻姍勃窣上金隄。』」《感舊》云：「粉壁已沉題鳳字，酒壚猶記姓黄人。」《塞上》云：「頡利請盟金匕酒，將軍歸卧玉門關。」《殘花》云：「長樂夢回春寂寂，武陵人去水迢迢。」《侯家》云：「彩雲按曲青岑醴，沉水薰衣白璧堂。前檻蘭苕依玉樹，後園桐葉護銀牀。」《津亭》云：「西北浮雲連魏闕，東南初日照秦樓。」《古別離》云：「佳人挾瑟漳河曉，壯士悲歌易水秋。」《早夏》云：「睡驚燕語頻移枕，病起蛛絲半在琴。」風調與二公可相伯仲。

偶爲朱錫鬯太史彝尊舉宋人絶句可追蹤唐賢者，得數十首，聊記於此。「亭亭畫舸繫春潭，只待行人酒半酣。不管烟波與風雨，載將離恨過江南。」「春陰垂野草青青，時有幽花一樹明。晚泊孤舟古祠下，滿川風雨看潮生。」「冷於陂水淡於秋，遠陌初窮見渡頭。賴是丹青無畫處，畫成應遣一生愁。」「斷腸聲裏無形影，畫出無聲亦斷腸。想得陽關更西路，北風低草見牛羊。」「《梁州》一曲當時事，記得曾拈玉笛吹。端正樓空春晝永，小桃猶學澹燕支。」「斷雲一葉洞庭帆，玉破鱸魚霜破柑。好作新詩寄桑苧，垂虹秋色滿東南。」「投荒萬死鬢毛斑，生入瞿唐灩澦關。未到江南先一笑，岳陽樓上對君山。」「江上荒城猿鳥悲，隔江便是屈原祠。一千五百年間事，只有灘聲似舊時。」「夜雨連明春水生，嬌雲濃暖弄微晴。簾虚日薄花竹静，時有乳鳩相對鳴。」「目盡孤鴻落照邊，遥知風雨不同川。此中有句無人見，送與襄陽孟浩然。」「獨凭危堞望蒼梧，落日君山似畫圖。無數柳花飛滿岸，晚風吹過洞庭湖。」「來時秋雨滿江樓，歸日春風度客舟。回首荆南天一角，月明吹笛下揚州。」「梨花淡白柳深青，柳絮飛時花滿城。怊悵西闌一株雪，人生看得幾清明。」「到處相逢是偶然，夢中相對兩華顛。還來共醉西湖雨，不見跳珠十五年。」「烏塘渺渺路平隄，隄上行人各有攜。試問春風何處好，辛夷如雪柘岡西。」「掃地焚香閉閣眠，簟紋如水帳如烟。客來夢覺知何處，挂起西窗浪接天。」「曾作金陵爛漫遊，北歸塵土變衣裘。芰荷聲裏孤舟雨，卧入江南第一州。」「去年此日泊瓜洲，衰柳蕭蕭客繫舟。白髮天涯歎流落，今宵聽雨古宣州。」「山驛蕭條酒倦傾，嘉陵相背去無情。臨流未忍輕相別，吟聽潺湲坐到明。」「照江丹葉一林霜，折得黄花更斷腸。商略此時須痛飲，細腰宫畔過重陽。」「洞庭木落萬波秋，説與南人亦自愁。欲指吴淞何處是，一行征雁海山頭。」「白髮先朝舊史官，風爐煮茗暮江寒。蒼龍不復從天下，拭淚看君小鳳團。」「濯錦江邊憶舊遊，纏頭百萬醉青樓。而今莫索梅花笑，古驛燈前各自愁。」「濟南春好雪初晴，行到龍山馬足輕。使君莫忘霅溪女，時作《陽關》腸斷聲。」「琵琶絃急滚《梁州》，羯鼓聲高舞臂韝。破費八姨三百萬，大唐天子要纏頭。」「逍遥堂後千章木，常送中宵風雨聲。誤喜對床尋舊約，不知漂泊在彭城。」「秋來東閣凉如水，客去山公醉似泥。困卧北窗呼不醒，風吹松竹雨凄凄。」「千詩織就迴文錦，如此陽臺暮雨何。只有聰明蘇蕙子，更無悔過竇連波。」「落日同騎款段遊，倦依松石弄清流。蓬萊漢殿春分手，一笑相逢太華秋。」「舟中一雨掃飛蠅，半脱綸巾卧翠藤。殘夢未醒窗日晚。數聲柔櫓下巴陵。」「何人把酒慰深幽，開自無聊落更愁。幸有清溪三百曲，不辭相送到黄州。」「向來松檜欣無恙，坐久復聞南磵鐘。隱隱修廊人語絶，四山滴瀝雪鳴風。」「自愛新詞韻最嬌，小紅低唱我吹簫。曲終過盡松陵路，回首烟波十四橋。」「夜暗歸雲繞柁牙，江涵星影雁團沙。行人悵望蘇臺柳，曾與吴王掃落花。」「征帆一似白鷗輕，起揭船篷看晚晴。梅子著花霜壓岸，自披風帽過臨平。」

《南宋詩小集》二十八家，黄俞邰鈔自宋刻，所謂江湖詩也。大概規橅晚唐，調多俗下，唯番陽姜夔堯章《白石集》、汶陽周弼伯弜《端平詩雋》、臨江鄧林性之《皇荂曲》三家最可觀。白石詞中大家，與誠齋、石湖、遂初諸老友善；伯弜即編《三體唐詩》者；鄧姓字稍僻，然其樂府、絶句甚有義山之風，蓋鐵中錚錚者也。三君詩，余手鈔之，餘一二佳者，倣摘句圖附于後。開封趙汝鐩明翁《野谷集》，五言律詩時有佳句。如：「喬松二十里，翠微三五家。」「塵埃雙老鬢，天地幾斜陽。」「持觴送南浦，鳴櫓下東甌。」「風霜先遠客，天地獨扁舟。」「秋影清涵水，烟痕澹著山。」「蘭風香楚佩，竹淚冷湘斑。」「雨茶烹顧渚，春酒醉烏程。」「醉行沙市月，吟破渚宫秋。」「楚岸猿吟樹，湘江月滿船。」「晚紅殘照在，秋碧遠山横。」「烟巖松葉暗，風陌稻花香。」「歸雲起齋鉢，高浪送行舟。」「笠戴天童雨，鞋穿雪竇秋。」「一年春易老，雙鬢雪難消。」「篷響過雲雨，帆開逆水風。」「波及無忘晉，渠成亦利秦。」「籬落一團飛蛺蝶，汀洲數點立鵁鶄。」笠澤葉茵景文《吟稿》：「杜宇鄉心重，楊花世事輕。」「曉霧沉山色，春禽和水聲。」「一泉走石夜多雨，萬竹圍松風似秋。」天台戴復古式之《石屏集》多直率，氣骨終勝耳。「春水渡旁渡，夕陽山外山。」「黄花一杯酒，白髮幾重陽。」「忽聞啼鳥不知處，細看好山無厭時。」「一百五日客懷惡，三十六峰春雨愁。」「梅邊竹外三杯酒，歲尾年頭幾局棋。」《緑陰亭》云：「千山横碧一溪清，白鳥飛邊落照明。吏散庭階一無事，緑陰亭上又詩成。」《巾子山翠微閣》云：「雙峰直上與天參，僧共白雲棲一庵。今古詩人吟不盡，好山無數滿江南。」《馬上》云：「青松路徑白雲關，有客來尋半日閑。十載灞橋驢子上，争如騎馬看廬山。」四明高似孫續古《疏寮集》，劉後村謂能參誠齋活句者。《四聖觀》詩，後村亟賞之，詩云：「水明一色抱神州，雨壓輕塵不敢浮。山北山南人唤酒，春前春後客凭樓。射熊館暗花扶扆，下鵠池深柳拂舟。白髮邦人能道舊，君王曾奉上皇遊。」「花知西雒事，雁叫北人心。」「山横赤壁含情斷，水出瞿塘快意流。」建安葉紹翁嗣宗《靖逸集》：「古柳無多樹，新蟬第一聲。」《西湖秋晚》云：「愛山不買城中地，畏客長撐屋後船。」《北關》云：「脱衣命僕浣塵埃，籬落人家未見梅。出得城門能幾步，船頭便有白鷗來。」臨川危積逢吉《巽齋稿》：「蛾眉對酒舞《凉》《伊》，舞身還逐歌聲齊。卷花萬段忽進酒，門高蛺蝶飛來低。」斯植建中《采芝集》：「相逢春草外，歸隱石房西。」「春風思華嶽，夜雨夢瀟湘。」「月過東西浦，潮分遠近山。」「水國今宵别，天涯隔歲歸。」「春歸芳草暗，雲入暮山長。」「野雲低水樹，春雨閉山城。」「鐘聲兩寺合，人影一溪分。」「路長沙鳥盡，人在翠微深。」「野店春寒雨，江城橘樹林。」「斷雲連雨雪，落日遠人烟。」「鳥啼山雨急，春盡故人稀。」「烟波春雨渡，燈火夜漁村。」「島雨連秋曙，江風入雁聲。」「滿山晴葉雨，四壁暮蛩秋。」「桃花曉落水流去，山鳥晚啼風送來。」《遠山》云：「萬里色蒼然，寒林夕照邊。舊過南嶽寺，曾向雨中看。」《鳩》云：「何處芳草多，相呼向深塢。竹外立寒枝，山南又春雨。」《雪中寄巖泉》云：「吟罷新詩衹自看，曉風吹恨上闌干。夜來雪滿前山路，誰對梅花説歲寒。」此君及趙汝鐩，五言皆多佳句，而無遠神。羅與之與甫《雪坡稿》：「因沽江畔酒，始見竹間梅。」「一夜西風急，千山落葉深。」「閑吟小山賦，歸思大江流。」《山居》云：「雨作糟牀注，秋生鱸鱠思。」河陽張弋彦發《秋江烟草》：「夏新看藕葉，夜久見蠙珠。」「春詩定多少，旬日又清明。」「前路逢梅處，同誰倚棹看。」金華杜旃仲高《癖齋稿》，歌行有張、王風調，如《緑珠行》、《明鏡行》、《王粲宅》、《别魏元長》、《書懷》諸篇，皆可誦，《送陸放翁赴召》長句最佳。滄洲高九萬《菊礀集》：「半夜雨聲急，一溪流水深。」「桐花快落春風老，梅子微酸晚雨晴。」「老淚怕從衣袂見，閑情但有帽簷知。」《題小姬扇》云：「湘湘未識羞，獨坐抱箜篌。貪學耆婆舞，擡身拜部頭。」《田父辭》云：「啄黍黄鷄没骨肥，繞籬緑橘綴枝垂。新釀酒，旋裁衣，正是婚男嫁女時。」三山陳鑒之剛父《東齋集》，稍有江西風氣，而筆力苦孱。「踏遍苔溪石，梅花又滿林。」《畫蘭》云：「托迹不辭巖谷深，異于蕭艾亦何心。遠風披拂自多事，斜日淡雲香滿林。」建安徐集孫義夫《竹所吟稿》：「齋板驚閑鷺，苔碑卧夕陽。」清源胡仲參希道《竹莊稿》：「門掩梅花月，禽翻竹葉霜。」《界首》云：「幾重嶺隔幾重灣，路入濛濛烟雨間。獨立溪橋重回首，前頭已是劍州山。」開封趙崇鉘元治《鷗渚吟・都昌即事》云：「世事可無酒，春藤還有花。山雲欲到地，街鼓又催衙。風緊魚休市，官貧飯帶沙。天機不得問，暮色欲棲鴉。」《湖中》云：「汀蒲獵獵起涼颸，碧藕香中獨立時。機事兩忘吾喪我，扁舟吟過水仙祠。」柯山毛珝元白《吾竹稿》，《丹陽館》一篇最警策：「渡江南來第一驛，幾度華堂延雁客。百年運逐曉雲空，愁煞鞮官老無職。南徐今日古陽關，不斷歌聲祖離席。國讐已復事尤多，折損年年春柳碧。」臨江鄒登龍震父《梅屋吟》有真西山、劉後村、戴石屏三跋，詩優于倣古。《梅花》云：「約臂金寒拓綺疏，搔頭玉重壓香酥。含章檐下新妝額，試啓菱花得似無。」《江南春》云：「玲瓏樓閣江城晚，楊柳絲絲凝去聲碧烟。飛燕不歸春滿地，百花香裏聽啼鵑。」括蒼王琮中玉《雅林稿》：「涼從曉來覺，秋向雨中深。」「九十日秋蛩共語，兩三夜雨雁供愁。」四明陳允平衡仲《西麓稿》：「斷腸春雒浦，殘夢夜瀟湘。」「簾卷千重樹，窗開四面山。」「樓臺秋淡玉簫遠，簾幕夜寒銅漏遲。明月鷺鷀菱葉浦，西風蟋蟀豆花籬。」《江南謡》云：「柳絮飛時話别離，梅花開後待郎歸。梅花開後無消息，更待明年柳絮飛。」《登西樓》云：「楊柳飄飄春思長，緑橋流水繞宫牆。碧雲望斷空回首，一半闌干無夕陽。」餘如建安張至龍季靈《雪林删餘》、壺山許棐忱父《梅屋稿》、浮玉施樞知言《橫舟稿》、菏澤李龏和父《梅花衲》、南徐朱南埜《學吟》、盱江余觀復中行《北窗稿》，概無足録。

竹垞輯宋人小集四十餘種，自前卷所列江湖詩外，如劉翼躔父《心游摘稿·山寺聽雨》云：「問道論詩也一宗，燒柴煨芋佛家風。要知真樂人間少，聽雨空山破寺中。」林希逸鬳齋《十一稿》：「寬心可要流香酒，圓夢何須正焙茶。」「明皇按笛」、「達磨渡蘆」二圖長歌皆佳。又六言：「蚯蚓兩頭是性，桃花一見不疑。了得葛藤三昧，卻參《芣苢》諸詩。」鬳齋爲林艾軒理學嫡派，而詩多宗門語。敖陶孫器之《臞翁集》，古詩、歌行頗有盛時江西風氣，其《詩評》尤爲談藝家所推引。朱繼芳季實《静佳集·招隱》云：「緩行松葉滑，小摘藥苗稀。」《登眺》云：「大江流禹蹟，老樹見秦時。」《湖蕩》云：「魚唼垂絲柳，鷗眠折葉茭。」《對酒》云：「青天浮渤澥，白日走崑崙。」《謝野水郎君召飲》云：「騷客五花唐殿馬，主家七葉漢宫貂。」《揚州》云：「金陵王氣水東流，流到淮南古岸頭。夜半一聲天上曲，錦帆天子下揚州。」《題李秋堂詩卷》云：「相逢已恨十年遲，買酒吴山闕二字詩（一）。明日送春仍送客，柳花風颺鬢絲絲。」《遊甘園》云：「老眼看花興未厭，不知頭上雨廉纖。流鶯浪語春風恨，誰拗花枝插帽簷。」《滄浪風月》云：「我登滄浪亭，復歌滄浪曲。歌竟復長歌，杳杳山水緑。天風吹散髮，山月照濯足。爲謝獨醒人，漁家酒初熟。」林尚志潤叟《端隱稿·適越留别》云：「江亭飲罷起離愁，何事西風又越遊。潮信欲來人欲去，夕陽紅蓼滿汀洲。」《春日》云：「杜宇一聲詩思減，楊花三月客愁多。」《贈許紒》云：「留客醉終日，愛花吟過春。」陳必復无咎《山居稿·百五節》云：「冷烟寒食月，小雨浴蠶天。」《贈張駉》

云：「一夜篷花雨，十年江樹春。」《舟行》云：「蘆蓼作秋意，汀洲生晚寒。」《舟中傚東坡》云：「人家半在桑柘住，春水忽迷蘆荻叢。」

【校勘記】

〔一〕據《江湖小集》卷三十二，所缺二字當爲「一夜」。

劉過改之《龍洲集》，叫囂排突，純是冠（鷄雄）〔雄鷄〕、佩猳豚氣象，風雅掃地。劉仙倫叔擬《招山集》頗乏警策，七言《西林》云：「山僧幾輩雪垂領，水鳥數聲雲滿谿。」黄文雷希聲《看雲集》差有骨力，長句《西域圖》、《昭君曲》甚佳，又《東林拜岳王遺像》云：「獄吏但能書牘背，相君終欲割鴻溝。」黄大受德容《露香拾稿・白水潦》云：「虎穴山川險，蛟涎草木腥。」武衍朝宗《藏拙稿》皆絶句，多佳作，如《宮詞》云：「牡丹春籞正穠華，有旨今年不賞花。翦落金盤三百朵，内批分賜近臣家。」《開元廣寒詞》云：「桂華珠殿水精樓，柘袖籠香乙夜遊。飛下銀橋人不覺，月明三十六宮秋。」《湖上》云：「飛鷁鳴鑣鼓吹喧，繁華應勝渡江前。吟梅處士今還在，肯住孤山爾許年。」《老宮人》云：「寶髻無光玉貌昏，銜悲空感舊承恩。君王愛問先朝事，時許車兒到殿門。」「侍輦看花上苑春，太皇宣索鳳笙頻。如今猶記當時曲，對譜閑教小内人。」《貴遊》云：「鈿車轣轆輾芳塵，步鄣香移一片春。花下玉盤行禁臠，御前宣敕到湖濱。」《吴江水月塔院》云：「叠叠滄波隔亂山，白鷗飛去復飛還。吟邊好思無多子，只在孤鴻落照間。」《阮客》云：「粉靨嬌春掌上輕，玉琴聲裏見深情。花邊欲別重回首，猶恐絲絃説未明。」

《松陵晚泊》云：「碧雲千嶂合，紅樹九秋深。」《飲湖亭》云：「寒食梨花月，新晴楊柳風。愁消山色裏，興極酒杯中。绿髮日夜變，青春今古同。忍教行樂地，容易夕陽紅。」張藴仁溥《斗野集·春朝偶題》云：「春風酒棹湖隄柳，晚月吟韉輦路花。」《大滌洞天》云：「雲生不没仙人跡，丹化猶啼搗藥禽。」《東巷》云：「丹青嶺樹明寒葉，水墨江天噪亂鴉。」《霅川》云：「連山黄獨雪，一雁白蘋風。」《秋思》云：「暑退凉生體氣佳，捲簾聽雨感年華。西風葉葉梧桐冷，開遍庭前白鶴花。」《垂虹》云：「憶著前遊十四年，三高祠下夕陽船。無錢買得鱸魚鱠，吟就橘花香裏眠。」劉翰武子《小山集·種梅》云：「凄凉池館欲棲鴉，彩筆無心賦落霞。怊悵後庭風味薄，自鉏明月種梅花。」《客去》云：「送客歸來月滿簷，梅花微笑隔疏簾。酒醒今夜銀屏冷，沉水熏爐旋旋添。」長句《鴻門宴》、《玉斗歌》、《吴門行》皆佳。張良臣武子《雪窗集·示長蘆仁禪師》云：「叢叢竹雀閙人家，農事春來漸有涯。品字柴頭煨正暖，不知風雪到梅花。」《吴興投老庵》云：「白鷺悠悠去不還，渚雲汀草一生閑。暮年不入西州路，空倚梅花説住山。」《感舊》云：「三十六陂春水绿，四十九年人事非。揚子江頭永嘉後，吴儂蕩槳北人稀。」《西湖晚歸》云：「帖帖平湖印晚天，踏歌遊女臂相牽。鳳城半掩人争路，猶有胡琴落後船。」趙希楷誼父《抱拙集·過臨平》云：「市井蕭條景物非，居人猶號永和隄。春山十里斜陽樹，漠漠殘紅杜宇啼。」利登履道《骳稿·遊佛巖》云：「擁巖千修篁，中有寒泉飛。」何應龍子翔《橘潭稿·有别》云：「樓上佳人唱渭城，樓前楊柳綰離情。一聲未是難聽處，最是難聽第四聲。」沈説惟肖《庸齋集·寄慈溪何贊府》云：「海明看出日，山晚倦行春。」釋永頤山老《雲泉集·西峰日暮》云：「手攜一束書，秋風獨來此。松深孤月明，水冷芙蓉死。」「時看㵎鼠來，食我山茶子。」《秋晚》云：「拒霜花落碧潭秋，懶向山巔水際遊。貪看夕陽烏桕樹，白雲紅葉亂溪流。」《冷泉亭》云：「獨聽子規叫，況逢山月明。」《憶舊隱》云：「溪色乍凉雙鷺下，雨聲纔絶一蟬鳴。」薛嵎仲止《雲泉集・太白觀雪》云：「二十里松聲，千山雪未晴。」《真隱寺》云：「巖陰常候雨，松色不知春。」《閑居》云：「雪渡溪流澀，厨烟柏葉香。」《春晴》云：「芳草思無際，春風情最多。」《松風隆首座》云：「隨身惟一鉢，留偈别雙松。」《送台州倅》云：「離家買湖石，開印對巾山。」《漁舍》云：「湖水涵秋霽，風荷動夕陽。」俞桂希郄《漁隱稿・松江送人》云：「西風蕭瑟入船窗，送客離愁酒滿缸。好記此時分袂處，暮烟微雨過松江。」葛天民《無懷集・訪端叔》云：「月趁潮頭上，山隨柁尾行。大江中夜滿，雙櫓半空鳴。」《雪後》云：「一杯殘臘酒，萬古夕陽愁。」《即事》云：「寒食少逢天氣佳，十日九日雨如麻。新巢初見燕生子，小巷已無人賣花。」《上巳》云：「花枝照眼堂堂去，茗碗關心故故香。」《荷葉浦》云：「下塘六月關心處，西塞扁舟入手時。」姚鏞希聲《雪篷集・懷頤山老》云：「病起春風過，閑居野草生。」《桐廬》云：「風帆逆水上，江鶴背人飛。」《寓雪川》云：「王戴溪頭小隱仙，漁翁引上霅溪船。幾回倦釣思歸去，又爲蘋花住一年。」《賃居》云：「雨徑生新草，風牀受落花。」《訪中洲》云：「踏雨來敲竹下門，荷香清透紫綃裙。相逢未暇論奇字，先向水邊看白雲。」右諸人，唯葛天民與楊誠齋相倡和，劉改之亦前輩人，餘多摹擬「四靈」，家數小，氣格卑，風氣日下，非復紹興、乾道之舊，無論東京盛時已，可一概也。

元耶律文正《湛然居士集》，十四卷，中多禪悦之語，其詩亦質率，間有可采者，略摘數篇。《贈李郡王筆》云：「管城從我自燕都，流落遐荒萬里餘。半札秋毫裁翡翠，一枝霜竹翦瓊琚。鋒端但可題塵景，筆下安能劃太虛。聊復贈君爲土物，中書休笑不中書。」《寄平陽净名院潤老》云：「昔年萍水便相尋，握手臨風話素心。刻燭賦成無字句，按徽彈徹没絃琴。風來遠渡晚潮急，雨過寒塘秋水深。此樂莫教兒輩覺，又成公案滿叢林。」《過武川贈僕散令人》云：「班姬零落到而今，聞道翻身入道林。歌扇舞裙忘舊業，藥爐經卷半新吟。閑眠白晝三杯酒，静對青松一曲琴。更看他年棲隱處，蓬山樓閣五雲深。」《過燕京和韵》云：「狐死曾聞尚首丘，悲余去國十年遊。崑崙碧聳日落處，渤海西傾天盡頭。君子云亡真我恨，斯文將喪是吾憂。尚期晚節回天意，隱忍龍庭且强留。」《贈蒲察元帥》云：「閑騎白馬思無窮，來訪西城緑髮翁。元老規模妙天下，錦成風景壓河中。花開杷欖芙蓉澹，酒泛蒲桃琥珀濃。痛飲且圖容易醉，欲憑春夢到盧龍。」「閑乘羸馬過蒲華，又到西陽太守家。瑪瑙瓶中簪亂錦，琉璃鍾裏泛流霞。品嘗春色批金橘，受用秋香割木瓜。此日幽歡非易得，何妨終老住流沙。」《河中遊西園》云：「河中春晚我邀賓，詩滿雲牋酒滿巡。對景怕看紅日暮，臨池羞照白頭新。柳添翠色侵凌草，花落餘香著莫人。且著新詩與芳酒，西園佳處送殘春。」《壬午元日》云：「萬里西征出玉關，詩無佳思酒瓶乾。蕭條異域年初换，坎軻窮途臘已殘。身過碧雲遊極樂，手遮西日望長安。年光迅速如流水，不管詩人兩鬢斑。」已上數作，頗有風味，皆從軍西域之作也。

趙子昂同知濟南有詩，唯《趵突泉》詩最著，餘數篇，人罕述之。《初到濟南》云：「自笑平生少宦情，龍鍾四十二專城。青山歷歷空懷古，流水泠泠盡著名。官府簿書何日了，田園歸計有時成。道逢黄髮驚相問，只恐斯人是伏生。」《勝概樓》云：「樓下寒泉雪浪驚，樓前山色翠屏横。登臨何必須吾土，嘯傲聊因得此生。」《懷宋齊彦學士田師孟省郎》云：「乍可望塵迎使者，何堪據案箠疲民。濟南雖有如澠酒，準議愁中過一春。」《東城》云：「野店桃花紅粉姿，陌頭楊柳緑烟絲。不因送客東城去，過卻春光總不知。」《湖上暮歸》云：「春陰柳絮不能飛，雨足蒲芽緑更肥。正恐前呵驚白鷺，獨騎款段繞湖歸。」《春日漫興》云：「春事匆匆轉眼過，滿城流水緑陰多。」《送山東廉訪照磨于思容》云：「林生春動紫烟生，策馬東風十里程。若到濟南行樂處，城西泉上最關情。」

臨川何中《太虚集》，吴草廬序，吴與何中表兄弟也。中善五言詩，近體亦冲澹。如：「聊隨碧溪轉，忽與白鷗逢。小雨十數點，淡烟三四峰。」「落葉半藏路，清風時滿溪。」「寒沙梅影路，微雪酒香村。」「湖雪殘波岸，船燈獨夜人。」「西風一夜雨，丹桂滿林花。」皆有唐風。又《見梅花》云：「冰合金河雪暗關，内家難覓一枝寒。祇應獨結梅花伴，水遠山長盡意看。」《黄沙道中》云：「深淺柴烟曲塢間，杉皮小屋繞幽潺〔一〕。」

【校勘記】

〔一〕「皮小屋繞幽潺」，據《居易録》卷一補，原本有缺漏。

門人莆田林石來麟焻，以禮部儀制司郎中出督貴州學政，云去年在閩得王文成公《龍岡漫興》詩墨跡一卷，蓋公謫龍場驛時所書，屬余跋。其首章云：「投荒萬里入炎州，卻喜官閑得自由。心在夷居何有陋，身雖吏隱未忘憂。春山卉服時相問，雪寨籃輿每獨遊。擬把犁鉏從許子，漫將弦誦比言游。」若爲之兆者。按：文成以疏救戴銑等，忤逆瑾，貶黔之龍場驛，作何陋軒居之，日夜默坐。席文襄書爲提學，闢貴陽書院，親率諸生北面事之。蓋公平生之學，得力於龍場時居多。觀卷中五章，可想見其無入不自得之樂。石來，閩之名士，私淑文成有年。文成書，遒勁似山谷。

升庵客滇，遊其門者自六學士外，又有隱士董難。難，字西羽，太和人，常輯《轉注古音》，著《韵譜》、《滇志》列《隱逸傳》。《題玉局寺》一詩極佳：「杜鵑枝上春可憐，杜鵑聲裏雨如烟。萋萋滿目芳草碧，杳杳一髮青山懸。忽悲麥秀客遊次，卻憶楝風花信前。惆悵池塘緑陰樹，驚心一曲南薰絃。」風格宛似升庵。

海鹽朱朴，明嘉、隆時布衣，其《西村詩》雖未脱臨摹之跡，亦有佳句，因略加揀擇，以備明詩一種。七言如：「數峰蒼翠寺門迥，三月落花溪水深」，「楝花風過蠶蛾老，麥秀城空雉子斑」，「千年玉骨湘纍墓，萬里堅城少保家」，「雁來關塞暮天碧，龍起江湖秋水腥」，「巫峽曉風鬟短髻，楚江秋水練長裙」，「山圍野色迷秦駐，海送潮頭上浙江」，「落花時節已寒食，流水陂塘還祓除」，「白雲出岫澹如掃，紅藕作花香可憐」，「月明蒼壁繫仙舫，風細幔亭流白雲」，皆佳。

吾鄉公文介公鼐，萬曆中爲詞林宿望，詩文淹雅，絶句尤工。如《習家池》云：「峴首岧嶢漢水長，習池烟樹野亭荒。羊公流涕山公醉，並枕殘碑卧夕陽。」《明湖獨眺》云：「窄岸平橋萬柳斜，半城春水半人家。東風吹雨宵來急，一片鄉心到海涯。」《衍元白詩寄馮用韞》云：「千里襟期付此詞，郵筩珍重寄相思。將來莫遺玲瓏唱，淚盡夷陵綏棹時。」「生平有意皆成幻，死去憑誰得報君。燈影幢幢對疏雨，一聲哀雁入秋雲。」《濟南晤李季重》云：「一望并州雁影沉，三年幽夢峼湖陰。歷城四面寒泉水，堪照青陵臺下心。」《泉林寺》云：「百里天涯一夕分，月華中斷悵離群。坐聞莊子城頭水，卻憶夷吾臺上雲。」《蘭谿望金華山水》云：「新安水色括蒼烟，煜煜金華婺女連。靈異果應仙路近，始知此是蔚藍天。」「百折桐江繞釣臺，四明雲起接天台。半空突出冰輪湧，定是龍湫雁宕開。」《南樓》云：「十二樓開列玉京，分明天上落層城。簷前寂寂三珠樹，半夜鶴來飛上鳴。」《掖縣道中》云：「齊疆行盡海雲生，處處看山自問名。麥秀漸漸桑柘緑，馬頭不見曲侯城。」《襄陽》云：「江上輕帆落浴凫，鏡中倒影數峰孤。林鶯送客巖花笑，曾見銅鞮歌舞無。」《南竺寺》云：「晚霞挂重塔，微月碧殿空。林壑松檜響，十里聞秋風。」皆不減唐人風致。

安磐，字松溪，弘、嘉間爲都給事中，有直聲，蜀之嘉定州人，升庵先生友也。其詩風神獨絶，世罕知之。凌雲寺石壁刻詩甚夥，惟《松溪》四絶句最爲高唱，記其二云：「青衣江上水溶溶，隔岸遥聞戒夜鐘。暫借竹牀聽梵放，月華初到第三峰。」「林竹斑斑日上遲，鳥啼花暝暮春時。青衣不是蒼梧野，卻有蛾眉望九疑。」蓋凌雲九峰，枕青衣江之東，而蛾眉三山正直其西。至其地，知其詩爲工也。

鄒平長白山醴泉寺，即范文正公晝粥處，四山環合，一溪瀠帶。溪上有范公祠，祠中多前代石刻，有嘉靖十三年崧少山人張鯤八絶句最佳，節録於左：「危閣烟霞出，峰簷麋鹿來。春泉落西磵，聲繞讀書臺。」「臺前碧玉樹，葉葉上青霄。工師求大木，隆棟萬年朝。」「風晝谿楊色，烟春巖蕙香。人言背絶壑，纔是上書堂。」「山護埋金窟，泉通畫粥厨。傳燈衣鉢在，曾伴老龍圖。」鯤，河南鈞州人。

襲勗，字克懋，一字懋卿，章丘人，少貧牧豕，年三十始補諸生。時邑中李太常伯華、袁西野崇冕方尚金元詞曲，勗謂傷雅道，獨與濟南殷正甫、李于鱗、許殿卿爲古文辭，相友善。年六十，以歲貢仕江都縣訓導，遷威寧教諭、開平衛教授，歸五年卒。所著有《懋卿集》、《太極圖解》、《性命辨》。劉尚書白川稱爲朱元晦功臣、王伯安諍友云。勗有寄滄溟絶句云：「瓜田十畝濟城東，雲外青山小苑通。流水桃花迷處所，幾家春樹暮烟中。」

華鼇，字空塵，亦章丘人，御史玠之孫。邑諸生，妙於繪事，落筆輒題其上曰「空塵詩畫」。人丐之畫，輒瞪目不應。當其意得，迴出筆墨蹊徑之外，詩亦如之，五言尤超詣。《題王仁甫卜築》云：「大隱不在山，出處乃適意。」《送呂中甫山人》云：「秋老留紅葉，風輕轉白蘋。」《宿惠上人院》云：「愛此疏林月，兼之一磬清。」《孤坐》云：「雨霽聞啼鳥，風停數落花。」《過楊九山川上居》云：「鑪頭留宿火，花徑閉秋雲。」人以擬浩然「微雲疏雨」之句。又《睡起自述》云：「槐午睡方熟，息肩者稚子。老妻撼繩牀，飯熟呼不起。不能工磬折，髮亂無人理。我懶我自知，不要旁人喜。」鼇亦滄溟友。

偶過慈仁寺，市得琅邪王若之集。若之，字湘客，故明户部尚書基之孫也。歷官參議，孤情絶照，清談如晉人。服官留都，放情山水，買舟遊武林，窮湖山之勝。三忤奄寺，罷官，居金陵。乙酉避亂姑孰，干戈崎嶇，獨載三代古鼎彝、法書、名畫，兼兩連舳，寢食與俱。其答人書云：「正惟草莽之中，當堅守一之節。」遂死。湘客詩清真，無啓、禎氣習。最工尺牘，單辭片語，逼似晉宋間人。絶句云：「素宇流孤月，清光照雁聲。似從千里外，寄與故鄉明。」「驢背肩似山，笠下眼如海。偶見漁樵人，行歌互相待。」「恰遇青山白水，忽來細雨斜風。俗駕還多高寄，便止宿于此中。」七言：「圖書蓑笠載輕舲，雨雨風風去不停。疑是烟波垂釣者，居然呼吸有樵青。」聯句如「風雨松堂集，燈殘經不明」，「風烟無市色，時令屬山秋」，「半將春事負，始有故人來」，「如何橫白雨，忽已失青山」，「正是春潮長，還當暮雨時」，「學語兒呼汲，消閑婦鬥茶」，「林端秋露滴，草際候蟲鳴」，「碧藻浮沈處，白蓮三兩枝」，皆非凡語。

吾郡楊太宰夢山先生巍，五言沖古淡泊，如「遠道令人愁，况近單于壘」，「秋風入雁門，羽書日三至」，「鄉心生塞草，世事入秋風」，「風雨樓煩國，關山李牧祠」，「閑將流水引，夢與古人居」，「雨響殘秋地，城分不夜天」，「石古苔生遍，泉香麝過餘」，皆逼古作。

朝邑李瓚中黄，以其父岸翁遺墨來求跋。岸翁名楷，關中耆宿，國初仕爲寶應知縣，高才凌物，爲忌者所中，罷官。平生作詩文，每廣坐酒酣，令兩人張絹素疋紙，懸腕直書，略不加點，如疾雷破山，怒潮穿脇，移晷而罷，擲筆引滿，旁若無人。舉坐爲之奪氣。名噪一時，亦以此坎壈失職，傲然不屑也。書學東坡，尤善飛白。此卷皆自書。雜詩中《冥蒙》二章，如云：「天子傅粉墨，臣亦舞八風。古人略小節，其究莫能終。小器易以滿，如彼狂愚蒙。晉家嗜放達，四郊生兵戎。優孟何足爲，致身忘其崇。」似爲南渡甲乙時事而作。關中名士，余生平交善者，如韓聖秋詩、王無異弘撰、李子德因篤、王幼華又旦、曹陸海玉珂，皆一時人豪，要當以岸翁爲冠。

南海陳子升，字喬生，工詩，《昔昔鹽》云：「鴛鴦樓外烏欲棲，玳瑁梁間燕吐泥。月暈圓隨漢東蚌，天河傾向汝南鷄。萬方儀態華鐙出，一笑横陳翠帳低。愁見曉鴻征塞北，不知天將定遼西。」

高念東侍郎珩，康熙戊申祭告南岳，在湖湘間有詩數百篇。余喜其絶句，如：「行人到武昌，已作半途喜。那識武昌南，烟水五千里。」「未入衡州郭，先看衡州城。城門垂薜荔，大抵似巴陵。」「緑浄不可唾，此語足千古。天水澹相涵，中有數聲櫓。」「兩岸層層嶂，孤城面面山。横襟憑一葉，睥睨洞庭間。」「幾月舟行久，今朝倦眼開。千峰翔舞處，一片大江來。」「南岳雲中盡，東流海上忙。佗年圖畫裏，著我在瀟湘。」「芋火夜經聲，悲喜寒巖寺。宰相世間人，何與山僧事。」「磨磚竟不成，磨銅何不可。寄語馬大師，努力庵前坐。」又《送人詩》云：「故園小圃又東風，杏子櫻桃次第紅。明日春明門外路，清明消遣馬蹄中。」

高侍講士奇扈從清凉山雜詩云：「輕寒未放杏花枝，樹底停鞭感歲時。不止今年負花事，漫將遊跡比分司。」自注：「元王惲《完州》詩：『誰著分司王老子，杏花香裏過今春。』」「滱水濺濺出谷流，沙原路僻草新抽。鷄聲亭午山村外，報道郵籤過定州。」「紫府仙山實奧區，長松鬱鬱壑争趨。興來那得勾龍爽，重寫峰巒入畫圖。」自注：「勾龍爽，有《紫府仙山圖》，載《宣和畫譜》。」「野淀瀰漫一望迷，漁莊蟹舍接通隄。遠天雲樹霏微裏，只少樓臺似浙西。」

先兄《考功集》詩屢經芟削，最後止刻四卷，佳句佚者頗多，略記一二。如《濰縣道中》云：「人烟通下密，橋路繞東丹。」《夏夜詞》云：「夢覺聞花漏，星河一帶横。」《感興》云：「《大人》有賦言仙意，《内景》何方駐聖胎。」此類尚多。余少時詩如《送人知鄞縣》云：「天晴真臘樹，日射灌門潮。」餘亦頗有可存者。

余讀施愚山侍讀五言詩，愛其温柔敦厚，一唱三歎，有風人之旨。其章法之妙，如天衣無縫，如園客獨繭，約略舉之。若「别緒不可理」、「酒盡暮江頭」、「人日日初晴」、「朔風一夜至」、「月明無遠近」、「倚枕不能寐」數篇是也。至於清詞麗句，叠見層出。余嘗欲仿張爲《主客圖》之例，摘其尤者，列以爲圖，與康樂「池塘生春草」、玄暉「澄江浄如練」、仲言「露濕寒塘草，月映清淮流」，並資藝苑談助。或詰余曰：「論詩固可摘裂如此耶？」余曰：「謝公與子弟論《毛詩》何句最佳，或舉『楊柳依依，雨雪霏霏』。公謂不如『訏謨定命，遠猶辰告』爲有雅人深致。夫《三百篇》尚然，况《騷》、《選》以下乎。」因作摘句圖。如：「盡日孤雲在，青松滿院寒。」「山月長清夜，江雲無盡時。」「花亞巖中樹，烟横溪上村。」「到門聞午磬，繞屋過寒泉。」「人烟梅市白，山色剡溪深。」「片雨前峰過，高松獨鶴還。」「江路多春雨，山村易夕陽。」「野橋沙際滑，山塢雪中深。」「泉聞深樹裏，山響亂流間。」「共看谿上月，正照城頭山。」「松火圍寒坐，溪窗聞夜漁。」「夕陽沉積靄，空翠辨前山。」「明月來天柱，長江入縣樓。」「鶯聲花嶼暖，龍氣雨潭腥。」「水緑澄湘浦，天青入洞庭。」「山厨連馬櫪，官舍奪僧居。」「清泉逢谷口，老樹識山家。」「不辨翠微色，秋山紅葉重。」「江城連夜雨，山館獨吟身。」「柳葉藏洲寺，梅花雜吏人。」「明月非霜雪，滿城生夜凉。」「春光門外水，夕梵雨中燈。」「黄葉連江下，孤帆冒雨歸。」「野戍風中角，江梅雪後花。」「雨色江城暮，灘聲野寺秋。」「谷雲團小閣，松露響寒宵。」「亂山成野戍，黄葉自江村。」「波平嶽麓寺，天入洞庭船。」「雲樹分曦早，江村出霧遲。」「雲氣凉依水，鶴聲清滿林。」「湖影涵官閣，泉聲滿郡樓。」

「縣門流水對，城堞半山銜。」「孤城春水岸，歸鳥夕陽村。」「樹葉春藏寺，谿聲夜滿樓。」「臺迴收山郭，江清送酒杯。」「浦絶乂漁艇，人荒種蛤田。」「城郭千檣外，汀洲片雨中。」「蘆渚起寒燒，楓林明翠微。」「風起帆争郭，漁歸浦挂罾。」「看雲孤閣暮，聽雨萬峰秋。」「孤村流水在，盡日白雲閑。」「江帆連雉堞，烟樹曖漁村。」「江橋紅樹外，山郭夕嵐邊。」「板橋三渡水，楓柏一林霜。」「溪藤翻翡翠，漁艇唤鸕鷀。」「雲來見滄海，雲浄聞清鐘。」「樹暗江城雨，天青吴楚山。」「野水合諸磵，桃花成一村。」「淥水通村港，黄魚出板橋。」「片石此天地，荒祠自古今。」「欲問垂綸意，桐江秋水深。」「飛瀑林中雨，斜陽山半晴。」「翠屏横少室，明月正中峰。」「清磬晝長寂，片雲晴自深。」「烟寺初低柳，江城半落花。」「野蔓没丹竈，天風來嶽雲。」「竹色翠連屋，林香清滿山。」「潭烟依檻集，山色度溪來。」「露將松影白，泉與磬聲寒。」「果落跳松鼠，萍開過水禽。」「家傳殉國劍，身老釣魚磯。」「村徑半牛跡，山田多水聲。」「亭空木葉下，風緩浦雲留。」「暮烟隨野闊，山翠入江明。」「松雨連山響，江雲入寺來。」「暮雀依寒竹，仙猿下雪松。」「翠合江天色，愁連今古情。」「水氣垂天闊，濤聲裂地穿。」「人老三秋後，舟臨十八灘。」「風笛荷花外，漁燈葦葉間。」「山勢龜蛇鬥，江流沔漢分。」「驚濤自風雨，樹杪復重泉。」「鷲嶺横天碧，龍湫到海深。」「微雨洗山月，白雲生客衣。」余嘗以暇日，撰《感舊》、《山木》二集，所録愚山詩爲多，意猶未盡，因别取五言近體爲《摘句圖》，傳諸好事者。

諧聲别部卷六下

王阮亭先生原本　南昌喻端士編

古來武人能詩，如宋沈慶之：「微生遇多幸，得逢時運昌。朽老筋力盡，徒步還南岡。辭榮此聖世，何媿張子房。」梁曹景宗：「去時兒女悲，歸來笳鼓競。借問行路人，何如霍去病。」北齊斛律金：「敕勒川，陰山下，天似穹廬蓋四野。天蒼蒼，野茫茫，風吹草低見牛羊。」高敖曹：「壠種千口羊，泉連百壺酒。朝朝圍山獵，夜夜迎新婦。」唐王智興：「三十年前老健兒，剛被郎官遣作詩。江南花柳從君詠，塞北烟霜獨我知。」宋曹翰：「三十年前學六韜，英名常得預時髦。曾因國難披金甲，不爲家貧賣寶刀。臂健尚嫌弓力軟，眼明猶識陣雲高。堂前昨夜秋風起，羞覩盤花舊戰袍。」岳鄂王飛：「潭水寒生月，松風夜帶秋。」明郭定襄登：「甘州城西黑水流，甘州城北胡雲愁。玉關人老貂裘敝，苦憶平生馬少游。」湯允勣：「苜蓿含花草露斑，奚奴擾擾出沙灣。塵飛大夏三千里，泥滿東風十二閑。直内銅苻初上繳，征西鐵甲未東還。可憐絶代賢王手，少畫漁陽阿辇山。」右偶舉數篇，皆見英雄本色，有文士所不能道者。又如宋之劉涇、賀鑄、韓蘄王世忠，明之沐昂、俞大猷、李言恭、陳第輩，不可枚舉，孰謂兜鍪之流，衹解道「明月赤團團」也？又唐高崇文「誰把髀兒射雁落，白毛空裏亂紛紛」，雖俚語，亦不凡。

鄧子龍，字武橋，豐城人，隆、萬間名將，援朝鮮戰死。平生善書，喜吟詠，可與陳第並傳，而世鮮知者。有《横戈集》一卷，頗磊落，略録一二。《萬松嶺風雨催軍行》云：「應憐西事懸民瘼，長呼鐵甲燈前著。三程兩程晝夜行，千山萬山風雨惡。不妨鼓角地中來，自有將軍天上落。百戰烽塵社稷安，一怒乾坤星斗錯。歸來烹象飲天河，何代英雄無衛霍。」《金鷄橋》云：「短甲輕兵入武鄉，西風吹骨鐵衣凉。大幽山下無情水，笑問金鷄舊戰場。」

李瓚貽管夫人畫竹卷，長丈餘，離披錯落，姿態百出，與怪石奔峭相間，氣韵生動，真奇作也。後自題二句云：「竹勢撤崩雲觸石，應是瀟湘夜雨時。」「皇慶三年秋日作。道昇。」下方有「管氏道昇」、「仲姬」二印。又湖州天聖寺壁，有管夫人畫竹，或題其旁云：「數枝密葉數枝疏，露壓烟啼秋雨餘。宋室山河多少淚，略無半點到篠簩。」又祁縣戴楓仲藏管夫人小畫一幀，有細書十字云：「山迴新綺閣，竹揜舊朱門。」又或題云：「竹繞層樓罥網蛛，絲絲縷縷貌曇瞿。倦來素面流輕粉，尚衣羊肝半臂無。」

楊太史夫人黄，遂寧簡肅公珂之女，有詩名，詞曲尤爲擅場。弇州僅載其《寄夫》一詩及「積雨釀春寒」一闋。余再入蜀，得其詞曲四卷。本五卷，闕一卷。吴元定較本，武林舊刻也。《點絳唇》云：「萬里雲南，九層天棧千盤險。一髮中原，回望青霄遠。」又《油葫蘆》云：「白雲江陵古渡邊，解征帆，上征鞍。楚塞霜寒楓葉丹，沅澧波香蘭芷鮮，武陵春老桃花怨。千里望雲心，九叠悲秋辯。又不是南征馬援，壺頭山愁望飛鳶。」又《天下樂》云：「瘦馬凌兢蝶夢殘，霧慘風僝。怎消遣，斷角殘鐘，幾度孤城晚。回首送衡陽去雁，忍淚聽瀘溪斷猿。亂雲堆何處是西川。」又《那吒令》云：「怕見他盤江河毒瘴愁烟，關索嶺冰梯雪巘，香鑪峰獠塞苗川。千尋井下坡難，萬丈梯登山倦，硬黄泥污盡舊青衫。」又《鵲踏枝》云：「一封書意懸懸，萬里恨緜緜。誰信道東下昆池，又勝如西出陽關。但得他平安兩字，休問他何日歸年。」又《寄生草》云：「空彈劍，頻倚欄。比潮陽山水多鄉縣，比江州月夜無絃管，比夜郎春夏饒風霰。今日个關鷄曉度碧鷄關，怎記得鳴鑾晚直金鑾殿。」又《么》云：「難縮壺中地，休尋屏上船。五華臺望望愁心遠，雙洱河渺渺波濤限，七星關疊疊雲嵐嵌。琵琶亭下淚偏多，鷓鴣嶺畔腸先斷。」又《金盞兒》：「風兒酸，雨霽風清擡望眼，見西樓明月幾回圓。辭家衣線綻，去國履痕穿。只道是愁來傾竹葉，不信説米盡拆花鈿。」又《賺尾》云：「且聽滄浪吟，休誦《卜居》篇。愛碧山石磴紅泉，策杖行歌興渺然。醒來時對陶令無絃，醉來時學蘇晉逃禪，不似他憔悴騷人澤畔。任蒼狗白衣屢變，笑蛙聲紫氣争妍。浮名與我無縈絆，再休尋無事散神仙。」

《席帽山人集》載台州余季女《寄夫詩》五章，其一云：「妾誰怨兮薄命，一氣孔神兮化生若甑。春山娟兮秋水浄，秉貞潔兮妾之性。」其二云：「夜夢兮食梨，靈氛兮爲余占之。曰行道兮遲遲，斂角枕兮粲如，風動幃兮心悲。」其三云：「雲黯黯兮雪飛棘，夫子介兮如石。苦復留兮不得，望平原兮太息，涕泗横兮霑臆。」其四云：「送子去兮春樹青，望子來兮秋樹零。樹有枝兮枝有英，我胡爲兮煢煢。」其五云：「織女兮牛郎，豈謂化兮爲參商。欲徑渡兮河無梁，霜露侵襲兮病偃在牀。嗟嗟夫子兮誰與縫裳。」右詞旨悽婉，音節古雅，不減徐淑。誰謂宋元以下無樂府耶。得之女子尤奇。

劉道貞，字墨仙，卬人，名士也。明末起兵討張獻忠，不克，病卒于軍，妻子皆遇害。其子睽度妻馮氏，詩甚清婉，有《春日即事》云：「閑步小橋東，黄鶯處處逢。梨花風雨後，人在緑楊中。」

張氏，潛江人。能詩，有絶句云：「病廢機梭老廢蠶，牙籤緗帙興猶耽。唐詩元曲都收捲，日向紗窗讀《二南》。」《詠留侯》云：「子房稱病藏機早，只待功成辭漢家。已復韓讐無所事，此心元自在烟霞。」

《惠州西湖志》載孔少娥絶句云：「西湖西子兩相儔，湖面偏宜點翠洲。一段芳華描不就，月灣宛轉似眉頭。」少娥，字文淑，歸善人，歸士人劉少唐。芳華，洲名，明月，灣名。

女郎倪仁吉，義烏人。善寫山水，尤工篇什。嘗見其《宫意圖》詩云：「調入蒼梧斑竹枝，瀟湘渺渺水雲思。聽來記得華清夜，疏雨銀釭獨坐時。」

金陵紀青，字竺遠，能詩。少爲諸生，棄去，入天台國清寺爲僧，久之，復捨去。其子映鍾伯紫，尤負詩名。女名映淮，字阿男，嘗有《秦淮竹枝》云：「棲鴉流水點秋光，愛此蕭疏樹幾行。不與行人綰離别，賦成謝女雪飛香。」又一絶句云：「李花一孤村，流水數間屋。夕陽不見人，牯牛麥中宿。」及笄，嫁莒州杜氏，早寡，年五十餘，以節終。

會稽女子商婉人，能詩，工楷法，常仿吴彩鸞寫《唐韵》，作廿三先、廿四仙。武林沈磵芳，名菉，爲題絶句云：「簪花舊格自嫣然，顆顆明珠貫作編。始識彩鸞真韵本，廿三廿四是先仙。」

劉公㦷吏部姬汪氏静宜，字穉嫻，金陵人。有詩云：「長信不知君意切，相思猶隔兩重雲。不須更買《長門賦》，但畫蛾眉以待君。」「六月高風振海吹，遥遥親舍白雲陲。誰知天上芳菲淚，濕卻新愁似斷絲。」康熙丁未在京邸作也。踰年歸潁，至青縣，覆舟死。

廣陵徐氏女子元端，工填詞。如：「珠簾輕揭，憔悴憐黄葉。忽憶小亭人乍别，正是重陽時節。」又：「小園昨夜西風劣，笑落漫天雪。侍兒佯笑捲簾紗，卻道玉梅已放滿枝花。」又：「起來慵向妝臺倚，亂綰凌雲髻。歸期曾説柳青時，鎮日懨懨只是惱春遲。」

鄧州彭氏女，適李鴻。鴻，字青立，文達公裔孫，學士恒茂之子，余門人也。鴻亦能詩，而才不及婦。余嘗序其《蝶龕集》。如《咏白蓮》云：「月亦驕花色，風偏送葉香。」《刺繡》云：「針宜停午倦，窗喜趁新晴。」《送外》云：「山川日以遠，雨雪天將寒。」皆佳句也。又《雷家灣》云：「峰峰斜倚俯清湑，一葉孤舟亂後身。洞口白雲鷄犬在，此中大有避秦人。」《金銀洞》云：「絶壁繩橋萬壑深，春風何意此登臨。安禪暫借蒲團力，坐聽神龍潤底吟。」又：「陰厓如幄俯青蘿，脉脉寒泉激素波。豆大一舟沙際望，四山香氣鳥聲和。」《惜香橙》云：「幾經剪拂始成林，夏晚移牀就緑陰。卻怪一朝風雪惡，惜香空負十年心。」此類數十篇，皆可誦也。

超一子者，廣陵殷氏女，早寡，學道三年，坐化。遺《詩偈》一卷，有云：「静中無箇事，反復弄虚空。地老天荒後，魂飛魄喪中。有師開道統，無法度愚蒙。忽底虚空碎，夕陽依舊紅。」

顧姒，字啓姬，杭州人。適鄂生某。從其夫至京師。嘗見所著《静御堂集》，小賦詩詞頗婉麗。九日，余與同人飲宋子昭工部小園，限蟹字韵。翌日，鄂詩先就，顧代作也。其末云：「余本澹蕩人，讀書不求解。《爾雅》讀不熟，蟛蜞誤爲蟹。」余驚嘆。顧善歌，所製詞曲有「一輪月照一雙人面」之句，余最賞之。

王慧，字蘭韵，太倉人。同年長源督學發祥之女。有雋才，所著《凝翠軒詩》一卷，多佳句。五言如：「杏花都揜屋，楊柳半垂溪。」「風懷看緑柳，愁緒比黄楊。」「紈扇三春月，緗琴五夜霜。」七言如《罌粟花》：「一枝香供宜金屋，半醉紅扶待畫叉。」又如：「纔過輕雷收筍箬，旋斟新水試茶芽。」「楊柳溪橋初過雨，杏花樓閣半藏烟。」「淚淹紅袖傷離日，愁在黄昏細雨中。」「墻角紅殘桃結子，石盆清淺菊分芽。」「柳絮飛殘青滿徑，荳花零亂緑圍村。」「棠梨謝後猶花信，櫻筍過時已麥秋。」「幾處溪山留薜荔，一秋風雨在芭蕉。」皆佳句也。又《宿田家偶見粘窗破紙乃韓偓香奩詩惜而賦絶句》云：「麗情佳句有誰知，瞥見窗前字半欹。爲惜風流埋没甚，自擕紅燭拂蛛絲。」此等懷抱，亦非尋常閨閣所解。

《中興館閣續録》，南渡秘閣所藏，徽宗御題畫三十一軸，八軸有詩，皆絶句。如《杏花鸜鵒》云：「並亞隴雲飛，穩巢文杏枝。高棲良自得，蜂蝶莫相疑。」《桃竹黄鶯》云：「出谷傳聲美，遷喬立志高。故教桃竹映，不使近蓬蒿。」又《趙昌江梅山茶》云：「趙昌下筆擒韶光，一軸黄金滿斗量。借我圭田三百畝，直須買取作花王。」

過商丘宋子昭炘户部觀畫，其高房山小幅，有鮮于伯機題云：「素有烟霞疾，開圖見亂山。何當謝塵跡，縛屋住雲間。」趙松雪題云：「每愛侍郎山水，絶與畫史離群。誰似高懷如許，曾看香罏曉雲。」

北苑山水卷首有宣和題「董源夏山圖」五字，一中押上鈐御璽。小米題詩云：「崇山過新雨，蒼翠濃欲滴。林深不通人，谿迴有吟客。日落古道青，天空暮雲碧。何處一聲蟬，幽棲仍自得。」「紹興五年秋八月，臣米友仁奉敕題。」

朱竹，古無所本。宋克仲温在試院，卷尾以朱筆掃之，故張伯雨有「偶見一枝紅石竹」之句。然閩中實有此種，紅如丹砂。

王黻孟端小幅山水，有自題一絶句云：「溪水涵秋鶴影孤，草堂雲冷樹糢糊。相看未遂還山約，空復年來寫畫圖。」又董思白宗伯臨黄鶴山樵一軸，作崇山巨壑，瀑布曲注而下，山氣沉鬱，不類文敏他作，其自題曰：「辛酉三月玄宰。」

《梧溪集》記宋元末國事、人才，多史家所未備。余最愛其《題王冕墨梅》一絶云：「霜落銀河月在天，美人松下鬥嬋娟。一枝倒影吴牛角，曾似知章踏酒船。」自序云：「冕嗜畫梅，常騎牛遊京城。」

庚戌七月，余寓公路浦。萊陽宋荔裳琬北上過余，所攜名畫甚夥，因得縱觀。元孤雲處士王振鵬畫《維摩不二圖》一卷，甚奇妙，楷法類趙承旨。自記云：「至大元年二月初一日拜住怯薛，第二日隆福宫花園山子上西荷葉殿内，臣王振鵬特奉仁宗皇帝潛邸聖旨，臨金馬雲卿畫《維摩不二圖》草本。」又云：「至大戊申二月，仁宗皇帝在春宫，出張子有平章所進故金馬雲卿繭紙畫《維摩不二圖》，俾臣某臨於東絹，更叙説不二之因。某謹按：釋典有云：故唐僧皎然詩云：『禪女來相試，將花欲染衣。禪心定不起，還捧舊花歸。』東坡有《坐上戴花》詩云：『結習漸消留不住，卻須還與散花天。』又云：『毗耶居士談空處，結習已空花不墜。試教天女御鉛華，千偈瀾翻無一語。』又云：『要令卧疾致文殊。』又《臂痛謁告》詩云：『小閣低窗晏卧温，了然非嘿亦非言。維摩未病吾真病，誰識東坡不二門。』又《維摩塑像詩》云：『當其在時或問法，俯首無言心自知。』杜工部題顧愷之畫維摩像云：『虎頭金粟影，神妙獨難忘。』又東坡題石恪畫維摩云：『試觀石子一處士，麻鞋破帽露兩肘。能使筆端出維摩，神通又過維摩詰。』某詳觀馬雲卿所作《維摩不二圖》，筆意超絶，似亦悟入不二門，豈非神通過於摩詰者乎？某當時奉命臨摹，更爲修飾潤色之，圖成并書其概略進呈，因得摹本珍藏，暇日展玩以自娱也。東嘉王振鵬。」按：《元史》以功臣木華黎、赤老温、博爾忽、博爾朮四族，世領怯薛之長，猶言更番宿衛也。

顧阿瑛《題文與可竹》云：「湖州昔在陵州日，日日逢人寫竹枝。一段枯梢三作折，分明雪後上窗時。」

《溪山漁釣》一軸，趙松雪畫，有自題詩云：「桑苧未成鴻漸隱，丹青聊作虎頭癡。久知圖畫非兒戲，到處雲山是我師。」「溪上先人之敝廬，南山秀色照庭除。何時共買扁舟去，看釣寒江縮項魚。」「晉齋識見超卓，久與僕客京師，情因洽甚。今晉翁先得歸鄉，將與青山爲主賓，漁釣以自適，僕情爲之慙。於其行，畫此以寄意，且爲後會之故事云。」

偶過杜子静編修鎮，出書畫同觀。一趙文敏山水卷。山濃水澹，一小舟出没烟靄中，舟上人小如蠅頭，氣韵生動可愛。江岸有牧人驅兩烏牛，一嚙水草，一前行昂首，若有待而鳴呼其群者。署「延祐庚申歲，子昂」七字。後有鄒立誠詩云：「王孫去後草萋萋，故國荒凉路欲迷。夢入江南圖畫裏，緑陰愁煞杜鵑啼。」吴僧妙才詩云：「前汀水暖新蒲緑，鸂鶒鵁鶄日日來。路入平湖半烟樹，片帆何日雨中開。」

阮通參于岳爾詢示松雪畫《杜子美戴笠圖》，深衣烏帽，加竹笠其上，足躡芒鞋，昂首袖手，若行吟之狀。下方有「趙子昂氏」及「松雪齋」二印，上有劉崧子高題絶句云：「杜陵憔悴鬢如絲，飯顆淒涼日午時」云云。自跋云：「右草堂杜拾遺戴笠小像，吴興趙文敏公所畫。往年得之高安劉氏，佗日與缺三字徵士觀畫于桃源山中，因持以歸之，併題識其上云。洪武庚申秋仲，珠林生劉崧書。」解春雨又題七言長歌一篇云：「碧鷄坊裏春風顛，浣花溪邊晴日暄。浩歌缺二字。〔一〕花弄影，慷慨缺二字。〔二〕開元前。飯顆山頭憶相見，歷下新亭舊時面。吟詩未遣髭鬢愁，愁絶胡塵暗河縣。平生落筆五嶽摇，調笑不作兒女嬌。錦袍仙人伯仲耳，誰謂有作徒相嘲。詩卷長留兩不滅，玉顔癯骨俱清絶。萬古詩人照膽寒，松柏蒼然傲冰雪。吴興公子真天人，缺。〔三〕影自與韓衆親。新圖古色照秋水，如此子美方逼真。槎翁老仙我所敬，十年寤寐遊珠林。新詩妙墨聚片紙，令我觀之諧夙心。嗟余豈是諸公徒，青天空行一事無。紛紛餘子風斯下，獨立惟見明星孤。吁嗟杜陵焉可呼。」「前翰林解縉書。」右詩不見本集，余平生所見，惟故友宋琬荔裳所刻秦州像，又成都浣花草堂像，皆石本，蓋皆臨松雪畫，而風神不及遠矣。

【校勘記】

〔一〕據解縉《文毅集》卷四《題趙文敏杜陵戴笠圖》，所缺二字當爲「一曲」。

〔二〕據《文毅集》卷四，所缺二字當爲「不及」。

〔三〕據《文毅集》卷四，所缺一字當爲「落」。

羅塞翁畫猿一軸，余鏗題云：「抛却故山久，披圖眼忽明。老夫歸未得，説與曉猿驚。」韓性題云：「栗葉秋未黄，連臂撼山雨。白晝聞清啼，愁雲夢天姥。」皆佳作也。性字明善，魏公八世孫，居紹興，卒謚莊節先生。《元史·儒學》有傳。

倪雲林小畫一軸，上題字云：「三月四日，邂逅德方郎官九成掾使于荆溪之上，相從及旬而别。因九成徵余畫，并賦詩。『剡掾學阮掾，宛然西晉風。百年聊復爾，三語將無同。載酒來谿上，看山入剡中。孤帆逐雲樹，烟雨滿春空。』浄因庵主瓚。」沈石田摹大癡山水，自題云：「山叠氣未缺。〔一〕，衍迤勢亘窮。溪壑互中涵，草樹發青紅。緲緲神仙居，隱現金銀宫。飛霞隔鸞鶴，叢笙思閬風。誰從此招手，度我逍遥翁。」「時弘治辛亥九月下浣，沈周。」右二幅，皆于濟南朱氏楓香閣觀。

【校勘記】

〔一〕據李日華《味水軒日記》卷四，所缺一字當爲「迭」。

往見倪雲林小畫，自題詩云：「蕭蕭風雨麥秋寒，把筆臨摹强自寬。賴有俞君相慰藉，松肪筍脯勸加餐。」又在京師人家，見一詩云：「梓樹花開破屋東，鄰牆花信幾番風。閉門睡過兼旬雨，春事依依是夢中。」末題云：「至正癸卯，呈德機徵君。」右二詩皆佳。

辛巳冬杪，得雲林《喬柯竹石》小幅，澹逸絶塵，題字尤古勁，真蹟也。詩云：「隱士江陰許士雍，鈿山湖裏泊烟篷。秋來鱸鱠蓴羹美，亦欲東乘萬里風。」後署：「甲辰八月倪瓚。」雲林故居在厚山，地名厚陽。

查嗣瑮德尹，以雲林畫索題，上方有倪自題詩云：「江城風雨歇，筆硯晚生凉。囊楮未埋没，悲歌何慨慷。秋山翠冉冉，湖水玉汪汪。珍重張高士，閑披對石牀。」「此余乙未歲戲寫于王雲浦漁莊，忽十八年矣。不意子宜友契藏而不忍棄捐，感懷疇昔，因成五言。壬子七月廿日，瓚。」檇李項氏物也。朱竹垞題云：「房山潑墨太模糊，那似倪迂意匠殊。一片湖光幾株樹，分明秋色小長蘆。」吴天章題云：「經營慘澹意如何，渺渺秋山遠遠波。豈但穠華謝桃李，空林黄葉亦無多。」余亦題二絶句云：「平生不作王門客，莫把倪迂配米顛。最憶推篷寫松石，菰蘆秋雨爇龍涎。」「曾上神嵩眺雒陽，碧伊清洛迴蒼蒼。怪來舒卷烟雲滿，得自盧鴻舊草堂。」

倪元鎮小畫《古木竹石》，有余詮題云：「三春雷雨蒼龍角，萬里雲霄翠鳳毛。怪得君家圖畫裏，虚窗凉月夜蕭蕭。」唐肅云：「木客夜吟秋露翻，山空無人石榻寒。不似君家子午谷，雲旗晝下玄都壇。」高巽志云：「蒼然古木石巖幽，移得江南一段秋。共説倪君知籀法，數竿瀟灑更風流。」醉樵云：「斷劍故留碧，錯刀終有神。陂陀歲寒意，不似醉時真。」王璲云：「流光冉冉逐驚波，文物空思晉永和。遼鶴重尋舊城郭，當時風致已無多。」倪畫甚蒼茂，諸人字畫亦多工，皆元末人也。

吴仲圭《晴江列岫圖》一卷，自題云：「至正辛卯秋日，梅道人寫。」有仲圭小印。鄧文原題云：「長江亭亭桑落洲，青山獨傲蘋花秋。邊聲已逐鼓鼙盡，水氣欲挾漁榔浮。謫仙騎鯨五柳老，真景變滅隨沙鷗。空餘秦筝與羌管，斷續不説琵琶愁。梅花庵中解蒼珮，宴作得意毫端收。空青點雲碧痕濕，方諸取月寒光流。江上老翁在何許，似覺頷首相遲留。佳峰棱棱鐵鈎鎖，千樹點點同浮漚。要知翰墨灑清氣，俗子政爾勞雕鏤。山空無人息機事，青眼不與王公酬。揮毫汗漫凜太古，疑跨獨鶴遊磯頭。人在江湖貴適意，底用絶俗藏林丘。披圖覽卷重太息，天際杳靄疑歸舟。」又跋云：「蒲城孫世美編修，與余同舟南下，出梅道人《晴江列岫》卷相示，筆意高古，墨氣淋漓，不在董、巨之下，因作長句題之，不能讚其八法之工也。文原識。」下有「巴西鄧氏善之」印。

元僧温日觀善畫蒲桃，須梗、枝葉皆草書法，見楊璉真伽，輒駡爲掘墳賊。余曾于宋中丞牧仲齋中觀其畫葡萄一幀，後題詩云：「明月清風宗炳社，夕陽秋色庾公樓。修心未到無心地，萬種千般逐水流。」適見六研齋所記此畫此詩正同，復有自題云：「『舉世只知嗟逝水，何人微解悟空花。』此大唐貫休禪師佳句，皇宋温日觀書之，仍爲寫龍鬚于後。癸巳年三月二十日，扁舟至天佛院，晴窗晚興，有兄副寺寶之。」

余舊爲潛江門人朱載震悔人題小竹山人王叔楚畫竹卷云：「茅齋青壁幾年成，谿路無人略彴横。一夜春雷動崖谷，四山風雨籜龍驚。」山人，吴嘉定之羅溪人，名翹，字時羽，一字叔楚。幼嬉戲圖繪，兼解唐人韵語，已棄諸生爲山人。詩宗孟郊，山水宗米芾，間出新意，尤工草蟲與竹。隆慶壬申，年六十八卒。

徐渭畫芭蕉，題云：「蕉葉屠埋短後衣，墨描鐵鏽虎斑皮。老夫貌此堪誰比，朱亥椎臨袖口時。」筆墨奇肆之甚。

長洲文點，衡山裔孫，畫有家法。嘗爲鄢陵梁熙曰緝作《江村讀書圖》，汪苕文題云：「鄢陵野色平如掌，也有江南此景無？」余見之曰：「吴子乃爾輕薄耶？」苕文笑曰：「子勿多言，行且及子。」乃賦一絶云：「髣髴春江緑樹陰，幾回掩卷幾沉吟。江南與汝干何事，賦得愁心爾許深。」以余有「江花江鳥不相識，寫向丹青俱眼明」之句，故云。余又題苕文《讀書圖》云：「朱門鼎鼎厭粱肉，忍饑誦經無此人。娜如山中好泉石，他年真作孟家鄰。」娜如，即雅宜山也。

王翬，字石谷，自號烏目山人，常熟人。畫與太倉王太常時敏、王廉州鑑齊名，江左稱三王。辛未來京師，頗自貴重其畫，不爲人作。獨欲得余一詩爲贈，屢屬諸公通意於余，又特作長幅及册子八幅相遺，其意濃至可感。竹垞題册後云：「王翬老去畫尤工，小幅吴裝倣惠崇。曾上北高峰頂望，村村風景似圖中。」八幅，其一倣大癡《溪山雨意圖》，一倣王叔明小景，一題「夕陽山外山」，倣巨然，一倣趙吴興《采菱圖》，一倣北苑，一倣黄子久《天池石壁圖》，一寫唐伯虎詩意。詩云：「吴山多近打魚磯，磯上家家住翠微。曉日五竿人未起，查查山鷓繞簷飛。」又「十月江南未隕霜，青楓欲赤碧梧黄。停橈坐對西山晚，新雁題詩小著行。」

宗姪茂京原祁，庚戌進士，今爲禮科都給事中，太常烟客先生孫、同年揆長子也。畫品與其祖太常頡頏，爲余雜倣荆、關、董、巨、倪、黄諸大家山水小幅十幀，真元人得意之筆。又自題絶句，多工。《西田圖》云：「蟹舍漁莊略彴邊，柳絲荷葉鬥清妍。十年零落荒園景，彷佛當時趙大年。」《大癡富春山圖》云：「横岡側面出烟鬟，小樹周遮雲往還。尺幅巒容寫荒率，曉來剪取富春山。」一日秋雨中，茂京攜畫見過，因極論畫理，其義皆與詩文相通。大約謂：始貴深入，既貴透出，又須沉著痛快。又謂：畫家之有董、巨，猶禪家之有南宗。董、巨後嫡派，元惟黄子久、倪元鎮，明惟董思白耳。余問：「倪、董以閑遠爲工，與沉著痛快之説何居？」曰：「閑遠中沉著痛快，惟解人知之。」又曰：「仇英非士夫畫，何以聲價在唐、沈之間，徵明之右？」曰：「劉松年、仇英之畫，正如温、李之詩，彼亦自有沉著痛快處。昔人謂義山善學杜，亦此意也。」

門人嘉善魏坤禹平持《水村圖》求題，余爲作四絶句。朱竹垞詩云：「緑蘋不礙板橋樁，紅葉常堆老樹腔。他日相過任風雨，抽帆直到讀書窗。」又跋云：「通川錢德鈞居魏塘，趙承旨爲作《水村圖》。余嘗見其真蹟，信墨寶也。禹平以水村自號，吴江徐虹亭檢討亦爲作《水村圖》，余題云：『鷗波亭子趙王孫，曾爲錢郎畫水村。過眼雲烟難再睹，披圖彷彿筆蹤存。』『斜插魚標颺酒旗，柳陰小犬吠笆籬。歸田最是汾湖好，我亦相期作釣師。』既而禹平復至京師，屬李南溟上舍又作此卷。按：德鈞當日亦有二圖，承旨作之于前，薊丘李息齋爲之于後，何古今人事之相類也。」姜西溟詩云：「通志堂前前日見，生綃一幅似桃源。不知神物歸何處，留得青衫舊酒痕。」

余門人廣陵宗梅岑元鼎，居東原，其詩本《才調集》，風華婉媚，自成一家。常題吴江顧樵（水）［小］畫，寄余京師云：「青山野寺紅楓樹，黄草人家白酒篘。日暮江南堪畫處，數聲漁笛起汀洲。」余賦絶句報之云：「東原佳句紅楓樹，付與丹青顧愷之。把玩居然成兩絶，詩中有畫畫中詩。」

或以《出塞》、《度嶺》二圖索題，爲賦三絶句云：「戍樓吹角度榆關，回首孤城海氣環。下馬戰場須痛飲，朔雲飛雪十三山。」右《出塞》。「曾詢衣鉢問《南華》，身到曹溪六祖家。今日披圖猶髣髴，越王修竹佛桑花。」「荔子初紅江水長，鷓鴣啼處到蠻鄉。嶺南耆舊凋零盡，誰與斑騅送陸郎。」右《度嶺》。

周禮部星公燦，陝西臨潼人，自安南使歸，有詩一卷，頗見風土，粗載數首於此。《夜抵安州》云：「諒山南去萬峰稠，細雨深林石徑幽。一水隨人千百折，中宵勒馬問安州。」《屯糜見月》云：「回首燕臺不計程，空山坐待月初生。乾坤自是無遺照，行盡天南一樣明。」《千秋草》云：「一枝挺出森青玉，兩葉分披展緑雲。名是千秋兼可噉，長栽籬落護山村。」《茶山早晴》云：「四圍山色映晴嵐，此地交人號格甘。竹樹參差冬稻熟，風光觸目似江南。」《留别阮司馬公望黎司空僖阮僉憲廷衮黄大參公寘》云：「才名奕奕世無雙，三譯常思戴上邦。别後懷君何處是，寒風落日富良江。」《檳榔樹》云：「翠幹森森傍水涯，梢垂雀尾亂紛拏。秋來結就檳榔果，交子逢人代煮茶。」《易鬼門關曰畏天關》云：「衣冠文物重南疆，何事關名太不祥。題曰畏天思此義，萬年帶礪控炎荒。」周，順治己亥進士。

康熙甲子，莆田林舍人玉巖麟焻使琉球歸，有《竹枝詞》一卷，與周禮部同時示余，并録數篇，以誌文物之盛云。「徐福當年採藥餘，傳聞島上子孫居。每逢卉服蘭闍問，欲乞嬴秦未火書。」「日斜沙市趁虛多，村婦青筐藉緑莎。莫惜簪花無酒盞，人歸買得小紅螺。」「疋練明河牛斗横，鼕鼕衙鼓欲三更。思鄉坐擁黄綾被，静聽盤窗蜥蜴聲。蜥蜴能鳴，聲如麻雀。」「三十六峰瀛海環，怒潮日夜響潺湲。樓西一抹青林裏，露出烟蘿馬齒山。」「射獵山頭望海雲，割鮮挏酒醉斜曛。紙錢挂道松楸老，知是歡斯部落墳。」「心齋生白室能虛，棐几焚香把道書。讀罷憑闌笑幽獨，藤牆西角對棕櫚。」「廟門斜映虹橋路，海鳥高巢古柏枝。自是島夷知向學，三間瓦屋祀宣尼。」「王居山第兔園開，松櫪棕花倚石栽。多少從官思授簡，不知若個是鄒枚。」「宗臣清俊好兒郎，學畫宮眉十樣粧。翹袖招要小垂手，簪花砑帽舞山香。」「望仙樓閣倚崔嵬，日看銀山十二回。笙鶴綵雲飛咫尺，不教弱水隔蓬萊。」「纖腰馬上側乘騎，草圈銀釵折柳枝。連臂哀歌上靈曲，月明齊賽女君祠。」「久稽異域歲將徂，自笑流連似賈胡。三老亦知歸意速，時時風色相銅烏。」林，康熙庚戌進士。同使者爲汪檢討舟次楫，别撰《中山沿革志》若干卷。

鄒平張尚書華東公延登，刻朝鮮使臣金尚憲叔度《朝天録》一卷，詩多佳句，略載於此。《曉發平島》云：「三秋海岸初賓雁，五夜天文一客星。」《初至登州》云：「南商北客簇沙頭，畫鷁青簾幾處舟。齊唱竹枝聯袂過，滿城明月似揚州。」《蓬萊閣》云：「橋石已從秦帝斷，星槎惟許漢臣通。」《水城夜景》云：「五更殘月水城頭，詠史何人獨艤舟。不向東溟覓歸路，還依北斗望神州。」《夜坐聞擊柝》云：「擊柝復擊柝，夜長不得息。何人寒無衣，何卒飢不食。豈是親與愛，亦非相知識。自然同袍義，使我心肝惻。」《九日》云：「黄縣城邊落日，朱橋驛裏重陽。菊花依然笑客，鬢髮又度秋霜。」《東方曼倩里》云：「夜開宣室儼珠旒，執戟郎官走緑韝。首鼠轅駒俱碌碌，漢庭綱紀一俳優。」《早春》云：「水際城邊野馬飛，漸聞宮漏晝間稀。東風日日蘼蕪緑，塞北江南總憶歸。」「王灘流水繞江涯，江上松林是我家。昨夜夢尋烏石路，山前山後早梅花。」

康熙十七年，侍衛狼瞫使朝鮮，吴人孫致彌副行撰《朝鮮採風録》，皆近體詩也。今擇其可誦者，粗載於此。林悌《閨怨詩》云：「十五越溪女，羞人無語别。歸來掩重門，泣向梨花月。」《中和道中》

云：「羸驂馱倦客，日暮發黄州。可惜踏青節，未登浮碧樓。佳人金縷曲，江水木蘭舟。寂寂生陽館，孤燈夜似秋。」白光勳《弘景廢寺》云：「秋草前朝寺，殘碑學士文。千年自流水，落日見孤雲。」《奉恩寺》云：「偶因休浣到沙門，把酒題詩古寺存。紅藕一池風滿院，亂蟬千樹雨連村。深慙皓首從羈宦，猶喜青山似故園。聞説錦湖烟景異，何時歸棹問真源。」吴時鳳《小雪堂》詩云：「地即黄岡勝，官如玉局閑。居然小雪日，唤作此堂顔。」金宏弼《書懷》詩云：「處獨居閑絶往還，只呼明月照清寒。憑君莫話生涯事，萬頃烟波數疊山。」趙昱《贈鑑湖主人》詩云：「十年長揜故山扉，塵土東華幾染衣。想得鑑湖春夜月，子規應唤不如歸。」姜克誠《湖堂早起》詩云：「江日曉未生，蒼茫千里霧。但聞柔櫓聲，不見舟行處。」鄭碏《聞笛》詩云：「遠遠沙上人，初疑雙白鷺。臨風忽横笛，寥亮江天暮。」成運《竹西樓》詩云：「江觸春樓走，天和雪嶺圍。雲從詩筆染，鳥拂酒筵飛。浮海知今是，趨名悟昨非。松風當夕起，蕭颯動荷衣。」白光勉《縣津晚泊》詩云：「旅泊依村口，重游屬暮年。鐘聲隔岸寺，人語渡湖船。月上蒹葭遠，烟横島嶼連。夜深風更急，落雁不成眠。」金宗直《仙槎寺》詩云：「偶到仙槎寺，巖空松桂秋。鸛翻羅代蓋，龍蹴佛天幽。細雨僧縫衲，寒江客艤舟。孤雲書帶草，獵獵滿池頭。」《佛國寺》云：「爲訪招提境，松間紫翠重。青山半邊雨，落日上方鐘。語共居僧軟，杯隨客意濃。頽然一榻上，相對鬢蓬鬆。」奇邁《直禁咏懷》詩云：「南山松柏幽，北山烟霧深。遊子暮何之，庭樹生秋陰。歸雲向遥岑，宿鳥棲前林。幽懷杳不極，清風吹我襟。」鄭道傳《嗚呼島弔田横》詩云：「曉日出海東，直照孤島中。夫子一片心，正與此日同。相去曠千載，嗚呼感余衷。毛髮竪如竹，凜凜吹英風。」魚無迹《逢雪》詩云：「馬上逢新雪，孤城欲閉時。漸能消酒力，渾欲凍吟髭。落日無留影，棲禽不定枝。灞橋驢背興，應與故人期。」權應仁《山居》詩云：「結屋倚青嶂，攜瓶盛碧溪。徑因穿竹細，籬爲見山低。枕石巾粘蘚，栽花屐印泥。繁華夢不到，閑味在幽棲。」趙希逸《次延曙都郵韵》詩云：「春寒料峭酒微醒，羈宦連年恨不平。燈暗小窗聞馬齕，夢回孤枕數鷄鳴。祇憑吾友論交道，欲向何人説世情。已判此身同許國，與君終始寸心明。」《龍灣偶成》云：「鴨水西邊是漢關，天肩地鐍限重灣。荒烟亂磧麟州戍，落日孤雲馬耳山。風定空江波瀲瀲，雪消春郭溜潺潺。思家未得平安字，歸思惟應夢往還。」金瑬《寄友》詩云：「楊花落盡草萋萋，楚客傷離思轉悽。佳節一年寒食過，亂山千叠子規啼。虞翻去國身全老，王粲登樓賦漫題。想得天涯回白首，昭陽江上夕陽低。」李達《斑竹怨》詩云：「二妃昔追帝，南奔湘水間。有淚寄湘竹，至今湘竹斑。雲深九疑廟，日落蒼梧山。餘恨在江水，滔滔去不還。」鄭士龍《釋悶》詩：「隨意攤書坐，孤吟對晚暉。岸風帆腹飽，洲雨荻芽肥。籬缺通江色，簾垂礙燕飛。誰知采蘭節，和病試春衣。」鄭之升《留别》詩云：「細草閑花水上亭，緑楊如畫掩春城。無人爲唱《陽關曲》，獨有青山送我行。」崔慶昌《武陵溪》詩云：「危石纔交一徑通，白雲千古祕仙蹤。橋南橋北無人問，落木寒流萬壑同。」《采蓮曲》云：「水岸依依楊柳多，小船遥聽采蓮歌。紅衣落盡秋風起，日暮芳洲生白波。」柳永吉《福泉寺》詩云：「落葉鳴廊夜雨懸，佛燈明滅客無眠。仙山一蹋傷遲暮，烏帽欺人二十年。」金質忠《病出湖堂》詩云：「常苦愁腸日九迴，忽驚啼鳥報春來。三年藥物人猶病，一夜雨聲花盡開。世事紛紛難自了，天機袞袞遞相催。平生久負凌雲氣，怊悵如今半已摧。」林億齡《送友還山》詩云：「寂寞荒村隱少微，蕭條石徑接柴扉。身同流水世間出，夢作白鷗江上飛。山擁客窗雲入座，雨侵書榻葉投幃。飄然又作抽簪計，塵土何由化素衣。」崔壽峸《題畫》詩云：「老猿失其群，落日古槎上。兀坐首不回，想聽千山響。」金淨《江南春思》詩云：「江南殘夢日懨懨，愁逐年華日日添。雙燕來時春欲暮，杏花微雨下重簾。」鄭知常《醉後》詩云：「桃花紅雨燕呢喃，繞屋春山間翠嵐。一頂烏紗慵不整，醉眠花塢夢江南。」偰遜《山中雨》詩云：「一夜山中雨，風吹屋上茅。不知溪水長，衹覺釣船高。」李植《泊漢江》詩云：「春風急水下輕艭，朝發驪陽暮漢江。篙子熟眠雙櫓静，青山無數過船窗。」權遇《竹長寺》詩云：「衙罷乘閑出郭西，殘僧古寺路高低。祭星壇畔春風早，紅杏半開山鳥啼。」許筠《晚咏》詩云：「重簾隱映日西斜，小院回廊曲曲遮。疑是趙昌新畫就，竹間雙鶴坐秋花。」朴瀰《題平壤館壁西京古蹟詩三十首遺田儀曹》，其絶句六首云：「檀下神人始此都，至今遺廟古城隅。不知當日阿斯達，亦有攀髯墮者無。」「太師杖軼筆猶存，舊事鴻濛未足言。惟有青山三尺墓，東人須與孔林論。」「周家井制出鄒賢，猶是其詳不得傳。試向含毬門外望，平郊十里是商田。」「丹絡元非赤土宜，清泉何事涌中逵。鹿盧汲取瓊漿飲，千載令人説太師。」「高句驪起漢鴻嘉，宮殿遺墟草樹遮。怊悵乙支文德死，國亡非爲《後庭花》。」「朝天片石出江潯，麟窟苔封草樹深。怊悵天孫何處去，野棠花發古祠陰。」又，伴送使資憲大夫行司憲府大司憲兼成均館大司成廣州後人歸巖李元楨《送詔使還京師詩序》多，不録，詩五言十韵有云：「紙上風雷隱，毫端造化奇。」又：「城路風旌掣，滄江鼓角悲。」

《安南志》第十八卷載安南人詩，皆近體，内附安南國公善樂老人《山園》云：「不是文公逃晉難，庶幾微子慨殷亡。」《還國》云：「幾年去國沓雲沙，身寄狨鞍暫到家。簇簇樓臺空日影，盈盈珠翠各天涯。真成東海歸遼鶴，敢望南門入鄭蛇。人物凄涼何處問，江風吹老荔支花。」《送天使張顯卿》云：「四方專對《詩》三百，五嶺歸來路八千。」陳聖王《挽宋臣陳仲微》云：「無端天上編年月，不管人間有死生。萬疊白雲遮故國，一堆黄壤蓋香名。」陳仁王竹林大士《饋天使張顯卿春餅》云：「柘枝舞罷試春衫，況直今朝三月三。紅雪雕盤春菜餅，從來風俗舊安南。」《和喬元朗》云：「馬頭風雪重回首，眼底江山小駐驂。」陳英王《送天使李景山》云：「五嶺山高人未度，三湘水闊雁先歸。」老國叔昭明王樂道先生《贈天使柴莊卿李振》云：「北闕衣冠争祖道，南州草木盡知名。」内附封輔義公陳粹山《登岳陽樓》云：「烏沉谷口千林暝，龍戰波心六月寒。」安撫使賴益歸《賡參議許公東山飄然樓》詩云：「秋興亭前月上時，滿樓山色索題詩。心如柳絮沾泥早，身似蓮花出水遲。經卷已輸居士樂，酒尊宜與可人期。倚闌看遍郎湖景，塵俗紛紛總不知。」則詩尤有佳句，《内附》云：「中朝一統有今日，南國小臣如此江。」《喜詔》云：「黄雞催曉唱玲瓏，尺五飛來紫禁中。遂使堯言布天下，始知漢詔感山東。」《侍宴》云：「元年新紀黄龍瑞，重譯今傳白雉來。」《都城》云：「寒盡苑花初著蕊，春深宮柳已藏鴉。」《重九懷張憲使》云：「猶思馬上西門哭，不記鰲邊左手持。」《贈趙郎中》云：「梅花南北路，篁竹短長亭。」《送侍郎智子元》云：「桂林南去接交州，柳葉桄榔暗驛樓。使者持書臨絶域，侍郎鞭馬照清秋。元年詔下黄龍漢，九譯人歸白雉周。便化文身作章甫，歸來陸賈説前旒。」《送傅與礪》云：「滄海龍飛天子詔，青冥鶴下趙王臺。諸溪篁竹參差動，五嶺梅花次第開。」《用載道韵晚遊郎官湖》云：「鷗邊人立城陰晚，柳外花明水浄時。」《大别山禹柏》云：「神功四載殷周上，元氣一枝天地間。」《題桂林驛》云：「千里鄉心蝴蝶夢，一船秋色鷓鴣聲。」雖中州士人，無以過之。

安南使臣過南康縣南埜驛，賦詩云：「鼓報黄昏客泊船，咿咿軋軋櫓聲連。一雙鳧鳥滄浪外，幾個人家楊柳邊。紅日落殘鈎挂月，白雲捲盡鏡磨天。安南萬里朝天客，暫借郵亭一夕眠。」

《高麗史》：郊廟朝會，雜用唐樂、宋大晟樂、明雅樂，又有俗樂。俗樂之名頗有新異，聊誌之，以廣見聞云。《舞鼓》，侍中李混謫寧海，得海上浮查，制爲舞鼓，其聲宏壯。《動動》，其詞效仙語而爲之。《無㝵》，出自西域，歌詞多用佛語。《西京》，西京即箕子始封地，其民習于禮讓，作此歌。《大同江》，殷太師箕子封于朝鮮，施八條之教，以興禮俗，人民大悦，以大同江比黄河，永明嶺比崧山，頌禱其君也。《五冠山》，孝子李文忠所作。李齊賢詩曰：「木頭雕作小唐鷄，筋子拈來壁上棲。此鳥膠膠執時節，慈顔始似日平西。」《揚州》，揚州即高麗漢陽府，地繁華。男女方春好遊，相樂而歌之也。《月精花》，普州妓名。司録魏齊萬惑之，里人刺之而作。《長湍》，僞太祖王建巡省民風，補助不給，民思其德，久而不忘。《伐谷鳥》，伐谷鳥，鳥之善鳴者也。僞睿宗廣開言路，作此歌以諭群下也。《金剛城》，僞顯宗收復開京，築羅城，國人喜而歌之。《長生浦》，侍中柳濯出鎮全羅，有威惠。倭寇長生浦，濯赴援，倭望見即引去，軍士悦而作歌。《叢石亭》，奇轍所作。轍，元后之弟，東還至江陵，登此亭，臨望大海，感四仙之跡，作是歌。《處容》，新羅憲康王遊鶴城還，至開雲浦，有一人奇形詭服，從入京，自號處容。每月夜輒歌于市，以爲神人。李齊賢詩：「新羅當日處容翁，見説來從碧海中。貝齒頳脣歌夜月，鳶肩紫袖舞春風。」《沙里花》，賦役繁重，託言黄鳥啄粟以怨之。李齊賢詩：「黄雀何妨來去飛，一年農事不曾知。鰥翁獨自耕芸了，耗盡田中禾黍爲。」《長巖》，長巖老人譏平章事杜英哲而作。《安東紫青》，婦人一失其身，人所賤惡，故作此歌，以絲之紅緑青白反覆比之。《濟危寶》，婦人以罪徒役至濟危寶，恨其手爲人所執，作是歌以自怨。李齊賢詩：「浣紗溪上傍垂楊，執手論心白馬郎。縱有連簷三月雨，指頭何忍洗餘香。」《冬柏木》，蔡洪哲流遠島作此歌，王聞之即日召還。《寒松亭》，世傳此歌書于瑟底，流至江南。國人張晉公奉使江南，江南人問之，張作詩解之曰：「月白寒松夜，波平鏡浦秋。哀鳴來又去，有信一沙鷗。」《鄭瓜亭》，内侍郎中鄭叙作，已見前。李齊賢詩：「憶君無日不霑衣，政似春山蜀子規。爲是爲非人莫問，只應殘月曉星知。」《三藏》、《蛇龍》二歌，忠烈王狎群小，選官妓、女巫有姿色者，籍置宫中，時人歌之。其詞古拙，有捉搦遺意，録之：「三藏寺裏點燈去，有社主兮執吾手。倘此言兮出寺外，謂上座兮是汝語。」「有蛇含龍尾，聞過太山岑。岑人各一語，斟酌在兩心。」紫霞洞侍中蔡洪哲作。

《宋高僧詩》，前後二集，錢唐陳起宗之編，多近體五言。余按：前集即《六一詩話》所謂《九僧詩》也。所稱「春生桂嶺外，人在海門西」，希晝句也；「馬放降來地，鵰盤戰後雲」，宇昭句也，今具載集中。當永叔時，已云其集不傳，世多不知所謂「九僧」者。而此集更歷六七百年，完好如此，殆不可曉。又按：「昔傳九僧：劍南希晝、金華保暹、南越文兆、天台行肇、沃洲簡長、青城惟鳳、江東宇昭、峨眉懷古、淮南惠崇。」名字與今本悉合。又云：「《九僧詩》極不多，有景德五年直史館張亢所著序，引惠崇『人遊曲江少，草入未央深』之句，皆不載，疑爲節本。」或即此本是也。今亢序亦不載。大抵九僧詩規橅大曆十子，稍窘邊幅。若「河分岡勢斷，春入燒痕青」，自是佳句，而輕薄子有司空曙、劉長卿之嘲，非篤論也。今摘句於左：如希晝《吏隱亭》云：「捲幕知來客，懸燈見宿禽。」《送僧歸雁蕩》云：「千峰臨積水，秋勢遠相依。路在深雲裏，人思絶頂歸。」《書惠崇房》云：「故國寒潮闊，春城夜夢長。」《宋侍郎林亭》云：「會茶多野客，啼竹半沙禽。」《寄壽春陳學士》云：「春齋山藥遍，夜舶海書通。」《寄觀公》云：「微陽生遠道，殘雪下中宵。」《送李堪》云：「秋聲動群木，暮色起千山。」保暹《書惟鳳壁》云：「城中無舊識，門外是他山。」《文兆水閣》云：「高樹下殘照，寒潮平遠山。」《送簡長》云：「野禪依樹遠，中飯傍泉清。」《寄白閣元貞》云：「懸厓乘雪度，飛瀑過雲看。」《送蔣白》云：「山影到平地，湖光生四鄰。」《徐希別業》云：「半空山遠近，寒日水東西。」《寄宇昭》云：「深院無人語，長松滴雨聲。」文兆《寄希晝》云：「吴楚十年客，蒹葭一夜風。」《送宇昭》云：「諸峰微下雪，一路獨行僧。」《宿西山精舍》云：「一徑杉松老，三更雨雪深。」行肇《中秋》云：「列樹無殘陰，積水有異光。」《湘江有感》云：「達士絃性直，佞人膠辭柔。靳尚一言巧，靈均千古愁。」《送希晝之九華》云：「野宿清溪深，月在諸峰頂。」《送惟鳳》云：「遥山去意長，大江歸夢直。」《送從律》云：「心絃世寡聽，意鑑古亦稀。」《贈夢真上人》云：「春通三徑晚，家别九江遥。」《送蒲奉禮》云：「宿館荷香接，吟亭島色圍。」簡長《懷盧叔微》云：「朱絃愁零落，古意空徘徊。」《步春謡》云：「藉茲徘徊芳，强起寂寞遊。」《次江陵》云：「落日懸秋樹，寒蕪上廢城。」《送行禪師》云：「寄禪依鳥道，絶食過漁村。楚雪粘缾凍，江沙濺衲昏。」惟鳳《答宇昭》云：「林泉歸計晚，雨雪向春多。」《寄希晝》云：「客路逢人少，家書入闕稀。」《寄文兆》云：「靜卧侵仙掌，微吟隔楚波。」惠崇《塞上贈王太尉》云：「河冰堅渡馬，塞雪密藏鵰。」《贈文兆》云：「獨鶴窺朝講，鄰僧聽夜琴。」《送安學士之睦州》云：「海帆通夜市，山雨遍春耕。」《贈吴黔山人》云：「三年不下嶽，衣履古苔侵。」《林逸人壁》云：「水烟常似暝，林雪乍如春。」《古塞下曲》云：「五月無青草，滹沲流斷冰。」《剡中秋懷希晝》云：「夕景孤嶼明，暗蟲四鄰響。」宇昭《送從律師》云：「白道沿嵩直，青蕪夾渭長。」《贈魏野》云：「試泉尋寺遠，買鶴到家遲。」懷古《送田錫》云：「算程芳草盡，去國故人稀。」《灞陵秋居酬友人》云：「遠水去無極，離人來幾時。」《爛柯山》云：「白髮有先後，青山無古今。」中間惟行肇詩學孟東野，但全體微弱耳。後集以贊寧壓卷，凡三十一人。文瑩、道潛、清順皆在焉。文瑩常撰《玉壺清話》，道潛即參寥，清順爲東坡所賞。續集十九人，以祕演壓卷。惠洪、守詮皆在焉。祕演，歐陽永叔友，守詮亦東坡所喜，而惠洪名尤著。《許彦周詩話》云覺範《題李愬畫像》當與黔安並驅。黔安謂山谷，仲殊、參寥雖名世，皆不能及也。

《鐔津集》，十五卷，宋僧契嵩著。嵩有《非韓三十篇》，在集中。其詩亦多佳句，如「習忍如幽草，觀身類片雲」，「桑柘雨中緑，人烟關外疏」，「天岸日將出，田家鷄更啼」，「好山沿岸去，驟雨落花來」，「雲迷飛鳥道，雨出古龍湫」，「明月出已滿，白雲歸未多」，皆佳。《夢粱録》云姓李字仲靈。嘉祐中，進《輔教編》，賜號明教禪師。《林間録》：嵩明教初至開先，主者命掌書記。笑曰：「我豈爲汝一杯薑杏湯耶？」乃去，之西湖。坡公所云「契嵩禪師多嗔，人未嘗見其笑」者是也。

東坡最喜杭僧惠詮「落日寒蟬鳴」一篇，至爲和作。施彦執又記其大慈塢祖塔上題一首云：「谷口兩三家，平田一望賒。春深多遇雨，夜静獨鳴蛙。雲暗未通月，林香始辨花。誰驚孤枕曉，濤白捲江沙。」此詩亦佳。《能改齋漫録》載湖僧順怡詩「久從林下遊」一首，云：韓子蒼爲余言後四句不同。結句云：「唯聞犬吠聲，更入青松去。」按：此即惠詮詩坡公所和者，但本作「青蘿」耳。《竹坡詩話》作「僧守詮」。《冷齋夜話》又載順怡詩云：「久從林下遊，頗識林下趣。從渠緑陰繁，不礙清風度。閑來石上眠，落葉不知數。山鳥忽飛來，啼破幽寂處。」又云：「荆公愛之。」則是惠銓詩自爲坡和，順怡詩自爲介甫所賞，韓誤記爲一耳。

《漫録》載僧仲殊詩云：「瑞麟香暖玉芙蓉，畫蠟凝輝到曉紅。數點漏移衙仗北，一番雨滴甲樓東。夢遊黄閣鸞巢外，身卧彤幃虎帳中。報道譙門初日上，起來簾幙杏花風。」右在平江呈左丞黄安中作，東坡所謂「蜜殊」也。

宋王銍集附載廬山僧可和詩一篇，甚佳。詩云：「空中千尺墮柳絮，溪上一旗開茗芽。絶愛晴泥翻燕子，未須風雨落梨花。重江碧樹遠連雁，刺水緑蒲深映沙。想見方舟端取醉，酒酣風帽任欹斜。」

在京師出城送客，偶憩野庵，見壁上題詩甚有意義。詩云：「春風迢遞憶天台，五月冰寒説五臺。無數好山遊未盡，秋霜又欲上眉來。」考之，乃明嘉善西林寺僧雪溪圓映作也。映有《西林集》。

白楊順禪師偈「落林黄葉水流去，出谷白雲風捲回」，作文字觀，亦是妙句。

南來蒼雪法師，名讀徹，居吴之中峰。常夜讀《楞嚴》，月明如水，忽語侍者：「庭心有萬曆大錢一枚，可往撿取。」視之果然。師貫穿教典，尤以詩名，嘗有句云：「斜枝不礙經行路，落葉全埋入定身。」此類甚多。己未二月，師弟子秋皋過訪説此。秋皋有句云：「鳥啼殘雪樹，人語夕陽山。」亦有家法。

僧澄瀚，字郢子，濟寧人，工詩，有絶句云：「昨宵初罷上元燈，又欲看山向秣陵。騎馬乘船都不會，飄然誰識六朝僧。」爲時所稱。又蜀八十老僧果庵詩：「軒窗無暑覺雲起，竹樹有聲知雨來。」

盤山拙庵智朴禪師山居詩，有極似寒山子者，如「雪衲經時補，春薪帶雨燒」，「青溝一派水，紫蓋萬重山」，「閑心將白日，隨意斬新茅」，「木蛇鱗甲異，俊鷂羽毛青」，「蒲團安養地，秋色浄居天」，「鬢從新處白，天自舊來青」，「竹窗來夜月，茆屋隱春雲」，皆可誦。

新城釋成楚，字荆庵，受五戒於法慶，今居靈巖，頗能小詩。《落花》云：「高枝忍別離，逝水隨飄蕩。」《雨後》云：「青猿臨澗飲，白鳥向空翻。」《秋日》云：「風來夕沼緑荷敗，霜落秋山黄葉多。」《新霽》云：「嵐氣千重縈嶂背，清流萬道出雲根。」《贈奚林大師》云：「派衍靈山第一枝，無言得髓是吾師。偶然竪拂天花落，絶勝空山晏坐時。」同時僧智泉者，亦新城人，《移竹》詩云：「别去寒山寺，來依明月樓。」亦有致。

會稽釋子元璟，字借山，平湖人。投詩爲贄，頗有佳句，如：「相思若鷗鳥，咫尺隔風烟。」「鄰衲司吟卷，門生致酒錢。」「風曳鵝黄淺，寒吹鴨緑平。」「坐看春艓子，吟到闔閭城。」「清鐘來水末，白鳥落風湍。」「人家收柏子，楓樹著霜花。」「晚菘分竹圃，秋水繞籬根。」「烟中多翡翠，花裏又鈎輈。」「一笛破寒渚，千帆湊夕陽。」「懶呼猿引客，閑許鹿參禪。」「試看青菡萏，倒浸碧玻瓈。」「卜築精籃似浄名，愛君三絶擅平生。桑條緑滿門前徑，客到幽禽啼數聲。」「瘦策衝泥訪鐵厓，銅坑小喫雨前茶。無端攪亂春愁客，屋角一枝山杏花。」「玉削群峰抱一村，甘泉如乳出雲根。負薪伐竹扶犁叟，多是楊家十葉孫。」右《過楊鐵厓故里》。

琉球天王寺，有僧號瘦梅道人，賦七夕詩云：「陶公簾外赤龍下，漢武殿前青鳥來。」又萬松院僧不羈有詩云：「黄葉落三徑，白雲歸數峰。」余門人汪翰林舟次楫、林舍人石來麟焻，康熙癸亥奉使其國見之。石來有詩云：「瘦梅道者人不識，梵夾吟題聳兩肩。賦得赤龍青鳥句，樊南甲乙可同傳。」「浮屠亦有不羈人，衹樹蕭蕭絶世塵。唐體詩中風格好，白雲黄葉鬥清新。」

（徐丹丹點校）